# 自序：做一个明道的普通人，真的很好

2019年12月中。

我给一位朋友在国外留学的孩子说："我以后每天会给你发些文字，可不要厌烦。如厌烦，就告诉我。但发了的，一定要读。也许是一则故事，也许是一句格言，一首小诗，一篇古文，帮助你补补国学课。以一年为期，如何？我是认真的。"

朋友的孩子说："好的。"

就这样开始写了。

朋友长我一岁，我也就是朋友孩子的父辈。

起初，还有点想法，比如有意讲讲我认可也体验过的修身之道，希望在充满压力的现代社会里，孩子能有方法和能力应变，从而过得更惬意点、潇洒点。写着写着，就融化到我的生活里了，写一些我当下生活里的事情，当下社会里的事情。无论怎样写，有一个中心，化微言大义于日用平常，不见痕迹，将很多儒释道的心法融化于中。也许，这是自我写《悟道录》以来最生活化的一部书。写本书的目的，是希望读者读后使生活过得更好，故名《生活之书》。

这部书里涉及的话题非常多，比如修身、处世、养生、婚恋、工作、命运、佛道文化、古典小说、人情世故、修行心髓、宗教哲学、命理数术……

在不经意间讲了很多国学精华，都融化于生活。

写了一些很美的散文、散文诗，点缀生活，点缀全书。

很多文章也就几百字，两三分钟可以轻松读完。

在写完第200篇的时候，我想与大家分享了。只写365篇，像那首著名的歌里唱的：

一年有三百六十五个日出。

我送你三百六十五个祝福。

蔡国庆先生当年初唱这首歌的时候，朋友正在西安上大学，自然，他的孩子还在虚空等待出生的因缘。

那一年，我还在西北的黄土地上耕读。

后来，朋友大学毕业，离开西安，而我，因为修道来到西安。

后来，朋友来北京工作，结婚，生了孩子。

后来，我来到北京，在民间从事发扬传统文化的工作。

后来，我们相识，一见如故，成了朋友。

后来，朋友在海外留学的孩子因为占卜，跟我加了微信。

朋友说，占卜，也是学习国学、接触传统文化的缘分。

我想了想，每天写点随笔给孩子读，也许对传统文化的理解会更深刻。至少是良好的引导。

于是，有了这本《生活之书》。

算是父辈的礼物。

朋友和我都希望，孩子能做一个明道的普通人。

明道则人生会有方向，会有归宿，会有信仰，会有底线。

做个普通人，拥有普通人的工作、情爱、家庭、生活，也是美好的事情。

2020年6月23日兴南子自序

# 生活之书

陈全林 著

华龄出版社
HUALING PRESS

**图书在版编目（CIP）数据**

生活之书 / 陈全林著 . —北京：华龄出版社，2022.3
ISBN 978-7-5169-2178-4

Ⅰ . ①生… Ⅱ . ①陈… Ⅲ . ①书信集—中国—当代
Ⅳ . ① I267.5

中国版本图书馆 CIP 数据核字（2022）第 026795 号

| | | | |
|---|---|---|---|
| **策划编辑** | 南川一滴 | **责任印制** | 李未圻 |
| **责任编辑** | 郑　雍 | **装帧设计** | 华彩瑞视 |

| | | | |
|---|---|---|---|
| **书　　名** | 生活之书 | **作　者** | 陈全林 |
| **出　　版<br>发　　行** | 华龄出版社 HUALING PRESS | | |
| **社　　址** | 北京市东城区安定门外大街甲 57 号 | **邮　编** | 100011 |
| **发　　行** | （010）58122255 | **传　真** | （010）84049572 |
| **承　　印** | 运河（唐山）印务有限公司 | | |
| **版　　次** | 2022 年 3 月第 1 版 | **印　次** | 2022 年 3 月第 1 次印刷 |
| **规　　格** | 787mm × 1092mm | **开　本** | 1/32 |
| **印　　张** | 24.5 | **字　数** | 332 千字 |
| **书　　号** | ISBN 978-7-5169-2178-4 | | |
| **定　　价** | 78.00 元 | | |

# 目录

# 急成者非大器，躁进者无大功

这是我非常喜欢的两句话，来自道教经典，是清代黄元吉真人注解《道德经》之《道德经精义》里的名言。我二十四五岁时就记住了这句话，今年我五十一岁，这句话是影响我的重要格言。我修行、治学都是非常有耐心的，对自己的人生，有计划，不急于求成，不急躁冒进。做事急功近利也是大忌，很容易出错。“万事尽从忙里错，一心须向静中安。”训练自己做事要从容，要有耐心，要有静气，要有长远心，要看清自己的能力、处境，这样，可以作出正确的决策。

今天想讲给你的格言就是这句。

你在国外留学，单身一人，压力大，面临着学业、事业、就业，乃至爱情、婚姻，都需要一个人面对，压力之大，可以想象。越是这个时候，越要沉下心来，事事不能急于求成，这样，会避免一些大的失误。

急躁，是做事、治学、恋爱之大忌。

# 君子藏器于身，待时而动

抱歉，昨天没有给你发文章看。来客多，到了晚上，累了，小睡一会儿，醒来一看，过了零点，罢了。

昨天来的朋友，一个是上市企业的副总，一位女士，过去脾气暴躁，现在因为修行，心气平和；一位是某市图书馆的馆长、散文作家；一位是某出版社的副社长。我们都是好朋友，聚在一起，聊天，谈论时政、修行、文学，一起吃午饭，吃晚饭。朋友们会面，总是快乐的，冬天的北方，气温较低，前几天北京下雪了。

我今天要告诉你的格言，是影响我三十几年的话，“君子藏器于身，待时而动。”是《周易·系辞》里的话，大概意思是说，君子要把才学、才智学到身上，藏起来，等待最佳的时机拿出来用。器，指的是才学、见识、本事、能力等，一定要有过人的某种才干，在某个关键时刻会起到起死回生、扭转乾坤的作用。儒家说的“君子先器识”，器是本事、心量；识是见识、智慧。

我很早学习了《周易》，高中时已能熟练地卜卦了。你父亲知道我占卜的奇妙。

高中毕业，没考上大学，就在农村种地，之后去西安打工。西安，也是你父亲上大学的地方。

我在西安打工，是社会底层工作，一边打工，一边读书、治学，学习某些一生需要的技能，还写字，习画。写作，是我最好的谋生技能。

我在西安的时候，用钢笔、圆珠笔写作，至少写了五百万字的作品。

那时候，不敢说读万卷书，但读了很多书，学了很多道教的法门，一直等待更好的发展时机。

2000年，我三十一岁时来到北京，有了发挥才智的机会。一步一步地做事，以写作为主，就这样成了一名国学发扬者，一名写作者。

君子藏器于身，待时而动。

这话给我力量，让我安心修学，到现在都在吃老本。二十岁到三十一岁之间，下了很多苦功在治学上，读书、写作，孜孜以求，不惮辛苦，奠定了一生事业的根基。

鲁迅先生说，一个人在某个方面花十年的工夫去学习、研究，会成为专家的。

这话也说给你。你还年轻，要学好本事，学好一门一生可用的学问，藏之于身，机会到了，一用就成。

《孟子·公孙丑》里说："虽有智慧，不如乘势；虽有镃基（农具），不如待时。"

你正在留学，正是藏器于身的时机，也是待时之际。日后，不论在国内还是国外工作，会有乘时而成之日。

刚去看了电影《南方车站的聚会》，今天首映。胡歌、桂纶镁主演，很好看，一个沉重而悲伤的故事，展现了人性的复杂。有时候，抽闲和我爱人澄源一起去看电影，是浪漫的事情。附近的成龙影院开了有六七年了，我和澄源有时候也会叫上亲友看电影，至少在这个影院看了二十多场电影，玄幻片，动漫片（如有名的《哪吒——魔童降世》），武侠片，爱情片，科幻片，战争片，古装片，中国的，外国的，只要喜欢，就去看。印度片至少看过四五部，像《盲人钢琴师》《嗝嗝老师》《摔跤吧！爸爸》，都很感人。我不知道你有没有去影院看电影的喜好？跟你妈妈或者你爸爸一起看过电影吗？最好在恋爱的时候，和男朋友一起去看电影，那感觉一定很美。

不知道春节你是在国外度过还是回国，如果回国，在春节档跟爸妈看场电影，也是好的。

# 鄙吝者非大器

这是我要给你讲的第三句影响我大半生的格言。来自《聊斋志异》之《僧术》，原句是“鄙吝者必非大器”，必，更深的强调。

我出生在西北农村，从小在困苦中长大，小时候甚至吃不饱，经常饿肚子。那种苦你是想象不到的，在你的生命里从来没有为长期饥饿而心慌。假如我性格里有些吝啬的话，情有可原，这是童年、少年、青年生活在心理上的烙印。

一般，吝啬是对别人舍不得；自吝是对自己舍不得。这两种情况也许就在一个人身上，对别人舍不得，对自己舍不得。

但是，我不吝啬，也不自吝。

鄙，是卑鄙，是人格问题；吝，吝啬，是性格问题。当年北岛名诗《墓志铭》有名句：

卑鄙是卑鄙者的通行证

高尚是高尚者的墓志铭

做人不能卑鄙，绝不能有害人之心，不能人格低下，不要对自他吝啬。

一些人，对别人吝啬，也罢了，对自己也吝啬，舍不得吃舍不得穿，何苦来哉！

破去了鄙吝，自然人格高尚、心胸开阔。

这对每一个人都有意义。不卑鄙，活着安心；不吝啬，活着开心。

我给你讲了影响我三十年的三句格言。这三句格言是我整体修身的根基。希望能对你的修身、处世有益。

我跟你父亲是好朋友，你父亲的人品非常好，做事替人着想，为人大气，不吝啬，所以他人缘很好。

我的人缘也好，可以用“朋友遍天下”来形容。

# 事去心空

今天继续讲一则影响我的重要格言：事去心空。

我二十岁的时候已经知道这句格言了，是明代洪应明《菜根谭》里的话，这些年来我写过很多张送给不同的朋友、来访者。

这句话的原句说："风来疏竹，风过而竹不留声；雁度寒潭，雁去而潭不留影。故君子事来而心始现，事去而心随空。"

我浓缩成"事去心空"。

很多人，事情过去了，心还在纠结，纠结于过去，纠结于情绪，纠结于恩怨，纠结于很多成为虚无的往昔。佛教的人生观，看透了世与事的无常——没有所谓的不变与永恒，不论时间还是空间，都在变；不论事情还是人生，都在变。因此，对任何事情，保持不住（不住在境界里）、不执着、不纠结的态度，这样，人时刻活在当下；这样，烦恼、痛苦自然就"即有即空"了——当下的"有"也是当下的"空"。这样的人生时时是新鲜的、生动的、当下的，也是清明的、理性的、觉醒的。

事去心空，是事物和心的本质，是处世的大智慧。

我希望，你也把这个智慧纳入认知中，烦恼会自然减少，你的过去不再成为未来的负担和障碍。

# 一首诗，一件事，一种境界

这是我今天的日记，摘录一段给你看，也许你能懂。

晚上去淘书，背着十多本淘来的书，拎着买的大葱、香菜、白萝卜，快速回家。

我的脚步很快，一直在训练自己快速走路。这样，有助于活动气血。

天上的半月，已经出现在东天，月光幽暗。我穿过蒲蔺园，园子里的树叶都落尽了，看着刺向天空的树枝，顿感月光清凉。园子里铺上了绿色的保护层，前几天北京下了雪，积雪未消，白的雪，灰的天，绿的地衣，一个寂寞速行者看着天空，突然有了诗意，于是，吟诗一首：

冬夜有感

淘书顶月还，残雪曲径边。

叶落知天高，人寂觉世远。

闲静悟大道，忙碌挣小钱。

神仙烟火气，时变修亦变。

我昨晚对澄源说，古代讲究“神仙不食烟火”，神仙没有烟火气才是真仙。现在的神仙要有烟火气才是真神仙。这样才能和光同尘，随顺世缘。时代变了，修道的因像、方法也要跟着变。所以，澄源昨晚写了《冬夜的羊肉汤》，不再怕别人说“陈老四，修道的人还吃羊肉”。上月澄源写我们吃鱼，有些有坚定信仰者对我俩深切指责，仿佛我和澄源吃肉是罪过，是假修行，是抛弃信仰。

我们还能做什么？

子云：难言也。

回到家里，我将这首诗写出来还注解了，读给正在做饭的妻子听。妻子听后说：“仅这两句‘叶落知天高，人寂觉世远’可以和唐诗名句相比了。”

没想到老婆这么看重这两句诗，其实我很看重。

我把这首诗发到“小伙伴群”，没有一个人为此诗此句点赞。

还是老婆懂我。

我多次对朋友们说，我最得意的不是对佛学道学的研究，而是对古典文学的喜好，以及古典文化在我生命里弥漫而养成的心境与气质。

我从小诵读唐诗，写出“叶落知天高，人寂觉世远”这样的句子不为难。佛道的意蕴还在里面。

唯美的文字里依然是超然的灵魂，这才是“叶落知天高，人寂觉世远”的美好。

你父亲也写古体诗，有时候我写了诗他会和一首。今晚，你父亲和我共同的朋友金阳子刚和了一首，也发给你。

述梦赠道慧——兼和兴南子《冬夜有感》

昨夜梦道慧，结伴至湖边。
风来波浪高，船行烟火远。
修道多积德，知足少挣钱。
天地任君游，笑看风云变。

人的确可以诗意地栖居在大地上。尽管，人生有时候很苦、很闷，有了诗，足以化解一时的或长久的苦闷。我们看到，屈原在遭贬时写下了《涉江》这样浪漫的名篇，“驾青虬兮骖白螭，吾与重华游兮瑶之圃。登昆仑兮食玉英，与天地兮比寿，与日月兮齐光。”李白在流放中写下了“赧郎明月夜，歌曲动寒川”这样豪迈的诗句，杜甫在国破亲离的时候写下了“国破山河在，城春草木深”这样动人的诗句，自然就引出了“烽火连三月，家书抵万金”的千古名句。

读诗，写诗，我坚持四十年了，诗歌带给我心灵的安顿。

想当年，在西安打工的苦闷里，我经常咏唱古诗词而抒怀，那种痛苦就烟消云散了。我在终南山住山修行的寂寞时光，经常在夜月下，在黄龙洞口，仰天长啸，歌咏诗词，那些寂寞就化成夜间的萤火，飞散于四方。在黄龙洞口的平台上，能看见遥远处的西安市隐隐约约的万家灯火，而我的啸声与歌吟，只在山中飘荡，与溪水为伴，与松风为邻，也像寂寞苦吟的诗人在推敲中走向冷清的古刹。那一刻，明月知我，我知明月，足矣。

希望你能喜欢诗歌，不论是新诗还是古诗词，不论是外国诗歌还是中国诗歌，偶尔读诵，吟咏，能给生活平添情趣，如果自己能写一些佳句，是快慰平生的事情。

# 故事里的故事

今天下午你父亲来了。

我们聊了很久，也谈到了你的小时候，讲了很多你的故事，我是一个好听众。上次他也谈到了你小时候，好强，学习也好，十多岁就出国了，很不容易，也很独立。

我也赞叹你的能力，感慨你的不易，十几岁就在国外打拼。我到现在都不敢出国，害怕出国，怕语言不通，无法交流，怕不辨方向。为此，我放弃过国际道学会议的盛大邀请。想想你，这些年都是自己求学，真的很厉害。

你父亲希望我能帮助到你，帮助你学习传统文化，因为，传统文化，能真正帮到你，帮助你的人生。跟我学传统文化，他放心。

中国的父亲总是不善于向女儿表达爱，但父亲的爱就在心里。你父亲说起你，满脸的喜悦与自豪。

我们聊时政，聊传统文化，聊我研究的佛道文化，聊他的事业与职业，最近，他工作有变迁。上次他说，你妈妈升迁了。而他，要到另外的部门工作。他们的工作很辛苦，压力也大，但他信心满满。

我们聊往事，我讲了很多家族往事，老陈家的往事，聊了一百年里这个大族的很多往事，那些恩怨与因果，那些个人与家族夹在社会大变革潮流里的悲欢离合、生死存亡。你父亲说，写成小说，是部大书，比陈忠实《白鹿原》的情节还要宏大、复杂。

我讲到堂伯父坎坷的一生，动心处哽咽难语。我堂伯父，一个民国乡村教师。因在民国加入过国民党的“三清团”而在解放后被劳教，去了新疆，一去几十年。你没去过新疆，我去过两次，大西北曾经荒凉的戈壁滩、沙漠、冻土上，数十万军人和伯父们共同建设了今天大美的新疆。伯父的母亲，我们叫她“大婆”，因想念儿子，最后急疯了，不久死了。后来伯父的妻子——我的伯母，为了活命，带着儿子、女儿逃到了陕西，那时候陕西人的生活还好一点。伯母改嫁，是陕西的农民养活了我伯母和堂哥堂姐。

讲这些故事时，哽咽难语。每一次都如此，仿佛亲历。

父亲六十四岁那年，我跟他一起在农村干活，父亲给我讲家族里的民国往事，讲着讲着，老泪纵横，讲不下去了。

父亲辞世整整二十年了，回想当年他讲往事时的情态，犹如当下。可三十年时间，弹指而去。

我建议你父亲带你在国内旅行。你父亲说，只怕你不愿意，而他非常愿意。他说你的国际朋友很多。

他说你过年不回家，你妈妈去国外看你。

这样也好。

晚上，我妻包了羊肉饺子，炖了羊肉汤，我和你父亲一起用餐。他当年在西安读大学，对西北人的饮食生活是熟悉的。

他讲了很多他过去的故事。毕业后当老师，发表文章，因为文章写得好，有人赏识，便走出了教师行业，走进了企业，一直做到现在，如今在领导的位置久了，希望换个环境。

很少有人想到，你父亲这样成功的企业家曾经是个文人。

我也是因为文章写得好，有人赏识，唤我来到北京城，开始了创业之旅。

谁会想到，文章如巨灵神斧，给我和你父亲开辟了另一条成功之路。

谁说“百无一用是书生”？

“文章千古事，得失寸心知。”这才是我和你父亲的心声。

# 朋友的大用和小用

昨晚，你父亲在我家吃饭。

有时候我们聊天聊到不忍告别，会一起聚餐，吃完饭再聊一会，他才告别。

有时候，好几个朋友会在饭店聚餐，聊好几个小时。这样的聚餐，从2017年开始，三年里有过十次，每年年底，好朋友的座谈与聚餐是必然的，过几天，在2019年即将结束的时候，我们几个朋友已经约好要聚餐了。

冬天，北京，你度过童年、少年时代的地方，夜很黑了，风，还不算冷。

今天，你父亲发来一则微信：

历久弥香大馅饺，余热不尽羊肉汤。感恩你们啊。昨晚一直在思考，我有很多种朋友，你们两位自成一类，自成一档。有人说，真的朋友是无用的，其实是有用的，有大用的，只不过是无心之用，无功利之用。你们给我的帮助，是其他任何人无法替代的，帮我解决的是生命深层的问题。结识你们，真是大福缘。

你父亲的文人本色没有退失，这很难得。微信中的“你们”是我和澄源。如果你关注我的“微信公众号”，你会看到“澄源的小散文”在连载。澄源也五十岁了，开始学习写作，很勤奋，经常写稿到深夜。

你父亲是澄源散文的热心读者，他评价澄源的文章，说写得非常好，还打赏。这给澄源很大的鼓励和信心。

每个人都需要来自朋友真诚的鼓励。

你父亲说澄源的文章写得好，我信。他毕竟是文人，一个曾经的写作者。假如他不从政，不走企业之路，也许已是中国知名作家了。

也许，退休之后，他会回归文人，成为写作者，成为杰出作家。以他的阅历和思想，这是有可能的。

我想，你应该也有很好的写作能力，为何不表述呢？我写了短文给你，你一般只是简短的回复，常常不足十字。你父亲昨天说，你跟他的微信交流也是言词简短。你应该多写点文字给你父亲，也给我，算是“礼尚往来”吧。

人生得有好朋友。爱因斯坦说过，人生最大的幸福，莫过于有几个心地善良而有智慧的朋友。

我是你父亲的朋友，也可以成为你的朋友，忘年交。

朋友的“无用之用”，可以是大用，人生关键时刻的援手；可以是小用，孤独时聊聊天，吃顿饭，很惬意，很温暖，很爽心。

## 慎言语，节饮食

这是《易经·颐卦》里的话。大概意思是说：一个人说话要谨慎，不能随便说话，更不能胡乱说话。因为，言语，是做事、处世的枢机，把握不好，会给自己和他人带来麻烦，带来问题，乃至带来祸害。所以，立身要谨慎，谨慎就从语言开始，哪些话该说，哪些话不该说，自己要有把握，要有分寸。

我家乡有句俗话，“情（送人情，礼品）越带越少了（托别人带礼物），话越带越多了（人们喜欢添油加醋）。”

我一位朋友，结婚后，因为一些问题面临离婚，去找一位她信任的上师，倾诉，求教，内心有很多困惑，不知道该怎么办。她对上师说：“我怀孕了，不知道该不该把孩子生下来。老师，你有智慧，给我出个主意。”她也告诉老师，这事不能告诉别人。

令她想不到的是，上师把这话传出去。当这话再次传到她那里时，变成了：她怀孕了，不知道谁是孩子的父亲。

性质完全变了。

从此，她对这位上师失去了信心。

言语要谨慎，因为言语也会给自己、他人、社会、单位、事业、人际、婚姻带来危机，一些家庭的婚姻危机，来自彼此语言沟通的不善。

弘一法师对我们的告诫是：“言动宜谨。”

第二句，节饮食，是养生之道。吃得少一点，病也会少。俗话说的，“病从口入。”

上周你父亲来，请我为你占卜，因为你找网络占卜，你父亲信不过网络占卜，便来找我。我占卜后说：你女儿脾胃不好，经常睡眠不好，失眠。

你父亲说是这样的，从小脾胃就有问题。

你要饮食有节，也要有规律。这对你身体好。

说一件趣事，你父亲所在的公司在前年准备上市，一切都准备好了，他去实际操作了，所有人认为没问题。你父亲偶然告诉我此事，我一占卜，说根本上不了市，有问题。至少一年内不会上市。

结果就是这样的，上市没成功。一年多以后，今年春天才成功上市。

根据《易经》的道理，宇宙间任何事物之间有信息的普遍联系，借助某种数理模型，结合“卦象占断模型”而捕捉事物的相关信息并解读，谓之占卜。信息捕捉准确、解读准确，占卜才能准确。

《易经》思想认为，宇宙间的任何事物的发展都有运数，即运动的数学局限。比如太阳的寿命是一百亿年，这也是个数，是定数。人的寿命，一般是一百年之内，这也是个数。具体到个人，就有很多差异，有的人会夭折，有的人会“度百岁乃去”。

你的婚姻有些波折，也是个数。但不要紧，命数是可以改变的，你会获得幸福的。

## 我是农民

今天淘到了贾平凹的《我是农民》，这本书我前年读过两遍，我读过的那本出售了。我开了网上书店谋生，利人利己。利人，帮助别人找到他们需要的好书，毕竟，这是北京，旧书摊上好书太多；利己，淘了好书自己看，售不出去的就成了藏书。我只淘自己喜欢的、想看的书。今天淘的是“插图珍藏本”，配有贾平凹书画，我喜欢贾平凹的书画，他的字，古朴、厚重、大气；他的画，古拙、有趣、高雅，是真正的“新文人画”。他的书画，一点不输当代书画大家。

我更喜欢贾平凹的散文。上高中时，1986年，离你的出生整整有十年，你父亲前几天来，告诉我你是1996年出生的。1986年，我读贾平凹的散文集《月迹》，此后一发不可收拾地读了他多本散文集，包括长篇散文《四十自述》。《我是农民》，看成是自传也好，本质上是自述散文。

我爱人澄源现在学写作，从散文入手，我推荐她读贾平凹散文，我给她淘了多本老贾的散文集，今天淘的这本，希望她认真阅读。我曾经在第一次读《我是农民》时对澄源说：“你读懂了老贾的这本书，也就了解我过去的大半。”老贾是陕西人，我是甘肃人，为何这样说？因为，书里农村人的精神、习性、语言、生活，基本一样。大西北的基本精神一样，那个特殊时代的某些东西基本一样。老贾比我大，感觉像我哥。老贾今年六十七岁了，比我大姐还小两岁。

贾平凹骨子里是农民，我骨子里也是农民，尽管，我是个不是作家的作家。我不入任何协会，所写散文并非纯文学作品，而是借助散文的方式写佛道文化的精义，写国学的微言。

老贾的老师费秉勋教授，是个奇人，据说是汉代神仙费长房的后代，费长房是神仙传记里有名的人物，你网上检索，会有他的故事出现。费秉勋教授精通道家数术，奇门六壬，命理相术，无所不通，无所不精，我读过他讲述古代奇人异事的书。在西北，在陕西，在西安，费秉勋的名气很大。他学问好，对古典文学有很深的造诣，诗词、对联、书法也好。

你有机会，读读《我是农民》，了解一个时代，了解一个作家的家族、命运和内心，读这样的大作家的散文体自传，会给你文学的熏陶。

## 先器识而后文艺

这是《旧唐书》里的一句话，“士之致远，先器识而后文艺。”

等于先开心胸，先开见地，而后修学艺术或道术。

一个人有了博大的胸怀与超迈的见解，则学艺术、技术、道术就容易了。

先立大本，然后起用。

一个人的胸怀，很多时候与知识无关，或者关系不大。就我所知，有很多大知识分子，教授、博士，非常小气、自私，有的还是知名的大学者，可一生在小气自私里度过，心胸狭小，气量不广。

胸怀与品格、品性、天性、教养、修养有关。

见识也不一定与知识有关，但一定与人生的阅历、眼界有关。有的人，看起来一字不识，也从不读书，但有卓识远见，那些远见，很多来自家教，来自传承，来自经验，来自阅历，来自体会。

我母亲就是这样的，不识字，但懂得很多高深的人生道理，在教育我们上颇有远见。

我写过一本《生活禅》，里面有写我母亲的长篇散文，过十万字。你父亲那里有，你回家时可以拿来看看。里面还有我的诗集，我曾给你父亲雨夜读诗，读我的那些充满禅意的新诗，那些绮丽的诗句也打动了你父亲文人的心。

你父亲的一个朋友得了个孙子，要他找个人给孩子取名。你父亲找我，我给孩子取了个非常好听的名字。你父亲的朋友喜欢那个名字，你父亲就把《生活禅》送他了。

我便给你父亲又送了一本。我家里，只剩一本了。

# 给你的灵应诗

今天，我和你父亲都非常尊敬的张玉仙老师来我家，老人家七十多岁了，以我研究道学道教的学养来判断，张老师是一个非常了不起的人物。

你父亲对张老师，除了尊敬，还有一段特殊的情感，他觉得张老师很像自己的母亲，很像你的奶奶。

我今天给张老师写了你的名字，请她写一首诗给你，当然，除了提到了你父亲，提到你在国外留学之外，未提供任何其他信息。张老师，在你而言，应该叫张奶奶，用一分钟写了一首诗：

国外世界大，书是黄金屋。
开悟中华灵，文秀天职明。

你在国外发展的话，格局、世界更大。但你一定要多读书，“书中自有黄金屋”是一句古语，换成现代的话，“知识就是财富”，所以，一定要多读好书。读书以明理为上。

这样，你会真正对中华灵性文化开悟。我现在做的，是逐渐引导你对中华传统文化产生兴趣。这是你父亲希望的，由我引导你，他放心。

开悟，就是显现出每一个人本性里的大智慧和大光明，完成人格与智慧的圆满。这是中华文化之精髓。灵性文化也是中华文化之精髓，懂了灵性文化，就知道该怎样做人、立业、处事了。你在日本留学，日本的神道教是本土文化，但日本的禅宗、净土宗、密宗（东密），都是受中华文化影响而有的。日本的铃木大拙的很多禅学书我读过了，读的是译本。我二十多岁时读了日本著名禅学大师忽滑谷快天所著《中国禅学思想史》（中国哲学大家朱谦之译本），读得非常认真。此书至今还在。川端康成的小说里有佛教的悲悯，东山魁夷的画与散文里有禅宗的空灵。

我上次说，你一定会写文章，有内秀。你父亲会写文章，将来有可能会成为一个作家，或者是像我一样的“文以载道”的写作者。从张老师给你的诗里看，你日后会有很好的文运。

好好记住这首诗，每天背一遍。

努力吧。

# 乾坤影里开双眼，雷雨声中静一身

今天，写了一幅行书，把图片发给你父亲看。内容是：

乾坤影里开双眼，雷雨声中静一身。

这是当代国学大师南怀瑾先生的名句。六七年来我写过无数次，写了大多送人。

第一句，说的是要有眼界，看透世界；第二句，说的是不管风吹雨打，要立定脚跟。

这是南怀瑾先生写了送给家乡一位亲友的七律里的两句，我太喜欢了，以致忽视了其他句子。我用行书、隶书、楷书、草书写过，唯独没有用篆书写，在于我还不会篆书。

南师原诗如下：

晚来雷雨

日长赤地暑蒸尘，向晚初凉意未伸。

泥淖疏篱拳尺蠖，风檐短角网蛛轮。

乾坤影里开双眼，雷雨声中静一身。

手抚琴书言不得，如何天地似无人。

最后两句，天地苍茫，无限孤独。

人生本来是孤独的。我在四川成都的杜甫草堂看到一副近现代书法大师谢无量书写的对联：

侧身天地更怀古，独立苍茫自咏诗。

是从杜甫的两首诗里集句而成。我喜欢谢无量的字，他是“20世纪中国十大书法家”之一，和李叔同先生是南洋公学同学，两人都是“十大书法家”里的杰出人物。只是，李叔同留学日本，后来出家，便是著名的“弘一法师”。

记住这些内涵深刻的诗句，闲来吟咏，心境就会和过去不一样了。

试试。

# 破万里浪与游万里天

昨天，画了一幅罗汉图，题了这样的话语：

甘面壁，读十年经；

愿乘风，游万里天。

改写孙文联语。

孙文原句：

甘面壁，读十年书；

愿乘风，破万里浪。

孙先生联语，美则美矣，还是世俗境界。我之所改，飘然有仙道气。

你父亲读后，说：革命家破浪，修道者游天，各得其所。

我五弟读后，觉得我改后的句子有圣贤气象。

我觉得，把“圣贤气象”改为“神仙精神”更恰当。

《庄子》《列子》里都有列子御风而行的故事。列子在上古能随风而飞行于空。仙气就是这样的。

面壁，当然是达摩祖师的故事，他常年在嵩山少林寺的一个山洞打坐，一动不动，坐了九年，以至光线被他的身体遮挡的缘故，石壁上自然留下了他的身影，这便是周恩来总理留学日本前写的诗句“面壁十年图破壁”的典故出处。

我上初二的时候（1984年），与一位汪同学比赛作对联，我当时作的一副对联还记得：

面壁不负达摩祖，

壮志难酬小情人。

小情人，是气量、心胸都很小的人。

这副对联不是很精妙，但对于当时还是中学生的我，很不错了。

我估计，汪同学早忘了这件事，更记不得这联语。1990年以来，我再也没见过他。算来，整整三十年就这样呼啦啦地过去了。他当年是数学天才，计算机高手，现在，是某银行高管。当年，他写楷书，写诗词，吹箫，那个初中时代瘦瘦的小个子的汪同学，还保持着风雅吗?

# 为人处世“老三篇”

想给你推荐三本书，被人们称作为人处世“老三篇”：《菜根谭》《小窗幽记》《围炉夜话》。作者分别是明代的洪应明、陈继儒和清代的王永彬。这是三部讲修身之理、处世之道的旷世奇书，把儒释道的修养精华以唯美的语言编成了格言，展现给大家。

我中学时就读了这些书，在现代人看来，似乎读得早了，一个中学生读这些大人该读的书干什么？

不算早。

我中学时代喜欢传统文化，高中时读二哥带来的一本讲解《菜根谭》的书，距现在有三十年了。那本我当年读过的书还在，跟了我三十年了，从甘肃跟到西安，从西安跟到北京。

我修身治学上受这些书的影响很大，在文学上、写作上受益更大。我从小喜欢读古文，喜欢骈体文，初中、高中时能以文言写文章了。你知道的，很多中学生对学习文言文很头疼，我不但不头疼，反而喜欢读文言文，喜欢读格言，抄写格言，于是，我高中时代就能写文言文了。

我的文言文的写作水平有多高，你父亲知道。今年十月，张玉仙老师在北京办了一场画展，你父亲和我都到现场祝贺。画册上文言文的展序是我写的，得到了你父亲的高度赞扬。那真是一篇好文章，对张玉仙老师的书画创作做了精准的概括。我写文言文，喜欢用骈句，与读老三篇有关，老三篇里的格言多是骈句，反复读，既能学习修身之道，又能提高写作能力、文字驾驭能力。

我各引三句，你会明白的。

交市人不如友山翁，谒朱门不如亲白屋；听街谈巷语，不如闻樵歌牧咏；谈今人失德过举，不如述古人嘉言懿行。

——《菜根谭》

从极迷处识迷，则到处醒；将难放怀一放，则万境宽。

——《小窗幽记》

交朋友增体面，不如交朋友益身心；教子弟求显荣，不如教子弟立品行。

——《围炉夜话》

多好的句子。

我喜欢读古今对联，除了义理上的增益，更多是文字境界的熏陶。

# 藏书缘

昨天、今天淘了二百多本书，回来一看，书上有印章或题字、签名，是我十多年前认识的一位张教授的名字。他的藏书流落到地摊了，想来老先生已辞世。

老人少说有八十岁了。前几年我参加一些社会上的学术沙龙活动，经常和这位先生见面。现在，我有近十年不参加相关活动，跟那些老学者们渐渐不联系了，彼此除了名字熟悉外，生活陌生了。

能在地摊淘到朋友的藏书，这是缘分，而对于我，这不是唯一的。

我一位交往十多年的好友三年前辞世了，他辞世一年后我在书摊上淘了上百本我喜欢的书，回家一看藏书印，是我朋友的名字，再详细翻看，一些书还是我曾经送他的，如今回到我手里了。

真是缘分。

我经常在淘书时淘到我认识的作者的书，昨晚、今晚淘来的书中，至少有十位作者我认识，其中有本书的序言还是我写的。淘书遇见自己认识的人写的书，好像走在大街上突然遇见了熟人，会很亲切地聊几句。这样的事情，在大城市的大街上很少有，在有两千万人口的北京城更难得，但不是没有可能。

有一次，我走在大街上遇见了一位老先生，我们认识。更有趣的是，我淘书时多次淘到了他的书。

有一位老先生，住的地方离我家有五六里，这在大城市算是住得很近了，老先生是个学者，目前至少出版了四十多本书，多年前我去过他家，他爱人还是画家，画一些意境神秘的画，想象奇特。不是专业画家，且画得比普通的专业画家好。没想到，淘旧书时多次淘到了他的书，今天也淘到了。这些书，他家都没有了。

还淘到了好多名人签名本，在北京，名人太多了。昨天淘到了著名学者吴立民（吴信如）先生给那位张教授的签名赠书，吴先生的书法很美，小楷很工整。写着“心量宽则成就大”。可以看作格言。此书我放到网上，标价不高，很快被一位喜爱者淘走了，他还淘了一本我朋友的著作，要我题写几个字，我答应了。

网上这样介绍吴先生：

吴立民，号吴明，法名信如，1927年生，2009年圆寂。祖籍湖北阳新，父母早逝。自幼随湖南长沙二学园掌法顾净缘修学，并承传东密、藏密法要，证大阿阇黎位，通儒、释、道三家。毕业于湖南东安耀祥书院并从事教学，后协助唐生智将军参加湖南和平起义。曾任湖南省委统战部副部长、省政协秘书长、省政协文史委员会主任、船山学社社长、中国佛教文化研究所所长兼研究员、中国宗教学会副会长等职务，曾主办《佛教文化》、主编《佛学研究》杂志。受赵朴初会长之托，为北京佛牙塔地宫庄严设计。1994年破译陕西扶风法门寺佛指舍利塔地宫唐密曼荼罗。应法门寺静一法师之请，为法门寺地宫庄严设计，并为法门寺博物馆设计唐密文化陈列馆，著《唐密曼荼罗研究》一书。曾应日本真言宗十八派总部邀请，在日本智积院讲演唐密曼荼罗，对佛教界及学术界影响很大。近年来兼任中国佛学院教授，带研究生。主持编辑《佛藏辑要》《中国佛教文化丛书》等，并应邀去法国、新加坡讲学。

著有《船山佛道思想研究》《佛教与中国文化》《佛法禅定论》《藏传密教与人体科学》《周易象数研究》《药师经法研究》《地藏经法研究》

《印度古代学术思想述要》《藏密大圆满发微》等。

吴先生的书我家有十多本，都是我淘的。我曾在他主办的《佛教文化》上发表过文章。

他的弟子大愿法师举办的大型法会像“首届药师佛文化节”（2012年，武汉）、“首届亚洲禅学大会”（2013年，香港）我都参加过。

这几年，我深居简出，在家里读书写作，不再参加社会活动。

昨天，一位交往了二十年的好友来访，他是大愿法师的弟子，不出家的，称为居士。我们聊了很久，也谈到大愿法师、吴立民、顾净缘三代的佛缘、法脉。

# 一句老话

我想起了母亲过去常说的一句甘肃老话："好与好是换来的，歹与歹是骗来的。"

母亲辞世六年了。过完八十四岁生日的两月后安详地走了。

想母亲的时候，经常是想起母亲讲的俗话。我对澄源这样说："俺娘说了……"

后面自然是引用母亲告诉我的很多"老人言"，口口相传的民间格言，是人生经验、人生哲理的浓缩与告诫，才有"不听老人言，吃亏在眼前"这样的话。

母亲说的"好与好是换来的，歹与歹是骗来的"，表面上看，就是你对他人好，他人就对你好；你对他人不好，你的结果也不会好。细细想，这是讲处世的"因果律"。如是因，如是果。

我最近常会收到朋友或者读者寄来的东西，比如地方小吃，一件衣服，一箱水果，茶叶，紫菜，自家种的大米，自己采来晒干的蘑菇。他们对我好，也是因为我对他们好。真如母亲说的："好与好是换来的。"

我给他们的，或者送些书，或者帮助他们学习国学，或者送些我的字画，或者是把我学到的佛道心法告诉他们。

你父亲过去经常给我拿东西，好酒，把玩的玉器。我送他书，送他书画。

有一次他说，你家东西太多了，我不再给你拿东西了，免得添堵。

这是好朋友间的真心话。他拿东西，我高兴，不拿东西，我也高兴。已经超越了世俗的礼仪。

家里有上万册图书，过道里堆着书，卧室里堆着书。书架上全是我淘来的小摆件，大多是佛像。

2016年夏，我和你父亲初识，他第一次到我家，他拿两万元购我画的册页。说实在，我不是专业画家，为谋生，选择画画。幸好你父亲喜欢。按照售画行规，我应该少收钱，有优惠，可你父亲全额付款，他不需要优惠。

我们就这样认识了。

那套画，是2014年春节，我回老家看望老母亲时画的。

今年，你父亲说，那画有意义，他要拿回来送给我，做个纪念。毕竟，是老母亲看着我一笔一笔画出来的。那时候，我八十四岁的母亲生病了，我回家伺候母亲，陪伴她。后来母亲渐渐康复，我很高兴，开始画画。我画画时母亲喜欢站在一边看，夸我画得好。

你父亲想把画还我，是因为这些画承载了这样的故事。

可我说：不用还，留给你女儿，当传家宝吧。

也许，这些画不值钱，但我和你父亲的友谊，以及这画这友谊承载的情感，非常珍贵。现代社会里，朋友间的真情已经很难得了。

这画这友谊所承载的正能量，化成了我给你写的这些文字。

今夜，北京的天很寒冷，我在大厅打字，讲述一个古老而又鲜活的故事。

## 时间会改变一切

今天下午去看甄子丹主演的电影《叶问》之四，终结篇。叶伟信导演的四部《叶问》我都看过，其他版本的叶问故事电影我大多看过，总共有七八部。

我喜欢读武侠书，喜欢看武侠电影。小的时候到青年时期，大概是小学四年级到高中毕业，是1982年到1989年七年之间，我经常习武。我祖父在民国年间是当地知名的拳师，富家少爷，喜欢武术，出钱请少林寺还俗的把式到我家教拳，够传奇了吧。

祖父一生的传奇很多，激励孙辈尚武。1982年《少林寺》在全国公映，引爆全国武术热，我们弟兄赶上这个时代，加上祖父的无形影响，我们都好武，我坚持的时间算是长的，后来放弃了。

现在想想，过去很看重的东西，比如某个时期的理想，某个坚持不移的观念，随着成长，回头一看，那些坚持已改变了，一些看起来还很可笑，可那时，那个信念、那个坚守是那么顽强、那么重要。现在呢？已不重要了。

人生随着成长，总会不断地超越过去。

有很多年轻的母亲，我的读者、粉丝，述说她们教育孩子的艰难，孩子们有各种各样的问题，她们很焦虑。有的还是大教授，为教育孩子而焦灼。

我告诉她们的是：你不把那些问题当成问题，那些问题就不是问题。所谓问题，也会在成长中自然化解。孩子不爱学习，注意力不集中，捣蛋。成长中，他们自己就变了。顽皮的变得不再顽皮，不爱学习的会爱学习，不专注的自然专注，学习不好的会变成好学生。

成长会解决一个个问题，也会产生一个个矛盾。

你现在的焦灼或坚持的某个观念，日后会有变化，在某个日子回头一看，会笑自己当初的固执。

成长就是这样的。

佛道的人生观，提倡时时对自己观照，天天回头看。这样，时时在认识自己，天天在革新自己。

变革，在不经意间产生了。

# 手熟为妙

这三年，每到腊月，我要写很多对联，一部分放网上出售，挣点散碎银子过年，一部分送朋友，送购书者，送购书画者。我送的对联比售出的多，我送的字画比售出的字画多。我乐意。

写对联，使我练字的境界提升了，体会到了很多笔法笔意，在书写中体会，突然之间就有领悟。我写二百副对联，每副对联加上横批，共十八字，就要写3600字。今年写的对联是：

金光烁屋身心泰，

瑞气盈庭福泽长。

横批：上善若水。

快写，熟写，字就写开了，写舒展了。

你父亲总说我的字写好了，其实我平时忙得没时间临帖习字，只好多读帖。每年写春联是很好的练字机会。经常有很多购书者要我题字，这几年我给上万册书题字，每次不少于四字，这样也就练字了。

我母亲常说，“王羲之写字，手熟为妙。”这是俗语，也是书法真谛。

还有，教学相长。朋友如心的孩子栋栋跟我学书法三四年，断断续续地学，我教得认真，在教学中自己也得到了训练。

教小孩的时候我最受益。

如心也是你父亲的朋友，他们都跟我一起修学佛道文化，都是非常好的朋友。

希望有一天，你也加入到我这个小圈子里。这个圈子里的人大多比较“傻”，我们开玩笑叫它“傻圈”。

加不加入，随你。

# 方便即究竟

“方便即究竟”，是佛教的一句话，是说，诸佛所说法，在某个时候或某个层面，方便法门会是究竟法门，究竟法门会是方便法门。一般来说，方便法门是当机的引导，解决当下的问题；究竟法门，考虑长远，解决根本问题。

我想起这句话，不是要讲佛法，而是讲其他的事情，比如书画艺术。

大书法家启功先生，从小习字，“文革”期间，他因为出身不好，属于被批判被打击被专政的“封资修”里的“封”——因为他是清代雍正皇帝的第九世孙。启功先生因此经常被叫去用毛笔抄写大字报，数百、数千、数万文字的大字报，他都抄写。这对他习字起了非常重要的作用。以致启功晚年开玩笑说自己的书法是“大字报体”。当然，启功成为书法大师，有他的学问、天分、一生的努力，抄大字报，不过是其中一个非常重要的环节，在那样的艰苦际遇里他坚持书法学习。

我认识的书法家徐启文先生也是个了不起的书法家，他对我说自己在“文革”时利用写大字报练习书法。

我认识的书法家化石先生，是政府里的一个重要官员，平时起草文件都用毛笔书写，久而久之，书法境界因此提升。

著名大写意花鸟画家郭石夫先生早期从事京剧演出、舞台设计，自学中西绘画，退出剧院后才开始专门的大写意国画学习，而他过去跟着剧院的舞美老师学，自己在工作中积累的艺术修养又帮助他学习国画，终成了当代国画大师。

我经常对一起修学的道友们说："人生经过，万法我用。"这些大师们都是这样成功的。

一个人如果能把自己的某种爱好融化于生活、工作，而这种爱好也容易变成一种成就。我平时临帖少，但经常被要求售书签名，即便不是我的书，是别人的书，购书者希望我题字以勉励，我从不拒绝。我从给购书者的题字中领悟了很多书法之道。假如我断断续续、日积月累签售一万本书，那等于我断断续续用毛笔写了十万字。每次签字，不少于四个字，题字一般是四个字，加上纪年纪月，题写姓名，大约十个字。

这样，生活里的一件小事变成了练习书法的大事。

你也应该这样，把某些好的爱好融化到生活里变成更美的存在。

# 为谁辛苦为谁甜？

最近因为“赶腊月集”，很忙，很累，一天至少要忙碌十五个小时。有时候也自问：“为谁辛苦为谁甜？”

这是古人咏蜂的诗句，前面还有句“采得百花酿成蜜”。

我们一生忙碌，辛苦，究竟为什么？

父母一生辛苦，忙碌，究竟为什么？

昨天淘了一百本书，要逐一把书“上”到孔夫子旧书网，仅这件工作我连着干了四个小时，加上淘书一小时，花去了五小时。

就算把这一百本书全部出售了，也就挣一千多元，犯得着这么辛苦吗？

看看这世间，谁不辛苦？

你在国外留学，不辛苦吗？

你父母工作，供你在国外读书，不辛苦吗？

我是宅男，可你父亲经常出差，飞来飞去，不辛苦吗？尽管他挣的钱比我多得多，但辛苦是一样的。

还好，在夜里，一边看电视，一边上书，看我喜欢的玄幻剧《剑王朝》，忘记了辛苦，忘记了疲劳。

可第二天，疲劳会不时袭来，只好小睡一会儿。

我喜欢禅宗的一句话：饥来则餐，困来则眠。缩成“饥餐困眠”。饿了就吃，困了就睡。

这样的生活很惬意，很自由，很少有人做到。问问职场的人，能饿了就吃、困了就睡吗？不可能。

我是宅男，有这样的自由。

我经常怀有感恩的心，感恩人生，尽管我很辛苦，可这世界上比我辛苦十倍、百倍的人多得是，推开窗子看世界，问一问，这世间哪个人过得容易？

我们都得好好生活，都得为活着而努力。

为谁辛苦为谁甜？

为活着本身。

# 少年出国为那般？

一位朋友因为孩子在国外留学，突然跟孩子打不通电话，联系不上，为此而焦虑。朋友找我占卜，看看孩子人身是否安全。

我用小成图占卜，是山地剥卦，孩子身体不是很好，经常失眠；天山遁卦，孩子自己不愿意见人，藏起来了；中宫是乾卦，没问题，没有人身安全问题；财宫是地风升，未来财运很好。

朋友说孩子不善理财，孩子的专业是理工科的，没有钱的概念。

我说，这不是理财之财，而是命中带有财运。即便是理工科的，如果有了发明创造，一样有很多财富。世界上有很多理工科的大科学家也是大财团主，即便清华大学的很多理工科教授，中科院、中国工程院的院士，也会因为重大发明、项目、科研而获得巨大财富。

我还举了例子，是我认识的学者中的科学家掌握着大量的财富。

朋友说孩子以前很懂事，学习好，留学美国，可最近两年变了，有点抑郁，有时候打游戏，不上课，不接家人电话，不跟家人沟通。

我告诉朋友，不光她的孩子这样，我好几位朋友的孩子少年出国，早早在国外独立生活，可是，在某个时间都出现了这样的问题。孩子过早独立，过早出国，未必是好事。他们压力很大，他们要独自面对很多问题，而这些问题对于大人，很多时候都是难题，可是，他们还是孩子，要独自承担，独自解决，有时候也会自暴自弃。

他们还没有学会更好地管理自己，管控自己，某个时刻一旦放任自己，会难以收拾，这里有心理问题，也有情绪发泄。

大人们很少想到孩子们的孤独。

现在留学海外的孩子的自我管理能力、学习能力，很难与清末留学的那些学生、“五四”以来到1949年以前的那些留学生相比。那个时代的孩子身上肩负着家国使命，都有很强的自立精神与自我管理能力，可现在的孩子基本上丧失了家国精神。家，还谈得上一点点，国，就谈不上了。试问，当代，谁的留学是为了国家？基本上是为了自己，为了家庭，格局、理想、气量小了，动力也就小了，管理自我上的能力也会因此受到局限。

很少有家长想到那些年纪轻轻就到国外留学的孩子们的心态。

我要朋友学会和孩子积极沟通，要理解他们的孤独与艰难，设身处地地为他们想想。

# 从蔬菜看人心

从菜市场买些土豆回来，土豆上有很多粘在上面的泥土，那些泥土是人为弄上去的，为增加重量，你用手揩不下来。

我是农民出身，种土豆、挖土豆的事情干过十多年。土豆挖出来的时候，很少有泥土粘在上面，一抖，泥土就掉下来了，不会像胶水粘上去的，揩不下来。

冬至那晚，要包饺子，买了一堆韭菜，情况一样，从韭菜根到韭菜叶上，沾满大量的黑色泥土。韭菜不是躺在地里生长，哪里会有那么多泥土？显然是商家有意弄上去的。我从小和家人在地里种韭菜，割韭菜，韭菜是朝天生长的，从根部剪下来或割下来，叶子上绝不会有泥土。北京的家，南窗外，我在花盆里种韭菜，春夏秋三季，我不时用剪子剪韭菜，杜甫诗句里的“夜雨剪春韭”非常生活化。剪完韭菜，韭菜叶干净，绝无泥土。

菜市场上的韭菜里有那么多泥土，是商户有意为之。

记得我在家乡的时候，大概是二十世纪九十年代初，那时候你还没有出生。农村有粮站，负责收农民给国家上交的“公粮”。其时粮站已被一些商户承包，粮站和商户合作，把农民交的公粮倒卖出去。我见过那些商户把小麦、玉米露天摊开，然后往里面掺进细沙，数十万斤粮食里会掺进去上万斤细沙，他们就赚钱了。

这是昧良心的赚钱法。

那时候见过一些商人在收购来的柴胡、地骨皮里掺入细土，也为增加重量，而不顾及药材质量。党参是当地特产，一些人收来囤积，以待高价，党参容易发霉，于是商户会用硫黄熏，发黑的党参会变白。药性因此改变，硫黄还有小毒。

这是中国人常见的经商之道，那些假烟假酒假种子苏丹红三聚氰胺奶等，我只看过报道，没见过。事实就在那里。

我写的这些是亲眼所见。

人心坏了，社会的希望在哪里?

现在追求经济发展，漠视了人心和道德的长期构建，即便人们富了，幸福感在哪里?

世道人心是很重要的，不然，所有的幸福、财富、社会高度发展的成就都会大打折扣，经济繁荣的楼群里，到处隐藏着精神废墟，甚至每一栋楼本身就是精神废墟，只是人们看得见楼群的繁华，看不见废墟的荒凉罢了。

我是一个持戒者，不该做的绝不做，坚守的一些人生原则绝不动摇，这就是持戒精神。

祝愿你也能成为一个持戒者，有所为而有所不为。

# 朋友

今天下午，你父亲和他的一位朋友来我家，聊了五个多小时，还一起喝酒，喝完了一瓶茅台，主要是我和你父亲喝，每人至少喝了四两多。你父亲非常高兴，我也谈到了你，我说我给你每天写一点文字，看看能不能对你学习传统文化、学习修身之道有点作用。

你父亲很感谢。他说他也在关心你，每天和你发微信聊聊。

我讲到了留学生的孤独与艰难，我很多朋友的孩子，从青少年时代起留学海外，和你一样，其实很孤独。所以，大家要理解孩子们的孤独和不容易。

我估计，你没见过男人们喝酒喝得似醉非醉而畅所欲言的状态，妙极了。人界于清醒和微醉之间，言语可能激烈，情态可能激昂，但绝不失控，理性犹在，还能妙语迭出，那是很美妙的事情，就像我酒后还能写文章一样。宋代大儒邵康节说："美酒饮到微醉后，好花看在半开时。"恰到好处。

酒能激发人的灵感，杜甫有"李白斗酒诗百篇"之说，热播的玄幻剧《庆余年》里，范闲微醉后，一口气背诵了一百首唐宋以来的诗词名篇，震惊庆国，人称他"小范诗仙"。他本来是现代研究《红楼梦》的大学生穿越到古代去的，穿越到那个古代的北齐时代，自然没有唐诗宋词，范闲的灵魂是从现代穿越到了古代，他不仅记诵了很多唐诗宋词，还记住了整本《红楼梦》，所以，他把《红楼梦》带到了比清代更古的古代，那个古代的人读了，很惊艳。

喝酒的作用，真有点穿越的体验，海阔天空，纵横捭阖，思接千载，神游八极，那种境界，很玄很妙。

五个多小时里，我和你父亲，谈论了很多话题，比如时政，比如国史，比如哲学，哲学中的儒家思想的利弊，儒家讲究治国要圣王，可几千年来谁是圣王？儒家尊帝王到了极致，所谓“君要臣死，臣不得不死”，这哪里有人权和自由？儒家把一切权力都送到帝王手里，谁能监管帝王的权力？儒家政治哲学与当代社会政治的历史关系是什么？这是个大话题。

我们谈论传统文化，谈论道教，谈论张玉仙老师的灵应法诀和这件事情本后的“实相”（真相），自然也涉及了宗教的本质，人有没有灵魂？有没有轮回？有没有因果？

谈文学，我乘着酒兴，一口气朗读了五首张玉仙老师的丹诀，五首吕洞宾真人的剑仙诗诀，那种酣畅淋漓又是谁人能体会的呢？我一边声情并茂地朗诵，一边绘声绘色地解释，配合手舞足蹈的姿态，畅快极了。唯有饮酒后才如此，且不失态。

试问，人生能有几个可放心地、忘我地一起喝酒的好朋友？可以尽情吐露胸中块垒，可以言无所忌。李白说的，“人生得意须尽欢，莫使金樽空对月。”今晚，这一刻，我们神交古人，思通百代。

下一次，我见到你了，一定请你和你父亲一起喝酒，畅聊，不为别的，就为尽兴，快乐，为友谊而干杯。

# 真正的朋友令人安心、放心

今晚，我和你父亲以及其他十几位朋友，在2019年，年终聚会，大家在一起聊天，喝酒，吃饭，非常开心，都是投缘的朋友，令彼此安心、放心的朋友。

这样的年底聚会每次差不多有二十人，都是好朋友，彼此交流，谈谈一年来的感受，彼此鼓励，开拓未来。朋友们各行各业的都有。有位朋友专门从上海赶来参加聚会。本来不希望他来，原先想的是北京的朋友聚会，外地的朋友如来，人家花费大，有点折腾。这位朋友从上海来，来回的车票、食宿加在一起，要花去近三千元，很是不忍。但他愿意，昨天就到京了，他觉得年底和好朋友们见见面，聊聊天，对自己很重要。今天他到我家时，我还在睡懒觉，夜里看了《庆余年》和《剑王朝》，睡晚了。

起来后赶快写春联，有二十位朋友，至少要送出三十副对联三十个福字，有的朋友需要四副对联，有的需要两副。写了一上午。

我给你父亲写的是：

财源通达三江水，

道炁闲养五岳云。

第一句是古人的话，第二句是我写的，古今合一。

希望你父亲财运好，公司和团队财运好。

第二句是说，还要休闲，到三山五岳周游而访道。“闲养”的闲字，用得好。这样，人生就洒脱了，逍遥了，自在了。

人生要有一段闲情逸致，要有一段闲散生活，适当的时候，要做一个闲人，置身事外。这个“闲”字，大有妙用，并非人人能懂并能享受。

希望你日后，既能挣大钱，也能潇洒享受人生；既能投身自然，感受大自然的美与能量，也能寻求大道，寻找超越人生如名利、生死、恩怨的那个与生命本质相关的存在。

建立在这样人生观、世界观基础上的好朋友，是令人安心的放心的朋友，也是有修养、有学问、有正见、有操守的朋友。

我和你父亲都很敬重的张玉仙老人家也到了。她的到来是大家的福气。她讲了很多非常神奇的事情，也给每一个聚会的朋友写了“灵应诗”。

“同气相求，同声相应”，就是这样的。

# 脚下千条路，心中一盏灯

今天，我们“小伙伴群”里的朋友为某些问题争论不已，比如，修行者该不该吃肉。

本来是一位读者向我提问，说她的孩子还不到两岁，她不想让孩子吃肉，就为净化他的身心。

可以肯定，这位母亲在学佛。我不主张她这样做，毕竟，孩子还小。

我说，佛法又不在肉上。佛法是心法。如果说吃素能成佛的话，牛羊吃素，早就成佛了。

我虽然有宗教信仰，但不迷信，也不会把自己的信仰强加在爱人、其他亲人身上。信仰是自由的，自愿的。

我看到朋友们各抒己见，争论不已，就写了“脚下千条路，心中一盏灯”送给大家，正好提问的女士也在我的网上书店购书，我把这句话写了送她，意思是说：

修行的道路有千条，但心灯要点亮。

心灯象征智慧。学佛需要智慧，经营、处世、创业、修学都需要智慧。六祖慧能大师在《坛经》里说：“一灯能除千年暗，一智能灭万年愚。”缺少智慧，常常会把本来很好的事情处理得一塌糊涂，还自以为是。

对你也一样，不管走什么样的婚姻、学业、事业、人生之路，一定要点亮心灯，做个有智慧的人。

# 不要囿于一己之见而忽视本来的美好

台湾已故作家林清玄在《有情菩提》的序言里说自己把一首日本歌谣记错了，他在《拈花菩提》里写过这首被自己记错的日本歌谣的歌词，而一位不署名的日本读者读到后给他寄来了正确的那首日本歌谣的歌词。

先看看日本读者寄来的正确的歌词：

《红蜻蜓》

彩霞绚烂漫天

红蜻蜓正艳

自在林间飞舞罢

又停枝头间

保姆身世本凄凉

十五嫁他乡

春耕夏耘无消息

愿她平安无恙

再读林先生记忆中的《红蜻蜓》歌词，尽管他只写了三行：

黄昏时红蜻蜓飞来飞去

我的姐姐十五岁时就嫁出去了

从此我们再也没有她的消息

……

我惊讶的是，林先生读了日本读者的来信后竟然如是说："我一向自以为记忆力一等，没想到却把一首悠远动人的童歌，记成前面那样俗气的句子。"

我很奇怪，这三句诗歌，如何俗气了？一点不俗气，我感觉比日本原来的歌谣词句更有诗意，更动人。

想一想，一个保姆嫁人了，跟你没有消息，你很难过，还是你亲姐姐嫁人后没消息你更难过？我讲的还不是这个难过的事情，虽然，这涉及内在的情感，而不是诗意本身。黄昏时，红蜻蜓飞来飞去，一个男孩子，在想着自己年纪轻轻就已远嫁的姐姐，好久好久没有消息了。这是多么令人伤感的事情。小男孩，黄昏，红蜻蜓，诗的意象与内在的哀愁，都很动人。

林清玄说自己记的歌词俗气，真是有点矫情了。

类似的事情，我们生活里很常见，要举例子，可以举很多。举一反三，明白里面的道理即可。

我们不要囿于一己之见而忽视本来的美好。

你在日本留学，听过《红蜻蜓》吗？

我倒是想起了一件事，那感觉，和林清玄记错的歌词，一模一样。

我的大姐，今年都快七十岁了，比我大十九岁，她十几岁远嫁陕西，我一直到十七八岁才见到了这唯一的姐姐。我小的时候，上中学的时候，就知道有个姐姐在陕西，她长什么样子？一点不知道，我有时候会想起当时从未谋面的姐姐。村里大人那时喊我母亲"鹿儿妈"。鹿儿，是我姐姐的名字。大人们记得住我姐的名字，记不住我这个小弟，那是因为当年在农业生产队时，我姐姐经常随大人们干活，他们都是"社员"。

有这样经历，读林清玄记错了的歌词，感觉更入心。

# 浮生穿凿不相关

2019年的最后一天了。写什么呢？

想起下午画了一幅罗汉图，题了一首禅诗：

三间茅屋从来住，一道神光万境闲。

莫把是非来辨我，浮生穿凿不相关。

写这首禅诗吧。

这是潭州龙山禅师的诗，写他的修道体验。第一句写隐居深山，住着三间茅屋，一住多年。第二句写开悟的体验，体验到了生命里的那一道神光，见到了生命的本来面目，从此之后，万境闲闲，因为，此心已经如如不动了。第三句说，对于真正开悟见性的人，已经超越了人间的是非，你无法从是非对错的境界看他评他。第四句说，开悟者的境界，凡夫无法理解，很多理解、议论是穿凿附会，与那本来面目毫不相关。

这首禅诗真的好，特别是后一句。我们对很多事物的理解，对人性的理解，具体到对某个人的理解，也会有“浮生穿凿不相关”的时候。一个人最需要的是做好自己，而不是奢求他人理解，因为，任何人，对他人只能理解很微小的一部分，不可能完全理解。即便母子、母女、夫妻、好朋友、师生之间也如此。我跟我爱人，算是朋友圈里大家羡慕的恩爱夫妻，可是，有时候我说的话也被她误解，我说“我不是这意思”。她会说：“你就是这意思。”很多人是不是对这样的对话很熟悉？

你的父亲母亲真正理解你吗？你又真正理解你的父亲母亲吗？

扪心自问，只怕你的父亲母亲会愕然，你也如此。

朋友内心的秘密，为什么会有那些想法？我不去猜想，不去解释。因为，猜想、解释，未必是事物的真相。

我们心里不舒服，找个心理医生帮助我们，他们会分析我们的梦境，说得很有道理，有道理的就一定是事物的真相吗？听起来有道理的就一定可信吗？不见得。很多时候，也是“浮生穿凿不相关”。特别是精神分析、心理分析，很多时候是穿凿附会，与心灵的真相并不相干。

比如这首禅诗，我看了一下网上的解释，一些还是名人，解释这首诗以引导他人学佛，信誓旦旦的样子。我读了他们的解释，正好用“浮生穿凿不相关”来形容。

做好自己，坚守信念，看轻他人对你的是非判断，但内心要有自己的标准，看开那些穿凿附会的说教和谎言，人就已经具有智慧和慧眼了。

# 黄金易得，知音难求

元旦好。

我今天刊发在微信公众号里的文章《盘点与展望——我的2019》，没想到阅读的人多，打赏的人也多。我未想过这些，觉得很平常，以平常心说平常事而已，文章不煽情，朴素无华，是简单的总结与陈述，只是，这样的陈述还是打动了很多人。

你父亲读完我的文章后，对我说：

“聚会那天，我思考着在座熟识者的2019，今天读你那篇《盘点与展望》，当时所思竟尽在其中。于我而言，还多了一个欣慰，女儿搭上了你这艘渡船，有可能驶出心灵的苦海。今天，安安静静地读《道德经》，偶尔与朋友互致问候。触摸着当下的人情冷暖，聆听着宇宙深处美丽的弦歌，此二者本不相碍。感恩君一年的帮助，望大愿圆满。”

我说：黄金易得，知音难求。

我想到的，你父亲也想到了。这是因为他了解我，懂我。

真正契心的友谊于注重利益的当代，似乎显得很珍贵。前人有诗句说：“水能淡性为吾友，竹本虚心是我师。”这是钱学森教授生前很喜欢的联语。水能淡性，而以喻友，可见古人对朋友之间“淡”泊的要求，也就是朋友之间，不要那么多功利。“君子之交淡如水”，说的就是这个理。好朋友之间并不是为了可用、可被用而交往的。

你父亲说“女儿搭上了你这艘渡船”，指的是我们的交往，我以文字帮助你，希望你能减轻内心的痛苦，引导你学习国学精华，不一定要长篇大论，讲大道理，化微言大义于日用平常，慢慢地，你会懂的，会受益的。

我一位好友的孩子在美国留学，经常玩游戏，不好好学习，还和家人玩失联，昨天朋友对我说，老公因此气得要和儿子断绝父子关系。

那只是气话，父子关系是血缘关系、法律关系，哪能说断就断呢。

我理解孩子小小年纪就去国外留学的压力和内心的痛苦。可孩子们理解父母的关爱与不容易吗？

你父亲说你很懂事。我希望你能理解父辈的苦心。他们也有痛苦和不安。

理解了每个人活在世上的不容易，才会真正理解人生。

# 苦荞与浮小麦

前几天因为工作忙，上火，鼻子多次出血，口干。有朋友曾给我送过苦荞茶，我泡茶喝，两三杯之后，口不干了。喝了两天，鼻不出血。

苦荞是一种农作物，味道有点苦，很好吃。小的时候常吃荞面，只是产量低，现在农村人很少生产了。苦荞性凉，故而去火。苦入心经，能泻心火。

这是中医食疗的道理，食物，包括粮食、肉类、水果都有阴阳五行的属性，能当药物用。古老的《黄帝内经》已经在探索食疗之理法。其中《素问·藏气法时论篇》谓之“五谷为养，五果为助，五畜为益，五菜为充。气味合则服之，以补精益气”。

想到了浮小麦，是粮食，也是中药。浮小麦就是干瘪的没有长好的小麦颗粒，有清热去火、止盗汗、生津益气的作用。我从小在农村长大，每到夏天，人们会把干瘪的小麦粒炒一下，用开水冲泡当茶饮，可以解暑，可以生津。夏天，我会给地里干活的父母送去浮小麦茶水。

那时候人们穷，南方的茶叶很少运到北方出售。即便“供销社”有茶叶出售，哪会花钱去买?

如今，人们都喝着好茶，即便乡村，人们普遍喝茶，早把浮小麦忘干净了。

小麦颗粒饱满，会沉到水底，干瘪的小麦会浮在水面上，故名浮小麦。

苦荞成了批量生产的袋装茶，而浮小麦却不是。浮小麦是中药，不能轻易用。

《华严经》上说，大地上的草木万物都是药。中药就如此，木本、草本、矿物药、动物药……，当然包括食物药。

我和你父亲经常喝茶清谈，也是人生乐趣。魏晋时代的文人喜欢如此。现代人追求快节奏的生活，很少有人能静下心来与朋友品茗清谈。

你父亲送了我很多名茶，龙井、普洱、金骏眉、大红袍、雀舌……我与朋友们清谈分享了。

# 郑钧拉下了“禅者”的脸

我和澄源喜欢看李诞主持的《吐槽大会》《脱口秀大会》，让人开心一笑，非常舒服，生活里的很多劳累一笑而光。

昨晚我们看了《吐槽大会》之吐槽郑钧。你在北京长大，是否知道郑钧？应该知道。你是否知道李诞和他的节目？应该知道，也许喜欢看。

郑钧作为歌手，和我和你父亲是同龄人。郑钧比你父亲大一岁，你父亲比我大一岁。他是我们同龄人中的杰出歌手，著名的《回到拉萨》你或许听过。

吐槽他，每一个人狠狠怼他。

郑钧在红沙发上打坐，双盘。去年的《脱口秀大会》上他做过一期嘉宾“领笑员”，自称修禅打坐。这次在吐槽大会上自称“修禅十年”。

别人吐槽他，怼他，他脸上挂着笑容，和蔼可亲又无所谓的样子。到了同是歌手的“大张伟”吐槽他，非常给力，起初，郑钧的笑意挂在脸上，可到后来，笑容突然消失，挂不住了。

他内心受到刺激了。

他修十年禅，被大张伟怼得动心了。

《坛经》里记载，两个和尚在议论“是风吹动了经幡，还是经幡带动了风”的问题。旁听的慧能大师说：“不是风动，不是幡动，是仁者心动。”

事后《吐槽大会》的主持人张绍刚采访郑钧，问他此来心得，他说，本不想来，想到自己修禅十年，看看还能不能经得起考验。张绍刚说他看到郑钧在“大张伟”吐槽时脸上挂不住了。郑钧认可。他说大张伟是很好的综艺主持人，可他有音乐吗？

一个人要证得“无我”，很难。郑钧修禅十年，在“大张伟”吐槽时动心了，说明他的禅修还很浅。还有，郑钧骨子里的傲气并没有转化多少。

一个歌手、音乐人能修禅，静心，打坐，是好事，值得赞许。从这里也能看到修禅静心的不容易，在细微看心境，在细行看修为。

祝愿郑钧大哥修禅进益。

你父亲喜欢听歌，听一些有年代感的老歌，有时候会把他喜欢的歌通过微信链接发给我，分享音乐。

希望你喜欢音乐，喜欢禅，喜欢郑钧的歌与李诞的节目，太好玩了。

李诞的节目是很多人的开心果，他是有思想的娱乐大咖，这才是了不起的地方。

《华严经》里说：“菩萨知一切法皆是自心。”信然。

## 我是三缺先生

要过年了，一位朋友问我，老师。你缺些什么，我给你寄。

我说：

我缺心眼，缺觉，缺德。

朋友笑。

我说的这“三缺”是真实的。

缺心眼，我没有很多人那么多心眼，澄源经常笑我“缺心眼”，还给我取名“缺心眼子”。不是缺，而是不想用。“非不能也，是不为也。”心眼多则累心，简单有简单的幸福。

缺觉，每天工作十多个小时，睡眠少，也无妨，我经常静坐，能在静坐的片刻休息。

缺德，在中国人看来是骂人的话，在修道者，这是真言。试问：这个世界上，谁不缺德？人不缺德就已经成道了。我母亲常说，“人没私心成神了。”《道德经》标榜“道德”二字，只有修德，修与道相通的“玄德”才能成道。可以说，这个世界上，只要没有得道的人，不论谁，都缺德。缺是缺少的意思，谁不缺少德？这不是骂人的话，而是对人生真相的准确表述。那就积德好了。行善积德是大家挂在嘴上的词语，落实在行动上就不缺德了。

三缺先生，有自知之明。至少知道自己缺什么。缺心眼，就缺到底，也就通透了，自由了；缺觉，可以补足；缺德，却需要一生的修行。

# 古诗里的呵呵

读唐代诗人韦庄的《菩萨蛮五首》。其中有两首，很有意思：

其三

如今却忆江南乐，当时年少春衫薄。
骑马倚斜桥，满楼红袖招。
翠屏金屈曲，醉入花丛宿。
此度见花枝，白头誓不归。

其四

劝君今夜须沈醉，尊前莫话明朝事。
珍重主人心，酒深情亦深。
须愁春漏短，莫诉金杯满。
遇酒且呵呵，人生能几何。

看过电视剧《将夜》的人，知道电视剧里有个喝酒的场所叫“红袖招”，里面有很多美丽的女子。这个词语和这个场所，由来久矣。红袖是女子的代称，女子招手而招引酒客。

第二首词里，那句“遇酒且呵呵”，这“呵呵”，在网络时代大家都在用。有位研究生还写了一篇文章在论“呵呵”这个词语的网络时代的意义。

呵呵。

这是多么有意思的词语。

尴尬了，呵呵。高兴了，呵呵。无话可说了，呵呵。不好意思了，呵呵。

不想写了，呵呵。

# 夜月明

我经常在近晚时分出门去市场的书摊淘书，多是步行去的，很少骑车，想走走路，还是快走。我前面二十米处有一个人在行走，我会很快超过他，还会把他落后五十米。快走加上调息，是我锻炼的方法，活动气血，既淘了书，又锻炼了身体。

我背一大书包可装四五十本书，是我一个画家朋友的画包，装宣纸、画笔，外出写生用，上好的帆布做的。朋友跟我同岁，以前学过裁缝，自己做的。我看上了就给了我。这两年我背着这书包淘过上万本书。

要是夏天，天黑得晚，淘完书回家，天是亮的，西天的阳光还在做最后的炫耀。冬天，每次淘书回来，头顶明月，穿过暗巷。

我喜欢在月夜行走，安宁而清凉，天高云淡，望着幽蓝的天空，感觉天空深邃而神秘，和谐而宁静，内心顿觉安详。

今天淘到了我认识的于永年先生的著作《大成拳——站桩与道德经》，我认识于老爷子的时候他都九十岁了，我去过他家三次，他家离北京西客站近，他是武学大师王芗斋的亲传弟子。2013年10月2日，于先生逝世，享年93岁。他也是一位大师。

我经常在书摊淘到认识的人写的书，感觉与朋友在街头相遇一般。

说到站桩与《道德经》，与你父亲都有关。一是你父亲喜欢站桩，他学陈式太极拳。二是他说要把我写的《道德经真义》读四遍。已经读完一遍了。他说要读四遍，是有感于《易》学大师霍斐然先生，先生八十岁时曾告诉我，这本书他读了四遍。我把这则故事告诉了你父亲，你父亲说，八十岁的老人家都读了四遍，我更应该读四遍。

昨晚北京下雪了，道路两边全是积雪，空气更为清新，头脑更为清凉，明月更为高远。于是，我吟诗云：

为爱明月夜，淘书咏凉天。

步行修气脉，心安定丹元。

常悟老庄意，时参卢能禅。

书不尽人意，欲述已忘言。

卢能，禅宗六祖大师慧能大鉴禅师，俗姓卢，古人也叫他“卢能”。《六祖坛经》是每一个中国人一生中应该读的书，你也应该读。此书，我少说读过十遍以上。

# 冬夜的一首诗

如果我要在冬夜写一首诗，我会写给一个陌生人，写给我梦幻中见过的人。

梦像一个敲钟人，准时唤醒我，走出梦境，多少岁月在梦中都可以返回去，于是，我在梦中见到了已经死去的父母，活得开心；见到了童年，见到了我不久前在影视剧中认识的演员。他们都和我一起说话，死了的人没有死，和过去一样亲切，变老了的我还没老，还像过去一样充满着好奇，住在祖父修建的百年老屋打坐冥想，那是个土楼，透过土楼的窗户可以望见远山，而影视剧里的男明星，却是我的艺术启蒙人。

时空在梦境中完全自由了。

只有在梦幻的世界我才能在天空自由飞行，也能在虚空看着大地和大地上的河流。我经常在梦中飞过高山，越过河流，是那种波涛汹涌而惊心动魄的河流，黄色的河流，比黄河还宽阔的河流。梦中的我有时候也会担惊受怕，经常在某一刻有个意识提醒我，这只是梦，是个幻境，自己是安全的。

我已经有两个月没有写出一首新诗，昨夜漫天飞舞的雪花没有带给我灵感，今早看着院子里觅食的鸟雀，神思寂然。

也许，人老了，诗神会远离。诗神喜欢少年的单纯，青春的多情，中年的绚烂，唯独不喜欢老年的深沉，因为，太深沉会进入哲学境界而少了诗意。

我的脚步，走向了连我也不好定位的地方，那里有些许孤独，也有些许寂寥，能看见远山的顶端高高矗立着神庙，而我只是远望着，却无心进去。

“弃我去者，昨日之日不可留。”那歌者向我飘来；

我没有乱心之事，且随他去，“海客谈瀛洲，烟涛微茫信难求。”那歌者与我同行。

走吧，我知道那个神秘世界的大门在每个人的心头幻生幻灭，破掉幻象的人才能看清何处是天尽头，也知道何处有香丘。

# 学艺要趁早

张爱玲曾经说："出名要乘[①]早。"如今成了时髦，也害了不少人。人出名早会带来很多问题。因为，一个人的心理、人格、智慧、定力、能力、体质往往与出名之名并不相符，所谓"盛名之下，其实难副"。心智还不全，名利带来的冲击是很多过早成名者所难以承受的，一旦受到打击，很多人就抑郁了，活不下去了。这些年娱乐圈自杀的年轻人太多，特别是中日韩三国的艺人。

出名要趁早，不足取。学艺要趁早，可取。

想到这句话，是想起我家乡的一句俗话："八十老人学唢呐，学会了，气断了。"我从小听这句话。我问澄源，东北有这句话吗？澄源说东北没有。那这就是西北独有的一句话。西北人喜吹唢呐，特别是丧事上，必然有专门吹唢呐的，为亡者安魂送终。我一直喜欢听唢呐声，那是一种苍凉悲伤的调子，有着生命深层的凄苦的意蕴。唢呐在西北少有欢快调。学习唢呐，需要练气，其实很难。八十岁才学唢呐，学会了，却面临着死亡的到来。

学艺要早，艺精之境，各人不同，有人天资超群，很快技艺超群；有人大器晚成；有人一辈子努力，却在末流。各人造化不同而已。所谓命运，也如此。

---

① 原文直接引用。

# 中国人的话术

看央视《今日说法》，这节目我看了二十年了。今天看的是关于非法整形的报道。有一家非法整形培训机构，多年非法培训了五千多名“整形医生”，几乎都是没有医师资格的人，培训只有四天，所谓“速成整形”，用的玻尿酸等药品都是假冒产品，目的只是骗钱，学员也为赚钱，彼此彼此，授课老师一边教所谓的“整形”技术，一边教骗人的话术，“你给她打药隆鼻，然后说，你这下巴不好，根据面相学说，这下巴不兜财，你要是做一下就兜财了。那些人一定会整完鼻子整下巴。”

看看，骗子连“面相学”理论都拿出来了。不是他们真懂面相学，而是拿面相学术语作话术，骗取迷信面相术者的钱财。

打减肥针要告诉她，一定要配合有氧运动。如果减肥没效果，人家找你，你就说：“我教你配合有氧运动，你不运动，责任不在我。”

打美白针的，要她尽量少出屋，不出屋，不能晒太阳，出门要打伞。屋里憋一个月就白了。

所有的骗子都有一套话术，特别是中国的电信诈骗、传销诈骗、网络诈骗都有话术。很多人掉入了话术陷阱。常见的电信诈骗话术，“我们接到报案，你参与了洗黑钱，被公安立案。你要证明你的清白，没参与洗黑钱。……”很多老人、妇女上当，把钱转到骗子所谓的“安全账户”。

看电视剧《精英律师》里那些骗老人钱的人都有一套话术。

这话术也在宗教界泛滥，特别在很多道观里，一些道观还给人承包了，那些骗子见了香客就说：“你有血光之灾，你要是请了我们庙里开了光的貔貅，就可以免灾。”把灾难说得很严重，把貔貅说得神乎，一个五十元的石貔貅可以卖到三万、五万。这样的话术骗局《北京晚报》曾报道过，北京两处道观榜上有名。

骗子无所不在。

中国人信奉一句话：“害人之心不可有，防人之心不可无。”骗子太多了。如今，很多防人的人，原本“不可有害人之心”的人也成了骗子。前几年南方某些村整村人在做电信诈骗之事。

很多时候我为生在中国而自豪，中国有悠久、辉煌、灿烂的古文化，一些时候也为到处泛滥的中国人的骗术而羞愧而难过，特别是为宗教界的话术和骗局难过。世俗界那么多骗局、话术，还可以理解，如果宗教界也如此，那么，这世上似乎就没有精神的净土和精神的寄托了。

想来想去，要靠自己，要靠自觉，自修，自救，很多时候宗教界靠不住，但宗教真理还是可信的。

警惕话术，警惕中国人的话术。

# 其实父亲都知道

冬夜，我梦见了父亲。

父亲如果活到现在，九十二岁了。他辞世的时候，刚七十二岁。

我想象不出来九十二岁的父亲会是什么样子的。父亲五十岁的时候留了胡须，他辞世的时候长须飘飘。我也是过了五十岁的生日后蓄须的。有时候照镜子，感觉跟父亲很像，至少跟我记忆中的父亲神似。

有时候也想，自己还能不能活到父亲的岁数。要活到父亲的岁数，我还得活二十一年。这是漫长的岁月。

记忆里，父亲年轻时的形象逐渐模糊，而他留着胡子的形象一直清晰。

记忆里，与父亲的交流，弟兄五人中我最多，也最深。这是时节因缘。我上小学五年级时，二哥已经在外地上大学了；我上初中时，二哥三哥在上大学，五弟还小，大哥已大，不时外出打工，而我在家，经常和父亲聊天。父亲喜欢唐诗，我也喜欢唐诗，我小学、初中背了很多唐诗，经常与父亲分享心得。我上高中时，二哥、三哥大学毕业工作了，五弟上小学、中学，大哥大到已经不愿意和父亲交流了，他结婚后更不和父亲交流，和父亲交流的依然是我。等到我高中毕业，没考上大学，在农村务农，那时候五弟上高中了，大哥分家了，父亲还得教我如何赶牛耕地，和父亲交流的还是我。

弟兄中和父亲交流最多的，是我。

我在农村的日子很苦闷，内心有很多苦，虽然不说，父亲是知道的。他从来没有责备过我。我多次参加高考，不论是应届考试，补习两年，还是社会考试，都没成功，父亲从未说过我什么。他对我的才华还是看好的，尽管我当时看不到希望，内心的理想和苦闷，父亲始终是知道的。

有一次在干农活时，我和父亲谈及我的感情世界，谈及我爱过的女生，我的孤独与无奈。这些，我过去从未对父亲说过，偶尔写到诗歌里，其实父亲是知道的，他劝慰了我，给我讲了很多他在民国年间的往事，以及“抗美援朝”时在朝鲜战场上的往事。

父亲讲到伤心处也会哽咽难语，那时候父亲有六十多岁了吧，会像个孩子一样痛哭。这点我很像父亲，我很多次，在和朋友讲起我的往事时哽咽难语。有一次，你父亲来我家，我讲起家族往事，讲到解放后家族的悲催命运和伯父陈治邦的悲苦人生，潸然泪下，坐在对面的你的父亲唏嘘叹息，心意难平。

也许，这是男人间的情感的表达，不管是父子，还是朋友。

父亲和我，我和你父亲，都是性情中人。

我在西安打工的六年，五弟和父亲生活在一起，他和父亲的交流是多是少，不得而知。那时候，父亲经常给我写信，信的开头总是“全林吾儿，见字如面”，写到这里，泪花涌现。父亲有时候也在信里给我附上他写的古体诗，我也给父亲在信里写古体诗，这是我们之间的交流。我在1997年给父亲的信里写过一首七言律诗，记不得全诗，只记得其中两句中的八个字是“足量华夏……，肩挑道脉……”。当时我在注解宋代的道书《青华秘文》，2002年，我在北京开讲《青华秘文》时打印此书稿作为讲义，那首诗收录在后记里。现在，都记不起来了。只记得一件事，当时有感，写了一篇回忆父亲的文章，谈及往事，在同事面前哭得稀里哗啦。

父亲辞世那年我三十岁，没事业，没女朋友，没有前途，一个人在西安打工，在社会底层挣扎。希望在哪里？甚是渺茫。

父亲临死前对我母亲说，“不要操心老四的事情，他有他的命，命会转好，未来会很好，婚姻他自己会解决。”

父亲说这话不是为了安慰我母亲。当时弟兄五人中只有我没结婚。五弟已经有了女儿，唯我孑然。

父亲懂命理，他曾说我命理是“文曲星”命格，有“天乙贵人”。果然，我这一辈子，靠写作、写字、画画、写诗谋生。我三十一岁来北京，三十四岁结婚，果然如父亲所言，命转好了，也遇见了能帮助我的“贵人”。

其实，我的事情，父亲早就知道。

我知道的事情父亲知道，我不知道的事情父亲知道，我想隐瞒的事情父亲也知道。

这就是父亲。

不知你和你父亲是怎样交流的。也许，你的心事、你心里的痛苦和困扰，你父亲都知道，只是没说而已。

父亲都有共性，他们的坚韧里隐藏着深厚的爱，尽管有时候无言。有时候真是如俗话说的，大爱无言。

爱有所表达，会更温暖。

我五十一岁了，想起往事，想起父亲，泪雨连绵。

年轻的你，要早早珍惜这三生三世等待而来的亲缘，亲缘中的父女缘。

# 我可以教你学《易经》

我听你父亲说，你在淘宝上找人算命被骗走了不少钱。你父亲说，被人骗走了一点钱还是小事，只要你心能安宁就好。

我可以负责任地说一句话，在网上给人高价收费算卦的，不会是真正的术数高人，真正的术数高人绝不会如此。术数有道也有戒，真正懂得术数的人绝不会以此敛财，不会骗人，不会轻易为了钱财给人广而告之地算卦。术数里的戒律很多，违背了那个戒律，天谴很严重。

我答应你，以后遇见什么事情，不要再去网上找人算卦，找我好了，有生之年，义务为你解惑。三十年来，我占卜过数千例，从未收过费用。这是我的戒界。

我希望你能学《易经》，我可以教你学，学着学着就会占卜了。学占卜是次要的，明白《易经》的天人之道才是最重要的。《易经》是中国六经之首，是一部伟大的著作，可以用“究天人之际，通古今之变”来形容，包含了科学、哲学、宗教、技术……各个层面的伟大智慧，从一开始就已经站在人类智慧的巅峰，在于这是上古得道圣真通达宇宙真理之后的杰作。南怀瑾先生甚至认为这是“史前冰河期之前”的超智能人留下来的伟大著作。《易经》里有理，天地万物之理、阴阳道生之理、一气演化之理、生生不息之理、厚德载物之理、修身处世之理、经世致用之理、格物致知之理……；有数，宇宙万物的数学原理，比如事物发展的周期、期限、运数，人的命数等；有象，对各种具象、现象、形象、抽象事物的研究、归类，还包括对“超象”——超越了普通认识的现象的探索，如“精气为物，游魂为变”即是。

学了《易经》，你的人生、眼界、智慧、生命质量、幸福指数都会巨变，都会提升。全世界那么多伟大人物、著名学者、科学大师、普通百姓、修道高人看重《易经》，不是偶然的。

这些话先给你学习《易经》种个种子，日后有机缘学习《易经》，就会知道《易经》不只是算卦了，还有比算卦更高明的“形而上道”。当然，“乐天知命，故无忧”还是需要的，用孔夫子的话说就是，“假我数年，五十以学易，可以无大过矣。”（《论语·述而》）孔子都说了，假如他五十岁的时候学习《易经》，就可以少犯错误了。不是因为占卜算命，而是因为明道有了大智慧，乐天知命。

《易经》原理还发展了道家很多术数如占卜、风水、中医，还有更高的大智慧、大法门，如丹道、法术。《易经》里的很多大智慧，现代科学目前解释不了。

希望你能在日后跟我学《易经》。你那被骗的一万多元足以购齐所有你需要阅读的《易经》方面的必读好书。

我从不主动教人《易经》，对你是唯一破例的。你要珍惜，也要发心。

你父亲日后也会跟我学《易经》，目前他在专心学《道德经》。

# 《易》象解梦

昨天，我一位朋友给我发短信，谈梦象，以求占卜。我们没见过面，但交往已久，就像我也没见过你，也算是忘年交的朋友了。这位朋友也学《易经》，喜欢占卜，有时候向我请教，重大的事情也会问我。我叫他“清道友”，我以前的《修学记》里记录了很多我跟他探索《易经》与占卜的案例。

他是企业家，比我年轻二十多岁，喜欢传统文化，自学国学，修行，这是我们能成为朋友的根本原因。

他的短信说：陈老师好，此次欲购一大船，正犹豫定否，今早梦太阳光照身而醒，请求一解。

我说：

太阳为日，离卦；人体，不论躺着站着，是直杆状的，巽卦。火风鼎，说明你事业目前很好。互卦泽天夬卦，虽然吉利，但要防止口舌和利益冲突中的官司。变卦，一船一解，动爻取一，得火天大有卦，事业很好，但经常难以归家。如果从这样的梦象占卜，还是吉利顺利的。又，发给地址，我给你寄一些对联。要多少寄多少。

朋友说：好的，多谢老师！这次买了，估计因为业务需要，会各地奔波，确实难以经常归家。

我希望你在日后学《易经》，才讲这事的。

离是卦，巽也是卦，日与杆是象。卦有八个基本卦叫“八经卦”，就是乾、坤、坎、离、艮、巽、震、兑，两两组合，有了六十四卦。八卦的每一卦是唯一的，但每一卦的象不是唯一的，比如离卦，离为太阳，为心脏、为红色、为火、为朱雀、为鸟类、为南方、为数字三、为中年女子……这都是象；巽为木，为船、为元气、为飞鸟、为钱帛、为僧道、为东南方、为数字五、为年长的女子、为绳子、为木床木桌、为青色、为电杆……这就是象。

乾为天、坤为地、艮为山、兑为湖、震为雷、巽为风、坎为水、离为日，这是基本的卦象，但每一个卦的象有无限的延展性。如乾为君、为父、为长官、为头、为金、为白、为西北、为数字之一与九、为马、为龙、为金属……这就是无限延展性。

清道友梦见了太阳，是离卦，离为日；阳光照在他身上，他的身体，站着躺着，“都像电线杆”，是巽卦。六十四卦是八卦两两组合而成新的卦，卦分上下，上卦也叫外卦，下卦也叫内卦，太阳照他身上，自然离卦为外卦，巽卦是内卦，才有了“火风鼎卦”这样的占断。离为火，巽为风，离上巽下为鼎卦。巽为木，木生火，鼎里有肉，鼎下有火，这也是煮肉之象。古言“钟鸣鼎食”。

之所以说他很少回家，在于“火天大有卦”也是个“游魂卦”，即人经常在外面。过去人们还说那些在外的“游子”：“你像个游魂一样，怎么不回家啊。”

看看那些事业做得很大的人，有几个是经常回家的？“火天大有”卦，象征事业很成功，但对不起，事业成功也有缺憾，为了事业，忽视了家人，自己也如“游魂”，没有家的归属感。这就是“易”理，卦和卦象里的道理。

也许，你父亲读了这一段会非常感慨。他曾对我说，当年为了事业，真的忽视了家庭，作为父亲，对你的爱缺失了，现在才知道这个道理了，很后悔。后悔过去，不如改变现在。他已经认识到了这个问题了。

《易经》的博大精深就在这里。《易·系辞上》云："《易》与天地准，故能弥纶天地之道。"你可以在日本找些《易经》方面的书读，日本对《易经》的研究非常精深，日本的《高岛易断》，非常出名。

我给你专门写的这些小文章里古文化信息非常多，是浓缩的精品，是心得心法，要珍惜，不管懂与不懂，都要认真看，日后一定有用。

# 始觉从前错用心

很多影视剧里缺乏对下层人士的真切同情与人道关怀。我经常追剧，很多时候一边写作或一边干活一边看电视。一年里少说也要看七八百集电视剧。很多都市电视剧里缺乏对底层人的同情和关怀，而我是从社会的最低层走过来的人，自然知道社会底层人的艰辛和痛苦，以及心理问题。我的心一直保持着一份善良，其中有对社会底层的同情。

看了王子文主演的都市爱情剧《第二次也很美》，是喜欢看王子文的表演才追剧的。王子文主演的安安的对手叫王蕾，是个很坏的女孩，坏到有观众生气地说“要给王蕾寄刀片”。大概的意思是你自杀死了算了，何必活在世上祸害人。最后王蕾被绳之以法，大快人心。

看了这些，我非常同情王蕾。电视剧里对王蕾没有一丝同情。王蕾生于南方某小镇，父母艰苦谋生，父亲酗酒，动不动打王蕾，使她心理上有阴影，从小跟了讲义气、保护她的坏孩子小苏，也染上了坏毛病。她上了大学，才华出众，毕业后在非凡漫画中心工作，那个她爱的“俞老师”俞非凡是安安的前夫，也是王蕾的老师和才华的欣赏者，王蕾爱他也想嫁给他，从而过上上等人的生活，这是她的梦想。俞非凡知道且态度不明确，既没有拒绝，也有没接纳，给王蕾很多幻想的空间。她的很多错就根于这幻想。俞非凡真正走进过王蕾的内心吗？他真正引导过王蕾健康成长吗？没有。他始终处在道德的制高点，一群人都如此。这促使自卑而又急着发展的王蕾走错了路，俞非凡们都有责任。电视剧里，他们都站在道德的高点看王蕾入狱，没有丝毫的怜悯。他们也是冷酷自私的。

在《精英律师》里，一些社会底层人物成了剧情里的坏人，比如麦飞律师给爷爷雇的保姆打了爷爷，麦飞有监控，看了那个监控，麦飞很生气，打了保姆一耳光。之后，那个保姆跪着求麦飞把监控删除了。麦飞删除了监控后，保姆就把麦飞告了，说麦飞打掉了她两颗牙齿，其实牙齿是她到医院里自己拔掉的，还以一颗牙五十万要麦飞赔偿。

底层社会的人真的这么恶吗？

很多都市剧里对底层人士，对外地人有微歧视，那种歧视藏在骨子里。

就像我看了一些好莱坞大片，比如《超体》，那些坏人基本上都是中国人和韩国人，这是对中国人、韩国人的歧视。《超体》里那些坏人所在的地方还写着汉字。尽管，中国人为好莱坞大片付出了票房。

人要是能有智慧认清社会，认清人性，就会在失望之余鼓起勇气而寻找更好的更有意义的生活，绝不会消极避世。我看透了社会和人性，反而会更从容地生活、做事，与人相处时更大度，更宽容，而不再计较。这就是人们常说的，“活明白了。”

世人执着、痛苦的事情，在觉悟者的眼中大可不必如此，也没什么。我曾经用四十年的时间爱过一个人，她一直在我心里，因为是青梅竹马的发小，那种情感是从小就有的。很多时候也在我梦里生根。可是，有一天，反观这几十年的人生，突然间大有“始觉从前错用心”之感，那些曾经的纠结顷刻如冰之释，内心便有光明生起。

人应该经常觉察，觉察社会，觉察自心，就能随时以清明、慈悲、智慧来看待世间万象了。

希望自己五十岁之后活得更安详、自适。这些你是无法想象的，因为你还年轻。未来，你也许会有我这样的希望。

你有时间读读克里希那穆提的著作，他的三种传记我读过十二遍。去年，我写过一部3600行的长诗《恒河一滴水——克里希那穆提》。你父亲很喜欢看这部长诗，逐字逐句地读完了。我曾给你父亲送过一本贾亚卡尔所著、胡因梦翻译的《克里希那穆提传》，此书我至少读过七遍，非常受益。“好书不厌百回读，熟读深思子自知。”我小时候就知道这句名言，以之为座右铭，读书上，《如何修证佛法》读过七遍，《道德经》百遍以上，《论语》十遍以上，《坛经》十遍以上。

这些伟大经典给我智慧，给我指引，给我滋养，给我事业和成就。

# 眼光

昨晚淘书，顺便淘了一幅署名“徐德明”的画家的山水画，是在丈二宣纸上画的大山水，我只展开看了一米，不知道徐德明何许人也，就要了这幅画。全画四米长，我只看一米，就决定收藏，在于看一眼，看一部分，就知道这是高手画的，比我画得好，值得珍藏。

回来在网上慢慢检索，大体知道徐德明是一位军旅画家，还是中国美术家协会的会员。网上并没有具体的关于徐先生的介绍，我是根据多条信息拼出来的。

画的价格不是太贵，等于节前卖出去三幅我的小画换来这一幅大画，值得。我平时不画大画，很想看看别人的大画是怎么画的。

在书画上我有“鉴宝”的眼光，在于我懂书画，我过眼的名家、大师的书画数以万计。“观千剑而识器”，这是指我这二十年来在北京看展览而言的。这也是眼界。

在我不知道黄绮为何许人的时候便宜收藏了他的一幅书法佳作。回来检索，知道黄绮原来是当代著名的书法大师，已故。他辞世的时候都九十五岁了。要是活到现在，都一百一十多岁了。我当时看上这幅画，不仅是字写得好，还在于印章好，印文是“山谷子孙”。我自然知道是什么意思，此君是宋代黄山谷的后代。黄山谷何许人也？宋代“苏黄米蔡”四大家中的黄庭坚。有一年，黄庭坚的《砥柱铭》从日本回流，拍卖了四亿元人民币。黄绮还是一位篆刻大师，难怪画上的印章那么精彩。

我只是凭自己的眼光收了此作。

有一年，我在地摊上花二十元购了本草书小册页，写的内容是苏东坡的《赤壁赋》，作者刘艺，当时也不知道刘艺何许人也，就收藏了。后来才知道刘艺是当代书坛大家。那作品，好几位和刘艺认识的书法家如刘启林、黄君鉴定为刘艺真迹。我收藏的时候，刘艺先生还未辞世，前年，老人家辞世了。

还有一次，我在一堆看起来破破烂烂的画里挑出了一幅署名廖星君的山水画，缺了左上角，画的内容是全的，我看那题字，知道是写了十年以上书法的人才能写出来的，花十元钱淘回来了，让书法家兼装裱师朋友乔先生给我装裱，并补上缺的画角。有一次我翻看《中国书画家》杂志，上面有廖先生的作品，我一看风格、印章、书法，是同一个人的，原来廖先生也是名家。

还有中国书协前秘书长佟伟先生的章草佳作，我也在破画堆里挑出来，也缺了一角，内容是全的，也找乔先生装裱修补。佟伟比我父亲小一岁，今年有九十一岁了，书坛大家。

名家的作品偶然被我淘到，这里是北京，机会太多了。其次，是我的眼光。我懂书画。

一般情况下我不收藏书画。旧货市场上我经常能见到书画名家的作品，甚至是我认识的书画家的作品，如果不是很打动我，即便是名家之作并不收藏。一是我不以此做投资做生意，二是这些作品在手里也不容易出售，收藏多了会压很多钱。我本着学习的心态收藏一些对我学习书画有启发的作品，仅此而已。我认识一些在旧货市场专门淘宝的人，他们经常能淘到好作品。他们有自己的渠道，能把画经销出去而赚钱。我很清楚，我是个写作者，写作才是我的工作和使命，赚钱不是。我不会为了赚钱而放下写作，不会因为赚钱而影响写作。我偶尔淘宝收藏，是雅玩，图个乐呵。淘到宝贝，内心愉悦。

因为有眼光，才不会打眼。眼光里包含着学识、品位、鉴定，要懂行。

现在，天黑得晚了，快步去市场，走着周身暖和。出门时能看见西天橙黄的晚霞，彤红的太阳快要落尽了。回来的时候，天空湛蓝湛蓝的，蓝得看着令人感到平静、清凉，好像看着蓝天就能入定。《药师经》里说药师如来的琉璃光世界是湛蓝的世界。我喜欢看蓝蓝的天空，特别是傍晚时分和深夜，那种蓝，有点幽深、幽静的神秘感，跟我喜欢寂静的心非常契合。

今晚，看着这样深蓝的天而回家，是一个真正的“负书生”。

苍凉独步负书生，眼光独到自精神。

为爱夜月常晚出，隐身红尘却修真。

苍凉，在古代也有寒凉的意思。

## 善法增智慧

佛经有首偈子说：

宝物归无常，善法增智慧。

世间物破坏，善法常坚固。

真是看透世间万象者的大智慧之语。人世间的宝物，从古到今，不知凡几，又有多少能流传下来？大多毁坏而不见痕迹。这就是“归无常”的道理，没有什么能够永在，便是“无常”。有科学家曾计算过，即便西安的秦始皇兵马俑，万年之后自然会变成泥土，时间和氧气会自然侵蚀、分解它们。古老的金字塔在五千年前一定很辉煌，如今，辉煌安在？人看不透无常的道理会贪得无厌。

善法，一切引导人类走上善良、善道的理论、方法。人类信仰宗教，是因为宗教揭示了人类需要的很多善法。人类之所以是人类，也是因为人类有善法并能坚守善法。善法能够增加智慧，而善法本身就是智慧。人类认识到了善法的宝贵，并传播之，信仰之，持守之，完善之，才是人类的大智慧。在古代，自由、民主的观念并不普世，随着人类数千年的发展，人类认识到公平、正义、民主、自由是密不可分的，这样善法得到了扩展与完善。在现代社会，公平、正义、自由、民主已经是人类认知里公理一样的善法，体现了人类不断进步增长的智慧。“善法增智慧”的增，非常重要，非常恰当，善法是无量的，智慧是无量的，而我们目前的认知和修为还是有限的，这给“增”留下了无限的空间。

世间有多少东西都在时间中风化为尘，而善法，自从人类认识到善的意义之后一直在坚守着，也会一直守护下去。“真善美”三者，善一定是真的，也会是美的。即便像卡西莫多那样的人外表丑陋，但他的善心善行展现了内心的大美，本质上的善就一定是美的。唯有善，是真善美三位一体的。

这样的偈子很美好，有智慧，有启发，有深刻的认知，有修行的指引。佛陀是伟大的导师，在于他有超越的智慧而明白了宇宙人生的究竟真理，他所宣讲的真理并不会因为时间的流逝、时代的发展而黯然褪色，会在时间的无尽长河里永远散发无量的光明。这就是佛的法身境界之“常、乐、我、净”中的“常”。即是真理的永在性。

万物无常，智慧却不是，真理也不是。

彻底走进真理，与真理合一的人，在永恒的源头向我们招手，启发我们寻找回家的路。

如果这样去理解佛法、学习佛法，你会感受到佛法的伟大与平凡。

日本也是佛教之国，传自中国的禅宗、净土宗、密宗都有发展，而禅宗最为兴盛。当你走进日本的寺院的时候不要忘记了寻求佛法，安顿身心。

日本的很多大作家的心灵都被禅宗熏染过，他们的作品里散发着灵性与智慧的馨香。

你在日本留学，应该有很好的机会去学习东方文化。

# 神奇的灵应

我一位好友，身在国外，女儿在国内，到了谈婚论嫁的年龄，谈过两次恋爱，不是很顺。母亲对女儿的婚姻很担心。前一阵子，女儿和初恋有了联系，进展如何？她问了，女儿没怎么说。她很想知道这婚姻能不能成，不能成，就不要彼此耽误时间。她想请张玉仙老师给女儿灵应一下，张老师远在甘肃，大家相互不见面，张老师以古体诗的形式写出来，像寺庙抽签会得到一首诗，诗里面会包含着某些启示。张老师写了一首五言诗，前两句是：

婚姻半坡转，鸡鸣五更寒。

这是象征手法，婚姻走到半坡了，结果转向了，意味着分手。鸡叫了，天快亮了，依然寒冷。象征着情感冷了。

最后一句是：

情感自清楚。

朋友把这件事情跟女儿说了，想听听女儿的看法。女儿这才说，其实他们已经分手了，只是没有跟妈妈说，不想因此事烦她。

灵应诗很神奇，真实情况就是这样，分手了。男生说，没激情了。更奇妙的是，男生属鸡，应了“鸡鸣五更寒”。我们不知道他属鸡，张老师也不知道，但在信息里自然知道。

情感好不好，女儿自己知道。

很多人爱找人算命，其实结果自己心里清楚，只是不安心，不愿意相信自己的判断而已。

你父亲跟张玉仙老师非常熟悉，非常要好，你父亲也帮过老人一些忙。这个神奇的老人，以后介绍你们认识。

读这些故事，不能迷信，而是要了解生命里的某些真相。张老师也给你写过灵应诗，说你未来是很好的。努力吧。

# 张大夫

张大夫和夫人来看我和澄源了。十多年来他们每年年前都来看我们，也给红包。张大夫今年八十岁了，看起来像五十多岁，面色红润，精神旺盛，眼不花，耳不聋，记忆力好，思维敏捷，一点都不显老。常见的老年病一点都没有。他是中医名医，救死扶伤，治好的癌症患者有数千人。他能根据患者的需要随口说出很有效乃至有奇效的方子，还都是简易的方子，乃至小偏方。

我知道他今天上午要来，夜里给他写了七副对联，其中三副是根据他的情况现撰的，内容如下：

精气神一炁归元；
天地人三家合真。

医乃仁术通天道；
心是法源印佛性。

身如仙鹤常云游；
心似明镜自鉴察。

张大夫既是名医，修道还学佛，所以这样写。

第一联写道家。精气神即是人体健康长寿的“大药”；天地人为三才，人在天地之间，可以利用天地间的能量修炼自己，古人称之为

“天人合一”。

第二联写医道与佛法。医术里的道，是天道，既包括自然规律，又包括因果规律。佛门说：“八福田中，治病功德第一。”心是万法之源，也是心性之本。

第三联写张大夫与夫人爱云游。他七十岁前发愿，一旦到了七十岁，就不再看病了，而要带着老伴隐修。每年的春天到夏天，他会在终南山隐居数月，其间会去一些名山大川云游。这样的日子很潇洒。2013年春，我、澄源和张大夫夫妻一起在陕西游览了金台观，是张三丰修道的地方；黄帝陵，是轩辕黄帝的衣冠冢；也到终南山一些地方游览，游览了黄龙洞。2015年，我和张大夫夫妻游览了青海湖。2018年夏天，我和澄源、朴彻到终南山张大夫隐居的地方小住了一晚。在山里，夏夜还要盖着薄被才行。

修行还是很好的，至少让人健康、自在，忘记尘世的烦恼，活得自适、自由。

你父亲对这些传统修身之道感兴趣，这是一门博大精深的学问，在中国传承了五千年以上。是“究天人之际，通古今之变”的大学问，古今有无数智慧超群、道德高尚之人投身其中，探索其道，实践其法，传播其理，应用其术，谓之修道。

# 架上书多渐积尘

今天你父亲和我另外一个朋友来坐坐，都是很好的朋友，年前在家里聊聊，吃顿饭，年后再见面。

澄源炖了羊肉，拌了豆腐，烙了饼子，简简单单，就为说说话。

你父亲说你妈妈已经去日本看你了，和你在日本过年。你们母女已经在日本度过昨晚的小年夜了。日本和中国一样有过年的习俗，在东亚文化圈，韩国、朝鲜都有过年的风俗。你们母女会不会像朋友一样有说不完的话？

我明天回东北过年。

父母辞世了，我就不去西北过年了。岳父也辞世了，只有岳母和小舅子。这些年都去东北过年。

今年过年准备读小说。去年过年我读诗，读了中国诗人郭小川、余秀华的诗集，读了尼采、雪莱、裴多菲的诗集，于是，2019年一年里，我写了很多诗歌，写长诗、短诗。我生命里有诗情，三十多年一直氤氲未散。我的散文集《生活禅》的后一部分是我的诗集。

我问你爸爸今年如何过年。去年他去云南旅行过年，还到贵州登上梵净山观云海。今年想外出旅行过年，去峨眉山、青城山看看。

我建议他待在家里读书过年，给他送了几本好书，三本是我一位老师写的奇书，另一本是我点校出版的道学名著《道德经精义》，清代黄元吉先生所著。台湾的国学大师萧天石先生非常推崇此书。

读读书，让身心清净下来，不再急躁。

你父亲欣然接受了我的建议。

我家有上万册书，很多书顾不上看，堆积日久，书上落尘。有书比没有书好，读书比不读书好。三十年来，我每天晚睡前读十多页书，坚持下来，数量可观。

你会不会想象你父亲一个人在屋子里安心读书的样子？春节安心读书，看起来清淡了点，其实很独特，能令心灵充实。

你父亲虽然没有跟我说过他患有痛风的事情，有一次他写了一段文字，记录了他一个梦境，梦醒后不小心把自己泡的治疗痛风的药坛子弄碎了。有点感慨，写了一段文字，我才知道他患了痛风。

人到中年，对很多事情的思考就不一样了。昨晚，一个比我小一岁的女士下班后特意到我家来，想跟我聊聊。我跟她认识二十年了。她今年退休，突然间，感觉这五十年从没有为自己活过，在家里为家人活着，在单位为单位活着。要退休了，好想为自己活一回，可是很迷惘，不知道该怎样为自己活一回，不知道方向在哪里。

真是个深刻的话题。

你才二十四岁，从不考虑这些。人总有逐渐成熟、逐渐变老的一天。总有一天，你也会这样思考这样追问。

你想象过像你妈妈你爸爸一样逐渐变老的自己吗？

正月，可以静下心来读本好书，擦亮人生的明镜，看看自己青春的容颜，也看看你身边的那个慢慢变老的妈妈。

也许你就在这一刻突然成熟了。

# 回家的路

终于要回东北过年了。朋友诚彻早早过来开车送我和澄源到北京站。烦琐的安检，人拥人挤。

你父亲想让他的朋友送，我没答应，他们那么忙，我最不愿意打扰别人。我也不同意诚彻送我，诚彻执意要送，只好答应。我想打车、叫车，几十元就够了，还能给出租车司机带来一份收获的喜悦。可朋友的好意实在无法推辞。

走在北京站的广场上，诚彻背着大包，拎着小包，我要拿包，他不松手，澄源笑我，“有个学生拎包，当老师的感觉很好吧。”

在网络取票点，一个男生蒙了。他的身份证无法刷出票，车站工作人员过来一看，说：“你这是昨天的票，已经过期作废。”这小伙子把回家的日期记错了，他昨天应该出发，记成今天了。网上抢票本来就难，这下更难了。

我猜想，这小伙一定是在二十天以前抢的票，时间长，忘了；其次，一定单身，如果结了婚，爱人会提醒，不会错；一定没有女朋友，有女友的男生一般不会忘记回家的日期，因为他会想着向女生告别，想着何时回来见面，自然会把出发的时间记得很准。

这是生活经验。

在列车上，我第一次没读书，读手机储存的文稿，用手机复信。

窗外，是我熟悉的北方的土地。冬天的原野，一派苍凉，枯草长满地埂，北方常见的杨树、槐树长在路边，枯枝安宁地听着呼啸而过的风声。远山有点黝黑，是枯草的颜色，春天到了，那些黑色自会褪去。

在河北境界，田野还没有积雪，进了辽宁的土地上，渐渐地，河道结冰，原野积雪，大东北的景象与关内不同了。

从窗口望去，能看到一些新农村的房屋，家家户户，一模一样，统一布局，统一样式，统一建筑，统一风格，毫无个人特色，毫无性格。

这片土地统一化后，个性就消失了。不，是被取消了。

澄源坐在过道的那边，我在过道的这边，两人还能面对面。我左边是一个女生，看手机里的影视作品，不知是什么内容，她用手捂着嘴笑，不使笑声露出来影响别人。看了一会儿，又在窗口流泪，一会儿趴在小桌板上熟睡了。

想来，是一个没有结婚的女生。结了婚的女士，不会如此哭笑善变，也不会如此多愁善感。

我是作家，会观察人，喜欢观察人。

车上还有一些没有座位的人，我的座位离门口近，没座位的人大多站这里。我看见三个女生站着，要站五个小时。我想让她们谁来坐一会儿，我站一会儿。但看着她们三人，不好意思叫谁来坐一会儿，而她们都在专心地看手机。罢了。

列车上的售货员走到我身边，问我要不要老花镜。我说不要。你想知道他为啥直接问我要不要老花镜？他看见我留着长须，以为我是老人。老人嘛，老眼昏花。

澄源见状就坏笑，还问我："师父，你是从五行山下来的吗？"

我笑道："不是，是从花果山下来的。"

# 读书过年

睡了个懒觉，起来时太阳升老高了。我对着窗户写作、读书，向阳的窗户，一上午都能看见阳光，即便这样，阳台上的积雪还是厚厚的。对面茂密的楼房像茂密的森林，在高楼上写作，想象自己在东北的森林里静坐，白雪映射着阳光，天空蔚蓝。

带了多本好书，先读的是一本西方道教研究学术名著，美国著名学者康儒博的《修仙——古代中国的修行与社会记忆》，写得真好，只是，我不太满意西方学术规范里的学术论文前面的内容，要讲述很多前人的相关研究、理论，然后才开始自己的研究讲述。这样的学术规范虽然必要，但我不喜欢，觉得烦琐，直接从自己的研究开始好了。中国的学者也遵守这学术规范。我读过的各种佛道学术论文，少说有五十部，大多是博士的课题论文。不过，这位康先生的文章还是很好的，读来不枯燥。

我是耐得住寂寞的人，读学术论文更耐得住寂寞。我是住过山洞的人，在热闹的京都生活了二十年，依然像住山洞一样耐得住寂寞。

第二本，读的是《黑塞传》，作为诺贝尔文学奖的获得者，他是一位伟大诗人，写过《悉达多》，悉达多即是佛陀未出家前的名字：乔达摩·悉达多。我曾有这本书，但没有阅读。我想过，整个西方对佛教的认知并不深刻，黑塞如何就写了悉达多？读了这本《黑塞传》，谜团解开了，原来他的外祖父、母亲都曾以传教者的身份到印度传教、工作很多年，他们喜欢印度，喜欢印度的语言、哲学，他母亲年轻时也是诗人，只是没有坚持写诗。自然，黑塞的命运早与佛教结缘，结得比任何一个西方人深。

黑塞从小能随意写带韵的诗歌，到了十四岁决心一生做个诗人。他喜欢荷尔德林的诗歌，第一次读他的诗就激动得发抖；他喜欢尼采的《查拉斯图拉如是说》。他立志要成为这样伟大的诗人。

我小的时候能随意写带韵的古体诗，上小学五年级我写五言诗了。上高中，我的古体诗写得很有古意了。只是我喜欢新诗，也喜欢荷尔德林与尼采，去年的春节我重读了中学时代读过的钱春绮先生翻译的《尼采诗选》。

黑塞写了小说体的《悉达多》，我二十多岁时发心写诗体的佛传，现在都过五十岁了，还没动笔。

也许，某一个时刻我会写一部诗体的佛传。

家里来客人了，澄源的老姨来看看我们，澄源放《庆余年》给老姨看，她外出办事，我陪老姨看了几集《庆余年》，第二遍依然兴致勃勃。

如果你没看过，正好在春节陪你妈妈看看，也是极好的。

# 江湖风波老庄心

在东北过年。

昨夜，彻夜追剧，从一点钟看到早上六点，天亮了。沈阳与北京有时差，比北京亮得早。

去年初夏跟澄源追《听雪楼》，喜欢秦俊杰和袁冰妍的表演。一起看了十多集，澄源母亲患眼疾，要做白内障手术，她回东北照顾母亲，一去四十天，我只好一个人看，看到了47集再无心看下去了。澄源回京后忙得没顾上看，新剧又多，把《听雪楼》放下了。

昨晚，想起这剧还有十集就看完了，决定一次看完，从47集看起，看到天亮看完了。

一边双盘打坐，一边在做气脉功夫，一边在智能手机上看电视剧，枕头放在双盘的腿上，手机放在枕头上，不觉得劳累。

《听雪楼》里表演最精彩的是烨火即明河的扮演者袁澧林，多情与狠毒都演得到位。

听雪楼主萧忆情和他所爱的阿靖，最后双双归隐，成了神仙眷属。

《老子》说："功成名遂身退，天之道。"很多武侠小说家喜欢写武林人物的退隐，金庸笔下的张无忌和赵敏，令狐冲和任盈盈，都是功成名遂身退的高人。这是最完美的结局，既有功于江山社稷，又全身而退，和自己所爱的人过想过的平静日子。

这是一个理想，因为名利与恩怨的牵扯，很多人想隐隐不成，想退退不了。要想退隐江湖，不仅需要认知、心愿，还需要机缘和能力。萧忆情的退隐是因为江湖已经平定，而他身受重伤，阿靖为救他耗尽了全部的内功，武功全废，不得不隐。这是机缘。阿靖是能做主能决断之人，这是能力。他们本身讨厌江湖纷争，一直想在平定江湖纷乱之后退隐，这是愿望。

老子西出流沙，不知所终，这是他的退；庄子薄相位，轻天下，安于做个小小的漆园吏，这是他的隐。

老庄精神影响了两千七百多年的中国隐士精神。

有一天我也会隐。

今天下楼两次送客人，便来到院子里走动，积雪成堆，满园的我叫不上名字的树木上挂着赭石色的树叶，像金秋的枫林，只是没有了枫林的火红与活力，风吹着树叶唰啦啦啦地响着，树叶大多挂在枝头。我问客人是什么树，客人是本地人，也不知道，只说蚕吃这种树叶。那该是桑树，但不是桑树，我认识桑树，桑树长不了这么高。小时候我养蚕玩，同学家有桑树，我经常去采桑叶，故而认得桑树。在西北，蚕儿吃桑叶，也吃榆树叶，其他树叶蚕是不吃的。这树也不是榆树。

风吹在脸上，清凉而舒服，我已经把彻夜追剧的疲惫送到天地间去了，让冷风带向四方。

# 轮回里遇见的人

索达吉堪布说过这样的话："轮回里遇见谁都不稀奇，遇见谁，都只是遇见。能遇见一个一心只想利益你的人才是奇遇。而且他已经用愿和力、慈和悲，等候你多年。"

你父亲也喜欢索达吉堪布的作品，他是一位了不起的上师。

在轮回里，你遇见了你的父母，遇见了你心仪的人，情感难以割舍的人。

这些都是你的因缘，遇见了也就遇见了，有必然遇见的原因。

如今，你遇见我，就是遇见了索达吉堪布所说的"一个一心只想利益你的人"，一个有着愿力和慈悲的人。

我希望，你能安宁地阅读我所有写给你的文字。目前，这些文字只属于你一个人，某个时候，这些文字会属于更多人。这些文字里有智慧，有愿力，有慈悲，会给很多人带来心灵的安顿。

就像你父亲读我写的文章和书籍一样，安宁地读，有些要反复读。你的心会安顿下来，烦恼和浮躁会减少，而智慧的光明会从你的心里透出来，照亮你的人生你的生命，是你自己的光，我只是一个引导者。

轮回里会遇见很多人，亲的，远的，爱的，恨的，善的，恶的，一切皆是因缘。世上没有无缘无故的爱，也没有无缘无故的恨。在因缘的世界里，看生命的发展是长久的，贯通三世，过去世、现在、未来世。

影视剧里有《三生三世十里桃花》，就是这个意思。

如果一个人真正活明白了，就坦然了，自由了，知道自己该追求什么，该放弃什么，该坚持什么。

因为，一切皆有因果。

# 闲坐小窗读《周易》

真是安宁的时刻。

妻和母亲出门购物，小舅子去上班，我一人在屋里读书，读《周易全书》。

岳母认识的一位僧人送来两本书，一本《华严经·入法界品》，一本《周易全书》。春节的读书生活丰富了。

东边的窗户向阳，阳台上一盆碧绿的君子兰快要开花了，在这冬日阳光照进屋子，屋里很温暖。阳光照在绿叶上，照在黄色的桌板上，桌板上堆着很多书，书边坐着长须之人，安宁地读着《周易》，一边读，一边在书上画卦、眉批，把每一卦里的所有的互卦找出来，找小互卦与大互卦。比如“山雷颐卦”，上艮下震，互卦即中间隐藏的交互之卦，颐卦的互卦是坤卦，而中间的四个阴爻可以看成一个阴爻，则整体的山雷颐卦，其实也是个大离卦。卦文里有：“观颐，自求口食。”观是观看，就来自离卦，离为目。中间的坤卦，坤为土地，也代表脾胃，人们在土地上种庄稼、蔬菜，也在土地上打猎。所以，食物与土地是分不开的。

每一卦都要这样分析卦辞、爻辞与整体的本卦、互卦的关系。

突然想起一首古诗来：

双双瓦雀行书案，点点杨花入砚池。

闲坐小窗读周易，不知春去几多时。

这是宋代大儒周敦颐的《暮春即事》。而我读《周易》于隆冬，窗外马路边的积雪与天空中供暖烟窗吐出的如龙一般的白烟都在宣告，这是东北的冬天。要不是眼前的那盆君子兰将春天的绿色带到面前，这时节是感受不到一丝春天的气息的。

周敦颐是大儒，也得到了仙道的真传，他学问里的主静与主敬，都是修身的真功夫，他的《太极图说》源自道家的陈抟老祖，此文完成后道家修炼者立马将他公布的图文纳入到丹道修炼体系里了。

道家有个伟大学者与祖师叫张伯端，写过《悟真篇》，我注解过此书，他和周敦颐是同时代人，张伯端的恩人叫陆诜，驻守广西的大帅，也是大儒，张伯端做他的幕僚。张伯端修仙，得过陈抟老祖的真传，而周敦颐是陆诜大帅的女婿，缘此他得窥道家修炼之学。《悟真篇》完成后原作一直保存在陆家，传到了陆诜大帅的孙子陆彦孚，才得以公开出版，广泛流传。

十九年前我在北京公开讲《悟真篇》，2004年我讲《悟真篇》的讲义出版，名为《悟真篇注译》。你父亲在2019年全年将这本书读了很多遍，书里的近百首诗词差不多背熟了，还说上大学时都没有这样用功。

这是一部与人的身心性命息息相关的书。当然，也是需要懂得《周易》才能真正读懂的书。

# 华严境界妙无穷

从北京来沈阳带的书不多。沈阳有我读过的旧书可以接着读。到了家里，发现沙发旁有个袋子，拎起一看，里面有两本书，一本《佛陀优良丛书：善财童子五十三参故事》，足有两寸厚，印刷精美，彩插本；一本《周易全书》。

一问才知是僧人无光师父专门送来的。岳母不读书，反正是出家师父送的，就留下了。无光师父是我岳母一位好友的义子，义母修学精进，对佛法体悟很深，八年前，我岳父生病的时候她来看望时我们交流过。如今我岳父辞世两年多，占了四个年头。

无常就是这样的，随时提醒人们，生命没有我们想象的那么坚固。

去年我岳母因白内障需要做手术，无光师父多次开车接送，照顾有加，他把我岳母当成姨母。他的义母跟我岳母有五十多年的友情。我前天看她们五十年前照的相片，问相片里的那些人有人辞世了吗？岳母说都在世。

她们照相的那年，是1969年，我出生的一年。

谁又知，三十四年后，我娶了她的女儿。

世间因缘，奇特中有前定。

2016年，我来东北过年，正好带着《善财童子五十三参故事》，当时读完了，随后赠四川朋友岸灯，当时读书的很多感悟和摘录，融进了我的《修学札偈》一书，升华、丰富了此书。这本书是你父亲喜欢的著作。

《善财童子五十三参故事》即《华严经·入法界品》，有原文，有白话，有注释与彩插。《华严经》是佛教大乘经典里最伟大、辉煌的一部，讲了无量世界的存在和无量佛菩萨的存在，时空的无碍与他们的智慧、慈悲的广大无边。佛门有此说，“不读华严，不知佛家之富贵”。《华严经》提到的宇宙万物的本源以及时空问题，也是现代物理学和宇宙学所探索的，美国物理家卡普拉写过《物理学与形而上学》一书，也翻译成了《物理学之道：近代物理学与东方神秘主义》，我读过，此书的翻译者朱润生教授我也认识，她是中国著名核物理学家陆祖荫的夫人，二十世纪八十年代中到九十年代初，他们夫妻和有神奇特异功能的严新先生做过很多轰动世界的气功、人体科学、特体功能与高能物理学、生物学、化学等方面的实验。卡普拉非常推崇《华严经》，认为人类科学的研究，究竟境界与华严世界相通。

绕了这么大一个弯子，是说明《华严经》不只是一部宗教经典、哲学经典，还是探索宇宙真相的科学圣典。在唐代，女皇武则天非常喜欢《华严经》，她的老师法藏大师入宫讲《华严经》的讲义叫《华严经金狮子章》，缘此，中国佛教有了专门研究《华严经》、发扬“华严思想”的“华严宗”，与禅宗、净土宗一样出名。

法界，是佛教对宇宙世界的整体称呼，包括了有形世界和无形世界，六道轮回的所有生命世界和佛菩萨的圣贤世界，人界、物界与一切灵界都包括在内。善财童子的“五十三参”，从文殊菩萨所住的庄严幢娑罗林一路南行，拜访了很多菩萨，有的菩萨还是神祇，比如第三十一参，参访“婆珊婆演底主夜神”。他一路想探索一个问题：他已经发阿耨多罗三藐三菩提心，现在想知道菩萨是如何学菩萨道、修菩萨道的。他参访的五十三位大师，告诉他各自的修行法门和心得。能涵盖一切修行的精要。《入法界品》，等于善财童子带着我们在法界周游，聆听菩萨们讲述自己的修证经验和修证法门，讲述他们对佛法精义的理解与宣扬。我们跟着善财童子，就能明白该如何学习菩萨道、如何修行菩萨道。

这本伟大经典是我们的修行指南。

我喜欢读《华严经》，不仅是此经所讲义理精深广博，不可思议，更重要的是，此经的文学境界极其高深，翻译精准优美，里面有对菩萨世界的描绘，菩萨们讲经时所用有排山倒海气势的排比句，中国人最喜欢，很多排比句里有精准的动词和简明的概括，读起来，不仅能明佛理，还能增文采。

善财童子去见优钵罗花长者时，对长者说：

“圣者，我已先发阿耨多罗三藐三菩提心，欲求一切佛平等智慧，欲满一切佛无量大愿，欲净一切佛最上色身，欲见一切佛清净法身，欲知一切佛广大智身，欲净治一切菩萨诸行，欲照明一切菩萨三昧，欲安住一切菩萨总持，欲除灭一切所有障碍，欲游行一切十方世界。而未知菩萨云何学菩萨行？云何修菩萨道，而能出生一切智智？”

看看这排比句，看看这“求、满、净、见、知、净、照明、安住、除灭、游行”动词的精准应用。

今天是大年三十，过了零点，就是庚子年。

新的一年，愿法界诸佛带给你护佑；愿《华严经》的伟大加持力带来吉祥和好运。佛经里说，能听到《华严经》这样的名号都是因为具有福缘，何况能听闻、读诵、受持。

你已经有福了。

# 方便面要煮着吃

有时候，工作太累了，我和澄源懒得做饭，就煮方便面吃。有时候，我一个人在家，懒得做饭，也煮方便面吃。

方便面不是随随便便煮，更不会开水泡面。

方便面要煮了吃，才入味。还要添上一些蔬菜、调味品和方便面一起煮，再加上其他制作，方便面会非常好吃。可以加入白菜，或者紫菜，待面煮透了，还可以打入一两个鸡蛋。待面要出锅时，切上生葱末或蒜末或香菜，撒进去，立马关火，小闷二十秒，味道鲜美。

还可以配上咸菜，如榨菜，橄榄菜，腐乳。

即便方便面可以做出各种花样来。我喜欢吃酸的味道，汤里会滴些醋，酸酸的味道很解渴。

前天，澄源和母亲去购物，小舅子去工作，我一人在家。岳母炖了一锅东北酸菜，“翠花，上酸菜”，那一道名菜。我把大锅里的酸汤盛出一小锅，烧滚，把方便面下进去，变成可口的酸汤面了，就着东北的桔梗咸菜和辣白菜吃，真是美味。

# 谁的青春没有痛苦？

读了一整天《黑塞传》(弗朗索瓦·马修著，金霁文、李琦、张孙婧翻译)，黑塞作为诺贝尔文学奖得主、世界著名诗人，我对他的关注少了点，零星读过他的一些诗歌。2020年春天，开始读他的传记与诗集。

让我感慨的是，黑塞是个早熟的孩子，十五岁的时候已经像成人一样思考哲学问题了，选定了一生的方向：文学。要做一个诗人。

在他十五岁到二十岁之间，他活得非常痛苦，他出生在基督教虔信派家庭，外祖父、父亲、母亲一生为宗教事业服务，可小黑塞质疑宗教，反抗对天性的压抑。因为找不到倾诉的对象，得不到家庭的支持，他对神学院的课程与教育方式很反感，加上为人敏感，以致有数年时间里患上了头疼，多次想过自杀，也曾逃学，多次转学。在父母、老师、同学、兄弟眼中他可能患上了精神病，险些被送进精神病院。可他只是孤独，只是反抗不理想的教育和束缚自己的家庭。他说当时的学校并不希望出现天才，因为天才通常是反叛传统的。有一个阶段黑塞的反叛使他和父母的关系很糟糕，爱他的父母操碎了心。他在痛苦的时候父母都在为他加倍痛苦。这是叛逆者很少想到的。

还好，黑塞二十五六岁时已经在德国文学界崭露头角，他的命运，因成名作《彼得·卡门青》而改变，一举成名。

黑塞热爱自然，喜欢独居、隐居，喜欢在大自然的怀抱里沉思冥想。

谁的青春没有痛苦和纠结?

这样的痛苦与纠结，也在我的青春里出现过，抑郁，甚至从小有过自主趋向死亡的念头，只是因为心有所爱，心有所恋，才放弃了那些可怕的想法。

我经常在静坐中回看自己童年至今的心路历程，以便更好地观察自己，摆脱过去生活的阴影对现在的影响，以使自己活得更光明，更自在。

阅读传记，是我学习先贤并了解自我的过程。人有共性，别人的某些人生经历，哪怕百年前千年前的人，也有跟我们相似的地方。

我不知道你是不是喜欢读人物传记，反正我喜欢读，我家收藏的各类传记著作少说有三百本。我每年的读书计划里都有传记，每年至少要读三四本人物传记。

阅读传记，能汲取智慧，获得觉悟和引导。

没事的时候你也读读人物传记吧。

那些青春的烦恼其实没什么，当年的黑塞要死要活的，很痛苦，正是这些痛苦使他内视、思考，反而成了伟大作家的灵魂修炼。

用佛教的话说：烦恼即菩提。

这道理，你会懂的。

# 俱胝禅师的一指禅

读《黑塞诗选》(林克译本),里面有一首《竖起的手指——为威廉·贡德特而作》,讲了一则中国唐代的禅宗故事。黑塞大师,对中国的老庄、禅宗,非常精通,也喜欢中国汉字。

这位威廉·贡德特(1880-1971),是德国传教士、语言学家,还是中国、日本佛教专家、翻译家,更是黑塞的亲戚,黑塞的外祖父是贡德特的祖父,他俩就是表兄弟。贡德特喜欢禅宗,1960年,他将宋代圆悟克勤禅师编著的禅宗公案集《碧岩录》翻译成德文,黑塞先睹为快,读了这本书,了解了禅宗精义,便写了这首诗。这首诗的汉译本有多种,我选林克译本:

俱胝禅师,有人向我们讲述,
天性沉静平和并这般朴实,
以致他完全放弃了学说和言语,
因为言语即相,而他千方百计
就想避开相,不管是哪种。
有些个弟子就喜欢烦琐地辨析
至高的财富和世界的意义,
言辞精妙而且颇有机锋,
那时候他总是默默站在旁边,
对任何夸夸其谈严加防范。

而当他们来向他请教问题，
有的空洞有的严肃，无非是有关
经文的含义，佛祖的种种名字，
有关悟道，有关世界的开端
和结局，他却始终不言不语，
只悄悄朝上竖起一根指头。
可这根指头无言而善语的指示
越来越深沉，越来越敦促：它宣讲，
它教导，称赞，惩罚，奇特地引向
世界和真理之心，终于有一次
某些弟子领会了这根指头
那轻轻地提升，震颤并觉悟。

这首诗作于1961年。显然，黑塞对表兄弟贡德特的作品很有研究了。说实在，林克的译诗不太简练，我在网上看过此诗的其他译本，简练，多用短句，我喜欢。

俱胝禅师的故事，我二十岁的时候已经读过了，从一本日本人写的《禅海箴言》的汉译本里读到的，之后，才读中国禅宗典籍原文。

《碧岩录》十九则里记载的故事是：

俱胝和尚，乃婺州金华人，初住庵时，有一尼名实际，到庵直入，更不下笠，持锡绕禅床三匝云："道得即下笠。"如是三问，俱胝无对，尼便去。俱胝曰："天势稍晚，且留一宿。"尼曰："道得即宿。"胝又无对，尼便行。

胝叹曰："我虽处丈夫之形，而无丈夫之气。"遂发愤要明此事，拟弃庵往诸方参请，打叠行脚，其夜山神告曰："不须离此，来日有肉身菩萨，来为和尚说法，不须去。"

果是次日，天龙和尚到庵，胝乃迎礼，具陈前事。天龙只竖一指而示之，俱胝忽然大悟。

……

俱胝庵中有一童子，于外被人诘曰："和尚寻常以何法示人？"童子竖起指头。归而举似师，俱胝以刀断其指，童子叫唤走出，俱胝召一声，童子回头，俱胝却竖起指头，童子豁然领解。

且道见个什么道理？

及至迁化，谓众曰："吾得天龙一指头禅，平生用不尽。"要会么？竖起指头，便脱去。

以上六段，是我的分解，便于你理解故事的起承转合。

第一段，俱胝禅师遇见了一个叫"实际"的尼姑，尼姑戴着斗笠，到了俱胝禅师住的庙庵，没有把斗笠摘下来，绕着俱胝禅师的禅床转了三周，说，你能说出我转这三周的禅意，我就把斗笠摘下来。俱胝无言以对。这在禅宗，叫"机锋"。尼姑就往外走，俱胝禅师说，天晚了，住一晚上再走。尼姑说，你能说出那个契机的禅意我就住，说不出来我就走。俱胝无言，尼姑就走了。

第二段，俱胝禅师感叹自己一个男子汉在修行上还不如一个女子，便下决心要离开这里去参访寻师，结果夜里山神告诉他，别走，明天会有得道高僧为你说法。

第三段，第二天庵里来了一个叫"天龙"的禅师，俱胝讲了昨晚的事情，天龙和尚只是竖起了一指，一言不发。当下，俱胝开悟了。

第四段，俱胝禅师有个小徒弟，别人也来问道，见师父总是一言不发，只是竖起一指。有一天师父不在，有人来问道，小徒弟竖起一指。于是人们传开了，俱胝和尚的小徒弟也开悟了。俱胝回来后问徒弟，你以什么样的法教人？小和尚竖起一指。哪知俱胝和尚怀里藏着利刃，他一刀就将小和尚竖起的那根指头砍断了。小和尚痛苦的当儿，俱胝喊小和尚的名字，小和尚一回头之间突然开悟。

第五段，问小和尚悟了个什么？这可是拿断掉一根指头的代价换来的？俱胝和尚真的那么残忍吗？万一小和尚指头断了不开悟怎么办？这里面有什么密意？断了一根指头与生命开悟，世人会选择什么？黑塞的诗里称之为“惩罚”，真是惩罚吗？假如真是惩罚，那俱胝就不是悟道高僧。

第六段，俱胝和尚临终前说因为天龙和尚的一指头禅自己一辈子都用不尽。说完坐化了，非常洒脱。生死都是游戏。

这个故事的中间部分好像有点血腥，但古人的教化就是这样的，古人有“舍身求法”“断臂求法”之说之举，是破除对身体的执着而获得对真理的悟证，不以世俗来论证。

只是让你了解一首外国名诗与中国禅宗的关系。

我今年有志于用新诗来写禅宗故事，去年还和你父亲探讨。毕竟，他是中文系的高才生，文学鉴赏能力颇高。

## 修为

2020年1月23日，还没过年，除夕前一天。你父亲给我发微信：

“世界是全息的，这正是《周易》妙用的基础。当然，起决定性作用的还是占卜者的修为。这次你劝我不要出游，虽未占卜，却是一个非常正确的选择，瘟疫横行，原地不动才最安全。这就是修为。”

这话有感而发。年前，他准备去南方旅行过年，我拦住了，劝他在家读书过年，不要外出。你父亲对我的建议很尊重，没再外出。

谁想到，因为新冠病毒疫情扩散，武汉随后“封城”，全国取消了所有的娱乐与聚会活动，国家集中精力对抗疫情。在这时候居家不出是最安全的。这是国家提倡的，也是重要的防止疫情扩散的措施。

年三十那天，你父亲拿出他曾购的册页，把图片拍给我看，是我2014年春节在母亲大病初愈后于老家画的，取名《道在万物》。你父亲重新观摩后说：

“今翻看《道在万物》，你六年前画的，对比现在画的，感觉很有意思。现在的画，厚实了，纯熟了，但画中的道心依然，道气依然，澄明依然。感恩多年的指点、帮助，从你这里得到的，是难以替代的生命拼图。祝春节快乐，阖家幸福。”

大年初一，他在读我年前送他的黄元吉真人的《道德经精义》，发来读后感：

“读黄真人的书，有这样一句：音声相和，即神融气畅，百脉流通，不啻鸣鹤呼群，同声相应，不招而自来也。和张老师歌诀中的‘音灌百鸟灵’非常契合。”

大年初三，他读了我发给他的一篇旧作，感慨说：

“如如不动，安忍如大地的精神非常重要。我入定困难，睡眠不好，和身体不健康有关系。唯有勤修手诀，调摄身心，才能取得真正的进步。”

在你父亲看来我是一个有修为的人，因为有修为，能看到事物的本质乃至事物发展的趋势而在某些人生的关键时刻帮助他正确决策。

也许吧。这样的修为，和你父亲的缘分有关。我建议他居家读书过年，不宜出门，他听了，减少了很多麻烦，还在读书修身上颇有收获。

我的修为也需要他的相应才有意义。

你父亲何尝不是一个有修为的人呢，至少，“信任朋友，谦虚好学”这八字担得起。而这八字是很好的修为。很多人因为自负、因为不谦虚、因为不好学，不容易听进去朋友的建议，没有耐心不断地求知、学习，自然不容易在各方面进步。

人要活明白，需要修为；人活明白了，就是修为。

你说呢。

借此，你可以多了解你父亲，那些你并不全知道的侧面。

# 读者的眼泪

今天读完了《黑塞传》，落泪了。我写了一首《致黑塞》的诗歌，表达我对这位文学大师的尊敬。

都是五十岁的人了，读书、看影视、看节目、听故事还不时会落泪。也好，至少说明此心还是温暖的、柔软的。

一个人做一件好事容易，做一辈子好事很难。一个人坚持某个信念坚持一生，就和一辈子做好事一样难。黑塞是一个坚持一生做好事，坚持一生“人道主义”信念的人。经历过两次世界大战的他，始终都在尽力帮助一些力所能及而需要帮助的人，始终没有向邪恶的法西斯政治低头。而那个时候，黑塞的一些作家朋友成了希特勒的御用文人。

即便他生活贫困的时候也利用关系和家园在非常时期帮助人，收容人。他是讲义气、守原则的人。很多关于他和朋友间的友谊感动了我。

作家应该是人类灵魂的导师，因此，作家的灵魂应该是纯洁的、高尚的、超越的。黑塞就是这样的伟大作家。

读完这部传记，我对澄源说：黑塞在我这个年龄，已经写出了获得诺贝尔文学奖的著作《荒原狼》，思想深邃。可我呢？还只是一个喝“八王寺汽水”的老小孩。

当时我正在喝八王寺汽水，沈阳的特产，民国老字号，澄源自小的所爱。

惭愧，五十岁的我和五十岁的黑塞相比，思想上的差异是巨大的。

他写《荒原狼》和《玻璃球游戏》时所用的近乎魔幻的文学手法，比莫言的小说《生死疲劳》好。这两位都是诺贝尔文学奖的得主，都在作品里写到了轮回，而黑塞写得更加精细、博大、深邃。可能与他对佛教思想的全面、深刻研究有关。毕竟，他家有三代人对印度文化有刻骨铭心的爱。

我喜欢黑塞，会慢慢地读他的诗歌，读他的小说。

# 素心人对素心花

道教全真派有位女仙孙不二，看过金庸武侠名著《射雕英雄传》的人都知道全真七子、王重阳，这位孙不二是全真七子之一，还是全真七子之首丹阳子马钰在俗家的妻子。孙不二当然不是金庸笔下那样急脾气、狭隘、武功低微的人物，那是小说家的臆造，整部《射雕英雄传》《神雕侠侣》里对全真七子和王重阳、周伯通的故事全是臆造。因为这两部小说与相关电视剧的流行使世人知道了全真七子、全真道。这些人物都是真实的历史人物，包括周伯通，只不过不是那个“老顽童”。

1984年我上初中的时候已经在课堂上偷偷读《射雕英雄传》了，那时候，我和修道、弘道不沾边，但已经通过金庸的小说知道了全真七子，知道了王重阳、马丹阳、丘处机、孙不二，算是间接与道结缘。

孙不二,一位金元时代女性修道成就者，便是女仙。她的故事很多，读读《七真传》《金莲仙史》可以了解。她不仅留下了很多著名的与修道相关的法诀，还留下了一些唯美的写景抒情诗，我录一首，放到唐宋诗歌大师的作品里，都是传世佳作。

小春天气暖风赊，日照江南处士家。

催得腊梅先迸蕊，素心人对素心花。

处士就是隐士。初春的江南，暖风和煦，一个隐士，正在赏梅。

这样古诗，慢慢吟咏，自解真味。

# 生死无端别恨深

这些天因为疫情，全国死亡的人数超过二百了，感染者快一万了。

今天我在读书，澄源在和她一位发小聊天，聊死亡。不是因为肺炎死亡，而是因为乳腺癌。

发小的姐姐患乳腺癌死了，不满五十岁。

她向澄源详细讲了姐姐死亡前的痛苦，因为气喘不能卧，只好坐着，坐久了也坐不住，她只好抱着姐姐。这样痛苦地活了半月，辞世了。

受到母亲死亡的打击，或者还有其他原因，女儿出家了，成了尼姑。佛教标榜修行要了脱生死轮回，获得安乐自在。也许，母亲的死让她逃避；也许，母亲的死让她开悟。能放下尘缘而出家修行，需要勇气。

发小说，自从姐姐死后她看开了，不再对自己抠门。以前她压力大，孩子的教育、母亲的养老都需要她挣钱。现在想开了，活着亏待自己，等于白活一生。从此不再把钱看得那么重，该花的果断花，不必苦己省钱。苦了自己，坏了身体，挣多少钱都将失去意义。

一个人的死亡引出两个亲人不同的觉悟。

2012年，我在浙江桐柏宫访道时遇见了一个青年人，父亲是亿万富翁，死于癌症，他在病床边一直伺候父亲到他死亡。

父亲辞世后他把家族企业交给哥哥打理，开始天涯访道，寻找能解脱身心痛苦的法门。

南怀瑾先生讲《楞严经》中波斯匿王问道于佛的公案时作了一首诗：

生死无端别恨深，浪花流到去来今。

白头雾里观河见，犹是童年过后心。

相关的佛经是：

佛言："我今示汝，不生灭性。大王，汝年几时，见恒河水？"

王言："我生三岁，慈母携我谒耆婆天，经过此流，尔时即知是恒河水。"

佛言："大王，如汝所说，二十之时，衰于十岁，乃至六十，日月岁时，念念迁变，则汝三岁见此河时，至年十三，其水云何？"

王言："如三岁时，宛然无异，乃至于今，年六十二，亦无有异。"

佛言："汝今自伤发白面皱，其面必定皱于童年，则汝今时，观此恒河，与昔童时观河之见，有童耄不？"

王言："不也，世尊。"

佛言："大王，汝面虽皱，而此见精，性未曾皱。皱者为变，不皱非变，变者受灭，彼不变者，元无生灭。"

学佛修行是要找到生命里那个"元无生灭"者，就会获得安乐，勘破对生死的恐惧。

# 听书

用眼过度，左眼球出现了血丝血斑，今天不能阅读，只好躺着、坐着。躺不住了坐着，坐不住了躺着。都要闭目。

不能只躺着、坐着，那就听书吧。网上可听的音频太多，选择听文学作品，听诗歌，听短篇小说与散文。

很多过去读过的诗歌、散文、小说名篇重温一遍。朗读者都是高手，至少是播音主持或影视明星或者专业朗诵家。

听了顾城、舒婷的诗歌，听了朱自清的《背影》，听了郁达夫的《故都的秋》，听了契诃夫的《变色龙》……

听了很多从未读过的好诗，或温婉，或激昂，或抒情，或叙事。

听了《心经》，“心无挂碍，无挂碍故，无有恐怖，远离颠倒梦想。”

在疫情形势严峻的时刻谁的心能没有挂碍？大家的心都在挂碍，对疫情感觉恐怖。

躺着、坐着听了十多个小时，能通过耳根而获得知识，获得安顿。

想起《黑塞传》里所写，黑塞的第三任妻子，比他小十八岁的依妮，黑塞刚成名的时候她就是他的“粉丝”，给他写了热烈的信，还见过面。多少年后，依妮结婚了，却遇见了已经离婚的黑塞，真有“恨不相逢未嫁时”之感。那时候黑塞五十岁，身体多病，需要照顾，依妮开始照顾黑塞。不久她和丈夫离婚，和黑塞结婚，一起生活了三十多年，非常恩爱。随着黑塞的衰老，视力下降，阅读受到了限制，于是依妮给他读书。在结婚的三十一年里依妮给黑塞读完了一千七百多本书。真是奇迹，平均一年要读完五十五本书，等于每周给黑塞读一本书，黑塞通过听书了解了其他文学著作，提高了自己的创作境界和思想深度。

现在是电子时代，很多著作都有朗读本，可以听书，非常方便。

依妮和黑塞的爱情故事很感人。她是黑塞一个人的朗读者。

我有时候是澄源的朗读者，澄源有时候是我的朗读者。

## 《生命之书》

明天要回京了，来的时候带着一本克里希那穆提的《生命之书——365天的静心冥想》，是克里希那穆提的学生从克里希那穆提的多种著作里摘录精要，分门别类编辑而成，读好、读懂、读透这一本书，这位20世纪伟大思想家、心灵导师的核心教诲就能了解大概乃至了解精要。

如果让我给你推荐三本与克里希那穆提相关的书，我推荐贾亚卡尔写的《克里希那穆提传》，克里希那穆提的《心灵日记》和《生命之书》。通过传记可以了解克里希那穆提的生平，了解克里希那穆提一生的思想精华、教诲要义。《心灵日记》是克里希那穆提晚年亲自写的书，文笔优美，富有诗意。他能在一边描写自然美景的同时一边给你人生真义的开示。这样的写作很独特。他在中年时代，在“二战”时期，在美国隐居的时候写过一部《生命的诠释》，是一部文学与哲学合一的名著，他和泰戈尔、纪伯伦一样生命里有诗性，而骨子里是哲学、宗教，悲天悯人。他们都能把高深的、究竟的哲理用唯美的、诗意的文笔展现出来。

我一直想学习这样的文风，可修为不够，学不来。

我喜欢写随笔，这些写给你一个人的文字就是随笔。随心所欲，想到什么写什么。

《克里希那穆提传》你父亲那里有，我送过他一本，如果你回北京，可以在他那里阅读。日本有很多克里希那穆提著作的译本，平时留心阅读，一定会给你带来无尽的启示，至少让你的心灵自由、安宁、充满欢乐和智慧，也不失人的慈悲。克里希那穆提就是这样的人，他的作品能带给人类这些。

# 非常时期，列车上

终于回京了。你父亲嘘寒问暖，问是否需要一些东西如口罩。你在国外，也知道现在疫情肆虐的时候最缺的是口罩。

家里有口罩。还是要谢谢你老爸。

在沈阳站候车的人很少。上车前要测量体温。上高铁后才发现我和澄源所在的车厢只有十三人，很多人退票了，不敢出门，不敢乘车。人们都不说话，戴着口罩，捂得严严实实。不戴口罩不允许上车。

车厢里是寂静的，人心忐忑不安。

下车要测量体温，坐公交要测量体温，进小区也要测量体温。我乘的公交车上总共四个人，三个是从北京南站下火车后乘车的，一个是半道上车，两站就下车。街道上很少看到出租车，行人很少，更看不见任何一辆送快递的车。

一场疫情以及扩散，带来的问题如此严重。

这是北京。

禁足，是最好的防止疫情扩散的方法。

人生经历多了，更能珍惜生命，珍惜眼前生活。

愿这场灾难之后国家能缘此更进步，国民能缘此更自觉，在官僚体制、科学研究方面都能有良性的改变、提升，能维护好人与人、人与自然的和谐关系。

希望高层和人民都能反省。

在这些日子里，我从来都没有恐惧过，即便乘车，没有一丝恐惧，没有担忧过。

任何时候，要有定力。

# 占卜涉及对事物和时空的认知

我和你的结缘，与占卜有关。2018年年底，我去你父亲那里，偶然为他占卜，在他的卦里能看子女的问题，我当时就说了一些关于你的问题，你父亲很惊讶，因为，我说的正是他的忧患。那是我们第一次谈到你，平时没怎么听你父亲谈到你，毕竟你在国外，男人们聊天的话题大多是社会、文史问题，涉及家庭的少。我从给他的占卜里看到了你的问题。可以不说，因为他没问。我忍不住说了，毕竟是朋友，看见了问题该说。

第二次是2019年年底，你在网上找人占卜，你父亲担心你有什么难事，心里不踏实，希望我占卜一下，看看。这一占卜，那个问题又出现了，婚姻的难题。时隔一年，不同时空不同方法占卜，竟然是同一个卦，泽水困卦。不同时空，在于时间隔了一年，在我家占卜的。

我们虽未见面，且因占卜结缘。你父亲说，也好啊，至少孩子因为占卜与传统文化沾边了，结缘了，说不定会因此而慢慢爱上传统文化。

我这样给你写随笔是想让你与传统文化的缘分深一点。

今天写这个话题是有感而发。一小时前一位朋友说，他和夫人从泰国、缅甸一带旅行安全回来了。他们都是著名的医学青年科学家，过年的时候，大概是初一初二，向我求占卜，说已经定好了去国外旅行过年，现在“新冠病毒”疫情严重，问能不能出国，出国了是否安全。

我占卜后说，虽然有些小麻烦，无妨，无碍，安全。如今他们安全回来了。

我们是好朋友，以前也给他占卜过，很精准，他才这样信。

昨天回京，这些天疫情问题越来越严重了，我爱人坚决反对回京，我坚持要回京，不得已，她跟我回来了。我出发前早占卜过，一切安全，没有问题。

前天夜里醒来，一看，4点26分，我就以4.26占卜出行，得雷泽归妹卦，体克用，金克木，不会有感染等。泽为兑卦，兑为金为肺；互卦是水火既济，用克体，水克火，体温不会高，不会发烧；变卦是兑卦，比和卦，诸事吉利。就知道出行没问题。回京一路果然顺利，进小区检测体温时澄源是35.5摄氏度，我是32.5摄氏度。我的体温看起来偏低，水克火之象。

占卜是对未来事物发展趋向的把握，在古人的观念里，时空是古今贯通的，占卜可以“数往知来”。数往，知道过去的事情；知来，知道未来的事情。在现代科学假说中，时空信息是全息的，能包含古代信息，也能包含未来信息。很多玄幻剧里的“穿越”，就是突破时空障碍而把不同时空连接起来。不知道你看没看《庆余年》，张若昀演的范闲，是一个现代电脑高手穿越到一千六百多年前的北齐时代，所以，他在北齐时代能把老杜的唐诗背出来吓退北齐大文豪庄墨韩，他还能把《红楼梦》带到北齐国和庆国，引起朝野的关注。这就是个时空问题。《易经》《华严经》都讲了对这个时空的突破的理论和法门，只是现代人不懂得了。只有很少的人懂得这里面对时空超越的心法。

我算半个懂得的人，在于，我理上懂，行上还差很多。这涉及修证、修炼，修炼到有了很高的道术、法术、神通就真正懂了。真正通达《易经》的人会懂很多法术，不比玄幻剧里的差；真正懂了《华严经》

的，会因为定慧等持而有神通。这样，时空问题就变得极其简单。

这些你可能读起来费事，不要紧，一入眼根，永为道种，那是智慧种子，日后会有用。即便这篇小文，讲的都是很多搞《易经》与学佛者不懂的内容，因为，他们没有发现时空问题以及如何突破时空的法门。

# 朋友的恋情

我一位交往了二十四年的朋友，跟我同岁，比我小几个月，来信讲了她的三段恋情，朋友今年五十一岁了。她说：

到今天为止，我有三段恋情。初恋时不懂爱情，不懂珍惜，谈一年恋爱就散，后来回想起来却是美好的，念念不忘。

第二段恋情就是和前夫结婚，他是理科生，不那么浪漫，但是他为人正直，维持婚姻时还是有寻常的快乐。

离婚后又有一个男人，他很会说话。当我生病躺床上的时候，他说：你是我爱死的。当他出国再联系时，他说我们的爱情是超越时空的。他在我身边时打趣我说：你十年未孕！

但是现在这段恋情也告终。原因是他爱上了我们当地的一位歌手。我可不敢和歌手比拼，她有钱有才有很多的化妆品和很多衣服。而我化妆品只有面霜、洗面奶和口红一支，口红也不常用，只在圣诞节上台表演时才涂一下。总之各方面我都比不过她，也就算了。以后居家的生活更冷清了。但是我已是半百的年龄，可以收摄身心，安静度日。这次恋情告终有点悲伤，甚至比离婚时更悲伤。

我安慰这位朋友，说他并没有真的想和你过日子，不必伤感。

只能这样宽慰她了。朋友过五十岁了，还像少女一样渴望爱，渴望被爱，渴望恋爱。这是积极的人生态度，美好的心态。应该这样。

人生要超越孤独感，很难。真正超越了孤独，别有一番滋味了。那样的人生，在超越者是欢喜的，在普罗大众看来，也许是无趣的、枯淡的。

对于我，五十岁的心态已然超越，于情于爱，守着当下即好，不会再向外动心了。年轻人的那种萌动之情，在长期的禅坐中寂然了，绝不会有婚外情的想法和冲动。觉得居家过日子，夫妻恩爱，相依为命，简朴、自然。看电视，也会为他人美好的爱情故事落泪，也只是观看当下的感触，并不会掀动情爱的波澜。这在一些人看来，自然无趣，在我和澄源是最好的归宿。

去澄源家过年，她的一位亲戚五十六岁了，还不安分，因为他很多荒唐的婚外情引生了婚变，如今过得落魄。

恋爱、婚外情，有时候还是因缘和命运。命理上讲是注定的，命格里有那些缘分。

人能改命，修行和自律，是改命之一途。只是很多人顺着命运而行，个别人逆天改命。人世间的富贵名利，大多有命数的局限。唯独一个人努力修身、修行，想入圣贤之域，只要有此大愿并努力去修，就能突破命数的局限而使生命获得更大的自由，《悟真篇》里说的："一粒金丹吞入腹，方知我命不由天。"何等豪迈。这是修行的宝贵之处。

你是否看玄幻剧？《择天记》讲了一个修行者逆天改命的故事，很好看。鹿晗主演，我以前不喜欢鹿晗，看他的脸觉得太"娘"，看了他主演的《择天记》里的陈长生，改变了对他的偏见，演得真好。

昨天给你讲了一段《周易》的道理。初五，一位内蒙古的学友请我帮助他占卜一下购房的事情，本来不想占卜，见他不断写信，偶然起卦占卜了，告诉他选择东方、东向。没想到今天读信，看到他说可选择的小区有四个，世纪嘉城、和泽小区、东方御景，最后一个小区建在大路新区。竟然有个叫"东方御景"的小区供他选择，而卦象里有东方。那就选择“东方御景”好了。

这依然是时空问题，也是命理。占卜前我不知道有个“东方御景”。占卜六七天后才知道。卦与事相应。

补一则实例。希望能激发起你对《易经》的一点点兴趣，留心学习。占卜不是《易经》的本，《易经》里博大精深的思想才是本，占卜只是一点妙用，中医、丹道、风水都是《易经》的妙用。

# 一首道歌：憨山大师《醒世歌》

今天给你讲一首明代高僧憨山大师的《醒世歌》。我高中时背熟了，真正懂得是我三十岁的时候父亲辞世，那一刻真正懂了。你懂不懂，无妨。背诵下来日后一定会有用。背诵这样的名作也是美事，能增加修养。

红尘白浪两茫茫，忍辱柔和是妙方。（忍辱柔和）
到处随缘延岁月，终身安分度时光。（随缘安分）
休将自己心田昧，莫把他人过失扬。（处世原则）
谨慎应酬无懊恼，耐烦作事好商量。（谨慎耐烦）
从来硬弩弦先断，每见钢刀口易伤。（以柔克刚）
惹祸只因闲口舌，招愆多为狠心肠。（免祸之道）
是非不必争人我，彼此何须论短长。（宽容不争）
世事由来多缺陷，幻躯焉得免无常。（理解人生）
吃些亏处原无碍，退让三分也不妨。（亏让是福）
春日才看杨柳绿，秋风又见菊花黄。（珍惜时光）
荣华终是三更梦，富贵还同九月霜。（看透名利富贵）
老病死生谁替得，酸甜苦辣自承当。（看透人生）
人从巧计夸伶俐，天自从容定主张。（明白天道）
谄曲贪嗔堕地狱，公平正直即天堂。（明白因果）
麝因香重身先死，蚕为丝多命早亡。（不自肇祸）

一剂养神平胃散，两盅和气二陈汤。（养生养气）

生前枉费心千万，死后空留手一双。（彻悟人生）

悲欢离合朝朝闹，寿夭穷通日日忙。（看透因缘）

休得争强来斗胜，百年浑是戏文场。（看透世事）

顷刻一声锣鼓歇，不知何处是家乡。（明白归属）

这首《醒世歌》的要点我放到括弧里了。你还年轻，不必太认真去体会。但背熟，有些理解和认知还是好的。

我父亲在民国年间，是一个乡村没落地主的儿子，地主生活没怎么享受。解放前给国民党当兵，解放后，去抗美援朝，做了志愿军。回乡后，不久赶上各种运动，包括“文革”，因为是“地主阶级”出身，受到了很多打击。一直过着穷苦的日子。改革开放后，在他辞世前，家里依然穷，但逐渐开始改善，快要过上好日子时他患病了，辞世了，那是1999年。你才三岁，是不知道人世间悲欢离合为何物的孩子。他一生没有享受过安乐的生活，生于忧患，死于忧患。父亲辞世时，我在身边，看着他咽下最后一口气。

他真的死了，享年72岁。

我那时心里出现的正是这《醒世歌》的这几句：

老病死生谁替得，酸甜苦辣自承当。

生前枉费心千万，死后空留手一双。

这就是父亲一生的写照。

那一刻，我对人生真正懂了。

背会这首诗吧。

# 一首深沉的诗歌

今天是2020年2月7日星期五，我写了一首诗。我没给你发过我写的新诗，你父亲读过我上百首新诗。作为诗人，我从未被社会认可过。诗歌只给有限的人看，读者极少，粉丝们在网上阅读。人们要认识我诗歌的价值，估计在几十年之后。我诗歌里的宗教精神是纯正而透彻的，这些诗歌，本质上讲还不属于这个时代。读者少，有什么关系呢。

我也写社会文化、社会事件，反思社会，反思人性，反思历史，诗歌也就寄托了我的反思。

今天的这首诗很深沉，也很动情，发给你看看：

《灵魂的舞步·庚子年的传说》

因为一只蝙蝠
中国
庚子年又多了神秘的传说

每一个庚子年
都会涌出
天灾人祸

你知道的故事我还要述说

历史不是健忘的老人
人的记忆太差，一错再错

一百年前义和团的血染红新华门
长安街长矛飘过
从此，庚子成为带血的传说

四亿两白银没挖空大清帝国
庚子赔款并非最后一根稻草
大清国不是瘦死的骆驼

庚子成了赔钱的预言
死神的车队辚辚摇过
装满了流言、恐惧、困惑

星光在庚子年一样明亮
人类的灾难哪一年少？哪一年多？
没人知道是偶然、劫运还是因果

请传播点快乐的信息
人类的历史哪一年太平过？
纵然劫运到来，日子要过

请别把责任推给老天爷推给庚子年
历史的车轮碾碎了传说

告诉我，是谁把个例推成普罗奇祸

是谁为谁尽力甩锅是谁为谁必须背锅？
中国人的呐喊可有惊天撼地的力量？
戴链的嗓子何时才能有尊严地述说？

北国，雪下了两日，三寸厚了
有一个医生和一群人于雪天死去
北国，雪未融化，泪雨滂沱

让涵盖宇宙万有的心包容苦难宽恕罪过
这个冬天把苦难伸进了春天也伸进鸡窝
今夜，雪花还在缓缓地缓缓地寂寥降落

这首诗里是对这次疫情问题的反思。

“这个冬天把苦难伸进了春天也伸进鸡窝”，写的是湖南某地发生了鸡流感，成千上万的鸡被捕杀，焚烧。

这个世界的苦难，放眼全人类，哪一天没有？哪一年没有过？

“文章合为时而著，诗歌合为事而作。”毕竟我们生活在这个社会中。时代的命运也是我们个人的命运。佛教称之为“共业”。每个人都在共业之中煎熬，有人苦不堪言，有人以苦为乐，有人漠视苦难，有人超越苦难，有人离苦得乐，有人苦中作乐。各有各的活法，但世界苦的本质、人生苦的本质是不变的，变的是我们对世界、人生、自我的看法与调剂。

苦不堪言的日子我过过，苦中作乐的日子我也过过。如今，则要超越苦难，也会离苦得乐。

苦乐无非一念，真懂了，世间的苦都能度过。而生命最根本的那个，非苦非乐。苦乐还都是二元的，那个不是二元境界，故能“世出世间，十方超越”。

唉，给一个孩子，讲这作甚?

# 照光法师的梦

福建漳州七首岩的照光法师读了我昨晚发给你的那首诗，我放在今天的“微信公众号”里了，他说：“陈居士您的诗很感人。”

照光法师也是一位诗人。

我回复说：谢谢法师关注，谢谢法师鼓励。

这是内心真诚的话。

我跟法师是在2017年参加一个赴台的文化活动时认识的。说来缘分不浅。

1994年，我在终南山黄龙洞皈依了一位南方来陕西的高僧智光禅师，他给我取了个法名叫“宗法”，我一直没用过。大概是1997年，智光禅师离开了终南山，去了南方，后来，听说他在福建漳州的雪峰寺做首座。我问照光法师是否认识智光禅师，他说很早就认识他，也是禅师看着长大的。

照光法师是1979年生人，比我小十岁。1994年于福建省闽侯县雪峰寺在常圆老禅师座下剃度出家学习禅法。1997年智光禅师到了雪峰寺，那时候，照光法师十八岁。

2017年年底，照光法师告诉我，智光禅师圆寂了。

智光禅师圆寂前我们有过电话联系。

智光禅师，1949年9月出生于福建省宁德市漳湾镇。1981年师正式出家，1982年于清定上师处皈依，法名智光。我在1994年认识法师时，他出家十三年了。他告诉过我，他的皈依老师是清定上师，是近代能海大和尚的得法弟子。我曾给你父亲送过《能海法师传》，能海大师和清定上师都是民国年间以将军身份出家为僧的大师。他们的传记我都读过。能海上师出家前曾是朱德元帅在云南“讲武堂”的老师。

这些已是前尘往事。

因为这层关系我和照光法师很亲近。

照光法师自述，他曾在去四川峨眉山拜山，在回来的飞机上梦见文殊菩萨对他说应该用纯金铸造一座文殊菩萨像，对三界都有加持力。

照光法师梦醒后发愿化缘，要用一吨黄金给文殊菩萨塑造金身。他多次将这个梦给别人讲过，听者只当成“痴人说梦”。

数年后的某晚，他又梦见了文殊菩萨说机缘到了。

第二天，他接待了新加坡华人艺术大师陈瑞献，也是法兰西艺术学院的院士，法师对陈大师讲了这个梦。大师说，那就开始铸造吧。

后来，陈大师亲自设计了文殊菩萨的法相，非常精美，融合了古今中外的信息，他塑造的文殊菩萨，像古人也像今人，像东方人也像西方人，非常庄严。

陈大师是国际著名的艺术家，他捐献了价值一亿两千万元的画作，可以拍卖，以筹金身之资。

如今，七首岩成了海内外著名的文殊菩萨的道场。

法师的梦，何等神奇。

# 雪峰义存禅师

昨天提到了福建的雪峰寺，我的老师智光禅师在这里修行，在这里圆寂。

雪峰寺在唐代有位非常了不起的大师，义存禅师。因为他创建了雪峰寺，也在雪峰寺修行、传法，后人把他称为“雪峰义存”。《五灯会元》里有他的公案。

义存禅师是福建人。

他年轻的时候到处游学，那时候的游学是步行，他从福建走到了现在的北京，那时候叫“幽州”。他漫游了很多地方，游吴、楚、梁、宋、燕、秦等地。即到过今天浙江、江苏、湖北、安徽、河南、河北、陕西一些地方。禅宗称之为“行脚”，古有“赵州八十犹行脚”之说，八十岁的赵州从谂禅师因为心未安稳，还在天涯访道，“只为心头未悄然。”

在义存四十四岁的时候回到了闽侯雪峰，创建禅庵。那个庵最初是在一棵很大的古树里建立的，那棵古树，因为年岁，久经风霜，树干中空，形成树洞。南方的有些大树十个人都难以合抱。义存的禅室在树洞里。

他以树洞为禅房，精进修行，感动了很多人，纷纷皈依，这里逐渐形成了有规模的寺院。

唐僖宗赐额“应天雪峰禅院”，于是有了雪峰寺。

这是古代高僧的修行精神。

树洞当禅房的人光照古今，
禅房花木深的禅房不在这里，
早来的人也是迟来的人，
三生三世，谁梦谁醒?
你的一领袈裟穿破了千年岁月，
我听见唐朝的木屐声响彻静夜，
你从远处款款而行，
他在禅房敲响金磬，
你叫智光，他是义存，
老树的青苔漠视年轮，
风啃食了三千年的树心，
为你准备了三百年的因缘，
等你的到来等你到来后传法讲经，
等你再一次轮回轮回中直面古人，
等你直面古人之后顿悟自性。
老师，我也老了，胡须长了，
无常先生的手我已松开，
轮回之车的钥匙也没握紧，
也许我们还会重逢，
在雪峰义存的法身里，
再一次体会慈悲与寂静。

# 学无常师，道有真传

今天是过年后我第一次写字，有人订了两幅“太乙金光咒”书法作品。在写字前要试试笔墨，写了一副对联，现作的：

学无常师

道有真传

对仗工整，我很满意。

学无常师，是讲孔子的“转益多师是我师”的精神与典故。《论语·子张》云：“夫子焉不学？而亦何常师之有？”孔子是能者为师，是“三人行，必有吾师焉，择其善者而从之，其不善者而改之”。

中学时代学过韩愈的《师说》，这是名篇，不知道你上中学时读过没有，毕竟我们是两代人。韩愈写到：

圣人无常师。孔子师郯子、苌弘、师襄、老聃。郯子之徒，其贤不及孔子。孔子曰：‘三人行，则必有我师。’是故弟子不必不如师，师不必贤于弟子，闻道有先后，术业有专攻，如是而已。

韩愈提到了“闻道”。孔子也说过：“朝闻道，夕死可矣。”（《论语·里仁》）

道就如此宝贵，道的宝贵超过了生命。上面提到的孔子的老师之一“老聃”，就是老子，著有《道德经》，中国一本讲道讲得最深刻、最究竟的伟大著作。老子说：“天下万物，莫不尊道而贵德。道之尊，德之贵，莫之命而常自然。”道与德的尊贵，是宇宙法则，本来如此。

道有真传，真传在哪里？在《道德经》《易经》《黄帝内经》《论语》这些伟大经典里，在明师那里，也在我们的生命里。

还可以写这样的对联：

心无常态

行有世范

心没有一定的形态，但行为却需要规范。

# 千古美文在道藏

我会写文言文，你父亲是中文系毕业的，他读过我写的文言文，评价很高。其实，我文言文的渊源在道书里，道教很多文章非常华美，遣词、用字、谋篇，非常讲究，不少句子非常精彩，用骈体语句，述大道之理，传仙真之法。那些古书我读多了，文采自然提升了。写起古文，境界就不一般。这是我学古文的一个秘密。

我摘录一段北朝时期《无上秘要》这本道书里的句子，你就知道“千古美文在道藏”，绝非虚言。《道藏》是道教经典的总集。

《存五行品》有云：

藻形涤秽，安心诣静。燎腴光以照圣，焚芳芷以通神。然后鸣鼓延灵，击钟遣恶。咒祈异陈，恭修靡懈。想五帝之易观，思九精之可蹑。唯务肃肃无愆，必使冥冥有感。

这样的文字境界不下于陶渊明的《归去来兮辞》与王勃的《滕王阁序》。

本想多引用几段，打字录入太麻烦，何况夜已深，罢了。

一斑窥全豹，知道道教有大好文章即可。

我主要说的是文字境界。

## 辟谷或断食

辟谷是道家的一种修行方法，可以在一定时间段内只饮水，不吃任何食物，而能活得很好，不饥饿，不想吃，越来越精神。辟谷时间，可长可短，短则三天、一周，长则十多天、二十天、一月、一年乃至数年。

辟谷，日本人叫“断食”，当成了一种治疗疾病的方法。据说日本有“断食医院”。辟谷的确能治疗疾病，能净化身心，开启灵性。弘一法师出家前名叫李叔同，在日本留学，学成归国后，在浙江的一家师范学校任教，丰子恺、潘天寿都是他的弟子。他在1918年读了一本日本人写的断食方面的书，自己到西湖边的一家寺院断食十多天，体验到“身心灵化”，对人生有了感悟，于是断然出家，成了著名的弘一法师。

你父亲在春节期间大约断食或辟谷了一周。

我们没见面，详细情况还没有谈及。

我算是国内辟谷研究与实践的专家，我一本《辟谷道论》养活了这个行业的很多人。

最近，我和澄源在辟谷，反正全国闹疫情，哪里去不了，出小区门还要开证明，索性辟谷以净化身体。

2019年，我一直想辟谷，可一直有各种客人来访，无法专心辟谷。如今，没有人上门，正好宁静地安心地辟谷。

任何事件中都有为我可用的地方。

禁足在家，在别人可能很憋闷，在我，正好安心读书、修炼、辟谷。

# 对爱情的思考——一位朋友的来信

一位朋友跟我同岁，认识有二十四年了。她经历的苦难非常多，自己生病很多年，母亲因此伺候女儿，劳累患病，在痛苦中自杀。离婚；唯一的孩子常年患病住院。自己回到乡下，与老父相依为命。她写的信很感人，对爱情的思考也深沉，我把朋友的信发给你，你读读，也许对认识人生有很多好处。这位朋友，曾有“才女”之称。

她的信是：

就感情问题，我想起了很多。我想起一句歌词：“找不到色相代替。”是啊，彼此相爱的人，应该互相珍重，不要轻言分手，不要让他人来替代我和他。

佛说：“你恋我色，我怜你心。动经千劫，常在缠缚。”

在男女恋爱中，色相是起关键作用的。

释迦牟尼佛曾变现出来一个美女，然后她迅速变老变丑，以此来警示人身之无常。也可见佛并不看重人的外表，佛看重的是人心。

50岁了，对爱情也看淡了许多。怨情的念头很淡了，谁都不怨。

想起《红楼梦》那句歌词：“若说有奇缘，如何心事都虚化？若说没奇缘，今生偏又遇着他。”

现在，我只想着他对我的好。要说还真是有缘的，他陪我走过了一段快乐时光。

想想看，人的一生真的奇妙。幼小时一点也不知道男女情爱。18岁初恋，但还是纯情。24岁结婚，从此对爱情念念不忘。37岁离婚，内心的伤痛，知道天长地久很难。

永恒的爱是什么？在人间爱情敌不过亲情，亲情更胜过爱情。离婚了，爸爸接我回老家，这亲情真可贵。

南美诗人聂鲁达诗句：“你可以拿走我的面包，你可以拿走我的空气，但是请别把你的微笑拿走。”

爱情弥足珍贵，做一个心中有爱的人吧。

朋友很有才，读书也多。我注解一句。

“你恋我色，我怜你心。动经千劫，常在缠缚。”出自《楞严经》。《楞严经》缘起是，释迦牟尼佛的堂弟阿难尊者一次去乞食，他长相很庄严、俊美，被一个漂亮的女生看见了，爱上了他。于是，引生了一段传奇故事，佛为此开示，开示的记录就是《楞严经》。这部伟大经典的引子竟然是一段一见钟情的爱情。

朋友经历了那么多苦难，最终安慰她、安顿她的还是血缘亲情。

前人有句云：“书到用时方恨少，事非经过不知难。”

变化一下就是：

理在苦中方自悟，事若经过不为难。

在苦难中明理、开悟，是极有价值的，人就是这样进步、升华的。事情经过了，回头看，难也不难，毕竟已经过去了。只有“而今迈步从头越”了。“从头越，苍山如海，残阳如血”，道上的风景还是很美的，要懂得走过，路过，也欣赏过。

这道理，你懂的。

# 在乡村看电影、看戏的岁月

现在，随时可以在影院、电视、手机、电脑上看电影，而三十多年前在乡村看电影需要走很多路。

小时候村里一年里会放几场电影，那时候放电影是政府对农村文化生活的服务，有专业人员专门在各个村里放电影。提前会有消息散出来，大家会准备，知道是哪个生产队承接的，就会在那个生产队人员多的街段播映。街道东西线上，西段是上队，中间是中队，东段是下队。有人栽拉银幕的杆子，有人搬好凳子占位。演什么电影也是大家期盼的，爱情片很少，大家不爱看，外国电影也不怎么爱看，也有如《佐罗》《铁面人》《桥》《尼罗河上的惨案》《列宁在1918年》播放。老百姓爱看打仗片，后来是武侠片。

街上放电影，家家户户像过节一样会炒各种豆子（大豆、黄豆、豌豆、扁豆）、玉米，一边看电影一边吃。

我家有从太祖父传下来的老板凳，我会抱出去占位置。大多时候是自己站着看，或搬小凳子和喜欢的朋友、同学坐一块儿看，在电影放映前说说笑笑。

邻村放电影大多时候也会去看。邻村多，少则三五里，多则十多里。北边的去过赵坡、下山村，走十里路；西边去过谢庄、马川，五六里路，王川远点，十里路；南边去过郑川、黄坪，四五里，要过河，那时候还没有河桥，水小，踩石头过河，水大一点，蹚水过河；东边去过丁家坑洼、贯寺，差不多十里。

我家在很背的南巷，行人少，人家少，对面是田野，经常能看见鬼火，科学的说法是“磷火”，死人骨头里有磷，燃点低，夜里会自燃。每次独自出门看电影，回来都很晚，母亲留着门，用木棍子顶着门，我一伸手，挪开棍子，把门打开，进门，闩门。

二十世纪九十年代街上很少放电影，电影商业化了，义务为农村服务的免费电影看不成了。只有个别人家办红白之事，会包场电影答谢村民。我一位发小的母亲辞世后家里包了一场电影。那时候，包场电影也就数十元。

二十世纪七十年代末，“文革”结束后，那时候放电影的人有工资，是公职人员，会派饭，队长指定某家给放映员管饭、管住。附近沿河滩村的赵家给放映员管饭，赵家的一个男孩用剪刀把电影胶片剪了玩，那孩子当时已经十二三岁了。这是很严重的事情，公安都来人了。因为是孩子，没有追究，要是大人，会被判刑的。

那时候看了很多电影，电影的内容已经模糊，看电影的欢乐和感觉一直在。

来北京后经常看电影频道，和妻看了数千部电影。看电影成了生活不可或缺的部分。

说到看戏，主要是我父亲，要从“文革”结束之后来说。1978年，我九岁，那时候村里已经可以演戏了，主要是秦腔。请省里、县里的专业团队来演戏，售票。我和父亲会骑在能看到戏台的人家的墙头看戏。村里有了戏班子，村里人演戏是不收费的，我经常去一些人家看他们排戏。

我父亲记得很多戏文，他并不喜欢唱，只喜欢看。我祖父在民国年间是当地的乡绅，喜欢唱戏，经常粉墨登场。我小的时候爱唱戏玩，稍长，只看不唱。再稍长，不再看戏。如今，偶尔会哼唱几句秦腔，感觉很过瘾，很抒情。

小时候看戏很入迷，经常看哭了。看《封神演义》系列里的“闯宫抱斗”，殷纣王的正宫娘娘被妲己害死的时候，我流泪。看《周仁回府》里周仁唱“悔路”，我落泪。

我懂戏。

小时候家里没书可读，我从发小家借来剧本读。

上高中时，读书的安远镇离我家有二十里路。安远镇春天会演“敬神戏”，演给方神们看，庙里的龙王爷要请出住在普通人家，代表来到人间看戏。民众要敬香，祈祷风调雨顺。很多村子会演敬神戏，安远镇大，演戏的时间长，我父亲每天早上步行到安远镇看戏，看完戏再走回来，来回走四十里路，一天就过去了。

那时候，看戏是农村人的文化生活。

现在想，是什么力量使父亲徒步四十里看一场戏呢？

是他对秦腔的爱，对老戏的喜欢，对唱腔、唱词、剧情的喜爱。很多戏他看过很多遍了，一遍一遍地看，一遍一遍地听。

是听戏，听人生的悲欢离合，听人生的酸甜苦辣。

父亲离开已经二十一年了，永远不能跟父亲一起看戏、听戏了。

母亲辞世六年了，永远不能给我留门，等我这个夜归的游子了。

# 反省自我

我经常在夜深人静的时候静坐反省自己，检查自己的过失和各种问题。这是必修功课。即便每天反省，真正要达到心性清洁，人格高尚，精神自由，气质转化，还是很难的。

每个人都有问题，每天都有问题，人“自净其意”的修行是无止境的。

我五十一岁了，回想这些年来的很多问题，人际关系上的失误最多。问题来于我的执念，我执着于自己的见解，“道不同不相为谋”，所以，过去很多关系很好的朋友，因为我们在做人、做事、修行上的见地、方式、境界的不同而不再往来，甚至还有彼此的斗争、伤害。

现在的我，可以保持自己的见解和做事做人原则，对别人的问题不予评论，不会说三道四。

我的朋友各界都有，身份复杂，三教九流，无所不有。有些友谊本身与利益相关，利益不存在了，友谊就不存在了。

我反对借助道术敛财、求名，反对修道者弄虚作假、欺世盗名、坑蒙拐骗。可是很多过去的修道中的朋友，因为见到了借助“弘道”而获得利益的好处，开始无所不用其极地敛财。我反对他们，等于阻碍他们获利，哪还能有什么友谊?

憨山大师说的：“世事本来多缺陷。”世界上这样那样的问题本来存在，永远会存在，既然是人间，就不是净土，不必理想化地把修行人想得多好，不必用“高大上”原则要求别人。做好自己就好，省心，省事，减少彼此的矛盾、斗争，还安心，保护好自己的生命能（元气）不因此等俗事耗散。

别人讲什么，不重要，重要的是自己要讲好什么。

别人做什么，不重要，重要的是自己要做好什么。

这是我现在的做法。看开了，看透了，轻松了，不再执着于自己，不再执着于别人。

执着于自己是烦恼，执着于别人是障碍。

记住这句话。这是我五十年的心得。你懂了，此文没白读。

# 耐得住寂寞就是定力

人在很多时候需要耐得住寂寞的定力。这些日子因为疫情数以亿计的人禁足在家。网上流出了一些视频，一些人憋在家里精神上、心理上都有了不少问题。我们会看到有人站在楼上大把地往下撒钱，不是搞行为艺术，而是心理受刺激了，感觉生命如此脆弱，留钱何用？或许是这样想的。一些老人撒泼打滚，不服“社区出入必须戴口罩”的管理。那么大年纪的人，为老不尊，不是什么“坏人变老了”或“老人变坏了”的问题，是长期禁足在家而出现了心理问题。心理问题使人的冲动足以破坏理性、尊严乃至底线，非常可怕。

人活在世上，总会遇见某些困境，在困境里不能耐得住寂寞，就会使困境变成更大的苦难。

要在任何事情里培养定力，冷静，有主见，能调整自己的心态，管好自己的心智。

每临大事有静气，这是必须的。临大事的静气要从小事里、平常日用里培养，这样才会有用。

从来没有突然生出来的静气。

# 历事练心、历境验心

昨天讲过在生活里磨炼定力的事情。道教有位真人张伯端，宋代人，他在《青华秘文》一书里讲过“历事练心”之理。要经历事情，在事情里练心。

历境验心，是明代高僧憨山大师讲的。境，是境界、事情本身，任何事情、经历都是境界，都有境界。任何事情里也能体现当事人的心的境界与修养。境界高的人能化简为繁、化难为易、化险为夷、转危为安，这是大境界。即便不能转危为安，也能在危难中、生死存亡的关头展现出人的尊严与美德。感动大家的《泰坦尼克号》电影里，面对那场灾难很多人从容赴死，把生的机会让给妇女、孩子，彰显了人性的大美。

任何时代的苦难中危难中都有如此的美德彰显人性的光彩。

历境验心，通过境界考验自己的心境。

憨山大师说：“先悟已彻，但有习气，未能顿净，就于一切境缘上，以所悟之理，起观照之力，历境验心，融得一分境界，证得一分法身，消得一分妄想，显得一分本智。是又全在绵密工夫，于境界上做出，更为得力。”

即便一个开悟了的人也会因为有习气，还需要在境界与事缘（各种缘分里）磨炼自己，验证自己，考验自己。观照之力就是时刻的觉察、观心，以智慧之光照见自己，照见事物。照见自己则不迷惑，照见事物则能把握本质，能比较好地处理好各种事情，也能看到自己处事的成败得失，从而进步。

古人的智慧在修养，修养也需要智慧。古人的智慧从实践中出来，也能指导实践。

从境界上练心、验心，更容易成就。

## 不该掺和的就不要掺和

生活里很多人爱掺和别人的事情，却不知道掺和别人的事情常常会添乱，给自己、给别人带来很多麻烦，甚至是很大的伤害、危险。

昨晚看由古龙的武侠小说名著《绝代双骄》改编的同名电视剧，花无缺出道后遇见了一件事情，“天虹派”的风白羽姑娘爱上了天虹派对头“泉山派”掌门的公子秦子陵，本来这对璧人要私奔，自己偷着走了，隐居过小日子。可花无缺搅和进来了，他是武林至尊“移花宫”的少主，要管一管这件事，要调和矛盾的两派，要两个相爱青年的爱情公开，要明媒正娶。结果与他的善良意愿相违背：泉山派的掌门秦天海自认名门正派，宁可自毁也不愿意屈服于他眼中的“旁门左道”移花宫少主，自杀了；秦公子非常自责，以死谢罪，自杀了；风姑娘看见心爱的人死了，岂能独活，自杀了。

设想中的喜剧顷刻变成悲剧。

善良的花无缺一定很后悔自己主动搅和进来的行为。

很多时候，我们觉得在做好事在帮别人，其实在添乱、生事，甚至把事情推向我们不可知、不可控的危险边缘。我家乡有句俗话，“好心变成恶意了”。用成语说，“事与愿违”。

我今年五十一岁，在你而言是父辈、长者，我这些年也做了一些“好心变成恶意了”的事情，后悔，只能安慰一下自己；反省，只能进一步提醒自己，不要再瞎搅和。

很多事情我们没有把握也没有必要掺和，做个局外人很好。举个最简单的例子，你就懂了。

一对夫妻正在吵架，听起来很激烈。夫妻常常是“床头吵架床尾和”。一个邻居听见了去劝架调理，夫妻开始对着他彼此激烈数落，甚至说出了不该说的话，比如妻子怀疑丈夫有外遇。这本是家里的隐私，气头上说给外人听了。结果，夫妻矛盾反而激化，问题更严重了。他们只好离婚。

不是不关心别人，不是怕事，而是做到恰好，把握分寸，用智慧处理事情，不给自己和他人添乱。有时候因为自己的好事、多事、管闲事，犯下的错误很难弥补。有些教训是很惨痛的。

不要轻易搅和别人的事情，做好自己。

## 随事调心

调心是佛道修行里的专门术语和专门方法、功夫。调理、调节、调整心态、认识自我、提升心境。

人生会有很多烦恼、痛苦、矛盾、纠结一时难以化解，需要随时调心，以提升认知、平衡心理，乃至转化心态、净化心体。

调心讲究方法，身心静下来，反观内省，观看自己的矛盾和心结在哪里，自己化解，是调心；用宽恕的心态来宽恕别人，是调心；用忏悔的方式来处理自己做过的错事，是调心；思考人生的无常而明理，是调心；能观空、悟空，是调心。人能悟空，烦恼自然就化解了。人的烦恼、痛苦，大多来自不明理，来自执着，要是人能放下各种执念，容易从烦恼里走出来。这是调心的高级境界。人能安宁地专注一念持咒、念佛，是调心；人能忘我，自然调心；人能慈悲，能发菩提心，是最好的调心。

调心不难，要经常观照自己，观照心念，养成习惯，就能自如。烦恼也会有，但不住，即有即空，事去心空。

## 调息

人常说的，心烦的时候，做深呼吸就好了。这就是调息。人在心烦的时候，不安的时候，深呼吸能平静心绪。这是调息的道理。在古代，把一呼一吸叫一息。调息，就是调整呼吸。

在修行，调息是做功夫的重要法门。不给你讲修行，讲通过调整呼吸来调整心绪，平静心情。

最常见的是深呼吸，深深吸气，缓缓吐气。经常做，每天专门选个时间做，身心放松，站着、坐着都行，深深吸气，缓缓吐出，反复做几次。起初，坚持三分钟，慢慢地，坚持十分钟。坚持十五分钟。如果能坚持半小时，能保证身体健康，心情愉快。

通过调理呼吸而调理心情、调理气脉，是古人修身的绝学。人体有经脉，经脉的运行是否通畅，也可以通过呼吸来调整。

不期望你能做到半小时，每天早中晚坚持做三次，每次三分钟。放松身体，放松心绪，然后深长吸气，缓慢吐气。原则有四字：细、深、长、匀。细，呼吸不要太粗；深，呼吸要深入，要有“气沉丹田”的感觉；长，呼吸的时间要长，比如普通人一分钟呼吸十八次，而锻炼呼吸的人在呼吸状态一分钟三四次就行；匀，呼吸要均匀。

我经常修炼呼吸法门，修的是闭息法，在闭息状态我常常两分钟呼吸一次。修炼到这样的状态就可以随意辟谷，十天半个月，不吃任何东西，能活得很好，人可以通过呼吸而获得天地间的能量。你父亲跟我学习这样的方法。

我不要求你学这些，但深呼吸要坚持做，一天十分钟，早中晚各一次，每次三分钟，天天坚持，你会发现自己的心境会越来越平静，身体会越来越健康，而意志会越来越坚强，定力会越来越坚固。每天十分钟，能天天坚持，就能训练毅力、意志、性格。

## 调身

调身，就是对身体的调整，调整到舒服、安全、健康乃至优雅的状态。

古人行住坐卧都讲究调身。站如松、坐如钟、卧如弓，是调身的一种形式。走路不勾头，站着不挺腹，这些都有健康与仪态上的要求。

古人讲究静坐时的身体姿势的调整，以求健康、长寿，气血通畅、心情舒畅。人的形态会影响心态，影响身体状况。一个人很困乏时把腰身坐端正，腰脊竖直，困乏、瞌睡会减轻。或者站起来，两手上举，伸个懒腰，困顿就解除了。这是调身的作用。

人要讲究心态、情态，也要讲究姿态、仪态。姿态、仪态与调身有关。很多人的一些疾病如膝盖的毛病、腰椎的毛病，与平时走路的姿势、坐姿不太正确有关。甚至一些妇科疾病与久坐有关。现在有很多青年女子，不孕不育，问题与长期坐着办公、久坐伤肾有关。一些人的颈椎毛病与长期低头读书、打电脑有关。

调身，能避免这些毛病。调身者会随时关注身体的变化而调整，不久坐，不久立，随时调整形体的状态，以使身体更健康。要有意识地、主动地去调身。修炼动态瑜伽或“形体瑜伽”也是调身之道。

调心、调息、调身，谓之“三调”，对现代人的身心健康很重要。这是道文化里很实用的内容，是精华。

要把“三调”应用到生活里去，渐渐地你会非常受益，受益一生。

# 自己竟然是自己人生的最大破坏者

我一位好友来信对我说：

思悟人生，有许多后悔。我是自己人生的最大破坏者。曾经有很好的工作，也有很好的身体，我却不珍惜，应该克制的时候没有克制，结果五次住进精神病医院，慢慢地就变得不幸福了，也没有以前那么爱笑了。我感觉我的幸福正在失去。但是2012年回了老家还不错。这里安静，蔬菜自足，并且有电脑、手机，可以听歌听诗歌朗读。我内心也安顿下来。但是近日我又后悔起来，后悔当初打人摔东西，确实是有因有果才住进精神病医院。确实是我自己不好。唉，我是我自己人生的最大破坏者。陈老师，你说我现在应该怎么办？好像是我无法原谅自己，安心不下来。在此向陈老师求助。

我这位朋友的反思的确令人深思。她说出了一个真理：自己常常是自己人生的最大破坏者。这是痛定思痛的总结。

我这样回答朋友：

可以反省，但不要懊悔不已。反省是积极的，能让人认识自己，认识自己的问题，从而慢慢转化自己，也能安顿自心。懊悔是消极的，是自我否定、自我谴责、自我打击，不能从内心生出进步与安顿的力量。何况，你学佛三十多年，知道“过去心不可得”是《金刚经》心法，昨日之我譬如昨日死，任何纠结、懊悔无济于事，反倒自乱其心，还不如安心地观照现在，放下过去，轻松地活着，快乐地活着，这才是最有意义的。“应无所住而生其心”，你为过去懊悔，无法原谅自己，就是“住”在过去的烦恼里了。偶然懊悔一下，就是生心，无妨，只要不住在烦恼里就对了，则烦恼即生即空。善思之。你学佛三十年，应该从中受益。可以观心，观看过去，但不要带情绪地观，不要带任何评价地观，就能从过去的痛苦中解脱出来。那些痛苦，其实是你的执念。任何执念，不执即空，执即束缚。

我朋友的信，我给朋友的信，对你理解人生、理解人性，把握人生、把握人性，会有启发。

自己就是自己人生的最大破坏者。这是过来人的格言。

每个人应该从这样的悲剧中警醒。

为何不做自己人生最好的建设者、成就者？成就还是破坏，往往在一念之间。

朋友读了我的复信，来信说：

好。谢谢陈老师的开示。未来可以做得更好，过去已无法改变，后悔也没有用。过去再不堪，也会有些什么对生命有益的。还不能全盘否定。我的前半生很独特，别人不一定有我这些经历。好在现在我清醒了，这清醒一定是有用的。好好走完余生，我可以迎接美好的来生。陈老师的开示真的非常慈悲，对我很有用。再次谢谢。

## 人对爱的执着也是痛苦的根源

很多夫妻本来是相爱的，可是后来离婚了，或者夫妻关系僵化了，彼此冷战，长期分居，出现了很多问题。有的人是因为对爱执着，对爱太执着的时候也会彼此伤害，俗话说的“相爱相杀”。

爱本来应该给彼此温暖、关怀、自由，可是每个人都有占有的欲望，有强化自我的欲望和做法，本来相爱的人也会因为一句话说得不对劲开始互怼，渐渐地，互怼演化成了家庭战争，而家庭战争变成了对彼此的伤害，变成对家庭、婚姻的破坏。

人为什么对自我那么看重？人的执着在任何时候都会体现出来，包括在爱情与婚姻里。我们看到很多夫妻经常吵架，吵架时彼此揭短，恶语相向，过去的爱，过去的甜言蜜语和温情，甚至夫妻间的欢爱，都被彼此的恶语和彼此的厌恶践踏了。

爱何在？情何在？理智何在？

我们经常能忍受别人对我们语言的刺激，却忍不了家人特别是夫妻间的语言刺激。

爱变成了枷锁。

于是有人说，婚姻是爱情的坟墓。

爱情因为家庭而死亡。

很少有人真正观看到促成爱情死亡的是每一个人内心的执着，对自我感受的执着，对所谓自尊的执着，对所谓面子的执着。

佛教要我们“悟证无我”，庄子说得道的人会“吾丧我”。

打破了对自我的执着，心灵才会有自由可言。不能体悟“无我”之理，经常会爱着并烦恼着、痛苦着。

你也因感情痛苦过，焦虑过，烦恼过，甚至绝望过。你看到那个坚固的“我执”了吗？

看着她（执着的那个“我”），你会和内心和解。于是，你的生活也会因此充满阳光与和谐。内心和平、消解了我执的人会和别人、会和世界和谐相处。

# 记住《黄帝内经》里最重要的四句话

《黄帝内经·上古天真论》里有四句话，是“健康道”真言：

恬淡虚无，真气从之。

精神内守，病安从来？

天真，是天师、真人这些伟大的悟道者、得道者的简称。四句话是说：一个人能做到精神恬淡，不贪求，不急功近利，心态平和，并使精神进入到高度的虚明、无为、无我的状态，那么，身体里的真气就会跟着这样的精神状态而自然运行畅通。人的精神内守、专一而不散乱，那么，疾病会从何而来呢？自然就健康无疾了。

健康道，即达到健康的理论、方法。比健康道更高深的是“解脱道”，让生命解脱生死烦恼。

《内经》里这四句话我上中学时记得很熟，我初中自学中医，读了很多中医经典。

1985年我伯父陈治邦从新疆回到家乡。解放初，他因为曾参加过国民党的“三青团”而被定性为“反革命”，险些被枪毙，因政府改变了政策，判刑二十年，于是，他被流放到新疆。伯父在民国年代做过乡村教师，写得一手端庄的颜体楷书。

1986年夏，我上高中，住在一个古堡里，古堡是清代、民国年间乡村人集体躲土匪的地方，像个土城，城墙很厚，夯土有一丈宽。古堡里有间老屋，我和两个发小住里面，为了装饰屋子，我请伯父写几幅字，其中一幅，伯父根据我的意思写了《内经》上言，我贴在墙上一挂三年。

1989年高考，我没考上大学。那个古堡里的很多东西，包括一些字画，我都没再去取。我走后，我一位初中同学住进去了。后来那些字和画，画主要是发小汪同学临摹的徐悲鸿自画像，我还题写了徐悲鸿的名句“人不可有傲气，但不可无傲骨”，不知下落了。

现在全国疫情肆虐，可免疫力强就容易保护好自己。

记住这四句话，去体验、去实践，会受益一生。这四句话讲的是健康道的大原则。大原则就是大法门。

人在任何时候都需要健康道。

# 逢人常结喜欢缘

这是一句古诗，出自道家的《抱一子逍遥歌》：

我先每寻安乐法，逢人常结喜欢缘。

咏风咏月偿吾债，随时保重学延年。

人与人见面即有缘，应该生欢喜心。见人能生欢喜心，是一种修养，是处世之道。常生欢喜心的人会胸怀广阔而烦恼减少。欢喜与烦恼是相对的，欢喜心多了，烦恼就少了。

我们经常会对不合自己意趣的人生出厌烦心，厌烦一生就是烦恼，气局就小了。

常生欢喜之心能延寿，使人健康。道家有句话说："神仙修炼别无法，只生欢喜不生愁。"

大乘佛教"常生欢喜心"，欢喜者，适悦在心，寂灭为乐也。

菩萨修行分十地即十个层次，叫"十地菩萨"，初地叫"喜欢地"，非常喜欢学佛、修行，对一切众生常生欢喜心。

初地菩萨有七个征象：能堪忍受，能为难事，心不退没；不好诤讼；身心柔软、安隐；说法时心得踊悦；对于佛法信心清净；悲心悯念众生，给予救护；无嗔恚心，心常乐慈行。

这七条不容易做到，真做到了，会是了不起的人。

逢人常结喜欢缘，这个喜欢，内涵很深。

## 颐养心法

君子慎言语、节饮食。

这是《易经》之“山雷颐卦”里的卦辞。颐，上艮下震，上下两阳爻，中间四个阴爻，像张开的嘴露出了牙齿。所以，颐也是吃的意思，卦辞里说：“自求口食”，要自己找饭吃，自立更生。

“君子慎言语，节饮食”，是我喜欢的话。慎言语，说话谨慎，不得罪人，不泄密，不惹祸，祸从口出嘛。我的一位朋友因为言语不慎，泄露了公司机密而导致公司办不下去。孔子说言语是君子的枢机，生死主之，不可不慎。《易经·系辞》云：

子曰：君子居其室，出其言善，则千里之外应之，况其迩者乎？居其室，出其言不善，则千里之外违之，况其迩者乎？言出乎身，加乎民；行发乎迩，见乎远。言行，君子之枢机，枢机，制动之主。枢机之发，荣辱之主也。言行，君子之所以动天地，可不慎乎。

节饮食，少吃东西，少吃饭，可以养生，可以治病，可以健康健美，特别是女孩子，少吃一点一定苗条，不必减肥。常言道：“吃五谷，生百病。”人的很多疾病是吃出来的，包括现在正在肆虐的新冠病毒疫情据说与人类吃野生动物而感染有关。

辟谷能治疗上百种疾病，一定时期内不吃饭可以增强免疫力；人在不吃饭的过程里很多内在的疾病会自动消解掉，甚至是癌症。

慎言语是修养，节饮食是养生；

慎言语是处世法门，节饮食是健康法宝。

《易经》不只是算卦的书，更是一部伟大的人生哲理书。你以后有机会学习《易经》，懂得其中的哲理，一生受益。

# 随缘不变，不变随缘

这是达摩祖师的两句话，我在高中时代就知道，一直记到现在。

随缘不变，做事要随着缘分，但还是要坚持一个不变的底线、原则、不可动摇的东西如“三观”，比如佛教的“第一义”即绝对真理缘起论；不变随缘，在坚守大原则不变的基础上，方便善巧地随缘做事，这是智慧。

随缘不变，从随缘上讲不变的原则；不变随缘，从不变的原则上讲做事的随缘。

这两句话对我一生都有重大影响。作为修道者、弘道者，坚守道德，坚守自己信守的原则。我从一开始修道就发愿，此生绝不以道术谋财，此生不因名利而废道。这是我的不变。随缘，三十年来我做过很多份工作，从做学生到打工，做工地工人、做私企老板秘书、做山林隐修者、做企业看门人、做编辑、做小公司的小老板、做讲授经典的学者、做自由写作者、做天涯访道行旅者，无论做何种工作，我都没有放弃过修道的志愿，从没有放弃过修学——修行、学习，也没有改变过我的初衷。

三十年来读万卷书、行万里路，就是这样完成的。

古人说，君子有所为，有所不为。很多事情，比如不择手段地去挣钱，对我而言，非不能也，是不为也。

人要坚守自己必须坚守的底线，才能立定脚跟地去做自己应该做的事情。立定脚跟，意味着有得有舍，有舍有得。

古老的佛学智慧，有如此深刻、实用、现实的道理。

## 惟人自肯方乃亲

这是一句禅语，明末清初高僧通忍大师（1604-1648）的名言。通忍大师早先跟着密云圆悟禅师修行，圆悟指着阿育王山上的一块石碑上的话问他："山中猛虎以肉为食，为什么不吃掉你呢？"这一问，通忍大师汗流浃背，坐卧不安，因为他不知道该如何回答。不论你如何回答，你的答案都代表着你的修证境界、悟境，代表着见地——你对佛法对禅宗的体悟与认知。老师能从你的答案里知道你是否开悟了。

三天三夜，通忍都不知道该如何回答圆悟之问，焦虑中，他走出自己修行的房间，到门外去散步，身心放松了，突然，他就知道该如何回答老师的提问了。这种悟境，我们不好说，用古人的话说："如人饮水，冷暖自知。"

他向老师圆悟大师汇报了心得，感慨地说："惟（唯）人自肯方乃亲。"就是说，一个人先要肯定自己，这是与自己心性最亲近的方式。禅宗非常强调自肯承当，自肯而承当，没有自肯，哪里能有承当——担当？

我爱人澄源现在学习写作，写作是她改变自己、成就自己的修行。我成了她的老师。她不自信，就不能自肯，经常写了文章，怕写得不好，怕别人笑。

你父亲经常鼓励澄源，说她文章写得很好。很多朋友、读者鼓励她，说喜欢读。她还是不太自信，就是不自肯。

写作上我自肯，修行上我目前不自肯，是自己的修行没有达到我希望的境界，但我不自卑，不气馁，而是更踏实地修行。兴阳希隐禅师说，“直须悬崖撒手，自肯承当。绝后再苏，欺君不得。”真正修行上的自肯，需要“大死一番”。

自肯的道理可以普世化、生活化，每一个人要自信，要肯定自己的努力，肯定自己的进步，肯定自己的选择。

这样来讲解佛法、禅学，你会发现，佛法、禅学很入心，很生活化、世俗化。禅本身是这样的，六祖大师说：“佛法在世间，不离世间觉。”在世间生活里能觉悟，就是学佛，就是修行。

# 真常须应物，应物要不迷

这是道教真人吕洞宾《百字铭》诗句，我喜欢。悟了真理的人一定要出来做事，但做事却不会迷惑、迷惘、迷乱。

应物就是做事，为人处世，待人接物。应物的概念先秦就有。《管子·心术》里说："君子之处也，若无知，言至虚也。其应物也，若偶之，言时适也。若影之象形，响之应声也。故物至则应，过则舍矣。舍矣者，言所复虚也。"

管子是帮助齐桓公成为"春秋五霸"之首的伟大政治家、明道之人，孔子对他肃然起敬。"心术"即"道术、治术、学术"。一切智慧，从心而生，故言"心术"。心术以道德为根基，没有道德，则是"心术不正"。宋代苏洵写过一篇与军事思想相关的《心术》，分八部分，治心、尚义、养士、智愚、料敌、审势、出奇、守备。讲这些，让你了解"心术"的意义。

上面所引《心术》这段话说：君子看起来像没有智慧一样，这是形容他达到了至虚的境界，普通人难以认识他，大智若愚。但他做事，却彼此、成败、敌我、恩怨、阴阳两方面都能顾及，这是"偶之"的意思，思维不是单向的。它与时俱进，适应社会的发展。就像影子与形象的对应、声与响的对应。事情来了，它立马对应，事情过去了，它立马放下了，就是"事去心空"。它的放下，使心灵复归于虚明状态。

这是多高明的境界。管子的话与吕洞宾的诗相隔千年，完美相应。

我们在社会上做事、社交、恋爱都是应物，一定要心中有智慧，有正确的三观，才能不迷惘、不错路。

古人的人生智慧何其简明，何其实用。

# 该如何安身立命

《景德传灯录》是北宋景德年间出版的一本禅宗语录集，我喜欢此书，我写《修学札偈》时引用了此书里很多内容以印心。

《景德传灯录》卷十八，玄沙宗一大师说：“我今问汝诸人，且承得个什么事？在何世界安身立命？还辨得么？若辨不得，恰似捏目生花，见事便差。”

人该如何安身立命？安身，使生活、自己有个落脚处、立根处；立命，能成就一番属于自己的事业。孔子说，三十而立，四十不惑，五十而知天命，“立命”这两个字，代表了三十岁到五十岁人生这最珍贵的二十年的作为。

不能安身立命，见事就差。

立命，难哪。多少人在世上碌碌无为。能有一番事业，能有好的家庭，能有理想的成就，都是立命的范畴。

僧道追寻形而上道，则立命又有一番新的意味。佛道所追求的不是世俗意义上的成功，而是超越世俗意义上对生死轮回的解脱，至少，一个人在临终时对死亡不仅没有任何恐惧，还会使灵性提升。智门禅师说：“若无安身立命处，虚踏破草鞋，阎罗王征尔草鞋钱有日在。”古代僧人云游参访，要“行脚”，穿着草鞋走天涯。如果不能悟道、解脱，那么，阎罗王要收取草鞋钱，意味着还在生死轮回中。

# 随处做主，立处皆真

这是禅宗大师临济义玄的话。是说，一个人如果能随处做自己的主人，随处都能事事做主，那他就能随处见到真理。

实际上，我们很难随处做主。我看过很多时尚的婚恋节目，很多人的婚恋自己都做不了主，得听父母的，得考虑很多外在的因素，最后不得不放弃。

我们很难做身心的主人，明明烦恼就在那里，我们能令此心不烦恼吗？我们很难做到。只是很难，不是不能。那些对身心训练有素的人，那些开悟了的人，烦恼不是没有，却能顿断烦恼，说放下就能万缘放下，荣华富贵不足以动其心，红尘恩爱不足以摇其情。这样的人就是能做自己主的人。甚至生死都能做主，什么时候自己死亡也能预知，还会很潇洒地在谈笑之间坐化。这样的故事，《景德传灯录》里记录了很多，我在《修学札偈》一书里也写了不少。这才是能做主的人，身心不被环境、情感、观念等左右或影响，颇有定慧。

人为何要信仰宗教、要修行？就是为了超越自己，而与无限者契合、合一。不能超越自我，人会被习气、习惯、情绪、情感、是非、恩怨、利害……所左右，而不能做主。

临济义玄大师的原话是这样说的：

“道流，佛法无用功处，只是平常无事，屙屎送尿，着衣吃饭，困来即卧。愚人笑我，智者知焉。古人云：向外作功夫，总是痴汉。你且随处做主，立处皆真。”

## 道念与情念

《五灯会元》里白杨法顺禅师说："道念若同情念，成佛多时；为众一似为己，彼此事办。"此句很透彻。

不知道你有没有追剧，看过《三生三世十里桃花》《三生三世枕上书》？里面的男女主人公的爱情，经历三生三世，可谓情念坚固。如果以这样的情念去修道，一定能修成。我最近追剧，看了《三生三世枕上书》，青丘帝姬白凤九爱上了东华帝君，爱得热烈，也为他降凡，经历磨难。迪丽热巴饰演的白凤九，真的可爱。

我曾看过《等着我》里的一则故事，一个老人，自己都有孙子了，还要找当年的初恋，问一声，"你当年究竟爱没爱过我？"这成了他几十年中的心病。一个老人，对情念执着到了上电视寻找当年人的地步。

我反省过，情念深彻，则障碍深重。随着这些年的静坐，修行，对情念的执着逐渐化解了。

我知道你内心有很深很执拗的情念，如果把这情念转化一部分，用在事业上，用在学习上，用在修身上，人生境界会完全不同。

我情念重，道念也重。情念重，我成为诗人；道念重，我成了道学专家。

法顺禅师的第二句话讲的是慈悲心，为别人办事就像给自己办事，那彼此的事情都能办成。这句话看似简单，其实很难。人毕竟是自私的，很难把别人的事情当成自己的事情，除非是彼此非常好。如果把这种心推广开来也就不难了。

这是修身境界。换位思考，如果我们把给别人办事当成给自己办事一样认真、负责，那人缘一定好，事业一定能兴旺起来。

佛法里的很多话朴实、入世，更能普世。这句“为众一似为己，彼此事办”，入世而能普世。

# 恨昔闻道晚，悔今养生疏

甘肃人，说某人得的是“老病”，意味着是治不好的、只能等死的病。“生老病死”，人生之常。生是因缘，老是必然；病是因缘，死是必然。

这些天，对门的阿姨经常敲门要来我家坐坐，她太寂寞。疫情期间，大家禁足在家，很少出门。老人患病多年，和老伴住，女儿不经常来，老人寂寞得耐不住了，会敲我家门，坐一会儿，要说很多话，不管你爱听不爱听，她都要说，她说的是寂寞。

昨天、今天，她要澄源给她在网上预约医院以便就诊。澄源不知道如何预约，我们平时不上医院，不关注医院的网页。澄源让她找女儿预约。

老人告诉我们，她一年吃药，最少花十二万元，自己只花百分之零点五的钱，也不贵。

她详细讲了，治疗高血压的药，一个月得一千元，抗抑郁的药需要一千多元。

……

她的生命靠药物在维持。

生活中，靠药物维持的人并不少见，我身边一些老朋友大多如此，天天吃药，有了药物依赖症。

“生老病死谁替得，酸甜苦辣自承当。”

想想憨山大师对人生的感叹，让人觉得透彻。

我上高中时得过一次病，不得已休学半年。我当时感慨地写了一句诗：

恨昔闻道晚，悔今养生疏。

写这句诗的时候十八岁，感觉老气横秋，不像年轻人写的，像个七老八十的人，一辈子不悟道、未养生，疾病缠身而后悔不已才作如是语。

如今我五十一岁了，回想十八岁时因病写的诗句，很感慨，觉得那时候写这样的诗句，太老气横秋，但理是这个理。

如果每个人在年轻时就注重养生，关注健康，那生活质量、幸福指数、性命维度都会提升。

我来北京整整二十年了，二十年里的医药费也就两千元，平均一年一百元，这两千元基本上都是因为牙病花费的。

牙病也是病，曾让我疼得彻夜难眠。

现在，自己年岁渐长，健康道，更重要了。

而你，还年轻，同样需要关注健康。

## 熟视无睹

今天一整天，用十小时找书。朋友陈先生在我家网上书店下单，一次购了二百本书，我要在数千本书里找出这二百本书，不容易。不少书就在眼前，实际上反复看了很多遍，还是没看到，熟视无睹。偶然不经意间一抬头，书在眼前，就在看过几遍的地方。有时候我实在找不出来了，就告诉澄源，在哪个书架哪个范围内找，她很快找出来了，其实我视力还比她好。

人的视觉和大脑相关，大脑疲乏时，视觉很容易熟视无睹。

我和澄源有数年的“老规律”，她每帮我找到一本书，我亲她三下。她乐于找书，号称“挣外块”，这是夫妻间的趣事。

很多时候，我们对身边的事物常常熟视无睹，比如父母对我们的爱，兄弟对我们的情，朋友对我们的义，像我找书一样，明明在眼前，就是看不到。人的大脑、视觉经常会造成错觉，使我们忽视细节。

还可以说明一个道理，我一位禅宗老师说的，不要信自己的耳朵，不要信自己的眼睛。

人怎能不信自己的耳朵和眼睛呢？那人该如何获得信息、判断信息？其实，禅师是说，人的耳朵听到的未必是真实的信息，看到的未必是事物的真相。

一些人总觉得父母不爱自己，其实父母爱子女，只是表达的方式不同而已。

不说外在事物、信息通过耳朵、眼睛所得是否是真，就是自己一个人的时候，可能会出现幻听幻视，更不能相信了。生活中有不少人相信幻听和幻视，相信梦幻。

我一位好友，因为幻听幻视还住过精神病院。朋友总把幻觉当成是真的，给生活带来了很大的麻烦。认幻为真，是禅宗对我们的批评。

世界上有无数人生活在虚幻的心理感受中，包括对情爱的虚幻感受，从而对现实生活产生了严重的误判。

禅师站在否定的角度，强调的却是对真的甄别。

当心，熟视无睹。

## 对日本人，余恨的冰释

你在日本留学，说实在话，我有近三十年心底非常反感日本人，曾在心里发誓，此生不踏上日本国土。我爱人澄源是东北人，小时候在学校里学过几句日文，她知道我恨日本，有时候气我故意说几句日语，我就很生气。

骨子里我对日本有恨，根源是中日战争，虽然抗战时期，以此生的我来说没经历过，但骨子里对日本的恨与此有关。我有时候莫名有此种情绪或者情怀，倒不是国内的抗战片看多了，我看的抗战片不多，“抗日神剧”坚决不看，也反感那些“抗日神剧”。抗战文献我了解过一些，没那么深入，那股子恨从何而来？

从我三十年的梦境中来。我经常梦见自己被日本军人追杀着，也梦见在日军的侵略中逃难，逃亡，逃命，那梦境是噩梦，一个又一个的噩梦，一年又一年地在我的大脑里重演或者播放不同情节的日军暴行、逃难恐慌。那情节比我看到的任何电影里的真切、可怕、紧张。我看抗战影片不会紧张，但一次次梦见日军大屠杀的情形，梦见自己大逃亡的情形，梦境中的我很紧张。

这样的噩梦在我大脑里出现过无数次。

有时在想，很可能是前生记忆。我前一世生活在日军占领区，受过日军的迫害，我因之逃亡，挣扎在生死线上，这些痛苦的经历在我的第八识里储存着，我修炼的时候，那些前生的记忆会翻腾出来。于是，出生于二十世纪六十年代末的我，骨子里对日本有很深的恨。

我经常在打坐中观心，觉得这种恨不好，会影响我修行，影响我的心态。何况，现在的日本人几乎都是战后出生的人，参加过侵略战的日本人活在世上的没几个了，我不必再恨日本，那样不够慈悲。

可我很难说服我自己，我也能看清心底的那股恨的力量在如何波动，希望有朝一日能化解掉。

这个契机就是这次的武汉疫情。自武汉疫情暴发后，日本民众不仅捐钱、捐物，还不断鼓励武汉人民、鼓励中国人民。给武汉的捐赠物的包装箱上题写着“山川异域，日月同天”“谁曰无衣，与子同裳”。日本民众给辽宁省的捐赠物的外箱上写着“辽河雪融，富士花开；同气连枝，共盼春来”。

这些温暖的举动和饱含的深情，富含哲理，具有东方人文气息、具有中日共同的古老文脉的话语，深深打动了我，那一瞬间，我心底三十几年对日本的恨，消解了。

人是有前世来生的。我不想把恨带到来生。但是，前生记忆中的痛苦太深刻、太深切，要转化，很难。因为这次疫情而看到日本人的爱心，看到他们的用心，看到那些美好善良的心和美好温暖的词，那里面蕴藏的善的力量一下把我大脑里蕴藏了数十年，如果连前生的痛苦经历算上，七八十年的怨恨，瞬间化空了。

那感觉，像顿悟带来的转变。

从此，我心里不再恨日本，会以善意对待这个国家和这个国家的人民。

修行真的很难。

这个故事或许很有意思。

# 写作

写作是一件说难很难、说简单很简单的事情。热心观察生活，能用语言清晰表述的人几乎都会写作。只是，写得好与不好、精彩不精彩、深刻不深刻、独到不独到、优美不优美，人人差异很大。作家分高下，有大师，有著名作家，有二三流作家。有能传世的作品，有很快被人遗忘的作品。

我是个写作者。我写的作品量少说有两千万字。我不说我是作家，一则，我不是作家圈里的人，无心加入，也加不进去，即便能进去，也不愿意进入。自己独来独往，乐得逍遥。二则，我写的是国学文章，以佛道为主，不是社会的主流，一直被有意无意地边缘化，不做被认可的作家，颇有自由。何况，人家不会认可你。安心做自己喜欢的事情，不问名利，不问成败，反倒自在。

我写散文、诗歌、小说，都为佛道文化服务。今天给你发了你父亲朗诵我的诗歌《灵魂的舞步 · 虚云大师》的音频，那首诗一定打动了你父亲，才那样声情并茂地朗诵。我的诗歌自以为很好，不被诗坛认可，能有你父亲这样的知音，足矣。

我的写作，自称为“自性写作”，让作品从真如自性里流淌出来。六祖慧能在五祖弘忍那里彻悟后感叹说：“何其自性，本自具足，何其自性，能生万法，何其自性，原无生灭。”这自性，人人具足，个个圆成。

写作很难，即便能言善辩，能说会道，未必能用文字清晰、自信、流畅、完美地把能口述的东西写出来。说和写，有关系，但不一样。

作家要善于观察，善于用文字把观察到的恰当地表达出来，还要清晰、准确、优美、详略得当，该详细描写时不厌其烦，该简要表述时惜墨如金。写作有写作的文法要求，从字词、语句、标点、段落、谋篇布局、主题点睛，有很多规则与讲究。当然，高手可以“法无定法，无法为法”，文章本天成，妙手偶得之，但那也是经历过法度训练后的自在境界。跟修道一样，没有“有为”的苦修，哪里有“无为”的自由？说话可以有口误，可以有病句，可以把“学习”分开说“学了个习”，但文章里绝不允许这样。写作功夫需要“练笔”。一些作家谦虚地称自己的作品是“习作”，很多时候是实话实说。

如何训练？你在办公室办公，有个业务员来和你谈生意。你要观察，他是如何进屋的，先迈左脚还是先迈右脚，是昂首挺胸还是勾着头，穿的是西装还是中山服，他和你握手时手是热的还是冰凉的，他看你的时候是勉强在笑还是真诚地笑。他看见你是一个女生，对你的容貌有什么想法，你能通过他的眼神感受出来吗？他是左撇子吗？他喝水的姿势如何？都要观察。假如你是作家，要写本职场小说，需要文学描写。你没有这样的观察，无从下笔。

对于作家，观察是习惯。对事物的详细描写也是习惯。要是普通人，这样观察，勉强可以，要把所观察到的用文字详细记述下来，如果不是写作训练有素的人，只怕写着写着会烦躁得写不下去。他的心不适应用文字记述琐碎的事情。但作家必须有耐心这样记述。

写完了作品自己至少看两遍，进行修改，删除不需要的文字、段落，增补需要的内容，更换词语，用最准确的字词；调整句式，使之读来通顺有味。

这是我教澄源的写作之道。我口述给她的，天天示范。今天写成文字，你能看到，日后很多人都能看到。

# 做菩萨很难

这两个月，因为疫情大家禁足在家。对门的阿姨有七十岁了，和老伴生活，女儿不常来。阿姨最近经常敲我家门，来串门，坐坐，说话。一天两天还可以，每天两次三次，还勉强，有时候来的次数太频繁了，过一会儿，敲门声又起，要进来坐坐，跟我们说话。我要是不开门，她就去门口摁门铃。

她太寂寞。

她一来说话，得半小时，多的时候得一小时。

于是，阿姨敲门时我不再开门，或者开门了，说："阿姨，疫情期间，不许串门的。"

阿姨说："我知道。"转身走了。

我感慨地对澄源说，菩萨很难做。从菩萨道而言，应该陪她聊天，应该让她进门。从我的生活与工作而言，不能经常被无端地打断，只能拒绝阿姨不断的到访。一天一次的到访还可以接受，一天很多次的到访不愿意接受。站在菩萨道的立场，还是慈悲不够，耐心不够。

所以我感慨菩萨道很难。

我看到了老年人的孤独和寂寞。谁又能化去这人生的孤独和寂寞？修行，首先要化去的是孤独感与寂寞感，在任何环境里都能安顿其心。

生活里，经常有这样那样的矛盾，坚持菩萨道，是彻底修行的路子。实际上我们很难彻底修行，我们顾虑的太多，放不下的太多。

点点滴滴里，所有的小事里都能修行，都能体现心的境界。见物便能见心，见人也能见心。

# 民间谚语里的人性论

想起了我家乡的两句俗语，颇有深意，是对人性观照深刻的词语。第一句是“谷要自种，儿要自养”。第二句是“隔肚子如隔山”。

过去，中国是农业社会，人民辛苦种庄稼，经常吃不饱。北方，主要农产品有小麦、谷子。你要是不自己种粮食，会没吃的。那时候经济不发达，政府管制很严，不允许农民私下交易，那时候是计划经济，不是市场经济。自己不种粮食，死路一条。哪里像现在的社会，市场经济发展，即便不种粮食，只要有钱，你想吃的粮食都能购到。“谷要自种”已经过时了，但还保留着农业社会的气息，可以当成“文史谚语”来读。

“儿要自养”，养，甘肃方言里，一是生养，生孩子；二是把孩子自己养大。儿子要自己亲生，亲自养大，父子关系会更好。

我堂伯父在解放初被打成“反革命”而流放西域，妻离子散，我堂兄跟着母亲去了陕西，是陕西人养大的。堂兄成年后回到了甘肃，回到了家乡，可是，和自己的父亲相处出现了很多矛盾。一度伯父很痛苦，儿子，他没有亲自养大，留下了很多问题。

“隔肚子如隔山”，亲生的孩子和收养的孩子，或者亲生的孩子与侄儿们，隔了肚子，自然关系不一样。这是透彻人性的一句话。甘肃方言里还有句“亲的说不远，远的说不亲”。

我以前看《等着我》节目，一些孩子被别人收养，当他知道自己有亲生父母后，一定要寻找，寻找到之后，和亲生父母的情感，与养父养母完全不同。

有些人收养了孩子，不是亲生的，对孩子很冷漠。即便有的人对孩子不错，但处理某些事情上，亲生的与收养的，对待完全不同。

我一个朋友从小被人收养，他说小时候爱逃学，有一次，养父因为他逃学，一把抓起他，从客厅里扔了出去，扔到大院里，重重地摔在地上。

不是亲生的，才这样。如果是亲生的，他舍得把儿子扔到院子里吗?

侄儿再亲，因为“隔肚子如隔山”，他们心里有父母，但没有你。这是生活里最常见的事情。

人常说“血浓于水”，血缘里有我们看不见但存在的一种信息，是生命与生命之间最亲的信息网络，无形，但存在，刻骨铭心。

我和你父亲过去很少谈到你，谈的是男人们关注的时政、文史、宗教、社会问题。自从2018年年底我们才开始在话题里不时谈到你。作为父亲，他对你的关心，是那种必然的血缘力量，有时候他为之焦虑。可这焦虑你是不知道的。

你的生活、学习、恋爱、婚姻都与他息息相关，那里面有无形的力量和信息存在着，是永远无法割舍的。

朋友间会有其他的信息网络，但不是血亲那种，是心连心的，能令人伤心、痛心或者能令人牵肠挂肚的那种。

珍惜今生的血亲因缘，也是珍惜自己的人生。

# 志于道，游于艺

《论语·述而》里孔夫子讲到了四件人生应该做的事情：志于道，据于德，依于仁，游于艺。

人生的理想是修道——对真理的追求，孔夫子说“朝闻道，夕死可矣”。早上明白了真理，晚上死去也不觉得遗憾。毕竟明道了。人生做事的依据是德行，德行的体现是仁爱。而要活得潇洒，还要过得艺术，像德国诗人赫尔德林说的：“人可以诗意地栖居在大地上。”

我一生的理想是求道、明道、修道、得道、弘道，这个“道”，广义是宇宙人生的真理，狭义是中国文化儒释道的精华，再缩小一点是中华道家、道教文化。

我从十几岁开始读道家书、道教书，三十多年读万卷书，行万里路，我写的有关道家、道教文化的书少说有千万字。这个工作必须做下去。

德与仁是修道的基础，虽未做到尽善尽美，也会努力去做。

说到“游于艺”，对于我，喜欢书法，国画。小时候念于祖父尚武、习武，我还学过武术。武术过去也叫“武艺”，是“游于艺”之一端，孔子有武艺，在当时力大无比，孔子时代的“六艺”里有“数”和“射”，数，包括数学、占卜等道术、方术；射就是射箭，属于武艺。

我喜欢术数，比如占卜，比如《易经》体系里的其他方术。

我还喜欢写作，写散文，写诗歌，这是“游于艺”。我喜欢朗诵古今诗歌，朗诵自己的诗作，也是“游于艺”。

我最喜欢的还是写字，只是习字的时间少，没有写出成就，只是爱好。读帖其乐无穷，临帖其乐无穷，创作其乐无穷，与书法家交流其乐无穷，观摩名家真迹其乐无穷。我经常去琉璃厂观看名家书画，使自己的鉴赏境界提升了。

家里面藏书太多，我花在书画方面的藏书费用颇为可观。书太多了，处理一些，放到网上出售。

昨晚我把《魏碑书法字典》放网上出售，今天被一位读者何先生购走了。何先生购此书，是因为扉页上有我当时购书时的题诗，是我在琉璃厂现题的，录于此，做个纪念：

四十二岁学魏碑，幸有遗拓未化灰。

先贤笔意刀下看，始信平地起惊雷。

兴南山人辛卯秋月于琉璃厂

辛卯年是2011年，那年我42岁，过去了九年，今年51岁。

九年前我开始临写魏碑，在2015年前很认真，临写了《崔敬邕碑》《张猛龙碑》《张黑女碑》《元怀墓志》《刁遵墓志》等名碑，虽无书法成就，但写字上还是下了一些功夫。从2015年起，多写唐楷，以颜体为本。只是这两年忙于写作、读书，很少临帖。

先贤笔意刀下看，碑帖原字都是刻在石头上的，要“透过刀锋看笔锋”。

游于艺，使人生更好玩，心灵更丰富。艺术，可以打发时光，可以排遣孤独，可以寄托情志，可以抒写性灵。

明白这些道理，你会爱上一门艺术。不一定要“志于道”，但一定要“游于艺”，活得有趣快乐。

# 家乡的“筑了一顿”

我家乡有句俗话，说“我把谁谁筑了一顿”，是说我把谁谁打了一顿。“筑”，打击。这句话我从小说，但不知“筑”是怎么写的。最近读《禅宗词典》，看到唐代禅僧在用这样的词语说这样的话。《临济语录》里记载：“师于大愚胁下筑三拳。”大愚是一位禅师，向临济义玄求法时，义玄在他的胁下打了三拳。大愚就开悟了。

挨打还能开悟。这样的故事禅书里很多。

筑着磕着，即是撞着碰着，这词语，家乡老人用，禅书里也用。

我家乡有很多词语是唐宋俗语，我在读古书时不经意间常能读到甘肃方言，那时候也感觉自豪。

可惜，随着普通话的普及，老一辈人的死亡，人口的迁移流动，家乡的很多老话自然消失了，不留痕迹。

我家乡是甘肃省天水市甘谷县，而秦始皇的祖先是天水人。甘谷县如今被称为“华夏第一县”，古称冀，周庄王九年(公元前688年)建冀县，迄今有两千七百余年，为全国县治肇始之地。

这个地方在古代是多民族杂居之地，汉族为主，羌族、党项族、蒙古族、藏族、维吾尔族都有。所以，我家乡的一些语言有古代少数民族的语言。形容“快”，叫“客其嘛擦”，据说是古蒙古语“快”。有很多词语我都不知道属于哪个古民族，比如我们把屋檐下的台阶叫“拿叶”，不知何语。指甲，我们方言里叫“指甲页勃儿”。指甲后边后缀的“页勃儿”，一听像少数民族的语言。同样，我也不知是何民族的语言。腊月杀猪后农家要炼猪油，最后剩下的小肉渣我们方言叫“波罗儿”，不知是什么语；冰块叫“冻龙”，大家这么说，都懂得。

渐渐地这些古老的词语在历史的长河里消失得干干净净。

这是佛法里讲的“无常”。一切都在变，没有永恒不变的东西。

# 细节

我观察事物、读书、看电视，关注细节。

观察事物要关注细节，这是作家的必然功夫。你看见一个人，会不会关注他的身体特点、衣着色泽、语言风格？我会关注。甚至会观察那个人的长相的细节、走路的姿态。

我读书，会在书上纠正错别字，有的书里错别字太多，我会耐心地一一纠正。有两本与古籍相关的书，每一本书里所纠错字都在千字以上。

我看电视也因一边看一边纠错经常遭我爱人的笑。

最近看《百年虚云》，虚云在深山隐修了六年，修头陀行，电视剧里，虚云赤脚躺在地上，翘起的脚掌一看是细嫩的脚，是没有在山地里赤脚行走过的刚刚赤脚的演员的脚。至少要化妆一下，修行人的脚底不会那么细嫩，可用“胼手胝足”形容。手脚生茧，才是在山林修苦行者的真相。

剧中的一个叫“幽莲”的女孩，是虚云在俗家时第二位妻子收养的孩子，虚云大师的两位夫人都出家了。这孩子成年后见到虚云大师后说，她小时候就知道“虚云”，因为虚云大师那时从浙江普陀山三步一拜拜到五台山，历时三年，行程三千里。这是虚云大师四十岁到四十三岁时的事迹。其实，幽莲小时候根本不可能知道“虚云”这个法号，那时候虚云大师还没有这个号。虚云这个法号是大师七十岁左右在终南山隐居时才取的自号。

最近看《两世欢》，里面的人物景辞是雍帝的儿子，一直在昭州长大，回到雍国后，雍帝主动隐瞒了景辞的身份，怕皇子们之间因此斗争，封景辞为端侯。端侯爱风眠晚，即是后来换了身份的阿原。阿原曾命丫鬟小鹿去打听景辞的身份，很快小鹿把景辞的身份情况告诉阿原了。这是不可能的，当时景辞作为皇子的身份是隐瞒的，只有极个别人知道，一个小丫鬟根本不可能打听到。

过去看《乔家大院》，乔致庸领着商队进入蒙古草原，赶上沙尘暴，商队就趴在地上躲避大风。风吹得惊天动地，可电视剧里每一个人的衣服纹丝不动。露馅了。他们拍摄的时候天气晴好，没有一丝风。后期制作时把沙尘暴弄上去了，自然，那些人的衣服纹丝不动。

很多古装电视剧里经常出现“唐朝人说宋朝话”的情形。一些电视剧里很多文史信息是错误的，一部清宫戏里孝庄皇后自己说：“我孝庄皇后……”这成了笑话，因为，“孝庄”是那位皇太极的皇后布木布泰死后的“谥号”，活着的时候绝无此名号，更不可能自己说出来。

要关注细节。“细节关系成败。”有时候细节非常重要。

工作、学习、生活、待人、处事，多关注细节。

大处着眼，是把握宏观；

小处着手，是关注细节。

# 自运灵笔作画图

这是写给你的第一百篇文章，写这些文章，希望你在不经意间了解一些国学思想，了解中华文化的某些侧面，了解一些佛道精髓，从而对你的生活有所启发，有所帮助。

这本《生活之书》只写365篇。一百，是个很好的数字，那就写一下自己。

我从小对传统文化感兴趣，自高中时代就开始读《老子》《庄子》，自己注解，还读《易经》《参同契》《悟真篇》以及一些佛教经典。在高中时代，朱熹的《四书集注》我已经读过一遍。中学时代，我会写文言文、古体诗。天性爱古文古诗。

我命运里道缘深重。1986年，我家来了一位道长，住了几天，对我母亲说，要我跟他出家做道士。我刚上高中，心怀梦想，自然不会出家。但读了他给我的石印本《道德经》，可能是我第一次读《道德经》。

湖南岳阳吕祖观的刘永明道长是全真龙门派第十八代传人，是民国辅仁大学的学生，解放后在大学任教，做到了教授，1985年退休后感缘出家，做了道长，是大修行人，是辈分很高的前辈。2004年刘道长来我家，要我拜他为师，做他的弟子。我当时没有答应老人家，但推荐我一位朋友拜师。

我这三十年中遇见过好几位前辈想收我为徒，也有佛门老师，我还是没拜他们为师，不愿意被宗教和师承束缚。当然，我有隐师，给我更大的自由。世俗的很多关系，即便是很好的关系也会束缚人。如今，我在修道圈子里也是一个老师，我教人却不愿与人以“师徒”相称，而以朋友相称，彼此自由。你父亲跟我学习佛道文化，我们交往五年了，是好朋友。这样的关系，他自由，我也自由。

我有时候在静坐中观照自己，“为什么不拜师？是傲慢吗？是自负吗？是怕事吗？是不愿意为他们做事吗？”

最近这样观照，突然想起了2006年张玉仙老师给我写的一首诗，那时候她不认识我，我不认识她，彼此不了解，从未谋面。她是甘肃的名人，但我不知道她的名气。我一位老朋友乔建民女士和张玉仙非常好，还是靖远老乡。那天张玉仙老师去兰州，住在乔老太家里，她突然想起了我，给张玉仙老师一张纸，上面写了我的名字“陈全林”，请张老师以这个名字感应一下，张老师不到一分钟写了一首诗：

演道传德树风范，人生造化奇远书。

浩如烟风凌云气，自运灵笔作画图。

这首诗的密意我懂。这十年多年来每打坐我都要默诵这首诗。这首诗写尽了我的命运和使命。

我在静坐中反思自己为什么不拜师？道家讲究“师父找徒弟”，师父都上门了，为什么不拜师？是自负吗？是怕麻烦吗？是躲清闲吗？

突然想起了张玉仙老师的这句“自运灵笔作画图”。

对了，这是我的命。

自己做事，自己成就，自己演道，自己弘道。

这个时代，修道、弘道需要自肯承当的人。当然，不是胡来，要修有根据，学有渊源。

至少，我读万卷书，行万里路，身体力行。

我希望未来的文章里能多给你讲些道家的大智慧。

这本《生活之书》，某些日子会跟其他人分享，让大家受益。而你是写作的缘起，是缘分之开始。

是善缘、文缘，更是佛道缘、觉悟缘。

追根溯源，都在你父亲那里，源于父亲对你的爱。

# 不对付

我性格里有个缺陷，很多事情，能对付的对付一下，不愿意太认真太严肃太讲究，嫌麻烦。家里的很多事情就这样。澄源为此批评我，我慢慢改正。澄源干活不对付，事事认真。

我一位伯父在民国年间做过乡村教师，书画很好。他做事向来一丝不苟。他给人写书法作品，哪怕有一笔写得不满意，别人看不出来，但他知道这一笔不满意、不到位，会重写，特别是楷书，重写很费事，伯父还是要这样做。即便村里人请他写副字挂，好与坏人家不是太讲究，当时很多农民不识字，但家家有悬挂字画的古风，一些村民看到我伯父回乡了，知道他字好，向他求字，伯父很认真地写，我那时经常给他撑纸。

有一次他写了字还给人家装裱，在装裱时出了点纰漏，字有点“跑墨”，有了淡淡的墨影，洇了，不是多大问题。伯父重新写重新装裱。他的认真令我敬佩。

我十多岁时经常看他写字作画。如今我五十一岁，写字作画，还出售字画，想想伯父的认真，感到惭愧。我学他，尽量把好的书画作品给人家，把不太好的留给自己。

做事不对付，养成好习惯。“诸葛一生唯谨慎，吕端大事不糊涂。”这样，才能在做事中少出纰漏、不出纰漏，少留遗憾、不留遗憾。

# 不拖拉

我做事爱拖拉，今天应该完成的事情要拖到明天后天，特别是家务活。甚至是出书这样重要的事情，都因为拖拉错过了很多机会。我出版界一些朋友愿意出我的书，多次向我要书稿，书稿我有，总是拖，有些书拖了好几年都没有交出修订稿，要是那时精进一些，做事不拖拉，我至少在六七年中能出版十多本书。

拖拉的习惯很多人都有，拖拉误事却是大家很少反省的。

知道了问题就要改正。自2016年写《修学记》以来，现在都写到1268篇了。我每天写日记，通过写日记观照自己、观照事情，管理自己、管理时间，尽量做到“当日事当日了”。晚上写日记，清晰地知道这一天做了些什么。哪些计划实现了，哪些计划没实现，认真看工作成绩。

借助一件事情磨砺自己、修炼自己、改变自己。佛经上说的：“制心一处，无事不办。”

从去年四月开始注解张玉仙老师的诗，每天注解一首，已注解三百多首了，我会一直做下去，每首两千字以内，每年可以写四五十万字的作品，坚持五年、十年，可以整理张老师很多作品了，会形成一个系统。宏大的文化工程需要慢慢地有耐心地去做，不拖拉，不急于求成，着眼于未来数十年做事，着眼于未来数百年立足。

我写《生活之书》，每天一篇，不计长短，随意写，磨炼定慧。

能持续做下去的任何一件事情都可以变成改变自己的因缘。

# 图书题记——阅读心路

从三十多年前开始独立购书，这些年购过的书数以万计。现在家里都有上万本图书。

我从中学时代开始喜欢在自己购的书上写“题记”。这些年我写的各种题记估计超过百篇了，如果全都整理出来，会是一本有趣的书，记录我购书的心情、缘起以及读书的心得。只是，我从来没有收集过这些写在书的扉页上的文字。

家里图书多，我把一些读过的书出售了，有时候也能看到写的题记、题诗。

在某出版社的史先生送的《观音菩萨之谜》上我题了一首诗：

仙佛茫茫事若虚，几人修彻几凡夫？

不是功能运不到，只缘心中欲未除。

这本书被广州的何先生购走。何先生是我的“粉丝”，购了很多我读过的有我题记、眉批的书。

昨天上书看到一则题记，感动。在重庆出版社出版的张祥平教授所著《易与人类思维》一书扉页我这样写道：

“张祥平先生,《益生文化》之顾问也。余同刘冰贤弟同去三联书店，见此书，甚喜，购而藏之，以作纪念。兴南山民甲申九月五日。”

《益生文化》是我办的一份国学内刊，办了十五年，有数十位学者做顾问。你父亲喜欢读。张祥平先生是北京农学院老师、《益生文化》

顾问。这本书是2004年五月出版的，九月我在北京购到此书。

都是十六年前的往事。

从本题记可知我是和朋友刘先生同去的。如今刘先生做了正一派道士。

可惜此书我当时没读过，一直在书架上放了十六年。争取阅读一遍。

给新购的书写题记，也是情趣。

## 多虚不如少实

禅宗格言，意思跟现在讲的“少说多做”一样。温家宝总理曾讲过一句话：“空谈误国，实干兴邦。”跟禅师的话契合。温总理从治国与实业上说，禅师是从悟道与修证上说，殊途同归。

《五灯会元》卷十五载，云门文偃禅师说：“若是初心后学，直须摆动精神。莫空记人说处，多虚不如少实。”摆动精神即打起精神。告诫后学，不要白白记诵很多经典、名言、公案、别人修证的故事，记那么多别人的言语还不如多修证自己。禅师们说，修要实修，参要实参，证要实证。很多修道者喜欢夸夸其谈，佛道的道理无所不通，喜欢谈玄说妙，不练功，不打坐，不参究，不修证，论真实悟证功夫，一点没有。禅师告诫以“多虚不如少实”。牛皮吹得多大，都是吹嘘，不如一丁点好处实惠。社会上有很多人，嘴上说得好，“你需要，我就给你帮忙，别客气。”当别人真遇见了困难他躲得远远的。

有很多人站在道德的高点对社会对他人说三道四，当社会遇见苦难、他人遇见困难，他们一毛不拔。2008年汶川大地震时，章子怡捐款了八十万元，还有人骂她“诈捐”。骂她的人估计一分钱没捐助过。2020年武汉疫情期间，韩红和她的慈善机构努力捐助，一样有人在网上骂她。估计骂她的人在捐款面前也是一毛不拔的人。

现在社会风气不太好，官员会记诵领导的很多讲话、发言，可依然怠政、不作为。记诵那么多名言，还不如好好给老百姓做些实事来得好。一些领导人讲了那么多空话，还不如实实在在地把全国各地的经济、文化、政治的建设搞上去来得好，把事关住房、教育、医疗、养老、工资待遇等民生问题逐一去解决为好。

男女处朋友，有些人甜言蜜语口吐莲花，说得天花乱坠，一旦触及经济利益，显得小气、抠门，舍不得。

做人要记住，多虚不如少实。

# 社戏里——女人挑剔的天性

我今天给澄源讲家乡社戏里的故事，很多年前我给她讲过、唱过那社戏的曲儿，她也会唱。今天给她讲，希望她就这个题材写篇文章，探讨女性挑剔的天性。我讲故事而不多讲道理。

小时候，正月里有社火，类似于地方文艺大聚会，唱戏的，表演杂耍的，扭秧歌的，踩高跷的，变魔术的，无所不有。大概在1983年家乡开始耍社火了。那年我十四岁，风华少年。

社火里有一出唱白，由邻家李家大哥扮演一个待嫁姑娘，画得很丑。一个扮演媒人，两个女人之间有一问一答，风趣诙谐。

待嫁的姑娘叫“麻粉团”。反正是一个代号，或许姑娘姓麻，名字叫“粉团”，或许是个外号，她满脸麻子，还抹了很厚的粉。记得邻家李大哥的脸上有意画了一些麻子点。

农村人养马养驴，这“麻粉团”听起来像“马粪团”。赵树理的小说《小二黑结婚》里形容三仙姑五十岁的女人还打扮抹粉，赵树理形容说，就像驴粪蛋上上了一层霜。估计“麻粉团”的名字里也有这样讽刺的意思。

我记得的那段唱词是：

媒人：麻粉团呀麻粉团呀，把你成给铁匠家呀，铁匠家呀。（成，嫁给，现在还用“成婚”一词。）

麻粉团：（发嗲的声音）不去，不去。

媒人：为啥呀？

麻粉团：我嫌铁匠拳头硬、力气大，打我受不了嘛。

媒人：麻粉团呀麻粉团呀，把你成给木匠家呀，木匠家呀。

麻粉团：（发嗲的声音）不去，不去。

媒人：为啥呀？

麻粉团：我嫌木匠干活声音大，吵得我受不了嘛。

媒人：麻粉团呀麻粉团呀，把你成给石匠家呀，石匠家呀。

麻粉团：（发嗲的声音）不去，不去。

媒人：为啥呀？

麻粉团：我嫌石匠出门远，我一个人在家受不了嘛。

媒人给麻粉团找的全是当时农村的手艺人。铁匠打铁，自然力量大、拳头硬，夫妻打架，一拳下来女人必定受不了。木匠在家干活，要拉锯，要钉木板，要劈木柴，声音自然大，不能安宁。石匠打磨子，要出远门，到别人家、别的村里去干活。你看电影时，有的情节里还能看到老石磨，我小的时候推磨磨面。石磨用久了，磨齿就磨平了，需要石匠用铁凿子重新打出一道道磨齿。我见过石匠，大多背井离乡，女人在家，独守空房，肯定寂寞。

麻粉团在婚姻上的挑剔不是没有道理的。但女人不能太挑剔，太挑剔，离幸福就远了。

关于女人话题留给澄源去发挥，我写写其他。

我记忆力真好，小时候随意听的很多民间小调，曲调和唱词都记住了。那时候弟兄在一起，听了这唱词，彼此模仿着唱，二哥唱的样子我还记得。一个人唱两角。

这都是三十多年前的事情，当年扮演麻粉团的李家老哥死去很多年了。他的二女儿和我同岁，小时候还是同学，一直有病，学习不好。据说她二十多岁嫁人，后来，害病死了，还留下了孩子，那孩子快三十岁了。

人生无常，就是这样。

我二十四岁离家，在外面三十年了。家乡的变化很大，过去常说“物是人非”，如今“物不是而人更非”。新农村建设使我记忆中的家乡，记忆中的街道、老屋，面目全非，我认识的父辈老人，大多辞世了。我父亲辞世二十一年了，母亲辞世六年了。

我昨晚梦见了家乡，梦见了儿时的玩伴，玩伴中喜爱唐诗的她……

# 饭碗在手里吗？

《五灯会元》里何山守珣禅师说了句非常精彩的话："纵使醍醐满世间，你无宝器如何取？"

醍醐是提炼过的上好牛乳。假如满世间都是醍醐，但没有碗，没有钵，没有瓶子，你如何能取得醍醐而饮呢？

禅师是说，学佛开悟见性也得有修学上的准备，不然，机缘来了也会错过。

好比说"机会常常是给有准备的人的"。

《周易·系辞》有句话，"君子藏器于身，待时而动"。我以前给你讲过。对这个"器"字，见仁见智，有的人理解为比喻，比喻人的才能、学识、智慧；也可以看成是器具。比如我现在把这句话里的"器"看成器具，吃饭的饭碗，干活的工具。

假如每个人能带上自己的饭碗，遇见满世间的醍醐时，不愁无法取来。

"艺多不压身"，一艺在身，随身带着饭碗。

我在没出来做事的时候，学了很多东西，可谓"藏器于身，待时而动"，只差时机。时机有了，余下的，是自己利用时机而创业而创造。

2000年我来北京，2001年独自创业，不是偶然的。

# 民间中医绝学

这次疫情期间中医的参与对救治患者、防止疾病的扩散做出了前所未有的伟大贡献，使得中医在中国的声誉从官方到民间升到很高。十多年前国内一些所谓的学者，其中还有中科院院士，批判中医，甚至叫嚣“取消中医”，还把中医理论列为“伪科学”。这些人忘祖且不懂数典。

我见证过的民间中医高手的奇迹太多了。今写一件。

好友王先生今年八十岁了，他年轻的时候认识安大夫，祖传医术高明，不仅有传统的汤药诊治，还有古老神秘的祝由术，一种法术治病的医术，《黄帝内经》里有祝由术，孙思邈《千金方》里也有，唐代官方医疗中有祝由科，属于医道里的如男科、妇科、儿科、伤科、眼科、疮科等分科里的第十三科，故称为“祝由十三科”。安大夫精通祝由术，某些病汤药无效，他用祝由术治疗。

安家最神奇的是能用祖传的中医秘方治疗精神分裂症、抑郁症。

安大夫有医师证，他儿子没有医师证，安大夫辞世后儿子不能从医，尽管他学过中医。根据目前国家的中医制度，他不能为人看病。十多年中我两次通过王先生的关系给两位患有精神疾病的熟人求药，效果极好，都是安大夫的儿子按照祖方配好药，患者悄悄付费来拿就行，免得有人说他非法行医。

差不多是七八年前，我建议一位学中医的朋友把安家的方子一次买断，研发。安家要了一百万元的价。本想促成这件事，后来不了了之。

只是，后来安大夫的儿子像人间蒸发一样，失踪了，我联系不上，王先生也联系不上。据王先生说，小安找了个女朋友，没想到是骗婚的人，女方有丈夫有孩子，向他要了很多钱，小安借款了。后来，这孩子没有任何消息了，他在北京的房子也出售了。

安家几代人治疗精神病的中医方本来是瑰宝，现在或许失传了。

有很多民间绝学就这样失传了，太可惜了。

日本人比中国人看重中医，有不少中国人不信中医中药。

不过，你父亲信中医，他的朋友中有中医高手。有一位你父亲的朋友在美国，某次通电话就知道你父亲感冒了，告诉他几味药。你父亲服药后病很快好了。你父亲的朋友也感冒了，问这个方子行不行，人家在美国，说不行，每个人的情形有细微的差异，一人一方，立马给朋友说了药方，病也很快好了。相隔数万里，电话诊断、处方，疗效还非常好。中医讲“望闻问切”，人家一听声音，就能诊断出病情，应症处方。

# 一生受用的“二无我”与“二无相”

二无我，是法无我、人无我；二无相，是无人相、无我相。

人生的烦恼、痛苦大都产生于人与我之间，对自己的执着是我相，对别人的执着是人相。人如果能破去对自我对他人的执着，能化解很多烦恼。

人不仅对人执着，也会对事物执着。法，在佛教不仅指佛法、法门，还指世间万事万物。人对世间事物的执着是产生痛苦的根源之一。破除执着，不否定事物本身，以智慧看清事物的本质，不迷惑于表象。

宋代宰相张商英，一生在政治上有作为，为人好，参禅悟道，修行境界高。他给子女讲自己的为官之道，是《金刚经》里“无人相，无我相”。在朝堂上在社会上别人攻击他，他不生气，不计较，是“无人相”；能不计较不生气是因为悟了“无我相”的真谛，被人攻击就不会烦恼，不会反击，内心真正清净、安宁。

这样的智慧在现代官场、商场有用。能实践“二无相”，安心做好自己想做的事情而不受外界影响。我是写作者，很多作品在网上，网友中骂我者不少见，经常能看到一些读者天天读天天骂，骂还是好的，还有诅咒的，骂我是“等死之辈”者有之，诅咒我“下地狱”者有之。有一天，你父亲来看我，说他无意中在网上看到别人骂我的言辞，非常愤怒，感觉比骂自己都愤怒。你父亲甚至说，要是当面听某人那样骂我，他会痛揍那个骂我的人。

谢谢你父亲对我的看重，只是，我对别人赞我、骂我都看得平淡，也不动心。这是破除我相与人相的缘故，是破除我执的一份作用。

世间很多别人看重的东西，特别是物质享受方面的，我看得很淡，不羡慕别人的生活比我好，我过我的，别人过别人的。我喜欢衣食无忧之下的随缘放旷，而不是身心被物质紧紧束缚。这需要破去对法——世间事物的执着。

这些古老的理念、法门都能融化到生活里，用了就知道妙在何处。

这些道理对现在的你来说艰深了点，无妨，储存在大脑中以后用。

# 修道者需要这样读书

我自称修道者，广义的修道是探索宇宙、人生的真理而使自己、他人的生活过得更好。广义上每一个人都是修道者，每一个人最终必然会是修道者，不论在哪一生，都会生出求道的心而给生命以永恒的安顿。

人在道中，道在人中。每个人的生活本身也在道中。只是修道者明白此理，会有意修道，从而能更好更早地安顿心灵，救赎灵魂，获得终极的自在解脱。这具有宗教意义，也具有普世意义。每一个人来到世间都会在灵魂深处追问：生从何来，死向何去？即便是坚定的唯物论者、无神论者在面对死亡时，很难说他（她）不会不思考“生从何来，死向何去，有没有灵魂，有没有因果，有没有来世，有没有鬼神”这样的问题。

修道者应该怎样读书，读哪些书？我写过很多文章，今天有感而写，更简单。

其一，要读修道的根本经典与法本法诀，如《易经》《道德经》《庄子》《内经》《参同契》《悟真篇》。这样会明大道，知法诀。

其二，要读文史书籍。文是文学，史是历史。文学，小说、诗歌、散文，无所不读。古代很多诗文、小说本身是演道的，如《春江花月夜》《兰亭序》《西游记》之类。多读文学书，能提高悟性，提高文学修养，假如自己有所感，还可以把所感写成诗文；有弘道因缘，可以著书立说。这是文学的意义。读史，包括人类社会史以及佛道史、道派史。我研究佛道文化，我对佛道历史比较熟悉。我研究丹道，对丹道史熟悉。我研究南宗丹道，对南宗丹道史也熟悉。从历史中看到发展的过程，也看到自己的方向和位置，把自己和事业放到自己从事的事业的历史长河中去，做事业就有方向和自信了。这样会增文采，观脉络。

其三，要读哲学书，古今中外的哲学书都要读，哲学是对人生、社会、宇宙、生命哲理的探索，与修道者的大方向是一致的。这样，能开眼界，提高度，指方向，求异同。

其四，要读科学书籍，把修道行为纳入到科学探索中去。可以开思路，得印证，通古今，求归同。

其五，要读一些医学书，以方便养生、治病，修道者懂得一些医学，特别是中医学常识，对身心健康会有非常好的作用。

其六，要读心理学书籍，特别是精神分析学著作，有助于观心，认知自我，解梦。

上面是针对修道而言的。广义的人生就是修道。我经常在别人购书时会题写一句话：“道在日用，即事而真。”

这样一篇短文你看可能索然无味，要是你父亲读，会觉得珍贵，能给阅读指出方向。

如果站在“人生即修道”的层面而言，你读读也好的。佛道文化、古典修道文化里有很高的智慧，对你有意义。我会给你讲些修道的宏观智慧，从而影响到你。

# 吃喝拉撒睡玩乐

人生有七件事情，是最普通的，也是最重要的，关系到生活质量、身心健康。这七件事情就是：

吃喝拉撒睡玩乐。

吃就要吃的安全，吃得健康，吃好。这些年中国的食品安全成了很大的问题，上升到了国家管理层面。平时要有卫生、健康饮食的习惯，俗话说：“病从口入。”但如果讲究饮食，不仅能预防疾病，吃得好，还能通过饮食调理健康，谓之“食疗”。现在的很多疾病如高血压、糖尿病、高血脂、癌症都与饮食有关。像东北患脑血栓的人很多，就与东北人喜欢吃腌制的酸菜有关。

喝要喝好，也要注意安全。不光是喝酒要注意健康，就是喝饮料也要关注身心。我一位朋友有潜在的糖尿病，他没发现，平时很喜欢喝可乐、果汁，时间久了，身体的各种并发症来了，当知道患了糖尿病后，想想自己平时喝了那么多高糖饮料，吓着了，幸好发现及时，不然会“死于无知”。他开始通过饮食来调理身心，严格戒绝了高糖饮料，以前喜欢的可乐、果汁、汽水坚决不喝，改成了喝茶。这样调理着，身体逐渐健康了。现在社会上很多饮料的添加剂、添加成分太多，会不会损害健康，不好说。至少，有不少饮料是身体有某些疾病者不能喝的。再如，冷饮对脾胃虚寒者不好；脾虚湿重者不适宜多喝茶。喝什么，如何喝，都有讲究，至少要对自己的身体健康状况有所了解，也要知道自己应该忌哪些饮料。

拉不出来，即是便秘，非常痛苦，有的人还不得不为此做手术，把肠道变短。便秘除了有特殊的疾病比如肠癌导致的，气虚导致的，更多的是饮食不调导致的。

撒，撒不出尿，中医叫癃闭，更加痛苦。一位老人患有糖尿病、高血压，经常尿不出来，有时候不得不为此上医院、住院。有一天他起床后发现自己尿不出来，憋得难受，顿时对生活失去了信心，想到了死，便拿起锤子砸自己的头，自杀没有成功，却打得自己血流满面。可想尿不出来的痛苦何等折磨人。

睡，很多人夜里睡不着，便是失眠，今天还有一位九十岁的老人打电话向我求助，问我能不能帮助她，她夜夜失眠，总感觉有声音吵闹着她难以入眠。我认识老人快二十年了，十六年前她就告诉我自己经常失眠，听不得周围的一点响动。如何能睡个安然觉在她成了奢想。失眠，有身体的疾病导致的，也有心理原因导致的。老人年轻时和丈夫关系不好，分居几十年，这是她失眠的根本原因，更多是心理原因。

玩，是人的天性，人从孩提时代就喜欢玩，人一生要玩，才能过得有趣，快乐，洒脱。很多人不喜欢玩，喜欢宅在家里，沉浸在工作中。玩有很多讲究与品味，游山玩水是玩，收藏文物也是玩。有些人的玩，且危害自己，危害他人，危害社会，比如一些人的吸毒与情色之玩。有的人玩核桃也能玩出境界，玩出气感，玩出健康与长寿。我认识的一个老头玩了一辈子核桃，他玩过的一对核桃能拍卖出几十万元，他写了自己玩核桃的心得，感觉像修炼一样，玩着玩着气脉通了，精神专注了，疾病没了，人长寿了。这样的玩法也是修行。我一位老朋友喜欢养鸟，经常教八哥说话，那是他的一大乐趣。我喜欢收藏书籍、书画、佛像，也喜欢写字、作画、篆刻，更喜欢天涯访道，云游四方。这是我的玩。

我一位朋友今年五十岁了，单身，走了大半个中国，这是他的玩。

乐，人生要追求快乐，弗洛依德说追求快乐是生命的本能，也是人生原则。如何活得快乐，有智慧，还善良，这才是最有趣的，也是有意义的。不一定要建功立业，但一定能谋生养家，这样，生活的快乐就有了根基。我们做不到孔夫子与颜回在贫困中“不改其乐”，他们是圣贤，圣贤有圣贤的修养、功夫、境界、智慧，我们是小人物，拥有小人物的快乐即可。在过去农村，很多人是“老婆孩子热炕头”，能有这样安稳的日子就很快乐了。如今的人，虽然谋生的机会比过去多，生活比过去好，但大家压力大，幸福指数下降了，生活着，辛苦着，不那么快乐了。

快乐要自己寻找，也许是和大众一样的快乐，也许是独有独享的快乐。看《中国好声音》看《吐槽大会》《脱口秀大会》，很多人觉得快乐，我也快乐。我打坐之时，观心内省之时，也很快乐，这样的快乐很多人体会不到，也不愿意去实践，因为，修行也是苦中作乐。

佛教说人生的本质是苦的，有八苦，如爱别离苦、怨憎会苦、生老病死苦、五蕴炽盛苦等，修行就能“离苦得乐”，而所有的佛世界只有快乐，没有痛苦，所以佛世界也叫“极乐世界”。

这七件事情，你思考过吗？能做好吗？生命需要自己的关注与保护，安顿与升华，就从这七件事情开始。

# “得其一,万事毕”与“一法透，万法周”

“得其一,万法毕”是道家的一句话，是说修行者得到了最根本的那个“一”，其他的都是余事，所有的法门都能归在这个“一”里面，所谓“万法归一”。一，不只是个普通的数字，而是具有“本体”意义的存在。老子在《道德经》里说：“道生一,一生二,二生三,三生万物。”这一与万，都有象征意义。一，可以指最核心的内容、技术、成果、原理、法则。比如科学技术中的核心技术，这个得到了，其余的就容易了。中国科学为何一直发展不到世界前沿？就在于没有核心的技术与原创的核心理论，那个“一”没有得到，我们的手机、电脑，目前缺乏“中国芯”，是因为没有掌握核心技术。再如学习、工作，把握了本质的，掌握了核心的，学习就容易提升了，工作就容易开展了。

这个道理能无限发挥。比如婚姻，相互的爱就是那个“一”，没有此一，婚姻很难维持下去，可能因为某种原因如利益或其他而结婚，但没有爱的婚姻是痛苦的。真正有了爱，很多事情迎刃而解。

老子《道德经》所谓“圣人抱一为天下式”。“昔之得一者：天得一以清，地得一以宁，神得一以灵，谷得一以盈，万物得一以生，侯王得一以为天下贞”。

《庄子·天地》所谓“通于一而万事毕，无心得而鬼神服”。

《抱朴子·内篇·地真》所谓“人能知一,万事毕。知一者，无一之不知也。不知一者，无一之能知也”。

《道枢》所谓“《经》曰：得乎一，万事毕”。

在唐代出现的《太上老君内丹经》里总结为：

“老君曰：夫学长生久视、不死之道，先须理心、正行，然后习气。道则有三：上有还丹金液，中有神水华池，下有五金八石。术亦有三：上有神仙抱一，中有富国安民，下有强兵战胜。若得其一,万事毕矣！”

到了吕祖那里，就成了《太乙精华宗旨》里的法窍：

“得其一,万事毕。一生二。一超有无，非思非得，故取二为用，由二入一。”

这是“得一”思想的源流与演化。用起来有很多微妙，比如练武术、站桩，能真正站桩，站到“独立守神，肌肉若一”的境界（《内经》语），一切武功的真髓就在其中。大成拳如此，无招胜有招，以站桩为本，站出高深莫测的内功，则随心所欲而化出一切武功拳法。

比如太极拳，守着太极拳这个一，一直修炼下去，能练形炼神，也能入道。

你父亲修炼陈式太极拳，他懂得这个道理。

“一法透，万法周”，这是禅僧的话。一个法门修透了，万千法门也就完备了。我一直主张“一法修透入玄妙”。

《五灯会元》卷十八，石佛益禅师上堂说法：“一叶落，天下秋；一尘起，大地收；一法透，万法周。”一叶知秋，你自然懂得。“一尘起，大地收”，即便尘土飞扬，但尘土最终还是要归到大地上。尘，来自土地，归于土地。这三句话讲的是天地人“三才”的法则，第一句讲天道，是自然规律；第二句，讲大地，尘土最终还是要回归大地；第三句，讲人，法门需要精一而修，一通百通，一了百了。一即是万,万即是一。

这是讲哲学的，都能融化到生活、治学里去。比如我修学丹法，以南宗为本，南宗是我的“一”，通了这个一，其他门派的道自然而通。我以道家为本，道家是我的“一”，通了道家，儒家、佛家的也就容易贯通了，毕竟，在形而上的更高层面，万法归一，这是实相。“一法透，万法周”，是修法精妙之言。

你虽然现在不修行，未来是否会喜欢修行，看因缘。但这些修道之哲理，博大精深，对你的学习、工作、生活会有启迪。

工作、学习中，需要守一而通万。

# 丹霞大师的梦

《祖堂集》里讲过一则天然丹霞禅师的梦，是禅宗有名的“解空之梦”。唐代丹霞禅师出家前是个儒生，具体的名姓古书里没记载。据说他去长安参加科举考试，某晚住旅店，梦见满室白光。第二天醒来，觉得这梦很奇怪，找“鉴者”算命看看吉凶，“鉴者”即“占卜者”，卜者说这是“解空之祥”，吉祥之梦，预兆你能悟解佛法里讲的“空”“空性”。这个卜者定是高人。佛教有本经典叫《金刚经》，讲佛法里的“空”。很多人都知道的词语“四大皆空”就出自佛教。而请教问题、让佛陀讲了《金刚经》的人是须菩提，在佛的众多弟子中他号称“解空第一”，能理解佛陀讲的世界万物本质：空、空性。我们有了现代科学，特别是相对论理论和超弦理论，知道世界的本质是能量，能量不是实体，近乎“空”的理念。至少通过现代科学理论我们对佛法的理解会更深。

在占卜之后，这位儒生遇见了一个禅僧，问他匆匆忙忙去哪里。儒生说：“选官去。”参加科举考试，中了进士就可以当官，科考自然是选官。没想到那禅僧说：“选官何如选佛？”成为官，还不如成为佛。这儒生问：哪里选佛？禅僧说，江西的马大师那里选佛。这儒生当下掉头直接去江西马祖道一禅师那里。见到了马大师就开悟了，成了一代宗师。他的故事很多，如“丹霞烧佛”是经典。丹霞开悟后，云游到了一个寺院，正值冬天，天气很冷，他拿寺院里的一尊木佛劈了烤火。主持看了很生气，问：你怎么能拿佛像烤火？丹霞说我在烧舍利子。主持说，真是胡闹，木佛哪里能烧出舍利子？丹霞说，既然烧不出舍利子，那就不是真佛。既然不是真佛，拿来烤火又何妨？

一个人的大事因缘不是偶然的，丹霞作为儒生的时候突然梦见满室白光也不是偶然的。这梦，甚至是圣人们加持的、安排的。那个神奇的卜者直接说是“解空之祥”，卜者也不简单。我也是个卜者，很难从白光满室中占卜出“解空”的意象。这卜者是一个大成就者来点化他的。那个路上遇见的禅僧突然问一个人去干什么，还说什么“选官不如选佛”这样奇怪的话，也是高人来点化。

丹霞此生一定会成为得道大师，这是他的命，那么，做那个奇异的梦、遇见神异的卜者、得道禅僧的点化，不是偶然的，都是冥冥中自然安排好的。

命理不好讲，大人物的命理不好讲，佛道成就者的命理不好讲，在于大人物和佛道成就者的命理中还有冥冥中看不见的一面、不许常人知道的一面。

每一个人的梦境里都有密妙，即便是凡人、普通人的梦境里都有与自己命运相关的信息，就看能否关注。

佛道书籍里神秘的梦境太多了，我只拣出一则，以一通百则可。

## “好事不如无”

“好事不如无”，是云门文偃禅师的名言，很多人不理解，其实这是更超越的智慧。好与坏是二元对立的，有好就有坏。没有好，对面的坏也会消失。禅师讲的是没有二元对立的更超越的心境，所以，真正的得道高僧，只有慈悲而没有分别，对好人慈悲，对坏人也慈悲。对好人慈悲，是好人的善报，对坏人慈悲，希望坏人能觉悟，不要一直坏下去，害人害己，承受更大的果报。

佛眼看众生，众生悉平等。

最近，因为疫情，两个月没出门。一些朋友倒是关心我，不断地给我快递水果、面粉、大米、粉丝，这看起来是好事，对我而言，“好事不如无”。我一点不希望他们给我寄东西。因为，这已经严重干扰了我的生活。本来，我想和澄源辟谷，刚要辟谷，这人寄来了萝卜，那人寄来了水果，只好放下辟谷。这些东西吃完了，刚想辟谷，那人又寄来了蔬菜。就这样进入了一种循环，我都没有自己想过的日子了。

对我而言，这样的好事，不如无。

他们想着我，是一片好心。实际上他们不了解我的生活，他们的好意成了某种干扰。我一位朋友曾给我寄了一点挂面，的确好吃，我说挂面好吃。她来过我家，回去后一次就寄来了三百斤挂面。你想想，我一天吃半斤，要吃六百天，挂面放时间长了就不好吃了。她想的是我家经常来人多，可以分享，可以煮面给大家吃。我也不能天天待客呀。腊月里我都给家里寄挂面，回家时还千里迢迢地带挂面。三百斤挂面，只好和朋友们分享，至少给过你父亲十斤，好朋友来访，我就送几斤。前几天一位朋友给我送口罩，因为疫情，他进不了小区门，我到小区外去取，顺便给他几斤挂面。

她当初寄十几斤或几十斤，足矣。

还有，一些朋友不问我需要不需要粮、面，自作主张给我寄来了。你是否知道，粮和面到夏天很容易生虫子？挂面也如此。天一热，粮、面很容易因热生霉。

我都不知道谁寄的，也无法跟他们沟通。其实，他们需要跟我沟通，先问我，想寄什么东西，问需要不需要。我答应了才能寄，才该寄。我不答应，就不能寄，不须寄。他们是好心，怕一问我就拒绝，于是直接寄了。好心是好心，但不慧，没做到恰好而皆大欢喜。我因为他们寄来的东西而欢喜，他们因为寄我东西且我欢喜而欢喜。

有时候，他们不知道我和澄源面对一堆水果时的愁态，要很多天才能吃完的愁态，一边吃，一边挑拣已经变质了的扔掉。

我还不能说他们，怕他们难过。

“好事不如无”的道理你也要懂，不要自以为在做好事，其实是给他人添麻烦。

啥事情，做到恰到好处。这需要智慧。

还要补充一段联想，“好事不如无”，这个“无”，可以理解为名词的“无”，虚无的“无”，如无为、无我、无相，在那里辛苦做好事，所得仅仅是人天福报，说有实无，还不如去悟证无我、无为、无相、无住、无妄、无念的“无”，这样，最终会走上彻底的解脱之路。

# 听歌

写这文章的时候，正在看周五湖南卫视的《歌手》。这节目办了八年了，我听了八年了。每年的《歌手》一期不落，都看了。其他卫视的音乐节目大都看。我不会唱，喜欢听，听歌能忘记劳顿。不是忘记烦恼，几乎没有烦恼。

刚听完了耿斯汉的《鼓楼先生》，唱得真好。

我记不住歌词，假如不看字幕，就听不清歌词，不是听力不好，我普通话说得不好，歌手唱歌时字词我听不懂，但能记住曲调，我平时喜欢在干家务活时随口唱歌，歌词是随心所欲现填的，记不住歌词，只好边唱边填，填词对我来说很简单，现唱现编，还很押韵。

听歌的好处，对每个人不一样，我喜欢听旋律，喜欢看歌词，以诗人的感觉观看歌词，很多歌词是非常美的诗歌。虽然歌词与诗歌有差异，歌词要考虑方便传唱，适合歌手唱得动听，不仅与旋律有关，更与歌词的节奏、意象、气息有关。很多现代诗很难唱，在于句式变化奇异，意象朦胧，不容易谱曲，不容易使人一听就懂。

很多歌词深入人心，能表达大众的共同心理，筷子兄弟的《父亲》，唱出了人们普遍的心声，所以有那么多人喜欢。

我跟你父亲是一代人，年龄相差一岁，我们那时候喜欢听的歌，现在很少有人唱了，那是属于我们那个时代的歌，特别是二十世纪八十年代的很多歌，我有时候还吟唱。有时候你父亲会发些我们那个时代的老歌给我听。

歌，是一个时代语言、国际语言。作为时代语言，同一个时代的人，听过同一首歌的人，会有某些相同的情怀；作为国际语言，在于音乐本身的国际性，音乐是自然的“国际语言”，即便我听不懂外文歌，经常能被那种旋律、意境、歌唱的状态、歌者的声音打动。现在很多人唱英文歌，下面会有字幕，我会留心歌词，欧美很多歌词写得太好了，感觉比国内的歌词更有诗意。

有时候，我喜欢唱秦腔和甘肃民间小调，忘词的时候就现编现唱。秦腔里的嘶喊以及悲苦凄清的唱词，民间小调里的悲欢离合的情愫，都能抒情，唱着，感觉通身通泰了一般，气就顺了。可能这是很多人喜欢唱歌的原因。

唱歌给我带来的乐趣犹如写字画画，精神顿换天地。

## 定力的渗透——耐心做家务

今天做了一天家务，活还没干完，明天还得干。

我平时懒得做家务，但耐心极好，只要干家务活，常常会一干数小时，十小时，慢慢干活，耐心做事，不急不躁，澄源都没我这样的好耐心。

我干家务活的耐心跟我打坐、读书、写作、画画、写字的耐心完全一致。我能静坐四五个小时，也能连续读书五六个小时，有时候写字、作画、写作，一晃半天过去了。

我把打坐的定力渗透到日常生活里了，这是我提倡的“生活定”。

我整理了上百本书，清理了三个书柜，还有上百张这两年画的画，写的字，有些是随手写的古体诗，堆在角落，一直没清理过，难得今天整理一下。

这些活大多在大厅里干完的，边干活，边看法国电影《基督山伯爵》(上下)。二十四岁的时候，我在甘肃金川的一个工地打工，住在三哥那里，三哥家有《基督山伯爵》译本，打工回来坐在床上读书，半个月就读完了这部名著。

即便《基督山伯爵》电影，我看过法国版和美国版。

我经常一心二用乃至一心多用，平时一边看电视剧一边写作，两集电视剧看完了，一篇文章也就写完了，校对了，两不耽误。这与平时修定力有关。

通过某种方法训练专注力、训练定力，我用打坐训练定力，然后向生活的一切方面渗透。这也是修行。

# 自励的格言

今天继续干活，干了一天，依然整理图书，把自己的书选择一部分放到孔网出售。

在一本《张恨水传》的扉页有我的题词：

“不屑苟得则心无旁骛，不慕荣华则静水深流，不计近利则鸿图高远，不求小成则志在传世。”

这该是前人的一段话，我如何题写在扉页上的，忘了，不是我作的词句，我写不出这样好的话，题写扉页上，一定是心有感触。这话也是我的写作原则。

刚在网上检索这句话，查不到。

《礼记·曲礼上》云：“临财毋苟得，临难毋苟免。”苟得，不当而得。不屑于不当而得，就能心无旁骛地做事；不羡慕荣华，就能涵养深沉；不计较眼前的利益就能宏图高远；不安心于小成，就有可能写出传世著作。

对于写作者，看到十七年前题写在书扉的话，感慨无限。

志向高远，格局自大。

# 学习的快乐与快乐地学习

前人有句话说：“学不至于乐，不谓之学。”学习中有快乐，获得了快乐，才能使学习持续下去，也使学习本身成为一件快乐的事情。

学习，做学问，如果没有得到快乐，那就不是学习，不是学问，至少不是好学习，不是好学问。孔子早说过：“学而时习之，不亦乐乎？”学习的快乐，古人早就提倡了。

可现实中很多学生包括留学生，对学习感到压力大，很痛苦。我一些朋友的孩子在国外留学，学着学着，就去打游戏而荒废学业，不是一个孩子如此，好几个孩子如此。这在于他们没有在学习中获得快乐，只好在游戏中寻找快乐。

我读书，写作，研究，作画，习字，都有快乐生起，乐在其中，乐此不疲。

学习的乐趣可以培养，可以寻找，可以在成就中自然获得。最重要的是热爱，热爱自己所选择，所学习，所从事，才会有乐趣自然而生。

# 同读一本书

我读了很多书，一些书全读完了，一些书只读了部分。我把很多自己读完的书放网上出售，一部分送人。

购我读过的书的人，多是我的读者，是“铁粉”，他们不嫌弃我读过的书上有画线和眉批，不嫌陈旧。至于我送书，大多是朋友。仅最近一个月，我送给各界朋友们五十多本书，一些是我没读过的，也送。

我读书时经常会画线，是标注重点，更多是记忆习惯。我画线之后容易加强记忆。我会眉批，写点看法，甚至给书挑错字，会把我喜欢的书中的句子、词语在空白处写一次，标记重点，加强记忆。

我对读者们说：“我们同读一本书。”

你感受着我的感受，你体验着我的沉思。

静水深流，岳峙渊渟。

一个人的心灵，感受两个人的深度。

如果你很喜欢或很尊敬一个老师一个作者，你得到了他读过的书，你在读一本他手捧着读过的书，你们读同一本书，感觉如何？这是美好的事情。如果我有加持力的话，我愿意给他们加持。

这是我与读者们的一种交流。

我给你父亲送过一些书，有全新的，有我读画标记的。

几位朋友跟我修道，亦师亦友。他们喜欢我读过的书，还要求我把读过的好书给他们，他们在阅读时感受我的呼吸我的思维我的心跳。

这是一种美好的友谊。这样的书就有了故事，有了传奇，有了传家的意义。因为有些好书可以传给孩子，是你和老师都读过的好书，让孩子们再阅读，感受父辈手泽。

读书，是温暖心灵、提升智慧的事情。愿读书人的故事能温暖到他人。

# 说“乐”

有一天听人说到“快乐”一词，突然对这个司空见惯、经常挂在人们嘴边的词语生起了疑心，如同参禅的“起疑情”，什么是快乐？为什么乐的前面是个“快”字？

快，代表速度与时间，速度迅捷而时间短暂就是快。难道乐的生起也是迅捷而又短暂的吗？

什么样的乐是迅捷生起、快速到来的？人的情欲中的快乐如此。人的即刻的喜悦如此。唐代著名诗人白居易的弟弟白行简写过《阴阳交欢大乐赋》，以极尽奢华的词语写男欢女爱，任何情欲之乐都是短暂的。甘肃有句俗话就是讲此事的，“美是美得很，只是时间少得很。”

快，经常与慢相对，就像乐与苦相对。快乐经常是短暂的，而痛苦常常是持久的，漫长的。一件快乐的事情人们很容易忘记，可一件痛苦的事情人们常常记很久，记一生。

乐，又有什么形态？有没有永远的快乐？

在词语里还有“大乐”一词，在密宗修证里，身心因气脉的发动、智慧的生起而引生的快乐就是大乐。生命里都有不断寻求快乐的渴望，生命里本来潜藏着快乐的欲望、快乐的元素，佛教徒称之为“俱生大乐”。这俱生大乐也会使人贪恋，所以，密宗把特殊修行的“男女双运道”称为“贪道”，必须悟证了空性之后才能修习。不悟空，人很容易被情欲和情欲之乐所迷。《西游记》里的孙悟空没有男女情欲，他是化生而有，天然清净；猪八戒也叫猪悟能，他是胎生而出，他不清净，就有情欲。

道家也讲乐，讲极致的乐，庄子说："至乐无乐。"极致的乐看起来就像没有快乐一样，因为，无处不是乐，一切皆是乐，也就无所谓乐与不乐。而至乐，只有得道者才能体验到。

普通人讲"安乐"，安的本意是健康、无病，引申为安全、安详。现在一些人在生命垂危、痛苦之极，寻求"安乐死"。有的国家禁止安乐死，有的国家允许安乐死。

有没有永恒之乐？佛经里说，佛陀悟证了究竟的真理，会证得"常乐我净"四德，常，是不生不灭的永恒。这种永恒里拥有真正的快乐而没有任何痛苦。这里的"我"只是对生命本体的称呼，而净，则是生命本体的特征，无有任何污染与不洁。

普通人所说的快乐都是短暂的，即生即灭的。因为不觉悟，总被短暂生灭的快乐所迷惑而忘记了人还应该去寻求生命里的至乐与常乐。

一些人为了寻找至乐、常乐而放弃现实的短暂的快乐。那些修行的圣者们大多如此。也有人认为这样不足取，至乐何及？常乐难求，所以，他们愿意及时行乐。汉代《古诗十九首·生年不满百》有云："为乐当及时，何能待来兹。"也可谓世俗意义上的悟达。

道门有则故事，一个人想修仙，去问真人吕洞宾，该如何修仙？吕祖说，要修仙，首先要断绝色欲，其次，要清淡饮食，不能吃荤，还要辟谷食气，后来会永断人间烟火，才能身心轻安，飞升自在。

求道者一听，说："食色，性，乐也。断了食色，活着有什么意义？我愿意过几十年满足食色欲望的快乐生活。"说完转身走了。

他的话也有他的道理。吕祖的话也有吕祖的道理。

这些看似矛盾的观点，都有自己的道理与自己的追随者。无所谓对错，只是每个人的取舍不同罢了。

晋代葛洪写的《神仙传》里有彭祖传，据说彭祖是商代大夫，到了周代，已经八百多岁了，他就不羡慕仙人，认为做人，且长寿而享乐才是正道，他说：

得道者耳，非仙人也。仙人者，或竦身入云，无翅而飞；或驾龙乘云，上造太堦；或化为鸟兽，浮游青云；或潜行江海，翱翔名山；或食元气；或茹芝草；或出入人间则不可识；或隐其身草野之间，面生异骨，体有奇毛，恋好深僻，不交流俗。然有此等，虽有不亡之寿，皆去人情、离荣乐。有若雀之化蛤，雉之为蜃，失其本真，更守异器。今之愚心未之愿也。人道当食甘旨，服轻丽，通阴阳，处官秩，耳目聪明，骨节坚强，颜色和泽，老而不衰，延年久视，长在世间，寒温风湿不能伤，鬼神众精莫敢犯，五兵百虫不能近，忧喜毁誉不为累，乃可贵耳。

这也是一种生命追求。

的确，修仙与修道还是不同的，修道更入世，而修仙必须出世，修成之后，可以因为积功累德而入世。

我呢，既要享受现实的快乐，又要悟证生命的至乐。在我，这二者是一味的。

但我并不追求尘世的荣华，只安心于普通、正常、契命的生活，“到处随缘延岁月，终身安分度时光。”我喜欢这样的世俗生活，且有着超然之气。

道在日用，立处即真。

唯心造作，不二法门。

# 萧娴的“三石一盘”

萧娴(1902-1997)，中国当代著名女书法家，字稚秋，号蜕阁，署“枕琴室主”，贵州贵阳人，父亲萧铁珊是孙中山先生的追随者。萧娴从小学书法，在民国年间拜康有为先生为师学习书法。康有为是“戊戌变法”的主要人员，也是“20世纪中国十大书法家”之一，不仅字写得好，还是著名的书法理论家，主张师法魏碑，是“尊碑”书法倡导者，他的字大气磅礴，开张豪迈。他还有位著名弟子，乃一代美术教育家、艺术大师徐悲鸿。徐悲鸿和萧娴的书法在开张上很像。

萧娴作为一代宗师，书法上以“三石一盘”为本，隶书以临写《石门颂》为本，楷书上以临写《石门铭》为本，篆书以临写《石鼓文》为本，所谓“三石”。一盘，金文以《散氏盘》为本。一生守住最喜欢的四本法帖，成就了一代宗师自己的面貌。

现在的书法家能见到的书法资料太多，一是出版技术发达，各个博物馆和私人珍藏的历代书法碑帖大量出版，可学习、欣赏的资料太丰富，是古人无法想象的；二是地下出土文物中的书法资料非常丰富，像甲骨文、楚简、汉简资料，以及很多墓碑资料、重要的青铜器铭文，都是古代书法家很少见到的。

人们眼看花了，常常不知所从。

我从中学时代就临写《石门颂》，不是经常临写，三十年里大概临写过一百多遍，不算多。我喜欢《石门颂》的开张与自由。萧娴临写的

《石门颂》刊本我观摩过。

我家里有上千本书法法帖，有位书法家朋友感叹我家里的法帖比许多专业书法家的还多。我最近把很多法帖放网上慢慢出售，不想藏帖了。我想选几本自己喜欢的法帖，像萧娴一样专临，临就临好，不再泛泛而临，无真正的成就。

精而博，容易成就。精则一通百通，博则广开眼界。一通百通需要扎实通透的书法功底，广开眼界需要观摩辨识的眼光眼通。在观摩上需要多多益善，临写上需要精一专笃。

精与博的关系是辩证的。

# 胸中丘壑

我在2013年夏天开始画画，到2015年，至少画了三千张画，画好画坏不必论，仅仅如此坚持画，是很多画友做不到的。

我现在画山水画，拿起笔随意涂抹，不具体构思，画成什么是什么，随笔生发。

我在打坐时大脑里经常自然出现山水风光，甚至出现画好的画面，我也能把观出来的山水和图像画下来。

清代大画家石涛有“搜尽奇峰打草稿”之语。我去过大江南北的很多名山，见过的奇峰可谓多矣，称得上“胸有丘壑”。

我的经历可用梁启超集龚自珍诗联形容：

世事沧桑心事定，胸中海岳梦中飞。

胸中丘壑，不光是山水画的境界，还是一个人的胸怀与气量。

明代画家、书法家董其昌说：“以境之奇怪论，则画不如山水；以笔墨精妙论，则山水绝不如画。”这真是懂山水、懂画、经常游山水又作画者之妙论。大自然的鬼斧神工，画家很难描绘出来；但笔墨里的精妙与想象的超凡、气韵的超绝，赋予天地以精神、树木以人情，且是人之能事。

经常游山玩水，感悟天地灵气，以之陶冶性灵，心胸自广，笔意自奇。

人要有些艺术涵养，带来的乐趣则是无穷的。

# 应病与药，做最恰当的事情

“应病与药”，是中医词语，也是佛教词语。佛教把佛比喻为“大医王”，把法比喻为药物。儒家把书也比喻为药物，西汉刘向的《说苑》里说“书犹药也，善读之可以医愚”。

宋代大慧宗杲禅师《宗门武库》一书里有段话：

“瘥病不假驴驼药，若是对病与药，篱根下拾得一茎草，便可疗病，说什么朱砂、附子、人参、白术！”

这段话妙极了。能治好疾病，不在于用驴子驮（驼）很多药，对症下药，找准了，哪怕是篱笆下的一根草也是能治病的好药，就不在于用什么朱砂、人参这些珍贵药材了。

我在农村长大，见过一些农民治病，在地里挖些野草，能把病治好。对症了，一根草也能救人命。

有个人患了肺痈，非常痛苦，家里很穷，治不起。有一个大夫路过，听到患者痛苦的咳嗽声，进去看了看，知道这病比较难治，他看见这家人院子里种着枇杷，果子很多，就说，你每天吃树上的枇杷，不许出售，等你把树上的果子全吃完了，病就好了。

农夫听了，把所有的果子吃完了，病真好了。枇杷清热润肺。

一位朋友的父亲患肠癌，家里很穷，有个中医大夫说，你天天吃蒜，顿顿吃蒜，一直吃下去。生吃，烧熟吃，用醋加冰糖泡了吃。结果，朋友的父亲就这样把肠癌治好了。

另外一位朋友的父亲患肺癌，医生说无法救治了。朋友给父亲天天艾灸百会，半年后肺癌消失了。

虽是个例，但“若是对病与药，篱根下拾得一茎草，便可疗病”，却是真理。

在中医，用药恰到好处，砒霜、水银这些毒药都能救命治病。

做恰到好处的事情而以简单明了的方式解决复杂严峻的问题，是大智慧。

# 生活需要笑声

每到周末，我会看东方卫视的《欢乐喜剧人》，节目里的小品、相声、哑剧，给我带来很多欢乐。东方卫视这些年的喜剧节目如《笑傲江湖》《相声有新人》我都看，就像追剧，追了好几年。

生活需要欢乐，需要自己寻找欢乐。

东北人几乎个个都如赵本山，人人幽默，全国可能只有东北人天性里喜剧元素最多，随便聊天都能让人捧腹大笑。看各种喜剧、小品节目，东北艺人最多。即便赵本山和弟子们拍的农村题材电视剧《乡村爱情》，连续拍了十多部，估计有数百集了，城市里的人也喜欢看，在于里面的幽默表演，有看小品的乐趣。

我爱人和我岳母都很幽默，每天，澄源都要和母亲通话两三次，我听她们电话聊天就像听小品、相声，经常妙语连珠，我笑说，她们，一个是捧哏的，一个是逗哏的，我是唯一的听众和观众。岳母在电话那头，我听；爱人就在眼前，我看。

由于她们的感染我也变幽默了，还有青出于蓝而胜于蓝的趋势。

你父亲跟我们都熟，他知道我岳母很幽默，我知道你父亲也很幽默。

小范围的朋友聚会，你父亲是我们的“搞笑担当”，他的幽默让大家欢笑。

欢乐是短暂的，无常的，短暂的欢乐如流星划破天宇，那绚丽的光华也是耀眼的，美丽的。

# 又见喜鹊飞

小时候在家乡能时时看到喜鹊在天空飞。家门外有棵老槐树，是祖父种的，至少有五十多年树龄，我张臂抱不住那棵树。大树上有鹊巢，每天有喜鹊在树上歌唱、盘旋。

农村包产到户后农药用得多，很多喜鹊、麻雀被农药毒死，渐渐地，喜鹊见不到了。1994年我离开家乡时，家门口听不见喜鹊的叫声，天空看不见喜鹊的倩影。

二十六年来经常回家乡，物是人非，老槐树早不见了，家乡很多老树被砍伐没了，小树林不见了，再也听不到成群的鸟鸣。鹊巢筑在高树上，没了高树，喜鹊到哪里筑巢?

小时候，我和小伙伴经常去树林玩，中学时代，我和同学常去树林习武，读书。

如今，只能在梦境里看到那片树林。

今天在小区的花园里看见了三五只喜鹊飞在树间，有时落在草地散步。

又见喜鹊飞。

小区的几棵梨树有三层楼高，粉白的梨花如香雪海，“千朵万朵压枝低”。叽叽喳喳的麻雀们热烈地议论着什么。我抱书路过，深深呼吸清新的空气，突然间，几百只麻雀瞬间不再叽喳，像宁静地等待什么一样，突然的安宁，仿佛有什么大事要发生。也许，是麻雀王国的国王和王后驾到。

也就几十秒，麻雀们又喧闹起来。

喜鹊临门，让人欢欣。我仿佛看到了家乡，看到了童年，看到了蓝天中飞翔的精灵，看到了祖父老槐树上那个大大的鹊巢。

# 修书——我业余的爱好

这里的“修书”，是修整、装订书籍的意思，不是写信。古人有“修书一封”这样的词语，是给他人写封信。

我喜欢淘书，已有二十多年的历史。我在西安打工的时候经常去旧书摊淘书读。来京后，淘书过万。我家里装修时专门做了好几个大书架。

2016年年底我才开始在网上售书，作为养家的辅助。要售书就需要修书。

有时候淘来的书品相不好，有破损，我用乳胶细心修好，修到至少看不出破损。有的书缺了封面，我会做一个封面再题字，甚至还会画上画，更好看。

修书需要耐心，细心。没耐心就修不下去，不细心就修不好。修，要修得美观。这样，购书的人会喜欢。

有的书脱页，我会修得很好看。

有的书，页码装乱了，我会把书拆开重新装订。

有的书破损，我会选择颜色相同或相近的纸补上。有时候缺那种颜色的纸，我会用白纸补上，再调好颜色涂上，就好看了。

我修补过的书会说明，购我修补过的书的人，大多是热心的读者，他们把我叫“老师”，不太计较那些书被修过，他们更看重我的心意。

修书，是手艺，对我是乐趣。每修好一本书，我会很得意，很高兴。

舅父、堂伯父、五弟都是装裱师，我两位书画朋友也是装裱师，我看过他们修书画，修好书画是装裱师的能力。我看过他们裱画，对修书无师自通。

人生的乐趣，有时候不需要多大多辉煌，一点小小的手艺也能带来乐趣。我会刻印，只是不大刻。

女生也应该有门手艺，既能帮助谋生，还能带来很多乐趣，何乐而不为呢。

网络时代，手艺能带来财富，带来乐趣。有位女生会用羊绒做各种动物玩具，形态生动，意趣可爱。起初是自己做着玩，积少成多，被人发现，鼓励办展。办了展览，名扬海外，于是，由兴趣爱好，变成了专业，获得了财富。

# 向上一路在脚下

《景德传灯录》里有则公案，辨隆禅师主持隆熙寺，有僧人问他："如何是向上一路？"辨隆禅师说："脚底下。"

向上一路，在禅宗指的是最究竟的、彻底的解脱之路，是超越之路。比如禅宗讲的"明心见性，顿悟成佛"，是超越之路。

什么是这样的超越之路？

辨隆禅师讲得非常朴实，"脚底下。"

当下生活的，当下体验的，当下存在的，就是向上一路。

离开了当下的生活，哪里还会有向上一路？离开了当下的修炼，哪里能有最后的解脱？

最高的幸福也在当下的生活里。

很多人喜欢幻想未来如何，不知道未来就在当下。

佛法很质朴，佛法要解决的还是现实的人生、现实的问题。六祖慧能大师说：

佛法在世间，不离世间觉。

离世求菩提，恰如觅兔角。

六祖大师，一个樵夫，一个不识字的人，却成了伟大的觉悟者。他找到了向上一路，却是那么质朴，在他的樵夫之路上。

# 东山寺的舂米声

六祖慧能大师是禅宗历史上划时代的人物，也是中国文化史上划时代的人物，一本六祖讲法的记录本《坛经》，影响了中华文化的格局，从此，在中国，有了禅、禅宗、禅意、禅趣、禅诗、禅风、禅语、禅思、禅师、禅门、禅寺、禅画、禅境……

禅，改变了中华文化的面貌和格局、境界。

禅，那么神妙，却是从慧能大师踏实刻苦的舂米声开始的。

慧能大师没有出家前，姓卢，从广东步行到了湖北黄梅的东山寺，禅宗五祖弘忍在此说法。

看着卢行者来求法，出言不凡，五祖打发他到槽厂——给僧众舂米的地方去干粗活、重活、苦活。那时的著名寺院动不动有上千人学习、修行，吃饭是件大事。为其他僧众舂米、烧饭很辛苦。

六祖《坛经》里这样写道：

经三十余日，便至黄梅。礼拜五祖。祖问曰："汝何方人？欲求何物？"慧能对曰："弟子是岭南新州百姓，远来礼师，惟求作佛，不求余物。"祖言："汝是岭南人，又是獦獠，若为堪作佛？"慧能曰："人虽有南北，佛性本无南北。獦獠身与和尚不同，佛性有何差别？"五祖更欲与语，且见徒众总在左右，乃令随众作务。慧能曰："慧能启和尚：弟子自心，常生智慧。不离自性，即是福田。未审和尚教作何务？"祖云："这獦獠根性大利。汝更勿言。"着槽厂去。慧能退至后院。有一行者，差慧能破柴踏碓。经八月余，祖一日忽见慧能，曰："吾思汝之见可用。恐有恶人害汝，遂不与汝言。汝知之否？"慧能曰："弟子亦知师意，不敢行至堂前，令人不觉。"

慧能大师的根性极好，五祖大师怕其他弟子妒忌生害，故意让慧能到槽厂干活，一个僧人打发慧能劈柴、踏碓。踏碓，踩踏杵杆一端使杵头起落舂米。六祖在身上绑上石头，以增加重量。这样干了八个多月。

世人喜欢禅宗的玄妙，可谁想到禅宗大放异彩是从六祖艰苦舂米供僧开始的。

接着的故事是，五祖选传人，让大家写一首偈子，他满意就传衣钵。慧能的偈子打动了五祖：

祖潜至碓坊，见能腰石舂米，语曰："求道之人，为法忘躯，当如是乎？"乃问曰："米熟也未？"慧能曰："米熟久矣，犹欠筛在。"祖以杖击碓三下而去。慧能即会祖意。三鼓入室，祖以袈裟遮围，不令人见，为说《金刚经》，至"应无所住而生其心"，慧能言下大悟：一切万法，不离自性。

这是六祖得法的经过。

六祖在讲经之前，一直很务实，即便他为了躲避某些师兄弟为夺传法信物佛祖袈裟的追杀而进了猎队，他在猎队里给猎人们守网，死了的猎物他带来，活着的会放生。吃饭时只吃肉边菜。《坛经》记载：

避难猎人队中，凡经一十五载，时与猎人随宜说法。猎人常令守网，每见生命，尽放之。每至饭时，以菜寄煮肉锅。或问，则对曰："但吃肉边菜。"

打猎守网也是辛苦的活儿。六祖从来不辞辛苦。

微妙难言、超越玄奥的禅，在六祖是从平实与艰苦开始的。

这世间的伟大人物的伟大事业，不论哪一行哪一业的，大都是这样从踏实、质朴处开始的。

# 临帖、读帖、题帖

好久没有好好临帖了。最近读书、打坐总感昏沉。于是，早上起来第一件事是临帖，吃完午饭、晚饭，第一件事还是临帖，写毛笔字，看着法帖写。上月写《张猛龙碑》，是魏碑名帖；接着临写欧阳询《九成宫醴泉铭》，是唐碑里法度最严谨的法帖；然后临写颜真卿《麻姑仙坛记》。这本《麻姑仙坛记》是我西安打工时购的，跟我有二十五六年了，当时临写了数十遍，这本字帖一直跟着我，来京后临写过十数遍，这次再临，十年忽焉而过。

我的楷书功底从颜体开始，颜体中以《麻姑仙坛记》为本。颜体楷书名碑我通临一遍。即便颜体，随着颜真卿的成长，字也变化。颜体是多面的，丰富的，虽然有统一风格，但在颜真卿四十岁到七十岁之间多有变化。

我喜欢《麻姑仙坛记》，不肥不瘦，且有颜体笔法的精髓。我会连续临写百遍，以期对颜书体悟更深。

临帖，会一通百通。

家里仅书画书籍超过千册，整理图书，找出了一本跟了我三十年的《苏东坡金刚经字帖》，海南出版公司1990年版，二哥当年购的，我喜欢此帖，从甘谷带到西安，从西安带到北京。我的不少书有这样的故事，跟我二三十年，个别书舍不得出售，跟我太久，情感太深。

《苏东坡金刚经字帖》扉页，有我1996年左右的题记和偈子。偈子或许是我写的，网上检索了一下，没有这首诗。题记和偈子，抄录如下：

题记

学书之道，当精于一家一体，而后通于百家百体，最后自成一家。

修道者云："得其一,万事毕。""治心一处，无事不办。"书道亦然。

法宏

偈子

法性无边一枕席，何分南北与东西。

同在梦中说无梦，见即非见见亦斯。

法宏

法宏是我学佛时取的法号。来京二十年，很少用之，而用"兴南子"名号。

法性无边广大，也不外乎一枕席。枕席代表普通生活、男女情爱。

这偈子是不是我写的，记不住了，五十岁前写的偈子少说有五百首。

中国书画所包含的艺术、哲理，重重无尽，能修身养性，能提高见识。希望你能学能懂。

写此短文，给你关注中华传统艺术开眼。

## 精细观察

作家写作，画家画画，都需要精细的观察，观察能力越好，观察越细致，对细节的描写越好。不是说细节描写越细就越好，而是观察者必须细致观察，至于描写、描绘，可以细腻，可以简约，取舍在人，也在情节、画面的需要。有的作品，人物、环境、心理描写很简约，作品很杰出，如鲁迅的小说；画面很简单，成就亦非凡，如陈子庄的画。有的文学描写很细腻，如托尔斯泰的小说与还珠楼主的传奇；有的画作逼真繁复，如达芬奇的人物和黄秋园的山水，千笔万笔，不厌其繁，精彩纷呈。

烦琐用得恰当，会成为华贵、富丽；简约用得好，会成为明快、空灵。

我喜欢认真观察事物，但我崇尚简约，不论写作还是画画，我爱简明。

正是春季，门外的花园里种着七八株梨树，这个小区有二十年历史了，我搬进来都十七年了，看着这些梨树由小树长成了大树，树梢超过三层楼了。

白色的梨花绽开的时候，绿叶还在萌芽中，满树的梨花如古人形容的，“忽如一夜春风来，千树万树梨花开”。“黄四娘家花满蹊，千朵万朵压枝低。”不知有多少只麻雀在花间叽喳，看不见鸟儿藏在哪里。

过了几天，花越来越繁，而绿叶越来越多。

开了一周，绿叶越来越明显，而雪白的梨花飘落得越来越多。林黛玉在《葬花吟》里慨叹的：“花谢花飞花满天，红消香断有谁怜？”

看见落红，也许，无人生怜。

树下，人行道上，石板小径的缝隙里落满了梨花，你会发现，梨花花瓣的顶端有层淡淡的粉红。

下了一夜雨，第二天，走过石径时，发现那些花瓣大多发黄了，像晒干的黄花菜。

梨花越来越少了。

绿叶的生长和梨花的散落，使梨树的美多元多彩。

# 写自己的故事

我在很多文章里写自己的故事、自己的经历，一则，生动感人，亲切朴实；一则，有相对的说服力；一则，“自身作证”；一则，激励同道，一起体验。

修道之学，最贵实证，前人有“内证圣智，自身作证”之说。

我现在五十一岁，感觉像活了一百岁，经历了很多事情，而这些经历、体验，可以转化为心法，转化为文章，转化为信息和能量。

人生的经历，不论好坏，都是财富，都是珍贵的。即便是不好的不堪的经历，也可以使我们认识自己，认识人生，认识人性，从而觉悟，从而向善，从而向道。只要觉悟，一切皆可以转化成“增上缘”。

这是禅宗对人生的认识，所以禅宗才敢说“烦恼即菩提”“淫性即佛性”这样看起来很“出格”但究竟的话，是最有用、最切近人性和生活的教诲。

我上次对你说过，我写的各种书籍“题记”超过百篇。今天注解张玉仙老师给我和你父亲共同的好友道贤的灵应诗，又写到了自己的故事，注解诗时提到了在湖州为官却与多位仙道真人交往颇深的颜真卿，我习颜体多年，用功最深的是颜真卿的《麻姑仙坛记》，而道贤是湖州人。

2011年我在浙江省博物馆购了一本朱关田先生的《颜真卿年谱》，在从杭州回京的列车上阅读此书，并在扉页题写了一段话：

余生平最喜颜书，且余久习仙道，而真卿亦儒中真仙也。余于辛卯夏初访道江南，携诸友游天台桐柏仙宫，归京前游灵隐西湖，于浙江省博物馆见此书，喜而购之，是以为记。时于京杭列车上兴南山人

我把这段题记写到文章里了，还在灯下用小楷临写了一段《麻姑仙坛记》，写了两小时，这篇短文就发晚了。

# 大师们的缺陷——千变万化始成真

这个世界上没有十全十美的事情，不要求全求美，要懂得缺陷，了解缺陷，甚至欣赏缺陷，有缺陷才是真实的人生。弘一法师在俗家时名叫李叔同，是近现代的伟大艺术家，曾留学日本，佟铁鑫主演的《弘一法师》电视连续剧我看过，濮存昕主演弘一法师的《一轮明月》我也看过。弘一法师的传记我至少读过三种，大师的文集我读过一半，非常喜欢大师的书法。他的一生是传奇。大师说："能够晓得自己的德行欠缺，自己的修善不足，那我才可努力用功，努力改过迁善。"

曾国藩把书斋取名"求缺斋"，是道家思想使然，他说："兄尝观《易》之道，察盈虚消息之理，而知人不可无缺陷也。日中则昃，月盈则亏，天有孤虚，地阙东南，未有常全而不缺者。"

今天要谈的还不是修身境界的求缺，比如我们每个人都缺德，试问，这世间谁不缺德？不缺德则是完满的人，那是佛菩萨圣真境界。

我要讲的是如弘一法师这样的大师们艺术上的某种缺陷。

我很喜欢弘一法师的字，喜欢了二十多年，后来突然发现，法师晚年自成一家的"弘一体"，美固然美，清静，恬淡，但看久了会发现用笔太单一，变化少，也缺乏生气。这倒也罢了，最重要的是，大师的字不能做牌匾，一放大，非常难看。启功先生是书法大师，他的字也不适宜做牌匾，一放大也难看，缺乏"庙堂气象"。

我以前很喜欢陈子庄大师的山水画，购了他的很多画册，读过他儿子写的《父亲陈子庄》、他的画论《石壶画语录》，非常崇拜他。他是齐白石与黄宾虹两位大师的弟子，现代杰出的特立独行的大画家。可是，他的画看多了，发现有点单薄，没有他老师黄宾虹的浑厚华滋。看着看着，觉得少了味道，不耐看。当代书法大家欧阳中石先生的字也如此，看着看着，觉得笔法单一，变化少，不耐看。

有缺陷的大师也是大师，有缺陷的艺术也是艺术。

艺术上能千变万化，而不是单一化、程式化，很难做到。单一化和程式化往往是风格的体现，范曾画人物画，几十年一个样子，成了他的风格；山水画家满维起，三十年前的画和今天的画差不多。这是他的风格，也是他的缺陷。不能突破自己就是缺陷，一个劲儿地维持自己，维持自己的所谓风格，更是缺陷。

成为某一行的大师，本身很难，要突破大师的藩篱而进入更高的境界，则更难。这时候需要的不只是艺术修养，更需要文学、哲学、宗教、修行的修养，以突破自我而融入无限。

弘一大师说："我觉得最上乘的字，或最上乘的艺术，从学佛法中得来；要从佛法中研究出来，才能达到最上乘的地步。"这是非常有见地的，因为，佛法处处要求无我，要破除执着，破除各种名相的束缚，而获得灵性的自由。

艺术应该如此，千变万化始成真。

做人应该如此，千锤百年成大器。

修道应该如此，千劫万世证大道。

# 朋友圈是大宝藏

我以前不看朋友圈，现在，每天关注朋友圈而了解社会，直接、省事。

我的微信里有一百多人，我不愿加，尽量限制。我认识的一位甘肃某退休官员，她的朋友圈里有三万多人，她经常在社会上推广养生文化，听课的人多。相比这一百人，我的朋友圈是小的，小固小，朋友却是真朋友，各行各界的。

我的朋友中有作家，有宗教家，有武术家，有艺术家，有科学家，有中医师，有西医医生，有学者，有企业家，有银行家……是货真价实的“家”，他们关注的问题、转发的文章大多精彩，关注他们也就关注了社会热点，不用检索就能读到各种好文章。

宗教文化一直是我研究的核心。我朋友圈里有出家的道士，有出家的僧人。道士中有全真道士，有正一道士；僧人中有汉僧，有藏僧。

艺术家中，有画国画的，有画油画的，有书法名家，有魔术大师。

有很多普通人，什么家也不是，在各行各业的普通岗位上工作，关心生活，关心社会热点，对热点有自己独特的见解。

我只是观看者，不留言，不打扰别人，不麻烦自己，看看就行。

朋友圈是大宝藏。

我从不发朋友圈，只是看客、读者。

一些人在朋友圈发布商业信息以寻找商机，无可厚非。我在朋友圈不发文、不发任何消息，做单纯的读者、寂静的看客。在他们的关注中了解社会，了解时政，从他们的转发中阅读美文，学习知识。足矣。

这是我的态度，是我对朋友圈小小的“利用”，是《易经·系辞》里讲的“利用安身，以崇德也；精义入神，以致用也”之“利用”与“致用”。

你也有朋友圈，能更好地用吗？

## 毁誉不动心

在网上写了十年文章，才做到毁誉不动心。赞扬我，淡然；诋毁我，淡然。赞扬与诋毁，本质上是别人的事情，与我无关。

我天天在网上写作，天天有人赞扬，天天有人咒骂。赞，任其赞；骂，任其骂。赞扬，我不引其为知己；辱骂，我不视之为敌人。

对赞扬者，我不留言称谢；对诋毁者，我不留言回怼；对质疑者，我不留言抗辩。

我知道自己的文章的价值与意义，会在道的境界去观看自己与他人。

五十岁才修养到这境界，很不容易。

书到用时方恨少，事非经过不知难。

我以前虽然知道毁誉不动心的道理，但做不到，别人赞扬我，我会高兴，别人诋毁我，我会愤怒。

随着觉悟的提升，定力的增胜，知道世事无常，毁誉本空，执着则不空，是心不空，故自生烦恼。烦恼是自生，而非他人强加于我。他人之毁誉，只是外缘。

真修行，得不足喜，失不足悲，不患得患失，也就有定心了。有了这样的定心，才能有超然的妙趣，自然毁誉不足动心。

等你有了更广泛的社会阅历，人生经验，就知道毁誉不动心，是多么美好的一件事情。

# 修道为什么?

今天在南窗打坐，阳光暖暖地照着后背。

我在思考一个问题，为什么要修道?

是为了健康长寿吗? 这世界上很多人不修道也能健康长寿。健康是不生病，健康好。生了病，也没什么，可以体验人生的病苦、痛苦。长寿未必是福，人老了之后会有很多身心的痛苦，比如孤独，身心的衰老带来的伤痛，面对衰老和死亡的畏惧、恐怖、担忧，足以让心灵长时间在不安中煎熬，而修道者精神解脱，足以超越这些。

是为了解脱生死轮回吗? 站在究竟的佛法义理上，生死也如梦幻，众生本自解脱。轮回也会成为灵性解脱的助缘，轮回未必可怕，未必不好。

是为了悟道吗? 何其自性，本自具足。心外无道，道在性命。人在道中，道在人中。“道不用修，修成还坏。若还不修，即同凡夫。”道本来在生命中，所以不用修。

为什么修道?

为了活得明白，为了活得逍遥。

这是我修道的目的。

活得明白，自然也包括了悟道、明心见性、顿悟实相。

活得逍遥，包括了解脱、自在。

人要活明白，是一件很难的事情。活明白了，也就开悟了，具大智慧。

人要活得逍遥，就需要身心对世俗和物质世界各种局限、束缚的超越。要超越，就需要能量。能量从哪里来？从身心来，从宇宙来，从寂静和空明中来？

如何获得这智能和能量？

唯有修道。不修道，便不能证得寂静，契入空明，便不能身心合一、天人合一。

复杂高深的问题，如此简单。

# 水至清则无鱼

我跟澄源聊天，谈的是古人讲的“水至清则无鱼，人至察则无徒”这句名言。

人要宽容、包容别人的某些缺点。

水太清了会因为没营养而养不活鱼，纯净水就不能养鱼。可能还有一层意思，水太清了鱼儿不好藏身，一目了然，会被捕走。

一个师父如果太清高了，会非常挑剔，对有这毛病那毛病的人看不上，不愿意收徒弟，会使自己的绝学、技术失传。

修道者太清高就不会有传人了。

我是修道者，被一些人称为“老师”，的确有些修道者希望拜我为师而一起修道，我没有答应，愿意与大家“道友”相称。平时关系好的、经常往来的道友也有数十人。

我以前很挑剔，像我看电视剧爱挑毛病一样，对和我一起修道、把我当老师的人也挑缺点。每一个跟我修道的朋友的缺点我心知肚明。

过去挑剔，现在不挑剔了。只要人好，向道，重德，愿修，足矣，有这样那样的缺点，没关系。谁没毛病呢？我也有很多缺点。

人的宽容心、包容心，嘴上说说容易，做到很不容易。

我现在做到了，心更宽广了，对人性的认识更清晰透彻了。尽管我对道友们的缺点看得一清二楚，但不嫌弃，不指责，不轻视，不勉强。这样，大家相处得友善、和谐。

不勉强，不勉强别人一定要改变我认为的“缺点”。在我看来是缺点，在他人看来还是优点呢。

弘一法师说：“精细者，无苛察之心；光明者，无浅露之病。”真是得道者的教诲。

# 晒背

阳光好的中午，我经常在南窗静坐晒背，脱光上衣，暖暖的阳光透过宽大的玻璃落在皮肤，像细柔而温暖的手在按摩。

是阳光的按摩。

我坐直着身子，调息。感觉后背的温度在增加，甚至有一丝灼热感。

调息，深深吸气，感受阳光通过背部毛孔进入身体，进入皮肤、经脉、骨髓、内脏。感觉内脏被阳光照亮了，被阳光温暖着，按摩着，幸福的感觉油然而生。

阳光是天地间的能量，正缓缓地水一样地渗进皮肤，在经络里流动。

闭着眼睛，自己像坐在一团光明中。

偶尔有昏沉，有点瞌睡。索性躺下来晒背，很惬意。

我是自由写作者，不用坐班，不用外出工作，就能在家里定时定点晒背。

晒背能增阳气。道家认为，人体的后脊柱这一线有督脉，是人体统管阳气的经脉。阳气代表着生命的活力、火力。活力，是青春的气息；火力是温暖的特质。至少，阳气足的人精神充足，身体温暖，不怕冷，不感冒。

庄子在《养生主》里说："缘督以为经，可以保身，可以全生，可以养亲，可以尽年。"晒背，多少也能帮助我们达到这个目的。

保身、全生，保全自己的生命；养亲，寿命比父母长，能给父母养老送终，而不会出现“白发人送黑发人”的悲剧。我二舅家的大表兄五十岁就死了，我妗子长寿，大表兄没来得及给母亲养老送终。尽年，古人认为人的寿命在一百岁到一百二十岁，活满了一百岁才叫尽年。

《黄帝内经·上古天真论》里黄帝问岐伯：“余闻上古之人，春秋皆度百岁而动作不衰；今时之人，年半百而动作皆衰，时世异耶？人将失之耶？”

岐伯对曰：“上古之人，其知道者，法于阴阳，和于术数，食饮有节，起居有常，不妄作劳，故能形与神俱，而尽终其天年，度百岁乃去。”

中午在阳光下晒背，是增阳涤阴养生法，就叫“数术”。数，数量，晒背的时间在半小时到一小时之间；术，方法。

女士也宜晒背，增加阳气，能常葆青春活力。

# 养生

很多人以为“养生”是退休人员的事情，是老人们的事情，最多是中年人的事情。养生与年轻人有何关系?

随着2020年这次疫情的全球蔓延，对养生问题得重新思考、重新定位。我写此段文字的时候全球的“新冠病毒感染者”超过220万人了，校订此文时全球感染者已经超过一亿三千万了。

一些年轻人感染不久就病死了，一些老人感染了还活着。大家发现，病毒来临时首先拼的是免疫力，而免疫力的提高与养生有关。

养生，在中华文化里特别突出，虽不敢说是独有的，因为全世界人民都知道维护健康的道理，也有各种维护健康的方法，但理论系统，方法丰富，传承久远，经典无数的唯独中国。整个中医、道教的各种与生命健康相关的法门都可以称为养生法门。

养，保养、护养；生，生命、生活。没有生命就谈不上生活了。养生，养的虽然是生命，落实却在生活。养生也是为了更好更健康更幸福地生活。

现代社会，很多年轻人锻炼少而工作重，休息少而业务多，养生问题——更高级的健康问题，是每一个青年人所面临的。养生问题，不再是中年人、老年人的事情。

1988年，我上高中时因为生病还休学半年。当时我感慨地写了两句诗:

恨昔闻道晚，悔今养生疏。

高中时写了很多诗，能记得的也就这两句。我一直感慨，一个十九岁的青年写的诗怎么像老头写的？是经历了病苦后的幡然醒悟。

现在觉得这两句诗应该是每一个青年人、中年人、老年人的座右铭才好。

健康，从来不是小问题。

养生，从来都是大道。

## 四句教

有位读者购了我的《悟道录》，要我在书上题几句话以资勉励。

我对任何购书要求题字签名的来者不拒。最开始给《悟道录》签名售书时我题写了很多经典里的话，我把当时题写的内容整理之后做了注解，仅注解超过了十万字。

这次我给这位购书者提了四句话，简称“四句教”：

安心工作，积极生活，勤修至道，顿见真性。

四句话简单，做起来不容易。

安心工作，安心很难，很多人虽然在工作，但心有不安，不喜欢这份工作，或者不安于这份工作。即便喜欢，安于，但不能专注于工作就不能算安心工作。安心，是把心安顿下来。把心安顿在工作里，不仅是喜欢，不仅能以之谋生、创业，更能在工作中找到使命感、归宿感，这才是安心工作。

我把写作当工作，写作带给我快乐、成就、名誉、财运，也给我带来人生的使命感与归宿感，我在著述中实现自我。

积极生活，也不容易，积极意味着阳光、快乐、向上、向善。积极，意味着正能量，意味着良好的道德引领。

勤修至道，希望能勤奋地修行最高的道，这样能安顿整个生命，不枉在人世间来一回。

顿见真性，能明心见性，知道生命本质、究竟的真相。

四句话做好，需要一生一世的努力乃至多生多世的修行。

# 情执与见执

人在这世上有两样执着很难化去，一是情执，对情感、情爱的执着，至死不渝；二是对思想、观念、认识的执着，可以形成强大的敌对和斗争。

我们喜欢看感人的爱情故事，古今中外皆然。在于我们对情很执着。情执的极端可以感天动地，可以遗情绝唱，可以变态成狂，可以杀人解恨。因爱生恨，因爱造罪的故事千古皆有。古书《青楼梦》提到了“情禅参透，色相皆空；幻境归来，胸襟便朗”，真是在情场活明白者之言。《红楼梦》里的贾宝玉是“情禅参透”之人。《金瓶梅》里的西门庆却在情场不断造罪，不过最后受到报应，灵魂忏悔。

我天性重情，重情的结果常常伤自己也伤人。回想自己的情感经历，大有“情禅参透”之感。所以二十多岁时读到“情禅参透，色相皆空；幻境归来，胸襟便朗”数语，感觉如同心语。

情为道用，则情不能困。龙牙禅师说：

人情浓厚道情微，道用人情世岂知？

空有人情无道用，人情能有几多时？

我们应该反省自己的情感世界、情感经历，从而在道上用情而不失真诚，在世上用情而不昧真心。

对于“见执”，很多人不了解，提到“意识形态的斗争”，很多人知道是咋回事。意识形态的斗争是“见执”的体现，对自己见解的执着而促使团队、阵营去和自己相反的见解、认知、世界观、认识论、方法论及其阵营做斗争。一百多年来唯物论和唯心论的哲学观念斗争也是世界上两股力量的斗争，斗争带来的更多是人类的灾难和人性的劫难。

宗教界、学术界、政治界的见执最严重。不同的宗教派别、宗教观点之间斗争了几千年了。某种意义上讲，人类的文化史、哲学史、思想史也是不同观点和观点支持者的斗争史。斗争史里也包括了学术界、政界的斗争。不同观念之间的斗争甚至会演变成敌我斗争，你死我活的残酷斗争。稍微了解中国现代历史，都懂的。

我经常反省自己的“见执”和见执之害。我在做传统文化的研究、发扬工作，于修道文化，于佛道宗教思想研究很深。过去，看到社会上很多似是而非的“佛道文化”，我会忍不住地站出来批评、矫正，得罪了很多圈子里人。在江湖世界，佛道就不再仅仅是宗教、文化，而是很多人的利益。见地之争，就不会是单纯的文化、思想、观念之争，背后有利益之争。

你要是阻了别人的财路，别人能让你好过吗?

年过半百，我不再纠结于不同的见地，正见也好，邪见也好，都是社会、宇宙的真实存在，永远如此。我能做的不是“破邪显正”，而是“显正破邪”。破邪显正，重在通过破邪来显示正见正道，就会有斗争，破邪是目的，显正是结果。而“显正破邪”，只需要做好显正的工作，传播正见正道，自然会在这个过程里破邪。破邪不再是目的，而是自然的结果。

人能破了情执与见执，心灵会有大自由，佛名之“自在”，道名之“逍遥”。

# 大其心

有一天，我给朋友写字，写坏了几张，裁的小半张纸没用上，于是写了“大其心”三字，物尽其用。

大其心，“其”是代词，可代指任何人，可指自己。心量要广大，如弘一法师所言“心志要苦，意趣要乐，气度要宏，言动要谨”。

我刚来北京的第二年，首都医科大学教授官杉给我写信，告诉我一段格言：

大其心容天下之物，虚其心受天下之善，平其心论天下之事，潜其心观天下之理，定其心应天下之变。

这是唐代施肩吾真人《西山群仙会真记》里的名言。我当时还没读过，从官杉教授的信里第一次读到，非常震撼，引以为座右铭。

施肩吾是唐代神仙，你不知道他，但一定知道八仙中的钟离权、吕洞宾，他就是这两位神仙的亲传弟子，有名的《钟吕传道集》《灵宝毕法》是施肩吾记录而传下来的。在北宋，陆游的高祖陆轸见过施肩吾真人，能空中飞行，于是跟着施肩吾去修道了。陆游亲自记述过这件事情，陆游一生喜好仙道，与此有关。陆游写道：

初，公生七年，家贫未就学，忽自作诗，有神仙语，观者惊焉。晚自号“朝隐子”。

尝退朝，见异人行空中，足去地三尺许。邀与俱归，则古仙人嵩山栖真施先生肩吾也。因受炼丹辟谷之术，尸解而去。

这些是闲话。话题归到“大其心”上吧。我写这三个字的时候想起了施肩吾真人这段话，想起了官杉教授的教诲。

大其心，做事，修道，治学，处世，都需要广大的心量。心量不大，则成就也难大。一个小肚鸡肠的人又如何能发大愿、树大志而成大业、证大道呢？“心有多大，舞台有多大。”

弘一大师说：“度量如海涵春育，持身如玉洁冰清，襟抱如光风霁月，气概如乔岳泰山。”

这是大其心者的境界。

我认识某些修道界的学者，名气大，著作多，只是心量不大，想的不是如何发扬中华道文化，而是如何利用名气敛财。就是此念毁了其人真正的成就。本来可以成为大师的人，可以做大宗师的人，因贪财之念，只能是“著名学者”，其学问也只是知识，与性命双修无关，与修身悟道无关，与灵性解脱无关，与定慧等持无关，更不会是大师、大宗师。要成为大师、大宗师，不只是学术成就上的事情，还需要道德上的大成就，人格、心量上的大境界，才能与天相通，广大无比。就说陈寅恪先生，他的学术到今天遭到了很多人质疑，他的很多观点已经站不住脚了，但学术界依然视他为大师，因为他的精神、他的道德、他的心量、他的气度是大师境界，即便他的学术已经过时了，但他的人格和思想永不过时，先生终生恪守的“独立之精神，自由之思想”会彪炳千秋。

这是“大其心”的境界。

我也以“大其心”自勉。

我也做学问，我做的学问首先要自利自益，关注身心、性命、灵性、道德，而不只是谈玄说妙，更不会沽名钓誉。

这些道理，你日后会懂得。如果给你父亲说，他一定懂得，会深以为然。

2006年，官杉教授辞世了，我不知道，未能送行。老人该有八十多岁。我与他因修道与探索人体科学结缘。他晚年热衷人体科学，做了一些科学实验与思考。

老夫子辞世十四年了，而他的教诲会影响我一生。

## 三观一致的朋友

今天你父亲带朋友来看望我和澄源，有三个多月没见面了，算起来这是我们认识五年来见面间隔最长的一次。

因为疫情，小区还在封闭，外面的人不让进，每个小区是小小的“围城”。我们在小区外站着聊天，聊了一个多小时。

话题不外乎时政、疫情、经济、国际、人心、世道，有很多话题只能私下聊聊，无法写。

疫情检验了世界上每一个国家执政者的执政能力，考验了人类的应变能力和生存能力。坏事会变成好事的。

疫情期间，从很多帖子里可以看到很多人心灵的扭曲和人格的分裂，围绕着疫情而起的各种话题，展现出来的国民的心态、心智令我们感慨。很多人内心焦灼、分裂，乃至思维混乱、心理狂躁，这是“精神疫情”。对于“精神疫情”，最好的疫苗是修身。

你父亲也面临着很多压力，因为他修身悟道，心态平和，能坦然地面对生活、工作中的一切。

我们都感叹，在这个时代能有三观一致的朋友聚聚，真的难得，更要珍惜。

人在世上能有几个三观一致、心地善良而又有智慧的朋友，真的幸福。

朋友不一定要在经济上、物质上利用，好朋友间经济、物质上的

“利用”是应该的，也是自然的，但绝不是机心所成。俗话说：“朋友就是用的。”你父亲给我送来了口罩、消毒液、酒精等防疫物资。我送他和朋友上好的挂面，是我们大家都爱吃的贵州挂面。

我们把“利用”一词贬义化了，在《易经·系辞》里，“精义入神，以致用也；利用安身，以崇德也。”“利”可以用来安身，安身的目的是崇德。“利”本是乾卦“元、亨、利、贞”四德之一。朋友间在道德基础上的相互“利”用而完成道德的提升是好事。“用”，在中国哲学是个重要概念，比如“体、用”。“精义入神，以致用也”，高深的哲学思想就是为了用，不用，任何思想都没有价值。南宗祖师张伯端得法之后老师刘海蟾给他改名“张用成”，取意“大道以用而成”，我给一位经商且修道的朋友取名“道用”，也是此意。

朋友间精神上的关怀、慰藉、勉励、扶助、提携、引导，更重要。

你父亲谈及去年春天我告诉他的“心要宁静，安忍如大地”，这话对他很有启发。这一年来心真的宁静了。

澄源的厨艺很好，我们商量着，疫情结束后，可以在我家聚餐，喝酒。

你父亲还说，天气晴好，可以开车带我们去某个山野踏青。

这几天，北京连续狂风怒号，而东北、内蒙古大雪纷飞，鲜红的牡丹花在白雪的覆盖中，露出雪野的灿烂的花朵煞是好看。估计很多人没看过雪地里的盛开的红艳的牡丹。感而慨之，作诗云：

雪里牡丹红，天地大神通。

有酒且学仙，醉里守玄宫。

## 春天的火锅

昨天，澄源把一个只用了一次的圆形电火锅给了你父亲。澄源喜欢稀奇的东西，新购了一个长方形的电火锅，多功能的，有很多层，可以煮面，可以煎饼，可以烧水。我向来不管这些事情，有澄源操心就够了。

新购了火锅，自然要吃一回。

开锅。

我笑对澄源说："疫情期间，到处在'甩锅'，你且要开锅，想干啥子吗？"

"甩锅"是今年独特之语，你懂的。

我们一起去市场，她买菜，我淘书，然后汇合，一起回家。

春天来临已久，院里的桃花谢了，韭菜割了两茬。这样的阳春三月，天气骤变，室温一直在十八度左右，仿佛冬天伸出手想把春天拉回去。

澄源做好了涮锅的准备，水烧上了。我突然有了画画的冲动，到书案边拿出圆扇形宣纸，纵横涂抹，十多分钟画了一幅山水画，春意盎然，题写了"僧在春山里"。

僧在春山里，春来杜鹃红。

心在红尘外，身安红尘中。

《新闻联播》之后，看湖南卫视的《歌手·当打之年》总决赛，要决出冠军是谁。

我和澄源一边吃火锅，一边看他们唱歌，甚是惬意。

麻辣太重，吃一会儿，歇一会儿，还要喝两口凉茶才觉爽。

毫无悬念，冠军是华晨宇。他的歌触及灵魂，唱到了“轮回”这个词语和主题。

古今天地

混沌初开，清浊黑白

在浩渺天地间，萌生尘埃

欣喜、愤怒、欢乐、悲哀

更迭兴衰，是非成败

千万年轮回着浮生百态

永恒的、消逝的、存在的、未知的

亘古未来，繁华不再

万物皆只因我一念花开

洪荒宇宙，千变万化

不外如是，不外如是

一个三十岁的歌手有如此深邃的思想。我三十岁的时候作品已触及灵魂的本质。

生活里，有火锅，有麻辣火锅，有歌，有夫妻之爱。

庚子年的三月，突然变冷的日子，谢天谢地，我和妻，安然地活着。

# 北方，混沌的意象

这半年来，我经常感觉，自己仿佛一个人，站在北方苍茫的天地间，天地混沌。

我是混沌里特立独行的人。

我一直想就这种混沌的意象写一首诗，总感觉那是心里的一个秘密，不能说，不能描写，甚至不能看，只能感受，默默地感受，离言，离相，无住，无执。

那种混沌中有光明和生机，在天空和大地上蔓延，蔓延出一片青草，青草边有清溪流过。

我的意识在蔓延，我的经脉在蔓延。

天地无边，意识无边，那种蔓延无边。

孤独无边，寂静无边，那种独自远行的决绝无边。

那一刻，我不知道我有没有亲人、朋友。

那一刻，我不知道地球上还有没有其他人类和生物。

我是孤独的漫游者，也是寂寥的观察者。

天地在我心中，万物在我念中，时空在我象中，玄妙在我境中。

在寂寥和混沌中有一种萌动的气息，我顺着那种气息慢慢渗透，慢慢膨胀，慢慢消失，顿然感觉天地间都是我，也就彻底无我。

那种感觉像水一样流动，像风一样弥漫，渗透到我的意识里、梦境里，也像空气，无所不在，像透明的屏幕上看各种图像在变化。那图像来自意识，来自梦境，来自天地的本源。

每一个人都是天地间的独行者，尽管他有家人，有国家。

独行是生命一开始就注定的，是宿命。

看着宿命，我无畏地融入混沌和那片光。

## 梦与路

鲁迅先生曾说：人生最大的悲哀是梦醒之后发现无路可走。

可以想象这是何等的孤独。

鲁迅先生二十二岁去日本留学，想学医救国。他在日本看了场纪录片电影，在东北大地上，日俄战争中，日本人抓了中国农民说是俄国间谍，砍头示众，很多中国人围观，神情麻木。这令鲁迅先生震撼，对于麻木的灵魂，仅仅医治了他们的躯体，能有多少意义呢？先生决定弃医从文。

他想唤醒国人沉睡的灵魂。

他在《呐喊》序开头说："我在年青时候也曾经做过许多梦，后来大半忘却了。"

谁没有青春的梦？鲁迅的梦醒了，发现无路可走。

鲁迅自己说：

希望本无所谓有，无所谓无的。这正如地上的路，其实地上本来没有路，走的人多了便成了路了。

没有路，那就踏出一条路。

他从日本回国，那条路他还没找到，他这样形容自己的孤独：

这寂寞又一天一天的长大起来，如大毒蛇，缠住了我的灵魂了。然而我虽然自有无端的悲哀，却也并不愤懑，因为这经验使我反省，看见自己了：就是我决不是一个振臂一呼应者云集的英雄。只是我自己的寂寞是不可不驱除的，因为这于我太痛苦。我于是用了种种法，来麻醉自己的灵魂，使我沉入于国民中，使我回到古代去，后来也亲历或旁观过几样更寂寞更悲哀的事，都为我所不愿追怀，甘心使他们和我的脑一同消灭在泥土里的，但我的麻醉法却也似乎已经奏了功，再没有青年时候的慷慨激昂的意思了。

这一个阶段他校集古书，抄录古碑。

1918年，他遇见了《新青年》，他写出了中国第一篇白话短篇小说《狂人日记》。从此以后，便一发而不可收。

他在梦醒之后无路可走的时候找到了自己的路。

他在梦醒之后无路可走的时候自己走出了一条路，很多人跟着他走，于是，踏出了现代文学之路。

我从中学时代读鲁迅的杂文、散文、小说、日记，读《鲁迅传》。现在，家里除了《鲁迅全集》外关于鲁迅的书有四五十本。

我有“鲁迅情结”，年轻的时候我也写杂文，讽刺时世。后来放弃了。

我年轻的时候也有过梦醒之后无路可走的孤独。

不是无路可走，而是没发现自己该走哪条路。

发现该走的路，即便没有路，也能踏出一条路。

鲁迅在梦醒而发现无路可走的孤独中，走上了文学之路。

我在梦醒而发现无路可走的寂寞中，走上了佛道文化的发扬之路。

梦在远方，路在脚下。

走吧，不能走一生，何妨走一程。

# 信任与信根信力——王重阳和他的弟子们

我是一个修道者，弘道者。有时候我设想一个问题，既然是设想，关于我的部分只能是设想。

我不知道你有没有读过金庸的《射雕英雄传》，或者看过相关影视剧？我上初中时，大概在1984年读了《射雕英雄传》。到了1993年才看了港版的《射雕英雄传》电视剧，黄日华、翁美玲主演。来京后看了张纪中导演版的《射雕英雄传》，周迅和李亚鹏主演。

你要是读过这本书或者看过这些电视剧，对王重阳、丘处机的名号不会陌生，假如还看了《神雕侠侣》原著和电视剧，会对他们更熟悉。

熟悉归熟悉，金庸笔下的王重阳跟丘处机与历史上真实的王重阳、丘处机没有多大关系。金庸所写他们所处的复杂的历史时代、民族关系是真实的。真实的王重阳、丘处机的确是师徒，的确有“全真七子”，他们都是修道的人物、弘道的大师，在当时的社会影响巨大。

王重阳活到56岁辞世了，按现代人的说法，寿数不长。要是一个现代人讲仙道，自己活了56岁，现代人会一哄而散，不再学他的道法，以为他是个骗子。活到56岁就死了，没有说服力，不学了。

古人不这样认为。即便王重阳56岁辞世了，他的七个弟子都没有怀疑他的成就与教导，而是接着修道，并把王重阳创立的“全真教”发扬光大，他们在弘教、弘道上的事业超过了老师王重阳，至今，全真教是中国道教的主流。

为什么老师活了56岁而弟子们不怀疑他，还继续按照他的教诲修炼并成就，还把教派发扬光大？在于他们知道自己的老师真正成道了，寿数长短并不重要，那是个假象，是个因缘，与老师的伟大成就无碍。

王重阳在山东弘道的时候显现了很多神通，弟子们信服他，通过智慧和神通知道老师是成真了道之人，毫不怀疑。当王重阳带着自己的四大弟子马丹阳、谭长真、刘长生、丘处机从山东西去，到了河南洛阳时王重阳病逝，辞世前他对弟子说，“把我的棺材送到终南山下，绑棺材的绳子断了，棺材落在何处就埋在何处，大家就在这里修道。”后来他们抬着棺材来到户县的一个山脚下，绳子突然断了，棺材落地。四位弟子把老师埋在这里，守墓三年。守墓时刻苦修炼。后来，全真教被朝野看重，元代，在王重阳墓所在地修建了“万寿重阳宫”，成了全真教的祖庭。

2018年夏天，我和朴彻专程来过这里礼拜全真祖庭，在古松下静坐，感受千古道风。

风，从终南山吹来。

王重阳真人羽化的时候七位弟子都没有修成就，老师死后他们修了很多年才修成大道。丘处机去了磻溪修道多年，又去龙门修道多年，前后修了十二年才成道。

2018年，我和朴彻去了龙门，风景优美，地势险峻，祖师在悬崖峭壁上的天然山洞里修行。

那天，我们在祖师打坐过的地方打坐，静修过的地方静修。

全真七子修成了大道，金国、南宋、蒙古的帝王都很器重他们，全真教的兴盛离不开帝王的支持。

古人的信根比现代人好。

我有时候会想，我是个弘道者，假如我56岁左右死了，跟我修道的朋友们还会继续修下去吗？还会把我讲的那些道理道法传下去吗？

不会。

他们会因此退失道心，退失信心。

现代人的信根没有古人那么好了，现代人很实际。

即便你给现代人显现过神通，现代人也不会像古人那样诚信。这是时代使然。

修道，做事，都要有信根。信心如同树根，树根越大，根深叶茂，生命力越强。信心还能产生内在的动力，即是信力。

你要明白这些道理。对自己，对老师都要有信心。

# 知荣守辱

最近用毛笔隶书抄写《道德经》，抄经的好处是容易精义入神，有特别的体悟。

抄到了第二十八章：

知其雄，守其雌，为天下溪，为天下溪，常德不离，复归于婴儿；知其白，守其黑，为天下式，为天下式，常德不忒，复归于无极；知其荣，守其辱，为天下谷，为天下谷，常德乃足，复归于朴。朴散则为器，圣人用之，则为官长，故大制不割。

这里的“知荣守辱”是非常难做到的。

人在社会上，会经历很多与荣辱相关的事情，就看自己能否知而守之。我是写作者，尊敬我者用各种语言赞美我，我淡然；诋毁我者，诅咒我下地狱，我坦然。能知能守，不为所动。

你父亲也经历着荣、辱考验。前天我们见面，谈起这些，他很超然。不为上峰赏识而激动，不为下级诋毁而忧戚。

这是人生态度，也是人生认知和人生境界。

有一天，你会懂得的。

# 悟达生死的诗人

陶渊明是中国古代性灵诗人，他的诗歌，空灵自然，超尘脱俗。尽管他是个儒生，骨子里有仙气，他与佛道高人交往，著名的“虎溪三笑”与他有关。庐山的慧远大师创立了中国的“净土宗”，提倡念佛往生极乐世界，在庐山组织了“莲社”教人念佛。莲，象征佛国净土。《阿弥陀经》之极乐世界遍地莲花。慧远发愿，此生不过溪下山。庐山修行的还有一位革新“天师道”的陆修静大师，而陶渊明隐居山下。他们三人经常在庐山会面，谈玄说妙。有一次慧远大师送他们下山，到了溪水边，脚要迈过去了，溪边的老虎顿时吼叫起来，慧远大师才想起自己险些过溪。从此，这条代表山上与山下的小溪被命名为“虎溪”。三位大师听到老虎的吼叫，相视而笑。

陶渊明一定受过陆修静先生道教思想的影响。他的第九世孙后来出家修道，成了仙真。

我喜欢陶渊明的诗，更喜欢这一首，表达了他内心超越生死的境界。一般人怕死，即便修行的和尚、道士，没成就前也会很怕死，但陶渊明很悟达，不怕死，他已经明白了生与死的真理。

纵浪大化中，不喜亦不惧。

应尽便须尽，无复独多虑。

翻译成白话，就是说：

在大自然中自在地生活，不欢喜也不恐惧。寿命尽了那就是应该尽了，不必多考虑这些问题。

## 写作时代的基本法则

我是写作者，澄源也是。这个时代，因为博客、微博、微信的出现，全民都是写作者。写作者有高下之分、正邪之别、长短之异、多寡之殊。有的人写作能力高，作品境界高，有的人反之；有的人写有益社会、世道、人心的文章，有的人写作，给社会添乱，给他人添堵，散布谣言，流传邪见；有的人的作品会长久传世，有的人的文章也就几小时、一两天的生命。

即便在网络写作，情形各异。现在许多很火的玄幻剧、古装剧最初是网络小说，有些网络小说畅销十多年，势头不衰，堪称经典。

写作的秘诀不外乎：多读、多写、多改。三多做到了，写作很简单。

多读，学习写作方法、技术，学习思想、文化，获得更充足的思想、素材与更丰富的表现手法、词汇。

我研究道教，研究中国哲学，读万卷书是必然的。我注解张玉仙老师的灵应诗能旁征博引、自由发挥而不失中道，在于我读书博杂，故能联想丰富。

多写，写着写着就顺手了，习惯了，自然了，“手熟为妙”了。这十年我每天坚持写一篇文章，至少写了三千六百五十篇文章，写着写着，自然入境。

这是我要求澄源必须每天写一篇文章的原因，她已坚持半年。

多改，鲁迅先生说文章是改出来的。我写了文章都会严格修改，删其冗长，不该有、不需要的字词语句会毫不留情地删去；增其所需，增加细节、必要的叙述，如果少了，让人感觉文章不全面，有缺憾，意犹未尽。

改文章最重要，一篇好文章往往是改出来的。现在多是当天写当天发或次日发，更深刻的修改时间少了。有些前辈写文章，写好后不会立即发表，会放几天，甚至放更长一点的时间进行修改。有些重要作品不轻易发表，要反复修改，满意了、没有缺憾了才发表。认真的写作者不会是“快餐文化”的追随者，他写任何作品都会有写传世之作的信念，会认真对待每一篇文章。

道理容易知道，真正把写作能力训练到身上，成为习惯，成为本能，成为生活状态，成为思维方式，那就进入“道”境了。信手拈来，都是素材；嬉笑怒骂，皆成文章。

如果你想成为写作者，这是“写作心经”。

# 不攀缘与不斗争

人到中年便对很多事情看开了。不攀援、不斗争，乃至不求人，这是我对自己的要求。不求人，相对难做到，所以用了“乃至”二字。

这是个人所向。每个人的地位不同、做事不同、境界不同，则同一件事情，结果就不同。比如这“不求人”，在我是很自然的事情，我是居家写作者，不求人，相对能做到，忙于生计和前程的人很难做到，也不必做到。南怀瑾先生生前就反对“不求人”这样的态度，多少有点我慢。有个学生说他不求人，被南先生批评了，先生说他为了众生、为了做好发扬中华文化的事情经常求人，不求人就办不成事。

在南师，求人是行菩萨道。在我，不求人是图清闲。求不求人，看是什么事什么人。

攀缘，指攀缘心，是追求、攀附外界的心，很容易使我们在攀缘外物时迷失本心。攀缘，也有讨好人以获得利益的意思，向上攀爬，用尽心机。

我只是居家写作者，不当官，不任职，不参加社团，不自搞组织，不攀缘就清静省事。

这些年认识很多各界人物，关系好的亿万富翁也不下十个，还真没攀缘过谁。不攀附，才有自己的独立和清静，独立和清静是我喜欢的。

不斗争，这斗争主要是观念之争。佛道文化圈子里矛盾、斗争不断，虽然与见地有关，但背后多有巨大利益。一个大师在社会上名气大，弟子多，自然利益也多，在二十多年前网络不发达的时代，中国一些气功大师已经是亿万富翁，他们的资产有的超过十亿。那时你还是一个四五岁的小孩。现在是网络时代，弘道者中也有亿万富翁。

如果你发现某个大师在弘法时讲了很多错误的见地，甚至是歪理邪说，你如果指出错误便会引来很多斗争，会有是非、矛盾。而任何斗争都会搅扰修行人的心，从而使此心难以平静。

我以前好争论，看见有人传播歪理邪说，会著文批驳。现在不是去直接批驳，而是讲述佛道真正的道理是什么。不再争斗，心自平静，还传播了正见。

传播正见增长能量，而争斗消耗能量。

与其争斗，不如息心。真理不因为他们的邪见而污染，不因为我的争斗而光明。真理本身如如不动，一直在那里。祖师们早明白这个道理，所以说："万法本闲，唯人自闹。"

悟明白了，活明白了，也就自由了。

# 把文章写精练也是美德

澄源跟我学写作，我告诉她，除了多读多写多改之外，还有这句：

把文章写精练也是美德。

现代人的时间都很紧，文章写得冗长，废话太多，会浪费别人的时间。如何让文章变得精练？反复修改，删除不必要的字词、段落，删除重复的内容。能压缩就尽量压缩，用精练的句子表达丰富的内容，把文章写精练。

我写完文章都要删改，主要是删，如果第一稿两千字，删完之后，只剩一千八百字左右。

写作如雕刻，凿掉多余的石块，方能呈现最美的艺术。

要多读古文，就容易用精练的句子表达思想、描述事件。古文简洁。

能用四个字表达的，不用八个字表达，能用短句表达的，不用冗长的句子。

要舍得删。有些人舍不得删改自己的文章，感觉文字越多越有写作本事。固然，文章需要细节描写的时候就应该写细节，但写细节也不能烦琐冗长，细节也可以用精练的词语去描写，恰到好处，就像宋玉形容一个美丽女子，“增一分太肥，减一分太瘦。”

我喜欢鲁迅先生的文章，用词简练精准，古意盎然。

# 母亲嚼馍馍

读禅书《五灯会元》，看到慈云严隆禅师的公案，他先举了玄沙师备禅师与徒弟的问答，然后总结。且读原文：

（慈云）上堂，举玄沙示众，曰：“尽大地都是一颗明珠。”时有僧问：“既是一颗明珠，学人为甚不识？”

沙曰：“全体是珠，更教谁识？”

（僧）曰：“虽然全体是，争奈学人不识？”

沙曰：“问取你眼。”

师（慈云）曰：“诸禅德，这个公案，唤作嚼饭喂小儿，把手更与杖。”

玄沙师备禅师上堂说法，说整个大地就是一颗明珠。有个僧人便问：“老师，既然尽大地是个珍珠，为什么我不认识呢？”玄沙说：“连你也是珍珠，如何来认识呢。”这个僧人还是不理解，说：“整个生命世界都是珍珠，我怎么认识不到？”玄沙师备禅师说：“那就问问你的眼睛吧。”

慈云禅师说，“玄沙师备禅师像母亲一样，嚼了饭喂小孩吃，也像把手杖给行动不便的人。真是慈悲啊。”

慈云、玄沙，都是唐代人。

读到这里，感慨不已。

母亲嚼饭喂儿，我是经过的。我小的时候，农村没有奶粉。母亲还要到生产队干活。农村的孩子在牙齿还没有长出来或还没有长全的时候，吃东西，每一次都是母亲先把饭或馍馍嚼化，然后吐出来喂给孩子吃。如果母亲不嚼，小孩无法吃饭，也就无法维持生命、无法长大了。

我们都是母亲这样喂养大的。

古代的母亲也这样喂养孩子。难怪禅宗有“嚼饭喂小儿”之语。甘肃还有句俗话：“别人嚼过的馍馍不香。”比喻老学别人的话来说，没有自己的创造。

我四五岁的时候在家里带年幼的五弟，母亲上地干活，我学母亲给弟弟嚼馍馍吃。

现在的孩子有奶粉吃，古人，以及我这一代农村人，小的时候哪里知道世间还有一种食物叫奶粉呢。

这一刻，我在禅道里与古人相通，与母亲相遇。

# 三年学说话，一生学闭嘴

看《欢乐喜剧人》总决赛，相声大家郭德纲的弟子烧饼以小品的形式回忆了自己在郭家学艺的点滴。他还是一个小孩时拜郭德纲为师，吃住在郭家，调皮捣蛋。如今，他的孩子都好几岁了，他也收徒弟了。

他以一个参加总决赛的作品向师父郭德纲致敬，感动了很多人。

郭德纲在点评时说了一句格言："三年学说话，一生学闭嘴。"一个孩子，长到三岁差不多会学着说话了，再学三年，六岁时什么话都会说，能和大人自如交流了。

人学会说话容易，要学会不说话，很难。大家都知道一个道理："病从口入，祸从口出。""言多必有失。"我家乡还有句骂人的俗话："君子言贵，穷鬼话多。"

再往古代圣贤那里推究，有很多慎言之教诲，如老子《道德经》里说："多言数穷，不如守中。"多说话会把命数都说没了，因话没说对而惹祸杀头的人不在少数，比如《三国演义》里那个聪明的杨修。

孔子在《易经·颐卦》里告诫我们："慎言语，节饮食。"又在《易经·系辞》里说："言行，君子之枢机。枢机，制动之主。枢机之发，荣辱之主也。言行，君子之所以动天地，可不慎乎？"

佛教更把语言看得严，身、口、意为三业，我们常说某某说话"造口业"，是从佛教里来的。语言上，要戒除绮语（下流的话）、恶口（诅咒人的话、骂人的话）、两舌语（挑拨离间的话）、妄语（虚妄虚假的话）、异语（前后不一致的话）。这些毛病都不能有，口业才能清净。

季羡林老先生曾说："假话全不说，真话不全说。"有时候，说真话也会惹来杀身之祸，"文革"时期有很多人因为说真话而惹祸，彭德怀上"万言书"讲真话，结果被打成"反党集团"核心人物。

一生学闭嘴，难。

当然，该说的时候，当说的话、有价值的话，即便有生命危险，也必须勇敢地说出来。这是道义、大义所在。一些人宁死也会选择说真话，如"文革"中受迫害而死的遇罗克、张志新、顾准……这些人也是民族的脊梁。

站在个体生命角度，不说，保全自己的生命，也值得学习。

今天读书，看到美国著名作家海明威的一句话，竟然跟郭德纲所言完全契合：

我们花了两年学会说话，却要花上六十年来学会闭嘴。大多数时候，我们说得越多，彼此的距离却越远，矛盾也越多。

海明威替我总结了。

# 焦虑时代下的宁静

今天是2020年5月5日，星期二。

下午，你父亲来访，是疫情末期小区解禁之后的第一位来访者。年前，我和澄源离京之时，你父亲来访，是当时的最后一位登门者。

澄源是美食家，自然有你父亲喜欢吃的美食。蒜茄子、烙饼、醋鱼、烤肉，也有素炖菜。

我们喝着冰镇啤酒聊天。

立夏，充满了节日的喜庆。

你父亲说你变了很多，也喜欢跟他说些幽默的话。这让他很高兴。他通过修行，内心有很大的变化，自己也想开了，儿女们有儿女们的人生和幸福，自己不能干涉，而要祝福，相信他们会比我们过得好。

你父亲来我家赴约，推掉了两位老领导的邀约。

这里有宁静的气氛，有道，有安顿人心的智慧。

我们聊社会、时政，聊个人、民族、国家面临的问题与困境。这些问题与困境使得国民有了整体的焦虑。如今很多人的心里都很焦虑。

前几天去一位朋友家，朋友家的孩子不满二十岁，已经焦虑、抑郁了。

我一位朋友在某职能部门工作，属于“精英”，你父亲认识他，他也是某部门的重要管理者，私下他告诉我的全是焦虑，甚至有很多奇怪的幻想。这令他痛苦。

这个时代之下，谁不焦虑？从政治、经济、文化、外交、国内、国外的严峻情势而言，谁能没有几丝焦虑？

如理如法地修行，修心，能化解时代带给我们身心的巨大压力以及压力带来的焦虑。

也许，这是你父亲舍弃了和官场之人的聚会，而愿意和我静坐论道的原因，道，能安顿心灵，安顿身心，安顿性命，安顿人生。

我希望，道，也能安顿你的心灵和人生，带给你所渴望的幸福。

# 道慧的道缘

道慧是我一位朋友。“道慧”是张玉仙老师给他取的名号。

道慧来访，我们聊了很多修道的话题，探讨了道的存在，道的智慧，道的演化，道的化身。比如老子就是道的化身，老子的《道德经》，讲了道的存在、道的智慧、道的演化。

道慧走的时候我送了一套我编辑出版的三卷本百万字的《新编吕洞宾真人丹道全书》。家里只有两套，其中这一套是一位朋友送我的，我当时想转送道慧，道慧上周来过，忘了给书。

他走后，我注解收集到的张玉仙老师写的诗，随收集，随注解，没想到，这天要注解的诗的第一句竟然是：“道慧正修明。”

这首诗不是给这位道慧写的，却非常好地赞扬了道慧，他是正道之修，也是明白之人。

我更没想到今天是“吕祖圣诞”。吕洞宾真人的诞辰纪念日，在全国各地道门有盛大的祭祀活动。

吕祖圣诞前一晚给他一套《新编吕洞宾真人丹道全书》，并解了“道慧正修明”这样无意间得来的灵应诗，真真是极好的。他为了和我聚聊，推掉了领导的邀约。

看起来是巧合，冥冥中自有道缘。

道慧感叹地说：“看来，即使一件小事，也不是无缘无故发生的。昨晚翻看那部你编校的吕祖的书，早晨得知，今天是吕祖圣诞。如果我接受了领导的邀请，就增上了一段俗缘，却错过了一个道缘。命运，很多时候就是选择。”

俗缘也罢，道缘也罢，与道相遇，就不该错过。

如今，你已然与道相遇，就应该珍惜。

## 坏因缘变好因缘

人世间的事情，没有绝对的坏，也没有绝对的好，好和坏都可以转化。这便是古老的《易经》思想。太极图里阴阳鱼互相拥抱着才成一个圆，阳中有阴，阴中有阳，两条鱼的眼睛代表了阳中阴、阴中阳。阴可以转化成阳，阳也可以转化成阴。

现实生活里，有利的因素可以转化成不利的因素，不利的因素可以转化成有利的因素。

北京曾有个富家子，父亲是将军、歌唱家，他也从小出名，跟着父亲上电视。他的成长有很多有利因素。可惜，条件太好了，父亲中年得子，很宠他，结果，孩子逐渐变得非常任性，最后，任性到监狱里去了。有利他成长的条件却变成不利他成长的条件了。

相反，很多寒门子弟，日子太苦，下决心跳出农门，发奋学习，看看北大清华的高才生，有很多来自寒门。

今天读一位朋友的妹妹写的文章，妹妹写姐姐，姐姐是北大博士，非常有才，她上高中的时候家里相当紧困，父亲当年有机会上名牌大学，也因家里紧困，没上成，他的女儿们，个个优秀，圆了父亲的大学梦和成才梦。

世间的很多事情都能为我所用。比如疾病，我上高中时得病，便缘此开始更深刻地思考生命，缘此进入道门修行。疾病成了我修道的因缘。

我高中时代，心理上也有很多问题，高考结束后一度有抑郁症。自己知道，没有告诉别人。于是，我学习心理学以自救，缘此，读了《神秘的潜力——论抑郁》一书，接着读了弗洛伊德的书，以及欧文·斯通写的《心灵的激情——弗洛伊德传》，这使我走进了心理学世界，不仅帮助了自己，通过自我精神分析而疗愈，还在此后的三十年中用心理学帮助了很多有心理问题的道友，而我也构思了一部不知道能否完成的书：《修道心理学》。我二十五六岁即构思了大纲。

这些年，我经常在静坐中观心、调心，化解很多自己的心理问题。佛道的心法比弗洛伊德的心理学深刻，实用，究竟。

即便如此，我还是喜欢现代心理学方面的著作，家里收藏了近百部心理学著作。

坏因缘能变成好因缘，只是很多人不知道这个道理而没有主动去变而已。如何变？运用之妙，在乎一心。

心态变了，认知变了，因缘变了，命运也就变了。

# 讲一则灵性故事

昨天淘书，淘了一本《游子吟》，内部出版，作者“里程”，里程当是笔名，宣传基督教。作者原先是北京大学生物系的高才生，去美国留学，后来信仰基督教，继续在美国深造，结婚，生子。后来放弃科学研究事业，专心从事宗教研究、基督教传播。他写的《游子吟》在国内图书界是“禁书”，不许公开出版，不许网上出售。那就自己看吧。

我喜欢读一些思想、宗教、政治方面的书，能给人很多启示。

我一位老友的女婿也是北大高才生，去加拿大留学，信了基督，博士专业选择研究《圣经》文献中的“死海古卷”。他已经辞世了，辞世前我们通过电子邮件交流过，他给我寄过他的论文集。为何华人出国后容易信仰基督教、天主教？值得思考。我赞同他们，有正教的信仰总比没信仰好。

闲话休繁，转到里程先生所写亲身经历的灵魂故事吧。

一九七五年我参加“农业学大赛”工作组到农村驻队，一天早上，一个小队干部气喘吁吁地来到我的住处说：“不好了，我们队闹鬼了！”我不禁一惊：“大白天的，闹什么鬼呀？”他说：“有人被鬼附着了！”他希望我前去处理。那个队本不在我管辖之内，但当时工作组长回城了，我无法推脱。我虽觉得荒唐无稽，但心里也有些打鼓，硬着头皮赶到出事地点，挤得水泄不通的人群为我闪开一条路。

我进到内圈，见一个披头散发的妇女正手舞足蹈，又哭又闹。我忙向该队队长询问详情。原来这是一个穷队，无副业可搞，一个工才值一毛多钱。不久前人们发现表土下面有沙土可用于翻砂，于是各家各户自行去挖沙，然后用架子车拉到县城里卖给翻砂厂。虽价格低廉，但总可以挣一点买油、盐的钱。该队一个中年男子挖沙特别起劲，洞越掏越深，又无任何安全设施。不幸沙洞塌方，他被活活埋在洞里。当人们把他刨出来时，已血肉模糊。家人无力出殡，买了一张草席，和衣把他埋了。

这发疯的妇人是死者的邻居，那天早上突然疯癫起来，满口是死者的话语。队长介绍完后，我听见这妇女说："我死得太惨了！没有棺材！连衣服也没换一件就把我埋了！我太屈了！"语气、声调都像那死者。我不觉倒吸了一口凉气。

当时正是出工的时候，我让几个人把她搀回家去，以便让大家散开，下地干活。不料这位多病纤弱的妇女的脚像钉在地上一样，几个小伙子都拉不动！我一时无计可施，几个老者见状献策说，只有让死者的家属出来劝架了。我派人找来死者的妻子。她对那妇女说道："你丢下我们一甩手就自己走了。你已把我们害得够苦的了！为什么现在还要搅和我们?!你快走吧！过几天我们给你送一身衣服去就是了。"这一招还真灵。那发疯的妇女安静下来，说："好，我走。但走前让我再喝一口家里的水……"我忙吩咐人用大海碗盛了满满一碗凉水来。她咕咚咕咚一口气喝下后，就瘫在地上不省人事了。待她醒来后，我问她到底怎么回事，她说她什么也不知道，只觉得累极了，浑身一点力气也没有了。

这样的故事，我从小见过也听过，所以，我从小相信鬼神真的存在，灵魂真的不灭。我上小学时已经九岁了，这件事是九岁前所见。我一位发小，是个女孩，比我小一岁，她太祖父死的时候我记得，那可能是我第一次想到死亡这个概念。她太祖父死亡数年后便有了一次附体传话的故事。当时，有一间房子的产权问题，在这位发小的父亲和他的堂弟兄间有争执，这家说着房子是我家的，那家说这地界是我家，祖先已经交代手续了。他们争吵不断，甚至相互大打出手。突然间，发小的母亲晕倒了，她被人扶起来之后，声音变成了发小太祖父的声音，呵斥不肖子孙，然后讲了房产的地契问题，以及当年的见证人是谁，现在还活着的是谁，你们把他们请来对质。大家按照她所言，把证人找来了，果然如她所说。因为，此事她绝对不知道，乃是民国往事。经过老祖先附体一说，大家息了争执，按照祖先当年的约定来处理。

这故事我写过。

已故的老作家杨绛，是钱钟书夫人，活了105岁，她写了一本《走在人生边上》，你父亲读过，小册子，专门谈灵魂的事情。我在2015年修订自己的著作《修学札偈》时，在序言里专门提到过杨绛老人的这本书。我这本书你父亲非常喜欢。

杨绛老人晚年相信灵魂真的存在，不灭，她的心便安定了。老人的女儿钱媛死在她和钱先生前面了，而钱老也走在她前面了。在钱老辞世十八年后，杨绛老人辞世。因为她知道灵魂存在，就知道钱媛、钱钟书并没有真正死去。她因此超越了对死亡的恐惧，从而安然地活着，并整理钱老的遗著，利用晚年时光，完成了非常重要的学术事业。

这故事很感人，杨绛老人在书中讲了自己小时候、中年时代见过的、感受过的鬼魂的故事。

2000年夏天我来北京工作，住在北京有名的“九王府”一个小院子里，是单位的房子。原先，我和一位编辑一起住，他夜夜梦魇，不敢住了，搬出去了。后来我才知道，曾有位编辑也在那里住，险些因为梦魇、心脏病突发死在那间房子里了，所以早就搬出去了。我不怕，住进去什么事没有。这小院子在抗战时期是日本人关押中国抗日分子的地方，也在这里杀人，冤气很重。

我学佛修行，那些冤魂不为难我。

这本《游子吟》讲到了“灵魂”“上帝”“耶稣”这些在唯物论、无神论国度看来是有问题的问题。其实，这些都是事关生命真相、宗教真意、文化现实的好问题。

别人避讳，我不避讳。讲给你听，希望了解生命真相。不用怕什么，学佛要心无畏惧，相信佛菩萨会护佑我们。

学佛要破除迷信、恐惧和执着。《游子吟》的故事里，那个亡灵就很执着，死了，还执着于没有棺材，没有换一身好衣服，要走了，还要喝家里的一碗水。这种执着，就很难让灵魂解脱、安乐。如果放下这些执念，很容易解脱。如果人活着的时候能放下各种执念，活着就很安乐、逍遥、自在、快乐。

这才是我给你讲故事的真意。

# 伟大的智慧

读戴维·布朗所著《圣经箴言大全》一书，颇为感动，其中一则小故事与你分享，足见耶稣圣人的伟大智慧。在《路加福音·第十章》里说：

有一个律法师前来试探耶稣的学问，问道："夫子，我该做什么才可以得到永生？"

耶稣对他说："律法上写的是什么？你是怎样理解的呢？"

他回答说："你要尽心、尽性、尽力、尽意爱主——你的神；又要爱邻舍如同自己。"

耶稣说："你回答的是。你这样行，必得永生。"

那人要显明自己有理，就对耶稣说："谁是我的邻舍呢？"

耶稣回答说："有一个人从耶路撒冷到耶利哥去，落在强盗手中。他们剥去他的衣裳，把他打个半死，就丢下他走了。

"刚好有一个祭司从这条路下来，看见他，就从那边绕过去了。

"又有一个利未人来到这地方，看见他，也照样从那边绕过去了。

"唯有一个撒玛利亚人行路来到那里，看见他，就动了慈心，上前用油和酒倒在他的伤处，包扎好了，扶他骑上自己的牲口，带到店里去照顾他。第二天，他拿出两个银币来交给店主说：'你且照顾他，此外所有费用，我回来必还你。'

"你想，这三个人哪一个是落在强盗手中人的邻舍呢？"

他说："是怜悯他的那个。"

耶稣说："你去照样行吧。"

圣人耶稣的伟大智慧于中显露，他的善于比喻，他的摆事实，讲道理，理事并举，他的谆谆善诱，诲人不倦，他的慈悲和方便善巧，那么感人。

圣人善喻，善于讲寓言、讲故事而开显深奥的道理，老子、庄子、孟子、释迦牟尼，无不是比喻大师，善于讲寓言的大师。

如果耶稣只是讲道理，直接告诉他该如何做，那个律师未必信服。但耶稣从一个故事入手，让博学的律师自己得出一个正确的结论，而这个正确的结论就是耶稣要告诉他的，但却是律师自己思辨而亲口说出来的，这样，自然就有说服力，既是耶稣说服了他，教化了他，也是律师自己说服了自己，教化了自己。这就是耶稣圣人教化的伟大智慧。

在中国，在规定场所传播宗教是合法的。有的人以为最终宗教会消失的，人类会不需要宗教而只需要科学，他们认为科学和宗教是对立的。

这样的观点很陈旧了。

宗教也罢，《圣经》也罢，最基本的精神还是劝善，希望人与人要相互友爱、慈善，这是最基本的精神。即便形而上的如上帝、神明、天堂、地狱是否存在，先可以不谈，仅仅就宗教所提倡的善道——仁爱、慈悲、友善而言，也是普世价值，对整个人类是有益的，对社会的安定是有益的，对人心的建设与健康是有益的，对道德的建立和世风的净化、普世价值的维护是有益的。宗教之所以被全人类普遍接受，信仰，也是因为宗教里面有人类需要维护的普世价值。像《哥林多前书》里基督提倡的爱：

爱是忍耐、仁慈。有爱就不嫉妒，不自夸，不骄傲，不鲁莽，不自私，不动怒。有爱就不会记仇，就不会做不义之事，而做正义之事。爱就是忍受一切，相信一切，希望一切，包容一切。

爱是永恒。

信心、希望和爱，这三样是永恒的，其中最伟大的是爱。

这就是宗教里千秋万代传颂不已的普世价值、核心价值。每一种宗教、每一个社会，都会有自己的核心价值观，每一个政党也如此。

现代社会的普世价值观，本质上都来自宗教。包括我们讲的公平、正义、平等、博爱、自由等，都来自宗教信念。

乘年轻的时候读些宗教书籍为好。信不信宗教，无妨，但要阅读，这里面有伟大的智慧与普世价值观。当你真正受益了，懂了，信与不信，就都不是问题。

# 大乘道的精神在升华人生

很多人对佛教认识不足，以为佛教消极，只想着来生，把人生、现实看的过于虚幻、不实，因此是消极的。

这是对佛教的误解，更是对大乘佛教的误解。

大乘佛教恰恰是积极向上的，主张在人世间解脱。大乘佛教不否定现实人生，而是要人们不迷于现实人生。所以六祖慧能大师说：

佛法在世间，不离世间觉。
离世求菩提，恰如觅兔角。

佛法的真髓在人的觉悟，觉悟就和对人生、世界的认知有关。迷与悟，都是认识层面的事情，对人生和世界真相的彻底认识就是悟，不能正确认识人生与世界就是迷。

《法华经》上说：“一切世间法，皆是佛法。”“一切治生产业，皆与实相不相违背。”

《杂阿含经》云：“谓善男子种种工巧处以自营生，谓种田、商贾，或以王事，或以书疏算画，于彼工巧业处，精勤修行，是名方便具足。”

真理就在我们的一切现实生活中，很多人能在生活中触缘开悟，不是偶然的，那一瞬间，心与真理（实相）相合了。

每每想到我们还能一边生活，一边修行，一边悟道，真的开心。

## 无我的真意

有人说："我将无我。"

真不知这个"将"是多长时间，是即刻、当下如顿悟一般的"无我"，还是遥遥无期、难以确定时间的"无我"？也不知道他的"无我"之内涵是什么？

无我是佛教修行的重要阶梯。证不到无我，就达不到无执。人的所有执着缘于对"我"而有，不能无执，就不能解脱。

世人的心态强化"我"，我的家，我的钱，我的工作，我的爱人，我的孩子，我的朋友，我的……，无数个"我"构成每一个人的人生。

圣人们总说"无我"才是生命的真相，那个"我"是假的，是个名相。少年之我和青年之我并不同，血肉已经在新陈代谢中换了很多次了，哪个是"我"？虽然无我，也需要一个假设的"我"来应世。少年陈全林和中年陈全林，是一也是异，但一直叫陈全林，是社会和个人需要这个名号，以区别，以称呼，以确定，以针对。

按照佛教密宗的说法，一个人证不到"无我"，就证不到法身即见不到生命的真相。在具体的功夫上，证不到无我，则打不通中脉。中脉与法身悟证有关。

生活里有那么多修行人自称证到了"无我"，可他们的身心并无特别的变化，可见中脉没有打通。所谓的"无我"，靠不住。到处说自己已经"无我"，这恰恰是有"我"。

每天检点我们的念头，就知道要证得无我，何其艰难。我们的每一个念头都围绕着“我”这个中心而建立。

我每天看着自己的念头，看到那个“我”是如何思维的，很多时候，正因为我看清了那个时时刻刻出现的“我”，就知道自己还是一个凡夫，十足的凡夫，这使自己很清醒，不迷惘，不骄傲，不自大，也不虚伪，而能踏踏实实地去修行，净化自我。

那个我，只要看破其虚妄而不迷糊，让他去担当，去成就，这“我”就变成“大我”了。大我无我，是无我之我，妙用之我，也是慈悲之我，智慧之我。

你要是学会了看住那个小小的我，看明那个小小的我，就已经走在无我的大路上了。真正无我了，遍天地无不是我，称作真我、大我、法身、佛性，只是个方便的名相而已。

## 心画

最近画画，感觉得心应手，其实我好久没画画了。不画画，突然拿起笔，不觉得生涩，反而流利，随心所欲地画，意境很好，我喜欢，朋友们喜欢。

这些画也是心画。

一张白纸上，画什么样的山水，很多时候，在画画前我并不构思，不预想，笔落纸上，随笔生发，任意游走而自成意境，自成章法，反倒有好画出现。

这样画画，不强调技巧，不在意构图，凭潜意识自然构图，凭感觉任意布局。

我去过很多大山，南方的，北方的，秀美的，雄奇的，胸有丘壑，落笔成画。

我写了一首诗，表达感受：

闲来任性写山河，有法无法只这个。

当年但觉笔墨贵，如今且乐身心和。

最后两句说，以前画画，看重笔墨，觉得笔墨才是最珍贵的，现在觉得，画一幅画能表达身心的泰和才是最宝贵的。

心态不一样，对画画的感悟就不一样。

学道，学佛，学《易经》，都是心法。

道由心悟，佛由心成，《易》由心通，画由心裁。

这真应了古人那句话：

但得其本，不愁其末。

修行的境界、哲学的境界，成就了画画的境界。

# 让诗意丰润灵魂

今天，我把跟了我23年的《台湾诗人十二家》出售了，这是已故老诗人流沙河先生的名作。我中学时就读过。二十世纪九十年代在西安打工时于旧书摊淘了此本，还写了题记：

沙翁的评语时有偏颇，然沙翁之文章，的确精妙。我喜台湾诗人之作，在于意象，唯此可通道境、禅意。沙翁行文幽默，足见大家气象。

法宏购于旧书摊并题，丁丑春

丁丑年是1997年，我二十八岁，你一岁，你父亲二十九岁。

曾给你说过，我题写在各种书上的题记，少说有一百篇，可以出本小书了，只是我从未专门整理过。

2019年11月23日，沙翁辞世，本想著文纪念老先生，读到有人写沙翁“文革”中与人的恩怨，想了想，便罢了。

从初中就接触到了沙翁的诗歌，那时候化学老师张先生是同级另一班的班主任，他带学生集体朗诵沙翁名诗《理想》，我在一边静听。

理想是石，敲出星星之火；
理想是火，点燃熄灭的灯；
理想是灯，照亮夜行的路；
理想是路，引你走到黎明。
饥寒的年代里，理想是温饱；
温饱的年代里，理想是文明。

离乱的年代里，理想是安定。

安定的年代里，理想是繁荣。

……

朴实的诗句，讲的是朴实的道理，具有普世的意义。我经历过饥寒，估计你父亲也经历过，长期吃不饱，穿不暖，冬天手脚经常被冻坏，我的左手无名指上至今有小时候冻伤留下的痕迹。“饥寒的年代里，理想是温饱”，这是那一代人的心里话。如今，中国人的温饱问题解决了，文明呢？邓小平反省自己的失误是没有“两手抓”，一手抓经济，一手抓文明。结果中国的经济飞速发展了，国民的道德普遍滑坡了。“温饱的年代里，理想是文明。”可惜，中国人至今对这么简单的道理都未重视，一味地追求经济的飞速发展，看不到民族精神衰弱之后的危害；一味地追求科技的发展，看不到人文社科不能发展所带来的信仰缺失的危机。

我上高中时已经读了《流沙河诗选》,《悬壶诗说》是流沙河的一本诗论集，我记得是这个书名。还有这本《台湾诗人十二家》。

流沙河辞世后，我重读此书，还是坚持23年前的观点，流沙河评论台湾诗人诗作的一些观点很偏颇。流沙河本人的诗歌缺少现代气息，对欧美现代诗歌的借鉴少，写作方法显得陈旧老套，而他所议论的台湾诗人，现代气息与欧美诗境很浓。这可能是当时大陆诗人与台湾诗人的差别。当我们大搞“文化大革命”的时候，台湾人正在积极与世界沟通，学习西方文化。

从十四岁开始读现代诗（新诗）以来，至今有37年了，我一直坚持读新诗，从十四五岁开始写新诗以来，至今还在坚持。

诗歌，能丰润灵魂。这是我三十多年读诗的结论。夜深人静的时候，我常会捧一本诗集默默阅读，会被美好的意象、比喻、文字打动，会被其中的智慧、妙语、哲理折服，会为那些伟大的带有宗教意蕴的诗歌赞叹。古波斯宗教圣人鲁米的诗歌我很喜欢，最近还花了数百元购了六卷本的鲁米巨著《玛斯纳维全集》。

读诗有疗愈的妙用。我年轻的时候因为失恋而难过，陪我度过艰难时刻的，是诗集，读着那些诗，天空晴朗了，心灵明净了。

我一位朋友讲过他一位大学女同学的故事，因为失恋，便去读诗，因为读诗，走进了中国古诗的世界，整整一个暑假，她背熟了上百首古体诗，不仅让她文采大增，心情变好，还使她爱上了古体诗，在考研时选择了古典文学。此女也写新诗，诗里的古典气息很浓，词语古雅，在青年诗人中独树一帜。

人类从原始时代，没有文字之前，已经与诗结缘了，他们面对星空，祈祷神灵，抒发情感，祭祀先祖，思考生死的时候，诗歌已经在心里诞生了。

这样的诗心直至永恒，尽未来际，与生命并存。

闲的时候读读诗歌吧，诗是灵魂的甘露。

## 我的治学、修证法诀

开了网上书店，经常出售藏书，有读过的，有没读过的，有闲置图书，有跟了我二三十年有情感的书。

今天在一本1996年就读过的医学望诊书上，发现了我写的一首短诗，也可以称之为诗诀、偈子，是我二三十年来修道治学的心传：

丰识神，用元神。

致虚极，守静笃。

事里参，玄中悟。

远名利，功不居。

但无为，神自主。

丰识神，后天知识库要非常丰富。我已读万卷书，行万里路。这不是夸海口，而是真实的。我大脑里至少装着一部道教辞典、一部佛教辞典。虽然不是严格意义上的，但至少说，我对佛道基本术语、常识是谙熟的。识神，指后天的思维、知识世界。

用元神，在后天知识非常丰富的基础上用灵性思维。你父亲很欣赏的我的一本著作《道德经真义》，是我在辟谷状态半月内完成的，每天至少写三万字，还是手写。那是灵性思维的作用。我很多著作是这样完成的。元神是人的灵性。

致虚极，守静笃，写作时，要达到非常专笃的境界，心无旁骛，灵性思维容易激发出来。

事里参，玄中悟，在普通的事情里参悟玄妙的道理，在玄妙中领悟大道之理。任何普通的、玄奇的事情里都有道。

远名利，功不居。远离名利的干扰，即便自己有功夫、功德、功劳，也不居功。因为，每个人的“功”里面都有前辈的心血、圣真的功德、上天的恩赐、众生的付出。

但无为，神自主。要无为，尽量减少有为的干扰，人的元神灵性就能自主而把握修行与做事的宏观火候。

我一般只讲前六句。

这口诀，真懂了，会很受用。

# 不轻初学

《圆觉经》中说“不轻初学”。不轻初学是好品德，如同达摩大师在《四行论》里讲的不轻视没有开悟的人。

人总是会有骄傲的心，以一己之所长而轻视不如自己的人。我有时候也轻视初学，当初学不断地向我提问时我也会烦；别人问的问题比较幼稚时也会轻视初学。

我能即刻觉察到自己的一丝傲慢。

轻视初学，在佛教看来就跟轻视佛陀一样。“心、佛、众生，三无差别。”轻视初学，轻视没有开悟者，原则上讲，是轻视“未来佛”，因为每一个人最终都会成佛，每个人自性是佛，只是人们难以体认罢了。

这才是佛教的平等心。

很多不学佛或不了解佛法的人，看了此等说法会觉得可笑。其实，这才是佛教的真精神，教育我们不轻视任何人，培养恭敬心，培养平等心，是究竟的平等与恭敬。你心里把任何人都当成佛一样恭敬，这恭敬是很彻底的。

唐代佛教有一派的修行者，见人就恭敬礼拜如拜佛，修恭敬心，拿瑜伽来讲，是“虔信瑜伽”。这样的信念和行为坚持到极致，信得虔诚，拜得虔诚，这样的人一定能修行成就。

我还做不到，但能经常提醒自己不要轻视初学。

# 做成须笔写江山

上次你父亲来，看到我长长的胡须，说真有仙风道骨。

2019年9月9日蓄须明志，我当时从昆仑山上下来。昆仑山在新疆，也是中华文化史上的神山，在先秦时代已经名声远扬，昆仑山有西王母。屈原的《楚辞》里多次写到了昆仑山，“登昆仑兮食玉英，与天地兮同寿，与日月兮齐光。”颇有仙气。道教神话中昆仑山的神圣可以从仙道小说《封神演义》里看得到，那些大神仙们都来自昆仑山。

今天你父亲也来坐坐，我们边喝酒，边聊中华道文化。

道门讲究留须，能增人风采、仙气。我留须，倒不是想增风采仙气，咱本凡人，不作此想。我有个愿望，愿望达成后就剃须。

胡须和头发一样会脱落。有一天，我对妻说：“这胡须是主动掉的。”妻大笑，说：“嫁给文人真好，胡子脱落了，还说主动掉的。难道还有被动掉的？”我说：“有啊，你揪我胡子玩时掉的就是被动掉的。”

我还说：“我这么厚的脸皮上都待不住了，主动掉下来，看来，它们多么不想要我这张老脸。”

转念一想，可以把脱落的胡须收集起来，积少成多，用来做毛笔，名曰“须笔”，北京的琉璃厂有专门做笔的铺子，我的胡须硬，能做成上好的笔。

缘此，我开始收集自己脱落的胡须，装进一个小盒，还赋诗一首：

做成须笔写江山，自娱自乐自开颜。

我法自成随心画，能写罗汉能写仙。

过去，画完画，署名时题“某某写”。现在多用“某某作”。写即是作，写，有书法书写的意味，更能表达笔墨精神，而作，着意于构图。

我画的罗汉比画的仙人多，画的山水比画的罗汉多。大多山水画上我都要画一个红衣僧，象征出世精神，如弘一法师所言：“以出世的精神，做入世的事业。”

# 德字与德论

今天在朋友圈看到一篇文章，考证“德”字，心上有一横的“德”与无一横的“德”，书法作品里多写“德”，现代印刷体多写“德”。“心上一横”究竟是什么时候有的？专家从甲骨文、金文、篆书、隶书、魏碑、唐楷一路考证下来，发现唐以前的德字都写“德”，没有一横。

到了清代，《康熙字典》规定成“德”，多了这一横。

专家的考证印证了网络俗话：“有图有真相。”文章展示了从古到今的“德”字的写法流变。

我想讲一个故事，与这次专家的考证有关。

我家乡有两位书法家，都是中国书法家协会早期的会员，字写得真好，甘肃人把书法家称之为“写家”，大书法家即“大写家”。

一位大写家是王先生，一位大写家是武先生。

大概是二十世纪八十年代末，武写家的名气比王写家大，因此收费高。

有一次，王写家写了个“德”，少了一横。

武写家在一旁看，说：“德字少了一横。”

王写家说：“有一横，是德；无一横，也是德。”

武写家有点尴尬。

这佳话流传开了。1999年，我在西安打工的时候，我一位乡下的老师来西安，住我那里，看我每天习字，讲了这则故事。

当时王写家的字好求，给钱也行，不给也行，多也好，少也好，他不在意。武写家的润格是定下来的，少了就不行。王写家说“有一横是德，无一横也是德”，大概是说，给钱写是德，不给钱写也是德。

这故事估计是好事者编的。武写家是个学者，不可能不知道“德”的写法由来久矣，王写家写“德”，他绝不会那样说。艺术家创作了作品，收费是非常合理的。

我上高中的时候，有一次去爬甘谷一中后的“三月八山”，正好遇见了武写家，我们还聊了一会儿。武写家与王写家，曾经与我二哥都有交往，从书法艺术而言，武写家的境界更高，他的隶书与魏碑体，写得极其有味。王写家，自成面目，我家乡曾有马先生专门临写他的字，称之为“王体”，写得有八九分像。武写家、王写家，都是甘谷文化界的骄傲。

不过这故事中的“有一横是德，无一横也是德”，颇具智慧，颇有禅机。

# 阿家即是新妇婆

读《禅宗词典》，看到有“阿家”词条，很惊讶，因为，我家乡也把婆婆叫“阿家”。比如，澄源是我老婆，我母亲就是澄源的“阿家”。只是，辞书里把“家”注音为gu，但我家乡的发音还是“家庭”的家。《法演语录》卷上，“僧问首山：‘如何是佛？’首山云：‘新妇骑驴阿家牵。’大众，莫问新妇阿家，免烦路上波咤。”新妇与阿家，自然这里的“阿家”跟甘肃方言里作为新妇婆婆的“阿家”是一回事。不过，我觉得我家乡的读音是对的，流传下来的，至今活在百姓口语中。公公也叫“阿公”。

我读古书，经常能从古书里读到我们家乡方言里还用的词语，便有一份欣喜，像考古大发现一样。

作一首有禅意的诗：

阿家即是新妇婆，师姑原是女人做。

千古禅语混日用，古人说罢我又说。

第二句是禅宗典故，《五灯会元》记载：

五台山智通禅师，初在归宗会下，忽一夜连叫曰：“我大悟也！”众骇之。明日上堂，众集，宗曰：“昨大悟底僧出来！”师出曰：“某甲。”宗曰：“汝见甚么道理，便言大悟？试说看。”师曰：“师姑原是女人做。”宗异之。师便辞去。宗门送，与提笠子，师接得笠子戴头上便行，更不回顾。后居五台山法华寺。临终有偈曰：

举手攀南斗，回身倚北辰。

出头天外看，谁是我般人？

这真是大悟之人。

据说，民国大儒熊十力小时候对父亲说了句“举手攀南斗，回身倚北辰。举头天外望，无我这般人”，令他父亲很吃惊，而今人也把这诗看作熊十力“狂儒”之狂态，其实只是化用了智通禅师的偈子而已，只是我们不知道熊十力对他父亲吟出这首诗之前有没有读过智通禅师的偈子，如果从未读过而突然口吐此偈，正是熊十力的慧根使然，他后来学佛也不是偶然的。

这句“阿家即是新妇婆”与“师姑原是女人做”异曲同工，都有禅意。

# 吃杏（一）

庚子年第一次吃杏。

前几天看到大街上有卖杏子的推车，心想，怎么五月中旬就有杏子了？家乡的杏子一般到农历六月才成熟，阳历，大概是六月底到七月初，有“麦黄烂杏子”之说。一是说麦子黄时杏子就熟了，很容易烂了，熟烂，形容杏子熟透了。二是人们忙着割麦，顾不上摘杏子，杏子自己脱落，烂了。

想想，山东，河南，在五月底、六月初收割小麦，比甘肃早一月，海拔差距使然。

罢了，能吃到杏子是愉快的事情。

妻知道我喜欢吃杏子，每年都给我买很多杏子吃，吃到街市上没有杏子为止。去年，子心给我带来了很多她家的杏子，她家的院子里有棵杏树，产一种小杏，肤色淡黄，味道甘香。如今子心远赴异国，而那棵杏树不再属于她，那棵树上的杏子一定吃不上了。

今天澄源买的是大杏子，深黄色，每一个杏子有鸡蛋大。有的杏子发酸，让人流口水，很多孕妇喜欢吃，民间有“酸儿辣女”之说。有的杏子有甜味，还很香，那香气，有新产小麦的“麦香味”。

杏子熟了，酸味就淡了，转了，转成香味了。杏子很容易坏，有时候，晚间还好，第二天早上一看，已坏了。

摘杏子要趁半黄时，摘下来放一两天，自然黄了，很好吃。要是全黄了，软得摘不了，摘了放不住。

小时候我是村里的调皮孩子。父亲说我“三天不打，上房揭瓦”，父亲的教育自然是打，这是他的“不二法门”。邻家有棵老杏树，我没少偷人家杏子吃，在墙外用土块打，爬上墙去摘。总之，没征得人家同意。

堂妹家有老杏树，我没少吃她家的杏子。也是偷，没少惹堂妹的父亲到我父亲那里告状，自然有一顿好打。

如今，父亲辞世二十一年了，告状的堂叔辞世三年了，邻家的三爷三婆都辞世很多年了。

故乡的人渐渐都陌生了。今天侄儿喜红还跟我说家乡有一位姓马的小伙子是我的“粉丝”，在网上看我文章六年了。我全然不知道这位小伙子是谁。侄儿告诉我小马父亲的名字，我就知道是谁了。我都五十岁了，小马的父亲少说有六十岁，我们曾是邻居。

离开家乡二十六年，三十岁上下的家乡的人，除了本家的侄辈我都不认识，也不知道他们的姓名。某些侄辈多少有印象，缘于我回老家时他们有的会过来看看。

家乡的那些我吃过杏子的老杏树，早化为烟尘了。

无常的真相就是这样的。

想来淡然，不悲怆，不伤感，也不因为觉悟无常、心不挂碍而欣慰。

# 吃杏（二）

妻又买来一斤新疆产的小杏，洗干净后，两人很快吃完了，唇齿留香。

北方杏树多，“牧童遥指杏花村”，写的是北方；“杏花春雨江南”，齐白石的老家叫“杏花坞”，他作画后，偶尔也会署“杏花坞老民”，表达客居北方的乡情。家门内外有杏树，春天赏花，夏天食果，秋扫落叶，冬赏老干。

小时候，东边邻居家有棵老杏树，靠墙生长，半个树冠探出墙外，墙外是一条三四米宽的巷子，便是我老家的“大石镇南巷”了。我家是南巷一号，在于正门在南巷的，我家是第一家。东边邻居家后门在南巷，邻家有个大园子；再过一家，是一位发小家，她家也有个大园子，后门开在南巷；再过一家，便是堂妹家了，也有个大园子，后门也开在南巷。

每年的春三月，邻家的杏花开了，探出墙外的枝干，芬芳洒满道路，半墙粉红的杏花惹得蜜蜂飞舞。邻家三爷自养土蜂，还会念咒，风雨之前，我听过他念念有词地呼唤群蜂早早回家。

“蜂王，回来。”那声音苍老而低沉，像在招魂。

那半墙的杏花，已成永远的记忆。

六月是吃杏子的好时节。杏仁有甜有苦，甜杏仁直接用铁锤或小石块砸开，扒皮就吃。要是苦杏仁，砸出来后晒干，有时候会卖给药房，有时候母亲把干杏仁炒得焦黄，用擀面杖碾碎，捣碎，装进玻璃瓶里，烧麦面汤时加进去，当佐料用，蒸花卷也会撒一点。

苦杏仁入肺经，清热去火，润肺通肠，平咳去喘。夏天，地里干活的农夫能喝上一口加了苦杏仁的清清的麦面汤，既解渴，又增力，是件美事。母亲心细，要我们吃杏子，把杏核留着。走在街上看到被人抛弃的杏核也会捡起来。

小时候，乡村的孩子没什么可玩的，多玩“弹杏核”游戏，估计你父亲当年也玩过。几乎每个同学的口袋里都会装着三五个杏核，都玩出包浆了。

母亲的苦杏仁麦面汤永远喝不上了。母亲去的那个世界不知道有没有杏树，要是有杏树，母亲会不会还做杏仁汤？

母亲要是轮回再来，会投生为男孩还是女孩？是否还会喜欢吃杏子，做杏仁汤？

在西北，很多人已经不知道杏仁麦面汤怎么做了。

我会做也不做，只想保留那份对母亲的回忆，那是独特的母亲的味道。

# 一张照片引生的奇祸

这是一件四十六年前的往事，我已五岁，记事了。故事中的主人，我童年、青年时活着，只是，故事发生的时候我尚小。

家乡有个丁老汉，在二十世纪“文革”中被打成了“现行反革命”，险些被枪毙。他一个种地的农民怎么能成为一个“反革命”呢？

我小的时候就知道他是“反革命、坏分子”，有点疯癫，据说当年被批判时，太害怕，疯癫了。

我七八岁的时候，“文革”刚结束，他成天披着一件破棉袄，腰里束一根麻绳，头发凌乱，风一吹，白发就飘起来。我叫他“丁家爷”。这是我们那里的称呼，“丁家”，表示他姓丁，是丁家的人；爷，表示他的辈分高，是祖父一级的。晚一辈，就是“丁家爸”，同辈比我大的就叫“丁家哥”。比我小，直呼其名。

丁家爷为何被打成了反革命？据说，他家的墙缝里有张报纸，报纸里包着一张蒋介石的照片。

一个农村人哪里来的蒋介石的照片？他虽然有二十一年是在蒋介石的统治下度过的，但他一生与蒋介石这样的大人物毫无交集。

照片何来？

他说捡的，不忍心扔了、烧了。

从哪儿捡的？地里。

地里怎么会有蒋介石的照片？

不知道，说不清。

说不清？

捡了照片为何不上交？不上报？不扔进茅坑？怎么私藏了？

私藏有罪。

于是，他有罪了。

记得我没上小学时当地流传一个真故事，老师在课堂上故意问：“什么石头又硬又臭？”

一个学生说：“茅坑里的石头又硬又臭。”

老师不满意。

另一个机灵的学生说：“蒋介石又硬又臭。”

于是，这个学生因为政治觉悟好而当了班长。

我一直在想，丁家爷家里蒋介石的照片从哪里来？

直到我五十一岁的时候，读了河南文艺出版社出版的《被历史忽略的历史》一书，恍然大悟。其中李松林著《蒋介石的最后岁月》提到：1974年，台湾当局用气球给大陆投放了蒋介石的照片1.8亿张。

原来，丁家爷捡到的或许是这1.8亿分之一。

当年台湾当局投放蒋介石的照片，一是为他祝寿，二是宣传“反攻大陆”。

反攻大陆终成梦幻泡影，而那个因为私藏蒋介石照片的“反革命”死了数十年了。

夹在大时代里的小人物的命运，很多时候，非常悲惨。

历史记住了大人物大时代，却忽视了无数被大时代伤害的小人物。这是历史的真相。

# 见世面

我们说某某人见过世面，见过大世面，便是他（她）去了大地方，开了大眼界。刘姥姥到大观园里看看贵族的生活是见世面。“见世面”三字也出现在《红楼梦》里。

我没去西安前就没见过世面。在农村，那时候电视机都稀有，别说方便的信息工具了，只能想象城市。

从1994年到2000年，我虽然在“大城市”西安打工、生活，但没见过什么世面。虽然在大城市里打工，但在社会的底层，繁华、高档、商业、文化、娱乐与你无关，你看到的只是打工的群体。我在西安六年都不知道怎样用电梯。

都市底层的外乡人，虽然在大城市生活，没见过世面。

来到了北京，逐渐地见了一些世面，包括参加人民大会堂的国宴。

见了世面与不见世面不一样，但我内在的信仰并没有因此有增减。只是人开了眼界，会更成熟，会减少某些遇事遇人时的紧张与焦虑，狭隘与局限。

我常对朋友们说，孩子在大学毕业后，只要经济能力够，最好送到欧美留学，学习文化、科技之外，至少能见世面。

想想当年鲁迅留学日本，胡适留学美国，陈寅恪留学德国，徐志摩留学英国，徐悲鸿留学法国，瞿秋白留学苏联，见了多大的世面啊。他们一生的伟大成就，与他们的学问、理想、人格有关，也与他们所见的世面有关。鲁迅在日本读了很多当时中国见不到的世界名著，还因有感于所见（见《呐喊自序》)，乃弃医从文，终成思想家与文学家。

能见世面，能成大业，能不局限，能不骄傲，这是最好的。

# 所谓的太极大师们

最近两年，也即2019年、2020年，有多位中国传统武术特别是太极拳的大师挑战拳击高手，结果全被拳击高手打趴下了。2020年5月18日，一位国内外著名的太极大师马先生和一位业余拳击爱好者王先生打擂，仅三十秒，马大师被打倒了三次，最后直接昏迷，直挺挺地躺在地上。

今年的2月，我读了这位马大师的自述，感觉写得很不错，很诚恳，实际上马大师的功夫和他书里写的不是一回事。

虽然说“不以输赢论英雄”。但，输了就是输了。

马大师输了，输的不光是脸面和事业，还带上了中国武术的颜面，尽管，中国武术本来与他关系不大，但因为他经常代表着中国武术参加国际活动，俨然就代表着中国传统武术的颜面。

各行各业里有很多所谓的大师，如国学大师，佛学大师，道学大师，书法大师，国画大师，武术大师，风水大师……

这个时代，大师“满天飞”，也是形容大师们业务很忙。

很多这大师那大师，本来不是大师，要出场出名，就需要包装，起初，他们是主动或被动地被包装成大师，久而久之，被人叫大师叫惯了，也就觉得自己是大师了。时间长一点，忘记了自己的本来面目，觉得自己是大师了，已经不需要伪装，能自然而然地体现大师之风。再久一点，慢慢地，他们已经“养”出大师的脾气、性格了，感觉完全是大师了。

本来不是大师，因为装大师装得忘本，把自己真的当成大师了。于是，以为大师出手，一定不凡。可是，一经出手，是不是大师，立马暴露无遗。

是不是大师，嘴上说了不算，故事讲了不算，弟子捧了不算，拳头说了才算。三十秒让一个名满国内外的大师倒下三次，足以说明这位大师在实战方面毫无功夫，毫无还手之力。

浮躁的社会里大师很多。

真的大师，需要时代的积淀，自我的沉淀，众生的玉成，社会的需成，哪会是媒体宣传与自我包装而产生的呢?

我在江湖“闯荡”快三十年了，所见所闻，知道这个时代，真正的大师罕见。真正的大师大都谦虚。即便有些大师不谦虚，那一定是他有过人之处，他的确是大师，是他自肯而已，在别人看来是不谦虚。

书法家高二适生前自视甚高，把自己看作“草圣”，他的印章也有“证圣”二字。当有弟子向他说世人把林散之尊为“草圣”时，高先生便问:“那我呢？”

高先生辞世后，人们自然把他看作当代“草圣”。

这是真正的大师，他内心把自己看成大师，不虚伪地说“我不行”。博古通今、鉴古知今的他知道自己真正的价值与地位，他把自己放到古今书法艺术史上观看过，知道自己的地位，他不需要后人给他评价与定位，他能给自己恰当的评价与定位。

这是真大师。

# 人生的因缘与发心

前几天，一位有26年未见过面的朋友李先生来访，相谈甚欢。

26年前，我和李先生、侯先生在终南山一起工作、修行。他们的功夫都很好。李先生、侯先生是教练，教很多人修炼武术、气功，李先生眉间有颗黑痣，相貌很像罗汉。侯先生有特异功能，有“天眼通”。

我是文字工作者，写作与研究是基本工作，闲暇时就到山里寻访隐修之人，我和我的佛门皈依老师智光禅师就是这样遇见的，他当时住翠华山黄龙洞修行，生活艰苦，因山洞潮湿，身体生病。他在尝试台湾段木干先生提倡的“断食疗法”，而我懂得道家的“辟谷疗法”，我们就辟谷与断食的异同做过探讨。我也曾住在黄龙洞辟谷，后来皈依他，他给我取名“宗法”。

禅师圆寂三年多了。

李先生如今在社会上讲授武术、中医，也给人治病。这是他一直所好，成就了他的事业。

我呢，一直发心做传统文化事业，一直在做文字工作，研究经典、写作，便是我的事业与生活。

我问及侯先生，他当年是功夫极高的帅小伙。

那时候，我长李先生一岁，李先生长侯先生一岁，三人中我是“大哥”。他们偶尔这样称呼我。当时还有一位从日本留学回来的陈小姐，比侯先生小，她叫我“大哥”是最多的。那时候她会电脑打字，说可以将我用文言写的书稿全部打出来，再装订好，就是一本书了。

大家多年未联系过，直到李先生来访，我才见到了过去的朋友。问及他是否和侯先生、陈小姐有联系，他说都没有，也不知道他们的情况。

与我联系，还是因为他一位弟子读了我的文章给他介绍，他才知道我们在同一个城市里生活了十年而彼此不知。我2000年来京，他2010年来京。如今，他已在北京生活十年了。

他听人说起过侯先生，修行方向变了，误入了1999年中国政府批判的那个邪教之门。后来的情况，不得而知。

那位当年功夫很好的，有“天眼通”的兄弟何以入了邪教之门?这也许与他当年的发心有关。他那时候特别喜欢神通，他的口头禅是:“我不相信任何人，我只相信我的功能。”这个“功能”两字有特殊意义，是那个时代“特异功能”的简称，用古代的术语讲就是“神通”。他的确有一些神通，我也见证过很多次。有一年，某地某教授（隐去真实姓名等）带着腿部患有纤维瘤的女儿来治病，他一看便说这病与孩子爷爷的罪业有关，他治不了，是因果病。他还说，这孩子出生时腿部就应该出问题，结果救治好了。七八岁，本来应该被车撞坏一条腿，就不会生肿瘤了，结果她被车撞了没事，只好变成肿瘤了。只怕孩子的腿保不住。这一说，教授就哭。这才说，孩子的爷爷在“伪满”时代做了很多坏事。孩子出生时腿就脱臼了，好不容易调理好。后来也被小吉普撞飞过，可没事。后来就有了纤维瘤。

这些他从未告诉他人，自然没有告诉过侯先生，患者和侯先生第一次见面，侯先生用神通“超时空”追溯或“检查”到了病因。这样的神通，的确高明而神奇。

我只好教他们父女修“悔过迁善”法。后来的事情如何，不得而知。

我们那时候走在西安的大街上，侯先生会说，眼前走的某某人前世是猪，某某人是狗，某某人是人。据他说是以天眼通看到了这些人的“前世信息”。他还说我前世是个和尚。

他很迷信自己的神通功夫，我不迷信这些，还劝他不要因此而太自负。但他的功夫真的很好，在过去、现在也是翘楚。我曾经在文章里也写过一些他的故事。只是，误入邪教之门，是我所未想到的。

现在想来，那时候那个门派自称“神通大法”，估计是这四个字吸引了他，他一直渴望修成更高更全的神通，自然需要各种“大法”。

一念之错，终身之误。

当然，这目前仅仅是传闻。那时候被“神通”吸引走的何止他一个，是千千万万的修行者。

那时候，我经常和侯先生、陈小姐去终南山各个寺庙寻访，有时候会在山里迷路而走上六七小时才能走出来，南五台、兴教寺……，去了很多地方。我说起这些往事，李先生说，他那时候不爱逛，没跟我们去。

祝愿陈小姐一生幸福，当时，她嫁了一个跟她一起在日本留学的台湾人。

祝侯先生觉悟正道，得大成就，他是很有根器的人，一定会得遇明师，圆满所愿。

作为大哥，只能如此遥祝了。

祝愿陈小姐一生安好，但愿侯先生并未误入邪教之门，一直在正道中修行，已经获得了很高的成就。

祝愿李先生也会获得他理想的成就。

也祝愿一下自己，做好演道传德之事，做一个平凡的人，在宁静寂寞中完满心愿。

我不喜欢热闹，所以祝愿自己享受“宁静寂寞”。

# 不要死于无知

这个话题很沉重，不少人死于无知，对健康知识的无知，对疾病知识的无知，我们的社会教育很少给民众系统地传播健康与疾病方面的知识。

我一位朋友患了多年糖尿病，自己不知道，经常喝可乐，吃甜食，喝果汁，突然，身体出现了很多严重的疾病，一检查，才知道是糖尿病并发症，患病多年而自己毫不知情，在于对疾病知识的无知。本来十年前他的脚上经常起水泡，他以为是脚气，其实是糖尿病的并发症初期。他经常耳孔发痒，他也没当回事，他眼睛视力下降，经常有血丝，还有视物不清，有“飞蚊症”，医生告诉他，这都是糖尿病的并发症。他很感慨，自己险些死于无知。

我一位朋友曾经是修行界的大师，功夫极好，她把人体真气、能量集中到掌心，能将一条小活鱼“烤”熟。可她晚年患了糖尿病，引生了并发症，非常痛苦。跟我最后一次联系时说自己双目快失明了，而双腿因为并发症医生建议截肢，她不想截肢。

多年前，我一位朋友的母亲因为糖尿病并发症，视网膜脱落，来北京住院治疗。

他们对这样的疾病都没有预防过，因为没有人告诉他们该如何预防常见病，没有人告诉他们常见病有哪些征兆。他们也不主动阅读医疗、保健、养生方面的书籍。可能全中国人都缺乏医疗、保健、养生方面的基本常识，卫生知识并不普及，于是，很多人死于无知。

多年前，我一位朋友感觉吃饭难以下咽，有时候腹痛。他也没在意。他修道，迷信占卜，他的朋友中三教九流的很多，也认识很多大师，他是公安系统某个重要职能岗位上的人物，很多人主动和他交好。他患病后也想过去医院看看，但他的第一念不是上医院，而是找他一个会占卜的朋友占卜，那个占卜师占卜后说："哥，没大病，身体上绝对没问题。放心。"朋友迷信了占卜，没有及时去医院，这样拖了半年，胃部突然疼得受不住了才去看医生，一检查，肝癌晚期，癌细胞还转移到了肺、胃、肾、大肠、骨，已经没救了。可是他还抱有侥幸活下去的希望。

我因为和他有些误会，多年不往来了，他知道自己患癌后主动联系我。我倒是主动、私下为他占卜了一下，发现命数已尽，我见了他，当即说："你死定了，像个修行人的样子，老实念佛，往生净土。这是最好的归宿。"他说家里人正在放生，拿出了几十万元在海边放生，希望借此延寿。我说这不起作用，因为命数尽了。那时候我还不知道他的癌细胞转移、扩散到了那种地步。

我们多年未见，毕竟曾经是好友，我直言不讳地告诉他结论。他这才告诉我他曾经找某君占卜的事情，还感叹说"某某误我"，可本质上耽误他的是他自己。

后来，他又听信一些民间神巫人员的迷信说辞，要给他"作法延命"，不仅无知，还迷信。

有一次我和一位朋友去医院看望他，出门后我对朋友说："他六天之内就会辞世。"我说完话的第三天他辞世了。

这位朋友虽然读了很多宗教书，本质上还是死于无知。迷信也是无知的一种表现。

我虽然修道，也懂得一些命理和数术，但我尊重科学，尊重现代医学，一旦有人向我问及疾病，我都会劝他们去看医生。即便某些方面我占卜了，要他们仅仅作参考，还是要去看医生，要相信科学，相信医生的基础上，再参考命理，做些决断。

我们活着的每一个青年、成年人都应该主动学习一些常用的养生、保健、医药常识，这样，就有可能会避免死于无知。

# 临帖

如何临帖，是很多学书法的人要面临的问题。临帖的方法很多，各有各的理论和方法，也难以得出一个准确、统一的结论。

我在西安打工的时候经常临帖。周末看工厂的大门，关了大门，在门房读书、写作、临帖。二哥、三哥、我、五弟都喜欢写隶书，都从隶书入门写字。

1997年的某个周日，我在门房值班，来了一个人谈业务，那天厂长加班，他应邀而来，见我写字，站在我身边看了一会儿，说：

“写字，最好从隶书入手，隶书容易写，隶书也在楷书之前，写好了隶书，再写楷书就容易了。写完隶书，应该写唐楷，唐楷规范、规律、端严，把唐楷写好后再写魏碑，魏碑也是楷书，但结体雄奇，可以破去唐楷过于严谨的法度，会使字的变化更多。写好了隶书、唐楷、魏碑，再上溯到金文、大篆、甲骨文，这样，写的字就有古意了。

写好了楷书，再写行书；写好了行书，再写草书。如果不写楷书，行草就没有真正的章法，字的结体会出问题，功力不够，所写行书、草书不好看，不耐看。

要写章草，章草从隶变而来，所以有隶书笔意。写了章草再写今草、大草，草书就会有更多笔法上的变化与古拙的味道。”

这番理论精妙。可见他是行家，说不定是个书法家。西安是文化古都，藏龙卧虎。这位先生当年也就四十多岁，我二十八岁。

那位先生继续说：“临帖时，最好一个字写四遍，第一遍写了，立马检查，看哪个部位写得不到位，写得不像。立马更正，写第二遍。第二遍，看看哪个地方写得还是不到位，有缺憾找出来。接着写第三遍，看看像不像，有没有问题，问题在哪里。接着写第四遍，就能写得精准。这样，一个字连着写四遍，就一步到位了，这样临帖就省事。一部法帖，这样临写一通，就能写好，然后再一字只写一遍地贯通起来写一两通，整部帖的精髓就掌握了。

“很多人临帖，看一个字，写一个字，一直写下去，反复写多遍，也掌握不到字的特点。一个字连着写四遍，当下掌握了。”

我对这位先生的练字临帖法是很赞同的。我教一位朋友的孩子写字，就这样教，很见成效。

临帖是一项技能，能锻炼观察力、记忆力、临摹能力、心手相应能力、表现力、表达能力、造型能力。如果这样训练之后能眼到、心到、手到，则任何法帖都能临好，第一遍就能临写得形神俱妙。

我没有专门学过画，但我画画，是从书法里来的，一是书画同源，都用毛笔，都讲笔墨，都讲究线条的应用。二是写字本身即涉及了形象，每一个字就是形象，也是图画，你能很精准地临帖，那么，临摹物象——画画，也就容易了，创作也会容易。书法和绘画，都是造型艺术。

# 孔子的三戒与看穿人性的智慧

孔夫子曾说，少年气血不足，戒之在色；中年人血气方刚，戒之在斗；老年人气血已衰，戒之在得。

少年戒色是为健康成长；中年戒斗为少惹麻烦：老年戒得为安度晚年。

老年戒得，也即“老年戒贪”。有句成语叫“贪得无厌”。贪和得在一起说，无厌，没有满足。

我经常去淘书，会看到一帮老头也在淘书淘宝淘物，我会静静地在一旁听他们砍价的过程，观察他们的神情，这是一个作家的本能。我喜欢这样观察。

观察他们，我总想起孔夫子“老年戒得”之语，真是把人性看透了。

一个老头在小马的摊上淘了一个瓷墨盒，小马要价四百元，说是个老物件，很精致。老头说什么只给三百元。小马不同意，老头又拿出二十元，小马还是不同意，老头又拿出二十元，小马还是不同意，老头又拿出二十元，小马依然不同意，老头又拿出二十元，小马实在没办法了，也就三百八十元出售了。老头很高兴，哼着曲儿离开了。估计，他晚上一定会睡得很香。

很多老人的固执与贪婪，比年轻人、中年人还严重，他们砍价的精细和琐碎，让人看着难过，他们越活越小气，越活越狭隘。老年人应该越活越旷达，越活越放手才好。

如果老人抱着玩的心态淘宝，也好。他们想的是捡漏，发财，太累了。

孔子是圣人，自然对人性看得很透彻。孔子是历史学家，《春秋》是孔子根据鲁国的历史档案而记录周朝近三百年历史的重要著作，懂历史的人，自然懂社会，懂人性。

老子是周朝史官，也懂历史、懂人性，才能说出“正复为奇，善复为妖”“祸兮福之所倚，福兮祸之所伏”这样透彻的话。

懂点历史还是好的，历史是一面镜子，能照出人性的本来面目。

## 病与死的禅机

人总会生病的，没病的时候人们很少想到生病的事情。有的人一旦有病，病也会要命。

这些年见过的因病而辞世的朋友不少了。我一位朋友，比我大四岁，四年前辞世的，五十一岁。

今年，我已经五十一岁了。

朋友修行了三十年，追随过南怀瑾先生，算是有见识的人。南先生我一生推崇，可没见过，尽管有朋友想牵线让我去见南师，想到南师九十多岁了，少打扰为好，主动放弃。我那朋友是南师的座上客，虽然是学生。

他知道得了要命的疾病后心神乱了，思绪乱了，平时学的佛道正见不起作用了。

一位修道的朋友身体不适，找我占卜，我占卜后感觉疾病有点严重，要朋友关心自己。我有意把疾病的严重性与死亡联系起来，卦象里有。我说严重，是要朋友深刻反省自己。

没病的时候，口头禅都说得很好："疾病是自己的朋友。可以借助疾病来了解自己，改变自己，转化自己，修炼自己。"

"死亡是解脱的机会。"

"死比生更深刻。"

"疾病是了解自己的契机，死亡是了解实相的契机。"

这话都没错，道理透彻，但当疾病真的到来了，你真能这样坦然、潇洒、无畏吗？

我看到的只有哭鼻子。

真正有定慧的人才能如此思维，如此看待，如此行动，如此安住，如此修证。

我经常在夜深人静时观想自己面临死亡，心会恐惧吗？心有牵挂吗？恐惧什么？牵挂什么？

我在追问。

在佛教的见地，活着的每一天都要准备死亡。修炼，也是为了更好更自如地迎接死亡。印光大师说学佛人要把“死”字贴在额头上，比喻时时刻刻记着这件事。念死法（观死法）是佛教导的“十念法”之一，念佛、念法、念僧、念死、念天……，念也是意识作观。

那些得道高僧对死亡毫无畏惧，读读《五灯会元》，就知道他们在死亡前面，是何等的洒脱自在。

那是定慧双修的高僧。

我们呢？

看到朋友因我的占卜说病很严重，可能要影响到寿命而哭红了眼睛，我有点后悔说了真话。说真话是逼着朋友真正去改变自己。我坚持说真话，说了真话，才有可能逼着朋友打破懒散与因循，从而改变自己。

孔子说：“朝闻道，夕死可矣。”

闻道了吗？

真闻道，就真无畏。

# 今日与当初

我们有一句表示后悔的词语：“早知今日，何必当初。”

我家乡的俗话是：“有钱难买后悔药。”

人生适时反省，会发现自己走了很多弯路、错路、冤枉路、曲折路、迂回路、坎坷路、死路与回头路。

人生路的状况难以尽述，以上只是概括了其中一部分而已。

家里数以万计的图书，塞得满满的。你父亲以前来我家，喜欢给我带点东西。后来他说不带了，带了就是添堵。他还说能从我家带走点东西就是贡献。

这是好朋友间的真话。家里数以万计的书，我读的还不满一千，更多书在书架上十年二十年一动不动地站立着，没有发挥价值。

我只好慢慢地把这些书放到“孔夫子旧书网益生文化书店”出售。就说画册，上月我把数百本画册整理出来，花了一个月时间才把书放到网上。

早知今日，何必当初。

以我现在的心情，不会购这么多书，也不会购某些书。

我喜欢书画，积二十年之功淘了数百幅各家书画，是多少有点名气的画家的作品，这些作品在我的一个大柜子里堆着，很少翻看。这些书画收藏进来容易，要售出变成钱，非常难。

早知今日，何必当初。

以现在的心境，绝不收藏那些书画，省钱、省事、省心、省地。

人应该适时反省自己、调整自己、纠正自己。

我喜欢清简的生活，实际上不仅没有清简，反而越活越“累”——积累了很多东西。

日本学者山下英子提倡生活的“断、舍、离”，还写成了书在中国很畅销。断，不买、不收取不需要的东西；舍，处理掉堆放在家里没用的东西；离，舍弃对物质的迷恋，让自己处于宽敞舒适，自由自在的空间。

断、舍、离的观念已经深入人心，我妻澄源一直劝我这么做。

早知今日，何必当初。

那就果断地、坚定地断、舍、离吧。

# 敬天者

晚上和澄源聊起我母亲，我说母亲是敬天者。

母亲在很长的时间里，在晚睡前要在院子里点炷敬天的香。

农村人待客时，长辈吃饭时，要在炕上吃，炕上放一个小桌，叫“饭桌儿”“炕桌儿”，饭菜放在饭桌上，客人或者长者坐在炕上，围着饭桌吃饭。一家人过年时就这样围着吃饭。那时候，很少有人在地上摆个桌子，围着桌子吃饭，现在，炕桌儿很少见了。

我家有个炕桌，祖父传下来的，红漆打底，黑漆描绘了人物故事。那个炕桌不是很大。

母亲有时候把炕桌摆在院子里，放个香炉，点香、作揖、插香，以敬天。

有时候母亲会把香插进墙缝，不必摆饭桌。

母亲敬天，很多老人敬天。天是他们的信仰，他们未必信道、信佛，但一定信神，信天。神是天的代表，古人把神也叫“天神”。农村老一辈人对天的信仰很深，很虔诚，对命运有感慨时，就叫一声“老天爷”，心里也就舒服了。老人们也知道“天意难违”“天理难容”这样的词语背后的深意，所以对那个“天”还是深怀敬仰的。老百姓也把“天理良心”四字看得很神圣。

记得二十世纪八十年代末，附近村子里一个老骗匠来找我二哥，那时我二哥已经是法官，他说一个朋友借走了他的一千元，当时没有写借据，现在人家赖账，死活不还，一口咬定没借过。

你想想，那时候的一千元比现在的一万元还金贵，那时候我二哥一个月的工资才一百元左右。他刚开始工作的1986年月薪才86元。

我二哥知道这案子很难办，因为，没有证据证明你借给对方一千元。

老骟匠我从小认识，他推着自行车走乡串户，经常在赶集时路过我家门外，我家门外的小巷在逢集的时候，是牲畜市场。老人满脸褶皱，是经历了四季风霜之苦的人。他最后叹了口气，说："天理良心四个字，我信天理，我信良心。他良心发现了就主动还我，不主动还，我就不要了，还有天理呢。"

这绝不是老人一时的自我安慰，还有他对天理、天道的信仰。

这故事我写过多次，在于故事背后有深邃的哲理，有民间对天道的信仰和西部农民质朴的精神。

在我记忆里，母亲数十年都敬天。这是古人传下来的一种修行，一种风俗，一种普遍的观念，认为天有情感意志，会保佑敬天者。敬天就是尊敬老天爷、天道、神佛、万物。在中国人的心里天是神圣的，天，有超凡的力量和意志。玉皇大帝代表天来管理天界，人间的皇帝被称为"天子"，代表天来管理人间。

一个内心敬天的人，会是善良的人。"举头三尺有神明"，这是敬天者的基本观念。

母亲辞世六年了，母亲辞世前我还画了本册页，后来被你父亲购走，那是我和他第一次见面。本月初，你父亲来访，还说起那次见面，他来我家购画册，是想和我认识一下。我一边翻册页，一边说："这画多好。"我就是这么自信的人，即便画得不是很好，但我认为好就说好。

你父亲想把画册还给我，让我收藏。这画册承载着我对母亲的怀念。

你父亲也是个孝子，对母亲有很深的情感。

我说，不用还，留着吧，也许可以传家。

如果真能传家，那就传你了，可要珍惜。这画册，不仅见证了我对母亲的情感，也见证了我和你父亲的友谊。

母亲是敬天者，她的善良影响我一生。

母亲敬天，给天上炷香，也是母亲一生的信仰与修行。

我敬天，诚恳地去发扬天道，是我一生的信仰与修行。

# 善法与佛法

昨天，看微信朋友圈，看到一位老朋友转了某僧文章，标题是：善法不是佛法。

讲得振振有词。

很多年前，我认识的一位前辈做居士时说“善人道（王凤仪的善人道）不是佛法”。我当时听了，不认同。但没说什么。后来，这位前辈出家做了僧人，我不知道他的观点变了没有。

在我看来，善法就是佛法，是佛法的一部分，也是佛法的基础。那位说善法不是佛法的僧人的理由是善法生天道，佛法讲解脱道。这位僧人，尊称为“僧宝”吧，这位僧宝的功课没做足，佛法没学圆。

佛法含摄十法界，天道天界也在佛法的含摄里，佛教讲的三善道里，人天乘很重要，太虚大师提倡学佛者至少要保住人天乘。学佛要解脱固然重要，但并不是人人都能解脱的，也不是人人都能接受佛法的。很多人与天道有缘，与世间善法有缘。天道里也有佛菩萨化身以度脱，如何说善法不是佛法呢？《金刚经》里佛陀明确说，“修一切善法，得阿耨多罗三藐三菩提。”这句话简约一点，即是“善法得阿耨多罗三藐三菩提”；再简约一点，“善法得菩提”；更简约一点，是“善法菩提”。

菩提是什么？学佛者都知道，无上正等正觉，证者就是佛。

既然修一切善法就能得无上正等正觉，试问，善法如何就不是佛法了？

王凤仪老善人的善人道，固然很多说法融合了儒释道之说，站在宗教立场，与所谓佛法不一样，但毕竟本质是善法。

真正要弘扬佛法，还是要从善法开始，善法容易普世。

曾有位台湾高僧在全球华人世界弘扬《弟子规》（儒家经典）、《太上感应篇》（道教经典），曾有其他僧宝私下质疑：你一个和尚，怎么不讲佛法而讲那些道教经典与儒家经典？

他们不以为然的，正是这儒道的善道。台湾老僧宝提倡这两部经典，在于这两部经典讲的是人天乘善道，是人伦的基础，对学佛是有益的。循循善诱，保住人天乘，再继续修证解脱道。

僧宝们，不要自以为是地以为善法不是佛法了。好好参学佛经吧。佛陀在《金刚经》里已经肯定了善法与菩提的关系。而在《仁王经》中说："若菩萨……修千法门，说十善道，化一切众生。"简单地概括，便是"善道化一切众生"。这是佛说。

佛法，是听佛说还是听僧说？

你是佛子，当尊佛说了义教诲。

# 朋友间的谐戏诗

我有很多幽默风趣的朋友，你父亲就是，我不知道你是否感受到了他言语的幽默。

今天他给澄源写的两首打油诗，足见其幽默。他每天读澄源写的小散文。

人物写了一小串，阿邦阿雅和阿面。

苦思俺叫阿啥好？一拍大腿叫阿馋！

这是说澄源写了很多生活里的小人物的故事，自然也是朋友们的故事，那些人物，澄源取名为阿邦、阿雅、阿面。前两个，是在朋友的名字中取了一个字，唯独“阿面”是个假名。我一位好友，人很“面”，面到很多亲友欺负他。他本来是个亿万富翁，七大姑八大姨、同学朋友向他借钱，他不好意思拒绝，借钱给他们，没一个还的。他还不好意思要回来。名义上，他是个亿万富翁，实际上，他做公益事业多，自己经常紧巴巴地。所以，给他取名“阿面”。

很多人都有这“不好意思”的面子心理。

最后一句，你父亲说，该如何叫他呢？那就叫“阿馋”吧。他喜欢吃澄源做的饭菜，都是家常菜，做得很有风味。澄源喜欢厨艺。

我和澄源最近辟谷，想辟谷百日，不见朋友，免得聚会吃饭。你父亲发来一首诗：

辟谷百日靠志坚，瘦他七十只等闲。

摇身一变苗条女，全林去须变青年。

澄源的确需要通过辟谷来瘦身了。

我呢，长须飘飘。下午，我坐在门外的石凳上，在银杏树下，背着太阳读书，阳光晒背，还不刺眼。院子里不时刮风，风吹着我的胡须飘动，那感觉，真的很舒服。

我喜欢胡须，我祖父、伯父、父亲都留须，有时候，男人有胡须也很帅气，能增风采。

生活需要情趣。

# 美女修仙更易成

过去把美丽的女性赞誉为“仙女下凡”，也用“美若天仙”来形容。可见，天仙、仙女一定是美的。

现代社会美女越来越多了。打开手机，屏幕上自然会出现很多影视美女的图像。

从修道而言，美女修道更易成。尽管，因为美也会有很多情感方面、尘缘方面的牵绊，但如果真修行，反倒容易成就。在于：

首先，能成为美女，这是福报之好。福报好，用在名利上会有极好的名利，用在修行上，此福报会转化成修证的福报与能量。佛经里经常说，这一生相貌好也是因为多生以花供佛的缘故。这是美貌的因果之一。美貌既有遗传因素，更有福报因素。

其次，美女之所以美，其气质与众不同，内在的真气运行与普通女士不同，在道家和密宗的理法而言，她们天然会有修炼气脉的根基。一个人靓丽，首先精气旺盛、清纯，如果一个人满身浊气，自然面目、气色就不好看甚至可憎。而靓丽，一定是真气运行通畅、真气质量好的体现。这样的人修道就更容易成功。修道有功夫的人，皮肤都有亮光，同此理也。

最后，气脉有特殊的境界。真气运行好，真气相对纯净，与她们的气脉运行有关。尽管人体经络的大致运行规律是一样的，但也有人的气脉和其他人不一样，就像武侠小说里形容某些人天生就是习武的材料，冰雪聪明，骨骼清奇。修道者功夫越好，气脉的变化越大，经脉就完全和普通人不一样了。很多美女的身材、气质、音声、形态所成的独特的风韵，与她们气脉状况有关。

这样“天赋异禀”的美女如修道，就比常人容易成就。

更深的道理不讲了，但这三点很重要。

好道的美女少，不是没有，只是稀少而已。我也见过修道的美女，有的居家修，有的出家修，与她们的道缘有关。

## 寄樱桃

这两天吃樱桃吃腻了。

兄长和一位朋友给我从天水寄来樱桃，是在没通知的情况下寄的，要是提前跟我说，我坚决拒绝。朋友给我寄樱桃、荔枝、杨梅之类很容易在邮路上变质的水果，教训很多。

兄长把我电话号码写错了一位，樱桃到北京后，两天中无法投递。等到我拿到樱桃时大半坏了。我和澄源只好各拿一把小刀，把坏了的削去，很费事，完全能吃的也没几颗。

一位书画家好友寄来了樱桃，他和你同姓，书画很好，我还给你父亲送过他写的字，我们是认识三十年的朋友。他寄来的樱桃很快收到了，依然坏了一半，我和澄源也只好一边削一边吃。

三月，南方一位朋友给我寄来荔枝，也没有告诉我，收到鲜荔枝后发现，基本全部不能吃了，能吃的也就几颗，只好倒掉。

我不喜欢不通知就给我寄东西，即便是兄长和好友。他们的一片好心往往没用。樱桃、荔枝等新鲜水果容易变质，没等我吃，就已坏了，糟蹋水果，浪费钱财。不像苹果、橙子，路上不易坏，收到后放一两个月也不易坏，可以慢慢吃。

寄东西要想一想别人是不是需要，是不是能保质。这样一想，有些可以不寄了。

有一年，不知谁给我寄了樱桃，我和澄源刚好在外地，无法签收，我让邻居代收，得知是樱桃，我请邻居赶快吃了。

寄东西要告知，一则怕主人不在家，无法签收。我一位朋友给我寄苹果，没有事先通知，刚好我要去西北参加一个道教会议，准备去火车站时朋友打来电话说寄苹果了，我说我马上要离家，近期家里没人，寄东西应该提前跟我沟通一下。朋友说："你退票或改签吧。"我一听就火了，说："为你几箱苹果，我退票、改签，你以为我是出去玩呢。"当然，对朋友发火是不对的，我气朋友不知事情的轻重。我赶快联系快递员，如果现在能及时送到，我就签收。如果我已经离京，就放物业。还好，在我离京前加急送到了。你看，给人好意寄东西，惹得彼此不高兴。何苦来哉。

一位朋友，没问一声就寄来了一个大电风扇。其实家里有两个电风扇，还有两个袖珍小风扇，可以拿在手掌上的。用朋友寄来的大风扇，旧有的就成了闲置之物。这就是那个寄荔枝的朋友，向来自作主张。我知道是一片好意，对老师表达尊敬，可结果呢？荔枝全坏了，电扇多余了。为何不问我？即便寄东西，我也可以选一件我需要的或者我喜欢的呀，这不是两全其美吗？

我总是被动的一方。

给你讲这样的事情不是吐槽谁、抱怨谁，而是借此给你讲为人处世之道，如何设身处地地去送礼，这是学问。

不要给人家不需要的东西，不要给人家添堵的东西，不要给人家寄路上可能易坏的东西，这都是为人处世的"细行"。细行不到位，是修行不到位。

这两天收到樱桃的时候，我和澄源正在辟谷，本来不想吃东西，迫不得已，吃了两天樱桃。因此要加上一条：不要寄不合时机的东西。假如他们事前跟我联系，我会说正在辟谷，不要寄了。这样，避免了彼此的麻烦，还不浪费资源，不污染环境。

一件小事里可以折射的大道理是很多的。

# 加微信与菩提心

我不爱与人加微信。如果在社交场合加了，过后相互不联系时我会主动删除。对于某些场合加的微信群，事后即刻退出。

我很少主动与人加微信，怕麻烦。

有些读者要求加微信，我一般婉拒。微信加多了，他们会成为一个群体，而我始终是个体。

读者加微信，多为方便提问。我有时候很怕他人提问，不是怕问题难以回答，是怕提问没完没了，会占用我很多时间。这十多年来我在网上回答过上万提问。一个提问的答复，要思考、打字，就算十分钟。一万个问题就是十万分钟。何况我回答的问题不止一万，这等于我至少用了二百天每天八小时回答提问。

的确，有的读者会不断提问题，有的我会拒绝回答，比如涉及评价还活着的某些圈子里的名人等，不是我对这些人没看法，而是不信任微信，你说的话不小心会流传出去了，可能会给别人、自己带来不快。

有时候反省自己，不加微信也是菩提心不够，别人加微信是方便提问，能回答就回答，帮助他人，答不了也没什么。

假如佛国也有微信，诸佛菩萨也用微信，他们一定不会拒绝任何人加微信，不会拒绝任何人的提问。义务帮助别人、无我地帮助别人是菩萨行。诸佛菩萨也会方便善巧地利用微信为修行人答疑解惑。

想到这些，我同意加微信了。提问就提问吧，能答多少算多少。

# 我读《红楼梦》之一：祖灵的忧患

最近夜里听马瑞芳教授讲《红楼梦》。马教授是红学家、作家。听她讲《红楼梦》也受益，但马教授宗教学的修养还不够，难以阐述《红楼梦》里与宗教的关系，这一部分其实是最深刻、最有价值的，也可能是在唯物论、无神论为根本哲学的国家，体制内学者们不方便大谈特谈《红楼梦》里的宗教学密意。

《红楼梦》与宗教有千丝万缕的关系，从开头的神瑛侍者、一僧一道、绛珠仙草就与宗教有关了；小说结尾的贾宝玉出家为僧也是以宗教为归宿。避开《红楼梦》里深邃的宗教思想，就很难与曹雪芹印心。书里写了人生的无常与命运的宿定，都是非常深刻的人生真相。

我打算讲五部分与宗教相关的内容，是很多红学家忽视的或者不愿意讲的，我来讲，让大家认识曹雪芹的博大与伟大。

《红楼梦》第五回《游幻境指迷十二钗，饮仙醪曲演红楼梦》，贾宝玉梦入太虚幻境，翻看金陵十二钗正副册，遇见了警幻仙子，书中写道：

警幻忙携住宝玉的手，向众姊妹道："你等不知原委，今日原欲往荣府去接绛珠，适从宁府所过，偶遇宁荣二公之灵，嘱吾云：'吾家自国朝定鼎以来，功名奕世，富贵传流，虽历百年，奈运终数尽，不可挽回者。故遗之子孙虽多，竟无可以继业。其中惟嫡孙宝玉一人，禀性乖张，生性怪谲，虽聪明灵慧，略可望成。无奈吾家运数合终，恐无人规引入正。幸仙姑偶来，万望先以情欲声色等事警其痴顽，或能使彼跳出迷人圈子，然后入于正路，亦吾兄弟之幸矣。’如此嘱吾，故发慈心，引彼至此。”

警幻仙子说她遇见了宁国府、荣国府两位开国公的灵魂，两位开国公在灵界，自然是有神通的，知道自己家族的气数要尽了，古人所谓“富不过三代”“君子之泽，五世而斩”。两位老祖之灵很为儿孙忧患，为宁、荣两府的未来忧患，便托警幻仙子对进入太虚幻境的贾宝玉之神灵有所教诲、引导，以便能有个好的结局。

这样的祖灵的忧患，是不是真的存在？

如果承认灵魂存在，则祖灵对于子孙的忧患就真的存在。

我讲几则与自己相关的灵魂的故事。

这是十年前的事情了。有一个阶段，我二哥的次子不爱学习，逃学，成了问题孩子，二哥很忧患。我请张玉仙老师感应一下，看有没有什么看不见的原因。张老师告诉我，你祖父死得不太好，是上吊自尽的，没有超度，对孩子有点干扰。超度了老人就好了。

我那时四十岁了，从不知道祖父是上吊而亡的。我问了兄长，兄长才告诉我这是真的。祖父是地主，新中国成立后，在打土豪分田地的特殊时代受尽屈辱，最后被迫自尽。

这是那个大时代的悲剧。我出生时祖父死了十多年了，也就没人告诉我这些往事。

张老师超度了我的祖父，我侄儿的问题逐渐解决了。如今那侄儿已经做了父亲，小日子过得很好。

我上初中时巷子里有一户姓周的人家，那家老是出事情，家里总有人生病，当家男人的下巴坏了，要找村里的马大爷用“禁术”——一种气功、法术治疗，他经常路过我家门外。后来他家请来了一个“照先生”即有眼通的风水先生来看看。结果那位外地来的照先生一看，说患者身后跟着一个穿着清朝官服的老人，拿着一把胡须跟着讨债。

听了这话，周家人就知道是怎么回事了。

那个老人是我的三太祖父，是前清举人，当地人尊称他“三老爷”。解放初斗地主时，年过古稀的三老爷被当成封建地主批斗，周家那人上去拔了三老爷的胡须，三老爷受不了气，自杀了。

如今，三老爷的灵魂来讨债。

我一位朋友郭教授，是天津某大学的副院长，理论物理学家，他修行很好。有一次夜里打坐看见一个投胎的灵魂到了自家，一闪而过，进了儿子房间。他就对老伴说儿媳妇怀孕了，你明天问一下。老伴说，这事不好说。但第二天她问了儿媳，儿媳也不知道自己怀孕了，便和婆婆去医院检查，果然怀孕了。

郭先生能看见投胎的灵魂。我偶然也能看见灵魂在天空飞过。有的人随时能看见灵魂并与之“对话”。

我简单讲两则故事。某学者的儿媳一直没怀孕，想请张老师去看看。张老师一到他家，就说看到一个亡魂，生前头被打破了，一直没有超度，所以，他也在这个家里，对活人就会有干扰，需要超度。张老师形容了那个亡魂的形象，学者说是他父亲，的确是被人打破头而辞世的。张老师超度了那位亡者，并预言学者的儿媳会于某时怀孕。后来果然如此。如今那个孩子已经十三岁了。

有一位名人到我家小坐，来见张老师，张老师说，你身后跟着个矮小的老太婆，浑身是血，死的不好。

那位名人说是自己的母亲，出车祸辞世的。

她的亡灵也没超度。

知道了灵魂存在的真相，再回到《红楼梦》宁、荣二公的灵魂，当然也是存在的。既然灵魂存在，他们忧患儿孙们的未来也就是可信的了。这才是生命真相。

我后文还会讲“秦可卿托梦”，再谈灵魂问题。

道家修行，讲孝道，其中一条是要以孝道感通、感动祖灵，祖先之灵会帮助有孝心孝行的儿孙。能得到祖灵的帮助，修道就容易成功。

了解灵魂存在的真相，这才是真正的生命科学，才会使人珍惜生命，敬畏生命，而修道，为升华生命，解脱生命。

这样的文章，却能触及生命本质，也与曹雪芹能印心。

跟你慢慢聊几回《红楼梦》。

# 我读《红楼梦》之二：命运的前定与改变

大多数人不承认人有命运，更不承认人的命运会有定数。我对《易经》有三十多年研究与应用，你知道的，《易经》里有孔子说的一句话，“乐天知命，故不忧。”知命，就是知道自己的命运、命数、命理。过去、现在，知命的方式有二，一是数术占卜，不论是自己占卜，还是请高人占卜，都行。

我给你、给你父亲都占卜过命理，我的占卜水平如何，你父亲知道，他曾用“非常佩服”四字来形容。

二是以神通感知，这是“宿命通”修证境界，自己修证自知，还是高人以神通境界考察而告知，都行。这告知，有当面的告知，也有梦中感通，如贾宝玉梦游太虚幻境。

《红楼梦》第五回《游幻境指迷十二钗，饮仙醪曲演红楼梦》，贾宝玉通过在太虚幻境仙府翻看金陵十二钗正副册而预言了《红楼梦》里主要人物的命运。他又跟警幻仙子听了“红楼曲”，这些曲子也预言了《红楼梦》里人物的命运。

这样的事情是不是真的存在？

真的存在。

人生皆定数，人生有宿命。

我父亲辞世前一周，兄长来电话，说父亲病重了，我占卜后，就知道父亲会在六天后辞世，应该是第六天。我立即回家。回家后的第六天，父亲就辞世了，我是看着父亲咽下最后一口气并闭上眼睛的。这是1999年的事情。

2014年4月某天下午，五弟打来电话，说母亲刚辞世了。我当时还买不上当天回家的车票。澄源问我，母亲辞世了，哪一天安葬？我占卜后说，第六天。我回到老家后，才知道当地的阴阳先生定的时间果然是第六天。这就是命数。

人与人的缘分里也有定数。张玉仙老师二十多岁的时候，神仙在玄境中告诉她，“南园一柳士，前来对证。”她也不知何意。在我三十七岁的时候遇见了张老师，她一见我，说：“我找你几十年了。”她获得神仙那句话的时候，正是我出生前后。张老师这一生写了很多关于佛道的“灵应诗”，她还会继续写下去。世间能懂她这些诗、能解她这些诗的人，目前只有我。我发现了这些诗的价值，也请她写了很多相关的灵应诗，写的时候，有时候你父亲在一旁。

你父亲知道此中详细因缘，很多故事，很多奇迹，他是见证者。

神仙在某种境界里，如幻境、梦境里告诉张玉仙，“南园一柳士，前来对证。”就好比《红楼梦》里警幻仙子让贾宝玉看正副册子，听红楼曲一样，是信息的演化。如张玉仙老师灵应的，“梦里演玄成道脉。”

我在甘肃甘谷老家时，住在南巷，原先家门前种着柳树，南巷东出口处有个水塘，周围长着很多大柳树。我来京后，住的地方是北京南城柳村，这与“南园柳”的信息相对应。我的名字里有“林”，林为木，我八字里有卯时，木与卯合，是“柳”字。

这样解密神仙告诉张玉仙的那句话，如同现在的红学家根据《红楼梦》里的诗词来判断曹雪芹隐藏于中的人物命运密码一样。

这是真学问，是天机玄学。《红楼梦》里有玄学、仙学、禅学，离开这些来探讨《红楼梦》，可以自圆其说，自成一家，但很难与曹雪芹印心。曹雪芹的博大，是以世法通达佛法、道法，以人道通达天道、玄道。这是很多红学家所不懂的，因为他们不懂佛学、道学，不懂天道、玄道。但我懂，曹雪芹更懂。

# 我读《红楼梦》之三：托梦真相

在《红楼梦》第十三回《秦可卿死封龙禁尉，王熙凤协理宁国府》里写到了王熙凤梦见了秦可卿向她托梦，而这一刻秦可卿死了。书中写到：

话说凤姐儿自贾琏送黛玉往扬州去后，心中实在无趣，每到晚间，不过和平儿说笑一回，就胡乱睡了。

这日夜间，正和平儿灯下拥炉倦绣，早命浓薰绣被，二人睡下，屈指算行程该到何处，不知不觉已交三鼓。平儿已睡熟了。凤姐方觉星眼微朦，恍惚只见秦氏从外走来，含笑说道："婶子好睡！我今日回去，你也不送我一程。因娘儿们素日相好，我舍不得婶子，故来别你一别。还有一件心愿未了，非告诉婶子，别人未必中用。"

凤姐听了，恍惚问道："有何心愿？你只管托我就是了。"秦氏道："婶婶，你是个脂粉队里的英雄，连那些束带顶冠的男子也不能过你，你如何连两句俗语也不晓得？常言'月满则亏，水满则溢'，又道是'登高必跌重'，如今我们家赫赫扬扬，已将百载，一日倘或乐极悲生，若应了那句'树倒猢狲散'的俗语，岂不虚称了一世的诗书旧族了！"凤姐听了此话，心胸大快，十分敬畏，忙问道："这话虑的极是，但有何法可以永保无虞？"秦氏冷笑道："婶子好痴也。否极泰来，荣辱自古周而复始，岂人力能可保常的？但如今能于荣时筹画下将来衰时的世业，亦可谓常保永全了。即如今日诸事都妥，只有两件未妥，若把此事如此一行，则后日可保永全了。”

托梦，亡者给生者托梦，神明给凡人可以托梦。

同样，许多人不信神明和灵魂的存在，自然就不相信托梦的存在，以为古今小说里所写托梦的故事，也只是小说家之言。

我的母亲讲过一件事情，虽然不是托梦，但是通过梦境预示了我父亲的辞世。我母亲梦见我父亲陷进泥潭里越陷越深，她救不了，哭了一会儿就转身走了。她梦醒后就知道我父亲的病是治不好的，不久会辞世的。我父亲辞世十五年之后，母亲才辞世的。

2003年，我一位老朋友张先生，是个名人，写过一本书，希望我帮他整理出版。因为老先生曾经帮助过我，我就帮他整理书稿。当时他因为患肺癌住院了，我曾经去他家、去医院看过他，和他谈书稿的事情。

有一天，我们电话约好，次日我去北京某医院看望他，带上整理好的书稿给他看看，以便定稿。当天夜里，我梦见了张先生来找我，嘱咐我书稿的事情，他出门了，然后身材变得高大，望空而飞，飞过山川河流。

我当即醒来，对身边的澄源说：“张先生辞世了。”我讲了梦境，这是个托梦之梦。

天亮之后，我还在想要不要去医院见张先生。因为这梦境预示着先生已经辞世了。

磨蹭到了十点，张先生的儿子给我打来电话，说他父亲夜里辞世了，约好的见面的事情取消了。

在八宝山送别张先生的时候，我把整理好的书稿给了先生的老伴。

后来，这本书内部印行，赠送亲友。

十七年过去了，我和张家人再没有往来过，也不知张先生的老伴是不是还在世。如在世，现在有九十岁了。当年张先生辞世的时候年过七十五岁。

古今小说里的托梦故事，也解释了生命的部分真相，灵魂的诉求通过托梦来表达。

在佛教，灵魂身也叫“中阴身”。在密宗，把中阴也看成是法界的一部分。而密宗还有“梦修法”，把梦也看成是法界。

我修了近三十年“梦修法”，深知其中奥秘。我写过一本书叫《修学札偈》，里面至少有三四万字写梦修。你父亲很喜欢这本书。

这些解《红楼梦》的内容与方式，你在别人那里听不到，看不到。我这样讲，虽然也就几篇文章，但能帮助你认识古典文学名著的内在智慧，会寻找不一样的读书方式。

# 我读《红楼梦》之四：风月宝鉴与佛教白骨观

今天你父亲和我几位朋友来访。我们坐聊了十个小时，你父亲来得早，我谈到了我写关于《红楼梦》系列文章的大意。

在《红楼梦》第十二回《王熙凤毒设相思局，贾天祥正照风月鉴》里写到了王熙凤设计害好色的贾瑞，贾瑞生病后，来了一位道士，给他治病，给他一面镜子，叫"风月宝鉴"，是风月场上的借鉴。书中写道：

忽然这日有个跛足道人来化斋，口称专治冤孽之症。贾瑞偏生在内就听见了，直着声叫喊，说："快请进那位菩萨来救我。"一面叫，一面在枕上叩首。众人只得带了那道士进来，贾瑞一把拉住，连叫"菩萨救我！"那道士叹道："你这病非药可医。我有个宝贝与你，你天天看时，此命可保矣。"说毕，从褡裢中取出一面镜子来，两面皆可照人，镜把上面錾着"风月宝鉴"四字，递与贾瑞道："这物出自太虚幻境空灵殿上，警幻仙子所制，专治邪思妄动之症，有济世保生之功；所以带他到世上，单与那些聪明俊杰、风雅王孙等看照。千万不可照正面，只照他的背面，要紧，要紧！三日后吾来收取，管教你好了。"说毕，扬长而去，众人苦留不住。贾瑞收了镜子，想道："这道士倒有意思。我何不照一照试试。"想毕，拿起来，向反面一照，只见一个骷髅立在里面。吓得贾瑞连忙掩了，骂："道士混账，如何吓我！我倒再照照正面是什么。"想着，又将正面一照，只见凤姐站在里面招手叫他。贾瑞心中一喜，荡悠悠的觉得进了镜子，与凤姐云雨一番，凤姐仍送他出来。到了床上，“嗳哟”了一声，一睁眼，镜子从手里掉过来，仍是反着立着一个骷髅。贾瑞自觉汗津津的，底下已遗了一滩精。心中到底不足，又翻过正面来，只见凤姐还招手叫他，他又进去。如此三四次。到了这次，刚要出镜子来，只见两个人走来，拿铁锁把他套住，拉了就走。贾瑞叫道：“让我拿了镜子再走。”只说这句，就再不能说话了。旁边伏侍贾瑞的众人，只见他先还拿着镜子照，落下来，仍睁开眼拾在手内，末后镜子落下来，便不动了。众人上来看看，已没了气，身子底下，冰凉渍湿一大滩精。这才忙着穿衣抬床。

这段故事，很少有红学家理解真相。道士要贾瑞看反面，其实是《道德经》里的“反者道之动”的意思。世人喜欢情欲，那么，从相反的角度去看，就不该贪恋情欲，因为，情欲的结果、归宿便是死亡。这种思想，在钟丽缇主演的《诱僧》里也展现过，一个闭关三年的喇嘛，出关后因为看见一位女士的乳房而产生了情欲，便不能宁静修行了，他想还俗。可是，一个高僧给他看一幅画，猛一看，是一对男女在欢爱，再在灯下一看，男女皆是骷髅。

道教吕洞宾真人有首诗收录于《全唐诗》：

二八佳人体如酥，腰间仗剑斩愚夫。

虽然不见人头落，暗里教君骨髓枯。

说明情欲之害。

除此之外，那个风月宝鉴里的骷髅还是佛教“五停心观”里的“白骨观”，是一种修持法。佛教讲究散乱众生数息观，多痴众生因缘观，多淫欲众生白骨观，多贪众生不净观，多嗔众生慈悲观。

心念很散乱，就修数息法，通过数呼吸的次数而调心；一个人智慧不够，愚痴，那就观想、思维佛经里讲的“十二因缘”的道理，以便了解人生与宇宙世间的生灭真相。如果一个人性欲很强，那么，就观想身体如一具白骨、骷髅，就能自然化解欲望。这便叫“白骨观”。一个人很贪婪，就观想身体不干净，食物吃下也变成了不净之物；一个人心里怨恨多，就观想佛菩萨一般的慈悲心。这叫对治。

这是道士讲修持法。贾瑞淫欲很强，能如此修观或观修，他的病一定能好。可是，世人不愿意看反面，愿意看正面。应了道教那句话："顺则凡，逆则仙，只在中间颠倒颠。"

二十世纪气功热的时候有个叫张玉磊的副教授创编了一套功法“慧通丹田气”，其中有个功法就叫“风月宝鉴”，教人观想自己的白骨、骷髅，从而练功静心。这本身是从《红楼梦》里演化出来的，张先生懂得白骨观的道理。

《红楼梦》不是随便写的，每一个情节都有寓意，里面宗教学的思想是非常深厚的。

# 我读《红楼梦》之五：《红楼梦》与生死学

生死学，研究生死的学问。佛道之学是更广大的生死学，道家《庄子·德充符》记载：仲尼曰："死生亦大矣，而不得与之变，虽天地覆坠，亦将不与之遗。审乎无假而不与物迁，命物之化而守其宗也。"仲尼回答说："死或生都是人生变化中的大事了，可是死或生都不能使他随之变化；即使天翻过来地坠下去，他也不会因此而丧失、毁灭。他通晓无所依凭的道理而不随物变迁，听任事物变化而信守自己的要旨。"在王羲之《兰亭序》里也引用了《庄子》中此言："修短随化，终期于尽。古人云：'死生亦大矣！'岂不痛哉！"

佛教标榜"学佛但为了生死"。人固有一死，可死亡并不意味生命的彻底消灭、消失、结束，生命还会相似相续地流动，于是有了佛教所谓的"轮回"。

人面对死亡的时候，都有恐惧心理，而修道解脱的人，面对死亡，没有任何恐惧，会带着善根、慧根、善业、菩提心、大愿、成就、喜悦而开启另一期生命之旅。

《红楼梦》里充满着很多死亡气息。以贾宝玉的眼睛观察了很多人的死亡，从贾宝玉的大哥贾珠之死、林黛玉的母亲贾敏之死开始写，到秦可卿之死、秦可卿父亲之死、秦钟之死、贾瑞之死，到后来的林黛玉父亲林如海之死、金钏儿之死、晴雯之死、尤二姐之死、尤三姐之死、元春之死、黛玉之死、贾敬之死、贾母之死、王熙凤之死、夏金桂之死、香菱之死……写了很多人的死亡，比如与香菱相关的冯渊公子之死，王熙凤弄权收贿赂，而导致的金哥与情郎之死。

整本书，表面上看起来很热闹，写了那么多人的死亡。贾宝玉因家败而出家，也不过二十出头，就见证了这么多死亡。贾宝玉平时说话，动不动就是死了怎么怎么。林黛玉的《葬花吟》里就有浓浓的死亡忧患与死亡意识，“侬今葬花人笑痴，他年葬侬知是谁。”

《红楼梦》第五十七回里，宝玉对紫鹃发誓道：“我只愿这会子立刻就把心迸出来，你们瞧见了，然后连皮带骨，一概都化成了一股灰，再化成一股烟，一阵大风，吹的四面八方，都登时散了，这才好！”待紫鹃告诉他，林黛玉要回苏州，紫鹃阻拦不住时，宝玉道：“活着，咱们一处活着，不活着，咱们一处化灰、化烟，如何？”

死亡是每一个人都要面对的。宗教学的核心之一，是教我们如何认识死亡、面对死亡、超越死亡。

《红楼梦》是一部以爱情故事为表、以宗教精神为里的伟大小说，如果不懂得《红楼梦》里的宗教精神，就不会真正懂《红楼梦》。如果一个官场上的人真的读懂了《红楼梦》，绝不会贪财，绝不会弄权，绝不会好色，而会悟禅悟道。这是真读懂了的人。

关于《红楼梦》，先聊这些，只是一个引子，今天来了两位朋友，都是青年学者，我讲了这些关于《红楼梦》的想法，古灯说，真没想到可以这样读《红楼梦》，这样讲解，讲的是中华文化的真精神、真文化，也就能知道曹雪芹所写，都是有根据的。而子宁说，她和丈夫如今是曹雪芹研究会的会员，会里学长正好约她写一篇《红楼梦》与宗教学方面的文章。

这是很奇妙的相应。

但愿你读《红楼梦》时，能读出真意。这是一本一生一定要读的书，不管什么时候读，反正这一生读过一遍《红楼梦》，是极好的。

# 穷人的努力

我今天去淘书，回来的时候，跟一家摊主老王同路，我多年一直叫她“老王”，但不知道她的名字和籍贯，她在我们小区附近的平房租住。今年年初，为了淘一幅人物画，我去过她住的地方，正值冬天，她丈夫淘货归来，给我找画，而她正在院子里搭建的厨房做饭。冬天，北方的楼房里也寒冷，他们的平房里更寒冷了。

算来我们认识十六年了。十六年前我家附近有了“城南旧货市场”，我们就认识，十六年里，我从她家淘了数千本书。

她问我，背着书不是很辛苦，为何不骑车?

我说喜欢走路，整天在家里工作，出来淘书，走走路，算是锻炼。

我问她，因为疫情，他们四个月没有摆摊，商行给他们减免费用了吗?

老王说：“没有。四个月没有经营，摊位费八千元，一分不少。”摊位费每月两千多，平房房租三千多，吃饭花销，每个月至少要用六千多。

他们夫妻来京估计有二十年了。

我问她的女儿学习好吗?那时候，我经常看见她女儿放学后在摊位旁写作业。她说去年就离京，回老家上高中，在北京上的小学、中学，外地人在北京不让考大学，只能回老家考。

她说起了老大，应该是她儿子，我没见过这孩子。她说孩子先考到秦皇岛上大学，然后考到北方工业大学读博士，还有一年就毕业了。她的忧患很多，孩子能不能留在北京。孩子想留北京，都二十八岁了。

我起初以为是个女孩，就问婚姻问题，她说已经结婚了，女方大他一岁。缘此，我想到读博士的是她儿子。

我知道他们的生活很艰苦，社会底层的生活，供儿子上大学，读博士，令人肃然起敬。

她担心孩子在北京留不下来，她举了例子，说村里某某博士留京了，户口问题解决了，是因为人家有关系。“你也知道我们的生活，就是摆摊出售一些旧书旧货，哪里有什么重要的关系？”

我劝慰她不要担心，孩子这样优秀，一定能留下来，能解决户口问题。我还举了我一位亲戚的例子，也是北方工业大学的研究生，毕业后在央企工作，户口问题解决了，如今，房子有了，也结婚了。他全靠自己的能力留京并解决户籍问题的，如今年薪四十万，在京毫无背景。

很多人在北京生活着，很辛苦。在中国生活着，很辛苦。只是，我们经常不愿意去关注去谈论这些生活艰辛的人们和他们的事情，我们关注的是理想的高大上，可现实依然是那样，生存很艰辛。我是农民出身，一百年前，西部农民很辛苦地谋生，一百年后西部农民依然很辛苦地谋生，尽管有很多时代科技带来的便利，可谋生辛苦的本质没变过。

讲这些，是希望你知道这世上还有很多辛苦的人，他们满怀希望地生存着。

“须念天下苦人多。”你会更珍惜生活。

# 叶德辉之死

叶德辉，字奂彬，号直山，别号郎园，清末湖南湘潭人，祖籍苏州吴县。光绪十八年(1892)进士，曾到吏部为官，不久便辞官归湘里居，以提倡经学自任，是清末民初的藏书家、名士、文人。

我对叶德辉的了解，另有因缘，与研究道学有关，道家有一派的修炼理法，叫“房中术”“阴阳派”，早期的经典如《素女经》，清末已很难在中国见到了，而叶德辉曾在日本找到了很多在中国已经失传的房中术经典，编辑成了《双梅景暗丛书》，在清末出版。研究道教房中术的人，这本书是绕不开的必读之书。现在，这本一百年前的出版物，孔夫子旧书网上一套售价两万八千多元，足见其珍贵。

我曾读过此书的影印本。

我认识的一位道学家研究阴阳丹法，读过《双梅景暗丛书》，我们会偶尔谈及民国年间懂得房中术的名人的结局，比如叶德辉，比如孙抱慈，结果是，叶德辉被政府枪毙了。如何枪毙的，何时枪毙的，当时不得而知。孙抱慈是陈撄宁先生的朋友，当年在陈先生主办的《仙道月报》之类报刊上写文章，他懂得阴阳丹法，后来被当成“反动会道门”的人枪毙了。

叶德辉是如何死的？十多年前我们都不知道，那时随口一谈，从未在网上检索过，现在，检索“叶德辉之死”，网上内容极多。

今天读《绮情楼杂记——一位辛亥报人的民国记忆》一书（中国长

安出版社2011年1月版），我才知道叶德辉是怎么死的。此书作者喻血轮是辛亥革命元老级报人，知道很多那个时代的掌故，这本书就是掌故集。书中136页有《王湘绮一语救叶德辉》，开篇谈的是叶德辉之死。

叶德辉为长沙名士，其骂人文章，利如锋刃。民十六（1927年）××党踞湖南时，叶甚恶之，适长沙××党党部成立，叶赠一联贺之云：‘稻梁菽麦黍稷，莫非杂种；马牛羊鸡犬豕，都是畜生。’××党见之大恨，因被戕害。论者惜之。

一代名士，一代文豪，却因送了一副嘲讽对联送命了。

真相竟然如此。呜呼。

王湘绮救叶德辉的故事是，叶德辉得罪过袁世凯的红人汤芗铭，汤芗铭想杀叶德辉，他抓住叶德辉后，知道是名士，不敢杀，也不知道该不该杀，就请示当时的大总统袁世凯，袁世凯问身边一起吃饭的王湘绮，王湘绮怎么会让袁世凯杀名士？袁世凯赶快告诉汤芗铭，不能杀。于是，叶德辉多活了十三年。

叶德辉死后，他二十万卷重要藏书，一部分被当时的那些人焚烧了，一部分散落民间，一部分被日本人购走，流落异域。

即便叶德辉不死，遇见破“四旧”、烧古书，那些藏书照样会灰飞烟灭。

# 何必天下尽识君

唐代高适有首《别董大》：

千里黄云白日曛，北风吹雁雪纷纷。

莫愁前路无知己，天下谁人不识君。

此诗的社会背景是：时逢安史之乱，很多人生活艰辛，音乐大师董大也如此。

董大，唐玄宗时著名琴客董庭兰，兄弟中排行第一，故称“董大”。

高适当时还跟董大调侃自己：

六翮飘飖私自怜，一离京洛十余年。

丈夫贫贱应未足，今日相逢无酒钱。

高适不好意思地说，老哥，今天与你相见，我连酒钱都没有。不知道他们喝没喝成酒。古人有“酒逢知己千杯少”之说，既然两人是知己，应该喝酒。假如高适没钱，董大有钱，也能喝成。

人们都希望自己名满天下，人尽皆识。特别是现代社会，人人在追求名气，名利名利，有名就意味着有利，看看网上开网店的，开直播间的，带货的，上抖音的，玩快手的，一个个为名气不大而着急。很多明星千方百计要上“今日头条”，名，意味着票房。

我喜欢道教“道隐无名”的思想，我曾写过一句诗：

隐则彻底隐，何必弄虚名。

现代社会也有假借“隐居”“隐士”之名而求名利者。

上月有感，吟诗一首：

发心修道道尚隐，自言胸中多白云。

呼牛称马随人意，何必天下尽识君。

称为牛行，称为马也行，何必要让天下人认识你呢。即便认识你是谁，又能怎样？除了出点名，谋点财，还能怎样？此名此利，放置天地间，也是微尘。

于性命能明了乎？

于生死能无畏乎？

于真理能洞达乎？

于烦恼能超越乎？

如曰：不能。

那天下人识君，也是彼此枉然。

看透了，就知道世间很多事情是无聊的游戏，就懒得为之费精神了。于是，谋生之外，落个逍遥。

# 解卦析象

我把记录我和朋友就占卜解卦而析象的日记放到“小伙伴群”，引起师严关注，我们深入探讨了“火泽睽卦”。先看我发给朋友们的内容：

昨天给清道友解卦，很相应。今天为金阳子解卦，亦妙。录之：

清道友问：老师好，占卜姻缘，得天泽履之火泽睽。应该怎么解？

我说：天泽履，本来是婚姻卦，履者礼也。大礼，古代主要指婚礼，比合，佳。睽，小事吉，用克体，有不利，比如，不适合夏天结婚，婚礼放秋天为好。两人中有一人爱上火生气，要调心为佳。

清道友说：对变卦，我也断脾气问题。如果冬天是否更佳。为水。

我说：冬为寒水，还是秋天为好，同气相求。

清道友说：就是直接选支持体卦的季节或者外应。以补之。这个女孩子刚认识半年了，脾气确实容易生气。有脾气。未定男女朋友关系，平时也少联系。想看看是否跟她有姻缘。我属龙，她属蛇。

我说：龙蛇一家，天泽履，乾为龙，兑为蛇，很好。

早上读金阳子日记，他写到梦境：“我斜躺在床上，思思躺在床中，她旁边有一位小男婴。”他将此梦解为震卦。

我说：第一个卦，中间女，两边男，是离卦，床是巽卦。合则火风鼎卦。炼丹则表示进步了。丹法也叫丹鼎。事业上，还会被重用，别拒绝，可以做事。

占卜取象断卦在细微处。这两则卦例里都有心法。对清道友，我断言其中必有人爱生气。清道友是网友，我还没见过。清道友说自己有脾气，而那个女孩爱生气。其实，主要是那个女孩。

龙蛇一家皆是金，金有乾金兑金，乾为龙，则兑为蛇。人常说“蛇是小龙”。又，蛇伤人以毒牙，口与牙为兑；又，兑为少女，人们常以“美女蛇”形容女子美而心毒者，这里面也隐含了“兑为蛇”的易象。

卦象是变通的，不是定的，比如，巽为蛇，在于巽象征细长的东西如绳子、旗杆，蛇也是细长如绳者，故巽为蛇。坎亦可为蛇，在于北方玄武之象为龟蛇，则龟与蛇皆坎卦之象。

如何取象，就在智慧。要根据占卜的事项选择对应的卦与卦象。比如床为巽卦，在于巽下断，巽卦上两阳爻象征床板，下面阴爻象征床脚。这是“取类比象”的形象思维。金阳子为阳，小男孩为阳，中间女士为阴，正是离卦，外阳内阴。人在床上睡，则离卦是上卦，巽卦是下卦，故而是火风鼎卦。鼎，炼丹中，鼎器、药物、火候、玄关是丹道核心要素。金阳子炼丹颇勤，故鼎卦与丹道有关。又，鼎，一言九鼎，象征权力。所以，也象征金阳子还有实权或者做事的决断力、影响力的。

大家于中思悟，易道在矣。

师严读后说：

老师好，这个睽卦，火上炎，泽下润，有背离闹矛盾的象。与履卦的象意有矛盾。遇到这类卦，觉得拿不准主意。请教老师这个还有什么内理吗？

我找了一下，睽卦彖传讲：火动而上，泽动而下。二女同居，其志不同行。

接着又讲：天地睽而其事同；男女睽而其志通也；万物睽而其事类也。睽之时用，大矣哉。

这个睽卦有点难理解。感觉彖传中讲得有点矛盾。

按旺衰看，秋金旺，得火炼方成器，旺不怕克。

我也找到一段解释：

天地睽，天尊地卑，天清地浊。而生化之事相同。

男女睽，男刚女柔，男外女内。男女交感志通而人伦肇始。

万物睽，形色体异，方类才可辩用。

这就是睽卦的大用。

原文如下：

据天道、人事、物理之同异，推圣人合睽之道，言睽之时用。天地不睽，则清浊无分。男女不睽，则外内无别。万物不睽，则方类无辩。

天地氤氲，则阴阳合德。男女感通，则人伦肇始。万物同与，则一气流行。是故睽者，不易之体也。合者，变易之用也。睽者，世事之常也。合者，情理之顺也。

这下理解老师为什么这么断这个卦了。

师严提到了睽卦，是清道友占卜自己婚姻时得的卦，因为有“火克金”之象，我断出其中有人有火爆脾气。

我对师严同学说：

二女同居，自然不和，不和于阴阳之道。女同性恋能长久吗？能有真爱与身心的真正的欢乐吗？《参同契》就讲过此理，让二女同居，苏秦张仪说媒，她们到死都不会真正理解，因为睽违了阴阳之道。（《参同契》原文：“关关雎鸠，在河之洲。窈窕淑女，君子好逑。雄不独处，雌不孤居。玄武龟蛇，盘虬相扶。以明牝牡，竟当相须。假使二女共室，颜色甚姝。令苏秦通言，张仪结媒，发辨利舌，奋舒美辞，推心调谐，合为夫妻，弊发腐齿，终不相知。”魏伯阳真人讲天地万物的阴阳相合原理，修炼的药物也如此。）

如是男女结婚，何睽违之有？

火泽睽，上离为中女，下兑为少女。故曰“二女同居”。这只是卦象之一。也可以是女同性，也可以是单亲妈妈带着小女生活。这又是一象。单亲妈与女儿经常处不好。成龙家的小龙女事件，单亲妈带女儿长大，女儿且成了同性恋者，也是睽。中国古人从人性与阴阳学否定之，现代人从人性与法律肯定之，古今异也。

解卦要有大智慧，也要有生活经验。具体问题就得具体分析。清道友问男女婚姻，就从体用生克上看，则与二女同居无关。

断卦的精华要自悟，几乎教不会，自悟，积累经验，一点就通。

师严说：

谢谢老师，这下对睽卦有了深刻认识了。

《易经》里有博大精深的大智慧。有一天你喜欢上《易经》，此文就是断卦范本。

# 一支秃笔写乾坤

最近画山水有点境界了，大有“一支秃笔写乾坤”之感。我这支笔，平时抄经用之，他人购书要求签名题字时用之，他人订购金光咒、《百字铭》、严师《金丹八十字》等书法作品时用之，画画也用之。

已经有点秃了，画画与写篆隶，反倒好用。

人如果有艺术修养、艺术爱好、艺术鉴赏，会因之受用不尽。听殿堂里的管弦乐，听音乐剧，听歌剧，需要文艺修养，就像听京剧也需要修养一样，单纯看京剧的情节，没有现在的电影、电视剧好看，但听唱腔，听文句，意味无穷。

我从小喜欢山水画，喜欢看山水画谱，喜欢游山玩水，几十年兴致有增无减。

人们用“寄情山水”形容对自然的热爱，热爱自然的情怀可以用山水诗、山水画表达，中国古代最多的可能是山水诗与山水画，这与古人“天人合一、道法自然”的哲学观念有关，登高可以览胜，临水可以忘忧，观云可以遗世而独立，听松可以寄情以啸傲。

山水画，可以坐观卧游，看山川白云之变化，听曲水流觞之激荡，可以洗心忘忧，解颐放怀。

我在琉璃厂的荣宝斋经常会望着名家大作出神，看构图，看笔墨，看意趣，也会想我该怎样画。到名山大川访道旅游时会目识心记，看着云山曲水会想，我该怎样用笔墨、色彩表达眼前江山、心中天地。古人用“澄怀观道”形容这种心灵与艺术的交融。

写这些，对我而言是总结，对你而言是希望能用某种艺术去修身，去净化心灵，获得身心的宁静、安乐与大美。

你进去了，入门了，登堂入室了，就知道我所讲的真义。

# 送画与不送画的人情世故

我的画数以千计，也给朋友们、读者、粉丝、支持我的人送了很多，但很少给圈子里懂书画的人送，即便关系很好也不送，除非人家开口要作品。

我为何不送画作给书画圈子里的朋友？在于他们是行家，行家看我作品，私下会挑很多毛病，作品被挑毛病，就不会珍视。一件作品送人本是好意，人家不珍视，送之何用？这是人情世故。我书画朋友多，我也经常给人家挑毛病，人家送我的作品也因挑毛病而不珍视。将心比，同一理。

我宁可把作品送给喜欢我的读者、粉丝，也不送懂书画而挑毛病的朋友，在于读者、粉丝发自内心地喜欢我和我的文字，书画本身的好与坏他们并不是很在意，他们在意的是“我有一幅老师的作品”。就像你父亲收藏我的一本册页，不在于这册页画得有多好，你父亲认识的名人很多，书画名家也有，好作品对他而言，不难求得。他收藏我的册页，在于他喜欢和我交朋友，喜欢和我论道。收藏是交往的因缘。

我经常淘书，能看到很多签名著作被送到旧货市场。你辛苦写了书，恭敬地题写了姓名送给某君，某君看都没看当废品处理了，然后其他人就能淘到“签名本”。我认识一位名气很大的学者，全国有很多学者，年长的，成名的，刚步入学术界的青年学子，给他寄书，他收到之后丢在一个地方，积累多了，集中卖废品。

为什么会如此？不珍视。

一年中，也有朋友花心思给我送礼，比如我生日，可送的是我不喜欢的东西，很难珍视，而在他们，觉得尽心了。他们不了解我的喜好，只是按照他们的喜好送礼，结果送的礼他们喜欢，与我无关。

给人送礼，送别人在某个时间段内能珍视的东西，不一定要花很多钱，但一定是“恰到好处，喜在心里”的东西。

# 一笔走天涯

我二十多岁的时候幻想过背着一支毛笔走遍天涯。谋生与行走的费用从这一支笔里生发出来。

我十多岁会写古体诗。

二十多岁时我开始写镶名诗，能把别人的名字镶嵌进一首古体诗里，甚至是把一家祖孙三代的所有成员，如孙子、外孙、女儿、女婿、儿子、儿媳妇、父母的名字都写到一首诗里，押韵是必然的，还要优美，有典故，读起来是一首很美的诗，经过解释才知道是镶名诗。

我当年想练好书法，到全国各地行走，没钱花了，就当街写镶名诗出售，书法好，诗好，价格不高，能换取生活与行旅费用就行。

三十年中从未实现过，镶名诗超过一千首了，大多是免费写的，收费写的不到一百首，挣点笔墨钱也是好的。

我喜欢梦想，喜欢过自由的、行走天涯的日子，三山五岳我去过不少地方，但更多时间宅在家里，很少出门，出门也就是淘书。

澄源喜欢开车，她梦想日后考个驾驶证，买个房车，带我去天涯看风景，览名胜，访道场，画山水。

这也是我的梦想，有一日，我会放弃著述，和妻游山玩水，现场作画。

当代山水画大师王悲秋先生曾和妻子、弟子一起开车远游两年多，走遍了中国，经历不同的春夏秋冬，从黑龙江的大兴安岭到西北的大沙漠、雪山、戈壁，看遍了西北的雄奇山水，又去看南方的秀水明山，一路画了无数好画，有时候天在下雪，他还在伞下画画。

看了他的纪录片，我很感动。我喜欢他的大山水，感觉那种境界，那种气势，超越了张大千先生，是新的格局。

国画大师张仃先生创立了“焦墨画法”，他在七十多岁后和诗人老伴灰娃一起看遍了祖国的大好河山，画了很多好画，张老说他不画自己没见过的东西。

“搜尽奇峰打草稿”，古人如此，今人也如此。

有一日，我会和这些前辈大师一样，一笔走天涯的，把身心投入到大自然与艺术中，不为名利，只为梦想，只为适性而活。

# 事事皆见天理与事事皆是天理

前辈儒道高人常说，修行到一定境界，事事皆见天理。有的还说，事事皆是天理。

“见”与“是”，一字之差，境界大不相同。

事事皆见天理，是悟的境界，在任何事情里都能悟道，都能明理，已经很了不起了。

事事皆是天理，是证的境界。天理已悟、已见、已得，能把天理融化到自己的任何事情里去。事即是理，理即是事，理事不二，自然，事事就是理，这时不需要讲那个理，任何事里已经彰显了那个理，也展现了对理的体悟境界。

有前辈禅师说，有没有开悟，不用说话，在面前一站他就知道你是否开悟。因为，你的精神、气象、行动无不是你悟证境界的展现与流露。

当然，有人能“和光同尘”而隐藏自己，那是针对普通人而言的，对很高境界的人，还是藏不住，会被高人看出你真正的修行。张三丰隐居武当山的时候，明成祖朱棣正遍天下寻访他，想向他求道，可张三丰隐居，不知踪迹，不显形容。永乐皇帝只好在武当山修庙以表达他对道的虔诚。修庙之时张三丰就和其他民工一起干活，只有得道者宋披云真人知道这个干活的民工就是皇帝寻访不见的张三丰真人。

## 做梦与续梦

我是个有点奇怪的人，奇怪就是，我做梦时如果中途醒了，起床了，之后躺下后梦境会接续，能接着前梦继续做梦，就像用“大麦”看电影，有事要暂停一会儿，回来后再点击接着看。或者如读书，因事要停一会儿，事办完了继续读。

很多朋友记不住梦境，更别说做了梦之后接着原先的梦继续做下去。

修道的人如果记不住梦，是定力不够，是肾气不足。

佛教密宗、道家丹法里都有梦修法，通过梦境来观心、知心、修炼身心，这样就把睡眠巧妙地利用起来了。这是古人的大智慧与大发明。

我从小记忆力超群，到现在我都记得两三岁、四五岁时做过的一些梦。这种能力可能与我从出生就记得投胎与出胎的过程有关。故而我信佛道，信生死轮回，信灵魂存在与仙佛真有。

信仰上的问题解决了，就该修行。我二十多岁时专门修过梦修法，观察梦境，记录过自己三千多个梦，逐一分析。正是这样的训练使我能记住很多梦境，能在梦醒后再续梦境，能在梦中知道自己在做梦，能在梦中想改变梦境时自主改梦。

佛道文化认为，人，生如梦，死如梦。投生的时候好像做了一场梦，结果已入胎胞；死亡的时候感觉做了一场梦，却已经成中阴身。

生命有很多奥妙，静心观照，不难了知。

# 生缘

投胎记忆，从小给我带来了很多身心的困扰。因为学习佛道文化，解了这个惑，不再迷惘。

人生的困惑是很多的，乃至无限的。

我一直有两个困惑，在我过了五十岁才真正解开了，真有“五十而不惑”之感。

第一个困惑，我为何投生到大西北，投生到甘肃？我前一生在江南。第二个困惑，是为何投生在老陈家，这里面有何因缘？

投生西北的甘肃，与张玉仙老师共同演道的因缘有关。这里面有很多神秘的事情，不方便写就不写了。我给你父亲多次详细讲过。

道演西北，是一个时空大因缘。张老师是主法之人，我是辅助之人。她来到了甘肃，我就得来甘肃。相同的文化、语言、风俗、习惯、饮食、地域，自然会使我们在弘法上有很多便利。老乡见老乡的心理认同感会使我和张老师沟通起来方便。

甘肃是道文化祖脉之所在。人文初祖伏羲、女娲、轩辕黄帝、大禹都是甘肃人。

为何投生老陈家？与我祖父和祖父的老师有关。祖父的老师宋把式虽是少林寺还俗的武僧，但他修道，晚年到甘肃武山水帘洞修道并坐化于山洞。我从未见过祖父，但可以肯定祖父一定修道，因为我父亲从小在我祖父的书里偷学了很多道教的咒语和经文，他曾经默写过一些，全是道教神咒、符箓和神仙名号，他也会画符念咒，颇有效验。父亲所写，我当时只是粗读一遍，没有参学、背诵。

1986年，我初中毕业，有个来自武山水帘洞的道人到我家住了几天，要度我出家做道士，我没去。他给我影印本《道德经》，这是我第一次读《道德经》，他还给我唱了“一颗枣儿没把把，我要修行要出家”的《道情》（修道歌曲）。这些，我在《生活禅》一书里很早写过。1990年，那位道长辞世的情景出现在我梦中，我正在早起思考这梦境时，隔壁家堂姐推门进来，直接对我母亲说某某道人死了，他生前说认识二妈（我母亲），在你家住过。

就是那位要领我出家的道长。

原来，堂姐婆家那里有个庙，那个道士住那庙上。堂姐说的话和我当时的梦境相印证了。

堂姐这是回娘家，她婆家离我家有七十多里路。她很少回娘家的。

在甘肃，除了崆峒山是道教著名道场外，最有名的要数水帘洞。

祖父的道缘冥冥中影响了我。

对祖父，我知之甚少。但知道他从小习武，他的老师是有名的宋把式，而宋把式入水帘洞的故事我是从家乡一位有道术的马大爷那里听来的。他讲了很多宋把式修道的故事。

人的一生，能明白自己的生缘，是一件非常了不起的事情。我很早就知道这一生宏观的生缘。像这两件，虽与宏观生缘相关，但还是微观的方面。

人经常在静定中观照人生，在某个因缘时节，那些困惑就自然消解了。

禅宗说：“欲知佛性义，当观因缘时节。”此语大有深意。

# 深夜的朗读声

春天的某些夜晚，我给澄源读德国著名作家黑塞的散文，有时候一晚上会读三篇,《提契诺之歌》，非常有灵性的散文。

我喜欢读书，读出声音的读书，在朗读中，更能体会文字的优美与哲理的精深。

黑塞本质上是一个孤独的思考者，孤独的作家，孤独的画家，孤独的哲人，孤独，也使他的心灵能深入到生命与万物的深层而观照，看自己，看万物，看山河大地，看日月星辰，看山村湖泊。他经常一个人在山林里漫步，漫无目标地散步。

在《山隘》中黑塞写到：

世界上所有的川流，最后总会汇集在一起，北极冰海与尼罗河终会转为潮湿的云。这古老而美丽的平衡，平添此刻的神圣之感；对于像我这样的游子而言，每一条路都是回家的路。

我的思念，不会再为朦胧的远方增添梦幻的色彩。我的眼光满足于所见的事物；因为学会了看，从此，世界变美了。

世界变美了。我孤独，但不为寂寞所苦。我别无所求。我乐于让阳光将我完全晒熟；我渴望成熟。我迎接死亡，乐于重生。

世界变美了。

这句子里有美，有温暖，有孤独和超越。

他有本小说《荒原狼》，我感觉，他内心的孤独感，就是荒原狼这样的意象。

鲁迅先生在《孤独者》里这样写到："我快步走着，仿佛要从一种沉重的东西中冲出，但是不能够。耳朵中有什么挣扎着，久之，久之，终于挣扎出来了，隐约像是长嗥，像一匹受伤的狼，当深夜在旷野里嗥叫，惨伤里夹杂着愤怒和悲哀。"

两位伟大作家的灵魂是相通的。我在朗读中，也感受到了他们曾经在深夜的嗥叫。

在中国，在当代，我孤独，却不敢在深夜嗥叫。我已经失去了可以自由嗥叫的荒原，我失去了曾经狂奔的原野。

我在都市的水泥丛林里，只能低声地朗读，在朗读中感受狼的嗥叫。

## 不敢误人

我平时写字画画，是玩，是调节身心，是寄情山水。工作累了，写字画画就解乏了，神清气爽。

一位朋友劝我在抖音上传视频，展示临帖、画画的过程，我拒绝了。我不喜欢在网上抛头露面，更主要的是，不敢误人子弟。

我的书法并未入境，不足以教人。我画画全是野路子，随心所欲地画，甚至是乱画，如果这样展示给人，会误人子弟。这是真话。写字、画画，初学时最好守规律，学好了可以破规律。所谓由有法到无法。写字上，我是讲究规律的，画画上，没守规律，没有打好基础，也没拜师，更多的是随心而画，画好画坏，并不是很在意，只在乎自己的感受，借助笔墨抒发心情，就很满足。偶然能画出好画，令我高兴。但没有规律的画法只会误导人。

我有自知之明。

我不在网上视频讲学，不愿意专门做这样的事情，是不想误人子弟。

写文章还是一种探索、研究，供人参考，而视频讲道，性质就变了。

误人子弟，等于误人慧命。

这是心戒。

不过，我的字写好了，画画好了，不误人的前提下，日后也可以教人。

# 拣豆子

一位出家修道的女士给我和澄源寄来了各种豆子和茶叶。有黑豆、白豆、白扁豆、黄豆，还有薏米。

在茶叶上，她亲自题写了文字。

琴有松风听古韵，
茶无心念起真香。

——赠姐姐

她称呼澄源为姐姐。

等茶千变味，
忘我一归禅。

——赠陈老师

好有意境。

夏天，粮食很容易生虫，今天天气好，粮食需要晒一下。薏米和黄豆里生虫了，其他的豆子都好。

黄豆最多，我摊在小区院子里被太阳晒热的红砖地上，里面的黑虫子出来了，大都飞走了。

豆子中唯有黄豆有点霉变。

晒了一小时，我开始拣豆子，把好的拣出来，坏的也拣出来。坏的，是虫蛀了的，霉变了的，我扔到树根下，想让豆子做树的肥料，会是上好的肥料。在农村假如家里没有化肥，会把大豆磨成面，当肥料撒地里。大豆植物蛋白多，是上好的天然肥料。

我耐心地拣了一小时还未拣完，便对澄源说，这豆子可能不好吃了，明年当肥料用吧，用来种花，种韭菜。

澄源说："再说吧。"

一会儿，楼上的邻居过来了，是比我年纪大的老人，对我说："你拣出来的坏豆子不要乱扔，放一边，你忙完后，我用扫把扫了，泡开做花肥。"他的花盆就在院子里，指了指。

我说"好"。他转身走后，我看着还未拣完的黄豆，对澄源说："余下的，不拣了，全给叔叔做花肥吧。"澄源很乐意。正好，叔叔的爱人在院里银杏树下乘凉，澄源过去跟她说话。

我干过农活，知道豆子脱粒后先要挑拣，农民会用笸箩旋转、簸箕扇动，颗粒饱满的自然和不饱满的分离了。品相不好的，挑出来喂猪。好的留着做豆腐，或者卖给豆腐坊。

朋友的黄豆没在脱粒时分拣，当时没有晒干，生虫了，霉变了，她还未发现。可能朋友不是很会干农活。

好好的豆子里，能在某个时间，比如夏天，会"无中生有"地生出一群虫儿来，还是会飞的虫儿。虫儿是从豆子的心里生出来的。生命的神奇可见一斑。科学上的道理是什么？我讲不清楚，姑且称之为"化生"，变化而生。

突然想起那句很妙的歌词：

虫儿飞虫儿飞，

你在思念谁？

世间事物，都有因缘。在江南的土地上朋友种了豆子，她把劳动成果跟我分享。只是不巧，豆子有一部分虫吃了，霉变了，我用来做树肥，楼上人家用来做花肥，物尽其用，绝无浪费。

朋友的豆子，一部分会被我和澄源食用，黑豆、白豆炖菜。朋友很细心，还在袋子里加了折纸条，写了豆子的名称和吃法。

这黄豆的旅行和归宿仿佛一个人的命运。

即便女娲补天，也有弃而不用的石头。可那女娲弃而不用的石头变成了通灵宝玉，变成了贾宝玉的命根子，来到了人间，最终却是："磨出光明，修成圆觉。"这八字足以说明《红楼梦》的宗教真意了。

世间万物，各有其数，各有其用，各有其归，恰好即好。

# 归来何须嗅

我在春天画过一幅画，题写了一首诗：

偶至无人处，更爱野感红。

归来何须嗅，嗅也自知空。

后两句从古人“归来笑拈梅花嗅，春在枝头已十分”化用，而证《心经》“五蕴皆空”之理。

禅宗有则很美的公案，唐代有位尼姑在开悟后写了一首诗，表达悟境：

尽日寻春不见春，芒鞋踏破陇头云。

归来笑拈梅花嗅，春在枝头已十分。

从宋代开始，这首诗流传很广，版本不同。比如“踏破”，有的版本作“踏遍”。如毛主席诗词里用的“踏遍青山人未老”。我喜欢“踏破”。有动感，显得山势很高。

“笑拈”，有的本子写成“偶把”。感觉“偶把”更美，偶然把玩之间突然开悟了。“笑拈”，一个美丽的尼姑手把梅花而笑，意境也美。笑拈，是从禅宗祖源释迦牟尼佛“拈花微笑”而传佛心印的故事里化用的。

说说我的诗。

野感红，是一位朋友的朋友给自制新茶取的名字，我这里用来指野外的红梅，没有比这三字更恰当了。

归来何须嗅，何必再陶醉于折枝上的梅香？目的是引出下面一句：

嗅也自知空。

这句的意境超越而究竟。

《心经》里说：“观自在菩萨，行深般若波罗蜜多时，照见五蕴皆空，度一切苦厄。舍利子，色不异空，空不异色，色即是空，空即是色，受想行识，亦复如是。舍利子，是诸法空相，不生不灭，不垢不净，不增不减。是故空中无色，无受想行识，无眼耳鼻舌身意，无色声香味触法，无眼界，乃至无意识界。”

这是大乘空宗的重要思想，万物的本性、本质是空。在人体而言，眼所见色、鼻所闻香也是空。我们所看见的图像、事物，佛法中称之为“色”，即物质世界，不过是来自视觉范围内的物体的光，经眼折光系统折射后所成之像，是个光影现象。嗅觉，不过是空气与鼻腔嗅觉神经相互的作用，本质也是空。

佛法的空具有科学道理，但不是否定物质的存在，而是讲缘起的本质。物理学上，物质的极微是能量湮没的空，是能量的振动。这触及佛法讲万物本质的空与空性了。

我写了很多题画诗，颇有深意，只是，现在的人由于国学根基浅薄，不解释就读不懂。读不懂，自然就读不出味道，诗句原有的哲理与美感会丧失殆尽。

# 修学者自明

自明，是我给一个修学者取的修道名号。她是北方人，因为孩子的健康需要在南方生活，便去了南方，在开门能看见大海的地方定居了。

自明是一个热心做事的人，能力强，大气，舍得花钱，舍得布施。更重要的是她喜欢修道，喜欢读书、学习。

在读书中，喜欢读我的文章和书籍，不是泛泛而读，而是非常认真地阅读，写笔记的阅读。有些著作反复读，还朗读了放到了“喜马拉雅”与人分享。也许是朗读了很多我的作品，因此对那些文章的理法有更深的理解和记忆。

上周日，张玉仙老师发来了她在1985年灵应的一组丹诀，名叫《修身了凡》，了是了脱，凡是凡身、凡尘。其中有首四言诗，非常高深。我当时给你父亲发去了，你父亲读后感叹说：“诗真好，与吕祖手诀一起传的歌诀也在其中，而且张老师的四言诗不多见。”

隔了两天，自明就把这首四言诗注解了，非常详细，很多地方巧妙地用我其他文章里讲的道理来注解张老师这首诗，可见她在学习理论上下了很大的功夫。

一个女生，在一年多的修学里获得如此大的进步，令人感慨。

我至今没见过她，上周才看过她两张照片。当初她开始跟我学道的时候，我就知道她会是继承我衣钵的一个人。我注解了张玉仙老师的数百首灵应诗，而张老师写过十六万首灵应诗，其中有很多是修道法诀。

不可能由我一个人整理、注解，还需要其他人来做好这件事，自明就是这样的人。

注解《修身了凡》，就是开始。

一切，皆有因缘。

我把自明注解的《修身了凡》发给了你父亲阅读。

人生中，有的因缘是冥冥中注定的。因此，我一开始和自明在网上接触，就知道她的这一因缘。

自明的意思，是自己先要明道。

自明，而后使人明，便是弘道。

# 后疫情时代的健康观

一场经历了半年的疫情已经让全球上千万人感染了，五十万人死亡。我开始给你写随笔的时候，疫情已经出现了，但没有引起人们的关注，更多的人不知道这件事，更谈不上恐慌。过了一周，突然有了武汉封城的决断。

疫情时代到来了。

今年三月中旬，中国的疫情基本控制住了，可在西方世界突然蔓延，于是，有了疫情“全球化”的危机。

到现在，人类顶级的科学家还没有对疫情、病毒的本质有所揭示，全球没有研制出真正有效的抗疫情的疫苗。

也许，自人类进入文明时代，这场疫情是唯一如此大范围传播、感染人数最多、死亡人数最多的全球公共卫生事件、全球安全事件。

这时候我们发现，挣多少钱，在疫情面前靠不住；科学一时也靠不住，很多人来不及救治就死亡了；在某些国家政府也靠不住，政府对民众、社会管理不力才使疫情泛滥、蔓延。

能靠得住的还是自身强大的免疫力。疫情期间，死亡最多的是老人，因为衰老，免疫力自然下降了。死亡的，还有很多孩子，青年、中年人。

后疫情时代的健康观应该有所改变。至少，人人应该关注健康，工作、生活、社交都需要与健康挂钩，与增强免疫力挂钩。

也许别人的一个喷嚏会要了某人的命，传感、感染的机会无所不在。

人不可能事事、时时在高度紧张的健康恐慌中，那样心理会崩溃的，更危险。

唯一能依靠的是增强自身的免疫力。

很多现代体育健身方法也靠不住，一些健身达人也在疫情中死去。传统的修身、养心、炼气之道，会有更好的作用。中医讲“正气内存，邪不可干”。

后疫情时代，人们更应该关注传统的养生之道，不分年龄，以养生之道来增强免疫力，主动为之，就能在任何危机中游刃有余，从容应对。

# 检测，公共安全与个人安全

（2020年6月）因为北京新发地新发现了新型冠状病毒，北京的一些小区又封闭了。我们小区开放半月之后又封闭了，不过不是很严格，只是不允许外面的人进来。上次你父亲和一帮朋友来我家喝酒，我们四个喝酒的，喝完了两斤“三花酒”，大家还笑，喝了此酒，可以“三花聚顶，五气朝元”。社区封闭，他们来不了了。上周有朋友来，只能在小区外站着说话。

有五十二个小区完全封闭，只许进，不许出。

还好，疫情的扩散控制住了。

今天，我们小区里的人集体核酸检测。我在小区住了十七年，从没有参加过群体之事。排成两队长长的队伍，老人，中年人，青年，小孩，我从未见过小区里有这么多人。正好赶上端午休假，人们大多在家。平时看见院子里散步、纳凉、运动、闲聊的人也就几十人，这一下数百人的队伍，近千人的队伍，我看到了很多陌生的面孔，一些坐着轮椅的老人，一些身材好看的女士，一些健壮高大的男生，还看到一个小姑娘，不满七岁，发如枯草，毫无光泽，有点发黄。我忍不住问澄源，这孩子的头发是染的还是自然的？按理，小孩不该染发，小孩的头发应该乌黑油亮才行。这孩子的头发怎么如此干枯？是不是得病了？

一些人抱怨等待的时间太长，也就等了不到一小时，他们受不了。有人还说，这半小时是这一个月里站得最长的时间。

我不玩手机，不时看着太阳。正午的阳光明亮而耀眼，我闭目把太阳观想在两眉之间，感受阳光的变幻。

每五人一组，扫码填写身份证号时我竟然忘了后四位。看来，好久没有用过身份证了。

检测很快，几秒钟，坐在医务人员对面，张开口，“啊”一声，医生就已经在口腔提取了黏液。余下的，等待结论。

小区里的人很配合。这关系到自身、自家、社区和国家的安危，责任重大。

医务人员穿着厚厚的防护服，跟大片里演的反恐防生化武器人员一样。大家没有恐惧，觉得就是那么回事。

这样的事情也许一生经历一回。

伏尔泰说：雪崩的时候，没有一片雪花是无辜的。

# 善应无方处处真

这是禅宗的一句话。《宏智广录》里说："阿依千眼通身是，善应无方处处真。"佛教有千手千眼观音，周身是手眼，为的是能更好地救助众生。千眼象征对这个世界无微不至的观察；千手，是寻声救苦的慈悲与更广泛的能力。

一个人，如果有能力有智慧有慈悲，善于应事，并不局限，这样，就能处处体现真理，于任何事情里都能展现真理。

无方，没有方所，没有局限，也就是无限。人的真心无限，佛性无限。大爱无垠是无限，诸佛慈悲是无限，真理是无限，道是无限，灵性生命是无限，法身无限，法界无限，生命的智慧无限。

这世界，无限的存在才可以作为信仰。有限者，会成为人的局限，就不能作为信仰。

一些团体把有限的理论作为信仰，是不理解信仰的无限性。因为，任何团体的理论都是有限的，甚至是有很多局限的，有时候这样的局限会带给社会、国民、人类危机和灾难。只有打破了这些局限，才能释放被局限的人性的力量和智慧而推动社会的进步。

对于一个悟道者，因为他的心，他的认知，他的生命站在道的无限境界，所以，他的做事、做人都能达到"善应无方处处真"。即便他的肉体生命的存在是有限的，但他的灵性生命、法身慧命是无限的。

你要懂得，有限的生命中还有无限的生命、无限的世界、无限的精彩。真懂这个道理，就开悟了。

# 闲评《石门颂》，道通艺自通

朋友丹辉临写《石门颂》，把自己临写的作品放到“小伙伴群”，我看后说：

丹辉临《石门颂》，更飘逸一点为好。《石门颂》是汉碑里最有仙气、最自由活泼的。你临得很好。笔底轻灵一点。个人浅见。萧娴大师毕生临《石门颂》，我看过她的作品，还没有达到神似。何绍基的临本可以参考，他是以自己的心法临帖，不像，但自成一家，颇有境界。

萧娴临《石门颂》，其病在过刚而少柔，少了飘逸仙气。

丹辉看到我的留言，便说：

爬楼看到了陈老师的提醒，感恩老师！今天书法老师在我们学习了一个星期的《石门颂》后，让我们掉头再学习汉简，目的是以《石门颂》碑文的大气厚重改善我们写汉简时太过飘逸轻浮的状态，我将尽力用心体会感悟。

我说：

《石门颂》里有汉简笔意，像那个“命”字，“诵”字，长长的一竖。字写古拙不容易，写飘逸更难。而《石门颂》里有古拙，有飘逸，两者完美结合。这才是奇迹。

萧娴大师临的《石门颂》，苍劲有余，秀逸不足。

轻浮是轻浮，不是飘逸。飘是飘，浮在纸上，飘逸是空灵洒脱。

丹辉读后即说：

明白了，谢谢陈老师提示的“空灵洒脱”，这的确是艺术的至高之境！我会努力体悟之！

这些闲聊中也有对艺术的真知灼见。

我上高中时就临写《石门颂》，不过不是从原碑入手的，恰恰是从何绍基的临本入手的。算来有三十年了，我非常喜欢何绍基的临本及其隶书作品。到了1996年，我临写《石门颂》原本，临写了很多年。1998年，我还在西安书院门一家画店看到新拓的《石门颂》整拓，有普通人家十多平方的一面墙那么大，非常精美，当时就标价四万元。1998年的四万元，可以在西安市购一套一百平的房子。

我非常喜欢《石门颂》，喜欢其飘逸中的古拙，古拙中的飘逸。

我也购了多位名家的临本，如萧娴临写《石门颂》。我也看过名家临写《石门颂》的教学篇，如王镛、张继的临写，都不满意。浙江书法家陈启元的临本，形神俱妙。

即便是大师临本，也有缺陷。有时候，艺术家的某些长处也会转化成缺陷。比如萧娴老人的书法，大气阳刚，阳刚过度了也不好，过犹不及。所以，她临写的《石门颂》未得《石门颂》的精微，尽管很多大师对她的临本评价极高。

这涉及艺术品鉴了。如果你日后对中国传统艺术感兴趣，这样的文章读读还是好的。丹辉博士，都快五十岁的人了，开始学习书法，每天花时间临帖，这样的精神很感人。经常她每天花四小时在习字，铁线篆写得非常有功夫。她喜欢艺术，艺术带给心灵安宁、充实，她也通过习字来修炼定力。

如果你有一天也想获得身心的安宁与专注，那就习字吧，中国书法，会带你到无限美好的艺术世界、心灵空间，在艺术中与真实的自己相遇，与道相遇，与禅相遇，与灵性相遇，与天地元气相遇，那时候，你才会懂得为什么书画艺术，会有“元气淋漓，真宰上述”的妙境，中国书画，会有神品、妙品、逸品之层境。也会懂得，真正的中国书画艺术家，一定是一个修行人、悟道者，也一定是个大学者、大哲人。艺以载道，艺能通道，艺能演道，艺即是道，妙不可言。

感而慨之，赋诗一首：

闲评石门颂，道通艺自通。
人奇字态古，心悟画境空。
有法成无法，云龙化神龙。
元气随笔旋，真宰我心中。

# 对生命中的“损友”勇敢说“不”

人一辈子会遇见很多种朋友，孔子说人“益友三，损友三”，总会有三种有益的朋友，三种损友。有些损友带给人的不仅是烦恼、伤害，甚至是巨大的灾难。

益友总会鼓励你，帮助你，玉成你，关怀你，这样的好也是彼此的。损友，经常打击你，吃你的喝你的，还坑你，甚至盘剥你，陷害你。对这样的损友，一旦发现，就要止损，要善于保护自己。

我这些年，交友无数，有益友，也有损友。你父亲是我的益友，还有一些，是损友。我讲讲自己遇见损友的故事。

我一位损友已经辞世了，他的损不是很严重。他喜欢与我交往，但经常让我帮他干活做事，颐指气使。他社会地位比我高，说话很损，我从未听过他鼓励我的话，聊天说话，言语刻薄，动不动生气发火。大家都好道，喜欢修行，能聊一些修行上的见闻，成了朋友。这些年中都是我为他付出。后来，因为我指出了他的一些缺点，他勃然大怒，我们断交了。直到他死前我们才重新联系，我对他做了临终关怀，尽了一份心意。

还有一位朋友也是这样的，对我的鼓励很少，很长一个阶段，我供他吃供他住，也给他钱花，很多年他都吃住在我家，只是后来我不再收留他了，因为，他长期不工作，不做事，渐渐地心理上出现问题，出现了很多幻觉、幻想，我不能这样再供他吃住。我劝他工作，他不听，其他朋友给他提供工作的机会，十年前，给他年薪十万，他还不干。我知道他心理上出了问题。我妻看着他红红的眼睛，很害怕。在他理智没有丧失前，我让他自己去谋生。他便投靠一位同城的亲戚，在亲戚家里也是这样的。几年之后，他心理上的问题越来越严重了，大家才通知他的家人，家人把他送进了精神病院。他住院一个阶段，出院不久又来北京，最后死在宾馆里，死因不明。不是他杀，不是自杀，而是猝死。

他死了，还欠着我的钱。只好这样了。

这位朋友的心理精神问题，其中一部分与性焦虑有关，到了结婚的年龄，且在各方面没有着落。精神分析学告诉我们，心理精神疾病的背后都有性问题。

这位朋友死后，我们一些熟悉的朋友在一起探讨时还说，要是他早结婚了，就不至于这样。

我喜欢看《今日说法》，看了二十年。有则案子令我和澄源很震惊。

北京有个亿万富翁被人杀死了，经过警方缜密侦破，发现杀人者竟然是被重用的老板的发小，他亲密的“哥们”。这个老板发家后就把他很落魄的发小某君请到公司，给他高薪、股份、高职，最终，他死在这位变态的发小手里。老板临死前问他：“为什么你要这样？我把你当兄弟，像吃一个母亲的奶长大的兄弟，你为什么要这样？”变态发小说：“同样是人，同样是一个地方出来的，为什么发财的是你不是我？为什么是你在我上面而不是我在你上面？”

他残酷地杀死了有恩于他的发小，伪造了自己不在国内的假象，把发小的很多钱转走了。细心的警察发现了破绽，终于破案，真相大白。

这案子对我和澄源的震撼在于，我和她经常帮助别人，可是，我们也感受到了被帮助者心理上微妙的变化，那些变化里似乎隐藏着某种可怕的东西，甚至是彼此生命不能承受的东西。

就像那位朋友，我不再供养他衣食住行，不再借钱给他，让他离开，自己去谋生。可他最后还是因为心理疾病而死亡，到死都欠着我和另外朋友的很多钱。

那些不想谋生，想依靠别人而生的人，应该让他到生活中接受磨炼，而不是把他保护起来，那样善心也会办错事。一个流浪汉、拾荒者都能自己谋生，为何有着高学历的人要寄生？使他们寄生的人也有错，而寄生本身又会给他们的心理造成很大的压力。

我的决断是对的。

年前，我给你父亲详细地讲过这样的事情。

你父亲说你也遇见了“损友”，不工作还要依靠你来生活，还给你带来了伤害和痛苦。

对损友，要勇敢地说不，如果损友伤害到你，一定要用法律来保护自己。即便平时，也要善于保护自己。那些损友、那些寄生者很容易变成对我们的伤害者，甚至是极其危险的伤害者。你还年轻，要学会保护自己，要用智慧保护自己，也要用法律保护自己。

没有工作的人，长期不工作，寄人篱下，容易在心理上出问题。以前，我一位朋友跟我工作，后来，他要自学考试，我出钱供他，他在我家吃住，学习，考试也通过了一些课程。可是，渐渐地我也发现他心理上出现了一些问题，喜欢高谈阔论，谈些不现实的问题。我好几位朋友都发现了这些问题。我便给他钱，让他搬出去住，自己去找工作，去独立。他考试的时候我也给他出费用，但不再长期供他生活。他起初不理解我，很不满意。后来他理解了。他回到了现实中，打工。离开我家两年后结婚了，如今是两个孩子的父亲，大女儿有十二岁了。

我让他离开是非常正确的抉择。他是朋友，只是长期依靠别人生活，心理压力很大，我担心他心理、精神上会出现问题。他走上了一条很好的自力更生的道路，成家立业，养家谋生，对家庭也很负责。

我当年让他到社会上独立，也是对他负责任。这样的决断是对的。

# 尘情有道君自悟，江山无恙我常游

这是我写给一位朋友的对联。第二句借用现成的，改了一个字，把“来”改成“常”，我游览了很多名山大川。

这联句对仗工整。第一句非常好。尘情，是红尘与情感的合称。人世间就是红尘，而红尘人世是讲究情感的，是有情的。佛教的菩萨叫“觉有情”，所有的众生也叫“有情众生”，佛教把普度众生叫“普度有情”。情之于人类，太深切了，元好问那句“问世间情为何物，直教人生死相许”，问疼了很多人的心。这两句诗经过金庸武侠小说的传播而广为人知。

尘世有道，情感有道，需要当事者在尘世中、情感中去觉悟，去领悟，去感悟，悟透了，心灵就自由了。古本情色小说《青楼梦》里有句非常好的话：“情禅参透，色相皆空；幻境归来，胸襟便朗。”我在二十五六岁读过这本书，当时就被这四句话震惊了。《红楼梦》的宗旨可以用此总结。

人世间的是非、恩怨、善恶、情仇、爱恨、得失、存亡、生死、彼此、阴阳这二元相对的事物里都有道，所有的二元对立的存在都可以归于“阴阳”，“一阴一阳之谓道”，世间本来是这样，能真正明白二元对立的存在与我们的认知、评判、心态都有关，很多问题会变得简单明了，便能于中悟道。

前几天，一位书友给我讲了他的很多苦，上高中时学习本来很好，可以考个好大学，可自己患了心脏病，只好留在农村了，非常辛苦地度过了三十年。如今，他的孩子，本来学习很好，可心理上有些问题了，只好休学在家疗养，读书。

即便这样，这对父子不断地读书，学习，非常上进。昨天我给他寄了两本书，还赠了一幅书法作品：

险夷增阅历，诗文迴风行。

“风行水上，自然成纹。”诗文不是这样的，诗文有人的智慧、心性、情绪、天性、阅历的融入。人生经历一些危险的事情、平常的事情都能增加阅历，而阅历可以使人悟道。

你也是一个传奇女孩，从小一个人在美国留学，后来自己去了日本，有很多外国朋友。你父亲提起你的时候非常赞许，肯定你的能力和胆识。

你有没有在宁静时回想这些年走过的道路、经历过的事情，从而于中悟道？“尘情有道君自悟”，也是说给你听的。

## 格局三句诗

今天早上，你父亲给我来了电话，仕途上可以“更上一层楼”了。你懂得的。

这对他，对事业，对社会，都是好事，毕竟，一个明道之人在重要岗位上为国家做事，会做得更好。

我给你父亲发了两句话，前两句是禅宗偈子，后一句是我写的。

对缘手眼通身是，应缘机轮转处幽。

但得无心于万物，何妨万物常围绕。

两句禅语共勉。

之后，我又发了一句：

道眼通微观宇宙，禅心应世立乾坤。

这三句诗，意义非凡。

第一句是说，要像千手千眼观音菩萨一样去做事，要通身手眼，看得广，看得真，看得全，做得实，做得细，做得好；这就是应缘的智慧，犹如机械齿轮一样运转，合乎规则，但境界幽微。

第二句是说，只要能做到无心于万事万物，也即不住不贪于事物，那么，心就是自由的，也是清静的。何妨让万事万物围绕着自己运转呢，这是很高的修身境界。

第三句是说，以悟道者的眼睛去观看事物的微妙、微观境界，就能通达广大的宇宙，从微观而通达宏观。以禅者的心来应接世务，就能在乾坤中立身，也能创造自己的一片天地。何为禅者的心？慈悲心是禅者心，无住、无相、无妄是禅者心。

第一句写入世做事的手段。第二句写出世修行的精神，弘一法师说，以出世的精神做入世的事业。有了这“无心于万物”的修为，入世做事就自由了。最后一句，讲修身立业的大境界、大格局，入世出世，浑然一体，是一个大宇宙，是一片真乾坤。这时，可以立德，可以立言，可以立功，都能成就。

这些诗句里的意蕴，懂了，受用一生。

# 学习国学智慧需要因缘与发心

我和你父亲共同的朋友金阳子发来的“修学日记”里说：

我想把陈老师的《生活之书》介绍给女儿，对女儿说：“每天花两三分钟学点国学，我给你发短文章，学不学？”女儿说：“不学。”我又说：“只须花一点点时间，就能充实自己，提升素质。”女儿问：“您希望我诚实还是情商高？”我说：“诚实。”女儿接着说：“那我就告诉您，不学。”

看来时机不成熟，顺其自然吧。

金阳子的女儿从英国留学归来，2013年出国前还跟她父亲来过我家，我送她两本书，一本与道教科学相关。

金阳子的女儿学习国学是有因缘的，她父亲的国学修养很深。可是，她没发心，坚定地说“不学”。不学，对她，是个不小的损失。不说她父亲这个国学宝藏她开发不了，我这里的国学宝藏就在眼前，她视而不见，听而不闻，弃而不用，真如古人说的：“身在宝山，空手而归。”国学的大智慧如果学了得了，一生受用无穷。

父亲毕竟是父亲，对女儿的爱是无微不至的。金阳子另一篇日记里写到：

“今天将陈老师的《事去心空》发给女儿，争取每周发一篇。”

我一周发七篇，他只能选一篇发给女儿。

金阳子今天的日记里有这样的读书记载：

“今天学习《道德经真义》《易学哲学史》《西游记》《西游原旨》。”

他读书很认真。这几本书都与我有关，《道德经真义》是我的著作；《易学哲学史》是我去年推荐给他、借给他的。说借他，在于这四卷本好书我也没读过，等他读完了我读一遍。《西游记》是我推荐给每一位修道者的“必读书”，而金阳子是但凡我推荐的书几乎都要读。《西游原旨》是我点校出版的古籍。

这是缘分，是金阳子的学道缘，是与我的修学缘。

金阳子有发心，他曾发心，但凡我推荐的书一定要读。我写的数千篇博文他非常认真地读了，说等于读了大学专业。

你父亲学国学也是发心学的。因缘具足，他喜欢国学，和我做了朋友，我推荐的不少书他都读。你父亲说：“这段时间，内心平静，已经被我视为一个法宝。”这是他学习国学的益处。

我一位朋友如心，你父亲也认识，对她的为人评价极高。如心的表姐辞世了，五十多岁。如心听后，对姐夫说，“我找个高人，把姐姐超度一下吧。”结果呢，姐夫非常不客气地说：“我是唯物论者，不信这一套。”这是没有缘分。本来，超度亡亲，是件好事，可固执的姐夫拒绝了。

我一位好友的博士后导师患了癌症，做了手术，她去看望导师，说愿意介绍有名的中医师给他瞧瞧。导师一家很不高兴地说：“我们信科学，信西医，从不用中医。”他们宁死都不愿意中医参与治疗。

学习国学、好好修行的缘分随处都有，只是很多人的心是封闭的，拒绝的，好缘分被屏蔽了。人的认知的局限，人的固执，人的自以为是，这样演示给我们看。

你能在第一时间读我写的这些文章，非常有缘，但需要阅读的发心，需要长久阅读的发心。

我给你写这本《生活之书》，是我的发心，是我与你的因缘。

能不能坚持认真地读下去，就看你的发心了。

# 生死有命，缘或有续

今天，我才知道好友持心辞世两个多月了。

前几天突然想起持心，好久与他没有联系了，我在“小伙伴群”里问他，他没应答，我立马知道他辞世了，对澄源说：“持心辞世了，你把他名字从小伙伴群里删除吧。”澄源说：“你咋知道他辞世了？万一他没辞世，把他删了，他知道后多伤心。”我说：“我知道他辞世了。因为他的命数已经尽了。”澄源于是把持心的名字删除。

小伙伴群里与他有联系的朋友也联系，没应答。

过了两天，也即今天，持心的爱人跟澄源发微信说，持心在四月已经辞世了。忙得没顾上说。

是她看到了我的问询和其他朋友的问询才作答的。和持心爱人的对话也就三句话。一句说持心已经辞世，一句说节哀，一句提及过去和持心在我家见面的事。

三年前，持心患癌，接受手术。那时候他爱人跟他闹，也跟我闹，她以为我是骗子，持心跟我学道没学好，学出病了，她威胁我，说要告我。

那时候，持心在病中，对他爱人的举动很痛心。

他非常尊敬我，我们交往了二十年，一直以朋友相处，他倒没有跟我学过修道的法门，做了我二十年的读者、粉丝。我原先真有心教他一些道家养生修道的功法，看到他夫人那样为难他，为难我，没再教他。

她扬言要告我，我说不怕，告状讲证据，你丈夫的病跟他与我做朋友之间没有任何因果关系。他是我朋友，是我读者，这不意味我要为他的生病负法律责任。

我看了二十年《今日说法》，我兄长、同学、朋友中法官很多，我懂法律，不怕她那样叫嚷、威胁。我为持心难过，持心自己更难过。持心在病中时为他夫人的行为向我道歉，我说不是什么事，好好养病。

由于这个缘故，我私下占卜过持心的命运，发现也就两年多到三年的寿数。

我前几天问，就是突然想起了这件事。

还是没有逃出命数。

持心和他爱人处得不好，一直想离婚，找过我，面谈过。我劝他别离婚，把婚姻当功课一样来修身。他便不再离婚，安心与爱人过日子，曾经还发过心得，觉得能反省自己了。

知道持心辞世后，澄源问我：假如他当年离婚了，会不会还活着？他的早逝，与经常和老婆生气有没有关系？

我说：没关系。这是命理上的事情。生死有命，与他老婆是什么样的人没关系。世间有很多夫妻，经常打架闹事还都长寿。主要是他的命，他命里有这样的老婆，命里有这样的格局。命数很多时候是定数，要改变命数，非常难。他的命数，从他出生的时候就已经有了大体的定数，与他老婆无关。即便他和别人结婚，大体也是这样的定数。

我大表兄懂命数，在他四十岁的时候就知道自己活不过五十五岁。果然，他在五十五岁前就病逝了。病因是他跟我表嫂吵架，但本质是命数。

孔子说：“乐天，知命，故不忧。”“朝闻道，夕死可矣。”

这是哲人的悟达。

一个人寿数的长短有一定的数理局限。但心态、悟境不可限量，没有局限。一个人没能改变命数，但可以改变心境，从而坦然、超然地面对死亡，无畏、无碍地面对死亡。这已经是很高的修道境界了。

持心辞世的前一年跟我谈过很多他的心境、悟境，他是医生出身，对自己疾病的发展应该有所察觉，他给我的感觉是，已经能看破生死了，有点悟空的境界。

在中午，得知持心迟到的死讯后，我盘坐，结手印，祝愿持心到善道投生。

如果来生他还有修道缘，已经投胎人世，如果他长大后在访道时我还没有死，还能遇见我，但愿那时候还有一份真正的修道缘，那时候我会把所学传授给他，了却一份夙缘。

二十年中我一直把他当作好朋友，他一直把我当作好老师。只是相隔千里，仅仅见过两面，一次是他来京旅游，一个人私下来见我；一次是我去苏州大学讲《道德经》与《坛经》精义，离他很近了，当时他和老婆闹矛盾，我说“带着你爱人来见我”，就这样他们夫妻开车来见我的。他对我的敬重，足以让我在心里为他的来生做出最好的祝福。

我想，那时候，我至少有七十多岁了。

那时候，也没有人再威胁他，不允许他有信仰，不允许他修道了。

但愿，再来人世的他能更早地遇见我，能在我还没有老糊涂的时候，能在他最好的年华遇见我，得到我的真传。

（补记：此文作于2020年初夏。2021年元月校订时，感慨不已。在此，还要祝福，但愿持心再来人间时，能有一段惬心的好姻缘，夫妻恩爱，彼此尊重，彼此扶持，彼此理解，彼此玉成。）

# 安卧虚空枕明月

朋友寄了快递，快递小哥在大门外等着。因为疫情，他和车不能进小区，我只能到门口去取。

都快九点了，院子里很静，天上的明月渐渐趋圆，看不见星星，天空一片湛蓝，而地上的绿树显得幽深。风吹拂着我长长的胡须，胡须飘动的时候下巴感受到了力的作用。

小区里行走的人很少，门口的保安，安宁地坐在椅子上休息。

我拿了货，慢慢回家，慢，是想感受夜的宁静和风的温柔。天空中有偶然飞过的灵识，一团明亮的光转瞬即逝。

路过的灵魂，你好啊。

晚上睡南屋。有近一年没在南屋睡觉了，又能在南窗看天空、明月和白云了。

躺在南窗下看天，天是湛蓝的，依然看不见星星，窗前是石榴树已结了果子。

我躺着，看石榴树的枝叶，看到枝叶上泛出的光晕，是树在呼吸，是树在和天地交换能量。树散发出淡淡的薄薄的光明，那光是祥和的，温暖的，明晰的。

每个生命都生活在光明中。

看着湛蓝的虚空，感觉自己躺在虚空中，枕着明月。

自己是虚无，是虚空，是那一片光明，也是独立的个体。

既虚无，又实在。

既会在某个时空死亡，又会在某个时空再生。

这一夜，我没有入眠，看着虚空，融入湛蓝。

# 直截承当，不打“之”绕尔

宋代大慧宗杲禅师谈到悟禅的境界，说：“此事不在久历丛林、饱参知识，只贵于一言一句下，直截承当，不打‘之’绕尔。”

大慧说，觉悟心性真理，不在于你去了多少个寺院（丛林），不在于你见了多少个大师（知识），最珍贵的是能在大禅师的一言一句之下，当下体认本心而不走弯路。这弯路，思想上有，修行上也有。

说来有意思，我家乡把说话绕来绕去而不直说也叫“打之绕尔”或“打之绕儿”。这个“之”字拐来折去像弯曲的道路。

我在读禅书时经常能发现家乡的一些俗语原来是唐宋古语，真想作一篇《还活在甘肃方言中的唐宋禅语》。“筑一拳”“打之绕尔”，如今还活在甘肃人特别是甘谷人的口语中。

写这段禅语，是想告诉你：

人生中重大的事情，特别是与生命、生活、生存相关的大事，一定要直说、明说、简洁说，就不“打之绕尔”了。

对你的亲人，对你的爱人，对你很重要的人，都要如此，就会很直接地触及事情的本质而尽快尽早解决问题。

你父亲说过去很多事情都是你自己扛，不愿意给家里人说。现在，你也在变化，喜欢跟他交流，能直接说事了。对此，他很高兴。

你父亲甚至认为我写这些文章对你有很好的作用。有没有作用，我不知道。只要你认真读了，一定会有益，会在潜移默化中影响你。

# “事无对错，但有因果”与“不论是非，只问因缘”

第一句是南怀瑾先生语，第二句是当代大居士李家振的话。南先生天下皆知，李先生是佛门大居士，原先在中国佛教协会工作，与赵朴初先生交情颇深，他俩还是亲戚，李先生的姨婆是赵老的母亲，我读过李先生的《菩提一叶》一书，写了他眼中的赵老。

2020年1月18日，李先生圆寂于上海，享年85岁。他生前帮助过很多佛教文化学者，参与、指导、玉成过很多重大的佛教文化工程，特别是佛教文献的数据化工程。

佛教界、学术界，老先生德高望重。

南先生的话很妙，事情的对错就在因果中体现，而不是在我们的主观认知与评价中，有时候某些事情明明错了，但我们人为地，为了某种原因、目的不愿意认错、不敢认错，就把明明是错的说成是对的。这样的事情，从国家层面到个人层面都存在。古今中外，概莫能外。有时候有些人有些政府还会掩盖某些重大事情的真相，这样，对错问题就变得扑朔迷离。

因果报应是客观的规律，错有错的因果，对有对的因果。佛法的核心是因果。“菩萨畏因，凡夫畏果”，菩萨畏因，所以不会做坏事，只做好事，凡夫不管因，但对果报感觉很害怕。

人的某些结论和认知，不可信，但因果的事实结论是可信的。有些人表面上看起来很善良，但有别人不知道的隐恶。这隐恶自然会有恶报，恶报不会被掩藏。即便有人对恶报有意掩盖，但恶报本身就在那里，掩盖并不能否定事实的存在。

李先生的话也很妙，是非也是对错问题，任何对错都是有因缘的。佛教在认识事物时提出了因缘观，整个世界都是各种因缘的集合。因此有“见缘起即见法，见法即见佛”之见（见地），“缘起论”是佛教独创，是解释世界最深刻最本质的真理。

南师从因果上论事，李先生在因缘上论事，恰好是“因缘果报”。因缘是因，果报是果。李先生从因上说，南师从果上说。

两位大师两句看起来很平常的话道出了佛法真谛，智慧超然。

# 一首老歌的故事

今天澄源跟她母亲通话、聊天。母亲讲了一件事，她去看望一位朋友的老母亲，今年九十五岁了，前几天身体还好，可以到处走走，做运动，这两天突然病了。

老人家只好卧床。有趣的是，老人家的意识突然变得有时清晰有时糊涂。清晰的时候重复唱一首歌：《社会主义好》。

社会主义好，

社会主义好，

社会主义人民地位高，

……

我小学时、初中时这是课间必唱的集体歌曲，也是学校里重大活动上必唱的集体歌曲。这首歌曲是1957年诞生的。

老人家在1957年时已经32岁了，就是我来北京的年纪。这歌曲入了她的心入了她的脑，在高龄的时候，很多事情都忘记了，而这首歌一直盘旋在她大脑里，可见当年她唱过无数遍，肯定唱得比我多。从小学到初中毕业，这歌曲少说唱过七八十遍。上高中后学校不要求学生必须唱这首歌了。

这首歌在我家乡还有一个版本，我也唱过，那是饥饿年代，农民们唱着表达自己的苦闷情绪。也许这样版本的歌曲在那时是不允许唱出来的；作为对历史的记录，有必要记录几句，是对历史的记录与反思，不这样记录，只怕过上多年人们会完全忘记这回事这首改版的歌，其中有“吃不饱”。

其余的词语，不能写。问题就出在“吃不饱”三字上。1957年到1960年，我母亲称之为“饿死人的天年”。母亲说村里人饿得吃光了老鼠，吃光了树皮，饿死了很多人，村里一个老奶奶饿得实在没法活了，把小孙女煮了吃。

全国著名作家雪漠先生是我友，更是甘肃老乡，他的小说《西夏咒》里写过“吃不饱”的年代人吃人的事情。我读过甘肃常河人常引民的长篇七言诗体自传，里面写了吃过人肉的同学，那个同学后来疯了，说看到索命的鬼，后来自杀了。

那部长诗读得我心里很难过。

假如我晚年写小说，会写这些内容。

写一点点给你读，了解社会与人性。

只怕这是你父亲不给你讲的苍生往事，也是我们这一代人童年经历过的往事。

# 心物一如

昨晚，浏览朋友圈的时候，看到浙江武术家蒋文先生发了一张图，并有感慨。

在某小区的一排垃圾桶上横着一幅装裱好的书法横幅，上书魏碑体楷书“心物一如”四字，应该是书法家所写，字写得非常好。这样好的作品有人还是丢进垃圾堆。

蒋先生感慨，这肯定是没花钱得来的作品，或者是作者白送人的作品，人家不珍视。要是人家花了重金求来的，哪里舍得扔掉？

感慨归感慨，这作品是如何得来的，不得而知。

我读后留言说：

“心物一如。高深的佛语，百姓不懂，弃如垃圾。字真好。捡漏者得之，亦变废为宝矣。”

这样的作品被不懂的人丢了，可惜吗？不可惜，这会给拾荒者、捡垃圾者以机会。我相信这样好的作品，很快会到旧货市场等待有缘人接它回家。

我问澄源：假如这字是咱们小区的人丢垃圾桶的，你捡吗？

澄源毫不犹豫地说：捡。

我也会捡。因为书法好，也因为这四个字所包含的佛法真理。

在佛教，认为心与物，本质上是一回事，也叫“心物一元”。心的本质是空，物的本质也是空，在空上，心物是一元的。物的空，可以结合高能物理学来理解。心的空，指心的无形无相。心不是心脏，而是对“形而上存在”的代称。

“心物一如”，如，……的状态。心和物是一样的存在。如，也可以代表佛教讲的“真如”即真理、实相，心和物是一，也是真如。

禅宗有“见物即是见心”之语。

说来有趣，蒋文先生在浙江临海，在宋代，临海城里出了个千古大真人，就是写了《悟真篇》这部千古丹道名著的张伯端紫阳真人。如今，临海城里还有“紫阳街”“悟真坊”“奉仙坊”“迎仙坊”等古迹。2012年，我去浙江参加纪念这位张祖师的大会，蒋先生还陪我游览过紫阳故里。而《悟真篇》的外集里就有一首偈子《见物即是见心颂》:

见物便见心，无物心不现。

十方通塞中，真心无不遍。

若生知识解，却成颠倒见。

睹境能无心，始见菩提面。

如果把心和物的关系狭义地用认知、思维与事物、存在来讲，则这句偈子的第一句，讲的是主观与客观之间不可分的关系。看见了事物、存在，就能看到人类的认知、思维能力的存在；没有事物存在，也就看不到人类的思维和认知的展现。

这只是方便的解释，佛教讲的心、物的概念是非常丰富、周遍的，与天地万物的整体存在、性质都相关。心与物的关系，内涵太广，涉及佛法的根本，也涉及佛法与自然科学的关系，涉及宇宙万物的本质，比如，拿唯识学的原理来看，心，便是本体意义上的存在，有如道家讲的“道”，而宇宙万物都是心识变现而有，就像道教所言，万物是道所生化而有一样。“十方通塞中，真心无不遍”，就是这个层面来讲的。

说来也巧，还是这个张伯端，在《悟真篇》后序里将“心”与

“道”做了体用解释，他说：“夫欲免夫患者，莫若体夫至道；欲体夫至道，莫若明夫本心。故心者道之体也，道者心之用也。”心是万物的本体，道是心的妙用。在中国哲学而言，全体即用，全用即体，体用也是一如的。这个话题可以存而不论。

你父亲对《悟真篇》有很深的研究了。他阅读的是我注解本。日后他读此篇，对他理解紫阳上面的偈子会有帮助。

你不一定要理解何为“心物一元”或“心物一如”。知道这个词语和一则故事也好。

在你眼中视若珍宝的东西，在别人眼中可能就是可以丢弃的垃圾。这也是“见物即是见心”的最粗浅的一层道理。那个人把很好的“心物一如”横幅当垃圾丢弃了，这是见物；可见此人的无知以及无艺术修养，这是见心。

在我，看到这是件很好的艺术品，这是见物；我还知道这四个字的含义，从这里也可以知道我对佛法的谙熟，这是见心。

对于一个拾荒者，看到这个东西应该捡拾，这是见物；觉得还能卖钱，这是见心。

推广而言，在任何事情里都能看到当事人的心性。这便是最简单的“见物即是见心”。

我们的行动也能体现我们的心理，这也是心物一如的道理。

佛理融化到生活里，高深的也可以变得简明、实用。

# 衰老的到来悄然无声

今天，我岳母去银行取工资，发现她三个月的工资七千多元被人取走了，她惊讶，着急。

没办法，她打电话告诉澄源，问怎么办。澄源告诉她，要报警，警察来了，会调取监控录像，会看是谁取走了钱。如果能立案，就会侦破。至少能避免以后发生类似的事情。

岳母报警，警察来了，调取监控录像看，竟然是我岳母在6月18日自己取的。

可是，她根本不记得有此事，仅仅二十天就毫无印象了。

虚惊一场。对于一个退休老人，七千多元是一笔不小的钱。

她今年才七十岁，记忆力如此严重衰退。

她反复说自己真的记不起曾经来取过钱。

我知道自我岳父辞世后，她记忆力下降很快，身体衰老的速度也快。我平时叫她背诵古诗，写写字，可她坚持得不好。

经过这件事，我告诉老人，要写生活日记。每天做了哪些事情，要记录一下，买了什么菜，花了多少钱都记下来，上银行的事情更要记录。每天晚上还要看一遍。闲下来的时候还要翻看一下。每天背诵的诗歌要抄在日记中。

这样就能增强记忆。

生老病死，人生之常，这期间老与病是很痛苦的事情，特别是老年之后的病，更痛苦，老了，还有病。

现在的年轻人很少想这些事情，总觉得衰老和疾病离自己很远。

固然，衰老和疾病离自己远，可是，衰老和疾病离我们的父母、祖父母很近，离我们的很多至亲很近。疾病和衰老结伴而来的时候，像风雨一样侵蚀着他们的身心，使他们逐渐地苍老、萎靡、面目全非、失去记忆……

这是人生真相，也是人生苦难。佛道前辈早就以大智慧看透了这一切现象与背后的真相，所以要通过修行来超越死亡与疾病。超越死亡，知道生命本来永恒，不再惧怕死亡；超越疾病，可以保证这个身心不会被疾病左右，获得健康、延长寿命，并能自主生死，何时死亡，向什么地方去转生，他都能做主。这样的人，是修道的成就者。

退一步说，即便修不到这境界，也能在人间明白地活着，快乐地活着，健康地活着，无畏地活着。如此，亦足矣。

# 人心能静

曾国藩说："人心能静，虽万变纷纭，亦澄然无事。"

我喜欢这句话。这也是近两年你父亲的体悟。人心安宁下来，就没事了。

古人主张"静以修身"。曾国藩是大儒，其言算是儒家的代表。在孔子、孟子、荀子时代，都讲究以静修身，《大学》就说："知止而后有定，定而后能静，静而后能安，安而后能虑，虑而后能得。"荀子就说，人要做到"虚一而静，谓之大清明"。定与静是修身的状态。

道家真人张伯端说："能静，金丹可以坐而致也。"

佛教说："定能生慧。"

静与定的好处很多，古今的论述汗牛充栋，如何达到静与定，才是最重要的。比如静坐，比如观呼吸，比如练瑜伽，比如专心地做一件事而达到非常专笃的忘我状态，也是定，只是叫"凡夫定"。

任何事情里都能磨炼、增长静定之心、静定之性、静定之能、静定之力。

每天闭目养神十分钟，十分钟里尽量不思考问题，只是深呼吸，只是感受身心的宁静，哪怕十分钟的静修，对身心的意义也是非凡的。这样训练，逐渐地，就能进入瞬间定，很快就契入一种安宁与空明中。

将这种空明与安宁自然扩大、渗透到人生的各个环节，定力就自然修成了。

于是，人就能做到“虽万变纷纭，亦澄然无事”，首先是心里无事。其次，人生真的就没有那些烦恼的事情了。

# 朋友

人生需要朋友，儒家把朋友列为君臣、父子、师生、夫妻、朋友“五伦”之一，可见朋友对人、对人生多么重要。

我家乡有俗话说：“天晴改水路，无事早维人。”在甘肃方言里，“维人”是交朋友的意思。世俗的说法是“多个朋友多条路”，没错，这是世俗的功利主义的说法，也很好。但朋友的意义不只是“多条出路”，很多时候朋友与自己的出路无关，可以是聊天、谈心的朋友，可以是尽情倾吐的朋友，可以是说说真心话的朋友，可以是因为信赖而心有寄托的朋友。

最近，中国南方发水灾，很多城市浸泡在水里，想想我家乡的“天晴改水路”之言，太重要了，没有下雨前就应该想到下雨后的水的出路。中国很多城市的建设看起来很繁华，那只是地面上的事情，可地下的水的出路呢？很糟糕。所以，很多城市都在重新修建地下的水路，哪怕花很多钱也要补上这功课。

今天，你父亲和一位你认识的朋友来访，大家的朋友如心女士也来访。大家谁都没有谈到今天是澄源生日的事情，你父亲不知道，如心不知道，但你父亲给澄源送了好酒，声明是送给澄源的。

澄源昨天就准备这次朋友的聚会了，我们都没有告诉朋友们今天是澄源的生日，你父亲绝对不知道。

吃完饭，我告诉大家今天是澄源的生日，大家很惊讶，觉得很有意义，无意中赶上了这个日子，你父亲很感慨，无意中主动送了澄源礼物，第一次送澄源礼物，正好也是澄源的生日。澄源辛劳了一天，准备这丰盛的晚餐。

朋友间的很多事情，这么奇妙，这么相应。

有可以一醉方休、无话不谈，哪怕酒后吐了真言也放心的朋友，是人生之幸事。

我和你父亲就是这样的朋友。

今天喝了白酒喝啤酒，尽兴，欢乐。

朋友是五伦之一，切记，要有真心朋友，哪怕是只和自己分享快乐的朋友，也是非常幸福的。

晚上，你父亲回去后发微信给我：

昨天这事奇怪，虽然不知道澄源过生日，早晨我却想让朋友买束花，后来单位有事，忘了，带了那两瓶酒，也确实是要给她的。还真是有些感应。

我说：好朋友自有心灵感应。也是相应。

# 道隐无名

我画了一幅山水画，里面有个红衣僧站在松树下望着远方，一位朋友看了画，问我：

“老师，他站在树下望什么？老师平时画的一般是坐着的红衣僧人。这幅画整体看着舒服。”

他在树下望什么？

望云，望远方，望苍茫，望无所望。

我喜欢在山水画里画一个僧人或者一个道人，象征出世精神。弘一法师说要以出世的精神做入世的事业。不被世俗中的名利等所累，人就活得洒脱了。

从我内心而言，这是我向往的山居生活或者隐居生活。

如今在都市生活，山居生活或者隐居生活虽不能至，心向往之。

我喜欢老庄两句话：

“道隐无名。”道本身是隐藏的，我们看不见、摸不着，也没有名字。把那个存在命名为“道”，是老子悟道后不得已的作为。

“相濡以沫，不如相忘于江湖。”这是庄子的淡泊，也是我的处世格言。我有很多朋友，但很少主动联系，不去打扰朋友。相忘于江湖，最好。

澄源有次问我：不能出书，不能做事，不能取得更大的成就，或者不被社会认可，你会觉得遗憾吗？

我说：不会。我很满足现在的生活。不能出书，不能做事，那就不出书，那就换种方式做事，或者不做事。一切皆因缘，那就顺缘，待缘，安于目前的因缘。至于所谓的成就、会被谁认可，我更不看重。重要的是真正有道，而被天地万物所感受到。一个人不能得道，那些名都是虚假的，是不会长久的，有也等于无。一个人得了道，名就与道同在。老子、孔子、六祖慧能因为得道，他们的名与道不朽。

即便如此，对于得道者，“功成，名遂，身退，天之道。”最后还是要退隐，此身退到道的世界里才会有生命真正的自由。

我不主动求名，不特意弄名，只是去做事，名，自然而来，自然而去。

洞山良价禅师临终前对弟子们说：老僧在这俗世有些虚名（闲名），你们谁能为我把虚名除去？

他的一位弟子出来问：敢问老法师的法号是什么？

洞山良价禅师听了，笑着说：我的虚名已经除了。

说完安详坐化。

老禅师是真正悟道的达人，知道虚名是不能留长久的。他以这样的临终教化告诉弟子们，虚名是没有用的。

（师将圆寂，谓众曰：“吾有闲名在世。谁为吾除得？”众皆无对。时沙弥出，曰：“请和尚法号？”师曰：“吾闲名已谢。”——《五灯会元》卷十三）

很多人看不透虚名，弄虚名，误大事，从国家层面到集体、个人都有这样的事情。

看清、看轻虚名不等于不做事，而是不被虚名所累，生命就是自由的、豁达的、超越的、与道相通的。

这才是微妙处。

# 做个独立自主的人

“听妈妈的话。”我们从小即是在这样的思维教育中长大的，到了工作中，也是这样的思维模式，要听各级领导的话。“听父母的话”“听老师的话”“听组织的话”“听领导的话”，成了我们一生的思维定势。甚至因为独生子女在外地工作，老人在当地无法自己养老，只好“听子女的话”。有时候也想，这思维方式真的好吗？现代社会有多少“妈宝男”“妈宝女”在妈妈的干预下使学业、事业、婚姻都受到了严重影响。

工作中要听组织的话，最后还是听人的话，甚至具体到听某个人、某几个人的话。如果某个人的话某个人的决策是有问题的呢？那么公司、社会将会面临什么样的风险？古今中外，历史的经验是很多的。

现代教育与现代思想，提倡独立思考，如果一生听话、一生跟风，那怎么会有独立的思考？没有独立的思考，哪里会有创新精神？没有创新精神，如何能推动社会的前进？

在中国人的整体教育中，提倡孩子要听话，我们总把听话的孩子当成好孩子，不论家长还是老师，都会这样看待。家长把顽皮不爱听话的孩子看成是“问题孩子”，老师甚至把不听话、有独立思考能力、特立独行的孩子看成是“坏孩子”。

也许，这就是中国孩子在考试上能超过美国孩子，而在独创上、独立上、自主上没法跟美国孩子或者西方孩子比能力的原因。

钱学森先生辞世前有一疑问：“这么多年培养的学生，还没有哪一个的学术成就，能够跟民国时期培养的大师相比。”钱老又发问：“为什么我们的学校总是培养不出杰出的人才？”

就说钱学森，他是民国和美国培养出来的世界级的大师。钱学森提到了民国，这是针对解放后的新中国的教育而言的。

问题在哪里？就在中国教育思想，在培养“听话”的人。

独立自主、独立思考、独立人格对这个民族、国家更重要。

你在美国、日本都留学，知道国外的教育情况。

人在任何时候，都应该独立思考，不盲从，用理性看待事物的本质。

当然，在某个境界里某个时候也需要听话与跟着走。修行之初，跟着一位大成就者修行，老师的教诲还是要听的，经典里真理的声音也是要听的，老师指出的正确方向是要跟着走的。但修行也主张独立自主，自修、自证、自肯、自成，便有了“乾坤独立”的伟大气象。宋代释大观禅师便说：

乾坤独立，从者里入。

风吹不著，雨打不湿。

者里即“这里”。从乾坤独立、独立乾坤的境界去看待生命，会有大智慧、大自由。

禅宗智通禅师有一首很有气势的禅诗，被宋儒陆九渊、现代大儒熊十力用以表达心志：

仰首攀南斗，翻身倚北辰。

举头天外望，无我这般人。

何等独立、超迈。

# 慈悲里具足了真善美

（2020年夏）最近南方水灾，民众、国家损失惨重，动辄以百亿计，地方多了，以千亿计。

今早看了一段视频，江西受灾，一位女士哭述，大水冲走了她的店面和所有库房，直接损失两千多万。

一夜之间这位女士的财富清零，还欠下很多债务。

每看到社会上各种苦难的事件，我都为自己还生活在幸福与安全中而欣慰，更感觉活着而能拥有安全、健康、幸福是很不容易的。这世界上有很多人没有安全、没有健康、没有幸福。

“须念天下苦人多”，是佛教的慈悲，会使我们更加惜福。

尽可能的时候需要对苦难者予以帮助。这是修福之举。不是为了修福才做一些力所能及的善事，而是，人，应该如此。

我经常聆听很多读者讲述些苦难，有的因为病痛，有的因为精神苦闷，有的因为遭遇不幸，有的是因为家庭变故，各有各的悲催，各有各的难处。我经常会花很多时间读他们的信，给他们回复，或安慰，或帮助，或者提供一些有益的信息。

这样的工作做了二十年了，你可以想象，二十年要读多少信、要回复多少信，读信和复信都是数以万计的。

我耐着性子做这件事，是体念天下苦人太多，而我，是一个生活得相对幸福的人，我愿意通过我的帮助，多少能减轻那些痛苦者的痛苦，哪怕是因为安慰而获得一时的心灵安顿。

一位读者，他哥哥患强直性脊柱炎和其他疾病于去年辞世了，而他，年纪轻轻，满身是病，发给我的他最基本的病就有好几种，强制性脊柱炎、颈椎强直、腰间盘突出、鹅掌风、脂肪肝、弱精子症，还有其他毛病。

去年他求助于我，让我介绍大夫，我当时无法介绍谁。前两天我突然问起他哥哥，他说已经死了。

我感到难过。

这两天，我为他介绍了一些朋友中可以帮助他的医生，也介绍他可以跟我两位朋友学内功，通过练内功养生治病。

在修道而言，只要勤恳做功夫，就有可能从病苦中脱离出来。

看到人生的苦难太多，个人的，社会的，国家的，人类的，人会更加惜福，也能更加体会生命的无常和脆弱。很多时候个人的悲剧和痛苦放在人类面临的痛苦面前显得渺小了，很容易被人们忽视。而我更看重个人的苦难，因为，面对人类的苦难时像我这样的个体根本无能为力，但面对某一个个体的苦难时或许还能援手，还能救助。

慈悲或同情心是人性里最美好的所在。如果说真善美是人类的整体追求，慈悲里有真心，有善行，有美德，在慈悲里真善美是一体的。

我喜欢佛教，信仰佛教，皈依佛教，也是这慈悲的心深深打动了我。

慈悲，也是因为看透了人生的无常与人类的苦难。

因为懂得，所以慈悲。

## 疾病也是悟道了业的因缘

昨天讲到了一位朋友的疾病，今天又有人向我述说几十年来身患疾病的痛苦，希望我能帮助她。

我说我不是大夫，实在无法帮助她。

我对澄源说过，来生，我不做修道者，不做作家，不做学者，很想做一名医生，救死扶伤；或者做一名科学工作者，特别是物理方面的科学工作者。

我在阅读已故丹道家张义尚先生的丹道著作时看到他写过已故中医大师张觉人的故事。张觉人是已故道学大师陈撄宁的弟子，据张义尚说，张觉人年过八旬之后因为身患疾病非常痛苦，很后悔一生没有好好修炼，把大量的时间放在治病救人和研究道教义理上了。学习理论和治病救人多，但做功夫少，所以患病后自己没办法，因为色身没转化。

我给澄源讲过这件事。澄源问我："要是你，你后悔吗？"

我说："不后悔。张觉人先生后悔，说明他并没有真正开悟，没有悟道。疾病只是个因缘法，心不住病，也不住苦，心灵自然解脱。一后悔，就住在境界里面了，说明没有真正悟空。即便没有多做功夫，穷理尽性，觉性在；治病救人，功德在。何必后悔？"

我见过很多宗教法事，一些大和尚、高道死亡之后道场便举行超度法会。

我对澄源说："我如果死在你前面了，不需要找任何人超度我。因果自担，来去随缘。了无畏惧，此心坦然。"

人一生，幼年三岁、少年十岁、青年到五十岁，每个人大都一样。唯独老年，每个人很不一样，因为，进入老年，寿数有长有短，身体有的健康有的患病。就说我家里，父亲72岁辞世的，母亲85岁辞世的。我母亲的姐姐一百岁了，还活得很好，一直健康。

我岳父是73岁辞世的，我岳母今年70岁了。我岳父身体不是很健康，死于心梗，他死去的时候我在身边，也就三分钟，救是来不及的。

对于真心修行的人，疾病也是悟道的因缘。我青年时代生病，使我感受到了人生的无常，发心修道。

我的疾病与因果有关系，自己知道。人的很多重大疾病是此生与前生因果的呈现。对于悟道者，疾病也是了却因果、业报的过程，没什么了不起，不必畏惧。

如此持心，心即自在。

德山老和尚86岁时患病，要圆寂了，有徒弟就问他："老和尚，你现在生病了，还有没有不病的呢？"德山大师说："有啊。"徒弟问："那个不病的在哪里呢？"大师便说："哎哟，痛死我了。"在疾病的当下体会不病的那个。

洞山老和尚圆寂前有人问："老和尚生病了，还有没有不病的呢？"洞山说："老僧看它有份。"疾病是疾病，禅师的觉照并不因此丧失。

天皇道悟禅师早年显现过很多神通，晚年病了，嘴都歪了，疼得直叫。弟子说："大师，你当年那么有名，现在却因病痛苦嗷叫，小声点，不要让人听到。"道悟禅师听了，说："还有个不生病的。"然后下巴一扭，嘴就正了。他笑了笑，就坐化了。何等洒脱。

生老病死本身都不能系缚生命灵性的解脱。生命灵性真正因为悟道而解脱了，则生老病死都将是助道解脱的因缘。

这是非常究竟的疾病观。

悟道宜早，自得其妙。

# 行为艺术与修行

澄源在早上跟我谈起一个美国人的行为艺术，他曾经在街上露宿365天，不论刮风下雨、天寒地冻都不在屋檐下避雨、避风、避冰雪。澄源很不理解，这样的行为能说明什么？

我说：这能说明人的生存能力，也能体现一种伟大的忍性与定力。古代的一些苦行僧就是这样，常年生活在墓地、荒野，即便露宿，也不在同一棵树下休息三次，以免对这棵树产生依恋，超过三次就是破戒。

我们总以为那样的苦行僧的故事是传说，看看这个美国行为艺术家的行为，就知道那样的修行是真实存在的。

行为艺术方面的报道，国内的我看了不少。有这样三则，我印象深刻。

一对男女在同一个玻璃房里生活，有两张床。这两个人平时都是各睡各的床，彼此不说话，各干各的事情。

这个行为艺术表达的是对现代社会里夫妻关系冷漠的反思。很多夫妻，生活在同一房间里，可彼此漠视，彼此无言，彼此无爱，也没有性生活。

我认识的一些朋友，他们的夫妻关系就是这样的，由于各种原因，还不能离婚。有的拖到退休后才离婚。

有一则行为艺术，是一个人在很多粮食、食物面前，坚持十天不吃饭，只喝水。类似于道家讲的辟谷。

这则行为艺术不是为了宣传辟谷，而是提醒我们，即便现在物质生活很丰富，其实有很多人还是吃不上饭，处在饥饿当中。提醒我们，要关怀那些还吃不上饭的人。

有一则行为艺术，是从高处倒下很多斗不同的粮食，一个人蹲在地上慢慢地分拣粮食，一粒一粒分出来，一粒、十粒、一百粒、一万粒、一百万粒……他都要一粒一粒地分拣。

他以此告诉我们一个简单的道理："谁知盘中餐，粒粒皆辛苦。"

行为艺术里有思想。没有思想的行为不叫艺术。有了思想，再怪异的行为都能成为行为艺术。

这样的行为艺术里也体现了定慧。定，定力，一个行为艺术要付出体力、耐心、毅力；慧，每则行为艺术里都有智慧，都有哲学观念，都有思想。

广义而言，修行，也是某种程度的行为艺术，比如打禅七，比如数月持"不语"戒，比如闭关，比如修不倒单即长坐不卧，比如般舟三昧，比如本如法师和宣化上人都曾坚持过的"打饿七"，二十一天里不吃饭，只饮水。

般舟三昧，此种修法要一百天不断行走，即便晚上也不睡觉，如要睡眠一下，只能站着小憩片刻，绝不躺着休息。坚持不懈，使生命的能力、耐力发挥到极致，人就有可能会突然开悟。在日本，般舟三昧很流行，我曾在川端康成的作品里读到过此类描写。中国近代有位大愚法师，原先跟孙中山革命，"辛亥革命"成功后他是元老，可以做省部级高官，但他跑到寺庙里出家了，修般舟三昧。据说他修法时腰里绑根绳子，绕着大殿里的柱子走动，数十个日与夜都不休息。突然，他的诚心感得普贤菩萨现身给他传法，这就是有名的"心中心"法门，流传很广。大愚法师生前与南怀瑾先生交好，南先生在著作里多次讲到过他。

大愚法师有神通，都是他修般舟三昧修出来的。

般舟三昧，既是禅修，也是一种更奇妙的行为艺术。外证于事，中印于心，内契于理。

那些行为艺术家的行为和心思在世间法上用，他们的艺术在思想、哲学上有意义，但在悟道、生命解脱、大成就上没有意义。那些修行的人，他们的行为看起来像行为艺术，他们的心在道上用，能够开悟，能够解脱，能够成就。

那个在美国365日露宿街头的行为艺术家，他的心如果在道上用，那他的行为不仅是艺术，更是大修行了。

心在那里，成就会在那里。

# 吃李子

六月底去超市买回一些李子，看起来漂亮，比鸡蛋大，紫色的外皮透着肉黄，很诱人。

买回来咬了一口，酸涩得无法吃。这李子没成熟，放两三天再吃吧。

三天后，李子软了，可以吃了，也不涩了，但酸而不甜，一点不好吃。

前几天，有郊区的菜农给小区送自家产的蔬菜和李子、桃子，水果长成熟了，味道可口，香甜。那种果香在屋子里飘，沁人心脾。

李子成熟到撕开一个小口，用嘴一吸，软软的果汁带着芬芳溜进口腔了。

吃猕猴桃也是这样，放软了自然甜，撕开小口，一吸，香甜的果汁自然入口。

记得二十六年前，那时候猕猴桃刚被人们发现是一种营养丰富的水果，市场上猕猴桃很贵，当时一斤至少要二三十元。有人托我哥办事，给他送了一些还没长成熟的猕猴桃，猕猴桃必须在生的时候摘下来出售，不然，等长熟了，很快会烂掉，你无法在一两天之内把所有的猕猴桃出售了。

他说这东西很贵，没告诉吃法，没有说这东西要放几天变软了才好吃。我哥和孩子怎么吃都觉得难以下咽，难吃极了。

咬一个，难吃，扔掉。再咬一个，难吃，扔掉。

我们家乡不生产这东西，那时候没有网络可以检索。那些好吃的东西只好全部倒掉。

直到很多年后才知道这东西要放熟了才好吃。

我吃李子的方法是从吃猕猴桃那里化出来的。这么多年，从未吃过如此香甜的李子。香甜是因为长成熟了，时候到了，光照足了。

现在的很多水果不香不甜，没成熟就摘了出售，光照不足，不会甘甜。

都市人吃的大多是没有成熟并不香甜的水果。

以前吃水果都是就地的、当季的，现在有了发达的交通，南方的水果在北方市场可以见到。

为了减少运输途中水果因为成熟而腐烂，就必须把还没有长成熟的水果摘下来早早运走，所以，我们在北京吃的哈密瓜很难吃出香甜的味道。

大自然的规律就是规律，没长够时间，没照足阳光，就不会有香甜的水果。

人的成长也是这样的，该经历的必须经历，该感受的必须感受，人才能成熟、睿智。

# 快节奏与慢生活

现代生活的快节奏，使很多事情转瞬而逝。信息太多，节奏太快，人们习惯于快速浏览各种信息，甚至很多信息只是看看标题，连吃饭也有了“快餐”，人们走路都是匆匆忙忙的。

奥运精神是“更快、更强”。这样的观念是否真的好、真的对、真的有益于人类？不好说，目前的人类普遍接受这样的观念。

于是，在现代化的进程里我们逐渐丧失了人生的闲情逸致。日常生活里除了工作，还是工作。“压力山大”是每一个工作者的常态。

我在三十岁到五十岁每天辛苦工作，每天工作的时间都超过十六小时，常年如此。

过了五十岁，我开始过“慢生活”，不再把所谓事业、成就、成果看得那么重，选择了更逍遥的生活，半日工作，半日休息，放下了很多执念。

生活的节奏、社会的节奏依然那么快，这个时代的年轻人已经很难有耐心静下来阅读《红楼梦》和《安娜·卡列尼娜》这样的文学巨著，人们习惯于看“快手”看“抖音”短视频，已经没有十分钟的专注力。

慢生活在自己的观念和心态。即便在快节奏的世界里也能享受慢生活的逍遥。这就是修行，在于心理上已经放慢了节奏，不再去追赶、追逐那些对生命没有多少价值的事物，关注生命本身，关注自我，关注生活与自我的和谐，关注真正的幸福。那时候，该如何生活，自然有智慧，自然懂得取舍，自然知道该如何去过自己的日子。

这个道理也许年轻人不认可，他们要奋斗，要拼搏。其实，年轻人早一点懂得此理，身心、家庭、生活、事业都会因此受益，你会活得更从容。慢生活会给你的身心蓄养更多更持久的能量，给你更多独处的空间以观照灵魂、滋养慧命。

# 三面娜迦，没有无缘无故的爱与恨

向你推荐一部泰国连续剧《三面娜迦》，是泰国版的《白蛇传》，比中国古老的《白蛇传》更动人。讲了一个千年轮回中的人与蛇仙“娜迦女神”的故事。具体的情节不讲了，自己去看。三面，讲娜迦女神人间化身的“人性的善良”、她作为女神的“神性的高洁”以及作为蛇族“魔性的残酷”。这三面都存在于人性之中。人性有善良、神圣的方面，也有残酷的方面。

我说一下观后感。这部电视剧将时空打破了，千年前的因与千年后的果，时空融为一体。这一辈子的爱与恨的因都结在一千年前。也就是说：没有无缘无故的爱，也没有无缘无故的恨。一切爱恨，皆有因果。

这是佛教的因缘果报论。泰国是佛教国家，能拍出以因缘果报论为主题的爱情片，很自然。主题曲《灵魂伴侣》非常动人。爱情是这部电视剧的核心。

《三面娜迦》不仅有感人的爱情故事，还能看到人性的善与恶，了解人生的因缘果报，如佛经所言：

假使百千劫，所作业不亡。

因缘会遇时，果报还自受。

这是人生真理。

这一生娜迦女神在人间的化身，那个美丽女生所经受的痛苦都与她在千年前毁城灭民的果报有关。前世引起她毁城灭民行为的是人类的杀业，那个都城的国王杀死了她在人间的丈夫，把她儿子化身的那条白鲫杀死分给全城人吃了。这种爱与杀的因果到了千年之后大家在轮回中再聚首，该承担的、该遭遇的都来了。

我喜欢那个女主的表演，清纯、动人。

这部电视剧让我对古老的神庙、寺院、道观有了神圣感。神秘的娜迦女神神庙里有着神秘的加持力。女主每有身心的痛苦，到了娜迦神庙，经过神秘的加持就康复了。

任何千古道场都有这样神秘的加持力，令人敬畏。

这是真实不虚的。我去过很多中国古老的道场，能感受到那份神秘、庄严与护佑。

把宗教、神话、民俗、历史、古今、爱情融为一体，拍出一部优秀电视剧，很不容易。

如今，我生活了二十年的北京，像南方一样多雨，天气闷热，于是，我有了“何以解暑，唯有追剧”的口号。《三面娜迦》是我解暑之始。

# 孤独与悟空

昨晚，澄源写了一篇《孤独三昧》，标题是我出的，算是“命题作文”。关于“孤独三昧”，我的解释是：享受孤独的境界，就像享受禅定一样。孤独是清静的、透心的，犹如禅；禅是超越的、寂寞的，犹如孤独。

人生在世，谁人没有孤独？你不孤独吗？你父亲不孤独吗？

虽然，你父亲在仕途的“更上层楼”已经完成了，但他还是孤独的。

又恐琼楼玉宇，高处不胜寒。

孤独有孤独的美，也有孤独的寂寞甚至难熬。

孤独的存在很普遍，即便一个孩子，在得不到父母的宠爱或者得不到父母的陪伴时也会有深深的孤独。这在遍地都是留守儿童的中国乡村已是触目惊心的现实。和留守儿童一起备感孤独的还有那些老人们，无法享受儿女承欢膝下的快乐，他们的儿女，背井离乡，去打工了。

这个社会上，各种搞笑视频背后隐藏的是社会群体的孤独。

在诗意的境界形容孤独，美化孤独，那是文人的事情，我可以写很多优美的句子：

孤独是汨罗江畔的屈原激起的千古浪花；

孤独是千山鸟飞绝之后独钓寒江雪的清寒；

孤独是人闲桂花落时被明月惊动长鸣的山鸟；

孤独是相看两不厌而独自看山者的寂寥；

孤独是百年多病独登台的那个关怀天下饥民的诗人；

孤独是前不见古人后不见来者的悲怆；

孤独是沙漠里盛开的一朵无人关注的花；

孤独是歌者面对空旷舞台的无可奈何；

……

这样的诗句可以写很多，因为我这样孤独过，也走进文史时空遇见过那些孤独的人。

如何体验孤独，这都不重要。重要的是真正悟空而超越孤独。不论多美，孤独还是生死轮回中划破天空的流星，坠落是必然的宿命。

唯有像天空一样包容而空明，便会处在寂然又生动的时空，不再坠落。

那个因大闹天宫而被压在五行山下五百年的神猴一定是寂寞的，可毕竟他的名字叫“悟空”，从五行山下解脱出来后，去西天取经，去见佛祖，于是，明心见性，顿悟成佛。当年的孤独，终于化成性天的空明。

孤独而觉悟，那样的孤独是圣真的禅定和湛寂，有无限的生机和智慧，有无限的慈悲和涵容。

那颗被女娲补天时遗弃的通灵宝玉，在人间经历了一番，“磨出光明，修成圆觉。”

记得我高中时读《红楼梦》，读到贾宝玉赤足在雪地行歌：

我所居兮，青埂之峰，

我所游兮，鸿蒙太空；

谁与我逝兮，吾谁与从？

渺渺茫茫兮，归彼大荒！

我当时感受到的是巨大的孤独而为之落泪。可如今五十岁了，再读这首离尘之歌，感受到的是解脱、自在、喜悦与光明。

# 惧怕死亡吗？

有一天晚上，澄源问我：“你惧怕死亡吗？”

我说：“不惧怕。”

澄源说：“我惧怕，我希望活着，和你活很久。”

我说：“人总会死的，只是时间的到来有早有晚，因此，人的寿命便有长有短。命数，每个人都有自己固定的数，数尽即死。要突破命定的寿数，很难。但不是不可能的，修道与行善积德是突破命数的方式之一。很多时候，也没有必要去努力突破，延寿，有时候意义并不大。命数七十岁，延寿十年，活八十岁，度过更衰老的十年未必有意义、有价值。所以，要看破对长寿的执着，这便是佛家说的‘无寿者相’。延寿要有延寿的目的和意义。”

很多人把长寿看成是福，可我母亲，我家乡的很多老人，特别是苦了一辈子的老人，把长寿看成是“罪”，是罪业之苦报，因为，长寿里也有很多痛苦。

澄源问：你为何不怕死亡？

我说：其一，我知道死亡只是个假象，人死了就会开启新的生命之旅。生命的轮回其实也是很美好的，没有宗教家讲的那么可怕。其二，我经常修“观死法”，已经在思维上、心理上习惯了自己的“死”，认可了自己必定会死这件事。其三，是更直接观照。我今年五十一岁了，身边的亲人、朋友、老师、同学、邻居、同事，死亡的超过一百人了，因此，以他们的死亡做观照，就不会恐惧死亡了。

我给澄源一一述说自己认识的人的死亡，从父母、舅父舅母、表兄、伯父伯母、岳父，到同学、师长、朋友，一路算下来，超过百人了。

我亲眼看着他们辞世的也有十多人。我父亲、岳父、舅父、大表兄都是我眼看着他们咽气的。

我有位老师，二十多年前因家庭矛盾而自杀，他比我大几岁而已。我一直不知道，当我知道后，唏嘘不已。我一位高中同学，还是好友，我们有三十年没有见过面，有一次，我向一位老师问起他，才知道他于二十多年前，和他的爱人、孩子死于车祸。我听了很难过。

我上高中时，一位漂亮的女同学因失恋自杀，听了她的死讯，我默然流泪。曾经在眼前晃动的美丽生命，就这样香消玉殒了。

我从小就对死亡敏感，也思考死亡这个问题。逐渐地，了解了死亡的表象与真相。上次，我给你讲过《红楼梦》里的死亡意识与宗教超越。

人到中年思考生死问题，很正常，毕竟我们正在走上衰老。

在哲学意义上，死亡是每分每秒都存在的，在一个活人身上也是每分每秒存在的，因为，每个人每时每刻都有细胞的死亡与更新。虽然，我们感觉不到。生与死时时刻刻都在进行着的。

不管年龄大小，一个人在心理上超越了死亡，那是一件伟大而美妙的事情。生命会因此有巨大的嬗变。

# 七万硕士送外卖，生存比学历更重要

昨晚看到一篇报道，说全国有七十万送外卖的人，其中七万是有硕士学历的人。

工作不好找，生存很重要。

如能挣外快，累点还算好。

这是我有感而发。对硕士送外卖我点赞，靠劳动养活自己，好。修道圈子里有很多年轻人在啃老，他们常年不工作，沉陷于幻想。他们心里也有苦恼。只要他们有人写信给我，我都鼓励他们去找份工作，哪怕辛苦送外卖送快递，也是自己养活自己，养活家人。这是走向社会的第一步，算创业的第一步。

过去办杂志，近几年开网店，我每天和快递员接触，他们很辛苦，收入尚好。有的还从快递员变成了快递站的小老板，收入颇丰。

很多人自视甚高，看不起送外卖送快递这样的辛苦活，其实是面子心理与自卑心理，他们宁可啃老，宁可寄生，也不愿意自己去送外卖。

曾经，我有一位同学多年寄宿我家，后来寄宿他堂弟家，前后八九年，大家劝他去社会上工作，他不去。高学历，曾在政府部门工作过，经过商，办过学，按理说，经历够丰富的，可当他经历了商业失败后，一蹶不振，躲到宗教与幻想里逃避现实，以致心理上出了问题，最后猝死在宾馆，不知死因。

他死后，我和一位长期与他与我交往的好友、兄长谈起他，兄长感慨说："他是放不下面子去谋生，他是宁可饿死都不愿意去打工去摆摊的人。要是你，没饭吃了，去工地打工，搬砖，和水泥，去摆地摊，卖菜，你都能干，但他不能干。所以，在困难的时候，你能活下来，他很难活下来了。"

能屈能伸大丈夫。既能在社会底层打工干活，有机会也能在社会上层创业。

一位读者的儿子，清华毕业的高才生，在家里啃老十多年，母亲都七十多岁了，不得已，他必须出来。最后做了一个超市收银员。还好，终于能谋生了。

我们在意的所谓"自尊""面子"，就是佛家要破掉的"人相""我相"，是对自我和他人的执着。人能破去这两重执着，会获得很多自由与快乐。

靠自己生存，永远是重要的。

突破自己的认知障碍、心理障碍，会过得更幸福。

# 心主神明，福济天下

今天，一位没有见过面的读者给我送了三箱书，都是宗教、修炼方面的著作，好书很多。打开书箱，脂粉气扑面而来。我笑对澄源说：“你从不用化妆品，咱家从来闻不到脂粉气。”

送书的女士在天津工作，心有所感，想回昆明，去父母身边。

她送我的书中有一本《严新大师在北美》，上面有严新先生的亲笔签名：

心主神明，福济天下。

张广敏康正

九四、四、十八

严新

这是二十六年前的签名。1994年，我从家乡出来打工、访道、创业，而在这前后，严先生一直是我的修学、做人楷模。1995年我在西安锅炉修造厂打工时还在房间里写了条幅“严新为师”。我从1986年读他的著作开始，三十多年来一直把他看成是终身学习的老师，他的著作我读过无数遍，也给你父亲送过，我和你父亲第一次见面时，我还把严先生的一首五言诗共八十字用行书写了送他。如果按照我的研究来评价，把严新先生放到千古道文化序列里也是与吕洞宾、张三丰一样伟大的真人。他的神通智慧都可以和吕祖、三丰真人相比。我编辑出版过吕祖和三丰的全集，里面有他们的传记和显化，是可以比较的。

“心主神明”，出自《黄帝内经》，也是中医和丹道的基本观念，即是“心藏神”的道理，认为人的灵性功能与心脏有关，也与除了形质的心脏概念之外还包括思维、思想、情感、灵性的那个心有关，那个心是无形的心。

估计严师本意想写“道济天下”，但“道”字在那时似乎“敏感”了点，改为“福”济。道是体，福是用。能使全社会有福的人一定是有道之人，使天下民不聊生者何道之有？所以，福济也是在实用和结果上说。有人虽有道，且无权无位无势无能以济天下，道也就只能济身心之天下了。

“道济天下”出自《周易·系辞》：“知周乎万物而道济天下，故不过。”

严先生所讲修行的核心是“重德为本”。于是，我添了一句，以成对句：

道济天下；

德化人间。

这正是道家的大思想、真精神。

心主神明，可以自利；福济天下，可以利人。

我曾淘到过多本严师的签名本，都送人了。而这一本我一给朋友们展示，玄华想要，我就送她了。玄华说：“不知怎么，严师在我心里比南师还要亲，看严师的亲笔题字，忍不住眼泪夺眶而出。”

南师指南怀瑾先生。能有此心，足矣。

玄华也是你父亲很认可的朋友，我的微信公众号一直是她在打理，你父亲对玄华的配图很欣赏。

# 三丰真人论知行合一

我在一本十多年前购的常秉义先生的著作《周易与中医》上题写了一段张三丰先生的话：

金丹之道，虽曰易知难行，然不可不求其知，以为行之地。知苟有不正，行于何往？知苟不精，行安所入也？知且未然，奚云口诀？

三丰真人论知行合一，可谓深透。知之正，知之精，知之然，此三者当扪心而自省之。知之然者，知其然，亦知其所以然。其然是果，其所以然是因。万事万物皆有因果，因果了然于心，可谓明道。

常先生，在二十年前我见过几次，那时我在一家杂志社做编辑，他是我们杂志的作者，社里经营他的书。他是中医学院毕业的，研究《周易》为本，出版了十多本书。我研究丹道，丹道与中医是一家，可谓“此两者同出而异名，同谓之玄，玄之又玄，众妙之门”。修道者必须懂中医。

明代王阳明被世人看成是“知行合一”的提倡者，他说：“知是行的主意，行是知的工夫；知是行之始，行是知之成。”其实，张三丰之论知行合一，比王阳明还深刻。王阳明也修道，虽是大儒，但一生受益于道教道家者甚多，年轻的时候他住家乡山洞修炼道家功夫，一度还有了一些神通。青年时期、中年时期，他都寻访过道教真人，也受过铁柱宫道者、蔡蓬头这些道门高士的点化。他年轻时修炼丹道，没成功。到他五十六岁因病想以丹法救命，可惜来不及了，很快辞世。他懂丹法，却未能修炼，未能知行合一。

王阳明思想在日本很受欢迎，日本二百多年的发展中阳明心学的影响很深远。

# 生死茫茫有灵信——朋友的来信

朋友如境来信，谈到了她的梦境与现实的奇妙相应，也谈到了她姐姐辞世前的一些预兆与命理，我觉得，这封信也能让我们对生命有很多感悟。故把这封信选取一部分给你看。

如境说：

陈老师，看到您博文里讲的要开始准备讲南师的东西了，真的非常随喜，我也是跟南师有缘，他在世时就梦到他给我寄语，辞世前夜又梦到他，后来有机会于今年春节前一周到太湖大学堂参访他的一位弟子，在那里住了四天，每天在南师生活过的地方打坐、吃饭、采访、交流，梦境非常殊胜。天天晚上在做预测梦，梦到了新冠病毒的发病情况，并说此病大概五月底六月初能得到基本的控制，当时都做了记录，并及时跟访谈嘉宾、那位南师弟子、中医师讲了，后来全部应验。

前段时间也梦到南师，梦境中南师带着我走到一个大坑面前，那里面有古代的石碑，有上下联，文字依稀可见，他告诉我和身边人，要好好把它们挖掘、整理出来；后来他又把一个小女孩抱到高脚凳上，让我把孩子教好，女教重要。我现在就应一个出版社的邀请，在播读《玉耶女经》和其他佛经，因缘不可思议！

前段时间回老家，见到了我去世二姐生前的同事，那么多年没见过面，我一眼就认出了她，她当时来我家好几次，跟妈妈讲二姐去世的情况，那时我才11岁。那个姐姐后来召集二姐当年在我们附近住的同事赶来与我见面，我听到了很多以前不知道的事，很蹊跷，也很神奇。那些姐姐有的是跟我二姐亲历车祸的人，她们也在一个宿舍住。

听姐姐们你一言我一语的，大概还原了当时的一些情形。

二姐的离去，不仅有一个算命先生提前半年到我家来算过，给我们家人说过（但谁都没当真），而且我在姐姐去世前几个月也做梦梦到了，当时醒来看到姐姐在忙着做家务，我还问她，人死了是不是真的就一了百了，埋到土里，什么都不知道？她说："我们离死还远呢，想那么多干吗？"姐姐同事说听她自己讲过，算命先生说她活不过18岁。她出事那一年正好18岁，不过还没到生日。一个姐姐在车祸前一天在我二姐床上睡午觉，感觉被子在推她，转身看没别人啊，她又睡，又有一个推力，后来，第二天，她也被埋在了沙子下，昏迷了很久。我二姐出车祸那天，借了一个姐姐的黑色衬衣穿在身上出工，结果没有回来。我姐姐从来没有黑色衣服，她从来不喜欢颜色深的衣服，谁知道那一天是怎么了。

她去世前几天刚刚订了婚，男的又帅，家境又好，个头也高，他家人对姐姐很满意，但是一切都戛然而止了。听姐姐同事说，那个男的后来找了一个跟二姐长得很像的女子结婚了。

二姐的去世对我们全家每个活下来的人都影响深远，妈妈的精神分裂症更重了，大哥、二哥、姐姐沉默不语，我也笑不起来，不喜欢跟同学们玩儿，不愿意到别人家，很自卑。好在后来学习不错，又参加学校的社会活动，慢慢走了出来。再后来学了传统文化，学佛，就一点点从过去的阴影中走出来了。

人生中有很多事真的说不清，就像做梦一样。那些姐姐说我当年五六岁，哪里呀，当年我11岁，现在快50了。姐姐去世37年了。

我复信说：

世间万事万物，都有因果，都有信息可以被提前感知。今年的新冠病毒泛滥全球，已经有一千四百多万人被感染，就一定与天道有关了，不是简单的人类自己的事情，还有另外我们看不见的层面，以及人类自身的命运。

个人也有命运，“生死有命”是对生命非常本真的概括，可惜，被定性为封建迷信而批判之。有算命先生说你姐姐活不过十八岁，她真的没过完十八岁的生日就出车祸辞世了。这就是命。三十多年前，我大表兄说自己活不过五十五岁，那时候他才四十多岁。他懂命理。1990年，他五十二岁的时候就病逝了。我读过傅抱石的女儿傅益瑶写的《傅家记事》，写过民国年间，傅抱石在江西时请龙虎山道长算过命，道长说傅抱石寿数六十岁。当时傅抱石的夫人闻言很紧张。傅抱石过了六十岁生日后，不满六十一岁就辞世了。这就是命数。人有命数，国家有命数，天地万物皆有命数。只是，世人不能前知，天道也不许世人前知，只有个别人，如圣真、某些高明术士能知道一些，但也不允许轻易泄露，所谓“天机不可泄露”，泄露天机，便会遭天谴。此中道理极其深奥，也是中华道文化之精髓。只是，真正懂此道者罕矣。懂了，也很难说与他人，社会与天道也不允许轻易说。

好好修行吧，既然有很好的慧根，何不此生就成就，就了脱?

了解天命、命理，一点不消极，反而会使我们更加热爱生命、改造命运。更明白地活着，更清醒地活着，更理性地活着，也能更坚定地造命、立命。

## 死了能带走的

澄源学炒股很多年了，钱没挣到多少，人很劳累。

我们聊天，我说：

最好停下炒股吧，把时间多用在读书和写作上，网络时代，写作也能变成谋生的职业与技能。炒股即便不停，也要减少时间。

钱，是死了带不走的，但知识、智慧、功德是死了还能带走的。

澄源深以为然，但让她立马停下炒股是做不到的。不过，先要有这样的认知。毕竟，年过半百，也该思考些更深刻的问题。

如果要我选择职业，在炒股与写作之间选，我会选择写作，我喜欢写作，而写作也能使我安心，使我悟道，也使我能安心弘道。通过写作而弘道会有无形的功德，是一种修行。尽管写作，在我，挣不到很多钱，但养家谋生没问题。

写作能增长慧业，而挣钱的多少大多关乎福报。有些人虽然炒股挣了很多钱，又因为炒股全部亏损。在佛法而言，是福报不足。我一位朋友的朋友炒股挣了数千万元，天天看电脑，眼睛出了问题，几近失明。在一次股市大地震中他辛苦很多年挣来的钱全赔进去了。半生辛苦，并无真正的收获。

我只是借此讲钱与福报问题。我不反对澄源炒股，只是，要能把握自己，把握命运，乐天、知命，豁达、超越。这些是能做到的。

佛教有句话："万般将不去，唯有业随身。"将，是带的意思。业，有善业、恶业、无记业。

学习、修行、增长智慧、做好事都是善业。

# 心有信仰，行有大爱

读者梅女士购书，希望我在所购书上题写几个字。于是，我在她所购杨绛老人的《洗澡》一书上题写了：

心有信仰，行有大爱。

这是我对杨绛老人表达敬仰之语，更是对梅女士的勉励之语。

杨绛老人有信仰，但与我们当前社会上讲的信仰不一样。杨绛老人晚年在思考世界上有没有灵魂的问题，追问生命的本源、本质。老人通过九十多年的人生经验而肯定了灵魂的存在。于是，她的心就安定了。她知道女儿钱媛、丈夫钱钟书死而不亡，死，只是一种生命存在形式的结束，而同时也会开启另外的生命存在形式。于是，她把对生命与“形而上道”的思考写成《走在人生边上》。面对那些不承认人有灵魂存在的人们，杨绛老人说：

他们的思想正确吗？他们的“不信不迷”使我很困惑。他们不是几个人。他们来自社会各界：科学界、史学界、文学界等，而他们的见解却这么一致、这么坚定，显然是代表这一时代的社会风尚，都重物质而怀疑看不见、摸不着的“形而上”境界。他们下一代的年轻人，是更加偏离“形而上”境界，也更偏重金钱和物质享受的。他们的见解是否正确，很值得仔细思考。

杨绛老人在96岁时写了此书，她活明白了。

于是，在钱钟书先生辞世后的十八年里，她完成了很多学术工作，主要是整理钱老的遗著。

这是老人的“心有信仰”。

老人整理钱钟书平生的著作，出版了钱老的文集，稿酬据说有两千多万元，她全部用来设立奖学金，奖励青年学子。

这是老人的“行有大爱”。

这是老人对中国的学术文化事业的支持，里面是老人对学术和学子的大爱。

我用毛笔题字。

我和你父亲多次谈论过杨绛老人的《走在人生边上》，一本不太厚的书，推荐给你读读。

# 带三分侠气，养一世道风

读者梅女士购书，希望我在所购书上题写几个字。于是，我在她所购梁羽生的《白发魔女传》上题写了：

带三分侠气，

养一世道风。

这句话还可以在前面各加两个字，即：

处世带三分侠气，

修学养一世道风。

这样，理解上会更精准。

这是一本我读过的书，书中错字多，有的地方我校订了，有的地方懒得校，就不管了。

梁羽生的武侠小说我读得不多，这一本我读得很认真，小说里写的白发魔女练霓裳隐居天山慕士塔格峰，去年九月，我和澄源、朴彻周游新疆时还去过，我和朴彻在雪山下静坐。回京后就读了《白发魔女传》，还写过读书笔记。我初中时代读了梁羽生的《七剑下天山》，写的是《白发魔女传》之后的故事。这两部小说的同名电视剧、同名电影我都看过。我喜欢看武侠小说和功夫电影。

祖父一生习武，我从小在听他的故事中长大，生命里自然有了尚武情结，少年时经常在深夜习武，在祖父种的老槐树下练掌，性格里有几分侠气。

做人带三分侠气，人缘就好，人喜欢侠义、义气之人。人带几分侠气，就能急公好义，重情重义。祖父是这样的人，我也是这样的人，我喜欢帮助人，我妻澄源常说我有“成人之美”。这便是我的侠气，我对朋友讲义气。

修学上，一定要养一生一世的道风，绝不能退堕，更不能因循、苟且，要坚守原则，绝不动摇。这样才能养出超凡脱俗、不为名利尘情所动摇的清净道风。

第一句，是从武侠小说的本意里引申的。第二句，是从修道的意境引出来的。

随意题写，大有深意。

# 见过大师

这些年因为访道我见了很多修行界的大师，这样的阅历，使我对修道的很多问题做了很深的思考。

他们都是社会上被人尊敬的大师，年长，德高望重，我见到他们时，他们都已九十多岁了，有的一百多岁了，在国内外名气很大。

我不一一提他们的名字，不讲他们的事迹，但我可以讲讲自己见到他们时的感受。

有一位大师，我见到她的时候，她105岁了。因为衰老，身体行动不便了，吃饭穿衣上厕所都需要人伺候。但这位大师的大智慧和她七十多岁的时候一样神妙。我第一次见到这位大师，她一见我，就直接能说出我的家庭、家教，还预言了我的未来。

二十年过去了，我的发展果然如大师所预言。

这位大师在七十多岁的时候，名满全国，以道家功夫修证出的神通而被很多人所崇敬。

老人年过百岁后，色身还是没有达到理想的境界，令我深深感叹色身转化之不易，也思考该如何转化色身。

还有一位大师是南怀瑾先生、陈健民大师的弟子，我见她的时候她九十多岁了，思维敏捷，善谈，记忆力极好，见解也好。后来也多次相见，随着年龄的增长，老人的老年症越来越严重，记忆力出了问题，锐敏和智慧逐渐退失，脾气也变了，有时候很暴躁。老人是一位有重大贡献的大师。在修证上还没有真正解脱，令我三思。修道，要真正转化色身、转化心理、转化气质，做到彻底是很难的，特别是心理、意识方面的转化更难。人在意识可以自控的时候修养很有意义。如果人的意识因老年疾病而难以自控，平时的修养何在?

一位大师，我见时他已经九十二三岁了。他的老师是我一生崇敬的人，我见他时，他待我热情。只是，老人晚年因为疾病而受苦，在色身转化上也未能如意。晚年，他和一位学人有很多意气之争，也未能从那些人间“是非人我”中解脱出来。“莫把是非来辨我，浮生穿凿不相关。”只有真正开悟见性的人能从人间是非、人我的执念里跳出来，获得自由与安宁。

一位大师，我见他时，他已经九十二三岁了。学问很好，修证功夫不足，身体的疾病、老年病带来了很多痛苦。

至少，我见他们的时候他们都九十多岁了，高寿。但健康的问题都没真正解决。如果从严格的修道而言，还是没有修到位。

我今年才五十一岁，能不能活到他们的寿数还不知道；即便能活到他们的寿数，能不能达到他们的健康度也不知道。我是一个观察者、思考者，他们的身心状态带给我很多思考。

很多事情，思考容易，说到容易，想到容易，但做到、证到、行到非常不容易。“知易行难”，确乎如此。

我可以自豪地说，我是见过大师们的人。能见到他们，能和他们生在同一个时代，也是福缘。

# 廿年风雨自安心

今天是2020年7月30日，星期四，我来北京的二十周年纪念日。

2000年的7月30日我从西安动身来北京工作。7月31日，在叫我来京工作的丁先生家住了一晚。8月1日，正式上班。

二十年，假如我活八十岁，是四分之一的人生；假如我活一百岁，是五分之一的人生。

我并不期盼能活一百岁。活久了未必是幸福，活到恰好，无疾而终，无憾而亡，是理想。

我来京时31岁，今年51岁。人生最好的二十年，人到中年最好的二十年，在北京度过了。

在这些年办了一本内部杂志，花了十五年的时间；成了一个家；出了几本书；交了很多朋友；写了一堆文章；淘了上万本书；画了数千张画；建了一大一小两个群，都与发扬国学、修道文化相关。

靠自己的辛苦劳动来谋生、养家，待人真诚，心地善良，知法守法。这是我对自己的评价。

在这期间送走了老母亲、老岳父。父亲在我来京前一年就辞世了。来京第十四年，母亲辞世；来京第十七年，岳父辞世。

来京第十六年，与你父亲认识，是朋友中投缘的知心朋友。

来京，被人打击过，被人算计过，被人羞辱过，被官方检查过，毕竟，我所从事的工作与宗教沾边，我讲的经典都是宗教经典，即便是

《道德经》这样的伟大经典，因为被道教奉为最高经典而被定性为“宗教经典”，2004年、2005年，我在社会上两次公开讲授《道德经》时被叫停，理由是：“这是宗教经典，不允许在非宗教场合讲。”那些人不知道《道德经》还是一部哲学经典，在道教还没有诞生前五百年《道德经》已经在社会上很流行了。

从此，我不再在社会上公开讲经典，改为居家著述，也会在一些时候带老婆周游名山大川。

被人尊敬过，被人羡慕过，被人赞叹过，被人热爱过。

生活就是这样，有冷有热，有得有失，有荣有辱，有进有退，有阴有阳。

一对阴阳，可以包括所有的，如恩怨、情仇、是非、成败、荣辱、得失……

从四十六岁开始放弃了在社会上做事的理想，彻底做宅男，读书、写作、淘书、售书，也打坐修行，只是，没有了过去的执着，对修行不再妄想什么。

做一个平常的人，过衣食无忧的日子，做自己想做的事情，交意气相投的朋友。

这便是这二十年的写照与归宿。

也许，日后你会懂得这样的归宿何其宝贵。

# 张伯驹故居的故事

昨天你父亲给我发了一篇文章，写“民国四公子”、近现代大收藏家张伯驹在解放后的遭遇，虽然他把按照现在收藏价格计算价值百亿以上的书画如晋代陆机的《平复帖》、隋朝展子虔的《春游图》等一百多件国宝捐献给了国家，可是，在那个特殊的时代他还是被打成了右派，有二十多年在艰苦与恓惶中度过。

我读过《大收藏家张伯驹》，那个时代的故事，读了令人伤感，不说也罢。

我要说的是张伯驹的故居并不是政府出资维护的，而是张伯驹的女儿张传彩筹集资金维护父亲的故居。张伯驹被打成右派后，受到陈毅元帅的保护，让他到吉林博物馆去做文物鉴定专家，因此，他和夫人潘素去了东北，也带去了无价国宝作为捐赠，而他北京的老宅子，分给群众了，现在的“故居”，就很难收回来了。

不知张传彩花了多少功夫，花了多少金钱，才把张伯驹的故居收回来了。

我认识河南老书法家韩先生，他是医学教授，是医学大师裘法祖的弟子。韩老先生跟张柱堂先生都是河南人，而张柱堂是张伯驹的侄孙，据韩先生的说法，张柱堂先生出售了很多他的书法作品以集资，从而支持姑姑张传彩收复、修复张伯驹故居。

到底在张传彩收复故居中张柱堂出了多少力，不知道，但一定出力了。他曾在北京生活过五年，专门收集张伯驹的作品，研究张伯驹。张伯驹的传记里，日后应该补上这些后续的故事。

张柱堂在新疆很有名，他大半辈子在新疆度过，在新疆，他出售书法作品义卖，据说已经捐款上千万元，有“慈善书法家”之美誉。

因为我和韩先生的关系，张先生送过我一幅他的书法作品。张先生的书法老师是启功与欧阳中石两位大师。不过，我个人并不觉得张柱堂的书法有多好，在我看来，他的书法，严格讲还没有真正入门，谈不上艺术的精妙了。他是名人之后，有古道热肠，有慈悲情怀，有慈善义举，非常了不起。很多书法艺术境界很好很高的人，缺的是张柱堂这样热衷公益的精神。但公益和名气都会随着时间而褪色，真正的艺术品却会随着时间的推移而增值。只是，张先生的书法本身的艺术性值得商榷，也许，收藏者在以后会有损失。张先生应该努力提高艺术境界。慈善是慈善，艺术是艺术，可以通过艺术搞慈善，但艺术品本身的价值要高，才有后续的价值，而不是一时的名人的名气价值。

窃以为，这是公允之谈。但张先生的功德却是我辈敬仰并望尘莫及的。

张先生送我的字我送五弟，前几年回家，看见还在屋里。我弟也写字，他对张先生书法的看法跟我差不多。

这些故事是你父亲不知道的。聊记于此。

# 自家的饭局

今天，家里待客。

我来京二十周年了。二十年前的8月1日，是我在北京工作的第一天。

因为澄源写了《我和老四的二十年》，朋友们知道了我来京二十年的纪念日子。本来，只是我们夫妻相互祝福一下，不想请朋友们聚会，大家都是忙人。

今天还是有几位朋友过来了。你父亲、金阳子、如心。几人多次在我家聚会。

如心和澄源做莜面，我们三人在客厅聊天，话题很多。

今天，只喝啤酒。怕屋子里热，第一次开了空调，平时是不开空调的。

能与几个知心朋友一起庆祝某件对自己有重大意义的事件，是人生乐事。

你父亲幽默如旧。如果少了他，饭桌上便少了几分欢乐的气氛。

金阳子还问，陈老师给你女儿写的《生活之书》，对她有点作用吗?

你父亲说："会有作用的。至少，会潜移默化地影响她。也许，在她的未来，回头看时，会有更深的体悟。"

我说："现在，只是种个智慧的种子。日后，会起作用的。我把很多修身的、宗教的、哲学的思想融化到日用平常中去，需要时间酝酿，会成为甘露的。"

上一次，你父亲感慨说：“有些朋友，越交往你越不想再继续交往。于是渐行渐远。有的朋友，越了解越想交往，想一直交往，成为一生的朋友。”

有感于我们的交往才这样说。

我们都是年过半百的人，经历了很多的人世沧桑，自然知道什么样的朋友才是真正的朋友。

值得纪念的不只是我来京二十年，还有我和朋友们的情谊。

我们在一起，会探讨时政、哲学、宗教、社会。我们今天探讨抖音的大流行在某种层面对国民智力的侵害。当全民都玩抖音的时候，这个民族的心智会被低廉的娱乐侵蚀，而不再有思想的深度。

思想的深度与高度，见地的认可与争鸣，是朋友间加深情谊的力量。

告别时，我送了你父亲两本人物传记，《双山回忆录》与《陈健民传》，一本政治家的回忆录，一本宗教大师的传记。政治与宗教是我们经常谈论、探讨的话题，也会探索某些社会历史的真相。我经常给你父亲推荐我读过的好书。他是能安宁地读书的人。

一本我朋友张东宝先生写的《大成拳站桩养生之道》，希望他能通过站桩而获得健康。

晚上，他还有饭局，和我家不一样的场面上的饭局。

# 心如莲花不著水，意似寒潭彻底清

一位读者要我在《悟道录》上题字签名，我写了“心如莲花不著水，意似寒潭彻底清”。是两句古语，一佛一道，我集句成联。前两天我还给澄源讲到这两句话，澄源很喜欢。

心如莲花不著水，原句出自《华严经·普贤菩萨行愿品》：“于诸惑业及魔境，世间道中得解脱。犹如莲花不着水，亦如日月不住空。”不执着，要悟空。你看荷花上的水珠子，是停不住的，很快就会滚动，滴落。我们对事物的执着会带来很多烦恼、痛苦。如果我们对事物不执着，事来事去，随来随空。

意似寒潭彻底清，这是四川了心道人的悟道诗，了心道人原诗是：

悟性不知身外物，参玄即忘世上春。
心如皓月连天净，意似寒潭彻底清。

寒潭的水是清净无染的。比喻心要清净。寒，寓意心对某些事物要冷，人对很多事物如果太热情，也会因热情而产生烦恼。词语“冷淡”，“冷”后面跟的是“淡”，淡泊，淡定，淡然。

在禅宗典籍《五灯会元》里有“心如朗月连天净，性似寒潭彻底清”句，是安州兴国院契雅禅师之语。这句诗在唐宋时代很流行。性似寒潭与意似寒潭，还是有差别的。性，是从本体上说，本性；意，是从功用上说，心意、意识。

我对经商无兴趣，尽管朋友中经商的人很多，还有大商人，也有人想把我带到商业圈做事，我婉拒了。我说：“陈全林去经商了，谁来弘道？”对我而言，对经商的冷淡与对国学的热情是相对的。因为对国学热情，花费了我半生心血。

心意清净了，才可以谈修行的境界。

这两句话虽是宗教名言，但对世人还是有启发的，至少告诉我们，心不要太执着，心需要真清净，对某些事物保持冷淡的态度也许比保持热忱要来得更好。

这是人生的取舍，对什么事物冷淡点，对什么事物热情点，要跟自己的事业、际遇、性格、信仰等关联而考察。

# 格局

最近在反思，自己的格局比起好几位成名的朋友小多了。他们的事业越做越大，而我越做越小，小到如今常年宅在家里读书写作了。朋友是一个庞大的团队做事，我是一个人做事。

我喜欢这样的状态，是我的选择，我的意愿。

我思考的不是事业的结果或现在的状态，我对现在的状态是满意的。我不喜欢抛头露面，不喜欢做多大的事情。我喜欢小，喜欢居家工作。很多人喜欢宏大的理想、宏大的事业，我喜欢小，喜欢小的自己做能做好的事。很多人是众人一起做事业，所成也大。我喜欢一个人做事业，不喜欢麻烦人，不喜欢太复杂的人际关系。大有大的难处，小有小的好处，我看到了小的好处，看到了大的难处。我遇见过可以把事业做大的机会，我也能做大，但我总会放弃，从大里面逃离出来，我怕大所带来的压力和烦恼。

我思考的是我的心量与格局之小。现在的状态是我格局和气量之小的结果。

在世俗的世界，事业、名气越大越好，金钱、成果越多越好。我安于现状，不思进取，只活在自己的小世界里。

我经常对澄源说，我俩的人生观、世界观是不能对他人讲的，讲了会成别人眼中的笑话，社会对这样的人生观也会提出批判，我们的人生观在世俗看来“太消极”。

我是解决了温饱问题、衣食无忧的情况下便不思进取的人，安于现状，不愿意去为所谓事业、家业、功业拼搏的人，只做自己想做、能做的事情，对那些大家很看重的东西并不看重。社会上的人如果都这样，社会就难以进步了。话又说过来，如果社会上的人都热衷于功利而忽视精神的逍遥，活着，也会失去很多高贵的东西。

社会需要那些进取者，也需要淡泊人，我喜欢退隐，只过自己想过的日子。

我的格局小，我喜欢这样的小格局，小格局里有大自在，属于个人的自在，不是在社会上做大事者的格局。我很早就知道，自己不是振臂一呼云集响应的人。安分守己地做自己喜欢的事情，耕耘好自己的一亩三分地，足矣。

# 文脉与法脉并传

前几天古灯来访，我讲了很多修学的内容。他是我的小老乡，比我小十多岁，是一个青年学者，在某单位工作，将会负责一本公开出版的杂志，现在正在筹办。《悟道录》一书大多是跟他的聊天内容的自我记录。

你父亲也喜欢古灯，在我家见过几次，没深聊过，每次都是你父亲到来时他刚好离开。

古灯曾在我家住过一年，有一次夜里我们一起打坐，关着灯，突然间他看到了身心的光明，那光明使他在黑暗中能看清书架上书脊上的书名小字。我写过这件事，你父亲读后很惊奇，想见见他。

因为将来他也会带研究生，我提到了以后在学术上要文脉与法脉并传。既教学生真正从本质上把握中华文化的正脉，又教给学生修身、齐家、悟道、见性的真学问、真见地、真功夫、真修行，获得有益身心家国的真成果。这是法脉，也是道统。古人很看重。

不仅要学生能讲道、演道，还能写出好文章。文之不行，传之不远。每一个学生都是文章高手，能用纯正的汉语写出好作品。这即是文脉。

我们教出来的学生做学问，不能像某君（大陆某著名道教学者），把学术变成了谋私、谋求名利的工具；也不能像某君（台湾某著名国学家），文章虽然好，但关键的地方却错了，偏向唯物论，也没有信仰，所以，他的文章也不能真正传道演道。

道乃天下之公理，不是某个宗教范畴。

好文章，既能传道，又能传文，成为文法范本，有文采，可以用文学的手法写出非常好的学术论文与演道文章。

我平时要求跟我学道修真的朋友们写文章，写修学日记，就是为了法脉与文脉并传。这样修行的人，法，能自度度人；文，能自利利人。

我给你写的这些短文里有法有文。你懂了，会明道并受益。

# 五十而知天命

孔夫子说自己“五十而知天命”。何谓也？人活到五十岁，就知道自己一生的使命与功过得失而成了一个活明白的人，就是知天命。

五十岁了，不再斤斤计较。

五十岁了，自然会放下恩怨、名利、观念的争执。

五十岁了，步入晚年，身体也许大不如前，人活着会更爱自己，更珍惜生命，珍惜亲情、友情，珍惜已经获得的幸福。

五十岁了，会反省自己，孔子就是这样的，五十岁学《易经》而悟道，从而返观内照，感叹自己如果早一点学《易经》就会少犯错误。可是，人一生谁不犯错误呢？错误也会是觉悟的阶梯、进步的资粮。

我是五十岁的时候感觉自己突然成熟了，思想、心性、修为都有提高，生命好像开启了另一扇大门。

以前读贾亚卡尔的《克里希那穆提传》，这本书我读过七遍，克里希那穆提，这位伟大的圣者在五十岁之后发生了思想、觉知上更深刻的巨变。这样的巨变使他的思想更深刻。

我在五十岁的时候整理了自己的长诗《恒河一滴水——克里希那穆提》，算是献给自己的生日礼物。

这部长诗，你父亲喜欢，一些情节我给你父亲讲过，比如一个西藏喇嘛给一个汽车司机赐予加持而改变命运的故事，我讲的时候很感动，眼里总有泪花。而你父亲听了，便说：“这个故事有神奇的加持力。”

五十岁了，激情有所消退，正义感却随成熟而增强。

再过半个多月满五十一岁。那时候还会和几个朋友小聚，你父亲说想和我一起过生日。

五十岁后的每一个生日都值得珍惜，这时候生命开始以减法来计数。

# 艾草的能量

澄源昨天、前天突然感觉右边肩胛骨那里很疼。她当时没告诉我，自己忍着。今天忍不住了才告诉我。

我猜想是空调和电风扇吹的，寒风入肌，不通故疼。

我给按摩了一下，略有缓解，但不解决问题。

我说：艾灸吧。

朋友小林早先寄来了一些特级艾条，那一炷艾条的直径有两寸，一手还握不住。

点燃艾条慢慢灸烤她疼痛的后背和右肩胛骨，艾灸了一小时，问题基本解决了，一天里不再疼了。但那部位酸酸的感觉还有，还需要灸一两次才会好的。

艾灸的热量透入皮肤，自然驱寒，化寒为热，病就好了。

艾灸是传承数千年的古老的方法，“针灸”一词在先秦时代就有，针是针刺疗法，灸是艾灸。

孟子提到过艾草之用，《孟子·离娄上》有云：“七年之病求三年之艾。”认为陈艾性温和，不容易因热伤人。可见在孟子生活的战国时代人们已经用艾草治病。

明代李时珍《本草纲目》里说：“凡用艾叶，须用陈久者，治令软细，谓之熟艾。若生艾，灸火则易伤人肌脉。”

如今全民讲养生的时代艾灸疗法很盛行，我好多朋友就在按摩、艾灸理疗行业工作，疗效与收入都很好，我侄儿也如是。

前几天有位袁老太来访，她经常网上讲养生，准备要讲艾灸，我便讲了艾灸与道教仙人的故事。据道教文献记载，东晋仙人葛洪的妻子鲍姑是最早系统地用艾草治疗疾病的人。他们夫妻一直到初唐还活着，那时少说三百多岁了。仙传里提到过葛洪夫妇和他们的儿子在唐朝治病救人的很多事迹，其中就有以艾草为人治疗恶疮的案例。道教把用艾草治病也看作治病救人、积功累德的仙术，佛教说“八福田中，治病功德第一”。

2016年夏天，我这个侄儿做饭时不小心被热油烫伤了胸部、腹部，带他上医院治疗后在我家修养，医生要求屋子里必须开空调。他住大厅里，我在大厅读书写作，结果右肩被空调吹了四十天，开始发疼，我当时没太在意，半年后越发严重，右胳膊抬不起来了。

侄儿的烫伤早好了，继续从事按摩、艾灸。澄源告诉他我肩膀疼的事情。他专门治疗了三四次，艾灸，理疗灯热烤，针灸，针的后尾加了燃烧的艾条，以传递热能。

就这样初步治好了。余下的，锻炼了两个多月才彻底好了。

艾灸，小小理疗治大病。

我一位朋友，当她六十九岁来见我，我说：“命理上，你活不过七十岁，但如果你信我的话，按我说的去做，一定能延寿。”她说，自己经常会有莫名其妙的念头，感觉自己活不过七十岁。这样的念头有近十年。

如今，她都七十五岁了，活得好好的。

我告诉她的方法是：每天艾灸，以增阳延命；每天诵读《金刚经》，以修心养性。这两条都要做到。

她做到了。天天艾灸，天天诵经。

艾灸的能量能透入肌肉、经脉、脏腑，从而温养、增阳，从而除寒、排湿，从而通经，活络，能治病、养生、延寿。小小的艾灸有大大的功效。

你要记住艾灸的妙处，生活里会用到的。

# 道家的化功

有朋友捧我，说我修道很有成就。我回应他：如果你说我做学问有功夫，我信，也不会故作谦虚。如果说我修道功夫好，那我第一个不信。道家真正的化功，我都未修出成绩，哪里敢说成就？道家功夫，身心灵化，才是真成就。身能气化化气，心能超凡脱俗，与道合真。能做到这些才可以谈道家功夫的成就。道家功夫绝不是嘴上谈谈理论，一定要在功夫上实证到。这是诚恳之言。

道家之言化、化功，小，是身心的变化境界，转化色身（健康、不病是基础），变化气质（精神气象自然脱俗）。在修证上乃至有神通变化、幻化，如《西游记》里孙悟空的七十二变都是身心微妙神奇的化境。汉语里形容某种技艺达到极致，说"功臻化境"。大，整个宇宙时时刻刻在变化之中，变和化是宇宙的规律、现象、本质。人的生老病死、轮回再生都是变化的体现，得道成就乃变化之果。

道书里的"化"，学问非常高深。在近代，我们把西方那门研究物质的性质、组成、结构、变化、用途、制法，以及物质变化规律的自然科学翻译为"化学"，借鉴了道学里的"化"学。道教五代时期有位仙人谭峭谭景升先生，写了一本书叫《化书》，从宇宙万物的变化讲到了身心的变化。道教丹法的基本原理之"炼精化气，炼气化神"之化，就来自《化书》变化之理。

仙道小说《西游记》里的孙悟空有很多变化之术，他可以化成光，化成物，化成某个形体，“聚则成形，散则成气”。这便是道家化术在身心变化中的高级境界。

今天我画了麻衣道人，手里有丹，题写的诗句是：

道人炼丹不计年，百年已过尚修仙。

身心灵化实不易，唯此化功最难言。

在道教，真人吕洞宾、张三丰、陈致虚在人间修行了四五百年，这么长的时间就为修化肉身，而能“聚则成形，散则成气”。当代丹道大师严新先生的一位老师就修证到了此等境界。

道门的“化”学、化术、化功，既是哲学，也是科学，更是人天之道，玄妙之术，非常高深。

理解了化学的哲学、科学、道学本质，学道就容易了。这里面包含着身心、宇宙的奥秘，古人“天人合一”的道理就在这里。

讲这些，有感而发，希望你对道学最精深的学问的本质有所认知。

# 语言的超空间陪伴

我岳父辞世快满三年了，这三年我岳母感觉孤单、寂寞。我和澄源想让她来京生活，她不习惯在北京生活，主要是我和澄源的作息时间和吃饭时间跟她不一样。再者，她爱管事，看见我们大半夜还在写作或看电视，也不爱运动，会很生气。她总希望我们按她的节奏生活、作息，可这是我们做不到的。因此，她在我家生活了半年后就离开了，不愿意再来，眼不见心不烦。

她在北京的那半年，有俩月我们和她一起周游了北方很多地方。我们也曾和你父亲一起周游五台山，你父亲很幽默，澄源和她母亲都有东北人特有的幽默。大家一起旅行，很快乐。

她如今在东北生活，儿子宁可看抖音也不愿意跟母亲多说些话，说的多是抱怨之言，抱怨工作，抱怨老板，抱怨母亲。

澄源为了减少母亲的孤独，降低她患上阿尔茨海默病即俗话说的老年痴呆症，每天要和母亲电话聊天，聊两个多小时，一般都是下午、晚上聊两回，话题什么都有，即便没有话题，也要无话找话，找着找着，话题就多了。

上次，老人忘记了自己已经把工资卡里的钱取出来了，到了银行，银行里的人说钱已被人取走，便在澄源的指导下报警，警察来了，调取了监控录像，她才看到是自己十多天以前取走的，可一点记不得是自己取走的。

于是，澄源要求母亲写日记，记下每天干了些什么，要“交作业”。写完日记，拍成图片，微信发过来。

我很敬佩澄源，每天要花一两小时打电话给母亲，陪她说话，说很多话，每天彼此讲述各自的生活，读过的微信文章，看过的电视剧、各种视频，分享有趣的文章、新闻、视频，交流做饭的经验，谈论见到的人和事，谈论过去。这样，大脑每天都在运转，在思考，在记忆，在回忆，能有效预防老年痴呆。

这是澄源的孝心。有时候我同情澄源。每天这样陪聊很累。我不爱聊天，家里经常来人，我要陪着他们说很多话，有时候一陪八小时，我知道陪聊的辛苦。当我静下来的时候，听她们长时间聊天，偶有听烦的时候，我不知道做女儿的烦不烦，我会烦。想到这是必须做的一件好事，是澄源的孝心，是对老人的“话疗”，能排解她的孤寂，我也就耐心听着，更多时候能听出乐趣，也会跟着说一些话，便成了三人的超空间对聊。

我看过一个片子，一个老妈妈87岁了，女儿67岁了，妈妈患了老年痴呆，需要女儿和女婿照顾。老人每天要在那种特殊的精神状态下走七八千米，女儿就得陪着走。妈妈已经不认得其他亲人了，只认得这个女儿。

看到片子里已经成为老人的女儿的辛苦，让人难过，她也是一个需要照顾的人，但还要照顾母亲。她说这是责任。

假如我岳母也患上了老年痴呆，最痛苦的人将不再是她，而是女儿澄源，她也要辛苦地去照顾妈妈。患了老年痴呆的人并不觉得多痛苦，身心处在一种特殊的状态，亢奋、偏执、易怒，身心也会衰弱。

澄源的方法非常好，体现了她的孝与爱。

每天超空间陪母亲聊天，不是一天两天，一月两月，而是常年如此。这才是她了不起的地方。

每个人都会有衰老的时候，每个人都会有各自的艰难时世。但愿，遇见老年问题的人能有具足孝心、具足耐心、具足智慧、具足慈悲的儿女来解决这些问题。亲情里的情义和道义在这里，不仅是因为血缘，因为爱，还有情义和道义，更有人性和法律。照顾父母是法定义务。

## 跟妈妈的沟通有那么难吗?

今天我一位朋友带着十九岁的女儿来访。孩子高考结束，等待录取通知。

聊了很多话题，我们认识十多年了，彼此知名有近三十年了。他跟我一位发小是大学同学，发小在他们上大学时经常给他说起我。

前天晚上整理书架，看到一本我题了字的《生活禅》，和那位发小、这位朋友在酒醉之后，我在书上题写了字。2017年夏天某夜，我们从晚上八点开始喝酒聊天，一直到了第二天早上八点。昨晚想，小孩来访，把这本书送给她，题词里提到了她父亲，也提到了我们那次痛饮。

我题的字是“道在日用”。道就在我们的生活里。

朋友的孩子身体最近不太好，想给孩子改个名字。要改名字，就需要占卜。很多数术家用四柱占卜法即八字命理推算法。我喜欢简易的方法，四柱命理太复杂，我没耐心学，喜欢“梅花易数”和“小成图”这简易灵活的占卜法。我让女孩随意说四个数字，我好用小成图占卜，以确定如何改名。

根据占卜的情况，给了改名建议。这些是次要的，也是隐私，不写了。

我从小成图的八宫里的母亲宫即坤宫看到的是“天地否卦”，说明孩子和母亲的沟通很困难，问题很多。这些情况我并不知道，但卦象里有，我指出来了，告诉她，一定要主动和妈妈交流，还举了昨天在短文里提到的澄源和母亲主动交流的例子。

女孩子听到这个问题，开始哭泣，说和妈妈交流太难了，她经常是忍着。有一次，她不得不主动和母亲交流，给母亲讲了很多，母亲听完了，竟然问："你究竟想表达什么？"那一刻，她感觉无语了。

母女间有矛盾、不理解、不容易沟通的通常少见，大多是叛逆期的男孩和父亲沟通不容易。

女孩哭了好一会。她和父亲离开我家后，澄源一摸桌上泪水打湿的面巾纸，还是湿湿的。她流了很多伤心的泪。

女孩不理解地问，为什么自己和母亲就是很难沟通呢。

我真难回答这个问题，只好安慰说，这是命理上的事情，所以，我能从卦象上看出来。不过，这都是可以改变的。如果不能改变，那么，修行、信仰、改命都没有太大意义了。正因为能改变，占卜、修行与信仰才有意义。既然通过占卜知道了你和母亲的交流、沟通有问题，那就主动解决，慢慢解决，把命理上的这个坎儿迈过去。

人与人的交流，需要表述，需要简明的逻辑，准确的语言，清晰的层次，恰好的情绪。甚至需要某个主题与方向，这样就容易沟通和交流了。如果自己的表述有问题，听话的人就不容易理出头绪；如果带着情绪说话，情绪就会把谈话的主题冲淡。即便和亲人沟通也需要技巧。

和亲人沟通有那么难吗？

和母亲沟通有那么难吗？

难，如果不难，女孩为何眼里浸着泪水？

问题不全在母亲，不全在孩子。如何达成彼此的沟通？在双方身心的投入，你中有我，我中有你，这就是"地天泰卦"的道理，阴阳是互相渗透的，是交流的。地在上，是升而去交流；天在下，是降而来交流。否卦刚好相反，天是天，高高在上；地是地，处下不争，两者看起来没有沟通。否者，不通。

我详细讲了这两个卦的道理。

朋友答应要促成女儿和母亲更好地交流；女儿也愿意和母亲更好地去交流。

人生漫长，亲情珍贵。

2018年冬天，我在给你父亲占卜某些事情时，无意中从他的卦里看到了你，也看到了你跟父母交流的困境、困难。因为，在母亲宫你也有一个否卦。这意味着，和母亲的沟通困难，是你的问题，也是你妈妈的问题。

沟通是一门艺术，也是技术，需要学习。亲人间的沟通，很多时候容易带情绪，因为是亲人，顾忌少，反而因为释放情绪，没有很好管控情绪而使交流失败，或难以深入。要学会心平气和地和人沟通，能合理管控情绪地和人沟通，要能深刻而明白、简洁而清晰地和人沟通。这是我的经验之谈。从小我在和他人沟通之前会预想一下如何交谈会更好，如何开头，如何结尾会更好。

这些都是人生必修课。和父母难以沟通，日后在工作时和上级、同事、客户如何更好地沟通？结婚后如何跟爱人、孩子更好地沟通？如何与爱人的亲人更好地沟通？

沟通的对象虽然不一样，但沟通的基本原则一样。

放下执念，和亲人的沟通没那么难。

## 手熟为妙，心悟为高

今天去了琉璃厂看书画，去了荣宝斋，二十年来我来荣宝斋看大师们、名家们的书画，不知有多少次了，吴昌硕、齐白石、黄宾虹这样的大师的真迹，看过数百幅，在看他们的纪念展时看到的。这是京城文化的特殊性，毕竟荣宝斋在北京。

以前看大师们的作品，是顶礼的心情，现在是欣赏和学习甚至挑刺的心态，大师们不是没有败笔，不是件件都是精品，大师们也有画得不到位不精彩的地方。

以前跪着看大师，现在站着看大师，甚至对大师们的很多作品开始不以为然。

这是学习、成长、成熟的过程。

齐白石说“废画三千”，他作废的画有三千张。据专家统计，齐白石一生所画超过了四万张。齐白石老人活了九十三岁，从三十岁独立作画算起，在漫长的六十三年艺术生涯里几乎每天作两张画。每天作两张写意画是能完成的，而关键在于他的长寿。这些画大都被保存着，老人手熟到何等境界。手熟而不俗，在于老人的艺术境界极高，悟性极高。

我从2013年夏天开始画画，到现在画了七年，少说画了三千多张画，平均每天画一幅画，做到了，即便练笔，也能做到手熟，由手熟而达到“妙”，却不容易，需要艺术修养，心灵悟境，需要天赋。

熟而不俗，熟而能妙，熟而生动，才是高手。

对于我，只是做到了熟，妙，还达不到。我才五十一岁，假如活八十一岁，还有三十年，不断积累、修行、提升，人书俱老时，自然会熟而逸、灵而妙。

昨天一位好友来访，他从今年五一开始学习古典山水画，不断地画，我们谈到了“手熟为妙”的道理。朋友的女儿喜欢音乐，喜欢弹吉他，朋友希望女儿能经常弹琴，把功夫练出来，弹曲子也有手熟为妙的道理。

手熟为妙，心悟为高。

微妙入神，身心在道。

# 不学无术

我看到一位跟我修道的朋友的空间里他写的一段文字：

2020年8月11日。雷阵雨。

许久以来，关于修道，有个疑问或者感叹，我今天忍不住要说出来。仅供参考。

把个人宝贵的时间和精力都花在知识学问的整理、记忆和描述上，这到底有没有障碍我们对鲜活真理的切实领悟呢？这对修行真有帮助吗？

对于知识的累积和重复，美其名曰学习和研究，却只会导致思维的固定化、模式化、机械化。让人意想不到的是，正是我们所标榜和擅长的逻辑，在不断地抹杀和泯灭着我们的灵性。

别人述说了些什么，那其实也仅仅只是别人过去的故事，对于我们，根本毫不相关，也一点都不重要。关键是，我们自己怎么说。

在求真之路上，我们到底有没有枉费了生命，抓错了重点？

我读后留言：

你是为自己不学习、不学无术找借口和安慰吗？释迦牟尼佛学了多少人类的知识？老子学了多少？如果没有他们曾经的所学，佛会是佛吗？老子能写出《道德经》吗？佛教徒有必要发愿“法门无量誓愿学”吗？宗喀巴能成为人天导师吗？古人的知识与你无关，要传承做什么？大家还有什么可修的？我们所修哪一事不是从古人而来？简单的事理如何有如此的纠结？

朋友读后说：

老师批评的是。我很惭愧。

他尊我一声“老师”，我便批评得他。

我这里用了一个词语：不学无术。

这在很多人看来，好像是骂人的词语，说人家没文化。

学是学问、学识，术是技术、方法。不学无术的本意是，如果不学习，就没有技术。

人活在世上，要谋生，首先需要技术。即便孔夫子，也要学很多技术，比如赶车，就是一个技术活，孔夫子在年轻的时候，贫困的时候，给人赶车为生。一辆车不论是一匹马拉还是多匹马拉，都是技术活，技术不好，就会人仰马翻，就会出车祸，会自害害人。这跟不会开汽车的人要载人开车一样危险。

我们现在把系统专门的学问以及学习研究等统称为“学术”，说某某专家、教授学术修养很深，是赞扬他在某个领域内成就很高。

学术，在中国古代，是分开的，也是关联的，学是学，术是术。比如道家，讲道与术，道是本体，术是妙用，以道御术，以术通道，这便是道与术的关系，故有“道术、法术”等术语以及相关的修炼方法、技术。比如法家讲的“法、术、势”三者为治国之要，术也是方法，法家主张用酷刑治理民众，就是其“法”。儒家的六经是道，是本，而六艺就是术，六艺里的数术，就与《易经》里的数学与占卜等相关；射术，等于广义的武术，以射为代表。

古书里提到学术，多指某种学问以及相应的技术、方术，包括治国之术、军事之术。打仗的谋略与方法都归在术里面。《史记·张仪列传》有云：“始尝与苏秦俱事鬼谷先生，学术，苏秦自以不及张仪。”鬼谷子是老子的弟子，苏秦、张仪是老子的徒孙，他们的学是道学，术是道术，他们懂得管理国家、运兵战阵，这便是他们的术，如他们的“连横”“合纵”等都是术。

不学，就没有术。术也是需要学习的。即便修道，也需要术，道家三千六百法门、佛教八万四千法门，门门有道术，即门门有修证的方法、技术，你不学，就不知道该如何去修。而学，还要系统地、深入地去学，这又成了现代意义上讲的“学术”，古人分为理、法、术、诀。理是道理，学问；法是方法；术是具体的技术；诀是关键的口诀、窍诀，就是把最重要的内容以精练、简短的语言总结出来，便于教学、传承和点化。这四个方面构成一个体系，便需要学。门门都是一个体系。比如辟谷，有具体的原理（理），具体的方法（法），关键的技术（术）和重要的经验（诀），也有其历史与发展，著作与人物。其他道术如导引、房中、内丹、外丹、符箓……无不如此，都有完整的系统，都有系统的学术——学理与技术。

门门都很深奥。

朋友跟我学道已经有三四年了，曾和我一起周游过很多地方。现在也跟我修学，但不太精进了，对于道家、道教的学术——道学与方术还没有入门。对此，我不勉强。只是，他的认知有问题。

“不学无以明道”，这是最基本的道理。

不学无术，在批评他，也告诉他一个基本的道理，不学习，连基本的道术、法术、方术、技术都学不了，那还谈什么修行、悟证、解脱、成就?

所有的完整的传承都是建立在系统的学术之上的，没有系统的学术，传承是不会久远的，也是不会与道相应的。即便朋友修学密宗，密宗传承的是佛法佛理，然后才是修证佛法佛理的具体法门，没有佛法佛理，具体的修证就会失去方向，也会失去意义。依法修证的意义在于去系统地体验、实证诸佛所讲的真理是真实不虚的，证到了，就成就了。我前面提到了宗喀巴，在于朋友修学密宗，宗喀巴传承下来的，最宝贵的不是某个修持法门，而是他对佛法的探索、认知的重要著作《菩提道次第论》，书名首先标榜的是道与论，是学术的学理部分，自然，涉及了具体的修证，这在《密宗道次第论》里讲得更多一点，但标榜的依然是道与论，核心就是“道论”。

世间法的学术，亦复如是。

# 读书与听诵

我把昨天上文《不学无术》发给你父亲看。因为这也涉及治学与修行问题，困惑的不是某一个人，有无数修行者为此纠结。

你父亲读后说：

这个问题我也思考过，修行真的需要读书吗？六祖没有读书也开悟了呀。后来我想，我不是上根器，不能与六祖比。读书，对我有两个作用：一是浸润，把生命的硬壳在知识的氛围里泡软，泡化，让生命与世界的真相呈现出来；二是相应，与古圣先贤的生命信息联通。

看来这个问题你父亲有困惑过，但他也没有得出更好的结论。我回复说：

六祖没读书，但他听了不少经。五祖给他讲过《金刚经》，一位尼师给他读过《涅槃经》，即便弟子法达来问《法华经》，也是先背诵《法华经》给六祖听，六祖听了一半就知经义。一半就是好几万字。闻思修入三摩地，他在没有剃度前在印宗大师处听经许久。不识字只是说他无法自己读经，但无妨他去听经。古代宗师要“讲经说法”，所以大量不识字的佛子都能因听经而明经、通经、诵经。在没有大师讲经的时代，我们只好自己读经。至少，闻思修三者六祖慧能做到了，比我们单纯的读经高明多了。我们既听不到得道大师讲经，又不愿意自己老实读经，那该如何成就呢？反问之，思过半矣。

这里跟你父亲探索了听经的“闻思”之修。闻、思、修，是三位一体的。三摩地是“定”，也叫三昧。戒定慧是佛教三学。

我进一步说：“听经而记诵，是古人学经的重要途径，好比现在三四岁、四五岁的小孩不识字，但能背诵三四百首唐诗一样，是父母、爷爷奶奶教的。道理一样。”

央视《挑战不可能》节目上有个四岁的小孩在奶奶的教导下会背三四百首唐诗。

你父亲感慨说：

是。如果你没有大量的知识积累，解张老师的灵应诗只能望文生义，牵强附会，于弘道毫无意义。正是丰厚的知识储备，才使诗与解相得益彰，成就人间一桩幸事。

《道德经》，把词句弄懂不难，但不反复读《道德经真义》《道德经精义》这样的书，根本得不到精髓。

这是谈他的读书心得了。《道德经真义》是我写的书，《道德经精义》是清代黄元吉真人写的书。今年春节（2020年），你父亲接受了我的建议，没有旅游过节，居家读黄元吉的这本书，非常受益。

我们的微信聊天也有深刻而丰富的文化内涵。

# 痴心父母与孝顺儿孙

我有一位好友，跟我同岁，我相识超过二十三年了。她离婚后和父亲相依为命，母亲在十年前因病辞世了。今天她来信提到了老父生病住院，慨叹说：

夏天的夜空好美，是我永远的童话。虽然斗转星移，物是人非，心中夏天夜空永远不变。

时光匆匆，不再有夜晚乘凉的时候。看星星也只有匆匆一眼。早早地走进空调房间，只有心中的追忆说有一片净土离得并不远。我今天去阳台看星星，让夜风吹吹凉。梅雨季节结束后，现在都是晴天，湛蓝的天，格外美丽。亲爱的妈妈，亲爱的爷爷奶奶都已升天，人世真的短暂。陪伴我的人越来越少，希望自己能坚强地走下去。提醒自己天晴就在阳台看星星，小小地浪漫一下。

爸爸出院有几天了，身体恢复得不错。可以用神采奕奕来形容了，然而他放不下酒，前天买回来两箱百威啤酒，说别告诉妹妹。爸爸中饭和晚饭各一瓶。老顽童似的。

与朋友的浪漫文字相比，我告诉的人生的真相，更残酷。我说：

人生的本质是孤独的。人一生注定孤独终老。即便有亲人，有老伴，有子女，也注定孤独终老。这是人类的宿命 。即便夫妻很恩爱，总有一个人先死亡，另一个独自走到生命的尽头。对于先死亡者，是孤独终老，对后死亡者，也是孤独终老。即便儿女成行，子孙满堂，正如

《红楼梦》里慨叹的："痴心父母古来多，孝顺儿孙谁见了！"特别是当代社会，孝顺儿孙不是没有，而是越来越少了。我今天读了一篇写城市里很多老人死了很久才被发现的悲伤故事，而他们的子女，大多生活在同一个城市里，却很少来看望父母，父母死亡了很多天都不知道，都没打过电话问候父母，如果打电话问候父母，没人接听，也应该过来看看，可他们都没有。父母还是在孤独中死亡。

相对而言，修行解脱，是最好的选择。

2019年，西安报道过一则案例，一个老人给女儿带孩子，孩子有三四岁了。有次女儿女婿去旅游，一周后他们回家，看到的情况是，母亲因为心脏病突发，病死了，而他们年幼的女儿由于没人喂养，饿死了。

他们外出一周，竟然没有给母亲打过一次电话。

如果是有孝心的人，细心的人，每天都会给母亲至少打一次电话，如果没人接听，就要邻居看看，是不是有事。这样，出事的时候母亲和小孩或许有救。即便老人心脏病突发无法抢救，小孩还是可救的。

我看到《新京报》的最新报道，还有视频，安徽蚌埠的一个小区里，邻居发现一个老人在阳台上敲盆子以求救。老人在四天前就摔倒了，无法起身，在阳台上躺了四天四夜。邻居报警后，警察来救老人。老人和子女生活在同城，子女有二十天没来看望老人了。

老人是他们的父亲，一个人孤独地生活。没有老伴，没有保姆，只有孤独，只有生命力衰竭前的敲盆声还在人们良心的天空回响。

写这段文字前看了视频，让人揪心。

二十天不去看望独居的老父，不打电话问候，这是怎样狠心的子女？真应了清人黄仲则的诗句："此时有子不如无。"

这样的事情在都市并不少见。

人生的本质是孤独的，即便子女孝顺，也如此孤独。

人如果能因为悟道、修行而超越孤独，超越对死亡的恐惧，那时候怎样死去就不重要了，重要的是活着的时候心灵安乐，死亡之后灵识解脱。

# 管控好自己的心态与情绪

今天，有个读者问我，该如何控制自己的情绪。他和母亲的矛盾很严重。而我正准备写这篇文章。

有位亲戚和家人、同事处不好关系，不能很好地管控自己的情绪。她购物，喜欢购双份，买衣服、鞋子，同样的款式都要成双，成了心理问题，如果买单数的，感觉不爽。一次，母亲说她一下，劝她不要什么东西都要双份，免得浪费。她听了立马生气，母亲说了两句，她要死要活地闹腾，甚至说要去死。

这么一点事情就如此闹腾，是情绪没有管控好。在单位上，她也和大家处不好，回家就抱怨这个抱怨那个，家里人都得听她发牢骚。

很多人管控不好情绪，人会非常烦恼，也把烦恼带给别人，大家都不能安宁。

情绪的管控对每一个人都很重要，事业的成功、家庭的安宁、婚姻的和谐，都与合理地管控情绪有关，情绪管控不好，人际关系一团糟。前几天刚看完《三十而已》，钟晓芹与陈屿是夫妻，有一次两人吵架，钟晓芹说“过不了就离婚”。陈屿说“离就离，明天上午民政局门口见，谁不去谁是孙子”。

两个人情绪没管理好，离婚了。

可彼此还爱着。后来，经历了很多事情，他们终于复婚，更加恩爱。

如何管控情绪？

我对今天那位提问者说：情绪生起的当下，一念回心，即刻觉察，自然就能转化情绪了。你不是修行者吗？连这点觉察力和定力都没有吗？那就从每一刻的情绪里随时觉察，随时转化，也就随时修炼了。

管理情绪，需要觉察力和定力，没有觉察力，人陷入情绪的泥潭而不自觉；没有定力，会被情绪所乱。《吉祥经》里说：

八风不动心，无忧无污染。

宁静无烦恼，是为最吉祥。

“八风不动”，是对情绪最好的管理，人的各种情绪可以看成八风。“称、讥、毁、誉、利、衰、苦、乐”八种心态与情绪，比喻为八风。不动心与宁静，都是定力。

# 道用

今天一帮朋友在半年后重聚了，你父亲自然到场，我们这帮朋友在三四年里少说聚了十次，你父亲每次都到，是“搞笑担当”，没他，大家感觉不热闹，他超幽默，澄源称他为大伙的“领笑员”，这是从李诞的《脱口秀大会》学来的词语。

的确，少了他气氛没那么热闹。每次，你父亲会和王先生开玩笑。

王先生，我给他取名“道用”，取意“大道以用而成”，以及“道在日用”。你父亲研究《道德经》，用功颇深，便说，《道德经》里有“弱者道之用”句，说的就是道用，王先生是“弱者”。

大家笑。

没错，“弱者道之用”，就是“道用”的根本出处。

于是，我在饭桌上详细讲了“道用”两个字的意义或者内涵。

一是“弱者道之用”，道家不主张示强，而要把强大隐藏起来，“强，示之以弱。”像真正的武功高手、太极高手，看起来很弱，甚至弱不禁风，但他强大的内功是隐藏起来的。金庸的武侠小说里写过这样的高手，《天龙八部》里的扫地僧，武功最高，在萧远山、慕容博两位高手之上，却毫不显露。水很柔软，随方就圆，但水能发电，水能切割，水能摧枯拉朽，发出强大的力量。

二是以道为体，自有妙用。得道的人，一言一行，皆是妙用。

在场的张玉仙老师，你父亲把她老人家看成母亲一般的老人，非常尊敬她，老人家已经七十四岁了，这两天在我家写了很多与修道有关的“灵应诗”，我出题，她灵应，一天半的时间里写了三百首古体诗，都是包含修道精义的好诗。这是她的道用。

我举了在场的很多人的例子来说“道用”。我每天写文章以弘道，是我的道用；守笃教太极拳，写了太极拳修炼方面的畅销书，使更多人认识到太极拳里的修身、养生之道，便是他的道用；丹明研究《西游记》，正在写《西游记》与修道相关的书，会使更多人认识到《西游记》不仅是一部神话小说，还是修道的指南针，这是丹明的道用；王先生，企业做得越大，为社会解决的税收、就业问题就越多，这是他的道用，金阳子在国企工作，也是此理；即便澄源，大家都称赞她的饭菜做得好，包子好吃，她喜欢做饭给朋友们吃，喜欢钻研厨艺，张老师这几天住我家里，也赞叹澄源的饭菜好吃，这是她的道用。

《道德经》里说：“玄之又玄，众妙之门。”道家的妙用是众妙，不是单一的，是无穷无尽的。

我还举了一些历史事件与历史人物，历史上，有很多战争是以弱胜强的。一些伟大人物，如曾国藩，一生信守“弱者道之用”的心法，不示强而示弱，但他的内在很强大。

因为讲到了曾国藩，我还讲到了他曾受到一位道家高人的点化，传他很多本领，其中就有相人的“冰鉴”术，所以他知人善用，对江忠源、刘铭传等人，见面即识其生平、心性、事业、生死、成就，本领神奇，与他的修道境界有关。他第一次见到江忠源，就说这是一位忠烈之士，但会惨死。十数年后抗击太平天国暴乱的战争中，他忠于国家，兵败而死，果如曾国藩所言。他第一次见到刘铭传，说这是一位将才，一定要重用。后来刘铭传做了首位台湾巡抚。这样神奇的识人、相人之术，犹如高手占卜，不占而占，已入化境。

这样的相人术是曾国藩的“道用”之一。他开湖南近代文教之先河，也是他的道用。

我们每个人的智慧、能力的妙用，无不是道用，因为，我们的生命本身、生命本体就在道中。

宋代的张伯端真人从刘海蟾真人处得到仙道真传，刘真人为他改名“张用成”，寓意“大道以用而成”。

学了技艺，就用该广用、大用，就会大成、妙成。

也许你现在还不是很明白此理，日后会懂。

对于这本《生活之书》，今晚，你父亲说：“我不知道女儿是不是看懂了，反正我看懂了。”

写作是我的修行，更是我的道用。

你读明白了，能化理于生活，变成自己的智慧，便是你的道用。

# 所谓的“没文化”

前几天，澄源读了作家蔡崇达的散文集《皮囊》，第一篇文章就是《皮囊》，写他外祖母的母亲，他的外太祖母，书里称之为“阿太”。阿太是民间神职人员，能通灵，人们也叫“神婆”，她很有智慧，说的话有悟道者的境界，她对这个曾孙说过一句非常深刻的话，如今应该成了名言：“肉体是拿来用的，不是拿来伺候的。”这本书里的多篇文章澄源给我读过，我躺在沙发上听，她在一边坐着念，念的时候，因为感动，不时哽咽，擦眼泪。我感动到了。

我和澄源在东方卫视《梦想改造家》节目里见过蔡先生和他的母亲、姐姐，他把老宅改造成图书馆奉献给家乡，乡民可以来这里读书，学习，一些名家也会应邀来这里演讲。从节目里知道了《皮囊》，澄源网购了。

此后，我和澄源多次交流这本书的内容。

澄源谈到阿太，说：“阿太没文化，却能说出那么深邃的话。”

我立即纠正说：“只能说阿太不识字，不能说她没文化。文化是很广大的概念，她所传承的民间宗教、民间方术就是文化。她的人生经验、人生智慧就是文化。生活里有很多人不识字，但他们有智慧、有传承，这都是文化。我妈不识字，但懂得很多人生的道理，记诵了很多民间格言和古老的故事，又把这些传给了我。这都是文化。”

很多人有个误解，以为不识字就是没文化。识字只是识字，是学习文化的一部分，文化的一部分也通过文字来承载，但广义的文化是大概念，可以说人类的文明，不论是物质的还是非物质的，都是文化的范畴。

禅宗的六祖慧能虽然不识字，但他能因为明心见性而演说佛法，他所演说的佛法被弟子记录，整理成了《六祖法宝坛经》，简称《六祖坛经》或《坛经》，是一千四百年来中国最伟大的著作之一，也是影响整个东亚文化圈的经典著作。

我们不能因为六祖慧能不识字就说他没文化。这时候他所获的文化、智慧，与文字无关，却与真理有关，与心灵有关。禅宗标榜“不立文字，教外别传”，真理本身与文字无关，但与心灵的智慧有关。真理可以借助文字传播，文字本身并不是真理，但可以成为真理的载体。历史上，生活中，有很多不识字但彻悟真理的人，六祖慧能是，近现代东北的王凤仪王善人也是。阿太和我的母亲都不识字，但都对人生、社会、人性、生命有独到而深刻乃至直达本质的认知，她们并不伟大，不是众人眼中的悟道者、有文化的人，但她们的确是有高深文化的人。

我常对澄源说，现实生活里我阅人无数，母亲是我目前见过的唯一不怕死的人。父亲是上过抗美援朝战场的老兵，从枪林弹雨中走来，临终他也怕死，可我母亲不怕死，带着欣慰和喜悦，坦然地，甚至热切地面对死亡，迎接死亡。她八十五年的生命里，对生死有非常透彻的理解、认知，而这认知、境界，我这个读万卷书、行万里路的儿子所不能及。

有时候，澄源会问我，不止一次地问我：“你怕不怕死？”我说不怕死。其实这话只是理想之言，因为我还没有面临死亡，根本不知道自己怕不怕死。只是因为修道学佛，理论上、自我感觉上不怕死。但不一定，那一天还没到来，就不能这么肯定。

母亲对生死的了然里包含了很深的智慧，一个对生死彻底看透了的人才能非常坦然、欣然、安然、泰然地面对死亡的到来。而人类文化中，死亡学是最重要的组成部分，所有的宗教最终都会在这个问题这件事上产生伟大的智慧，由此洞见生命的真相。而我的不识字的母亲就有这样的洞见。

什么是文化?

这世上，谁没文化?

# 无诤三昧

早上，洗脸的时候突然想起了“无诤三昧”，《金刚经》里佛陀曾赞扬须菩提证得无诤三昧，“人中最为第一，是第一离欲阿罗汉”而“乐阿兰若行”。

诤，直言劝人改正错误，词语如“诤友”“诤臣”，都是用于建议之人。人与人之间会因为见解不同而发生争论，会因为争论而发生矛盾，产生斗争，催生烦恼。须菩提无诤，便无烦恼。

人与人的见解不同，能通过争论解决争端吗？可以肯定地说：不能。争论只会加剧矛盾。以前我相信一位伟人说的“真理越辩越明”，现在我不信这句话，真理与争辩无关。

一个人要想改变自己的观念，先得改变自己的认知，改变认知，不是一件简单容易的事情。需要当事人自己去努力解决这些问题，而不是靠与别人辩论。辩论常常会因见（见解）生隙，因见生怨，乃至因见生仇，因见生斗。

大到国际问题、国家问题，小到个人问题、家庭问题，都会因为见解的不同而斗争，甚至斗得你死我活。近代世界资本主义和社会主义的社会发展、价值观、生产观、国家治理观不同，斗了一百多年，到现在余波未息。在中国，“文革”的斗争，说白了是观念之争，给国家带来了巨大的损失，形如浩劫。家庭里夫妻之间经常会因为见解不同而争吵而冷战，乃至离婚或伤害。

我一直反省自己没有修到“无诤三昧”，这二十年自以为是地惹了很多烦恼。看到修道圈里的不太正确或者错误的见解，忍不住要引经据典地批驳，这给自己带来了很多麻烦，对社会和修行者本身没有多少价值，佛法不会因为我的正义而维护，也不会因为他们的邪见而损害。佛法就是佛法，如如不动，我们的争论是多余的。真正想学佛修行的人最终都会走上正道正觉，急什么？

年过半百，知命之年，反省自己，知道错了。不是自己的见解错了，而是争论的方式错了。社会本来就如此，有正见就有邪见，永远如此。

无诤三昧要证到，说难不难，说易不易，在自己的认知境界。

张伯端说：“我是无心禅客，争甚是非荣辱。”这是无诤三昧。这句诗我十九岁已背熟，到五十岁才真正懂了。“纸上得来终觉浅，绝知此事要躬行。”

人就在不断地否定自己的过程中成熟、成长并真正肯定自己。这是很微妙的辩证法。

经常返观内照，能看清自己。

## 人生没有毫无意义的经历

我将二三十年修学的经验总结成了两句话，也是古人说过的话：“道在日用，即事而真。”

道就在我们的日常生活里，每一件事情里都能体悟真理。

古代有很多高僧大德是在生活的机缘里开悟的。洞山良价禅师过河时看见水中自己的影子就开悟了，释迦牟尼佛静坐七天之后晚上抬头看北斗七星时突然顿悟了。

人生在世，我们经历了很多事情，有趣的，无趣的，有意义的，无意义的，善的，恶的，欢乐的，悲伤的，无数的事情构成了我们的人生，大事，小事，烦心事，欢喜事，构成命运交响曲的音符。

如果每一件事情都能以觉悟者的眼光来看待，则每一件事情都是有意义的，都会成为我们觉悟的资粮，错误的事情也会是觉悟的资粮。

人经历的每一件事情，哪怕挫折、痛苦、磨难，都是有意义的，站在世间法的立场，可以磨炼意志，增长阅历，使人成熟，是成长的过程。站在出世间法的立场看待，人生必然要偿还债务，经历即是“了业”。佛教看人生，贯通三世因果，很多苦难可以用佛法解释，如是因，如是果，自会释然，不再纠结于苦难本身，而能在苦难里找到因果和希望，清净与安乐。

人生难得反省、回头看。反省的目的是认识自我，认识每一次经历，每一件事情里所包含的对自己有益的启示，而这启示来自人的觉悟。没有觉悟，就没有启示。或者说，没有觉悟，就发现不了生活本身所蕴含的生命之道。

严格说，真正认识自我了，也就认识人性了。我是这样来认识自我、认识人性的。这是我经常静坐观心、反省自我的原因，这是我最重要的修行。

# 格言书法益身心

我经常书写格言赠送给购书者，特别是赠送给购《益生文化》合订本的读者。今天我把前几天写的格言书法摄影之后发给玄华，作为我微信公众号文章的配图。摄影时发现这一组格言非常精彩。我这几年赠出去的这样的格言书法作品少说有三百幅，这是我传扬善道、传播国学、传递正能量的一种形式。我的书法作品你父亲还是喜欢的，特别是我写的魏碑楷书。

今天摄的这些格言顺手整理了发给你：

不因果报勤修德，岂为功名始读书。

无我为祥。

随时观物理，主敬得天真。

积德百年元气厚，读书三代雅人多。

读书世受和平福，学佛人多欢喜缘。

真佛只说家常话。

无事此静坐，有福方读书。

处顺故无累，养德乃入神。

乐事在野，大德格天。

世途旦复旦，人情玄又玄。

祇畏神明，敬唯慎独。

以闲为自在，将寿补蹉跎。

**心净丹自炼，气纯神必明。**

这些格言，最后一则是我和张玉仙老师的句子，“心净丹自炼”是张玉仙法诀，“气纯神必明”是我补写的一句。这便是高深又简易的丹诀。

这些句子，语句精美，词语精准，义理精深。我平时喜欢读这样的句子，喜欢抄录之，记诵之。我手抄过的这样的格言数以万计，我以之学文学，特别是学对联、学骈文、学精准用词，也学修身悟道之理。这些句子包含着儒释道的精义。

像“积德百年元气厚，读书三代雅人多”，是儒家思想。这句格言我记诵有近二十年了，与我的家族很相近。我太祖父、祖父、母亲都是行善积德之人，所以，我家人丁兴旺，人才辈出。我祖父、父亲到我一辈，刚好三代，如果我祖父活着，有一百二十多岁了，也就百多年。因为祖父爱读书，影响到我父亲爱读书；因为我父亲爱读书，便影响到我们弟兄爱读书。除大哥之外，我们四个都喜欢读书、读诗歌、写字（书法），内心的文雅一直在相续、传递。我对此联情有独钟，写过十多副送人。

“处顺故无累，养德乃入神。”顺时顺势去做事，容易成功，所以无累。人积德了，容易进入神妙的境界。

“乐事在野，大德格天。”最大的乐事是回归自然，而最大的德行，可以感格上天。格与恪，可以通用。

“以闲为自在，将寿补蹉跎。”人闲了就自在了。我不喜欢参加很多社交，是享受清闲自在。人如果能长寿，就能弥补曾经的蹉跎岁月。活到老，学到老，是很美妙的事情。

你看，这些格言，多优美，多深邃。多记诵些这样的格言，一生受用。

# 教授的佛心

前天，我一位朋友跟我在电话里聊了两小时。二十年来，她是唯一跟我在电话里能聊两小时的人。我平时不怎么打电话，也不喜欢在电话里跟人聊天。她例外，在于每一次都是她说得多，我以听为主，她什么时候挂电话，谈话就什么时候结束。二十年来，她的电话，不来则已，一来，少说有一小时。她的心得太多，太需要分享了。

她是上海某著名大学的副教授，知名的学者、博士生导师，在哈佛大学做过访问学者。在国内承担过多项国家项目。记得2013年春天的“两会”期间，一次卫生部部长在做报告，我们都可以在网络上、公交车的电视上看直播。那次我跟她去拜访一位名医，是我的朋友，要给她父亲诊病。在路上，在车上的电视里听到了卫生部部长的部分报告，她突然说，部长刚才报告里的一段话，是她的课题报告里的话。

瞧，她课题报告里的话被部长引用到国家会议上的报告里了，可见她的研究何等重要。

我认识她的时候，她三十出头，是青年学者，留美归来不几年，也是一位虔诚的佛教徒。学佛二十多年了，她做项目的时候都有慈悲的发心，发菩提心。中国的“社区医疗”概念是她和团队提出来的，如今已经在大城市普及了，造福无数人。她做研究，想着利益众生。

有课题就做课题，有课就带课，没事就念佛，参研净土宗经典。她学佛并不杂，守住一个老师，守住一部经典《大乘清静庄严平等觉经》

即《大阿弥陀经》，守住一个法门即持名念佛，一句“南无阿弥陀佛”就是收摄自心、信愿感应的法宝。

她满心是欢喜，没有烦恼，即便烦恼来了，也能立即空掉。

有时诚念三声佛，无为静守一片心。

她关怀他人，他人尊敬她。

她的精进、乐观、慈悲也感染到了身边的人，父母跟她学佛。父亲虽然病逝了，但往生净土了，临终有很多往生瑞象。她母亲学佛，学得慈眉善目，满心欢喜，也影响周边的人去信佛学佛，安顿身心。母亲的晚年，是幸福而慈悲的。

她讲她的体悟，有很多精彩的语言，和六祖慧能讲的一样，尽管她没有专门学禅，因为念佛念出了定力，开发了智慧，自然就与禅道相通了。

每一次她想分享的太多，电话时间就长。

她有一个美满的家庭，丈夫是高级经济师，支持她的学佛修行；儿子从美国留学回来，在电影行业从业，是制片人，有思想，有才华，想借助影视来发扬中华文化。

这样的女士是我们的榜样，修行与事业两不耽误，事业滋养着修行，修行滋养着事业，两者融合得非常好。

我打心底尊敬她。

# 丹光照彻三千界，佛性恒明九重天

今天我写了一幅字："丹光照彻三千界，佛性恒明九重天"，中间题了小跋："此余廿四岁时所作联语，已契性命双修、丹禅同参之理，今日有感而书。兴南子。"

我写了数百联语，如果包括我作的五言律诗、七言律诗里的颔联、颈联，只怕有近千条联语了。但这副联语记诵了近三十年了。

我大体记得当时写词联语的感受，感觉心灵与天地万物相通了。

我写完后，把这幅作品放到朋友间的"小伙伴群"，友人丹辉说：

"看到老师的这副对联，想到老师给我的道号'丹辉'，首愚师给我的法号'善显性'，不知这里面是否也有因缘？只叹自己学识浅薄，于佛于道一直都没有深入进去。这几年一直游走在世俗各种事物之中，完全没有集中精力研读老师推荐的各种佛道书籍，并常常不自觉沉溺于这些人情世故之中，静下心来仔细思虑之时，又不免怅然若失！觉得太放任自己、太顺其自然而疏于精进！真心惭愧！"

丹辉是我给这位朋友取的名号，她是南方某大学的老师，给留学生讲中华文化。

我说这是有因缘的。这书法作品，我送她了。

丹辉说："谢谢老师！定当反复诵读，铭记在心！"

这句联语气势宏大，义理精深，我非常喜欢，一直未忘。横着看，有“佛丹”“性光”“明彻”“天界”等微妙的词语。而一位朋友，我恰好为他取名“明彻”，光明彻底、彻底光明，自然成就。

一句联语的内涵是非常丰富的。

# 做事的三种境界

今天，你父亲来访，我们尽兴地饮酒聊天，当然，喝的是啤酒。

我讲到了认识的三位修建、复兴道观、道场的老师的做事方式，很有意思。

一位张道长，留美的双博士，回国后做了道士，做了桐伯宫的主持，他的师姐与师父把这个历史上著名的但又破败不堪的道观留给了他，要他复兴。他想，咋办？哪里筹钱？想到化缘，上网一查，是“警惕化缘行骗”，这缘不能化。他想起师父的话，要他耐心地在道观里坐三年，自然就会有有缘人来。

有缘人终于来了，是亿万富翁，是大企业家。

有位老板前后捐助过上亿资金。

于是，他不用辛苦化缘，十年里宏大道观的修建资金有了。

他用的是缘。成就他事业的也是缘。缘很奇妙，不可思议。

一位闻道长，祖父是近现代百岁高道，他是武术家、数术家，懂很多道教方术，也是一位名人、教授，他要复兴有千年历史的道教名观凝真宫。他走高端路线，他讲课，但资产没有四千万的人就没有资格听他的课，他主要影响高端，由高端去影响别人。比如影响一个大企业家，大企业家去影响员工。因为他名气很大，追随者中有钱人很多，他教那些大企业家辟谷，并不收费，那些老板的高血压、糖尿病、高血脂乃至癌症逐渐治疗好了，他们大多成了他的弟子，他们自然要赞助，少则数十万，多则数百万，于是在短短的三年中筹集了数以亿计的资金复兴了凝真宫，真的很厉害。他还有一套非常新颖的道观建设、管理理念，比如，道观不再建成灰色的，色彩要丰富、绚烂，用他的话说，“要喜羊羊，不要灰太狼。”他的道观里的神像塑造，高大、喜庆、阳光、活泼。这理念我赞同。他还主张道观多用钢筋水泥来建，不必仿古而用高大结实的树木，把树木留在大自然。我也赞同他的理念。

他用的是术。成就他事业的也是术。术很实用，他的武术、风水、丹术、辟谷术……，都是他成就事业的基础。

另一个是张玉仙老师，今天我们一直在谈论她，老人家用三十年复兴了法泉寺，给无数人看病、灵应、超度、处理各种问题，做了无数事情，仅仅是她为人写的灵应诗就超过了十万首，她筹集资金，五毛、一元、两元、五元、十元、百元，就这样，也复兴了千年古刹。

她说，她修建的寺院，是无数人的资金修成的，功德也是无数人的。我给她讲过张道长和闻道长的故事。2012年，我和张玉仙去浙江参加张道长主办的“首届道教南宗文化节”，她也见到了张道长与闻道长。张老师说，他们修庙的功德很大，而建庙的资金是大老板们出的，功德也就是那些大老板们的。我的寺院是靠十方信众修的，功德是十方信众的，不是某几个人的。

她用的是德。德很玄微，能通于道而达于本源。

三人中，张老师最辛苦，也最奇特。

他们三人都复兴了千年道场，都有大成就，方法各异。我很尊敬他们，经常说，以他们修庙的精神去做事业，没有做不成的。

# 青年的修身与成功

今天，我一位亲戚来访，昨天，我和你父亲聊天时还提到过他，我很欣赏这位青年亲戚。他还不到三十岁。

我昨天和你父亲说起他，多年前他来问我，自己面临着在公司里“站队”的问题，董事长和总经理不和，很多人都在站队，自己怎么办?

我告诉他，你年纪轻轻，不必考虑站队的问题。任何问题都从公司的利益出发，这才是最正确的观念。不要在意总经理和董事长之间的事情和他们对你的看法，你只对公司负责，对正确决策负责，过上多年，说不定你就是总经理、董事长。

亲戚这么做了。

后来，他们总公司成立了分公司，他做副总。

今天我问他年薪多少，他说四十万，他爱人有百万。

他，不满三十岁，靠自己，找到了国企的好工作，留在了北京工作，有了北京户口；靠自己，购了房，还在地坛附近；靠自己，结了婚；靠自己，购了车。我们俗话说的房子、车子、妻子、位子，都有了，我笑着说，现在只差“儿子”了。他说正在准备。

他很勤奋，一个理工科的学生，热衷公益，上大学时经常做“志愿者”。记得当时有一位在北京上大学的老乡，女孩，患了白血病，他和另一位老乡，奔走各界，为这位患者筹资。他甚至找了我们当地的“驻京办”，可惜，驻京办没给他们任何帮助，倒是很多普通的老乡给与援助，他也找过我，我也捐助了。

他注重修身，学习为人处世之道。昨天我和你父亲谈论的也是为人处世之道，我们各自讲了一些故事，我讲的是吴阶平教授生平，作为学术权威，作为活动在高层领导身边的重要人物，他在“文革”中始终没有受到冲击，也没有伤害任何人。他的处世之道出自《三国演义》，他读通了《三国演义》，那些复杂的人际关系和政治斗争，在他游刃有余，得以全身而退。这是处世的大智慧、大境界。你父亲讲的是钱钟书，学者中他没有受到太大的冲击，虽然去过干校劳动，但他又能保持知识分子的独立精神与高尚人格，从未伤害过任何人，他有独特的处世之道。

今天，我又和这位亲戚谈修身处世之道，建议他读《论语》《菜根谭》和名人传记。当大家的水准都差不多的时候，拼的不是实力、背景等，而是修身境界、处世智慧、决断能力和眼界的广度、思想的高度。

他的很多故事以后再写。从家乡小县城来的青年，靠自己获得这些成绩，很了不起。

他来京十五年了，经常来看望我，即便没时间来，也要打电话问候。而我的亲侄儿们就做不到；上大学时他父亲曾给他一个名单，要他抽闲拜访一些在京工作的老乡，他都一一去拜访了，不在于是否相续交往，但拜访老乡是训练自己的社交能力。我曾给我在上海读医学研究生的侄儿介绍了一位著名医学科学家，是我非常好的朋友，可以帮助他、指导他。两年里我那侄儿都没去拜访，没去认识这位科学家。

如今，我那侄儿回到甘肃，至今连工作都没找到。不是他学问不够、学历不够、科研水平不够，而是他在为人处世、把握时机、认识社会上能力不够。

当年他如果去拜访那位科学家，或许，他能够留在上海继续读博士或者工作。

这是处世的差异与成功的差异。

我说这些，希望能给你启示。

你父亲都五十三岁了，还在跟我探讨修身之道，因为，人越往高层发展，修身的境界越重要。

明天，可以谈谈我跟你父亲谈修身的事儿。

# 反省的力量

你父亲前天来坐，我们深入地聊了一下午，聊的很多话题，如果写出来，都是大好文章，我懒得写，很费时间是一方面，内容太多是另一方面，某些内容不适宜写，比如我们探讨近现代史的问题。

男人们在一起探讨哲学、文史、宗教是件有意义的事情。可当我们谈及哲学、文史、宗教的真相时，只能私下聊聊，发发感慨而已。

这样的探索也是替国家、社会反省。

我要讲的还不是这样的反省，而是个人的反省。社会的反省是道义、公义，个人的反省是修养、心性。

你父亲很善于反省。他说自己突然发现，随着职务的提升，脾气也见长了。这样的反省很及时，当他看到自己的脾气因职务的提升而增长时很惭愧，立马改变自己，提醒自己，要谦虚，要体谅，更要体恤下面人的不容易。

这样的反省是修身境界。儒家讲的“三省吾身”“见贤思齐焉，见不贤而内自省也”，佛家讲的觉性、觉醒、觉察；道家讲的内观自省，不外乎要经常主动检点身口意三业是不是清净无染。这就是修行。

人的社会地位越高，职务越高，名气越大，就越需要修身，需要定慧，需要时时反省。

你父亲能做到孔子讲的“躬自厚而薄责于人”，都五十多岁了，还不断地在修身上提升自己，难得。

# 我们如何在生活里修道

昨天，八十一岁的老中医张大夫介绍的一位先生来访，我们坐聊了四小时。

他是一个企业家，或者说是老板、商人、生意人，好道，是我博文的读者，在我文章里读到了隐居终南山的张大夫的故事，正好他在西安，离张大夫隐居处不远，他认识一位修道者，谈起张大夫，正好那人知道张大夫的隐居处，便告诉了他。他去见张大夫，从此成了忘年交。如今，经张大夫引荐，便来见我了。我平时不见人，但张大夫介绍的人一定会见的。这是我对张大夫的尊重。

作为生意人，好道，是好事，至少说明他向善、修善，这是向道、修道的基本条件、基本功课。

我们聊了很多话题，如何在生活里修道，只是其中一个。

我说，作为生意人要修道，在生活里，最基本的是持戒，守住底线。不该做的绝不做，不出售假冒伪劣产品，不坑蒙拐骗，不弄虚作假，不偷税漏税，不做有害他人、社会、国家的事情；不欠薪，不拖欠他人的货款；待人真诚，做事认真、谨慎。这就是最基本的持戒。

在这基础上，力所能及地做些善事、好事，给自己修德、积德，给自己积累修道的资粮。

平时，要读书明理，并选择一个功法坚持修下去，做到专一而修，一门深入，一门修透，一门证道。

这样做下去，到一定时间，能专修时，放下心来专修，就能有一定成就。

张大夫是名医，治好了成千上万的病人。他说，到了七十岁，就放下医生这个职业，带着老伴入山修道。

他想到、说到、做到。

如今，他入山修道已十年了。每年三月到十月在终南山修行，十月初回京。我在2013年、2018年两次去过他和老伴在终南山隐修的地方。2013年，那时他七十三岁，我们一起十天，周游了陕西很多名山大川，他像小伙子一样有活力。

张大夫没入山前，行医、读书、修炼、积德，都做得很好。

我讲了一位老板的故事。这位老板修炼严新先生的功法，学习严师的理论，对“重德为本”四字有很深的认知，曾托我请我的老师、书法家汪深先生书写过这四个字。他经营钢材，是一位大老板。有一次，员工说把二级钢材当一级钢材卖了个好价钱。这位老板听后，批评了员工，立马追到人家厂里，把二级钢材追回来了，换成了一级钢材。那家厂子的领导很感动，愿意长期合作。在他看来，人家把二级钢材当一级钢材用，弄不好会出问题、出人命，假如人家用这钢材做锅炉，强大的气压下，爆炸了怎么办?

这是他重德为本的行为，也是持戒精神。

他还用挣来的钱做了一些修桥补路的大善事。在二十世纪九十年代，他拿出数十万元义务修桥补路。

我提到了要以事炼心，以事验心，以事圆心。这位经营钢材的老板一直在做事中修行，不坑人，是“以事炼心”；把不合格的钢材追回来了，是“以事验心”，经受住了考验；他把好钢材给了人家，还修桥补路，把心与功德修圆满了，叫“以事圆心”。

这些道理可以转化到做事里去。

# 我们该如何保护长者？

前天来访的先生，提到了他去终南山见张大夫，张大夫经常被一些来访者围着问这问那，有的人坐一边一问一小时，“高血压怎么治疗？”“糖尿病该吃什么药？”

这些问题网上都可以找到答案。

他们不心疼张大夫，抱着占便宜的心，不问白不问。他们从不想，眼前这个人，虽然看起来年轻，但已八十多岁了，是个老人，需要休息，需要时间修炼。

我对来访者说：“你既然经常出现在张老师身边，要学会保护张老师不被打扰。”

这两年，我从不打扰张老师。过去，通过我找张老师治病的人也不少，有时候，我还会带着朋友去见张老师。张老师到八十岁的时候，我就不再打扰他。即便有人写信求我介绍张大夫给他们看病，我会婉拒，有时候会介绍其他年轻的朋友治疗。

再者，治病需要缘分，有些患者，即便张大夫治疗了未必会如愿。何况，现代医学很发达，很多疾病，常规治疗也能治好，何必要找张大夫？还他一片安宁，不好吗？

我不再找张大夫，不想打扰他。

多年前，南怀瑾先生在江苏太湖居住时，一位朋友与南师有非常好的关系，他见我敬仰南师，问我，“想不想去见南先生？”只要他写信推荐，南师一定会见我的，何况他说如果我想去，他陪我去。

那时候南师少说有九十岁了。

我想了想，说："不见了，不忍心打扰一个九十岁的老人。"

南师辞世后的不几天，我写了一篇《南怀瑾先生的国学体系》，是急就章，当时我在东北伺候生病的岳父，匆忙中凭记忆写了此文，放到网上，没想到，这篇文章被很多南先生的弟子看好，南师的老学生、书法家杜忠诰先生很欣赏此文，北大研究南师的博士赖先生说这篇是他所读的研究南师文章里最好的。

推荐我去见南师的人是出版家，南师辞世一周年后，为了纪念南师，东方出版社出版了《点灯的人——南怀瑾先生纪念集》，我写的那篇文章收录书中，正是这位朋友向编辑推荐的。

此后，为纪念南师，又出版了《云深不知处——南怀瑾先生辞世周年纪念》，我读后非常难过，书里写道，南师九十五岁的时候，还经常被一帮人围着问这问那，南师有一次严重咳嗽，还给来人讲学，还要批阅他们的修学报告。

那些来访者就不懂得保护夫子，毕竟，他九十五岁了；毕竟，他生病了，在咳嗽。

南师某几位弟子，在南师辞世后写文章质疑和南师一起生活、做事的李素美、李传洪姐弟，说他俩控制了南师，他们想见南师都得预约，不预约就不许见。他们很不满。

我把写此类文章的南师弟子称之为"自私的老糊涂蛋"。南师需要保护，你不懂吗？南师该不该见人，什么时候见，必须谨慎，必须安排。怎么，你曾经是南师弟子，就特殊，你想见就必须见？你是谁？南师能被某某"控制"，还是南师吗？说这话是在诽谤南师。

我经常被来访者打扰，有时候也痛苦。一坐数小时陪人说话，自己想读的书顾不上读，想写的作品顾不上写，想做的事顾不上做。

二十年前，我刚来北京，一位在北京认识的朋友张女士说："陈老师，你可别那样，我们想见见你，一打电话，你的秘书问：'你有预约吗？'"我当时说："不会，不会。"

现在，我对来客都要预约，至少，预约了之后，我好安排时间。即便现在，也有"不速之客"来访，有时候令人很尴尬。

一位读者，非要来访，我不愿意见，婉拒。人家还生气地质问："难道我就没资格来见你吗？难道不是名人就不能来见你吗？"逼我见他。

我从不问来人的身份、地位，别人说了，我就听，不说，绝不问。我不知道来访者有没有名人，是什么名人，但介绍了的人中名人也是有的。我从没有以他们的名来彰显过什么。

我三十岁、四十岁的时候，有客来访，一般不拒绝。过了五十岁，就不愿意再多会客了，时间更宝贵了，不想浪费在闲聊上。

有时候，一整天在待客，连续说话七八小时，晚上躺下来时感觉肺气虚。

来人转身就走了，我因为长时间坐着说话，需要数小时静养。

一些人找张玉仙老师为他们"灵应"，就好像张老师必须为他们服务一样。他们不知道张老师是七十四岁的老人吗？不是不知道，而是不细心，不心疼。以为你给我"灵应"，我给你付费，再没有其他了。

保护长者是应该的，是我们的责任与义务，也是我们的心境与修养。

# 简事、隐居的好处

简事、隐居的好处很微妙。对你讲这些似乎没意义，但了解一下中国古代的隐士文化与精神还是有用的。在积极做事的同时能拥有隐士精神、隐士情怀，就能知进知退，就能功成身退，不贪恋人间那些美好的地位、财富、权力、情色、名誉，等等。

无论如何，修不修道，做人做事上的“知进知退”与“功成身退”却是需要的，是人生的大智慧。

隐士，贵在隐，不愿意被人知道，不愿意公开做事，不愿意被打扰，而愿意独立自主地生活、做事，享受生命里的逍遥自在。

我天性里有隐士情结。在现代社会说自己有“隐士情结”，也许在别人看来很可笑。在我，很美好，很向往。

我从三十一岁开始，二十年来，一直在做事，一直被各种人和事打扰，即便坐在家里读书写作，一样被各种人和事打扰。我很向往隐居的生活，不被打扰，做自己想做的事情，安然地过想过的日子。

举个小小的例子，我和澄源从今年二月开始，一直想辟谷，到现在，八月底了，一直未能辟谷。辟谷，是在一定时间段里不吃任何东西，只饮水，还能生活得很好，而在辟谷期间可以治病，可以养生，可以修炼，可以开智，可以提高身体免疫力，可以净化细胞，可以转化气脉，可以提高功夫，是道家一种非常重要的修炼方法与过程。十年前我经常有时间辟谷，最近几年，越来越没有时间辟谷了。

新冠肺炎疫情期间，有友人不断地寄东西如山药给我，不吃掉就会坏掉，没办法，只好吃掉。

解禁后，经常有人来访，经常要一起进餐，难以辟谷。有时候正好有点时间可以清静辟谷，可莫名其妙，有朋友匿名寄来鲜莲蓬、鲜莲藕，不得不做菜吃。

有时候好友想来拜访，我都强调不要带东西，最好不要带任何吃的东西，可朋友偏偏不听话，带来大饼、馒头或者水果，可以吃一周，要朋友带回去自己吃，朋友不答应。

他们都不知道我和澄源正准备辟谷，就这样辟不成了。

想过独立生活的自由都没有了。朋友们都是好意，“老师家里来人多，应该送点东西呀。”于是，不经过我同意寄来了米面，我为此还烦恼。

他们的心意是好的，可他们只从自己的理解出发，从不考虑我的心态与需要。看起来很尊敬老师，其实并不尊敬，能不能在寄东西前问我一声，需要不需要。即便个别朋友问了，我也拒绝了，可他们一意孤行，非要寄东西。

假如隐居了，就自由了。

我从不贪恋别人给我寄点东西。我信奉庄子的原则，“相濡以沫，不如相忘于江湖。”

大家跟我学道，却学不来庄子的逍遥与相忘。

我喜欢“相忘于江湖”的自在。

# 读书心得

今天，我签名售书，售了二百多本书，签名一百多本。每一本上都有我用毛笔写的字，是勉励读书的话。

这本《人生从这里走来——20世纪中国名人少年时代的经典训练》，是2009年出版的，出版社有数百本书没有发出去，一直堆放着，最近我把书要回来自己发。

我在孔夫子旧书网上开了一个益生文化书店，我微信公众号的读者多是铁粉，他们看到我的旧书还有，很高兴，积极购读。这一下客厅敞亮多了。家里书太多了，昨天一次送来了七百多本书，出版社还弄丢了上百本书，罢了。

我题写的，大多是四个字的词语，大体如下：

读书明理：读书能明白各种道理。

读书益生：读书有益生活、有益生命、有益生存、有益养生。

读书增文：读书能增加文化、增添文采。

读书立业：读书有益成家立业。

读书兴家：读书能振兴家庭，这是中国人自古以来的理想。寒门子弟，一旦因为读书而中榜，就能改变家庭、家族的面貌了。即便今天的高考，也有这样的意义。

读书强国：这是从更宏大的意义上来讲的。

读书养志：读书能激发一个人的志气，使人树立大志。

读书通情：读书使人通情达理，使人情感丰富。

读书育人：读书可以教育自己，教育儿孙。

读书开智：读书可以开启智慧。

读书知美：读书可以提高人的审美能力。

读书得乐：读书可以使人获得快乐，坚持阅读，定能使身心愉悦。

读书延年：读书能延年益寿。

读书悟道：读书能使我们悟道。古代有很多高僧是在读经中开悟见性的。

这是经验之谈，是我的读书心得。

我还题写诸如“有益身心书常读”“读书三代雅人多”这样的格言。

读书悟道是可能的。我先讲一个古代禅师“安楞严”的故事。

《五灯会元》卷十记载，温州瑞鹿寺上方遇安禅师，福州人。诵读《楞严经》不辍，一日因诵到“知见立知，即无明本。知见无见，斯即涅槃”，遇安禅师破句读成：“知见立，知即无明本。知见无，见斯即涅槃”，因此大彻大悟。时人称为“安楞严”。

知见，一个人的认知，一个人固执地把自以为是的见解树立起来，却不知道这就是“无明”的根本。无明与明是相对的。明代表光明、智慧、自由、解脱。无明，也就是光明、智慧、自由、解脱的对立面。这样讲，你就懂了。把这些自以为是的知见破除了，人就自由了。

另一则是我的故事，我多次写过，给你父亲也讲过。

1994年夏天，我在家乡的果园里读书，在农村，果子成熟前要看园子，免得有人偷。

我在夜里点煤油灯读《六祖坛经》，那时候果园没拉进电线，无法安装电灯。

读了一会儿《坛经》，熄灯打坐。

突然，在宁静中我看到了身心、天地、万物都在大光明中。整个世界，是一“大光明藏”（大光明世界）。世界是息息相关的，山河大地、花草树木，都有灵性和光明，真如《楞严经》里说的：“外泊山河虚空大地，咸是妙明真心中物。”

我读的是《坛经》，却以《楞严经》印心。

我不知道你是不是喜欢读书，你父亲很喜欢读书。前几天我们相聚，他送我好茶，我送他好书，其中就有《大威德之光——热罗大师传》。

## 包书的手是写作的手

这两天在包书、发书，已经发出去二百多本《人生从这里走来》，我题词、签名、打包。

打包的手是写书的手。

感谢那些热心的读者积极购书。我是免邮的，所有的快递邮费由我承担。当年出版这本十六开、四百页的书，我要求把书的定价降低，以便更多的人能购书。

这次，感谢一位朋友，她给自己和一些闺密组成的“读书会”购了一百本书送大家。这位朋友热爱读书，还组织好朋友、闺密们读书，定期交流读书心得，她们经常读同一本书，以便交流时有共同的话题。

还有一位朋友是上海的著名教授、医学科学家，他购过一些书捐赠给全国的一些图书馆，希望更多的人读到这些书，包括我这本书。

另一位朋友，说她丈夫的生日快到了，生日礼物是购一百本《人生从这里走来》再转送他们的朋友们。

作为作者和经销者，我很欣慰，书快售空了。

我在朋友们的行动里看到了善，看到了他们的善心，他们对我，对社会，对陌生人的善意。这些书赠送给了图书馆，阅读者就是送书者的陌生人。这样的赠书也承担着一个学者的社会责任。

此书，我在刚出版的时候就赠送过很多人。

但愿能有更多的人来读书，拿起一本好书，慢慢阅读。

我五弟最近为他的小女儿担心，因为小女儿喜欢网上阅读情爱、玄幻小说，并不喜欢拿起一本好书来阅读。弟弟看了看那些网络小说，说是没有营养的小说，不能滋养心灵。

不光五弟对孩子的阅读担心，很多人都如此。

网络时代，人们已经习惯了快速、泛泛的电子阅读，已经没有耐心阅读高深的长篇出版物了。

而我，还在坚持传统的阅读方式，开卷有益的阅读方式。

# 藏在签名售书里的诀窍与智慧

朋友罗先生购了几本书，一本是我朋友张东宝写的关于站桩方面的书，三本是我认识的李信军道长写的书，一本我的《人生从这里走来》。他要我题词，我的书题写“读书明理”“读书悟道”之类的话。其他书上写的话很有意思。

李道长的《中华道学百问》有上中下三册。

上册，我题写的是“问道宜诚”，向他人问道，一定要有诚心，态度诚恳。

中册，我题写的是“修道宜勤”，自己修炼、做功夫、练功，要勤奋、勤苦、勤勉。

下册，我题写的是“证道宜真”，得道的成果是真实的，不是虚幻的，一定要落实在“真”字上。道教的修炼也叫“修真”，成道者也叫“真人”，而道，也叫“真理”。道家非常看重“真”。当代真人严新先生写的一首练功诗，有八十字，最后一个字落在“真”字上，“迷度奇能真。”你父亲和我见第一面的时候，我就把这八十字讲给他听，也写成横幅送他。

在东宝的《大成拳站桩养生之道》上，我题写的是：“站桩宜活。”我提倡“站活桩”，不会长时间摆一个姿势站桩，站久了也会伤身，中医讲“久站伤骨”。

随意题字，也要题写一些有意义的话，才能给读者以启示。

还有，我在《道德经精义》上题写的话也很有意思：

道在性命；

德在功行；

经在致用；

精在化气；

义在济世。

每句开头一字连起来就是“道德经精义”。每一句话都有意义。这样题词，需要学识，需要智慧。

# 为学与为道

昨天，我在一位道友的空间里看到他在探讨老子《道德经》里所谈的“为学”与“为道”问题。看了之后，很为感慨，感叹此君对老子所言为学与为道的看法，偏激而误解了老子的本意，自误也误人。因为他的文章放在自己的空间里，别人读了之后，也许有人也会受他的影响，以为他说得不错，其实错得离谱。

过几天，我正好要去清华大学哲学院跟几位研究道学的学者交流，主题是谈谈《道德经》，顺便在这里就这位道友的认知来谈谈《道德经》的“为学”与“为道”。

昨天我在道友的空间看到了论述，今天看不到全文了，只好凭阅读的记忆，说个大概。他引用了《道德经》第四十八章里“为学日益，为道日损，损之又损，以至于无为”的道理，进一步说要少读书多练功，把“为道”看成了“为学”的反面。还说这是道家道教的祖师爷的话，为什么好道的人不听祖师爷的话呢。

这是大概的意思，不是原文。

我读了，真有哭笑不得之感。说哭笑不得，是因为他好道修道，却有个固执而奇怪的念头，总觉得读那么多书、做那么多学问对于悟道修证是没有实际价值的。我上次批评过他，可见，他不服气。

且听我细细道来。

老子的职业是周朝的“柱下史”，是大周朝的国家历史图书馆的官长，也是大周朝的史官，管着整个周朝最重要的国家典籍。他能不读书吗？他读的书，估计是那个时代最多的，他也是那个时代最有学问的人，连博学多才的孔子也要向他问礼，请教“礼”方面的疑问。

再把话说回来，老子在《道德经》说“为道日损”，没有说这“损”，就是不读书不学习不研究不做学问。为学和为道，他只是并举地讲了益和损的哲理，没有给出任何的价值取舍判断。只是在谈为学和为道的方法。

益和损出自《易经》的“风雷益”卦和“山泽损”卦。《易经》并没有肯定益一定好，损一定不好，《道德经》第四十二章里老子说：“物或损之而益，物或益之而损。”这就是损与益的辩证法。有些事物，看起来是损失了，结果且是有益的，比如布施，把东西给了人，自己是损失了物质利益，但得到的却是功德、阴德，最终自己受益了；有些事物，表面上看起来自己受益了，实际上受损了，比如贪污受贿，财富增多了，看起来是受益了，结果东窗事发，锒铛入狱，是真正受损。

世间没有一味的益，也没有一味的损。

这是老子自己讲损和益的辩证法，道友为何看不到？

还有，老子自己也在讲“损”，《道德经》第七十七章里老子说：“天之道，其犹张弓与？高者抑之，下者举之；有余者损之，不足者补之。天之道，损有余而补不足，人之道则不然，损不足以奉有余。”

天道的损有余而补不足，是一种规律，损，这里也没有道德评判与好坏评判。借助天道的损和补而谈天道与人道的不同，补也可以看成是“益”，“益”本来有增加的意思，比如我们现在还在用的词语“增益”。这句话只是说明人道与天道的不同，取舍在人。谈的本质上还是损与益的辩证法。这是老子对《易经》思想的发挥。

为道日损是不学习不读书吗？非也，是减少人的欲望，是效法天道而求得平衡。就像射箭，举太高了就应该降低；举太低了就抬高点，而达到一个恰好的位置；力量用多了就减少一点，力量不足就增加一点。位置、力量到达恰好，才能瞄准、射中。

回头再说老子。

史官在先秦不仅掌管国家图书，还要掌管占卜与观天象这些与国运最相关的大事。国家的祭祀与军事都要占卜、观天象并记录在册。先秦的史官是国家最重要的人物之一，他们的智慧都是超凡的。老子作为国家最高的占卜者与观天象者，必须是《易经》原理与技术的顶级高人。这也是《道德经》里两次谈到损卦与益卦的根源。

《道德经》第四十七章里说："不出户，知天下；不窥牖，见天道。"靠的是什么？一是读书明理而知天下、见天道，如俗话说的："勤学通晓天下""秀才不出门，便知天下事"；一是通过观天象而见天道，就像《阴符经》里说的："观天之道，执天之行。"如何观天道，观就如古人讲的"观天象"一样，是一种技术行为，就像现代的天文学家观察天体一样，但两者所依据的理论和观察的目的不同，因此结论就不会相同。这一点不展开论述。古人观天象而能知天下大事，是看某种现代科学仪器看不到的时空信息。就像《三国演义》里诸葛亮、司马懿"夜观天象"而对军国大事做出判断一样，这是古代的"绝学"，更早的姜太公、鬼谷子、黄石公、张良，何尝不是这样的能"不窥牖，见天道"的道家高人？但现代科学家大多不相信这些学问。后面还会提到。

作为史官、占卜者、观象者，老子一生要学习多少的文化和技术？像占卜、观天象，既是文化，又是技术。《史记》里的老子列传末尾说：

或曰：老莱子亦楚人也，著书十五篇，言道家之用，与孔子同时云。盖老子百有六十余岁，或言二百余岁，以其修道而养寿也。自孔子死之后百二十九年，而史记周太史儋见秦献公曰："始秦与周合，合

**五百岁而离，离七十岁而霸王者出焉。”或曰儋即老子，或曰非也，世莫知其然否。老子，隐君子也。**

周太史儋对秦献公预言了秦国七十年后会出现一位霸主，这位霸主正是秦始皇。果如周太史儋之预言。不管周太史儋是不是老子，都不要紧，他为何能精准预言未来？这是史官的占卜与观天象的方术所得的结论。

而《列子·天瑞》篇里说：“《黄帝书》曰：‘谷神不死，是谓玄牝。玄牝之门，是谓天地之根。绵绵若存，用之不勤。’”注意，这段话也出现在《道德经》第六章。这句话到底是黄帝所说、老子所引，还是老子的原创？我们不好说了。至少说明《黄帝书》里也有此句，老子作为国家图书馆的官长，不仅阅读了，还记诵了，传播了。因此，陈撄宁先生还认为《道德经》在某种意义上也是老子整理的上古格言集。

从《道德经》的博大精深来看，老子得读多少上古典籍，才能浓缩、总结、凝练成这部伟大著作。

我们谈论经典，先把经典里的意思弄明白，而不要把自以为是的结论当成是经典本身的结论。

即便老子在《道德经》第二十章里说：“绝学无忧。”这“绝学”一定不是要断绝学问。至少，中国人现在还在用一个词语，在形容一种极其高级的学问与技术时说：“这是绝学。”我经常说丹道就是绝学，甚至很多高明的武术、占卜术、医术也是绝学，霍斐然老人创立的“小成图”占卜法就是绝学。老子的道学与道学里的修养法也是绝学。如果一定要把绝学认为是断绝学问，那老子何圣之有？如果一定要把老子说的“为道日损”看成是“为学”的反面而“不为学”，老子何圣之有？

所以，道友还是要学习，要认真读书做学问，不然，很容易自以为是甚至胡说八道。

何不自省？

如果抱着“不为学”的态度而想“为道”，门都找不到，因为，你至少读不懂经典。

对道友的思考精神表达赞同，但对其固执，作为求道者、修道者，表示失望。

为学与为道是一体的两面，如老子所言，“有之以为利，无之以为用。”为学好比“有之以为利”，为道犹如“无之以为用”。老子作为一个圣人，既为学，也为道。有何纠结的？还用选择哪条道路吗？不为学，老子不成为老子；不为道，老子也不为老子。简单的事情何故变得复杂了？

# 生日的玄歌

今天是我的生日，过了今天，进入五十二岁。

我负责的两个修学群，“小伙伴群”和“益生文化群”里的道友们祝福我生日快乐，大家发了很多条生日快乐的话。

为了表示感谢，我写了两首诗给两个群里的道友。

给“小伙伴群”里的是：

五十二岁淡心胸，小睡已过日头红。

反观昔时多见错，省己明心是真功。

我可以早起，想了想，忙了很多日子，生日这天该多休息一会儿，于是，一直睡到了中午才起床，澄源都把午饭做好了。这便是“小睡已过日头红”的真实情况。

我最近一直在反省自己的过错，给自己纠错纠偏，这样容易明白自我。

给“益生文化群”发的是：

契缘修道作同修，大愿共振合宇宙。

与君相勉珍岁月，必然有份作仙俦。

这个群办了近十年，我曾回答过群里道友们数以万计的提问。现在交给几位朋友作答，丹明负责了去年，岸灯负责今年的问答。

人的大愿能与“宇宙之心”共振，人就能天人合一而得道。

今天，道友王强先生，音乐人，给我发来了六首道曲，是从2019

年我写的长诗《玄歌》里选取了六首的文言部分四言诗里的小段谱曲。《玄歌》写了九位圣真，前面是白话诗，后面是文言四言诗。我很喜欢，你父亲很喜欢，我高中时的语文老师牛勃先生，是中国作协的会员，作家、诗人，他喜欢《玄歌》。王先生对我说，他只喜欢文言部分。

王先生不知道今天是我的生日，但他发来了给《玄歌》所谱的六首道曲，这是一份珍贵的生日礼物。可惜我不识谱，无法自己吟唱。

下午，来了四位朋友，他们也不知道是我生日，我没说，大家聊得很开心。一位是正一派的刘道长，我们认识二十年了，称兄道弟；两位是刘道长新介绍的朋友龙先生与姬先生，姬先生在训练少儿特异功能如超常感应、耳朵识字、超常记忆，是一位大师级的人物，江苏卫视的《最强大脑》、央视的《挑战不可能》节目中有很多高手是他的学生，明星易烊千玺也是他的学生，跟他学习过超常记忆。

另一位是我十多年的好友，出版人董先生，出版过我的《悟道录》《生活禅》，是某出版社的副社长。

本来，他想系列出版我的著作，可我的作品都与宗教有关，目前难出。

这是一个很好的缘起与象征，象征未来我会继续研究道学道术，著书立说。

志于道，游于艺。

这本来是我喜欢的生活状态、生活常态。

本来，你父亲要过来的，今天特别忙，让你认识的张先生给我送来了鸡年的酒。我属鸡，比你父亲小一岁。

我回赠他一首诗：

情如兄弟做道友，谈玄说妙尚实修。

与兄同发菩提心，弘道益生逍遥游。

你父亲和诗一首：

君为明师亦挚友，助我尘缘引我修。

渐歇凡心活道心，不枉与君一世游。

明师，是你父亲对我赞誉，愧不敢当。

各界都有修道者，你父亲是商界的修道者，董先生是文化界的修道者。“小伙伴群”和“益生文化群”里还有科学界的修道者，政界的修道者，学术界的修道者，艺术界的修道者。

修道，在古代，特别是先秦时代是知识界很普遍的事情，姜太公、老子、孔子、管子、庄子、孟子无不是修道者。只是到了现代，人们才把修道“另眼相看”，带着唯物论、无神论的有色眼镜来看待传承了七千多年的中华道文化、修道文化。

修道，是有益身心性命和社会人生的自我修养行为。这样理解就对了。

# 人之患在好为人师

孟子说："人之患在好为人师。"

的确如此，我有这样的毛病，还很深重。我给你写这些短文，希望引导你对传统文化有个正确的认知，特别是一些精微的内容。我讲的既不是学术，也不是江湖，而是一个在经典里住了三十多年的修学者的心得。这样的写作也有好为人师的性质。

这毛病自己知道。

尽管，我从来不收徒弟，但因好为人师，给不少修道的朋友教过很多修道的理法术诀，给不少朋友十余年、二十年地系统教学。

看透了自己好为人师的毛病，我只教，只讲，不要任何"师徒""师生"名分。别人尊我一声老师，但我对外从不说"某某是我学生""某某是我弟子"。人家优秀是人家自己的事情，不必借"学生"抬高自己。

我不喜欢某些师徒形式，我喜欢自由，也给他们自由。这既是我自己的想法，也是受克里希那穆提先生的影响，也有对人性的顾虑。

我认识的各界名人很多。有位画家先生拜一位大师为师。但他从未说过师娘好话，多次说师娘如何贪财、贪婪，管控老师云云。

一位道学家也很有名，曾拜一位大师为师，后来两人分道扬镳。这位道学家经常对人说师娘的不好，说她如何自私如何贪婪。我听过很多次。

师父无论如何，毕竟为我们“传道、授业、解惑”，如果我们肆无忌惮地羞辱老师的家人，其实也在羞辱老师。

假如我是一个老师，有人在背后说我，无论如何说，我可以不计较，这些年听了不少我待之友善的人在背后说我的话，说得很不堪。我一位甘肃朋友，在我甘肃的朋友圈里说我在社会上高价办班敛财，说得有鼻子有眼。其实我从不做这样的事情。当时我兰州的一位朋友听了之后，当面对那人说：“你不要这样说陈老师了，他是什么样的人，我还不清楚吗？他在社会上高价办班，我能不知道吗？”感谢还有这样肝胆相照的朋友。有一次，你父亲说他看到网上有诋毁我的言论，感到非常生气，比别人羞辱他还难受。

如果有人在背后说我夫人澄源，我会很难过，比诋毁我还难过。

不相干的人道听途说地说三道四，无妨。如果是自己辛苦教过、真诚待过的人在背后说我，我会难过的，也不愿意看到这样的事情发生。

# 觉悟、敬畏、持戒

有一次听电视上有大人物在演讲，说现在要教育干部，不想贪，不敢贪，不能贪。

我听了之后想，这不就是佛法里讲的觉悟、敬畏、持戒吗?

现在的社会主流思潮把宗教看成了科学的对立面，其实不是这样的，宗教文化里有更高深的科学思想，只是普通人不了解罢了，而宗教里的人文思想，数千年来一直在维系着人类的精神平衡。这是不争的事实，宗教思想里有很多内容是我们可以用在修身上的。假如没有中国传统宗教文化，中国的思想文化会很苍白。

有了觉悟，就不想贪，因为贪嗔痴是生死轮回之本，先要破除贪婪，认识贪婪的害处，从而不想贪。这就是觉悟。

有了敬畏心，有了对法律、戒律、道德、圣者的敬畏，自然就不敢贪了。“举头三尺有神明”，就是一种敬畏心，敬畏神明，不敢作恶。

持戒的人比守法还严格，守法者未必有信仰，持戒者必然有信仰。只要持戒了，自然就知道不能贪了，一贪就破戒，而修行是不能破戒的，就不能贪。

宗教文化里，既有修行的理论，又有修行的方法，便是实践。而现代政治思想里说教太多，而缺少对其理论的身心操作与修养提升。不少贪官，是在反贪的激情演讲时被“规”的。嘴上极力反贪的人结果本身就是大贪官，成了冷幽默。

宗教文化，有信仰，有理论，有实践，有戒律。

不过，宗教界也有人理论讲得很好，但最终破戒堕落的。

一个人，不论是否有宗教信仰或者政治理想，能做到觉悟、敬畏、持戒，会是一个了不起的人，是个好人，会自然地走向幸福和美满。

觉悟、敬畏、持戒是三位一体的。没有觉悟，就谈不上敬畏和持戒了。没有敬畏心，很难持久地持戒。不持戒，觉悟和敬畏会落空或流于形式。持戒体现着觉悟和敬畏。因为觉悟，所以敬畏；因为敬畏，所以持戒；因为持戒，所以觉悟。“如环无端”，是圆满的圆。

# 小老乡的定慧

我一位老乡，在三十岁前靠自己打拼有数千万的资产。他当时炒股，挣到数千万之后坚决退出股市而转身去做文化事业。他志在文化，炒股只是挣钱方式，不是人生目的。当他挣到属于自己的真金白银后果断退出股市，这需要很强大的定力，很多人都会被股市吸引，被利益吸引，纠结不已，难以脱身。

朋友中炒股的人很多，仅我认识的不到十个炒股者在2018年的损失超过一亿。有的朋友损失了四五千万。

大家希望拥有更多财富，而很少有人去想人生仅仅是拥有财富吗？

我一位朋友，在股市行情很好的时候，不满三十岁，名下有数千万资产，他也想做其他事业。可惜，他没有从股市退出来或者把钱拿出来做实体事业，当股市大跌，他又变成穷人了，实业梦泡汤了。

我是旁观者，观看朋友们的得失变化与心态起伏。

人要有决断和定力，很不容易。人很容易被利益左右而患得患失。人如果能有更宏大的理想，看清名利的本质，就能从内心产生决断，产生定慧。定是对理想不动摇；慧是能看到事物的本质。

炒股者要有大将军生死存亡时刻的决断，方能时刻把握战机；炒股者也要有大禅师机锋相对时的果决，把握第一念而直达本质，没有葛藤牵缠。

我也有挣大钱的机会，但我更看重文化事业，看重我的道学文化理想、弘道的理想。能看清方向，果断地做自己想做的事业，成就自己想成就的事业。

对我，挣钱，解决了衣食住行、生存问题，就不是最重要的了。

对很多人，诗和远方只是梦想。对我，诗与远方是真实的生活。

我写了三十多年诗歌，经常阅读诗歌，生活充满诗意，而远方，因为访道，去了很多名山大川，寄情山水，托身江湖，这样的生活，辛苦也惬意。

# 讲学清华

今天，我在清华大学哲学学院给一些研究生现场讲《道德经》，一些本科生在线上听。

你父亲也来听课了，听得非常认真，从下午两点半一直到晚上八点半。讲完课，还在两位清华老师的办公室交流了三小时，都是好朋友，讲了很多更深刻的内容，不宜在线上讲。

你父亲的好学精神很感人。

这是我第一次在清华受邀讲一堂课，还是关于《道德经》的课。这里有个研究道教的工作坊，第一堂课应该讲《道德经》。

因为你父亲对《道德经》原文很谙熟，我讲课尽管语速快了一点，他还是听懂了。我讲课有口音，他在西北上过大学，懂得西北人的口音，和我交往了五年，对我的口音很熟悉，听起来就很容易理解。

我讲课的主题叫“与道合真：通经致用身心安——《道德经》中的修持法”。

我用了两天时间写讲义，故意不用电脑，用手写，三易其稿。手写，一为加强记忆，很多要引用的原文全都手抄一遍；二是表达自己对清华的敬意。

讲完课，主持人子宁想把手稿复印一份存档。我说，等我录入完了，把原稿给你。

《道德经》里面有无尽的大智慧。

你寂寞的时候不妨找一本诵读，也许也能安顿自心，开启智慧。找一本注解本慢慢阅读也是好的。这是中国人应该读的一本书，记住其中几句，也会受益终身。比如我喜欢“利而不害，为而不争”。求利而不害人；做好自己，而不因竞争耗费精力。

这样的格言让我受益。我称之为“人生的黄金法则”。

# 人生需要通一部伟大的经典

人生需要通一部伟大经典，至少通一部经典。在西方，人们都通《圣经》。中国人，经典太多，各有所好。在众多中华经典中我用功最深的是《道德经》，三十四年来，我不知读过多少遍。仅仅从2004年到2020年，十六年里我公开讲过九次《道德经》，昨天在清华大学讲是第九次。九，在道家，在中华文化里，是一个圆满的数字，是阳数，是最高的数字。

2013年，我讲过三次《道德经》，一次是在苏州大学，一次是在一个军工企业给企业高层讲，一次是给我朋友的家族企业讲。

每讲一次都有新的感悟。经典总是常读常新，常用常新。

在未来，我还会继续讲《道德经》，这是一部我一生都愿意讲的伟大经典，是我这一生道学修行的根基。

我常说，人生需要一部伟大经典作为根基，作为成就一切事业的根基。我选择的是《道德经》。

从十多岁开始读《道德经》，到现在，到未来，这是一部已经融入我生命，流入我血液的经典。

你父亲现在用功、用心最深的就是《道德经》，诵读、抄写、修证、体悟，而关于《道德经》的众多版本中他用功最深的是我的《道德经真义》。

如果，你能选择一部经典，读懂，读透，会受益一生。

## 大隐与小隐

道家有俗话："大隐隐于市，小隐隐于山。"

我不是隐士，现代很难有真正的隐士，相对而言，有隐逸精神很不错了。

我有隐逸精神，但不是隐士。我喜欢隐士，喜欢隐士文化。这可能与我学道有关，《道德经》里说："道隐无名。"道隐得更彻底，隐藏于宇宙万物之间，不见形迹，没有名称。老子不得已称之为"道"。修道的人，效法大道精神，不显山露水，不力求名利。

这样的明道者还是很少的。

小隐的生活我过过几天。我在终南山黄龙洞住山修行过，据说，那是唐末一位尊号叫"黄龙"的禅师隐修过的地方。这只是传说，黄龙禅师在那里有没有修行过不重要，我和老师智光禅师在那里修行过是真实的。

大隐的生活我只向往，无法过那样的生活。我在都市做事，还与各色相处、各界人物往来，没有所谓的大隐之隐。经常有人上门，可见这不是隐士之门，隐士之门别人是找不到的，即便在都市里也找不到，没有人知道这个人就是某某，是修道的某某。

今天接待了张玉仙老师。她去见田先生，田先生给她看手机，手机里收藏着很多我写张玉仙老师的文章，收藏着我其他文章。田先生的意思是说，他是通过读我的文章知道张老师的。这是他们第一次见面。

张老师即说："你想不想见陈全林？"田先生说想。就这样我们上午见面了。

想隐却隐不了，澄源说："我们不在这里生活吧。"我说："到了别处，情况差不多。何必为躲人而搬家？又不欠谁的钱。何况我懒得搬家，搬家多麻烦。"很多读者想见面，我一般婉拒，可经常有好友介绍人来见就必须见，最近七天，因友人介绍而见的人有四位，有朋友的那一层关系在，不能拒绝。而这一周见过的熟人和新认识的朋友超过二十位。

我不纠结于隐或不隐，大隐或小隐，能把握自己，知道自己在做什么事情，才是最重要的。明白自己，乐天知命，把握自己，不随波逐流。

能不随波逐流而有定见，懂得拒绝与接纳，平静地生活于都市，做自己想做的事业，享受内心的安宁，有点隐逸的味道了。

晚年，我想找一处风景好、不是很热闹的地方生活，把自己还给大自然。那样的生活是我向往的。

我的一位老师告诉我的是："虚名剥汝命基，文章不足一观。"

我以之作为明镜。

## 悟与未悟的不同

淘书淘到了一本王绍璠先生的《归零的智慧》，签名本。

王先生是南怀瑾先生的学生。南先生说自己一生没有弟子、传人，但王先生从中国台湾来大陆，第一个说他是南先生的传人、弟子，南先生为此给王先生写过信，要他不要这样做。据说，王先生把南先生的来信装裱了起来给人看。

王先生在台湾时，的确有数十年追随南师。

为何南师不认可王先生？

因为王先生没有真正开悟。

如果王先生没有真正开悟，研究、著述、讲论禅学、佛法，他会是个大学者。他讲的理也没错。

但王先生不满足于做一个学者，他要做宗师，他要引领人修禅解脱，他要做一个像南师一样的大宗师。说好听点，是王先生的慈悲心；说不好听，是不自知。

于是，他也教人打禅七，他坐在了开悟者的位置上。

于是，南师便不认他这个所谓的“弟子”或“传人”。

假如王先生只是个著述者、学者，而不是一个办道场的宗师，南先生会认可他的。

王先生能不能作为一个大宗师引导别人开悟？

不能。

十多年前，我一位好友和几位北京的同修去参加王先生在石家庄举办的禅七活动（地点是不是石家庄，我记得不是很清），结果，北京的一位同修，在禅堂出了问题，进入了迷定或无记，不知道自己姓甚名谁了，也不记得自己家住在哪里了。王先生就没办法了。最后，北京的同修领他回京，依然不知道他家在哪里。

后续的事情如何解决的，那位朋友没说，只说当时另外的同修说大体记得他从哪里上车的，带他慢慢找。

要是南师主持禅七就不会出现这样的情形，一巴掌都能打清醒。

自己没有开悟，没有成就，那就做一个研究者、学者，而不要去做传法宗师。

2012年，王先生与南先生先后辞世。

王先生的学问很好，书也写得很好。他是一位大学者，但不是大宗师。

悟与未悟，还是不一样的。未悟的人也能讲正见，但在妙用上，使自他受用上，却不能直达本质而解决当下的问题，在于道力不充。

自知，找到自己的位置，是修学者的本分。

# 生病不要拖

最近感冒了，还很严重，夜里都咳嗽，休息了四天。

最初是澄源先感冒，我劝她吃药治疗，她坚决不吃药，以为吃药是一周，不吃药也是一周。的确，一些医学专家也这样说过。其实此说不科学，也不负责任。因为，病情的变化也有不可控性、难以预料性、个体差异性乃至传染性。

澄源的感冒磨叽了十天，还传染给了我。

大家想不到，自己不吃药而要扛感冒就有可能把感冒传染给家人，至少会增加传染的概率。

我吃药了，现在的药物，总感觉药效不及过去的好。吃了四天药，好起来了，但还是没有好利索。只好每天上午休息，近晚写作。

感冒，很多人看成是小病，对于年轻人、中年人可能扛一扛就扛过去了，可万一扛不过去呢？会有生命危险。

我知道的三位名人，其中两位我还交往过，关系很好，他们都死于感冒引发的肺炎，肺炎引发的全身系统性的免疫败坏而辞世。一位五十三岁，一位六十七岁，一位八十五岁。人过了中年，身体的免疫系统就会自然下降，而疾病乘虚而入的概率会增大。

很多时候，人们会因小失大，比如那些仅仅因为一场感冒而失去生命的人。

# 手术

今天早上，一位朋友的父亲不小心跌倒，头顶撞破了。朋友去了外地，而在家的老人只好打电话给我和澄源。

我们早早地送老人去医院。朋友的父母都是七十岁的老人了。

朋友的父亲患糖尿病多年，患过脑溢血，行动不是很方便，进医院的时候，我扶着他，我个头高，他个头低，我弓着身才能更好地扶他，他也能更好地扶着我的肩膀借力。

老人伤得太严重，头皮裂开四五条，中间那一块能看见头骨了。

清洗的时候，打麻药的时候，老人疼得直“哎哟”。

医生够辛苦的，以半蹲的姿势给他做手术，慢慢缝合，花了一小时。

我们还没睡醒的时候，朋友的母亲打来了电话，澄源听了很紧张，以致去老人家里时连熟悉的路也记错了，我纠正了两次。

看着老人的病痛为老人难过。

我有四年没有来过这家医院，上一次来是因为侄儿被烫伤，我带着他就诊。之后他在家修养一月。正是这期间我跟你父亲认识的。他来我家时也见到了我那被热油烫伤的侄儿。前几天我去清华讲学，我们见面他还问起侄儿在干什么，还在从事医疗工作吗？

是，他是中医师。

看到医院里来来往往的病人，年轻的，年老的，挤得满满的。有不少年轻人来就诊，一个小伙肚子疼得只能扶墙走路。好几个农民工因工伤来就医，有的伤了指头，有的伤了腿脚，来的时候还穿着工地上的衣服。我当过多年农民工，知道他们工作的辛苦与危险。他们千里迢迢来京打工，钱挣到没有不好说，却弄了许多伤痛，有的还是终身的残疾。

一个坐轮椅的老太婆，被女儿和孙女推着来就诊，估计她的思维能力不是很好了，总是说："这里没有医生给我们看病，来这里干吗？"前台的医生不时要到放射室工作，有时候就没人。偶尔有医生进来又走了，或门外有医生走动，老人会喃喃自语："医生都走了，谁给我看病？"女儿和孙女很不耐烦，女儿不说话，孙女看手机，老妇人满头白发，显得很孤独。

于是我跟老人聊天。老人家很慈祥，只是重复那两句话。

进了医院才知道健康的宝贵，为什么平时不关注健康呢。

憨山大师说：

生老病死谁替得？酸甜苦辣自承当。

上次我让你背过的《醒世歌》里的诗句，还记得吗？这就是人生真相。

到医院里来悟道，很容易让人开悟。

# 玄象，生命背景中的秘密

周五，你父亲来，说是“蹭饭”，其实是来祝贺我在清华讲学。上周六他听了我六小时的讲学，觉得这次讲学一定有某种象征意义。在修道的玄学上讲一定有意义。他在想，陈全林一天大学没上过，可他身边经常围着很多博士、教授在听他讲道，而如今在中国最高学府清华大学讲《道德经》，一定有修证上的意义，有某种玄妙的意义。

我的想法和你父亲是一样的。从1994年在西安打工、治学、著述、修道开始，到今年（2020）九月初在清华讲《道德经》，过去二十六年。你父亲体会到了这二十六年的不容易，是踏踏实实的二十六年，一步一个脚印的二十六年。

周六在清华讲课，周日在北京接待了张玉仙老师，她老人家是大修行人、大成就者，她见到我，突然说了我身后的玄象，我不能写。她说跟我认识这些年，第一次看到这么微妙的玄象。的确，我认识她老人家十五年了，她第一次说了那些微妙的玄象，虽不能写，但对你父亲说了。

听了张老师之言，我这才告诉她，“昨天，我在清华大学讲《道德经》了。”

也许，那个玄象正好与我在清华讲《道德经》有关，因此，这次讲课具有某种象征意义。很多玄妙我跟你父亲谈，不能写在这里。

你父亲和你认识的张叔一起来，我拿出一瓶河南鹿邑在三十年前生产的“李耳仙酒”，这种酒停产很多年，去年我生日朋友守笃从他父亲的酒柜里拿出来的，他父亲收藏了很多年，仅此一瓶。

你父亲说："我今天不是来蹭饭的，是感觉你到清华讲课是一件大事，是来祝贺的。"

我说："那好，咱们就喝李耳仙酒吧。"

李耳就是老子，也叫老聃。本名叫李耳，老子是古人对他的尊称，在道教尊他为"太上老君""道德天尊"。

讲李耳所著的《道德经》，为庆贺成功讲《道德经》而喝"李耳仙酒"。这是多么有意思的事情。

这李耳仙酒，我一直放在家里的老子圣像之后一年多，多次想过在什么时候和什么人喝这停产多年的美酒，喝这"名牌"（李耳，仙）很有寓意的酒。没想到是今天和你父亲、你张叔一起喝，除了我和澄源你没见过，都是你很亲的人。这缘分真好。

我们开心地聊天，快乐地喝酒，愉悦地吃菜。澄源的厨艺真好。

人生得一知己足矣，斯世当以同怀视之。

人生的知己并不局限，朋友会越来越多，心灵的沟通本来没有局限，就像宇宙法界，本来没有局限。

每一个人只要努力行道，天自察之，人自应之，圣自感之，道自成之。

你父亲是那个相应的人。

道会玉成每一个努力向善、努力向道、努力求道、努力修道的人。这是真理，请彻信之。

# 心量

我经常反省，感觉自己心量不广。

过去信奉“道不同，不相为谋”，后来发现这样做也许错了。道不同，可以为谋，可以相友。何必因为坚持某些不同见地、立场而敌视呢？道不同，不相为谋，也是某种狭隘，是心量不广。

我过去对于见地完全不同、做事完全相异者多不往来。现在观照，这是狭隘。

世间之道各有其存在的理由与价值，怎么能以一己之见而来判断其正确与否、是否有价值？

要包容人，要理解人。包容难以包容的人，理解难以理解的人。不因为自己的固执己见而判断他人的心性。

不以任何形式、任何理由妒忌别人，有时候我们妄议别人的时候可能是妒忌别人比我们做得好。

前几天读书，读到近代大儒马一浮先生的一段话：

常见己短，常责己过，不求人知，能如是，乃可为近道之资矣。须知一切知见情解，全是胜心客气，必铲除净尽，然后此理始显。此换骨金丹也。

马一浮先生是近代新儒学开拓者之一，与梁漱溟、熊十力并称“三圣”。他治学很开放，不仅提倡复兴中华文化，还积极学习西方文化，他懂好几国外语，是西方通，是中国第一位通读、引进马克思《资本论》的人物。可他终其一生，以弘扬中华文化为本位，以发扬儒家大义为心愿。

他还和近代佛门高僧弘一法师有很深的交情，弘一法师未出家前就是艺术大师，书法极好，他出家后不想再写字了，认为浪费时间，无益修行。马一浮建议他别放弃书法，可以用书法写佛经、格言、偈子，变成弘法的工具。弘一法师接受了先生的建议，不断地书写佛经、佛教格言，积数十年之功，终于形成了“遗世而独立”的“弘一体”，成了二十世纪十大书法大师之一。

马一浮先生与近代仙道大师陈撄宁先生是好友，向陈先生请教仙道与中医，请教《参同契》精义。解放后马一浮先生做了浙江省文史馆馆长，请陈撄宁先生做浙江文史馆馆员，以保障他的生活。

先生心量广大，在治学上兼容并包，自成一家。

# 同情弱者、尊重弱者是一种美德

前天你父亲来，我们因社会上的某些事情而谈到一个观点，不论官员还是老板，能同情弱者或者弱势群体是一种美德。

你父亲说这就是慈悲。

我们经常看到很多老板、官员对着很多普通人、社会底层的人一副盛气凌人的样子，甚至以大欺小、以强欺弱、以有钱欺无钱、以有权欺无权。很多人在有权、有钱之后不但没有生出更广大的慈悲心，反而更苛刻更吝啬。说说我的经历。

二十年前我在西安打工，某工厂欠我两千元工资，死活不给，我离开的时候都不给，当然，二十年了还欠着。那工厂是集体的，不是私企，老板扣着工资不给，她个人得不到一分钱。只是老板自私，不愿意给农民工付工资，给农民工开支感觉像割自身肉一样难受。

我那时候很穷困，要来北京，向周边的朋友借钱很难借到，最后，一位发小给我借了两千元，我带着两千元闯北京。那一年你才四岁，完全不懂人世的艰辛。

我来京奋斗的根基是朋友借的两千元。这是个传奇。

来京之后，写作是我的谋生之本，出版了一些书，总被出版社以各种名义克扣。我的一本书在某出版社出版，出版社的副社长是我朋友，他当年给我出的书三年前就发完了，这两年我一直没经销此书。今年（2020），此社突然经销这本书，我问他们发行部是重印了吗？出版社不承认是重印的，说突然发现库房里还有以前印的没发现的两千本书。过了一周当年出版我著作的朋友，已经到另外一家出版社做副社长了，到我家坐坐，我说起此事，他说那书一定是某社重印的，他离开的时候就发行完了，不可能有两千本书在库房放了多年今年突然被发现。

他们那样说，只是不想给我支付版税而已。那么大的出版社如此对待作者，很多作者其实是弱势群体。类似的事情，经历得很多。

我的遭遇还算好一点的。遇上城管打摆地摊的人，遇见“钓鱼执法”的人，遇见那些“你再多说一句我就把你办了”的巡警，只能忍气吞声。

同情社会上的弱者和弱势群体是社会美德、社会公德，更是一个人的修养和私德。

这些年社会戾气增多了，网络上的语言暴力也是社会群体戾气的体现。当社会群体之间弥漫着各种各样的戾气时，社会的道德必然出问题了，慈悲不受待见。我们看到校园暴力，那么多同学一起欺负一个或几个弱小的同学，以此为乐。校园都有了学生暴力，社会上成人之间的问题更严重。

当精致的利己主义、坑蒙亲友不觉得羞耻的厚黑主义大行其道时，正是社会良知被普遍漠视之时。发展经济与科技不就是为了国人为了人类的幸福吗？当经济、科技高速发展而道德高度沦丧时何幸福之有？至少那样的幸福大打折扣。在佛家的慧眼看来，这正是众生的无明和恶业，把不快乐的当成快乐，把不道德的当成道德，这是可悲的颠倒，大家认识不到可悲而不能反省，不能修德，这正是时代群体的“无明惑业”，由来久矣。

中国，离真正的“盛世”还很远，道德已经落后，盛世不只是物质生活丰富，还必须有高尚的精神生活。

不管社会如何，不管他人如何，自己要做到具有同情心，具有慈悲心，任何时候都不丧失同情弱者的善心，不丧失人的悲悯，心契天道。这样做人，就是修行。

# 来学与往教

民国年间大科学家竺可桢先生是浙江大学校长，敬仰浙江大儒马一浮先生的人品与学问，请他到浙江大学给大学生、研究生们讲授儒学心法。马大师说：“只闻来学，不闻往教。”

于是，浙江大学想跟马一浮大师学习的人便到马大师府邸去学习。马大师教得非常认真。在“抗战”时期，浙江大学南迁，马大师一家与学生王星贤一家跟着南迁，于是，马大师才有了在四川乐山办“复性书院”的缘分。

孔子在泗水之滨讲学，门下三千弟子都是“来学”。

这是儒风。

道家仙门的宗风恰恰与此相反，是“师父找徒弟”，师父知道自己的弟子是什么样的，知道该找什么样的弟子，选择弟子有很强的针对性、目的性，他们目的明确地找到可以传道之人，这个人是什么样的人，命理如何、骨相如何、因缘如何，他们都知道。钟离权和吕洞宾在咸阳找到了王重阳作为他们的传人，并指点他要去山东找齐七朵莲花。于是王重阳来到山东，找到了“全真七子”，并设立了“金莲堂”，作为“全真教”的创教之地。

修道的宗师们能“数往知来”，自然能找到传承弟子。

钟离权找吕洞宾；吕洞宾找韩湘子；刘海蟾找张伯端；王重阳找全真七子，都是师父找徒弟，百般考验，才传法诀。

儒家和道家仙门的宗风各有各的妙用。儒家讲究社会教育的普及，学生来得越多越好。仙门因为要修炼，只选择能担当大任、传承道脉的人做弟子，代代传承。

我的老师教我学道也是上门找我，专门找我。

我与张玉仙老人相遇，她第一次见我就说找我找了几十年了。

世间的很多因缘奇妙而不可思议，有其微妙的道理。

# “亲情娃”

今天想起家乡的一个词语：“亲情娃。”甘肃方言里把没有结婚的女性不论大小都叫“亲情娃”。这个词语很有意思。女孩子长大后会结婚，会与别人结姻亲，由于姻亲会生出更多亲情。女孩子嫁人后生了孩子，自己的父母就成了孩子的姥爷姥姥，自己的哥哥弟弟成了孩子的舅舅，哥哥弟弟的老婆是孩子的舅妈，舅妈的孩子会是自己孩子的表兄弟、表姐妹，自己的姐妹成了孩子的姨妈，孩子姨妈的孩子也是表亲。

这样更多的人之间有了亲情。

甘肃方言里把女孩子叫“亲情娃”是很恰当的，本质而深刻。

过去，在农村只要订婚了女孩子可以在赶集的时候、农忙的时候、过节的时候、有事情的时候来“婆家”。女孩子进门了，大人看见了，也会说“亲情娃来了”，等于城市里的人说“准儿媳来了”。

甘肃方言里还说，“辈分是女人抖乱的。”因为女子的出嫁会使某些男人之间的辈分出现混乱。我一位远房姑姑的孙女嫁给我一位远房堂兄，辈分就乱了，只好各叫各的，她见了我父母叫“舅爷、舅婆”，我见了她叫“嫂子”。

这些俗语方言里有人情世故，有社会风俗，有前人的智慧，有约定俗成的观念。

# 老人的礼物

今天，张玉仙老人到我家来，正好我准备了一百个问道的标题请她“灵应”作答，比如这样的问题：“何为命门真火”“现代社会，丹道能不能普及”等一百题、一百问。张老师用了两个多小时写了一百首古体诗以回答我的提问，便叫“灵应诗”。说“灵应”，在于这些诗不用思考，而是直接由灵性智慧作答，非常神奇。

你父亲曾说，他非常喜欢看张老师写灵应丹诀，喜欢感受诗里面的大智慧。张老师到我家后，澄源把你父亲叫来了。正好，他下午有时间。

你父亲来的时候张老师的一百首灵应诗快写完了。余下的时间坐而论道，开心聊天。

张老师问到了你，你父亲说你在日本上学，学习很好，最近还得到了老师的表扬，你父亲说起你的时候，满脸笑容，说到你成绩很好的时候也很自豪。张玉仙还因此给了你父亲奖励。

张玉仙老师从脖子上取下自己戴的珍贵的天珠，并在手里搓了一会儿，说她戴过的，有她的加持，要你父亲送给你。

你父亲不轻易收人的东西，也不收张老师的东西，觉得太珍贵了，推辞不要。

我说：“不是给你的，是老人家给你女儿的。你当成礼物给你女儿。”

这样一说，你父亲收下了。

日后自有机缘给你，你要珍惜。

像张玉仙老师这样的奇人，放到两千年的道教史上都是杰出人物，是大师中的大师，成就者中的成就者。她给你的天珠有特殊的加持。能得到她的赐予，是你的福缘。

你祖母辞世好几年了。你父亲说看到张老师感觉像母亲一样亲切。

张老师在你也是祖母一样的人，天珠就当是祖母的礼物。

近晚，张老师被人请走了，我、澄源、你父亲、老张在家聚餐。前两天一位内蒙古的好友带来六碗新鲜羊杂碎，我吃了三碗，给你父亲留了三碗放冰箱里，等他过来再做。没想到这么快就见面了。

澄源的厨艺是一流的。

喝酒，畅聊。

小小的聚会，无尽的惬意。

你父亲说你不打算回来了，如果这样，你尝不到澄源的厨艺了。

尝不到澄源的厨艺不要紧，但一定要珍惜张老师给的天珠，会是你一生珍贵的护身符。

# 交情

汉语里很多词语包含着很深的哲理。“交情”这个词语讲朋友之间的交往，说谁与谁交情不浅，交情很深，是说他们之间友谊很深。

交，交往，人与人交往久了，会有情感。这是最基本的人情世故。

我和你父亲交往了五年多，见面近百次了，在一起畅聊，在一起吃饭、喝酒，久而久之成了人生中最好的朋友。在一起吃饭、喝酒两三次，还不叫“交情”。

这些年我日记里简要记录的和你父亲聊文史、聊国学的内容，不少于十万字。

交情里不只是情感，还有思想，因为思想而使交情更深，更淳，更久，更密。

三观相近、相同会使交情更久，更淳，更密。不是因为现实利益而交往，而是因为灵魂的振幅更同频。

有时候我和澄源会想念你父亲，这是交情之情。有好的东西也愿意与他分享，这是交情。前几天我一位好友，你父亲认识他，从内蒙古给我带了六碗羊杂碎，我先后吃了三碗，给你父亲留了三碗，等他来了做给他吃。不几天你父亲就过来了，澄源做了美餐和大家分享。这是交情。交情到了才会这样，所有的付出都是心甘情愿的，没有计较的。

人常说“交浅言深”不太好。交情深而后说话深，彼此都会受益。

一定要交朋友，并珍惜朋友间的友情。

愿你能因为朋友之情而感到心灵充实、生活欢快。

# 静夜思

我在夜间工作的时间比白天长。

夏天、秋天是水果丰盛的季节，吃了水果，会有很多因水果而有的垃圾如果皮、葡萄皮，要是不在当天倒掉，第二天会生出很多小飞虫。夏秋两季我经常在零点之后倒垃圾，成了习惯。有时候在零点会吃些水果，吃完了再倒垃圾。

这时院子里安静极了，整个小区的人大多在熟睡中。我喜欢在这时看看天上的星月，感受新鲜的空气，清凉的风。有时候能看见天宇某种神秘的光，那是别人看不见的光，微妙的灵光，需要眼通才能看见，那些光美丽、灿烂，能与人的心灵相应，心灵净化了才能看见。

小区里的树长高了，站在人行道上，站在楼门口的台阶上看对面的楼房，至少有四层看不见，全被枝叶遮蔽了，小区里茂盛的林木散发出幽静的气息。

这样的静夜让灵魂安宁，心意平静。虽然是几分钟的闲适，恍然有隐世之感，像我曾经在山林里的山洞前，站在岩石上看着星月而感受寂静。

这一刻，感觉山林和都市是无别的，只要心寂静了，任何地方都能享受无言的安乐。那种安乐，本质上与地域无关，只关乎心境。

请相信：

没有谁的灵光是微小的光，某一刻都能照天照地。

# 火供

今天，早早去了朋友道用先生的公司，我、澄源、如心、金阳子一车，道贤、诚彻早就到了。

道用，一位修行的大企业家。

今天，大家都熟悉的甘南藏族高僧加措上师来这里做火供，我们也参加。能参加高僧举办的火供，是每个人的福缘。

火供是藏密修行里的重要仪轨，将一些食物、药物、纸钱等焚烧以供养给密宗护法神以及天界神明、修行本尊，以祈获得护佑与福报。

火供时要诵经、持咒。这次做火供的用物全是从藏地寄来的。

做火供之前加措上师在佛堂静坐诵经，给佛像开光，那气场肃穆、庄严。

加措上师穿着红色僧衣，个头高大，面容慈祥，神情庄严。

人需要信仰，有了信仰，既会有做人的底线，又会有人生的归宿。做人的底线在信仰里是持戒；人生的归宿在于信仰会指引灵魂的归宿，会安顿尘世中烦躁的心，会给迷惘者清晰明了的人生方向。

世界佛学泰斗陈健民上师平生最喜欢做火供，他在内地做过火供，在中国藏地、印度、美国、中国台湾都做过火供，他写过不同的火供仪轨，我大多读过。

火，象征着宇宙中生生不息的能量。火供与人类早期对火的崇拜有关，太阳也象征着火，没有太阳，人类、万物将不复存在。

生命中也有火，道家称为真阳、真火、龙雷真火；佛教称之为三昧真火、拙火，是非常高的生命能，一旦激发出生命里的真火，此人将不畏寒暑。西藏的一些高僧在冰雪之地静坐，真火发动之后身边一丈范围的冰雪会融化，而高僧临终时，高能量释放，身体会化成虹光，回归宇宙法界，便是虹化。道家也有此等境界，称为“气化”。

火供也叫护摩。外护摩是焚烧祭品给神明和本尊。内护摩是启动生命的真火。以前，日本有修成密法的高僧能用意念点火焚木，古代的高僧空海法师就如此，近现代也有这样的大师。这是内护摩成就。

我以前读过一些东密书籍。密宗传到西藏叫藏密，唐代由印度传到中国叫唐密，再由中国传到日本叫东密。唐末，唐密在中国逐渐失传了。民国年间，一些汉地学者、僧人从日本学了东密，传回中国。如今，中国修东密者不少见。

明天，我们还会参加上师举行的“长寿佛灌顶”，缘分殊胜。

加措，是藏语里“法海”之意，佛法大海，法如大海。

我们也会为你祈福。

## 长寿佛灌顶

今天，我和昨天提到的那些朋友们接受加措上师的长寿佛灌顶。

昨天加措上师说要给大家灌顶。你父亲说当时感觉就是长寿佛灌顶。果然如此。

我们早早到了。十点半开始，十二点结束。

上师早早布置了法坛，挂上了古老的唐卡。上师穿着红色僧衣，披着黄色布袍。

他给我们不断地诵经，一本又一本地诵经，是藏地常见的那种长条形的刻印佛经。

上师为我们持咒。

给我们做了甘露水灌顶、甘露酒灌顶、甘露丸灌顶。这是长寿佛灌顶的基本内容。

上师引领我们持咒，他念一句，我们跟着念一句。以上师为中心大家围成半圆，我和你父亲是对面，刚好都能看到完整的上师的侧面。你父亲说，看到上师的法相，庄严、慈悲，像佛陀一样。

上师谦虚地说自己还不是大成就者，但传承非常清净。他讲了他的传承、他的上师，其中有甘南拉扑楞寺的贡唐仓活佛。我知道这位活佛，读过他的传记《活佛的世界》，读完之后送给你父亲了。

上师还讲了他的其他上师如第十世班禅大师。

长寿法传承来自密宗大成就者密勒日巴大师。在民国年间，张心若大师把密勒日巴大师的名字译为“木讷”，还编写了《木讷记》。2017年我点校整理的《木讷记》由中央编译出版社出版，这是此书自新中国成立以来第一次正式出版。长寿法是木讷祖师的大弟子若琼巴大师从印度取来的珍贵法门，若琼巴大师又传给木讷祖师。

看来，今天接受缘于木讷祖师传承的长寿法，非常有缘。

上师传授了长寿佛心咒，你也可以念诵：

ong a mā re ni zhâ wān diē yě suō hā

嗡 阿 玛 惹 尼 则 万 德 耶 梭 哈

在接受加措上师灌顶的时候我也祝福了你，祝福你所求如愿，一切安好。

长寿佛即阿弥陀佛，在梵语阿弥陀佛是无量光、无量寿的意思，无量光象征性，无量寿象征命，合起来，一句佛号也是性命双修。有一部讲西方极乐世界阿弥陀佛四十八大愿成就的经典叫《无量寿经》。

在佛经里，东方琉璃宝境有“消灾延寿药师佛”。

只有消灾延寿之后才能寿命无量。所以，东方佛和西方佛是一体的。

在道文化里，东方为木，象征长生、健康，有仙人东王公；西方为金，象征长生不老，有仙人西王母。上古神话里嫦娥偷吃了丈夫后羿从西王母那里求来的“不死之药”而能飞升，一个人飞升到月球定居了。唐人李商隐便有“嫦娥应悔偷灵药，碧海青天夜夜心”这样的诗句。丹法的修炼，需要“金木相并”，因为，金象征生命里的魄所代表的灵性能量；木代表生命里魂所代表的灵性能量，两者合一，才能成丹。

退去宗教文化表象的不同，则知佛道文化都注重更广大无边的东方与西方时空对每一个地球生命健康长寿的影响。

这些文化密码的背后都有着宇宙时空所体现的灵性能量的作用，只不过佛道用了不同的符号或象征系统。佛教用了药师佛与长寿佛的形象；道教用了木与金、东王公和西王母，但背后所表达的对健康与长寿乃至永生与不死的渴求是一样的。

了解这些文化精髓，你的心灵会更丰富。

愿你也能诵持长寿佛心咒。愿上师和诸佛的咒音一直在你生命里震动，带给你健康与长寿。

# 人不能作别人的镜子

我们常说，某某是我们的镜子，澄源就对我说："我希望，我是你的镜子，你是我的镜子。"

词语"借鉴"的意思就如此。鉴，就是镜子。

本质上讲，谁也做不了谁的镜子。人不可能像镜子一样被别人用来观察自己，人是观念的主体，人不可能做到真正的客观，每一个人都有自己的主观，所以，人也无法靠别人作为镜子来认知自己。

比如我留须后的形象，一些朋友觉得帅，"仙风道骨"，澄源觉得我留须太丑了，有点像"坏人"。她是我老婆，不希望我留胡子，想显得年轻点。

这全是主观的看法，如何"借鉴"？

即便是镜子，如果是梳妆镜，只能看到头部；穿衣镜，能看到全身；哈哈镜，看到的是变形了的形体。用什么镜子看自己？别人会是你眼中的什么镜？

很多司空见惯、约定俗成的词语、说法并不见得有道理。

李世民说过一句名言："以铜为鉴，可正衣冠；以古为鉴，可知兴替；以人为鉴，可明得失。"

以人为鉴，只是"明得失"而已，借鉴别人得失成败的经验而不是用来照见自己。

要想照见自己，最好用自己的"心镜"，自心为镜子，反省为观照。

即便如此，也很难做到客观，人常常是自私的、护短的，不敢正视自己的心灵面目，喜欢给自己的过失找各种合理的理由。

用镜子看自己，看到的只是表象，如何看到自己的灵魂即本来面目？

唯有明心。

# 好茶如药似甘露

今天陪加措上师一行去见宋大居士和一位禅宗高僧。宋大居士是工艺美术大师，雕刻了很多精美石像，最多的是佛像，获得过国家级的奖励。

加措上师为宋居士一家做火供，修长寿佛法。

晚上上师回藏地，我们送他到首都机场。这一天都在陪上师，喝了很多茶，有青茶，有红茶。青茶如铁观音，红茶如大红袍、野感红、江山美人。

感冒许久，我肺气有点虚，有时说话感觉气不足，肺里不舒服。

喝上好的红茶如江山美人，感觉如饮甘露，如饮草药，顿时周身出汗，喉咙滋润而肺气通畅。红茶是热茶，趁热喝，能使人周身流汗而通透，如同喝了同仁堂的感冒冲剂，比感冒冲剂好喝而功效来得快。

在中医里，茶是一味中药，神农尝百草的古老故事里神农吃了毒草就用茶解毒，虽是神话，也说明上古之人很早就重视茶的医疗作用。现在讲究茶道，存茶、养茶，颇有讲究，白茶存放三年就有药效，泡而饮之，能治感冒。

你父亲懂茶，送我不少好茶。

他送我的明前龙井今天供养加措上师了，明天寄到甘南去。

休闲地，养生地，交谊地喝喝茶，喝喝好茶，是人生乐事。

我有朋友专门从事茶道教学，她泡出的茶味道好。泡茶的程序、用水，煮茶的火候，斟茶的姿态很讲究，泡武夷山的红茶得用武夷山的泉水，那茶才好喝，她专门从武夷山购水快递到京。

日本人讲究茶道，有中国唐人之风。不知你在日本，懂茶道否？

## 真正的谦虚

澄源希望我做一个谦虚的人，是她理想中的谦虚之人。我们会为此争辩。

谦虚，是人们喜欢的品德，可生活中很少有真正谦虚的人，我们所见到的谦虚只是出于社交、礼貌或其他目的而表现出来的谦虚，不是真谦虚。不是发自内心的谦虚，而仅仅是为了形象、为了礼貌、为了某种动机而有的言语和形态上的谦虚，说好听是修养，说不好听是虚伪。

真正的谦虚是发自内心的，是做人的真修养到了之后，自然谦虚，自然无我，绝不是装出来的，绝不是有目的的，更不是为了目的而表现出来的。表现出来的绝不是真谦虚。

我曾和一位朋友去见一位道学家，朋友有求于道学家，便在道学家面前以学生而居，非常谦虚，对道学家说了很多恭维的话，愿意拜道学家为师。道学家喜欢听别人恭维，他一见此君如此谦虚，心花怒放。

可在背后朋友没少说道学家的不是，以及他学术上、人品上的问题。

当面一套背后一套所表现出来的谦虚只是虚伪和自私。

一些人来见我，也很谦虚，出了门也会信口开河地骂我、辱我、嘲我。

修证到无我境界的人才会真谦虚。修不到无我，所谓的谦虚都是所谓的修养或者有动机的姿态，与谦虚的本质毫无关系。

心里装着一个大大的自我的人怎能谦虚？

只有认识到自我渺小的人，认清自我不足而想改变自我的人才会有谦虚，这谦虚来自生存的需要和自我完善的需要，是发自内心的，这是相近的谦虚，还不是本质的谦虚。

出于修身目的而有的谦虚值得赞许。真正的谦虚是修身的结果，不是目的，是自然而然地谦虚了，也是悟证无我的过程。

## 写作的大愿与天道

我过去以为写作能够帮助写作者提升人格、生发智慧、净化心灵、成就真我。

写了三十年，感觉这个目标很难达成。得有这样的理想才能有达成理想的结果。

社会上有无数写作者并没有因为写作而成为一个高尚的人、有智慧的人、心灵净化的人、了悟大道的人。很多写作者道德低下，心灵丑陋，写作成了他们牟取暴利、打击他人的工具。为牟取暴利不会顾及作家的底线。

为什么会这样？他们并没有通过写作来“提升人格、生发智慧、净化心灵、成就真我”的大愿。

有如是愿，立如是志，愿行合一，不断努力，自然会有心想事成的时候。

我从一开始把写作当成修行。

写作会是心灵的出口，智慧的出口。如果心灵悟证则写作这个出口会使自己受益，会使他人受益。

真正与天道相通的写作者一定会是品德高尚的人；品德不高尚就无法与天道相通；不与天道相通就难以通过写作揭示实相。

## 同意与通知

我经常被各路朋友打扰，他们常常是“不速之客”。他们会说自己某某刻来访。我尽管也有不满意的时候，不得不等待。做“宅男”习惯了，不喜欢被人突然打扰。

即便有人想上门来坐坐，聊聊，希望先跟我说，征得我的同意，我允许了再来拜访，这样合理一点。一则，我好安排自己的工作。二则，我好做准备。三则，我也有疲惫的时候，生病的时候，不想见人的时候。有些人突然到访时我正好身体不适，勉强陪聊，身心疲惫。四则，也有不方便的时候。夏天，我会在家里穿得极其简单，突然有人来拜访，得换衣服。有时候夜里工作久了，上午多睡会儿，客人突然到访，我还在被窝里。只好让客人先等会儿，我先穿衣、洗漱，有点尴尬。

我希望来访者能先说一下，征得我的同意后再来拜访，先沟通，再拜访，而不是人要到了才通知我，多少有点领导视察或反客为主的感觉。

这是社交细行。很多来见我的人是修道圈里的人，可连“处世无过善体人情”都没做好。

有些人的想法是：没有提前说是想给老师一个惊喜。

我不需要这样的惊喜，我需要平淡、正常而合理的社交。

# 老娃婆

我家乡方言里将老太婆叫“老娃婆”。老娃是老头、老汉，甘肃方言有句“娃娃老汉”是说人老了智力会衰退，会像娃娃一样幼稚。老娃婆就是某个老头的老婆，也可作为老太婆的统称。

很多老人老了以后，心智、性情、行为都像小孩。很多是因为小脑萎缩才使性情大变如小孩。

很多俗语、民间口语里包含着人生的大智慧。“老娃婆”词语里有如此丰富的认知。

我母亲晚年性情像小孩，我自然理解人老了之后大多如此，就不觉得奇怪。

我岳父晚年也因小脑萎缩而变得性情异常。

小孩需要哄着，老人也需要哄着，才能使他们心里平静。

想想人老了之后的种种痛苦就能感念修行之好。修行能使人保持健康，保持智慧，保持定力而不使灵性层次降低，这样人就不怕在晚年因为身心衰弱而变得不可理喻。

## 内省，有时候觉得自己像小丑

我经常静坐内省，感觉自己有时候像小丑。在做事、说话、情绪处理很多方面幼稚可笑，很不得体。

发现自己像小丑或者是小丑，不丢人，而能更好地完善自己，升华自己。

“静坐常思己过，闲谈莫论人非。”这是古人的修身格言，第一句我做到了，第二句严重没做好，我和朋友们闲聊时会论他人非，和你父亲在一起聊天也会论及一些我们都知道或者认识之人的是是非非。这在我是要改掉的毛病。静坐常思己过，三十年来我一直这样修，在很多认识我二三十年、十余年、五六年的朋友看来，我的初心没有被动摇、污染，道德修养也在逐年提高。如果真是这样，得感谢三十年如一日的觉观，随时观察自己的功过得失。

人毕竟是人，有自身很难超越的地方，有习气深重而纠缠不清的地方，虽然修行三十多年，依然是世俗之人。

路漫漫其修远兮，吾将上下而求索。

发现自己的渺小与丑陋，不隐晦，敢直面，这是修行人的本色，理当如此。

发现并能正视；正视而能改过，善莫大焉。这是修身、修行。

虽然很多人在这个时代已经不讲究什么修养、修身、修行了，但我还是要讲究，这关乎信仰，须用毕生去践行。

有了信仰，一切自律会变得自然、合理、主动。

信仰的力量首先在自律、自觉。

# 中医是灵性文化

朋友施用勤教授有个观点：中医是灵性文化。

中医的发端是轩辕黄帝与岐伯、雷公这些修道成就的真人在论道，论养生、修真、医疗之道。而中医讲的元气、真气、经络、五脏之神在解剖、透视、电子扫描中都发现不了其存在。因为那是人的灵性层面的存在。

我去年和施教授一起聊了两次，一次是他上我家来聊，一次是我和作家雪漠、出版社的董先生、施教授几人聚谈，施教授再次谈及他的中医是灵性文化的观点。我完全认可。

我讲几则自己的感受，你会知道中医灵性文化之“灵”在何处。

关于经络，我因为修道，是能够看见自己经络的存在和运行的，的确是人体的光流、能量流。经络还有颜色，颜色与自身的健康度、修炼程度有关系。我在十四五年前内视到自己经络里流动的还是白色的光流，在十年前因为彻底辟谷了十六天，此后内视到经络里流动的便是金色的光流。

人的确有气，我也能因为修道而看到别人的气，人的气也有不同色光，不同色光代表着不同的身心状态、疾病状态、修行状态。我曾看到一位老友在生病时身体向外散发灰色的气，就知道老人的病没救了。不久老人辞世。

人体内真的有“元神”“阴神”之类的影子一样的存在，我自己的能看见，也能看见别人的。有次我看见两人要打架，人还没打，身体里瞬间“逸”出了两个白气组成的影子一样的人在相互敌对，两人被劝开，不打架了，那两个影子瞬间又各自回到本体。

我前些日子因为感冒，咳嗽了半月，每到寅时即夜里三点左右，会突然剧烈咳嗽，有时睡着了也会咳嗽而醒。中医讲究时辰，针灸特别讲究时辰，认为经络的运行、五脏的行气都有时辰。寅时是肺经行气的时候，我自然会因为肺部不适而咳嗽。

肺主气。我因为肺部不适，最近非常疲乏，今天就睡了一天，没有工作，就是因为肺部气机不畅，人就没精神了。

更神奇的是，有十天时间每天夜里尽做情爱之梦，连续不断。我很奇怪，很久不做这些情爱之梦了，为何如此连续不断地夜夜做情爱梦？就像电视剧《琉璃》褚璇玑在“万劫八荒镜”里看自己的前九生的离奇经历一样，我那些情爱梦缠绵悱恻，像多生的情感故事。

我深深反思，为何做这么多情爱梦？突然明白了，与肺脏有关。

中医文化与道文化里认为肺藏魄，主情，五行属金；肝藏魂，主性，五行属木。

我们常说的“性情”一词与中医有关。

我因为感冒咳嗽了好久，伤了肺，肺主情，自然会梦见离奇的各种情感故事、情感纠葛。

肺主情，绝不是简单的归纳，而是灵性文化之发现，肺脏与人的情感有微妙的关系。

中医认为脾为土，为阴。

大概是1999年我曾辟谷过一段时间。可有天夜里梦见一个老太婆，灰头土脸，穿得破烂。梦醒就知道因为长期辟谷伤了脾脏之神。脾为阴为土，梦中灰头土脸的老太婆象征脾脏之神。

古代资料里也有类似的记载，比如有人梦见穿着红色衣服的人在打架，医生听了梦境，就知道做梦者心脏有毛病。心为火为红色。

中医讲的“上火了”的“火”真的存在吗？真存在。有一次一位女士来访，我看见她眼睛里有火光，那火光别人看不见，我能看见，就问她的身心状况，丈夫说她以前可温柔了，生了孩子之后性情大变，经常发火摔东西。我说，是产后抑郁症，不过是上火了，用中药把火清了，就好了。他俩立马去附近的宣武中医院诊疗。

施教授说中医是灵性文化，一点没错。

# 化性

我最近在读《王凤仪年谱与语录》，是王凤仪弟子朱允恭（字循天）先生所著，成书于中国特殊时代之1967年。“文革”结束后此书的手稿本得以面世，1994年先在台湾影印出版，进入二十一世纪后中国大陆出现了“王凤仪热”，很多出版社出版过十多部王凤仪的著作，最有名的是九州出版社、华侨出版社、团结出版社，像团结出版社出版过《王凤仪思想著作选集》七册。王凤仪的“善人道”引起了很多学者的关注，我认识的著名中医学家刘力红教授就把“善人道”里的“性理疗法”纳入了他的中医治疗中，而王凤仪的曾孙女王元五老人我也认识，也见证过她那神奇的“性理疗法”。善人道在民间更是传播广泛。

王凤仪（1864-1937），清末、民国影响颇广的民间思想家、教育家，在东北、华北地区影响极大，以儒家为本，参同佛道之学，而创立了“善人道”思想与方法体系。他原先不识字，但因为力行孝道而开悟见性，成了圣贤，被人们视为“儒门的慧能”。禅宗的慧能大师也不识字，却因开悟见性而能讲经说法，把禅宗推向了旷古未有的高度发展的地步。

他的道力行而开悟，力行而成就。父亲辞世后为父守墓三年，这三年里他修出了大光明，修出了大智慧。他一生讲究化性，把我们的秉性、心性转化成善性、天性、道性、佛性，就是修行。他有《化性谈》专著，是他讲道的语录，他讲道，弟子们记录，便有了《诚明录》《笃行录》《言行录》《嘉言录》《化性谈》。王凤仪的传记著作还有《来自山沟的大智慧》。这些著作我都读过，有些不止一遍地读过。

写这些是向你推荐好书，这些都是人生应该读一遍的好书。

我把《王凤仪年谱与语录》读完后会送你父亲珍藏，你如果愿意读，可以从他那里得到这本书。

王凤仪老先生发现人的很多疾病与心性不好有关，缘此他发明了“性理疗病法”，听他讲道，只要能很快把心性转化了，很严重的乃至要命的病就能很快转化而痊愈，甚至当场听道，当场转化，当场痊愈，当场创造神奇。身心是一元的，心有病则身亦有病，心理的问题能转化，生理的疾病就会很快转化，从而痊愈。当年“善人道”之所以风行整个北方，在于用“化性疗病”的方法治好了无数人的疾病，成了一代传奇，人们见到了真实的效验，信他的道。

我最近在反思自己，化自己的心性。都五十二岁了，修行三十多年了，心性还没有完全转化，说来惭愧。

我有急躁的毛病，也有懒散、退怯、拖沓的毛病，还有厌烦、不耐烦的毛病。

有些事情来了，我显得急躁，没有好定力。

平时办事有些拖沓，遇见困难容易退怯，不愿意奋斗，容易放弃，勇气不足。我还容易厌烦他人，对某些人与事很不耐烦。这都是心量不广、定力不足、愿力不宏的体现。

我有时候因为和澄源吵架而厌恶婚姻，虽然是一时之念，但这念头不好。我见不得女人哭，女人哭我就心烦，很不耐烦。而我和澄源如果吵架了，她就必须让我哄她，不哄好她，她会哭，哭得很厉害，我一时也哄不好，她就哭得更厉害，她一哭得厉害，我就会生厌烦乃至厌世的心。

不是她的问题，是我的问题，是我心性没修好。这些事我从未写过，这是第一次写。你父亲都不知道我这些心理。

我分析过自己的这些心理的根源，与小时候看到父亲对母亲的家庭暴力有关，母亲经常挨打，挨打了就哭。

父亲是参加过“抗美援朝”战争的军人，经历过战争的军人大多有家庭暴力倾向，战争改变了他们的性格与人格。这是我近四十岁的时候才明白的道理。

我在努力转化自己的心性。

化性，很难，但很必要。王凤仪老善人的化性之道是人人应该学的修养法，不仅能转化心理问题，还能治疗疾病。化性，是修身的第一要义，第一法宝。

我二十多岁时已经接受过王凤仪的思想，读过民间流传的《化性谈》。

人到半百，经历了很多事情再谈化性，很有感悟。

日后，你会懂得的。

# 善人道的力量——女博士的来信

昨天我给你写过王凤仪和他的“善人道”，今天一位女博士来信，跟我谈到了她学习“善人道”之后引生的身心的作用，这封非常好，不涉及个人隐私，隐去姓名，我录于下：

给陈老师的一封信

陈老师好：

感恩您能在百忙中看我发的邮件，默默做您的读者一年了，非常受益，非常感恩！知道您和澄源老师每天要处理很多事情。一直没有网上交友的习惯，所以会觉得您离自己很远。随着每天读曹老师的文章，发现你们都是可亲的。今天终于提笔想和您交流、请益一下，来个近距离结缘。

我是湖北人，现在是一名大学中哲研究生，2019年8月底快开学了，我在网上读到了您的《那个禅者》系列，然后立马打印出来一口气读完，太受启发了。学佛修道正知见在行践履前，那些禅者的经历对我们后学是一种映照，一种提醒，后来又读了《女性修炼者戒》系列，诚觉是当代女性修炼必读书目。我2017年8月读《佛陀传》对佛法生起正信，后来又读了倓虚法师的《影尘回忆录》，内心备受鼓舞。考研完了待在家里看各种西方的灵修书籍，读奥修、克里希那穆提、肯恩·威尔伯的书。我看书（教科书除外）一直都是比较随意的，一般随手翻，然后刚好翻到的就是我最近困惑的，感觉像生命的恩典一样，然后我就像在河流里漂流一样顺势而下，所以我读书完全是享受的，内心非常的宁静，但读完常常不记得读了什么，有什么都没读的感觉。

2018年暑假一直在读王善人的《言行录》，感觉捡到宝了一样，每天读每天对着书在内心忏悔自己的过错。我在上高中时很嫌弃父母，觉得父母对我的爱让我很窒息，我和他们讲道理试图改造他们，很无力，也很痛苦。上大学了就想离他们远点，自己看各种心理学的书，想找出个法子解决我内心的困惑（虽然在外人看来，我和父母的关系挺正常的）。我开始追溯原生家庭的伤害，父母对我人格的影响之类的，慢慢知道要接纳他们，他们不是圣人。这种自我家庭疗愈到看了王善人的书才感觉找到根了，才意识到自己错位了，没尽女儿的本分，倒想当父母的老师。随着自己真正认错，对父母越来越感恩，越来越能体会理解他们的艰辛和不易。

但是和哥哥的关系还没缓和，哥哥对母亲非常体贴，对我的一言一行非常严厉，小的时候还常常打我。我内心不明白哥哥为什么对我总是凶巴巴的。2018年4月份一次我男朋友看我挤洗手液挤太多，就开始提醒我，我没当回事，后来基本次次挤多，他说让我看看这件小事。我才意识到，自己挤沐浴露是没有知觉的，内心很放逸，所以一次次的浪费。然后突然意识到哥哥从小不都是为这些“鸡毛蒜皮”的小事而凶我打我吗？他一次次地提醒我，“过细过细”，我却以为哥哥在挑刺。哥哥做事非常认真谨慎，对人对物都是很细心的，也很节俭，而我总是随心所欲，常常浪费，不是把电饭煲下手过重按坏，就是把灯、把水龙头按坏……往事仿佛都在眼前过了一遍，我对哥哥的抵触怨恨心理也涣然冰释。五月一回去，发现哥哥一下子对我特别柔和了，果然是你变了世界就变了。人能“认不是，找人好处”，就是找着对方的道了。家人真是我们最好的镜子。现在家庭氛围都暖融融的。

我一直以来都以看书为主，也没修炼什么功法。去年（2019）十一去了东华寺，一个师兄说带我去见一个高人，我就去了，是一个老奶奶，我先磕头，然后挨着她坐，听她给别人答疑。一会她问我什么问题，我就稀里糊涂说了（我内心没想着问问题），老人家也没理会我的话，让我放松，放松，放松……然后我就坐着入定了，后来老人家打了个响指，我慢慢地出来，身心无比轻安，感觉世界都清静了。老人家当着大家的面说，我十几分钟走完了四禅八定，我也只是听着。后来老人家嘱咐我，继续积蓄能量，动功暂时不用练了，打坐也不用。回学校后，一两个星期里感觉和周围世界是脱开的，看着周围的一切像看着梦一样。

那次回来后我也没怎么打坐了，老奶奶和我说：心上用功。我除了学业外都是在看书，顺着您的推荐我看到了元君老师的书，昨天书一到先翻《丹道演义讲集》，随手一翻就开始看，一下子看了一百多页，看到两点多，精神还是很好。元君老师法语源源不断，我也手不释卷，本来还拿个笔画，后来太精彩了，我什么都不想做……只是看着。元君老师说在生活中多培养下意识，渐渐让下意识做主。要在一切人事中认识到自己的习气毛病，要接住生活里传达的信息。虽然老师的书是气功时代的演讲，但我读着就是觉得是在对我说，我第一次读气功书，感觉他们的用语我都能明白似的。后来看到老师说要性命双修，性功属水，命功属火，我想我好像一直都没修命功，我虽然知道许多法门都没去坚持修。以前也知道性命双修，但感觉是个概念，昨天反观自身才看到自己的不足。我看书的时候常常觉得这个法门好，那个也好，贪心一重，然后哪个也没修好，不知道是不是机缘没到。

我最近又在读王善人的《嘉言录》，对习气的净化是不能断的，因为人太容易自欺。以圣贤书为镜，即读即修（那天无意中看到您鼓励别的学友的话），大概是修无止境。元君老师说要活到老，修到老，步履不停。

老师你说“王善人的书非常好，非常实用，入心，生活化”。嗯，是的呢，语出一言无不中的。千百年来人伦之事都是那几样，善人都帮我们捋清了。

还有一点需要补充就是：我当初看了善人的书就忘记了的。写信是一种总结，回望，是之后才意识到自己在找家人的道，在生活中是痛苦把我往前推进的。善人的书要化进自己的性命里，在自己当下的生命去印证。否则很容易被人读成教条，在表面上做忏悔功夫，却希冀家庭和乐。

没有达到结果就不信了，觉得善人的话无用。还有一种我很警惕的，就是仁义礼智信变成一种人格面具，不能真实面对自己欲望的黑暗面，一言一行就和阳明先生说的是道德“戏子”，这种日久入戏太深，很难觉察。

不死于句下，就要一切为我所用，一切都看作生命暗中的点化。

今早决定请张玉仙老师灵应一下，澄源老师回复说，老师不在。我想那就等等。我其实早就想拜您和澄源老师、张玉仙老师、元君老师为师了。无比感恩您们！澄源老师真是可爱极了，你们的夫妻互动不要太甜，我想不久后会有缘分线下见面吧。我常常想去您家当免费书童，给您们找书打下手，哈哈哈！愿道护佑您们安康，笑口常开！

这位研究生信里的“认不是，找人好处”就是王凤仪老善人发明的修行的法宝。认不是，是找自己的过错而忏悔之；找人好处，是找别人的好处而学习之。或者找别人的好处而宽容之。比如你和一位朋友关系变得不好了，但两人又不得不经常见面，毕竟都是学生。想修复关系，心里很别扭。怎么办，找这位朋友的好处，找到了，心里就宽容了，问题就化解了。这个方法在亲人之间、同事之间、朋友之间很好用。

女研究生的信特别打动我，就让她进了我主持的“小伙伴群”，并回复她：

你好，来信收到。正好，我最近也在读善人道方面的书，在读《王凤仪年谱与语录》。非常受益。

你想要的灵应诗，等见到张老师了再问。

我今天给你写了一首诗，以回答你的疑问：

从来性命宜双修，三教同参得自由。

和光同尘立根本，成家兴业握功候。

孝悌至诚合天道，气脉精纯通玄牖。

文载文化成明华，逍遥往来自千秋。

王凤仪最讲孝悌，他的道，在孝上悟、孝上成。人能至诚，自合天道。气脉精纯，需要做功夫，修命功，修道家的法门。《道德经》说：“不出户，知天下；不窥牖，见天道。”玄牖，通向玄道的窗口。

文以载道，文以化人，文明成华，其道大光。作为一个学者，要有这样的精神，自能立足千古却得逍遥。立足千古是因为文化功业，自得逍遥是解脱境界。

你的信非常好，我将收于《生活之书》，给愿意学习国学，学习善人道的人看。

# 中秋

今天是中秋节，也是国庆。国庆与中秋在同一天，需要十九年。人的一生，能有几个十九年？至少，我已经遇见两次国庆与中秋合一的节日了。

今天中午，你父亲过来送礼，大家一起吃饭、喝酒。

你父亲赠送我一件限量版的德国大师的铜塑作品的复制品，也很珍贵。一面石壁上，明月如镜，明月的对面坐着一对情侣，相互依偎着，而他们依偎的景象映照在明月里、镜子里。

铜镜是纯手工打磨的。

这幅作品象征我和澄源的爱情、夫妻情，而明月象征八月十五，象征圆满。

我回赠你父亲的是国内一位叶大师铜塑作品的限量微缩版，非常精致，一个勇士，正在斗牛。

你父亲的幽默，高手境界。澄源生于东北，而东北人个个是赵本山、高秀敏，个个是幽默大师。所以饭桌上有了澄源和你父亲，非常热闹，两人妙语连出，我和老张听得哈哈大笑。

开心地笑，没有忌讳地笑。

谈到你的学习，非常好，他很开心。也说你搬了住处，和那个性情不好的室友分开了，他放心了。

中秋节，亲人团圆的日子，你父亲也像我和澄源的亲人。

可我知道，你父亲的幽默和谈笑的背后有深深的孤独，也有他的痛苦。而修行，最本质的是化解孤独，化解痛苦。烦恼即菩提，痛苦亦修缘。这世上，谁没有孤独和痛苦呢?

我是因为青春期的孤独和痛苦，贫困与闭塞，看不到生存希望、未来出路的不安，才走向佛道的，因为，那时候，我读了很多心理学著作，精神分析学的，讲解抑郁本质和妙用的，都没能真正解决我的问题，后来走进了佛道，学会观心法门，学会了吉祥心灯，学会了觉察与悟空，学会手诀与气脉修炼。

那时候我就明白了，孤独和痛苦并不可怕，那是一扇门，推开之后，会进入另外的玄妙世界。

这道理，你知道，你也懂，就像你父亲也懂你一样。

中秋夜，祝愿亲人们安好。

## 心灵的自由

今天淘书的时候淘到了我读过很多遍的克里希那穆提的名作《最后的日记》，是他在晚年亲手写的日记，文笔优美，每篇都是美文，每篇都有哲理的精深论述，可以称为“哲理散文”。

克里希那穆提是一位热爱大自然的伟大觉悟者、心灵导师，他一生追求的是个人与人类的心灵解放，心灵自由。个人的心灵自由还容易达成，但人类群体的心灵自由之达成很难，在短时间内是“不可能的”。人类整体的净化与心灵自由的获得，不知道需要多少万年。个体的心灵自由，一生能达成，甚至，数年、数月、数时都能达成，对于顿悟者，甚至就是一念之间的事情。

在圣人而言，时间不是问题，问题是要有真理的声音被人类听到，问题是人类要关注心灵的解脱，而不是一味地沉湎于欲望特别是物质的欲望。

克里希那穆提个人是一位心灵解脱者，所以他被世人看成是佛陀一般的圣者，是人类的“心灵导师”，他的学说、著作，将是不朽的，就像佛经、《圣经》、《道德经》这些伟大经典会伴随人类到永远。

克里希那穆提的书中有很多唯美的描述，就在我们跟着他的文笔欣赏大自然的美景时，他就将心灵的真理娓娓道来，感觉你和他在一起散步，欣赏棕熊的眼睛折射的阳光，感受树木的呼吸和自己肺脏的呼应，百鸟的歌唱正是自己的心声，流水的方向会是自己远行的地方，听虚空轻微的震动，那是蝴蝶扇动了翅膀。

心灵自由之后你自然会觉得万物就是朋友、亲人乃至自身，这样的人不会伤害任何生命，哪怕一只虫子，也给它生命的尊严。

好了，写此文是为了向你推荐克里希那穆提的这本书，希望能有某种思想引领你，获得心灵的自由。

# 人参补元气

我咳嗽了近一月，虽然吃了药，不见好转，咳嗽轻了，但气虚，感觉说话气喘。

今天，我和澄源、你父亲、老张四人一车，金阳子和另外的三个朋友一车，直往山西运城来。还有四个朋友从河南往运城来，而昨晚，张玉仙老师一行已到了运城，我们一起要在明天去芮城的九峰山九峰洞，这是吕洞宾真人曾修炼过的地方。

我们一行朝圣。

为了外出，我连夜整理在清华讲《道德经》的讲义以便连载，一气整理了可连载六天的内容。

夜深了，还要整理外出要带的东西。这时我看到了一塑料瓶人参酒，是金阳子上周送我的，他泡了三年的老山参酒，非常珍贵。中秋节那天，你父亲还尝了一小杯。金阳子说一定要重新灌进瓷瓶里或玻璃瓶里，我忙了一周都没灌。这时看见一个空的二锅头青花瓷梅瓶，就把人参酒灌进梅瓶，还剩一两多，索性喝了吧。

喝了这一两人参酒，不到两分钟，突然感觉气不喘了。

我一下子明白了，人参补气。我气喘是因为咳嗽咳气虚了。

太神奇了。

古书里经常写将死之人喝了参汤，就活过来了。人参补气续命。

果然神奇。

这在西医是不可思议的，是不可能的。西医的还原论以为，人参不过是蛋白质、氨基酸等物质丰富点，怎么会补气续命？

中医对中药是按气、味、归经、性能而言的。味有酸甘苦辣辛等，归经，指药物容易进入或影响十二条经脉里的哪一脉，性指寒温平等。

而气，更难理解，是无形的，只能在疗效与感觉上说，有的中药补元气如人参，有的补肾气如山药，有的补脾气如白术。

我仅仅喝了一两人参酒立马感觉肺部舒服了，不喘了。

今早又喝了一两。这一天舒服。

车开了十小时，一路上和你父亲聊了很多话题，其中一个话题，等于简要地讲了一遍丹道流变史，从上古讲到明清，从民国讲到当代，几千年的思想、著作、人物、特点都讲到了。

没觉得气短气喘。看来，人参酒真正补气了，也就二两而已。

中医的神奇于此可见。

你在日本留学，而日本人素来重视中医，称之为汉医汉方。

你在海外一定要记着中医，关注中医，妙用中医，有机会还可以学习中医，至少懂一点中医，于人生还是极好的。

至少，不要排斥中医，我认识的很多留学生学了西方文化之后就很固执地排斥中医。

有时候，中医能救命。

## 五行生化，土生金

因人参酒而补了肺气，感觉肺气足了。

中医上讲，土生金。土为脾胃，金为肺。我想到这一点，昨夜摩腹三小时，中医与八卦而讲，腹为坤为土。摩腹就能强土、暖土，土旺则生金，肺气就足了。肺气足则不咳不喘。

今天和你父亲一行十二人加上张老师一行十二人，去了中条山系的九峰山九峰洞即吕祖洞，一路上，我讲了很多话，晚上吃饭时，我还讲了吕祖《百字碑》、严新《练功八十字》，又讲了很多其他事情，如我给八个道友所取“名号”的密意。讲了三小时，气不喘，也不累。这样，昨晚摩腹补土以生金的功夫起作用了。

中医的五行理论既是哲学，又是技术。

木生火，火生土，土生金，金生水，水生木，成为一个良性循环。

理论传了几千年，应用了几千年。会用，自然有妙用。

再者，中医讲，肺与大肠为表里，摩腹可以运动肠道，自然补肺气了。

## 中医绝学

昨晚和你父亲陪张玉仙老师聊天到夜里十二点，她给我和你父亲写了灵应诗，非常好，只是现在不能写那些内容。

今天，我和你父亲、老张、澄源、诚彻、如心、道贤、金阳子一行八人从山西芮城访道回来了，收获满满。

回来要开十二小时车，我们在车上聊了很多内容，佛学，道学，亲人，家族往事，个人经历，文史，各自所认识的奇人、高人、大德，我还讲到了当代中国高僧大愿法师，我在2012年参加过他主持的首届“药师佛文化节暨健康禅论坛”，以及2013年的香港“亚洲禅学论坛”。他是我敬佩的当代高僧，年纪比我小。

讲着讲着，又讲到中医奇人，给你写，是希望你关注中医，认识中医，认识中医文化也是中华文化、道学文化的重要组成。现在的很多年轻人和留学的孩子对中医有偏见，我不希望你对中医有偏见。我在车上讲了古今很多中医故事，我这里给你写两则我见过的中医名家的故事使你开阔眼界。

我认识一位中医师张天星，治好过数以千计的癌症患者。他儿子小张大夫也是中医师，不过重点在按摩、正骨等方面。2012年年底，我准备去参加上面讲的大愿法师主持的“药师佛文化节”，可动身前一晚，我和澄源骑电动车，由于院子里有冰，我们滑倒了，当时我摔得很严重，起不了身，我就坐冰地上修药师法片刻，就能动身了。次日我就要离京，在火车上，我修了一路药师法，也就没出现什么问题，到现在一直好。

澄源当时没觉得怎样，两三天后腰疼得不能下床了，上洗手间要爬行，那也很困难。我从湖北回来才知道她的病如此严重，就想到了点穴按摩。高明的按摩师不用你讲病情，他号脉都能知道。我请小张大夫过来号澄源的脉，然后他扶澄源坐在凳子上，他抱着澄源的腰，扭了一下，然后按摩，澄源立马不疼了，也能下床走动了，前后不到十分钟。

仅这一次诊疗还未彻底好，小张大夫实在忙，不好意思打扰。

我认识一位针灸师黄启发，给很多名人治过病，本事极高。正好他来我家，我说了澄源伤腰的事情，行动自如，但有点疼。黄大夫说："没事，我正好带着针，给她针灸。"

说着就去给澄源针灸，也就一针，仅仅几分钟。

澄源的腰就不疼了，过去八年了，一直好。

今天就写这些，太累了，坐了十二小时的车，写了一半就困，躺了一会儿，一小时在梦中过去了。

我们回来后，已是晚上八点。大家先到我家休整，然后各回各家。澄源点了驴肉火烧，大家爱吃，你父亲和老张说平时也爱吃。如心和澄源简单地做了两个菜，熬了小米汤，有金阳子带来的供过吕祖的洋酒和他送的人参酒，大家愉快地聊着，吃着，喝着。

在当今社会上我们这些平均五十岁的"小伙伴"志同道合，三观一致，好道还好吃好喝，很罕见了。我们每次见面都喝酒，尽兴却不醉。

明月高悬的时候他们都走了，家里一下子空荡了。

我还得写作。

# 隐修

澄源给我说亲戚中一个小孩很有灵慧仙骨，适合修道，我应该把这个孩子调教一下，将来修行。

我说，不希望这个孩子修行，假如这孩子真有仙骨而有修行的缘分，也要彻底隐修，毫不显山露水，希望这孩子长大能结婚、生子、工作、养家，即便自己的亲人也未必会知道其修行，同事、朋友更不会知道。当然，老师知道，特别契合的一二道友知道。

这样的隐修很彻底，一边保持了正常的生活，一边又能潜修大道。这样的修行更适合现代生活，适合现代机缘，适合中国国情。

修道本来是一件美好的事情，可不遇明师也会有危险，而一个在社会上有名声的修道者也会因为名声而有很多麻烦。

古人讲究和光同尘，隐修默证，是看透了人性，看透了社会，看透了官府。隐修是最好的保全性命、修炼性命的方法。除非有某种特殊的弘道因缘，会有显露之时，但最终还是要归隐，这是大原则，所谓“功成、名遂、身退，天之道”。一定在某个时候身退，不然，会被名的负面作用所损，得不偿失，甚至有损性命。

假如再给一次机会，我愿意做无名的隐修者，而不愿意做这个被虚名包围的修道者。尽管这些虚名也是因为我弘道所得。弘道的方式很多，一个人完全可以做到既能弘道，又能“道隐无名”，这就看修为，看因缘。

这些道理似乎与你现在的学习、生活无关，可当你成长到我和你父亲的这个年龄就会懂得，这些道理于人生很重要。这时候你会发现人生很多曾经的追求会褪色，甚至会丧失意义，而求道、关注灵性和生命的本质、精神的归宿才是最重要的。

## 心念的能量

在修道而言，人的意念、意识具有能量。人发善念会有增益、护佑的能量；发恶念会有破坏、伤害的力量。佛道要祝福人，而不能诅咒人。祝福人，会给人增益的能量；诅咒人，会给人破坏的能量。

这个道理，越修行，越明白，意识的能量非常强大。

据说美国的科学家研究证实每一个的意识都有能量，只是普通人的意识能量比较小而已。现代科学还认为，人类很难真正测准微观世界的变化量，因为，人类的意识在参与测量时已经影响到了被观测的客体，这测量已经不会准确了，只能是相对的准确。

母亲告诉我，人要发善心善念，决不能诅咒他人，也不能自起毒誓，不能跟他人发誓赌咒。这话从小听母亲讲，道理却是修道以后才懂的。我在《生活禅》一书里写过母亲的这一教诲。

最近一直在修心，在检点自心，不时会看到自己的不善之念、妒忌之念、嗔恨之念。不看则已，一看吓一跳。有时候亲人之间吵架也会动嗔恨之念。

这些不好的念头对自己不好，对别人也不好。从王凤仪老善人的“性理疗病法”知道，很多疾病与自心不善有关，与行为不合道有关。王凤仪会“讲病”，听他讲做人之道，听得当下明白了，忏悔了，化性了，开性了，甚至瘫痪病人当下会好。有瘫痪数十年的人听了他半天的道，当即能走路了。病人真正明道了，真正找到自己得病的根本原因了，是没有尽孝，没有积德，而做了很多不好的事情。忏悔之下，重启心性的光明，病就瞬间好了。

人的善念的能动作用如此了得，能启动自己内在的灵性能量。

我读过一篇采访著名学者唐翼明及其弟弟——著名作家唐浩明的文章，谈及他们的小妹之死，那时他们还都是小孩。有这样的记述：

常和唐翼明考试争第一的妹妹开始拉肚子，从一天两三次到四五次、十几次、三十几次。没有钱买痢疾药，唐翼明只有每天扶妹妹去坐马桶。一天，妹妹把屎拉到地上，砍柴回来的唐翼明依乡下习惯，随口骂了句：“死鬼，你怎么还不死！”

第二天，唐翼明砍柴回来，妹妹已经从马桶筋疲力尽地倒在地上，死了。

“好像是我把她叫死的。”这成了唐翼明心头永远的伤。

如果站在佛道的意识有能量的角度，“好像是我把她叫死的”是成立的。某个时刻，无意识冒出来的话，不论善念还是恶念，都会有很强大的能量。像唐翼明对妹妹说的“死鬼，你怎么还不死！”就是诅咒。

有的人，天生意识的能量很强。我小时候，村里有这样一位女性，全村人怕她，只要她诅咒谁，别人准倒霉。她曾诅咒一位大骂过她的下乡女干部的丈夫死亡，很快，那个女干部的丈夫被车撞死了。

我曾认识一对闹矛盾的北京夫妻，丈夫要和老婆离婚，说老婆的嘴太毒了，咒谁谁倒霉。他举例说，她曾诅咒公公患癌死了算了，结果，公公果然患癌了。他诅咒老公出门被车撞了，老公果然被车撞了。

这不是巧合，是诅咒时意识能量的破坏作用。

我很敬仰的严新先生是一位修行上的大师，他曾经在大陆给很多人治病，他动念之间，粉碎性骨折会在十分钟内愈合，一些癌症当下转化没了。他有很强大的超能力，过去叫“特异功能”，佛道称之为“神通”。可这一切都与意识意念有关，与意识的能量和意识调动的能量有关。

人要修善心，动善念。要净化心灵，不动恶念。这就是修行。

经常至诚地去祝福别人，就是修行，就真能给自己和他人带来福气。

# 善补能量强

有位湖北某大学的女研究生希望我请张玉仙老师给她写一首灵应诗，以便知道自己该如何修行，修行方向何在。

她是研究中国哲学的，最近一直在读王凤仪老善人的书，在学习、研究、应用“善人道”，受益匪浅。我曾征得她同意，隐去姓名和校名把她的信放在《生活之书》，你读过的。

前几天，我和你父亲陪张玉仙老师去山西九峰山九峰洞即吕祖洞访道。

在10月4号晚上我和你父亲陪张玉仙老师聊天，一直聊到了夜里12点，想起了那位女博士的请求，就写了女生的名字，其他的什么都没说。本来，我所知有限，只是从她的信里了解了一些，比如她在学习善人道，改善了自己和父母和哥哥的关系，化解了心结、矛盾。这些内容你读过。我对张老师什么都没说。张老师提笔就写：

禅道化乾坤，仁者志不同。

康化自心理，善补能量强。

我真的佩服极了。这位女生研究中国哲学，喜欢佛道文化，喜欢修行，她读我的博文、公众号、著作，我还把《修学札偈》电子本发给她，这是专门讲禅道修行的专著，你父亲很喜欢这本书，以丹道修炼为功夫，以禅宗印心为宗旨。这与第一句相应。禅与道都是教化世界的，只是每个人的志向不同，有的好禅，有的好道，有的禅道都好，就看女生喜欢学什么了，可以禅道双修。

第三句非常微妙，因为她心里有别扭，通过学习王凤仪的“善人道”而调心，颇有成效。要健康，就要自己调节心理。这是人生哲理，也是实用妙法。

最后一句，和我前一篇提到的善念的能量有关。用善心善行善性善德来弥补自己的过失，就能增强自己的能量，以“善人道”来修心、补心就能增强身心的能量。这里的“善补”之善，可以看成是她正在学习的“善人道”。善人道是善道、善法、善德、善行。

“善补能量强。”多好的修行法诀。

# 王凤仪的大光明

今天读王凤仪弟子朱允恭所著《王凤仪年谱与语录》，其中写了一段神异之事：

一九三〇年，民国十九年庚午六十七岁

二月二十一日，先生（王凤仪）偕孙静轩、白抚宸、刘孝慈、刘高惠春至安东（今丹东市），在义务女校讲道三日。徐瑞麟幼为乞丐，事母孝，后营商致富，至海城淑贞女校闻道，誓学张雅轩毁家兴学，乃立该校。先生又往大东沟女校讲道三日，住王玉璞家。夜间后街某商家更夫狂呼“前街失火”，谓火（起）王玉璞家。众奔至，不见有火。回去还见火光。众以为奇。

王凤仪住在王玉璞家，更夫就看见王玉璞家失火了，很多村民也能看见，便带着水来救火，等到了王家，且看不到火，没有失火。离开王家在远处看，王家又在火光之中。

其实这火光是王凤仪的圣光，正如《孟子·尽心篇》所言：“充实之谓美，充实而有光辉之谓大，大而化之之谓圣，圣而不可知之谓神。”

王凤仪老善人“充实而有光辉”，这光辉“连天通地”了，显现为火光之象。也只有修成了圣真境界才有如此玄妙神奇之象。

正好我今天写了一幅字，是自作联句：

充实谓美，力行入道。

正好与读王善人的辉光充实是相应的。

全真教道士李道谦（1219-1296）编集的《甘水仙源录·终南山神仙重阳真人全真教祖碑》中写过王重阳真人，就是金庸小说《射雕英雄传》里提到的那个王重阳，在山东胶东半岛的周伯通家里的金莲堂静坐时村民看见周伯通家失火了，火光冲天，便拎着水桶来救火，到了一看，没有火，只有一个道人在打坐。“九年己丑四月，宁海周伯通者邀真人住庵，榜曰金莲堂。夜有神光照耀如昼，人以为火灾，近之，见真人行光明中。”

九年，指金大定九年，即公元1169年。

周伯通也是金庸《射雕英雄传》与《神雕侠侣》里写到的那个周伯通。金庸只是借真实人物之名而以小说演绎情节。

这些文献资料都很珍贵，你父亲和我一起研修道学，10月4日，他在吕祖洞发愿要和我一起弘扬南宗大道。我曾说“南宗兴则道教兴”，南宗的修道的理法系统而明晰，全面而深刻，且没有太强的宗教性，提倡入世修行，居家修行，要性命双修，和光同尘，非常契合现时代的社会因缘、中国国情。

修道能修到王重阳、王凤仪的辉光冲天的地步就一定能教人、度人、化人了。

王凤仪老善人的学说以儒为教法，以道为用法，以佛为心法。他一辈子讲究人伦之道以教化世人，所以说“以儒为教法”；他讲的五行、三界等重要理法来自道家道教，所以说“以道为用法”；他志在度人入佛国即度人解脱，故而说“以佛为心法”。我对王凤仪的学说研修了二十多年，这总结很恰当。

不论你是否感兴趣，读一遍都会有价值，会成为智慧种子。这里揭示的是儒道佛文化的真相，未来某一天你会懂的。

# 秋暇读传奇，仙侠胸臆生

这两天北京的天气变冷了，树上的绿叶还是浓密的，野外已经红叶满山、黄叶挂枝。

借着假日的闲暇阅读平江不肖生的仙侠小说名著《江湖奇侠传》。平江不肖生本名向恺然，是近代留学日本的革命者、小说家，参加过辛亥革命，还写过《留东外史》。

我更喜欢他的武侠、仙侠小说。他是真正有武功的小说大师，书里对佛道修行理法的描写非常到位，他真的懂佛道，懂修行，像另一位留学日本的文学大师鲁迅一样对佛道经典非常谙熟。我作为专业的修道者，对向先生在《江湖奇侠传》里所写佛道修炼的理法非常认同。

小说可以演道。

向先生在民国年间见过很多高人，写过《江湖异人传》，又名《江湖异闻录》，多是当时真实人物的传奇，书中所写近代剑仙梁海滨入武当山炼剑的故事就是真实的，跟丹道大师陈撄宁与夫人当年记述的一样。梁先生是陈先生的挚友，陈先生所言非虚。

秋天，闲暇的时光，在屋子里静静地读书，读小说，读小说中的仙侠小说，美好而惬意，偷闲而抒怀。

你有过这样的时光吗？

我有二十多年不读小说了，如今感觉读小说是一件美好的事情。

晚上你父亲和老张来，澄源做了好吃的羊杂碎，我们一边吃，一边喝酒聊天，好不快活。

诚彻从家乡带来了新鲜的羊杂碎，给你父亲带了十碗，下一周，他可以和朋友们在家里分享了。

与你分享刚写的一首诗：

秋日读书偶得

读书秋天里，意静神自闲。
悟道寄情义，著述契真诠。
文侠亦仙侠，佛性即金丹。
与君通一气，有益常开卷。

# 生活的松与紧

澄源今天说要睡一天懒觉，问我是否同意。我当然同意啦。我也睡懒觉。

澄源说，大好时光睡懒觉，有负罪感。

我说人生是自己的，自己做主，有啥负罪感？

她美美地睡了一天。

我对她说：人生要把握好松与紧的调剂。太松，太懒散，就不容易成就事业。如果太紧，天天都在工作，没有休息，没有休闲，就会很疲惫，失去人生的乐趣。

休闲是人生一件很美好的事情，可以读书，可以旅游，可以静坐，可以修养，可以睡懒觉。

我今年52岁，在31岁到51岁的这二十年非常精进地工作，到了今年，开始放松了，半日休息，半日工作。我的休息是睡懒觉，睡醒了就认真工作。近十年来每年至少写二百多万字的作品，但今年也就写一百多万字。

最近在开心读小说，古今中外的好小说我家少说有一千部（本），二十多年没怎么读过小说，从现在开始读小说了，未来四五年会继续读小说。

最热衷读小说的年代是初中和高中，初中躲着老师和父母读金庸的武侠小说，读古典的《三侠五义》。上高一才读《红楼梦》，读得感伤落泪，有一次父亲见我读《红楼梦》而落泪，有点不高兴，觉得不应该这样。

《红楼梦》是我父亲读了大半生的书，我家有民国初上海石印本《红楼梦》，书名《石头记》，我小的时候见过此书，后来被兄长一位同学借去不还了。如果现在还在，也算“文物”，出版有一百年了。

读小说比看电视剧好，尽管看电视剧更直观，但读书能被文字滋养而提高文学境界，阅读的感觉是看电视剧永远无法比的，在于阅读文字时思想、情感、意境、情节、人物、环境……都可以在自心构建，是美好而复杂的内在世界。电视剧里的贾宝玉、林黛玉再好，也好不过自心里的。

读小说是休闲的好方式，很适合我这样的宅男。

你也要把握好生活的松与紧，既要活得精进，又要活得潇洒。该精进时，肩挑重担，不叫苦，不退缩；该休闲时，放下担子，能逍遥，能自适。

这是境界，也是修为。

## 老人的疾病与死亡恐惧

我遇见过很多老人，对疾病与死亡怀有深深的恐惧。正是这恐惧心理导致他们疯狂地购买很多保健品，把健康、长寿的希望寄托在保健品上。用了“疯狂”两字形容，言其失去了理性。今年夏天热播的电视剧《幸福还会来敲门》里，讲过老人们被保健品所骗的故事。落魄医学博士黄自立宁可自己生活在紧困当中，也不愿意利用医学知识帮助制造保健品的公司和老板骗老百姓。

看了二十年《今日说法》，看了不少关于保健品的诈骗案例。生活里何尝少见？我一位北京的朋友说起她妈妈吃保健品只买最贵的，一年被保健品公司忽悠去的钱财超过十万，当女儿盘点妈妈的资金账户时仅购买保健品花去了近三十万。女儿很痛心，可母亲还是要坚持，为此不惜和女儿闹矛盾，打游击。朋友说母亲平时对自己抠抠搜搜，舍不得吃好的、穿好的，唯独对保健品舍得花钱。

因保健品丧失理性的背后是人在衰老之后对疾病和死亡的恐惧。保健品寄托着他们的“健康梦”“长寿梦”。人们并不明白，寿数，寿数，寿命是有定数的，人不可能通过吃保健品而延寿，很多现代保健品更不可信。

修行能保健，能延寿，可这是世人很难做到的，也是不愿意去做的。大家都不愿意付出艰苦的修行，而愿意通过金钱来维护健康长寿的希望。

我不反对老人吃保健品，只希望老人能理性地看待保健品，并能看破自己内心对疾病和死亡的恐惧。生病的时候我不会拒绝疾病，而会安宁地观察生病的过程，以及生病的感受并观想死亡，观照内心是不是对疾病和死亡有恐惧。

佛经“十观法”里有观死法，但没有提到观病法。观死比观病更深入。能观死，自然对疾病、衰老就不再恐惧了。

## 人生的意义

一些人认为社会越发展人生越有意义，人对人生的意义的了解会越深入。

我并不这样认为，不能说完全无关，但在某种意义上讲人生的意义与社会的发展关系不大。

一般，人生的意义是针对个体而言，每一个人的人生因为自己的认知、作为、功业、影响等而不同，人生的意义也会有所差异。普通的人，认知、作为、功业、影响非常有限，有些人在小小的乡村、单位有点小小的影响，死后就没有任何影响了，而有些人像老子、孔子、释迦牟尼、耶稣是从那个时代到现在到未来影响一直存在，意义一直存在。

在农村，很多人辛苦一生，只要能衣食无忧、儿孙满堂就非常有意义了。而一些都市里的人富可敌国、权倾朝野，还是找不到人生的意义而碌碌无为，身死名灭。

不能说社会发展了人生就会更有意义。难道上古之人的人生的意义就比现代人小了？

谈到人生意义就得对人生有深入、透彻的认知，对人生的真理有透彻的认知，才可以谈人生的意义。就人类文化和人类发展而言，现代人对人生的认知能超越孔子、老子和释迦牟尼吗？我看未必。可能现代人的科学知识超越了孔子、老子、释迦牟尼，但对人生真理的认知还是没有谁能超越他们，所以，他们从古到今是圣人，而我们一直是凡人。

社会的发展会不会使人生更有意义？说社会的发展会使生活更丰富、人生更丰富是没问题的。人生的意义并不全因社会的发展而存在，而是针对每一个个体的具体的人生而存在，何况，人生的意义，也有从古到今的普世的存在，比如一个人对社会的立德、立言、立功之三不朽，从古到今，都涉及了人生的意义。修道明理，解脱烦恼，超越生死，获得自在，也是人生的意义。而这些都涉及了生命的本质与形而上道。

# 真理

我们经常看到很多名人、很多组织、很多政客总以为真理在握，以为自己讲的话是真理，写的著作是真理。很多学者、哲学家、宗教家、政治家有这样的执念。他们真的是真理在握吗？在过去，宗教家以为真理在握；后来，学者、科学家觉得真理在握；现在，政治家总觉得真理在握。仿佛真理是某种可以被某个人单独所拥有的东西，一旦这个人拥有了，他所讲的一切都是真理，而他成了真理的化身、真理的代言人。这样的执念，在现代社会里非常普遍。

宗教家自以为真理在握，会批判和自己理念不一样的教派、门派，所以，一些佛教界的宗师、普通佛教徒把道教批判为“外道”，不屑一顾，把其他宗教一律看成外道，仿佛天下只有佛教才是唯一正教，且不说释迦牟尼佛在《金刚经》里早就破掉了这样的执念，说：“一切法皆是佛法”“修一切善法得阿耨多罗三藐三菩提”。随便批判道教是外道，看不起，就没道理了，不符合大乘佛教的精神。

古代一些儒家大师自以为孔子之言是绝对真理，把儒学之外的释老之学（佛学、道学）看成“异端”而攻击，引以为豪。这在中国历史上最常见。

学者、科学家自以为真理在握，会形成科学迷信与科学偏见，有的批判中国传统文化之落后，批判《易经》之不科学，批判中医之不科学，批判阴阳五行论之不科学。其实他们对自己所批判的《周易》、中医、阴阳五行论压根不懂，是外行人说内行话，本身可笑，以为真理在握，他们还创造了一个新词儿“伪科学”，把他们不认可的科学研究、科学假说定性为“伪科学”而攻击之。钱学森创立了“人体科学”，研究人体特异功能、气功、超心理学，曾被定性为“伪科学”，人体科学仿佛是钱老晚年的“学术污点”。

一些学者毫无论证过程就直接把中国传统文化里传承了数千年的堪舆（风水）、占卜等道术定性为“封建迷信”而击禁之。理由何在？论证何在？

我们不能以一种理论证明另一种理论一定是错误的。我们所执有的某理论未必就是真理，未必就是普遍真理，未必就是放之四海而皆准的真理。执念使然，我们固执地认为某些理论是放之四海而皆准的真理却没有看到宇宙的无限、未知的无限和已知理论的有限、历史时空的有限，比如一百多年前、五百年前、一千年前、三千年前的那些伟人们无论如何也想不到会有互联网和“地球村”、星际宇航、核武器的出现，这是历史时空的局限，也决定了他们认知的局限，而真理本身却是无限的。

《张中行散文集·灯下忆友·梁漱溟》里写了梁先生、废名、熊十力三人相同的一点，“他（梁漱溟）与熊十力先生和废名先生是一个类型的，都坚信自己的所见是确定不移的真理，因而凡是与自己的所见不同的所见都是错的。……但这三位，我推想，是不会用民主的态度看待各有所见的别人的，因为他们坚信自己的所见，并由此推论，别人的不同所见必错。这样，他们的宽松刚移到承认人各有见就搁了浅，自然就永远不会再移动，到推想自己的所见也可能错的地方。而其实，正如常识所常见，所见，不管自信为如何高明，错的可能终归是有的。”

高明如“新儒学三圣”之梁漱溟、熊十力尚且如此，何况更多不如这两位大师的人。

某些人自以为真理在握的偏见，看看二百年来人类社会发展史，不言自明。

人与思想都会有局限性，真理没有局限。

这个话题是“道可道，非常道”的，翻译成白话就是“不敢说，不敢说，非常不敢说”。

很多时候真理成了人类或某些人的工具，至于这工具如何用，各有各的用处，却与真理本身无关。那个用处是“不可说，不可说，非常不可说”的。

# 饥饿

2020年中国发生了疫情，全世界发生了疫情。

一些国人对未来粮食的短缺产生了恐惧，于是开始囤积粮食。我一些朋友劝我囤积粮食，我没有听他们的话。我知道大饥饿、粮食恐慌不会到来。

我经历过二世纪七十年代的社会饥饿。母亲嘴里讲的“饿死人的天年”的1958年我没经历过，我大哥大姐经历过，母亲经常讲，那时候村里人饿死了不少，粮食吃完了，野菜吃完了，树皮吃了，甚至发生了人吃人的事情。母亲说起那个时代，感到活着已经很幸运了。

我出生于1969年，至少，我童年的十年是在极度饥饿中度过的，经常吃不饱，还要吃菜叶，有种甜菜叶很长，煮熟之后再晒干，可以在冬天吃，不容易煮烂，煮不烂就难以下咽，难以消化。有时候饿极了，抢着吃还没有煮烂的长长的甜菜叶，会被噎住，半天喘不上气。家里人多，母亲把馍馍切好分着吃。不能多吃，不能随意，不能任性吃。那时候偶有“救济粮”，有的救济粮是晒干的白薯片要煮熟吃。长大后一度不爱吃白薯红薯，吃了胃里难受，就是因为小时候那些东西吃伤了。

对于我个人，自学道之后不再怕饥饿了，有了道家辟谷术，即便半年无粮，只要有水就能生存。我当年修行的时候就如此辟谷，像玄奘西行取经前修炼辟谷术一样，他过沙漠、草地、雪山时常常很长时间吃不上东西，辟谷而活。辟谷术不能也不会普及，只能个体修炼。

懂一门道术在关键的时候还能救命。古代住山修炼的人会有断粮的时候，怎么办？服气辟谷反而成就了修炼。

不希望人们因为社会的缺粮而辟谷，那是社会灾难。

个体主动修炼辟谷道术在任何时候都有意义。

# 佛道真知与修证

我建了个“小伙伴群”与一些好道实修者交流经验。

今天群里的争论很多。我很器重的自明女士说学道读陈老师的著作就足够了；学佛，读某某的著作就足够了。

我对群里的道友们提出批评。文字如下：

有争议是好的。我以前相信一句话，高中时从课本上学的，“真理愈辩愈明。”成年后、修行后才知真理与争辩无关，真理绝不可能因为争辩而明，能争辩而明的绝不是真理，而是世法里的各种相对的道理。所以，对道理，可以争辩，对真理，也就是实相，毫无修证的人谈实相、真理，本质上毫无意义。但于学问是有意义的，究竟有多少意义？各自掂量。佛门说：“初禅不知二禅境。”我们这些连初禅毫无经验的小白大谈特谈“四禅八定”，谈的是文字义理，好像很通透，无任何自证的经验，跟说食不饱一样。谈佛学，大家都可以谈，季羡林是大师，谈证悟，谁是？

我绝不能也不会代表道家，同样，绝没有某个人可以代表佛教佛家，读某个人一人的著作就够了，这是妄语。任何人绝不能代表佛与道，除非你就是佛就是道。大家好像个个是证悟的大成就者，一副真理在握的样子，已经成就的说话口气，这正是大家的幼稚所在。我看了痛心不已。以这样的见识与心态去学佛道，八大劫还会在门外争论着。

大通智胜佛，十劫坐道场。

佛法不现前，不得成佛道。

大家自觉比有十劫禅定的大通智胜佛如何？

我办群向来是宽容的，大家各说各话也是无妨的。但看得多了我笑不起来。

内证圣智，自得受用。

自身作证，与圣无二。

这十六字大家做到了吗？

你们口口声声要证无我，句句字字无不是我执。对实相毫无证悟且敢大言不惭地下结论。真理，实相，佛道是你们的玩具吗？你们真能“观三千大千世界如在掌上观庵摩罗果”，再谈实相不迟。

很多年前某著名道学家写了本丹道名著，对我说：“丹道没秘密了。”他认为他这本书已完全揭露了所有的丹道秘密。我听了只是笑笑而已。一个毫无神通，毫无定境，从没有出神体验，从没见过玄关，只在文字里讨名利的人说自己的著作揭开了丹道所有的秘密，可信吗？可信的只是他的自信与自负，与真正的丹道实证成就毫不相干。

我们不懂物理学，且要拿现代物理说佛法。

俱胝和尚的小徒弟见师尊对所有来问道的人竖一指就是讲佛法了，他也竖起了一指。他证悟了吗？当他无指可竖的时候才知道禅是咋回事。

小大人能学大人说正儿八经的话，小大人就是小大人，不是大人。

没有任何性爱经验的人也能谈性乐，没有性经验的作家也可以在小说里把性爱写得很生动，真以为此人懂性爱真谛了吗？

你们都懂的。这个比喻虽俗，却很恰当。

大家谈佛道，和毫无性爱体验的人谈性爱一样，过过嘴瘾，来自想象。说是谈性，实是意淫，与真实的性体验毫无关系。大家是成年人，性经验可能都有，各个不同。可佛道呢？就这么简单吗？

自省去吧。懒得说了。我平时不参与争论，一是宽容，二是懒得说，对我执我见很强的人，说无执无我，说了也没用。等着吧，也许八大劫之后还有机会懂。

一念八大劫的道理，懂吗？

懂了就会笑了。

你们会笑吗？

懒得写了。

我把以上文字发给了你父亲，他说：

“群里嘈杂，吼几嗓子也是对的。”

我还补充了几段：

我不反对大家争论，反对的是自己毫无修证成就且像大师一样说法，我反对迷信，自明之言是十足的迷信与盲目，我能代表整个道学道教丹道吗？在大道与圣真，我连一粒灰尘都不如。我不收徒是因为修证不够，仅靠一点点粗浅的学问就能弘道吗？就能代表整体之道吗？幼稚。我还是有自知之明的。

修学要有修学的样，一边修，一边学，要真诚，谦下，好学，无妄，无伪，实在，精进。这些都要做到才可以谈修学。

严师说：“迷度奇能真。”我们还在迷中，自度未能，谈何度、奇、能、真？

自明读后说：

看着老师的文字时浑身上下炽热，长这么大第一次有如此惭愧心生起，反省一切源于习气害人；老师教言醍醐灌顶，发心诵一百部《金刚经》以忏悔，永远会牢记的教诲。庆幸引来老师真心教导，感恩老师。

我相信自明的话是真诚的。这道理不是大家都能理解。

我曾批评过一位道友，道友当天就把我给取的名号改了。是巧合吗？在《易经》象学而言，任何象都能反映心，高明的占卜师能观象知心，观象知机。我由此知道道友不会在内心再亲近我了，不会再跟我学道了。我可以不批评，但为了修学者的法身慧命，该说的还是要说。曾经有位道友见地上有问题而不自知，因为我批评她了，还放弃了我给取的名号，不要了。

十多天以前，我跟你父亲去九峰山吕祖洞访道归来的路上讲到了这位道友在精神、心理上会离开我这个小小的修道圈，我早在境界里看到了那个“象”。今天此君把名号换了，也是“象”，与我在静定中看到的那个“象”是相应的。

天下的事情尽管复杂，在道的境界其实简单，甚至一目了然。

# 女人应该讲道理

很多女生居家和丈夫有矛盾，吵架，不讲道理，理由是："我是女生。"

社会上形成了一个观念，女生是感性的，情绪化的，不讲道理是正常的，应该的。

即便在我家，我和澄源如果有争吵，也认为不能给她讲道理。

可我是一个爱讲道理的人。

不得不放弃道理，放弃讲道理。

很多家庭都这样。

从修身而言，应该讲道理。明理能使人进步、提升，使人心平气和。这就是修身。

明理和情绪不矛盾，明理能化解烦恼，能转化情绪，理入心之后一些负面的情绪会转化。

很多女生在家庭矛盾中觉得任何事情是自己对别人错。甚至要求，即便我错了也是你的错。我生气了你要哄我，哄好了为止。你不哄我，哄得不满意，我会作下去。

讲道理的男人常常不招人喜欢。

我读王凤仪老善人的教诲，他讲"妇女道"，看重女性要明理、自省，要讲道理。王凤仪老人认为，妇女是天下之本，妇女好了，天下好。有了好女人才能有好女儿，好妻子，好母亲，好家庭。从清末到民国四十六年，王凤仪用半个世纪的时间从事女子义学的兴办。

在那个时代这是伟大创举、义举。现在教育普及，女孩能自由上学，从小学可以一直读到博士。教育普及了，女性的身心教育真的提高了吗？未必。

王凤仪的“性理疗法”案例里，很多患病的妇女，甚至是瘫痪的妇女，在听了王凤仪讲“妇女道”之后明理了，开心了，解结了，忏悔了，那些疾病霍然而愈，甚至瘫痪了好多年的人，抬着来的，明理了，解结了，开心了，忏悔了，走着回去了。

女人爱生情绪，爱生气，爱生心事，会有“结”在身心，这些“结”会成为某些疾病的因。明理了就不纠结，能开心了就能认识到自己的某些过错；忏悔了就能把压抑在身心中的不良情绪、心理所形成的负面信息释放出去，那些郁结的疾病会霍然而愈。

明理了的人会开心，会忏悔，会解结。明理不仅能修身，能增益还能疗愈。明理对每一个人都很重要。对容易情绪化的女生更重要。

不过，王善人说喜欢事事争辩道理的人也是愚昧的人，故有“愚人争理，贤人争不是”之说。讲理和争理不同。讲理的目的是使自他明理；争理常常是争气、好胜。

# 修道者

今天有位读者带着爱人和孩子来访。我本来不想见，他诚恳求见，澄源都不好意思拒绝。聊了三小时，有很多话题，谈了很多修道密意。我讲一点点你容易接受的内容。

我说一个真正的修道者应该是个大学者，因为，修道文化传承了七千年以上，有其传承不断的理、法、术、诀，有其严密的体系，形成了独特的修道文化，其经典可用汗牛充栋形容。修道者对修道的理论、方法、经典、人物、历史、故事、传奇都要深入了解。这就涉及学术。没有真学问，容易把修道变成练功。没有真学问，容易把修道变成迷信。

真正的修道者应该是个哲学家或思想家，修道要解决人生最根本的问题如“生从何来，死向何去”的疑问；如有没有轮回、灵魂、因果、仙佛？天人合一的“天”意味着什么？意识和物质的关系是什么？宇宙的诞生与精神本源的关系是什么？宇宙的层次是什么（如佛道讲的不同世界、不同的“道”如六道）？法界与时空、心物的关系是什么？所有这些是哲学与思想界的根本问题，是修道者必须面临、解决的根本问题。这些问题如果不明白，就谈不上明理，谈不上开悟，谈不上明心见性。

一个真正的修道者应该是个心理学家。修道者要转化自己的心理，要净化意识，要转化八识，要净化习气，要转化阴影，就需要懂心理学，比现代心理学本质还要深邃。因为，现代心理学有涉及宗教与修炼的学科如宗教心理学，但涉及灵性本身、涉及法界真相的很少，但佛法里、道法里有。

一个真正的修道者应该是个医学家，修道者要懂医，在中国的修道者最好懂中医，古代很多修道的大师如葛洪、陶弘景、孙思邈、丘处机无不是伟大的医学家。医学是修道者必须学的，中医的阴阳学说、藏象学说、经络学说、气化论、天人合一论都是丹道的基本理论，学丹道必须学中医，学好了中医，丹道就通了一半。如果能像严新先生一样，是中医西医皆通的“苍生大医”那更好。

一个真正的修道者应该是个文学家，古代那些修道大成的人，个个都是文学家，诗文皆佳，老子的《道德经》、庄子的《南华经》、魏伯阳的《参同契》、魏华存的《黄庭经》、张伯端的《悟真篇》、丘处机的《西游记》、陆潜虚的《封神榜》，在文学上无一不是伟大之作。修道者没有文采，那说明对道的悟证不深。真得道，文不求而自成，诗未学而自得，诗文有道气，有仙韵。张玉仙老师就是这样的大师。

一个真正的修道者应该是个严谨的科学工作者。修道最具有科学精神，每一步都需要实证，而修道的每一个过程都与物理学探讨的时空、能量、物质、虚空、天体有关系。修道者拿自身的修炼探索人天真理，本身具备了现代科学的基本精神与终极精神。修道者要做功夫就像科学家做实验、做研究，方式不同，可以殊途同归。

我把本应写在日记里的内容写给你看，希望你了解修道和修道者是咋回事。

去年写日记很认真，经历的、讲论的精彩内容会多记录一些，今年有点懒散，不大记录。

借着给你写一篇短文将我给来访者讲论的道理选择一点点讲给你听。

修道很难做，真想修道，踏踏实实地修过去。有人会知难而进，以修道为乐；有人知难而退，以修道为苦。我告诉来访的徐先生，现在只讲个体的修道，而修道，对个体而言最重要的就是安顿自我生命，安顿心灵。这是现世的受用。

# 助学金

今天去某出版社结算一笔书款，算来有十一年未结算了，要过很多次，总是推脱不给，想过诉讼了结，觉得麻烦，罢了。想过不要了，转念一想，这是单位与个人之间的财务往来，如果是某个人欠款不还，免债了，人家说不定还记人情，至少，人家能得个好处，有些用处。对于单位呢，要不回来是你的损失，没有哪个个体会在其中真正受益，你不要债，犹如投一石子于湖海，没有意义。

还是讨债吧。

我是面薄之人，打了很多次电话都不好意思再讨债了，明明是人家欠我，反而感觉是我欠了人家，一拖又是多年。

今年（2020）的疫情对中国对世界经济有很大的影响，对我家的影响并不大，但对我家乡的影响很大，对我一位发小的家庭影响很大。发小孩子多，各个年龄段的学生都有，学杂费是不小的开支。

于是，我发心在困难时期帮助这位发小，从正月开始定时资助他。农忙时，学生上学时，重大节日，我都会给他转款。

我又想到，某出版社不是还有一笔书款未结吗？得要回来用以帮助他。

于是，又开始了反复打电话，经过一个多月的“磨”，人家总算愿意结账了，签了结算合同，但不能即刻把钱拿走，得等财务真正把钱给我。

等了一个多月，北京的绿叶变黄了，变红了，他们通知我，过来取钱吧。

难道这时候还要对他们说声“谢谢”？

的确，我说了“谢谢”。真诚地谢谢他们，十一年了，终于愿意把钱结算给我。

财务给钱，我签字，走人。不到一分钟结算清了。

十一年的等待，一分钟的结算。

在中国，这样的事很常见。

我跟数家出版社合作过，没有一家不啃作者，想着法子给作者少算稿费，想着法子偷印加印而不告诉作者，以便避开应该支付的稿费、版税。即便要支付，也会拖很久。

还好，终于结算了。

我向来不愿意与他人、不愿与单位发生经济纠纷。但愿这是最后一次。

某种意义上讲，得感谢疫情。疫情使我看到了脆弱的乡村经济与发小的困难，下决心不要面子地把书款讨回来，不要脸地一遍遍一天天一周周地打电话，终于，有人愿意摆脱这个麻烦。摆脱这个麻烦的唯一方式是尽快结算。

金秋时节，看着满街的落叶，我兴高采烈地取钱了。

回家的路上，看到有救护车呼啸而过，不知道谁的生命垂危了。

看到一个老头开着助力电动车，载着老伴，边走边吵架，争吵中也有一生的情义。

正是放学时间，看到成群的孩子涌出校门。

用文字与智慧挣来的钱支持朋友的孩子，多好的缘起啊。

# 日长鼓腹爱吾庐

前几日读唐诗，读到顾况的《闲居怀旧》：

日长鼓腹爱吾庐，洗竹浇花兴有馀。

骚客空传成相赋，晋人已负绝交书。

贫居谪所谁推毂，仕向侯门耻曳裾。

今日思来总皆罔，汗青功业又何如？

这里面典故很多，可能你不太了解，略微解释一下。

鼓腹，出自《庄子·马蹄》："夫赫胥氏之时，民居不知所为，行不知所之，含哺而熙，鼓腹而游，民能以此矣。"赫胥氏，上古的炎帝。我们自称"炎黄子孙"，炎黄，即炎帝与黄帝，中华民族的人文初祖。

骚客即诗人，骚指屈原的《离骚》。成相赋，我想，应指西汉初成都司马相如的赋如《子虚赋》等。成是成都，相是司马相如。或许这样解释不恰当，姑且如此。

绝交书，指晋代"竹林七贤"里的嵇康给好友山涛（字巨源）写的《与山巨源绝交书》。嵇康是清流，不愿意入仕，而山巨源当官后给朝廷举荐嵇康，嵇康觉得这是对自己的侮辱，便与山巨源绝交，借此表达自己对当时朝廷、权贵的轻视。

推毂，推车前进，古代帝王任命将帅时的隆重礼遇。这里指在他人的提携、帮助下进入朝廷做官。谪，是被朝廷贬谪了。推毂，则是希望再次回到中央政府。毂，车轮。《道德经》里有"三十辐，共一毂"句。

曳裾，指拖着衣襟。古有“曳裾拱手”之语，是行礼的状态。“曳裾侯门”“曳裾王门”，向王侯躬身行礼，向权贵低头，这在一些清流看来是可耻的行为，陶渊明就“不为五斗米折腰”。耻曳裾，象征清高。

汗青功业，指能留在历史上的功业。汗青，西汉以及先秦时代纸张还没有发明，古人的文史主要记录在竹简上，怕竹简开裂，先要把竹简蒸一遍，把水分蒸发出来，谓之“汗青”，汗是水珠，青代表新鲜竹简。文天祥名句“人生自古谁无死，留取丹心照汗青”，广为人知。

我只喜欢第一句：“日长鼓腹爱吾庐。”简直在说我的生活。白天长，宅在家里，鼓腹修炼。

鼓腹是道家炼气方法。“闭息鼓腹法”我也教过你父亲。而你父亲与我共同的好友金阳子在某上市公司的领导位置上退居二线了，于是，他每天在办公室里“鼓腹读书”。他曾发心每天鼓腹五小时，坚持一百天。

他做到了。

闭息鼓腹法修炼好了，能自在辟谷。辟谷，在一定时间段里不吃五谷，只饮水，会活得很好，并于辟谷期间祛病强身，净化身心。当年日本留学归来的李叔同便断食十八天，感觉“身心灵化”，于是在1918年于杭州虎跑寺出家为僧，便是著名的弘一法师。

他的日本妻子生了个女儿，女儿活了102岁，2020年7月在日本辞世。

读古诗的感觉真好，有时候就觉得某首诗、某句诗是为自己写的，或者就是自己写的。

我也写两首吧，表达我对修道的感悟与感慨。

一

静坐光明里，气脉手诀真。

法从古圣得，道须今人证。

鼓腹与天游，息心候丹成。

简事常避客，久隐在红尘。

二

修道三十年，年与岁月增。

道中无私念，心中有圣人。

气清仙真近，神凝丹田澄。

法界通宇宙，心物何两分？

法界的概念更重心理；宇宙的概念更重物理，本质上是契合的。

# 写作训练有次第

昨晚，我给澄源再次谈到了写作的训练，是有层次的。

她命理上有写作因缘，我花时间训练她，给她的安排是：

一年筑基，二年提高，三年出师。

每一年都有计划。

第一年写生活，写身边的事，学会观察生活，观察世界。第一年练笔，严格讲究字词、语句、标点、结构、主题等基本训练。用词要准确精练，描写要传神细腻，叙述要清晰有条理，讲理要深刻明了。

第二年写哲理，写文史，写思想。要多读书，边读、边思、边写。这一年要广泛读书，读哲学、文史读物，读宗教经典。以提高思辨能力，思考的深度、广度。我给她指定的阅读方向是王凤仪、南怀瑾、克里希那穆提的著作。

第三年写人物、写故事。要读多人物传记和小说，自己写故事，编故事，讲故事。

经过这三年的训练，可以出师，独立写作。

这三个层次是相互交融的，但重点不同。写生活离不开哲理与故事，写哲理离不开抒情与叙事，写故事离不开生活与哲理。

一个好的散文家未必会成为一个好小说家，好小说需要更多的人物和情节的构思，需要思想境界、生活细节、社会背景、历史脉络，而很多散文家写不了小说，但好小说家一定会是好散文家。

修炼讲究次第。次第即修炼的步骤、先后。做事情、训练能力都是这样的。《大学》云：“物有本末，事有终始。知所先后，则近道矣。”

我写了一副对联：

澄怀观道，知所先后，则近道矣。

明心见性，慎乎终始，必入门哉。

老子《道德经》有云：“慎终如始，则无败事矣。”

# 年年难过年年过

据说，有个青年写了一句很悲观的话：

年年难过年年过。

大文豪郭沫若读后续了一句：

事事无成事事成。

那个青年读后有信心了。

昨晚和澄源谈写作，澄源经常说："又要写作了，不知道写啥。太难了。"

我笑道："年年难过年年过。每天都觉得难写，每天不都写出来了吗？"

我在京办《益生文化》，每到年底，"明年有多少订户？刊物能办下去吗？"一想到这些，我会拿这句话安慰自己，于是有了信心，坚持了十五年。

年年难过年年过，对这句话的体验来自从小的艰苦生活。

我生于1969年，正是"文革"火热的时期，甘肃人在贫困生活线上挣扎。我从小吃不饱穿不暖，饿肚子的记忆至今难忘，手被冻坏的情形历历在目。每到腊月三十，家里一定会吵架，只有吵过架了才能过年，吵的是贫困的忧患。

那样贫困不也一年一年地过来了吗？

我今年五十二岁，在老家生活了二十四年。在社会上闯荡的二十八年也经历过很多艰苦。

> 年年难过年年过，
>
> 事事无成事事成。

每一个人都是这样走过来的。

## 师徒与信仰

我有信仰，也是弘道之人，有一些人把我当成老师，我不以师自居，有些人要拜我为师，我婉拒。一方面是我没有资格为人师，另一方面是我对人性的洞察。

我平时不接受他人的财物，特别是以师徒关系而出现的财物。这与我洞悉人性有关。

假如一个人因为有信仰而要跟你学道学佛，可是，某一天此人退失了信心，不跟你学佛道了，不再信仰佛道了，那么曾经为你的巨大付出也许会使他很后悔。也许有的人还会觉得老师是个骗子，骗了自己的钱物。假如那些财物不多或不重要，即便退失道心大多不会后悔。假如付出的财物多，有的人会很痛心。

人总爱说闲话。我听过很多修道者给我说过，自己给某某法师供养了多少万，给某某老师资助了多少万。有的钱数是数十万数百万乃至上千万。可后来与曾经所追随的法师、上师、老师有了裂隙，便会对他人讲出来，曾经为某某师给了多少钱给了多少东西。这些事就成了某某师道德败坏、敛财的证据或传闻了。

修道与信仰如果真正统一了，真正到位了，就不会如此计算、计较。可是真正有信仰、有修证而不计较、不计算的人太少。

你父亲是不计较不计算的人，这是我和他交心的缘故。

过去，我很少梦见你父亲，你父亲倒是多次梦见我。我们一起从九峰山吕祖洞访道归来后的某天，我梦见他和我一起去访道、弘道，有很多神奇的经历，真像神话故事，很玄妙。

梦中，我和他一起持诵佛咒，有殊胜的感应。

他在九峰山吕祖洞在吕祖圣像前发愿助我发扬南宗道学文化。

这样的大愿入我心了，于是我的梦里便有了和他一起云游访道的景象。可能这是退休之后的事情，但情义是真的。

你父亲是那种即便我们之间有了某些嫌隙也不会在别人面前议论我的人。这样的人就是君子。古人说，“君子绝交，不出恶声。”很多修道者做不到，一旦因为某些事情发生了矛盾，会到处散布关于你的各种信息以攻击、诋毁。修道的境界何在？

世事洞明，修道自可通玄。

人情练达，学佛必能悟禅。

这是我的认知。

## 人生难得此缘深

今年疫情严重，想到一位发小孩子多，都在上学，而农村经济萎缩，我便定期转些费用给他，表示资助。发小不好意思，说感觉“拖累”了我。压根谈不上“拖累”。朋友间在困难时期相互帮助才见情义。我过去在困难时，乃至过去一起求学时他没少帮助我。

前几天去某出版社结算回来的书款，都会用在明年和后年支持他。

他和我不仅情感深厚，算来，我们之间有六重关系。

发小。我们上小学、初中、高中都是校友。上小学时他比我高一级。上初二他留级了，我们成了同学。我是正班长，他是副班长。

同学。我们初中是同学。上高中时，我考上了，他留级了，比我低一级。初中期间我们几乎形影不离。放学回家时，为了多陪他走路、说话，我要绕道走很多路才回家，甚至经常走到邻村的他家后再独自回家。有时候他又折回来陪我走到两村的分界处，我回我家，他回他家。我们总有说不完的话，谈论很多内容。我们都爱读书，经常聊书里的内容。他是和我说话最多的人之一。

朋友。我们一直是好朋友，友情维持快四十年了。

兄弟。我们像兄弟，是可以彼此托付亲人的人，是“没有血缘的亲兄弟”。

室友。上高中时我们在一个古堡小屋同吃同住两年。那时候三个人住，还有汪同学，我们三人的关系都具备以上五条。

道友。我俩从初中开始一起修道，到如今是近四十年的道友。他的修行比我好，他的人品一直是我的楷模。他悟性高，修行踏实。

汪同学是我的发小、同学、朋友、兄弟、室友，唯独不是道友，他对宗教与修炼之学不是很感兴趣，但不反对，对社会上的修道之人事基本上是敬而远之，或敬而观之，但对我俩例外。我俩的爱好影响过他，他曾给我俩购赠过佛道书籍，有的书至今在我书架，跟了我近三十年了。他会随缘学习佛道文化，但不从事修炼。他更关注佛道的哲学境界、文化修养。

我还有一位家乡的好朋友，是兄弟、道友、校友，和这位发小比起来，没有这样独特的因缘。我只是说因缘独特，情感上我们都是古人形容的“生死之交”，是一辈子的朋友。

算来算去，我生命中出现的那么多人中只有他一个人具足了“发小、朋友、同学、兄弟、室友、道友”六种因缘。

珍惜人生善缘。这样的善缘是多生修来的。我曾在静定中看到多生中我们是同修。

## 不挑剔

做人不要太挑剔，太挑剔了人缘不易好，烦恼多。

我比较挑剔，有些事情没处理好，带来很多烦恼。就像我读书、与人聊天、看电视，经常要挑出错别字、口误、用词不当以及影视剧里的文史问题等。这看起来好像没什么，显得博学，其实是“挑刺”，会养成挑剔的毛病。

我给澄源挑刺很多次，她觉得心灵受伤。

我给跟我修道的某些人挑刺，有时候严厉批评人家，结果人家听了不高兴，我也会有因此不高兴的时候，于是，彼此不悦，渐而断交。

问题在我，好为人师。我虽不居师位，但有时候还是把自己摆在了师位上，才那样苛责道友。惭愧，是我心行不一。

“水至清则无鱼，人至察则无徒。”因为太挑剔，我只愿意与一些好道者以道友相处，不愿意有“师徒”名分。我教给他们的东西并不比普通意义上的师父教徒弟的少。只是我不愿意收徒，除了其他已说过的原因，主要是太挑剔，要求太严，别人不容易做到，也不愿意做到。别人做不到，我就不愿意与之以师徒名分相处。

十年前，一位出家的道长朋友给我讲了一段关于收徒与不收徒差异的很深刻的话。

道长说，一个人和你以朋友相称，你把好法门传给他了，他未必珍惜，得到了，经常不以为然。假如这个人是你弟子，他会觉得这是“师父传法”，会非常感恩你。

假如你有事情需要朋友帮忙，人家帮是情分，不帮是本分。但弟子为你办事是天经地义的，他们为你办事反而很高兴，这是老师的信任，也是对老师尽的义务。朋友给你办了事，你还要感谢，要还人情，对弟子这是他们应该做的。弟子为老师做事是他们的修行，是他们与老师能印心的考验。

假如你因为朋友的见地不对而提出批评，朋友未必接受，你批评严厉了，朋友会很生气，甚至和你断交。你对弟子严厉批评，弟子大多会接受，老师批评弟子是天经地义的事情，也是教导与传法，他们会诚心接受，诚恳反省。即便心里有不解，也会先承担下来，而不会反抗反对。尊师重道是修道的传统与法则，做弟子的如果非要和老师抗辩，那就不容易修上去。老师是弟子成就里很重要的环节，这环节不能断。

道长洞悉人性。

十年过去了，依然故我。为人师，要为弟子的身心性命、生死轮回、成就解脱负责任，太辛苦；此外，我太挑剔。太挑剔就容易生心惹事。

生心，易生人相我相；生了人相我相，就生是非烦恼。

我最近一直反省自己，尽量做到“不挑剔，不生心”，坦然面对各种人事因缘。

谁的一生都不容易，应该有智慧有能力过得好一点，除了物质生活好，更重要的是精神好，解脱烦恼，活得自在。

人太挑剔了易生烦恼也不自在。何苦来哉。

感而慨之，作联语以自省自勉：

平常人，平常活，活出不平常，也要归于平常。

真道者，真道行，修得上真道，还需隐藏真道。

# 先做道器

定华是一个女生。

定华是一个年轻的母亲。

定华是一个修道者。她一出生，有道士上门给她取名字，名字里还有“金丹”二字。

定华，是我给她取的名号。

今天，定华阅读完了我推荐给她的元君老师的《丹道演义》，在“小伙伴群”里说：“昨天把元君老师的三册《丹道演义》读完了，在这期间看不进去任何书，不管去哪都要带着，就算不看也觉得安心。这本书对我的触动很大，知道了一位师父培养一个弘道人才是多么不容易，而学道者从一开始就要接受一系列的道德考验，层层递进，了解到了很多隐知识，对以后思考问题和老师说的一些话，会有更深层次的理解。又反观自己真是无比惭愧，样样都不过关，老师的这本书对我或许是一个转折点，生活的方方面面从德入手，方能不负己灵不负师。”

我说：“定华读《丹道演义》的心得非常好。前辈培养一个载道之器，非常辛苦，艰难，有很多考验。我们常常难以过关，在于我见、我相、我执、我心很严重，所以，很难通过考验。大家扪心自问，在心性、愿力、道德、功夫、学问、阅历各方面，谁是载道之器？不成器的人，前辈凭什么把宝贵的道传给我们呢？定华是多生修行又多生未成的人，这一生就要格外努力了。”

契真读后说："老师写到考验，时代变方式也变。一件芝麻小事能放大成无限大。只要念头稍一退就退了。钱收过来，那是越数越开心，花出去，是越花越心惊。都说空假象，空得了吗？"

我说："空不了，就成不了。就这么简单。有些修道原则，是永远不变的。比如修德，比如六度。做不到，就成不了。"

定华说："感恩老师慈悲教导，老师的话我都记心里了，再不会做让师伤心的事，以后好好忏悔、发愿、观心、读书，先做道器，后成真人。'此事凭自修，成否有天意。'读元君老师的书，读到师父教导弟子，如果弟子心境上不去又不努力，消耗的就是师父的丹能量和心血，特别难过，自己就是如此不上进，空耗师父心血还不知悔改，以后不会再这样了。"

此事凭自修，成否有天意。

是我写的，前两句是：

道中有真趣，静心方可知。

岸灯说："定华读书读出味道了。"

这就是我的教育法。

培养道器，需要彼此的发心，需要方便善巧，需要严格严厉。只是很多人不容易接受严格严厉。

# 取名

我给很多修道的朋友取过道号，如古灯、岸灯、金阳子、诚彻、守玄、凝华、玄华、定华、凝玄……都有修行上的密意。

我给弟男子侄中一些晚辈、亲戚中一些晚辈取过名字，给多位朋友的孩子、朋友亲戚的孩子取名字，还给你父亲同事的孙子取过名字，那位当了爷爷的人很满意。

前天给古灯的外甥取了个名字，他的外甥女的名字也是我取的，“嘉欣”，她的弟弟出生了，需要个名字，我取名“嘉耕”，字“知柔”，号“昊君”。我以小成图占卜而定。我前天讲了名字的内涵。因为中宫是乾卦，代表刚健，所以要“知柔”，懂得柔和，懂得“柔弱胜刚强”的道理，要刚柔并进。昊君，取意乾卦的决断与主宰。乾为天为君。耕寓意土，土生金。

张玉仙老师昨天灵应了一百首法诀。你父亲也过来了，见证了这些法诀的灵应过程。我们中午还一起用餐，照样是澄源的美食。

我给古灯说：“刚好，整理张老师昨天灵应的法诀，有一首，与我给你外甥取的名字的寓意有关，也是巧合，发给你。”

玉仙广诀8：为何说“守德为正道”？

守德敬孝传先圣，

德教人生乐耕耘。

道传宇宙真人气，

一马飞上昆仑高。

第二句“德教人生乐耕耘”。非常好，可以用来解释“嘉耕”的意思。你外甥中宫是乾卦，“乾，元亨利贞。”在解释亨时，孔子说，“亨，嘉之会也。”亨，就是美好的事物、人缘聚集到一起了。美好的聚集到一起了，自然亨通。所以，“嘉耕”的名字，寓意很深，是从乾卦而来的。给你妹妹解释一下，就知道名号里的内涵。

古灯读后说：“真好，内蕴精微，谢谢陈老师。”

我取名的方法很多，但都有命理与哲理的双重含义，还是古老的取名法，有名，有字，有号。

我父亲懂四柱命理，给我们弟兄五人取名，都有名有字，但没有取号。

我的名是“全林”，字是“志炎”，我命里土重，取“木生火，火生土，土成器”之意。林是木，炎是火。

我上小学四年级时给自己取了个号：“飞凤。”我属鸡，希望自己能化凤而翔。只是此号很少用。

学道后自号“兴南子”，字面的意思是“振兴南宗的人”。我修学道教南宗丹法，有“南宗兴则道教兴”之思，“道兴南宗”是我二十多岁入道时的理想、志愿。你父亲在八月十八日和我同去九峰山吕祖洞，他发愿助我振兴南宗道学文化。

这些名号里都有传统文化的智慧。

## 自得受用

一位我很器重的朋友，一起修行多年，现在他说不学儒释道不修行了。

我想了很久，为何会是这样的结局？

答案可能是：没有自得受用。

修道的人不能自得受用，很难坚持下去，遇见某些问题会动摇信念、放弃信仰。

自得受用就是通过修行获得了殊胜的觉受、美妙的体验、真实的变化、相当的证悟。这样容易坚持下去。

修行，我经常讲八个字，“自得受用，内证圣智。”

今晚你父亲来了，因为单位有紧急会议，吃完饭匆匆走了，没顾上细聊。他发来微信说，“开会回来，修持了气脉手诀，持颂了药师咒。今天去你家，还有一个想法：学习澄源对写作的坚持，发一个愿。我想每天修气脉手诀不少于一小时，哪怕没有完整时间，也要拼出一个小时，每天持颂药师咒（全咒）36遍，这两件事，即使在疲劳、困倦、生病、不快、惊惧、痛苦状态下也要坚持。每周写一篇修学笔记，每月抄一部《道德经》，每月至少诵两部《地藏经》，两部《药师经》。每月五百元放生，一千元助普乐寺修建，时刻勤于行善。如此坚持一年。”

发心要用一年的时间，每天花一小时修行。这样身心会健康，精神能超越。行善的功德，对他和与他有血缘关系的所有亲人会带来福报，你也会得到你父亲修行与积德所带来的福报，那些福报会在冥冥之中给你带来福分、健康、智慧、好运和护佑。

你知道我修行快四十年了，初心不改，在于我在修行中获得了不同层次的受用，获得了不同层次的智慧、福报、护佑、好运、健康。

真修行，功不唐捐。

你父亲来访前，金阳子来还我借给他的两位密宗上师的传记，他修行很多年，如今从重要岗位上退居二线，每天在单位读书，乐得清静。你父亲说，正是因为金阳子修行的缘故，这样寂寞的二线生活才甘之如饴。换了不修行的人，会非常失落、痛苦。金阳子随遇而安，乐得有时间读书、修行。他做功夫勤奋，都快六十岁的人了，看起来像四十多岁，年轻，精力充沛，容光焕发。

再过三天，我、澄源、金阳子、道贤、张玉仙老师要去湖州旅行、访道，还会去布金寺、金盖山。布金寺是佛教名圣，金盖山有道门祖庭。江南银杏在风中摇曳金叶时我们会默默感受南方的道炁。

届时，我会给你祈福，祝愿你一切安好，所求如愿。

## 大愿要宏，大志要坚

昨天谈到一位我很器重的朋友突然说不学儒释道文化了。我很震惊，惋惜难过了一周，很是不舍，也有一份难过，但尊重朋友的选择。我惋惜和不舍，在于他根器好。我知道他多生修行，前世还是僧人，这一生坚持修行就容易成功。

我昨天说，你父亲发心要好好修行一年。

你父亲今天写的日记里说："想发这样一个愿，最初的起因是全林很看重的一位朋友最近放弃了修行，这事对我触动很大，也让全林很难过。我想让全林看到，有人背道而去，也有人向道而来，权当一份慰藉。其实这也凡夫之心，道如日月，不增不减，不垢不净，全林的心胸也足够开阔，此事不会对他产生任何障碍。

"如此发愿更深的意图是我想给自己一点新的动力。在好朋友面前发愿，实际就是做了一份承诺，好友之间，诚信最重要，说了就要去做。这样，修行就有可能从散漫而趋紧致，由松垮而渐精进。一年为期，也是受了澄源的激励，我当初绝对想不到她能把写散文坚持一年，而且日渐进步。现在，她的坚持甚至比作品都更令人侧目。"

这位朋友你父亲也很器重他。我昨天想到的是，可能是他修道未得受用。今天想到的，可能是他本来的愿不广、志不坚而半途放弃。

我给你父亲的回复是这样的：

修道，从来需要发大愿，树大志。愿要宏，志要坚。如果一个人半途退失了道心，那说明当初的愿不大，现在的志不坚。真正修道者愿要大，则能引领人向道并实修、行愿；志要坚，才能长期修证，直至成就。古人形容修道的坚固之愿，如屈原《离骚》所言："亦余心之所善兮，虽九死其犹未悔。"明末蕅益大师也曾以此句表达愿心之坚固。

我二十出头就这样发愿：

愿为往圣继绝学，愿为古真扶道脉，愿为如来承家业，愿为众生护慧命。

三十年来，此愿不改，此志不坠。

我发了宏愿，需要努力实践，需要毅力，这一切都可归于"坚志"。

王凤仪老善人一生最看重志，他的四大界学说，分为志界、意界、心界、身界。志界是圣真境界。老善人说：

"立起志来，精神可以振起。"

"学道在乎立志。"

"立志的地方正是得道的地方。"

严师在《练功八十字》开篇说："志趣苦益业。"立志是修道的开始。如果志不广大，志不坚固，就很难坚持修下去了。

所以，一个修道者退失道心，不仅仅是未得受用，更主要的是志愿不坚。

共勉。

在社会上想成就一番事业，无论如何都需要愿力与坚志。无愿则无方向，无志则无保障。这也是与你共勉的话了。

《王凤仪语录》里老善人说："恨人怨人，替人着急的，都不能算作成人。志界的人，对于他人的道都知道，所以不替人着急。因为既知他的道，就知他早晚必归在道上。像麦子和高粱，种的日期相差不远，而五月收麦，八月收高粱，农人也不着急，正因为他知道物各有时啊。"

这真是透彻通达的大智慧语。

不替人着急就对了。

老善人还打比喻说："假如有人屡次想去沈阳，但是途中遇河难过，就回来了，终究没有到沈阳。学道的内里无志，遇难就回，正和这是一样的。"

"内里无志，遇难就回。"

志之于人生，之于修道，之于事业，之于学问，大矣哉。

我父亲给我取字曰"志炎"，大有深意。我的确是一个意志坚定之人，才能从小好道而坚持至今，直至未来。

# 信仰

人生有信仰，能安顿自心，能安顿他人。

今晚，张玉仙老师来我家，明天一起去湖州看银杏大道，去道教名山金盖山、佛教名寺布金寺。

她依然要写与修道相关的灵应诗。你父亲喜欢见证老人家写诗的过程。

我对一位朋友说：

张老师在写灵应诗，过来吗？有包子吃。

他说已经到了普陀山。

我知道他此行的目的，去礼拜观音菩萨，给全公司的人祈福，无论如何，向菩萨祈福，希望护佑全体员工，这份善心是感人的。连续多年千里迢迢地去为公司为员工祈福，这样的坚持非常难得，这称得上负责与慈悲。

这是基于信仰的作为。

有信仰是好的，把信仰自然地融化到生活中会产生善美的力量。

信仰无碍工作，工作支持信仰；信仰提升人生，人生圆满信仰。

# 摸骨

西北大学老教授费秉勋先生在《中国神秘文化研讨会》一文里写了他经历过的“摸骨”故事：

记得有一个晚上自发自愿表演技艺，有一个绥德来的小伙子，表演的是摸骨。他在陕北和晋西北一带拜过好多盲人为师。这引起了我的极大兴趣，二十世纪四五十年代，西安北大街靠钟楼处有一个小诊所，大夫是吴大觉，听说这是一个高人，精于摸骨，他给作协几个大作家摸骨时，把他们的隐私都能摸出来。听说这一晚，这个绥德小伙摸骨，把许多人说得很透彻。正摸着，大家见我进去，都怂恿给我摸，我也没有拒绝。他就从头摸起。当摸到膝盖时，他突然站起来说：“我不敢摸了！”大家要他继续摸，他说：“不敢摸了，费老师身上有龙骨。”他说他已摸骨好多年，这是第二个碰到有龙骨的。第一次是在甘肃，有个老头，看着像个农民，叫小车把他拉到一个大院子去住了好几天，后来知道他是军区司令，他身上就有龙骨。我本来对这个绥德小伙已经有些佩服，一听这话，就有些失望，觉得他的技艺恐怕还是有欠精熟，说“龙骨”不过是一个游辞。

费老是你父亲的老师，也是贾平凹的老师。只是你父亲和贾先生没有其他交集，但有共同的老师。据说费老是汉代仙人费长房的后代。

我从小听各种摸骨的故事，在于我一位发小的爷爷会摸骨。刚解放那年，新来的县长还未上任，便衣考察民情，看到我那发小的祖父摆摊摸骨算命，一时好奇，就让摸一下。相士摸到膝盖，忙说“虎将县长大人到了”，便要下跪。县长一把扶住，说不可声张。县长果是军官出身。

我来京第一年，遇见了个摸肚子占卜的。他摸我肚子占卜婚姻，说一定要在34岁结婚。于是，这一年我与澄源结婚了。虽然是第一次和他见面，也是唯一一次见面，但我佩服他占卜的精准，甚至他能把我的性格、心理问题当下说出来，我们并没有其他交流，他为了显示自己的本事，征得我的同意直接摸腹占卜。

占卜师是个中年人，摸摸男士的肚子占卜还好说，假如对女生占卜会如何呢？不得而知，肯定有其他方法。

摸骨也好，摸肚子也好，不过是借此获得人体的某些特殊信息以做某种判断，从而得出某些结论。好比占卜中用各种方法以求获得信息。我平常用“梅花易数”与“小成图”占卜，方法不同，但结论大致相同。

神秘文化之神秘，在于其原理我们难以窥测，如其原理昭然，就没有那么神秘了。

# 生死

我有时候会想：假如我现在死了，五十岁刚出头，那些跟我修道的朋友们会怎么想？怎么看待？

有的人会惋惜，这样博学多才的人死了，他还有很多东西没有写出来，可惜。

有的人会质疑：他不是修道的人吗？怎么早早死了？幸好我还没拜师。

有的人会疑信交攻，莫知所从。

有的人很冷淡，他死了，关我何事？社会上传道的老师多的是。

有的人会很痛苦，这样好的老师死了，像失去了一个亲人。难过归难过，最终还是会忘记的。

有的人开通，觉得老师“生来弘道，死是缘尽”。生死对老师不是什么问题。生，自在；死，自得。

有的人会期望我“乘愿再来”。

有的人会努力整理我的著作，想方设法让我的作品得以保存、留传。

有的人会以我的弟子自居，开始打着我的名号“传道”了。

有的人会想我死了就死了，他会躲得远远的。

有的人会写文章纪念我，甚至会不定期搞活动纪念我。

有的人会写文章揭露我、批判我。

不管怎样，本质上，这都是别人的事情，与我无关。

看透生死了，看透人性，才好修道。

# 曾国藩的“三余论”

曾国藩是清代立德立言立功之伟人。他有段处世妙论：

话不说尽有余地；

事不做尽有余路；

情不散尽有余韵。

每个人每天都要说话，都要做事，都有各自的情感。话、事、情三者是我们生活的基本构成，可我们经常因为话没说好，与人相处就没有余地了；事没做好，自己没退路了；情感没处理好，本来是很好的事情变得很糟糕了。

对这三句话很有感触，在于我反省自己有些话没说好，得罪人，伤人；有些事没处理好，自己和别人都没面子；这样一来原本很好的情感变得很尴尬了。

一位朋友跟我修道，多年交往，他以前很尊敬我，有时候他出言有点狂，我便严厉批评。于是，时间长了，人家感觉不爽，逐渐不往来了。

一个修道的人，老师严厉说几句就觉得伤自尊了，不再与老师往来。这样的人也不是我心中的道器。不往来也罢。

只是，拿曾国藩先生的“三余论”来考察，还是我有错。说话没给人留面子。为此澄源批评过我，说我说某君的语言太狠了点。我是因为器重，便严厉点，也是从修道的原则考量，但忽视了世俗的面子。这是我的过失。还是自己修行不好，未能因人而择词探讨。人家还挂着我的字画，如果关系因此破裂，那些字画还挂吗？挂，看着不爽，不挂为好。

慢慢修好关系吧，大家都不容易。既然人家觉得我说了感觉不爽，咱就不说，不必“因见生隙”，更不必“因见生仇”（见，见地，对某些事物的认识）。

前人的处世格言是用身心性命体验出来的，用生活阅历总结出来了的。有外国人说：“很奇怪，中国很流行的哲学是处世之道。”他们不了解中国自古人际关系复杂，老子、孔子两位圣人的著作里特别强调处世之道，老子讲的“直而不肆”我没做到；孔子说的“慎言语”没做好。想来惭愧。圣贤功夫并没有完全落实在身心性命上，师心自用，直接批评他人是“直而肆”，放肆的肆，肆则不慎。

曾国藩是外儒内道之人，他的处世之道得孔老（孔子与老子）心法。

我算来是年过半百的小老头了，处世上没有达到尽善尽美。处世上尽善尽美，对自己是修养的圆满；对别人不会因此而受到伤害。提高处世修养非常重要。

记住曾国藩的“三余论”，一定受益。

# 玄幻剧莫亵渎神明

我喜欢看玄幻剧，可很多玄幻剧胡编乱造，亵渎神明。某剧里，帝君是个心胸狭小的小人，阴谋计算他人；某剧里，帝君情根深重，还下凡“历劫”；某剧里，天帝强暴花神。如此种种都是亵渎神明。

《悟真篇》里说：“可谓道高龙虎伏，堪言德重鬼神钦。”

修证成一个仙人、真人、神人、至人要修无量的功德，道德品性要高洁到极致，德行要圆满无瑕。

成为仙真的领袖，成为至高无上的天帝、帝君，要修更广大的功德，要修无量的功德。道教修行人见面会说声“无量天尊”，就像佛教徒见面会说一声“阿弥陀佛”一样，是说天尊的功德是无量的，道法是无量的，寿命是无量的，一切是无量的。玄门金光神咒里说：“天地玄宗，万气本根。广修亿劫，证吾神通。三界内外，唯道独尊。”一个成就者需要“亿劫”的修炼才能成为天尊、帝君，如何会强暴花神？那连凡人都不如。

这样功德无量的圣尊如何会是小人？如何会是品德低下之人？人间还讲究“以德服人”，灵界更注重“以德服人”。没有德，如何成为仙真、成为圣尊呢？德心、德性、德行是衡量一切仙佛圣真的标尺。天上绝没有缺乏道德的仙真、帝君、天帝。

很多写玄幻剧的人不懂道教，不懂佛学，不懂因果，不懂修行，任性妄为，以凡人之心度仙圣之心，非常可笑。不仅可笑，还亵渎神明。

亵渎神明，在玄学上有很大的因果。

真正懂了传统文化精华，就能写出好的玄幻剧，不仅不会亵渎神明，还会因为“文艺演道”而有功德、福报。

一念之差，因果顿异。

# 访道诗纪

最近和澄源、道贤夫妻、金阳子、张玉仙六人到湖州访道、旅游五天。道贤是湖州人，热情邀请我们到他家乡看看。他在北京生活三十年了，在家乡的人脉好，我们一行得到了他的各界朋友，特别是商界和政界朋友的照顾。

这次去了湖州的布金寺与金盖山，一佛一道的著名道场。布金寺在南宋已经很有名，千年古刹在“文革”中被毁了，1995年重建。金盖山在晋代就有人于此修道，明清以来一直是龙门派道场，清中叶龙门派闵小艮真人在此传法著述，他的《古书隐楼藏书》《金盖心灯》都是道学名著。

此行观看了江南的灵山秀水，感慨很多。一路写了十六首记事诗，可名之《访金诗纪》，金，既是布金寺，金盖山，也指佛教的“丈六金身”、道教的“金丹”。金的寓意在佛道文化里非常深，佛道都讲究修炼金光，都崇尚金色。在《易经》里乾为金，乾也代表道、元气、本体。访金，从乾卦而言也有访道、采炁、炼丹之寓意。

张老师有眼通，能看到更玄妙的境界，看到了天女、护法以及吕祖、陆羽这些仙真，她还写了二百首灵应诗，是我给她拟了标题的“命题创作”，借着一起云游，我思考一些问题，把问题交给张老师，让她在通灵境界予以点化。比如我一位中国科学院的物理学博士朋友向我提了个非常严肃的问题：

“请教您如何看待安乐死之事，安乐死的好处是可以避开衰老与疾病的巨大痛苦，但这是否算自杀，是否对下一世非常不利？国家层面是应该立法禁止还是立法赞成？政府、医生、学术界该怎样引导才是对大家真正有益的呢？”

对这个问题，张老师的灵应诗如下：

安乐死，不文明，
肉身安乐魂无乐。
冤气冲天阴山湿，
阴风阵阵魂难消。

博士读后说：“非常感谢您与张老师的解疑释惑，这确实在现代文明中是个重大问题，原来安乐死对自己的灵魂有害处呀，中国不能向西方学这个。”物理学博士在关注人的安乐死与灵魂问题，真好。

有位女研究生，我们在湖州时她来杭州看男朋友，知道我离她近，要来看我，因为我行踪不定，她不好找，没让她来，但我把一路上写的诗发给她看，她引用了王重阳祖师论访道与云游的话来点评，很恰切，录之：

老师们一行人有志于大道，所以出游也能领受密意。老师的游历最后仍回归自己的修真养性上，是真“云游”。王重阳道人有言：“历之道有二：一者，看山水明秀、花木之红翠，或玩州府之繁华，或赏寺观之楼阁，或寻朋友以纵意，或为衣食而留心，如此之人，虽行万里之途，劳形费力，遍览天下之景，心乱气衰，此乃虚云游之人。二者，参寻性命，求问妙玄，登巇崄之高山，访明师之不倦，渡喧轰之远水，问道无厌。若一句相投，便有圆光内发，了生死之大事，作全真之丈夫。如此之人，乃真云游也！”

那么，我把这些随意写的诗一次发给你吧。你父亲也写古体诗，我每写一首都给他发一次，他很喜欢这些作品。

## 访金诗纪

### 一

### 南浔醉后题记

酒后吐狂言，醉卧南浔肆。

九杯人先醉，一瓶情不已。

三年尽性哉，半日过时矣。

莫说酒后丑，尽性正当时。

肆，古称酒肆，今称酒。三年里没这样喝酒尽性过。

### 二

### 酒醒诗记

酒后且静坐，不辨东与西。

古宅鱼池边，天女虚空际。

鱼戏残荷间，人醉好友席。

南来第一日，何妨沉醉时。

古宅，指南浔刘镛故居。天女，乃张老师天眼所见玄象。

### 三

### 酒醒诗记之二

妻责我醉丑，我颜厚已极。

脸比城墙厚，诗较古人次。

妻笑妻微嗔，我丑我不知。

酣言说信仰，醉酒正当时。

醉后狂言，多说信仰之于人生之重要。

### 四

### 南浔醉后

南来访仙迹，金盖布金寺。

道贤频劝酒，山人多饮汁。

同来张玉仙，共坐金阳子。

道商饮白水，仕人话心迹。

一起有好道的经商者与官场上的人，商人喝白开水。

五

南浔酒后

酒店遇粉丝，老者示手机。

微信早年存，文章先日识。

玉仙赐灵符，山人话玄机。

网络结道友，有女步仙迹。

有位来访女士，修炼一周，境界非凡，盖有仙缘者也。有位老者来访张老师，竟是《益生文化》老读者，且收藏我微信公众号，日日读之。

六

南浔感梦

昨夜梦有诗，开口出奇句。

水乡石拱桥，南国白墙屋。

百年老字号，一生安乐居。

慢步石道上，忘怀误升举。

昨晚梦中得一奇句：“玉壶花笑一点春。”末句说，愿在人间生活而不愿升举。升举，古言仙人飞升。

七

水乡坐船

江南坐小船，旧梦今已圆。

两岸皆古屋，一水通名园。

船娘唱小调，诗人诵佳篇。

愿来水乡居，平淡度晚年。

八

稚女拂须

读书过三车，游学须万里。

学佛尚慈悲，修道贵情义。

长堤且慢步，古道助吟诗。

稚女惊长须，低头任拂之。

九

游布金禅寺

布金古禅寺，供养舍利子。

灵光生瑞相，奇景现太极。

佛道宜双修，心法当一体。

远来只一观，玉仙梵咒持。

布金寺曾供养佛舍利子，且生瑞景，舍利子上空出现一太极图。此事此图我曾在文里介绍过。一体之体，作动词体会体验用。张老师在布金寺大雄宝殿门前突然持诵梵咒，非常神奇，我闻之周身有电流感。

十

游金盖山

金盖古梅观，吕祖显圣迹。

一得守玄坛，龙门传法衣。

金华示神象，太乙说宗旨。

古书藏隐楼，演道统无极。

金盖山是闵一得真人道场，吕祖多次显灵，传《太乙金华宗旨》。

闵小艮，道名一得，号懒云子。著有《古书隐楼藏书》。

十一

南来访仙

灵应张玉仙，拎包金阳子。
三金今已见，一元昔还期。
古道重昌日，圣法再光时。
金秋金菊烂，南来访仙迹。

布金寺、金盖山、金阳子为三金。一路上金阳子为张老师拎包。

十二

演玄吟诗

南来一路乐，神仙大法喜。
玉仙时演玄，全林多吟诗。
玄象天眼看，灵迹慧心知。
访道因缘广，灵应口诀奇。

十三

游陆羽阁

陆羽茶经美，仙真气象宏。
竹林飘古乐，山岚映青松。
隐士修仙逸，骚人吟诗空。
何妨且小居，一杯八脉通。

这里有著名的紫笋茶，是陆羽与诗僧皎然发现的，唐代为贡茶。陆羽于长兴著《茶经》。此地名顾渚。

十四

游银杏谷

访道复行道，玄象应仙心。

南行悟密意，北回炼真金。

布金成金盖，养性固性灵。

古木千年寿，烂然有银杏。

这里八都岕的古银杏，树龄最高的有一千五百岁了。

十五

感悟

九峰与金盖，南北一纯阳。

道从质朴得，法于实诚畅。

云游喜无事，心传感有象。

与古通玄信，应物自柔刚。

十月四日在山西芮城九峰山吕祖洞礼吕祖，十一月二日在湖州金盖山纯阳宫礼吕祖。在访道中体验吕祖的“真常须应物，应物要不迷”，更能感受修道之不容易。道场虽异，吕祖则一。

十六

总结

道友宜同心，访道千里行。

法在生活修，道要自然明。

真师有隐显，神仙无远近。

诚则心自感，感时自相应。

真师，可以是看得见的现实中的人，也可以是我们看不见但真实存在，需要用天眼才能看见的隐态的师父。神仙本来超越了时空，自然就没有远近之分了。神仙对所有修道者也是平等的，不分关系的远近，只要你修道，神仙都能一视同仁地给予点化、护佑、接引、玉成。

外出访道写了十六首诗，很有收获。金阳子也写了很多首诗，我最喜欢他写大唐茶贡院陆羽阁的两句诗，的确是佳句，可以与唐人名句媲美了：

日照陆羽阁，风过大唐院。

访道，就是虔诚地寻访得道高人，并于游历中磨炼、修行。

# 不要局限自己，不要迷信他人

有一位研究生喜欢我的作品，而她的男朋友只认定南怀瑾先生与张至顺道长的学说，把其他社会上讲佛道的人看成“外道”。为此他们还会争论。后来，女生想通了，不再争论，觉得争论没意义，保持各自的看法。

随着写作年月的增加粉丝也在增加，我会引导粉丝不要执着，不要迷信。

一位女士给我写信说我是她此生唯一的老师。我立马严厉批评她了，说我不是谁的老师。你也不必这样说，天地如此广大，明师何其众多，何必把自己局限在一个人的思想境界？

一位女士说学道读陈某一人的著作就够了，学佛只听某君的讲座就足够了。我还是严厉批评她，道学那样博大精深，经典浩如烟海，我一个人的著作怎能代表道家道学？别说代表，把我的著作放到道学的海洋，最多也就是一朵浪花。而这世间也没有谁的作品能代表佛教。

我的结论是：不要局限自己，不要迷信他人。

任何时候，都要保持这样的清醒。任何人都不能用思想去局限他人，局限他人的思想是会有很大问题的。谁如果有意地给自己塑造高大上的形象，那一定会给自己给他人制造迷信。任何领域出现这样的人，不管开始的时候他们多么伟大辉煌，在某个时刻伟大辉煌后面所隐藏的自私与迷信会暴露，会给人们带来危机乃至灾难。在宗教和政治这样的领域迷信带来的危害最大。

真理没有局限，而世界上处处是局限，这局限，道文化里称之为“樊笼”，条条框框编得密密麻麻。真修道就要“跳出樊笼”，才有自由可谈。

陶渊明在诗歌里说：“久在樊笼里，复得返自然。”这还是有限的自由。道者的追求是：

漫守药炉看火候，但安神息任天然。
群阴剥尽丹成熟，跳出樊笼寿万年。

这才是生命本真的自由，超越时空限制的自由，得道的自由。

## 加持的甘露

很多人不喜欢听别人批评的声音，特别是老师批评的声音。

我有时候也如此，关键时刻、重大问题上我能听进去他人的批评，能听进去老师的批评。修道三十年里被各种老师严厉批评过，被各种相关与不相关的人严厉批评过。

对于老师的批评，不管是否有理我都认真听取，有则改之，无则加勉，老师的批评是甘露，是加持，是赐福。对于很多恶意的批评、无厘头的批评，我当是清净我的业报，磨炼我的心性，是让我更接近无相的真理，首先要“无我相、无人相”，虽然没做得那么好，但我会努力去做。

我读过清末华智仁波切的自传，华智仁波切有这样的开示：上师的呵斥是无上的加持与甘露。

曾有上师骂他的一位弟子是“老狗”，而这位弟子一直以为这是一生的荣耀，每当谈起这件事，这位年老的弟子会流泪，不论何处，都要恭敬顶礼上师，说被上师呵斥是最幸福的事情，如饮甘露。这样的认知、这样的心态、这样的虔敬与信仰令我深深感动。

假如有一日，一位你心仪的老师严厉批评你，不论你当时觉得老师的批评是否有理，都要把老师的批评当成加持与甘露，这时候那批评就会变成加持与甘露。

如果你当成不满与指责，那真的成了不满与指责，会令你不安，会令你逐渐甚至顿然远离老师。

对父母、长辈的批评也要这样观照，会变成福分，被你承载。

有跟我求道的人因为我的严厉批评断然离去，我还是祝福他们。我不是那些有成就的上师，但慈悲心一样有，就像我每天给你写一篇文章，不光是我与你父亲的友谊，更是我的慈悲。

# 守住本心不动摇

今天，是从南方访道归来第一次待客，我，澄源，金阳子，道贤，是一起出行者，道贤夫人有事没能来，请了如心和诚彻，诚彻接送过我们，这次归来，如心也来接站。

你父亲和道用都来聚会，准备了十个人的饭菜，来了八个人，你认识的老张没来。

我们谈了访道的经历、感受，谈了很多玄妙的体验，我给大家讲了《清静经》全文，很精彩。

我还唱了一首《悟真篇》里的丹词《西江月》：

妄想不须强灭，真如何必希求。
本源自性佛齐修，迷悟岂拘先后。
悟则刹那成佛，迷则万劫轮流。
若能一念契真修，灭尽恒沙罪垢。

我唱了范仲淹的《渔家傲·塞下秋来风景异》，大家听得尽兴。

今天唱歌，是因为你父亲没听过我唱歌。你父亲说，我可以唱“大江东去”了，声音里有豪放之气。

你父亲拿起毛笔写了一首诗，行草，改了杜甫的诗来调侃大家唱歌。

我讲了很多修道之理，最重要的是，如何保持自己的心如如不动，这样，在“真常须应物”的时候不迷失方向，不动摇信念，不被情绪左右，而有心灵的宁静、自由。

我们很容易被外界的事物引动情绪，引生很多不该有的行为。我讲了一些朋友圈里令人感慨的事情，从而反省自己的心态，看到自己生心了，动念了，于是，烦恼跟着生出来了。好在我及时觉察，及时止念，及时止损，不再动心，不然，会因自己的动心引生很多是非烦恼。一旦有了是非烦恼，修行者就很难入静。在微妙的境界，心动念了会干扰自己，与动念相关的人如果也动念生心，或者已经动念生心，“心灵战”会成为冥冥中的“脑波战”，修行者就很难真正清静了。

具体的故事不写了，道理是这样的。《清静经》里的“清静”，真的很难，清是一个层面，身体、精神都要净化，谓之清；静，是清的结果，是另一个层面，是身心宁定的境界与状态。

自心不动，外缘的动会逐渐停息，安宁就会到来了。

# 陈丹青是个好学生

今天，凝玄来访，坐而论道。我曾让岸灯向凝玄传授“气脉手诀”修炼法，这次她随夫来京办事，独自问道。

我向她讲授了“化意于动，化意于象”等道理，详细讲了气脉手诀的定式修法、动式修法、变式修法，以及“一式万变修”的精义，谈论了一些文史方面的内容。

道家功夫要在动功里修炼，每一个动作都是意识的具象化，意识隐藏在动作里面；观修的景象、图像也是意识的具象化，意识藏在所观之“象”里。

凝玄练过武术与瑜伽，是峨眉“僧岳门”传人，修炼武功与道功，对气脉手诀颇有心得。

文史方面，谈论了几位先贤，比如南怀瑾与王凤仪；王阳明与曾国藩；王阳明与林龙江。

南先生是一位伟大的讲经者，很多儒释道的根本经典，通过他深入浅出，结合自己的修行、人生经历与社会现状、历史人文、诗词曲赋、传奇志怪的讲解，很容易引导人们比较轻松地理解经义，并能深入经藏。南师的著作，好比指南，好比钥匙。南师做到了“究天人之际，通古今之变，成一家之言”，但还没有像王凤仪一样在此基础上“创千古教法”，王凤仪的善人道，不仅“成一家之言”，还创立了系统的教法，有理论，有修持法门与应世法门，如性理疗法。王凤仪是一个独立特行的思想家，研究中国近现代哲学史的，应该给王凤仪写上一章。南师是不是一位独立特行的思想家？留给历史定位，但他是一个古典哲学思想的伟大传承者、发扬者与实践者。

王阳明和曾国藩都在国家危难时刻建立了安国功勋，王阳明创立了“心学”思想体系，成了立足千古的伟大思想家，而曾国藩虽然有日记、《冰鉴》、兵法著作传世，但思想的高度达不到王阳明的境界。

王阳明与他的晚辈林龙江相比都是思想家、哲学家，林龙江学习了心学心法，但有发展，对本体的理解更透彻，创立了“三一教”，留下了悟证法门“九序心法”，是融合了儒释道修养精华但又以丹法为本的法门，让后人能实修、悟证。林龙江的修炼体系缘于丹法，他师从卓晚春，卓晚春师从张三丰。王阳明的心学体系缺少了具体的有次第的实修法门，这是王阳明不如林龙江的地方。

我谈到了古代修道法门与现代修道法门的继承与变革。我二十多年来一直在寻找、构建适合现代人修炼的理论与法门，我以前注重经典的讲习，现在注重请张玉仙老师系统灵应丹诀，这正是为现当代与未来留下适合现代人修炼的法诀，是演道之举，灵应法诀会形成一个庞大体系，现在还在继续。这对未来很重要。

我的探索中，有经典，有理论，有仙传，有法门，有灵应法诀，有适合现代人居家修炼、入世修炼的完整的体系。这个体系中包括了和张玉仙老师演道而得的法诀与法门，还是非常重要的部分。就像我传了气脉手诀的修持法，张玉仙灵应了气脉手诀的修炼法诀，这样就非常完整了。这里面都有密意。

很多修道者，愿力不广，格局不大，意志不坚，修证不实，所以，很难有真正的成就。愿力决定着格局，格局决定着意志，意志决定着实修，实修决定着成就，四者非常重要。

凝玄也跟我的老乡、朋友雪漠上师修学佛法，但她一次在梦境里看见我和雪漠上师以及另外一位前辈在一起，而我坐在中间。那时候凝玄还没见过我。

我告诉她，那是因为她的道缘比较深的缘故，这个梦象征着她会跟我修道，而修道是她修行里最深的缘分。

凝玄曾于梦境中学了两式气脉手诀法门，等岸灯教她时，果然一样，今天我讲了变修法门，也跟她梦境中所得一致。这就是梦修与梦中神授法。气脉手诀的密码里隐藏着梦修法与阴阳丹法。很多修炼气脉手诀法门者梦境会变得非常微妙，而那些梦境能够演玄通灵。

我对凝玄说，回去写日记，把这些精要记录下来，与“小伙伴群”里的道友分享。

我还说，要向著名油画家、散文家、文化人陈丹青学习，陈丹青是个好学生，当年他向著名文学家、诗人、艺术家木心学习艺术、文学，木心先生的讲论，陈丹青做了详细的记录，缘此也整理成书，如《木心谈木心》《文学回忆录》，都是好作品。

我这些年给道友们讲道的内容非常多，很少见到道友们详细记录下来，也许有人记录了，没让我看，没有发布。我写的《悟道录》里很多内容是我给古灯讲道时我的记录。像《安心者语》《息心者语》之类随笔是从我日记里摘录出来的，大多是与来访者论道的精要。往年，日记我每年要写二百万字，从2020年起日记非常简练，很多与道友的谈论不再记录，访道的细节也不再记录。

我和道友们平时论道的内容大多很精彩。如果有人记录，不仅自利，也会利人。我勉励凝玄要向陈丹青学习。对木心而言，陈丹青是个好学生。

此文内涵颇深，你现在不懂，日后会懂。你父亲读了一定懂得，还会觉得很精彩。

# 信仰带来的巨变

一位好友今天给我说，因为受到一桩经济案子的牵连自己被关进去一个多月，现在出来了。这一个多月感受很深，把监狱当道场，把坐监狱当成闭关修炼。

朋友在监狱里观心、自省，觉察念头，不断地修持二十一度母咒，观想度母的慈悲之光照耀着监狱，也滋润着监狱里的人们。

朋友走出监狱的时候跪下来磕了三次头，对这段特殊修行表示感恩。

朋友说，以前修行，还只在文字义理上，在监狱里待了一段时间，就知道该如何把佛道义理体现在身心上。如何克服恐怖、焦虑、不安，如何定下心来，从容面对，如何面对监狱外的世界、各种关系与未来。

这都需要定力与智慧。

朋友说，到后来，没有烦恼与恐惧了，只有喜悦与安宁。

是信仰带给朋友力量与信念，带来巨变与反思。

我对朋友说，佛道祖师也有经历过这样那样牢狱之灾的，南宗祖师张伯端紫阳真人两次入狱，依然是千古博大真人；明代高僧憨山大师入狱不说，还被发配岭南充军，却缘此在广东复兴了六祖道场南华寺。

我当年在京办《益生文化》并弘道，早做好了如同张伯端、憨山大师一样遭遇的准备，还好，最终是安全的。对我而言，即便真到了那一步，绝非耻辱，仅仅是因为我弘道的作为不被官方认可而已。在我的良知与灵性而言，何罪之有？好在，二十年的弘道之旅应了老子在《道德经》所言："执大象，天下往，往而不害，安平泰。"

今天正好校订张玉仙老师和我访道布金寺、金盖山期间写的二百首灵应诗，我发现其中两首非常契合朋友现在的处境，便发给朋友：

何为"人不经事难放光"？

困处开路炼上盘，夜赶山坡灯挂玄。

经过多少找经验，光圆本身对光明。

何为"求道须向逆流求"？

返尘落水樵夫救，艰难岁月育坚强。

忠诚积福道归道，千秋人间层层显。

人能在逆境中修道、难事中放光才叫大修行。

把二十一度母心咒放这里，随时诵持，会有很大的加持力。

嗡，达瑞度，达瑞度瑞，梭哈

诚心念诵，可除违缘，带来吉祥。

# 致广大与尽精微

在五年里我请张玉仙老师灵应了上千首丹诀。前面六百首是关于丹道系统修炼的理、法、术、诀、经典、人物、传承的请问。如问“何为大丹”，如问吕洞宾真人，如问《悟真篇》，如问南派等，非常详细，都是围绕着修道的根本问题提问。这是致广大以立其本。

后四百多首都是问很琐碎的问题，比如昨天文章《信仰带来的巨变》里所引用的那两首诗所体现的，看起来是细枝末节之问，都很重要，涉及修道中会遇见的各种身心问题、理论问题、处世问题、修养问题、功夫问题，等等。这是尽精微以起其用。

“致广大，尽精微”出自《中庸》，原句是：“君子尊德性而道问学，致广大而尽精微，极高明而道中庸。”

这句话用以形容我和张玉仙老师的演道作为是恰当的，“君子尊德性而道问学”，是说我，我尊道贵德，喜欢提问，而张老师就根据我的提问来作答，即是灵应。“致广大而尽精微”，这是我的提问与张老师的回答境界，如上所解。“极高明”是张老师的灵应境界；“道中庸”是我的注解境界，以平实的语言解释那些灵应诗中的密意。

就目前而言，我注解的文字超过百万字了。

## 他人是我师

真正修道的人，要在事物里体悟道，在他人那里寻找道，不会指责、抱怨、厌烦、嫌弃、仇恨他人。在对他人的“指责、抱怨、厌烦、嫌弃、仇恨”当中返观内照，反省自己的情绪、心态、念头，就能发现自己，寻找到道。任何时候他人都会是自己的老师，孔子即懂得这个道理，说了两句千古名言：

三人行，必有我师焉。择其善者而从之，其不善者而改之。

见贤思齐焉，见不贤而内自省也。

善与不善，都可以成为借鉴而使我心入道、我行见道、我性合道，我修证道。能引领我或推动我等明理入道的都是师。

只是，我们通常是找人家的不是而抱怨人，指责人，修道者是内省者，找别人的好处，寻自己的不足。

我有挑剔的毛病，喜说人过失，爱指责别人，因此一些曾经发心跟我修道的人不跟了，忍受不了我的挑剔与指责。对于这些人的离开，我起初很不舒服，因为我挑剔、指责是为他们好。

当我静坐下来返观内照，发现是自己的问题，挑剔、指责、批评、说人过失、管人都是大问题。一反省，觉得他们做得对，他们对我有看法是好事。我不仅对此释然，还把他们看成是老师。

严新先生说：以众人为师，以万事万物为师。

真修行，应该这样行去，定会受益。

# 道在书摊信手得

今天，一位好友的爱人脑部患病住院了。上午，病况不明时，朋友给我打电话要我占卜一下，占卜结论是：

“中宫震，生发之象，会康复，只是完全康复要到明春。坎宫看病，是山水蒙，蒙以养正。是修养之象，危而不伤及命。山为艮，有坟墓象，水为坎，为险。但因有养正之象，所以，不会危及生命。”

晚上，朋友打电话告诉我，确诊是脑血管瘤破裂。情况好，可以做微创手术；情况不好，就要开颅，但没有生命危险。

确如所占。

人生遭遇有命数，即便得病，是生是死，是严重是轻微，都有命数。

人要能突破命数而向更好发展，需要修行。

两月前在旧书摊淘到《王凤仪年谱与语录》(上下)，读了两个月，今天终于读完了。其间，因读平江不肖生的《江湖奇侠传》停了半月。读了一个半月，非常受益，不仅我受益，我家受益，未来会使无数好道者、修道者受益。

因为，我在阅读过程中摘录了书中四百多条妙语，以此为标题请张玉仙老师写了四百多首灵应诗，这些灵应诗都是珍贵法诀，义理精深，进一步发扬王凤仪老人的“善人道”学说，算以“曲则全”的方式继承、发扬“善人道”，是我对王凤仪表敬仰。四百多首诗我会用一年多的时间注解并连载发布到网络，让更多人在“善人道”里受用。

对我而言，因阅读此书而反省自己，找到了自己的很多毛病，并积极改变。王善人讲的“不生气、不抱怨、找好处，不争、不贪、不揽”等理论和方法，对我极其有用，解了我很多心结。

王善人的一些妙语对我修炼丹道也有指导作用。王善人有“性理疗法”，讲究“转五行”。他说：“一行足，五行自转。”这句话简直是点窍真言。我修学的“气脉手诀”之“握固诀”里有“水动五湖转，意景自开怀”句，五湖象征五行、五脏，水象征肾脏，五脏中肾属水，肝属木，心属火，脾属土，肺属金，水生木，木生火，火生土，土生金，金生水。这是五行的相生顺转。

“一行足，五行自转。”如果肾脏之水足，则水生木，木生火一路自然相生，整个五行就转动了。“水动五湖转”与“一行足，五行自转”完全相应，也是“一行足，五行自转”原理的体现，修炼握固诀的意守重点在肾脏。

总而言之，我在王凤仪的“善人道”里获益颇多，足以影响下半生的生活、修行与弘化。

一本书改变人生，这是真的，在于此书有道。

道无处不在，就看有没有求道的心；美无处不在，就看有没有发现的眼睛。

# 庚子，我把诗意打成结

庚子年本来想写一些新诗，元月、二月写了十多首，到了三月没有再写过。原想每天读一首诗，从三月阅读了米鲁的诗集《果园》之后，再没读过诗，感觉这一年的心情与全球的疫情恐慌一样，诗意被灼伤了。

庚子，我把诗意打成结
织进忧伤与不安
死亡的气息游进了线索
线是线
索是索

庚子，我把诗意打成结
夹进精装本做张书签
半缕游魂的呼吸不小心被封进去
一千万亡灵在天空无言呐喊
政客们的特别推特重要讲话一并封存

庚子，我把诗意打成结
金色的银杏叶落进突破预言的冬天
暖冬和冷冬的争论挤压人心的惶恐

冬夜，寒冷的一楼我需要气沉丹田

人人息息相关的时代人人无关

谨以此诗纪念这个会在人类史上留下沉重一页的中国庚子年，世界的2020年。

网络时代，人人息息相关，可又彼此漠不关心。这正是我们这个时代的问题。

# 理与事

理是道理，事是事相。佛教华严宗讲究理无碍，事无碍，理事无碍，事事无碍。

理路上没有障碍；事情上没有障碍，理与事是合一的，如是理，如是事。而事事无碍的境界最高，每一件事都有那个理，理看起来消失了，可事事无不是理的体现。

现代的很多人对很多理与事并不相信。轮回与报应是理，关于宇宙人生的理，而生活里有很多事实指向了轮回与果报的真实存在。可是，面对古人所讲的轮回与报应的理与事、现代人讲的轮回与果报的理与事，无论如何，就是不信。推荐陈兵教授的名著《生与死——佛教轮回学说》，理与事讲得极其透彻。

最近读平江不肖生的《江湖异人传》，里面讲了很多神异、怪异的故事，有因果报应、生死轮回的故事，很多是作者的见闻。作者怕别人不信，在《恨海沉冤录》里说："世俗的知识有限，世间的事理无穷，世人所不能了解的事硬说没有，那才真是没有常识，真是头脑腐旧呢。……在下不但相信因果报应的话信而有征，并且相信当此道德沦亡、纪纲隳败的今日，非有十二分显明的因果报应，一般强盗官僚、虎狼军阀、狐狸政客、猪仔议员，他们心目中既不知道什么叫作法律，也不知道什么叫作道德，如何能使他们有恐惧修省的时候呢？"

《恨海沉冤录》讲的是因果报应、孤魂复仇的故事。

我在书上的眉批，借鉴了南怀瑾先生的话：

有其事必有其理。不明理是我们智慧不够；不知其事是我们见识不够。

# 不要知道别人太多的隐秘

我有个习惯，对来访的人不问姓名，不问职业，不问所来，不问家庭状况、经济状况，不问任何属于个人隐私的问题，别人愿意讲就听，不愿意讲什么也不问。多少年来都如此。一些人尽管来拜访我，人走了我都不知道他们姓甚名谁，是哪里人氏。

不要知道别人太多的隐秘，那会是烦恼之源。

经常有来访者或朋友向我讲述他们的隐私，各种各样的都有，甚至婚外情、私生子这样的隐私都讲。他们今天信任你，讲给你听，心里会获得某些情绪和压力的释放。某一天他们不愿意再信任你，讲给你的话会成为他们的隐忧。

不知道那些隐秘是最好的，彼此轻松相处。人与人的交往，常常也是彼此隐秘的交换。一些曾很好的朋友交恶了，结果互撕，把曾经信任时的隐秘全抖出来了，彼此没面子不说，还会因此成仇，在心底互不原谅。此等事娱乐圈、修行圈最常见，是人性的弱点。

即便一些修道的老师、宗教家，也是不可信的人，你像信徒忏悔一样讲了很多自己的隐秘，可不久这些隐秘便成了圈子里人们闲聊的话题。

有些话，去对天地说，去对山河大地说，去对一棵树一朵花说，却不能对着人说。

对天地万物述说，也能化解内心的压力和隐忧，唯独对人说了，末了，增加压力和隐忧。这是人性使然。

慎言语，是因为言语会成为进退、成败、得失、生死、存亡、荣辱的枢机。

有些事情，只许天知、地知、自己知。

## 药酒 · 生脉饮 · 养生粥

前天看到某人写了篇长长的文章把中医骂得一无是处。

这时代什么样的人都有，没好好学过中医就敢批判中医。懒得与那些无知者辩论，即便他再写多少文章批判中医，中医一样会发展，会造福国人，造福人类。

我因为一次感冒，加上平时说话太多，有段时间感觉气虚，有点气喘。经常有人来访，还不能不说话，经常一说话就是好几小时。“口开神气散”，气虚也是常见的。

有一天，金阳子给我一瓶他泡制的老山参酒，他笑着说这一瓶酒抵得上一整箱茅台酒。他是说抵得上你父亲给的茅台酒，我们聚会时，你父亲经常带茅台酒来。

我当时喝了二两，即刻感觉肺气舒了，不那么气虚气喘了。此后，又喝了二两，感觉基本上把问题解决了，只是说话多说话久了偶尔略感气虚。

我家里有自己泡的药酒，很多坛，我平时不喝酒，白白放着。自从感受了金阳子药酒的威力，我开始每晚喝二两自泡的药酒，真能益气。

有朋友送我中成药生脉饮，里面有人参，能益气生阴，我开始喝生脉饮，的确，感觉肺部越来越舒服了，连偶然的不适也消失了，即便连续数小时、一整天陪客人聊天，不再觉得肺气虚了。

很多人不信中医中药，我信。我遇见过很多名医，见证过他们的医疗奇迹。

澄源回东北了，我懒得做饭时就熬粥，熬养生粥。熬粥时加入大枣、枸杞、桂圆、银耳之类滋补的药物，粥的味道很好，能在饮食的同时调补身体。有时候也用上好的茶水熬粥，味道清新。

中医有“药食同源”“药补不如食补”之说。厨房里的很多调料本是中药，如桂皮、生姜。很多时候煮肉也要加入黄芪、党参，特别是冬天，能使肉味醇美，还具有滋补功效。这是厨师们的常识，一般家庭的厨柜里都备有黄芪、党参、麦冬、紫苏这些中药。而花椒既是中药，也是调料。

澄源是做粥高手，会做很多种粥，皮蛋粥、瘦肉粥、蔬菜粥、药膳粥，即便每天吃粥也会变花样，使粥吃起来香而不腻，百吃不厌。

我生在不产大米的西北某县，从小没见过也没吃过大米，来北京后才开始经常吃大米，起初吃不惯，吃着吃着习惯了，主要是澄源厨艺好，即便熬粥，也能使粥色香味俱全而花样翻新。

博大精深的中医文化影响了我们的饮食文化、饮食习惯、日常生活，岂是那些无知小儿所能驳倒的。只怕那些写文章批判中医的人患病的时候也会吃中药，患绝症的时候也会期盼中医能给他们带来救命的奇迹。

你一定要知道、记住中医中药的好处。

# 无量光，无量寿

星云大师在《贫僧有话要说》里说："我们称'阿弥陀佛'是一句佛号，意思是无量光，无量寿。所谓无量寿，超越了时间；所谓无量光，超越了空间。能超越时间、空间的，那就是宇宙的真理。"

王凤仪老人说："无量光是性，无量寿是命。"一句佛号"阿弥陀佛"，其实包含了性命双修的真理。

我非常敬仰星云大师与王凤仪老善人。

2017年去台湾访问，我到过佛光山，正赶上星云大师生病，没有给我们开示。大师的弟子、佛光山第九任住持心保大和尚接见了我们，给我们开示。我得到赠书《贫僧有话要说》，回来后用半月读完了。2020年冬天，读第二遍，依然感动，受益。

我年轻的时候，在二十三到二十八岁，天天念佛，唱诵"阿弥陀佛"，有一年冬夜唱诵到无人无我之境，黑暗的屋子里突然发亮，光把屋子照亮了，是彩光。不知是如何"无中生有"的光。

我今年五十二岁，这样的"光烛一室"的体验有过三次，一次是参究禅宗时，一次是念佛时，一次是修炼丹道打坐修定时，缘法虽异，光明却同，都是我三十岁前的体验，都发生在我二十多岁到三十岁之间的九十年代，那是个国家开放、思想解放、万象更新、奇人辈出的神奇时代。那三次得见身心天地的大光明，也有大的时空背景。

有时诚念三声佛，无为静守一片心。

你也念念佛吧，一生有益，还可以回向给你妈妈、你父亲，祝福他们身心健康，快乐长寿，吉祥如意。

你的至诚的回向与祝福，你父母一定能感受到，感受到你的孝心，感受到佛的加持。

你还可以念诵“南无消灾延寿药师佛”，回向给你父母，能消灾延寿，自然就健康吉祥。

静夜，默默地念诵与回向吧，信仰的力量会开启生命的玄妙之门，你会与那美妙的光明感应。

# 人生四碗茶

中午，你父亲过来小坐。我一个人在家，给他和我煮了一锅面。

谈到了你母亲和你。

你母亲的事情你知道了。你父亲称赞你起了很大的作用，找大夫。手术果然如我占卜的，顺利，病不碍命。

人的一生会遇见很多艰难的事情。你母亲病危而及时得救，是她的命好，也是你父亲的修行与功德。

晚上去淘书，顺便淘了一件盖碗茶盏摆在书架上。于是书架上并排摆着四件瓷器盖碗茶盏，三件是朋友送的，算是藏品，都没用过。

第一个是八卦茶盏，白瓷上有青花八卦图，象征道，云南友人悟真子十年前赠。悟真子是一位修行者，对道教与密宗有独到的研究。这件茶盏工艺、质地极好，是悟真子先生专门定制的。

第二个是佛手，白瓷上用金线绘了执莲佛手，象征佛，是用悟真子赠的另一套八卦茶盏与道姑焦信清在七年前换的，当时她从南岳魏华存元君的道场来京，开了个教“香道”并出售茶叶的店铺，还学古琴，在一个古琴班上与澄源做了同学，得知住得近，我们去她那里喝过茶，她来我家拜访过。她赠我此盏，我回赠了悟真子所赠八卦盏。她搬离马连道茶城后不知其所踪，没再往来。她跟我一位白云观出家的朋友认识，因为没有再交往，就没有打听她的情况。悟真子的八卦盏归她，物得其主。

第三个，中间带囍字的，象征世俗生活，刚淘的，品相很好，青花图案中有花生与囍字配合，象征多子，是世俗世界所祈求的。

最后一盏，山水图，象征隐居，差不多是八九年前岸灯夫人慈心送的，那时候他们刚结婚，来京旅行，慈心第一次见我，第一次到我家拜访，而此时她老公岸灯跟我学佛道有近十年了。此茶盏乃名家之作、名窑所出、手工绘画。

四个茶盏象征人生与修行。

世俗生活、佛、道、山林隐居或回归自然，也是人生四碗茶。对我个人而言，这四碗茶都喝过。

三十岁前住过山林，修学佛道；三十岁后在都市过着世俗生活，结婚成家，发扬佛道文化，以道文化为职业为事业，而最理想的晚年生活是退隐山林，过融入大自然的逍遥生活。

这四个茶盏与我都有关系。每一个物件都有故事。经历岁月，组合起来，便有密义。

我走路去淘书，初冬的夜色，清凉而寂静，是我喜欢的。路过欧园小区，看到银杏的叶子落在树下的冬青上，一片金黄，而夜灯衬托着金色的落叶，像金菊那么灿烂。这真是大自然的妙笔，不欣赏也只是落叶，欣赏了会感受到天地间无穷的美艳与诗意。

# “花花老子”与“文章有神交有道”

阴了三天，下了两天雨，终于看到太阳了。初冬，天气不太寒冷。下午四点多，太阳西沉，西天的火烧云一会儿消失了，夜就这样来临，天空湛蓝如海，白云如海里漫游的大白鲨。

淘了两方印章，一方是“花花老子”，一方是“文章有神交有道”。我略识篆书，只是印文里的第二个“花”字，隶书篆化，一时没认得，但“老子”两字认得。我研究老子，解释《老子》，就购了。

“交有道”之“道”字也没认得，是一个篆书的“行”字中间一个篆书的“人”。篆刻家乔树礼先生看了我发的图片，告诉我正确的释文，一想也对。人行路中就是“道”，这是“道”字的本意的象形化。

我是写文章的人，爱交朋友，一般人的朋友多以十为单位来计算，十个二十个，我的朋友要用百为单位来计算。

想到这两方印章与我的学业、事业有关，就花钱淘了。市场里仿名人的印章很多，我不是当古玩来收藏，只是觉得这两方印章恰好与我有缘。

乔先生说刻得不错，价格不是很贵，两方印三百元。

我喜欢“花花老子”，感觉很有意思。花花，我们用的词语还有“花花世界”“花花心肠”“花花公子”，这都是世俗世界的热闹事热闹人。老子，可以指春秋哲学家、道家祖师、道教祖师老子，也叫李耳、老聃，也被称为“太上老君”者，可以是中国男人的自称，特别是四川人多用，“格老子”“老子不怕你”。

不论哪个老子，“花花老子”很有意思，颇有老子的《老子》即《道德经》里的“和光同尘”与“明道若昧、夷道若类、建德若偷、大白若辱、广德若不足、质真若渝、上德若俗”这样的“正言若反”的境界。

花花世界里的老子才是真正的老子，大隐于市的老子，好玩的老子。

这方印，一回来我钤在南怀瑾先生的《论语别裁》扉页上了。南师是“花花老子”，花花世界里的大师。

至于另一方“文章有神交有道”，用来自况，说得过去，说自己“文章有神”，似乎有点自吹，但我觉得自己的文章写得有神气，有神韵，也写了不少神奇的事迹。

交有道，与朋友“以道相交”是我的原则，这个道更多是修道之道，你父亲跟我交往六年了，是因为我们都好道、修道。在你父亲看我，是个“有道之人”，是值得交的人。在我，有道无道先不说，“厚道”之道还是有的。

这方印，一回来我钤在《雪漠智慧课》的扉页上了。说雪漠先生“文章有神交有道”是没错的。这是他给我的签名本，书的封底上印了我的一句话，“咱甘肃，不但有《读者》，有敦煌莫高窟，还有雪漠。”

作为甘肃人，雪漠自然是甘肃的骄傲了。

我喜欢这两方印，寿山石，印纽刻得不错，“花花老子”的印纽是回首的老虎，而“文章有神交有道”的印纽是鲶鱼。

生活需要乐趣充满寂寥的空间，我喜欢淘书淘物，更多是享受其中的乐趣。

去年、前年子心还在美国的古玩夜市给我淘了小佛像、日本小泉家的小瓷杯，都很精致，我喜欢。

你父亲也认识子心。因为疫情，子心都一年没有回国了。甚念。

# 神奇的感应

早上看到孔夫子旧书网益生文化书店里经常购书的道友邵女士下单，留言如下：

“尊敬的陈老师，您好，刚下单了《陈健民传》一书，能不能恭请陈老师帮题词，前几天早晨静坐闭息鼓腹时，感觉有一个慈祥的老人家在墙头微笑地看着我，我以为是我的外公，印象中外公好像是这模样，直到刚刚在陈老师店看到这本书的封面，才惊讶发现原来是陈健民上师，就是这封面的模样，一模一样，赶紧地下单买了此书，谢谢陈老师。”

这本书是我昨晚跟朴彻聊天时随意扫码上的，没想到邵女士昨晚就梦见了陈上师而立马下单购之。

邵女士我多次见过。

我题了两段话：

“法身感应。兴南子、金阳子、道慧依次读过。庚子年十月初六。全林。”

这本书我读完后给金阳子读，金阳子读完后给道慧读。道慧读完后还我了。原本没打算出售，只是朴彻来，谈及陈健民上师的著作扫码上书会出现“陈健民违禁字符”提示，乃以点间隔之，不意系统不能识，陈健民乃成“陈·健民”，乃上之。

第二条题词是：

“作者浩望先生亦吾友，此书三读。美平珍之。”陈浩望乃陈健民上师内侄，即陈妻相攸女士之侄，曾是我主编的《益生文化》顾问。三读，有两意，首先此书原名《佛学泰斗陈健民》，二十年中我读过三遍；其次，邵女士所购此本，我、金阳子、道慧三人读过。

这是这本书的传奇。

雪漠上师说他在禅定中多次向陈健民上师请教密法，其时上师已圆寂多年，亦法身感应道交。

法身遍满，超越时空，无处不在。有缘则感应，无缘则寂照。

禅宗有话头云：

汝于何处与达摩、六祖相见？

能明此感应道交、禅定问请之当下公案，庶几近之明之。

与君勉之。

# 百里踏雪

2020年11月21日，星期六。

本年北京第一场雪。

昨天朴彻邀请我和他一起开车入山赏景。我不愿意去，宅在家里，习惯了。推辞说："明天如果天阴，就不去了。但你来拿画。"

我把收藏的一幅描绘东北月夜雪景的国画送他去装饰家。朴彻有三个女儿，最小的女儿出生才一月。

那幅画，冬夜，月如钩。屋顶盖满白雪的农家小屋，山村和小树沉浸在寂静之中。

早上七点前我起来了，原先和朴彻约定他六点到。

对我而言，七点起床已是很早了。看到朴彻没来，又和衣而睡。

八点他来了。

天阴。

我和他一边吃西藏的"芝麻火烧"，就着北京有名的张记牛肉，都是昨晚朋友带来的，一边喝早茶，跟他说，"你看，天阴了，我不去了。你把画带走吧，孩子们会喜欢的。"

朴彻说："老师，今天可能会下雪，就和这幅画一样美，咱们去看雪吧。"

我说："那好，吃完就走。"

出门的时候天下起雨雪，是雨也是雪，雪落在地上，立马融化。

我们出发了。

雪越下越大，还没出京城，就看到路边五颜六色的树木上积了一寸厚的雪，美极了。那兼黄兼绿的垂柳积了雪，黄绿白混融；那火红的枫树，苍翠的松树，金色的银杏，兀然的老槐树，都在雪中欣喜地感受着大自然的恩赐。

越入深山，风景越美。毕竟市里看不到大山和森林。

我们去了房山，去了房山的森林和山野。

那雪、那树、那山，轻盈、肃穆、高峻，顿觉天地苍茫，时空混沌。每一棵树上的积雪，让人感受到“忽如一夜春风来，千树万树梨花开”的壮美；而山里雪花飘洒，雾气迷离，寂静得只能听见雪花打在玻璃窗上的声音。

这样的大美，北方山峦的大美，让人想起北宋伟大画家范宽的《雪景寒林图》，是雪景，是寒林，那些树干越发显得黝黑而寒意逼人。

山，是壁立千仞的山，是筋骨崚嶒的山，是顶天立地的山，是褪尽繁华的山。有的山峦上松柏茂密，有的杂树横生，叶未落尽，有的是全部落叶的树木，雪落在山上，光杆显得宁静，树林看起来像山的头发，如果在远处看，那些树变成了一道道的细线，像山体细密的沟壑，像水墨画皴法皴出来的山体肌理，是灰色的线条，寂寥地呈现着。我起初就看成是细细的沟壑，车开近了，才看清是落了叶的密密麻麻的灰色树群。

走走停停，看雪，赏雪，踏雪，尝雪，玩雪，也摄雪。

松针上有了两寸厚的积雪，我们吃这积雪，感觉满嘴尘土味，雪并不干净。

山里有一人难抱的古树，雪积老干，我们依依不舍地在老干前留影。路边的野果红艳如枸杞，吃了几颗，苦苦的。

我们有十个小时在开车赏雪，山里车少人少，寂寥而混茫，清凉而安宁。

少说开了八百里路，从市里开到房山，开过了云居寺，开到了河北，最后由河北回京。

多么潇洒的赏雪之旅啊。

人应该活得更洒脱点。开车数百里，只为看雪，只为欣赏道上的风景。

在车里，有时候和朴彻聊天论道，有时候呼呼大睡，任他一人开车前行。

感而慨之，吟诗纪事。

与朴彻百里赏雪

一

为看积雪林，驱车百里行。
雪白苍松翠，干黝残叶劲。
得意须吟诗，忘怀岂恋景。
偶立山崖下，苍茫思太清。

二

论道说古仙，谈法论时人。
黄芽应白雪，玄景慰丹心。
山寂雪气幽，人乐心意宁。
我本老宅男，飘然眉须轻。

“眉须轻”，我长眉长须，被风一吹，有飘飘欲仙之感。

# “锅内炼成丹”

2020年11月22日星期日，东方卫视首播的《我们的歌》里，陈小春、常石磊、王源、周延组成了“火锅英雄”组合，他们每人念了一句话，每句话的头一个字组合起来就是“火锅英雄”。陈小春说了一句：

火树银花合。

常石磊念了一句：

锅内炼成丹。

“火锅”出现了。

我感兴趣的是第二句。这是道教修炼丹道的专业术语，用在了娱乐圈，别开生面。这正是道文化无所不在的影响力。

锅，是丹法所言的“炉鼎”之鼎，具象而言是盛药物的器皿。在外丹是真实存在的器具；在内丹则是比喻，比喻精气神这内丹“药物”所凝聚的地方如“气沉丹田”之丹田。“凝神聚气”“聚精会神”这些成语所指的地方就是鼎，就是锅，比喻而已。

吕洞宾真人有句非常知名的诗句：

一粒粟中藏世界，

半升铛内煮江山。

铛就是锅，有的版本直接写成“半升锅内煮江山”。

第一句讲的是佛教理论，类似于佛教讲的“须弥纳于芥子”，须弥山那样大的世界都能藏纳于一粒小小的芥子里。物质世界的本源是同一的，因此，一粒之小与宇宙之大，本质无别；再者，物质分到极微，就成了虚与空，本身就泯灭了大与小的存在，这时“粟中藏世界”与“芥子纳须弥”是完全成立的。还有，即便是分子、原子、夸克等微观世界也是一个丰富无边的世界，是小与大无别的运动世界、物质世界、能量世界。这也是“一粒粟中藏世界”的真义。

后一句讲的是道家道教炼丹术，在一个炉鼎之内就可以模拟世界的演化、变化过程，完成物质的改变、重组以及新物质——丹的诞生。有了丹，就能脱胎换骨，就能指点江山，激扬文字，传承道脉，革故鼎新。

文化的传承到后来就融于常态，融于生活，不见痕迹，很微妙了。常石磊未必懂得“锅内炼成丹”的本义、真意，但他很自然地用了这句话，已经把自己融于文化的潜移默化中了。

## 修好赞叹法门

读星云大师的《贫僧有话要说》，大师说他一生修“赞叹法门”，多说赞美他人的话，给人希望，给人信心，给人喜悦，给人安乐。

惭愧，赞叹、赞美的法门我修得不是很好。

我有个毛病，太挑剔，像我校订文章，会把错字、用错的标点、有问题的句子一一挑出来。

改文章可以挑剔，但处世、做人不可太挑剔，太挑剔就很难与人结善缘，很难给人希望、给人信心、给人方便、给人力量、给人喜悦、给人安慰、给人欢乐。

我教澄源写作，经常挑剔，说了一些打击她自信的话，令她生气、伤感，甚至没了写作的信心，要放弃写作。我有一次说她写得“索然无味”，因为受到打击，她还跟我生气，说我不懂鼓励她，只是打击她。

假如我赞美她，给她鼓励，说赞叹、赞美的话，她容易进步。

朋友中，我对金阳子、岸灯、法光、自明、玄华的写作给予赞叹、赞美、鼓励，他们都很喜悦，也感谢，他们进步很快，金阳子经常说是我的鼓励使他坚持写作的。

唯独对澄源，我说了很多打击她的话，可能是因为她是我妻，自以为严厉点她会进步更大，可结果不是这样的。

与其打击，不如鼓励。

与其讽刺，不如赞美。

十年前，我说澄源：“像你这样的心态，再修十年也是白搭，一点用处都没有。”这话深深伤害了她，这话她记了十年，十年后说起还有气。

伤害亲人往往比伤害他人更容易得多。这需要我们再三反省。

认识到了自己的过错，就多鼓励她，赞叹她，赞美她，她真的进步更快了。

不能更好地赞叹别人，是心量不广，慈悲不够。

不要吝啬赞美之词。真诚地去赞美他人，发现别人的好处而赞美，就是王凤仪老善人的法宝：“找好处。”

夫妻间多赞美，夫妻和谐；朋友间多赞美，友谊长存；同事间多赞美，同事和乐。

赞美他人也是修养自心，自心会因此越来越温暖、柔和、光明、慈悲、善良、美好。

赞叹法门是自利利他的修行。

去真诚赞美你身边的人吧，去找他们的好处，去赞美他们的好处，善缘和喜乐会围绕彼此。

# 读传记与腌咸菜

近晚，你父亲来访。他到的时候我在做两件事，读传记；准备腌咸菜。

先说读传记，刚读完星云大师的口述自传《贫僧有话要说》，我原先对你父亲说读完了送他读，一想他那么忙，就寄给了重庆的凝玄。

上午“小伙伴群”里的朋友交流读书，有本书《纯印》，我读完后送给岸灯，岸灯读完后送给法光的老公。纯印是东北大成就者，佛门人士说这老太太是观音菩萨的化身，是汉地罕见的女性大师。法光的日记里写了她阅读《纯印》的感受，提及岸灯送书之事。

我说书是我送岸灯的，赞扬交流闲置的书，交流已经读过的书。

有意思的是，下午凝玄在群里说：“法光，我也很喜欢你的文字，是粉丝喔，早上读了你的日记就在想：‘老师读过的书怎么就没送给我过呢？’哈，不久老师就问我：‘读过《贫僧有话要说》没？’他刚读完，如果没有就寄给我读。如此可见，可真不敢胡思乱想啊！学习你的坚持，细腻，用心……感谢师之良苦用心，我定用心读，读了写感想与伙伴们分享。感恩生命中有你们在！”

的确，我不知道她早上那么想过，我的确没给凝玄赠过我读过的书。上午读完了《贫僧有话要说》，想到的是把书寄给凝玄，就那样问她了。其实不只是今天想的，前几天就想过要把书赠她。只是恰巧与她的念头相应而已。

我今天在“小伙伴群”里给朋友们谈到了阅读传记的感受：

今年我读书多读传记，大多是读第二遍。下半年读完了《宣传上人自述》、《王凤仪年谱与语录》（第二遍，如今澄源在读）、《陈建民传》（先后读过三遍）、星云大师的《贫僧有要话说》（读了两遍，第一遍2017年读，读完寄给了岸灯；今天读完第二遍，寄给了凝玄，凝玄读完可寄其他想读者），现在正在读南一鹏所著《父亲南怀瑾》（精装一卷本，第二遍。第一遍读完，上下本送友人逍遥子）。

能从这些前辈大师那里学见地，学修行，学事功，学智慧，也可了解佛道宗师们的人格形成，修学经历，思想建树，事功成就，更能了解社会历史，受到深刻教化。传记读来亲切，特别是自传、弟子、亲人所述，更是亲切。《王凤仪年谱》是弟子朱循天所著，《陈健民传》是其内侄陈浩望所著，皆有外人所不能知不能道者。我从小喜读传记，很多传记多次读，《克里希那穆提传》至少读过七遍，读《王凤仪年谱与语录》最受用，实在，切己，直接能用。与诸君共勉。

我正月里读过诺贝尔文学奖得主黑塞的传记《黑塞传》，我在前面写过阅读此书的感受。

你父亲进门的时候我正在读南一鹏的《父亲南怀瑾》。炼性天先生写南怀瑾先生的传记著作《我读南怀瑾》，二十多年里我读过三遍。南先生是我一生最敬仰的人之一，是对我影响最大的人之一，我走上发扬国学的道路，与阅读南先生的著作有直接的关系。他的著作不仅给我开正见，引道路，说法诀，指修证，还给我无尽的精神食粮与写作引导。我特别喜欢他的经史合参、诗词共证、小说野史能演道、生活阅历能传法的讲经方式。我也学习了这样的方式，用得很好。

你父亲读了很多南师的书，南师也是他敬仰的人。这本《父亲南怀瑾》我读完后就给你父亲读。阅读大师们的传记会给我们引领与借鉴。

我们聊及你母亲，她身体康复好。聊及很多事情的前因后果，感慨不已。你父亲说你外婆信佛，是在五明佛学院圆寂的。

你父亲走后我开始腌咸菜。小时候家里穷，母亲总把各种菜腌成咸菜，一年四季都有不同的咸菜吃，饭就有味道了。

洗干净的韭菜，水漏尽之后切成碎末。再切少许葱、蒜、香菜、红辣椒，也切碎，搅拌均匀，加入花椒粉，搅拌，再加入盐。这比单纯腌制韭菜要香。葱和蒜的辛能提味。红辣椒也能提味，绿色中有鲜红的辣椒，看着就香。很多人腌咸菜只放盐，不知道放花椒粒或花椒粉，花椒防腐，调味。搅拌均匀后，盖住，放一小时，揭开盖子，椒香扑鼻。再搅拌一下，会更均匀。

吃面有这样的咸菜真是口福。吃的时候，从罐子里挖出几汤勺，可以滴些香油，或者把清油烧开，直接泼到韭菜咸菜上，搅拌一下，味道更好。

前几天澄源在网上给我购了老家的酸菜浆水，对于甘肃人绝对是美味，即便几十年在外好吃好喝都忘不了家乡的浆水面，觉得世上最好吃的还是一碗浆水面。吃浆水面，要配上辣椒油和韭菜咸菜，绝配，美味。

不论身在何时何处，要讲究自己喜欢的生活。我讲究一碗面，一碗浆水面，一碗自己做的浆水面，简单而实惠，惬意而解馋。

下一回你父亲来，我给他亲自做碗浆水面。

## 以布施破吝，以随喜破妒

人活在世上，吝啬与妒忌，是最常见的两重心行，不利于与人相处、广结善缘。

吝啬与妒忌我也有，只是轻重不同。

佛法讲究布施，把自己的财物、能力、智慧奉献出来，无偿地、不带附加条件地给予别人，与别人分享。我们常说的服务精神，本质上也是布施，如果能无偿地服务他人、社会，更是布施了。我十多年里义务回答了修道者们数以万计的提问，这是服务，也是布施，是智慧的布施，是法的布施。

你父亲经常帮助别人，供养高僧，也是布施。

布施是佛门里“六度万行”的开始，是修行的开始。

很多经历过苦难的人比较吝啬，是曾经的苦难局限了他们的心行，本来，生活已经很好了，走出了过去的苦难，可是，苦难的记忆与信息，苦难的烙印与阴影还在他们心中，即便非常富有了，也很吝啬。

一些本来有钱的人也吝啬，舍不得与人分享，不愿意帮助别人，是私心局限了自己的心行。在中国，富人很多而慈善者很少，这也是富人的吝啬，不懂得通过布施、帮助他人、救济他人而积功累德、培植福报。

人的妒忌心几乎无处不在，只是程度深浅、范围大小不同而已。看到他人在财富、学习、智慧、能力、技术、人缘、工作、地位、爱情、生活、业绩、成就……方面比自己好，就会妒忌。单纯的妒忌只是自己的阴暗心理，是自生的烦恼，只会妨碍自己的成长、影响自己的心态。历史上、生活中、现实里、同事间，总有那些因别人妒忌遭到暗算、迫害、打击、仇恨的人。

佛法告诉我们，看到别人的成就、业绩、幸福、才华、本事那么好，超越了自己，就要赞美他们，赞叹他们，看到他们的进步要生欢喜心，看到他们在做好事，要高兴地跟着做，看到他们获得了成就、获得了幸福要祝福他们，要为之高兴。这是随喜，不仅能破掉妒忌心，还能给自己带来喜悦，带来福报，带来广阔的心灵空间与美好的三世缘分。

有佛法就有办法。这是星云大师经常讲的一句话。

降伏自心，破除吝啬与妒忌的法门就在佛法中，干净而彻底，究竟而圆通。

我从苦难中走来，但我不吝啬；

我从困境中走来，但我不妒忌。

我有过吝啬，有过妒忌，但用佛法和实践慢慢地转化了心行，于是我成了一个快乐的人，成了一个能布施他人，能随喜他人的人。尽管还有很多毛病，但我愿意觉察，内观，愿意用佛法去净化心灵和转化身心。

## 茶汤与茶水

我在农村的时候老人们说某家女人茶饭极好。

茶饭，是两个概念：煮茶与做饭。

我们甘肃人煮茶，客人来了，过去用小火炉咕嘟咕嘟地用瓷罐或瓦罐煮茶，那茶喝起来有点苦，甘肃人好这苦味。煮出来的茶水一般叫茶汤，唐宋古人都煮着喝茶，甚至喝“末子茶”，不是成形的茶叶，而是把茶叶弄成了细末，煮了，那茶如汤。

小时候我喝过末子茶，现在很少见到了。

至今甘肃乡下人大多煮茶喝，感觉“得劲”。我每次回老家和兄弟、朋友、亲戚们聚会，要么围着电炉子煮茶喝，要么围着火炉子煮茶喝。冬天，西北乡下烧炉子取暖，能随时围炉煮茶。

南方人喝茶，配以“茶点”，是甜甜的点心。在西北人，就着油饼或锅盔喝茶，茶喝好了，人也饱了。吃饱了，喝好了，上地干农活。

如今城里人泡茶，我也习惯了泡茶喝。

泡茶有讲究，水的温度、茶具与茶叶的配合都有法度。比如普洱、大红袍，用滚开的水泡，很好。龙井、紫笋这样的绿茶，水开了以后略放片刻，让开水静静再泡茶，味道很清香。绿茶经不起开水猛冲。

不论何种茶，开始喝的时候都有苦味，乃至苦涩味，喝上几回，味道会淡下来，而一些茶如江山美人、紫笋、金骏眉喝到快薄了的时候味道才好，不苦不涩，清淡却有甘芬，慢慢品，舌下生津，胸中轻快。这是我的经验。有些茶，泡开后喝上一两次，再放一放，茶叶已泡软了，成分慢慢稀释出来了，那时候再泡再喝，味道更醇厚。

我喜欢喝茶，喝过的茶品种极多，来的朋友、读者、亲戚、访客大多会带好茶，有经营茶的人，懂茶的人，带来上等好茶、极品好茶，只有少数有缘人才能喝上的好茶，因为产量低。有棵八百年的古茶树一年产不了几十斤。有的是好家（爱好藏茶）制茶、存茶，一位朋友送我2003年的自制茶，存了13年，味道醇厚，来我家喝了此茶的人赞叹不已。“十年陈茶用如药。”你父亲给我一盒老茶，看包装，估计是民国茶，不忍心喝，一直放着。

医生说喝茶能治病，至少能去火。也有医生说不宜多喝茶，能增寒湿。很多人说晚上喝了茶会影响睡眠，感觉兴奋。我喝茶和咖啡从未因此兴奋难眠过，茶和咖啡无法令我兴奋。

我喜欢茶的清香，煮茶之后，满屋芬芳。澄源随我回甘肃，看了甘肃人的煮茶之风，喜欢上了“罐罐茶”，回京时还带了甘肃人煮茶的小电炉，没用几次就弃置了。后来购了台湾产的煮茶炉，珐琅彩，很好看，用了几次也闲置了，煮茶没有泡茶来得方便。

要是在乡下，大家闲着围炉煮茶，聊天夜话，好不热闹。

你父亲喜欢喝茶，有很多好茶，给我送过好茶，我大多和来宾分享了。今年他送我的明前龙井，那一斤茶少说都在千元以上。我舍不得喝，供养嘉措上师。

朋友中青玄是茶道师，经她泡出来的茶，味道的确不同，茶叶放入的量、泡的水与时间都要恰好，喝茶的时候还有仪轨，要静心。

青玄是我给她取的名字，茶有青色如龙井、黑色如普洱，玄，即是黑色。还有，青为木，玄为水，道家以北方为玄武为水，茶为木本，以水煮之。她好仙道，青乃东方长生之象，青为木为龙为元神；玄为北方水，为元精。元神元精二物相合乃能成丹。所以，青玄二字又有丹道意象与修炼密意。

一个名号里有这么多信息，既符合她的职业，又涵盖她的志向。这都是文化。

朋友古灯给我送了一个国家级工艺大师制作的建盏，黑釉，有收藏证书，我用来喝茶，滚烫的茶水，一入此建盏，很快降温，即能畅饮。

只有一个建盏不够，家里来客多时，有七八个人同时喝茶。我到附近市场淘了十二个外观差不多的普通建盏。

普通建盏数十元一个，大师建盏每个都在千元以上，不仅有大师的工艺，更有大师的名气。

去市场的时候，夕阳红彤彤，毫不耀眼。回来的时候，明月东升，黄如金轮。

下一回，我用建盏给朋友斟茶。

# 中成药丸药的另一种吃法

中成药多是丸药，多是炼蜜为丸。有时候，慢慢嚼大蜜丸，口感并不好，甚至牙齿难受。

更好的吃丸药的方法是把大丸药撕碎，放到玻璃杯或瓷杯里，倒入少许开水，要淹过药，泡上一小时，药溶化了，再添入滚烫开水，搅匀，当汤药喝。

可以把一天的量溶在一起。一般，丸药上午一丸，下午一丸，可以一次泡开。甚至再加一丸，在于现在的中药的药量本身小，补药可以加一丸。

一些中成药还可以配伍在一起泡开，如六味地黄丸里可以加金匮肾气丸或者附子理中丸一丸。

可以把丸药溶化之后在小茶炉上烧煮一次会更好。

中成药溶化而饮之，疗效更好，有助于消化、吸收。

有不少中年人不喜欢吃大蜜丸，咀嚼药丸时牙齿难受。泡而饮之，避免了这些问题。

喝完药，再喝口清水，嚼几粒花生或者吃一把葵花籽，口腔里的药味就清除了。

很多中成药的药效极好，张天星大夫经常用中成药配伍治疗很多疾病，甚至治疗癌症，方便却疗效好。大黄蛰虫丸是他经常用的治疗某些癌症的中成药，他曾用大黄蛰虫丸配大活络丸治疗气血不足、经络不通的麻痹之症，疗效很好。

吃五谷，生百病，没有时间熬药，或者不方便熬药时要用中成药，要善用中成药。

当然，要在医师的指导下用药。

# 相忘于江湖

今天临写《爨宝子碑》，从里面辑录了四句话，写成了扇面随缘送人。

江湖相忘，于穆不已。

肃雍显相，永惟平素。

此碑之字介于汉隶与魏碑之间，古茂可爱。而我极喜上面四句。

翻译成白话就是：人与人相忘于江湖，就能享受长久的清静了。气象肃宁而又雍和，永远守着平易和朴素。

这正是我所向往的人生境界，虽不能至，心向往之。

《庄子·大宗师》云："泉涸，鱼相与处于陆，相呴以湿，相濡以沫，不如相忘于江湖。与其誉尧而非桀也，不如两忘而化其道。"这是上面"江湖相忘"的出处。我喜欢如此的朋友关系。

《诗经·周颂·维天之命》有云："维天之命，于穆不已。于乎不显，文王之德之纯。"这是上面"于穆不已"的出处。

人与人相忘于江湖，很难。我和你父亲交往这些年，常有彼此的顾念。最近两次，他到南城办事，离我家很近，顺便过来坐坐。你母亲生病住院时我也打听她的手术与康复情况。

相忘于江湖，可以理解成对情感、人际关系不执着。这样也好，能随顺世情，又能情不附物。

前几天，浙江读者胡晓红女士要给我寄她家乡台州（临海）的蜜橘，非常好吃。我前几年吃过，是临海武术家蒋文先生给我寄的，前几天我还在蒋文的空间里看到他说这橘子一斤一百元都难求。

胡女士说想寄橘子，我说不用寄了。她还是寄了，结果橘子到了北京，快递员很不负责，没有送到，直接退回去了，还说我“拒收”。

胡女士留言问我为何要“拒收”？这可是她一片心意，看到我“拒收”，好难过。

我说我没有拒收，能吃到好橘子，心里是高兴的，是快递的问题。胡女士就托朋友换了一家快递公司重寄。

我收到了，真的好吃。

为了感谢她，我给她送了本台版的《修行者的道德经》，在大陆很难看到，给她写了一首镶名诗：

胡麻本仙药，晓日灿然红。

仙家有妙术，能使万物通。

胡麻，也叫红麻，红芝麻，传自西域。甘肃多产之，以胡麻油为贵。古丹家以胡麻为辟谷丹药，可内润五脏，外华肌肤。如今人之喜用白芝麻作饼，黑芝麻作糊。

虽是一首镶名诗，内涵颇丰。

她看了镶名诗，说：

谢谢您才对！我关注您公众号也有三年多了，受益良多！无以言表！怕打扰您，一直不敢结缘。我接触佛道二十多年，2007年才得遇道家祖师指点，2008年遇到南师的书，2009年皈依首愚师父修准提法，一直遵循他们的教诲，战战兢兢怕有差池，是您的文章让我壮了好多胆气。

她还送我一首新诗：

这一刻，你是滴答的雨

你是飘浮的云

你是山泉泠泠的呜咽

你亦是无声的叹息

你是我红尘里那一刻的安宁
你是禅师的明月
你是诗人的咏叹
你是画者的山水
我静坐在寂静的夜
时光在指尖流淌
你非你我非我
你亦是我，我亦是你
谁在呼唤迷途的游子回归
自性的光芒，闪烁不灭

这首诗写得真好，颇有道气和悟性。

看到她说跟南师弟子首愚法师学习准提法，我回复说：

谢谢。我最近在读南一鹏所著《父亲南怀瑾》，是读第二遍。明年将用一年时间将南师文集54本通读一遍。

晓红女士说：

南师的书也差不多读了，一遍在网上读的，一遍是纸装的，南师的书差不多都购了。看得最多的是《金刚经说什么》和《楞严大义今释》，一般每年都要看一遍，只是不精，惭愧！《父亲南怀瑾》我也购了，好久没看了，我也再读读。

作为一个弘道者，很难真正与人相忘于江湖。但这样的精神要有，人才能不住不滞不留在某些境界、情感、人事、尘缘里。

给你讲了一则很美好的作者和读者之间交往的故事。里面也有“相忘于江湖”的底蕴。

事来则应，事去心空。

这时候，就相忘于江湖了。

## 时间、因缘的待与养

我们要在社会上做事，需要一定的时间因缘，时间不到，因缘不够，就不容易做成事情。禅宗有句话，“欲知佛性义，当观因缘时节。”明心见性也与因缘时节有关。虚云和尚十八岁出家，五十六岁才开悟，这其中经历了无数的艰苦修行与生死磨难，三十八年已经过去了。虚云大师这样自述他的开悟过程：

至腊月八七第三晚六枝香开静时，护七例冲开水，溅于手上，茶杯堕地，一声破碎，顿断疑根，庆快平生，如从梦醒。自念出家漂泊数十年，于黄河茅棚被个俗汉一问，不知水是甚么。若果当时踏翻锅灶，看文吉有何言语！此次若不堕水大病，若不遇顺摄逆摄、知识教化，几乎错过一生，哪有今朝！

因述偈曰：“杯子扑落地，响声明沥沥。虚空粉碎也，狂心当下息。”

又偈：“烫着手，打碎杯，家破人亡语难开。春到花香处处秀，山河大地是如来。”

时间是他出家三十八年之后，在他五十六岁的时候。因缘是打坐时护关的人给他倒水，不小心把开水倒在他的手上了，事发突然，瞬间手松开了，玻璃杯摔碎了，那声音与大师当时的心境突然相应，那一瞬因为这声音大师开悟了，像太阳出来的那一瞬间，天亮了。这因缘有点奇特，但包含着之前三十八年里所有的修行。

人要有耐心等待那个时间与因缘，一边做事、修行，一边自然等待，不是有意等待，有意等待便生执念，那个等待是“不等之等，不待之待”，自然而然地到来。

星云大师能修建成佛光山道场，也是二十年弘法的积累，人缘、时间到了，就有了开山建立道场的机缘。机是时间，缘是缘分。他是佛光山道场的开山祖师。

南怀瑾先生在台湾先讲学、出书，慢慢地名气越来越大，乃至“影响朝野”，于是一生弘法利生的事业走上了宏大境界，从台湾走向大陆，走向世界。这个过程整整七十年。从他入峨眉山闭关阅藏，发心发扬中华文化就开始了。用七十年成就了千古事业。

人做事，最难的是认清自己的道路、方向并有耐心和毅力一直走下去。

那个机缘是“走着走着，就遇见了”。

我从二十岁立志发扬中华文化，艰苦修学十年，三十一岁来京创业。有了十年苦修苦学的基础，在京这二十年事业还是顺利的，也有一定的成绩。如今我又发心力学十年，以等待那个可以使我能更好地发扬中华文化的机缘的到来。

记住，成大事的时间、因缘要待也要养，养心，养气，养因缘。

# 带病延年

今天给一个朋友占卜。朋友生病了，身体不适，感觉疲惫不堪。他为了生存为了事业经常是超负荷工作。他说担心自己会“英年早逝”，他怕去医院，怕自己得了绝症，请我占卜一下，看看是不是“命不久矣”。

因为是同心道友，不忍心拒绝，便给他占卜。

最后一个卦是艮卦，艮卦是比和卦。没有要命的病，但他身体不好，属于代谢系统的疾病，如同慢性病一样。

朋友求占，为慎重起见，我拿出日本《易经》大师高岛吞象的《高岛易断》逐一参究，高岛吞象在解释艮卦与疾病时说，占得此卦于疾病而言是“带病延年”。

带病延年。

四字震撼我心。

我把这个结论告诉了朋友，让他别担心，带病延年也是好的，病不碍命，如果能加强修炼会更好。

带病延年，这是很多人的常态。

生活里我们经常能看到一些人看起来有病却得享长寿。一些人看起来很健康，一旦出现病症就是绝症就是死亡的到来。

能带病延年也是幸福的。

我最近读了不少传记。星云大师的自传《贫僧有话要说》读了两遍，大师今年已经九十五岁，患糖尿病近六十年了，而大师九十五岁还能讲经说法，还能口述以著述，他是“带病延年”的楷模。

这几天在读南一鹏先生所著《父亲南怀瑾》，南怀瑾先生一生多病，从小多病，他懂中医，经常自己调理身体，他的住所有自己的“药铺”，有很多自制的药物，有病时能随时配药调理。他活了九十五岁，也是高寿，而他一生的功业，他对中华文化的发扬所建立的学术功业，千古不朽。一千年后也会有人在南师的著作中受益。

张玉仙老师今年七十四了，她患有心脏病和糖尿病，但没有影响她修建寺庙、超度亡灵、处方救众、灵应法诀，她老人家也是带病延年的。

人能明白“带病延年”的道理，就不会为疾病忧患、焦虑了。如果能修道、修炼，就能转化疾病而祛病延年。你父亲正在这样做。今天，他还给我发来了自己的一段日记。其中，他谈到了你母亲的病，“周五出院，活动基本正常，一只眼睛睁不开，还要恢复几个月，大夫说也可能不能完全恢复，只能恢复七八成。大夫说，能保住命，行动无大碍，就是最大的幸运了。”

我说：“眼睛无妨，明年春天会好的。调理肝脏，不可忧伤。上次占卜，中宫震为木，与肝胆相应，开窍于目。故知视力不会受太大影响。但要修心养性，不可生气、发火、动怒。明春就好了。”

人生要是明理，那该多好，人会活得更轻松、自在。

# 丹即是道，道即是丹，重新认识丹道

今天中午，你父亲过来坐坐。他说你母亲周五要出院了。这次患病，几乎是“捡了条命”。结果如我所占卜，一丝不差。

他谈到了你小时候的很多事情，那些都与你现在的成长心理有关。

我做了一些康复建议，希望你母亲能跟着你父亲做些气脉功夫，这对康复，对未来会非常好。

聊了很多话题，感慨很多。

中午我本来要给他一个人煮一碗面，我辟谷，是不吃饭的。他说他早餐吃得晚，中午不在这里吃了，于是，所有时间用来聊天、论道。

先说一件神异的事情吧。张玉仙老师以“龙凤天书”在白瓷盘上用花青任意书写，烧制了一些精美的瓷盘，她给你父亲送了一个，那字像龙字，潇洒，神秘，但不完全是龙字的汉字结构，隐隐约约感觉是龙字，又像青龙飞舞。这盘子，你父亲送给了一位朋友，你妈妈住院、做手术期间人家动用了自己所有的善缘关系，请了西藏十二个寺院里的喇嘛上师们给你母亲诵经、祈福、加持，这恐怕是自密宗广传汉地的一百多年来稀有的，甚至是绝无仅有的。你父亲感谢朋友，就送了。朋友属龙，接到盘子，非常喜欢，焚香顶礼。没想到香之烟气竟然形成了活生生的龙头，惟妙惟肖，龙的眼睛、嘴唇那么明晰、生动。这图像令人感动，这样的神异体现了微妙的、隐态的加持力量，可以与人心相应。

你父亲跟我修学丹法，修学气脉手诀。

我讲了几句气脉手诀里的法诀，比如“转圆人间道”，如何转？如何转圆？比如这次亲人生病的一系列过程，都需要办得圆满、圆融。患者康复后如何定位工作、家庭生活等都是“转”，都要圆融。

修炼丹法不只是在做气脉功夫，还涉及心性、道德、人生观、世界观等，涉及所有的人生状态、过程。

我讲到了“畅通丹气和，解悟自心态”。丹气的畅通与心理的建设、心性的超越息息相关，本来无二。一定要内观、内省自心，看看自己的心态是什么样的，会处在什么样的层次？解是理解，也是深层的“脉解心开”。悟，有渐悟、顿悟、彻悟、圆悟，有很多层次和境界。

修炼丹道不只是在那里打坐、炼气、养神、做功夫，还有更深刻更深邃的内涵。

你父亲说，他最近也在思考这个问题。原来身心的确是一元的，心理能影响生理，生理也能影响心理。

我说，白玉蟾真人在《鹤林论道篇》里说：“丹即道也，道即丹也。”丹，不是某个实体物质，不是某种能量、光体，丹就是道本体。道的内涵无所不包，不能局限地理解。修道、炼丹包含了所有的对道的探索与体证。

丹，不过是道的另一个名相，但包含了更多达到道的方法、原理、途径、功夫、境界、修为。就像对那个形而上者，道家称之为道，儒家称之为无极、太极、理，佛教称之为如来、法身、实相等。而丹家悟了道，炼了丹，知道丹必然要合于道，丹就是道的演化过程、演化规律、演化能量、演化作用、演化信息在生命里的再现，这时候丹就是道，道就是丹。丹与道是无二的。

这些精妙的道理包含在古代经典里，也包含在气脉手诀的那些口诀里。

你父亲还就具体的修持法门向我请教，我做了解释。

我建议，用他学的道家的法门和理论，帮助你母亲健康，帮助她开心，把心结打开。闭息鼓腹法、指印通脉诀对于打通气脉、调治疾病效果极好。而道家的人生观，如处下、不争、无为、清净、简朴、自然之理，对我们修身养性是非常有指导意义的。

虽然，这些道理你现在不懂，但日后会懂的，有机会懂的。

你父亲走后，我把他喝茶的建盏，里面有茶水，拍摄了发给澄源，这是她去东北后我新购的，她没见过。

奇妙的是，我把图发给澄源后，澄源问："什么意思？看里面的太极图吗？"

我这才发现，由于摄影的角度、光的反射等原因，在茶水面上形成了美丽的弧线，与茶盏底的圆形，自然形成了一个美丽的太极图，太巧了。

虽然是光学现象，但在道家，在《易经》体系而言，任何物象、形象、玄象、天象、梦象、幻象、意象、异象等都是有意义的，都有某些信息可以参考。我把图转发给你父亲看，他也觉得很有意思，真像太极图。

我告诉他：虽是光影所成，也有意思。这也是象。万象皆有密意。你走后我给澄源摄我新购的建盏，偶然而得。中午讨论的是"丹即道也，道即丹也"。不要局限地理解丹，在道上去认识丹。龙，道，太极，丹，一也。

你父亲说：有些不可思议。应为瑞相，勉励勤修。

我说：是。万象是玄关。

天地间有无量的奇妙之事，就像那位请了众多喇嘛诵经，给你母亲祈福的人在焚香时烟气组成了龙头一样，看起来是巧合，其实有无尽密意。

你父亲今天来访，谈到了这件事，而我讲到了“丹即是道，道即是丹”，他走后却在他的茶杯中摄出了太极图，无意中得到的，仅仅是想给澄源嘚瑟一下我购的建盏而已，一瞬间却有意外的收获。

龙，道，丹，太极，本来是无别的，浑然一体的，只是不同的名相代表着不同的理解与妙用而已。

看起来只是来聊天，却自然而然地展现了玄机。

这才是“道在日用”的不可思议处。

# 性学六论

一直想写的话题，觉得最重要的话题放到最后更有意义。

世人皆有性的困惑与困扰，我这些年回答道友们关于性困惑的问答少说也有十几万字了。

世俗的、学术的、科学的、医学的性学理论太多了，我只简要地讲一些佛道性理论。如果扩展写会成为专著，可很多内容不能写，“存而不论”，这里只是简论，使你知道某些人生的高深道理。我从性之乐、性之育、性之养、性之修、性之觉、性之空六个方面论之。懂与不懂不要紧，读了，进入大脑，即为智慧种子，日后必会起用。

性之乐。人类的性行为首先能产生大乐，这种乐让人忘生忘死、舍生忘死，乐此不疲，为了得享此乐，有些人不惜放弃财富、名誉、地位。性之乐也会带动人的贪欲从而产生“性之罪”，也会造成“性之病”。

性的行为能产生身心的大乐，这是天道，唯有此大乐的产生，人类能乐此不疲，才能维系种系的存在。男女交合的快乐也使生育的概率提高了，这也是天道。如果没有性之乐，谁愿意做此事？谁愿意生孩子？

性之育。大乐的产生与生育、延续后代是分不开的。生儿育女既是目的，也是偶然。很多时候子女的诞生是偶然的性行为所导致。但如果在命理上讲，一切偶然的背后都有命运的必然。人最初的性的乐好并不必然与生育目的关联。很多时候生育只是个结果，不是目的，目的是享受性乐。

性之养。道教的性理论非常奇特，发展成了传承三四千年的房中术，讲究通过性行为来养生、治病、调理身体。道教观念，阴阳不交，伤人；过交（纵欲），伤人。现代精神分析学认为，人类的心理问题、精神问题的背后都有性压抑问题，都有各种性问题。此理在道学里早就讲过。只是现代科学还没有触及通过性行为来养生、治病的原理与技术。先秦时代很流行房中术，理论与技术成熟、详尽。上古的轩辕黄帝、尧、舜、禹都是精于房中术的高手，马王堆汉墓出土的《十问》里记载的就是这些上古圣人们在不同时代关于性爱与养生、延寿的探讨、对话，是中国古代非常重要的房中术文献。而先秦时代已经流传的《素女经》至今存在，是一部伟大著作，这本书里不仅详细讲了性爱的养生、治病的原理和体位问题，还涉及了缘此探索天地人之大道。马王堆汉墓出土的另一部房中术经典叫《天下至道谈》，视房中性爱之道是“天下至道”，评价极高。西汉刘向的《列仙传》里写了很多先秦与汉代的房中术大家，包括著名的老子，说他“好养精气，贵接而不施”。到了晋代葛洪写的《神仙传》，提到的修炼房中术而成就的仙人更多，男女都有。

性之修。道家、道教有世间传闻很多但人们不知底细的“阴阳丹法”，就是男女同修，古代本有“神仙眷属”一说，夫妻同修。密宗有“男女双运”道。民间传闻很多，外界攻击很多，多是臆测与妄论，那些法诀很隐秘，即便写在经典里，没有明师的指点与传诀是读不懂的。批判者并不懂，要是真懂了，就不会批判了。《参同契》《悟真篇》历来被人们说成是阴阳丹法经典，历代数以千万计的人读了，谁懂？谁修？谁成？这里面的天机更深，戒律更严，因果更重，历来祖师们传诀传道都很慎重。

通过两性的关系来修炼气脉与心性，的确存在，历代成就者丹道与密宗都有。道家的吕洞宾，密宗的玛尔巴即是代表。在丹家看来，打坐练功要使气动、脉动、血动、精动、神动很难，但性爱中这些都是水到渠成、自然而然的。只是，“顺则凡，逆则仙。”顺着走便是凡人的爱欲，逆着修，便是证道的捷径。不光是气脉之修，道者能在这个过程里净化欲望，借助了性欲反而净化了性欲；借助了性爱反而解脱了性爱，在灵性上、定慧上自然升华。而密宗也有“乐明不二、乐空不二”的修行。那种性的大乐中一定有大光明生起，有空性的悟证，自然超越了凡人的情欲、爱欲。这是世俗之人所不了解的。在丹道，阴阳双修之前的炼己、筑基的功夫要求很严格；在密宗，先要修成“欲界定”才能进一步双修双成，还要在气脉功夫上修成“宝瓶气”。根据传记记载，玛尔巴与热罗大师都是双运成就者，他们圆寂前，他们的明妃（空行母）即双运异性伴侣都化成了光，融入到了上师的“不死明点”、法身，而与上师永在。可见空行母也修成就了，修成了光蕴身。

密宗发现，男女在交合之时身心会焕发大光明，称之为“交合光明”，这是个生命的秘密。能焕发之，能见之，能用之，就能成道。焕发是自然过程，有性交就有光明自然焕发；见之，需要眼通；用之，需要定慧、技术、道术、气脉功夫。于丹家亦复如是。密宗认为要凭借男女双运来转化色身，就比较容易，不走双运的方式而要转化色身，比较困难。在《贤劫金刚上师传承讲义》讲此理时，翻译者恰恰借助的是道家理论以翻译之，如果不看后面提到的金刚之语，会让人以为是丹法，如：“继有圆满次第，则借丹田之兴奋，谓潜在真水可由尾闾而直贯心脑，此有脉络为通路，气息为传输，畅达全身，乐无伦比，则恶浊之躯，业惑之习，逐渐消融，而变成金刚微细，即身成佛，始基于此。”这里的道理与方法是外界永远不懂的，不能入门，这些秘密永远不公开。天道不许，世法不许，妄传惑世，必遭天谴。

性之觉。修道的人用性来修，就要觉悟性，不然，会被爱欲和大乐牵扯到生死轮回中去。瑜伽经典里说有个印度仙人修炼到很高成就了，神通广大，可是他爱上了一个女孩，慢慢地，修行荒废，定慧退失，神通消散，逐渐地跟凡夫一样了。修行者不论清修还是双修都会先要觉悟性，认识到性力是生死轮回里一股强大的业力，需要非常深厚的定慧、能量才能超越之、转化之，不能超越、转化人的性欲，就不可能有修道成就，不可能解脱。因为宇宙生命中，整个欲界三十三天世界都是靠性关系来维持男女情感与种系繁衍的。性体现着天道，也见于此。

性之空。真正觉悟的人悟证了“缘起性空”之理，这里的“性空”之性，是性能的性，属性的性，自然知道性欲之性引力、性能量、性需求、性习气，其性（性能）亦空，都是缘合而有，缘散即空。修道者已经证到了“生灭灭已，寂灭为乐”的境界，既然情欲已经寂灭，生与灭即生与死的轮回已经停止，人的灵性就与道同在，不再有肉身交合的粗重之乐，而获得生命本身具有的大乐，称为“具生清净大乐”。一些修行的人会在修证的过程里体会到无欲的清净之乐、气脉变化之乐、空明自在之乐。张伯端在《金丹四百字序》里提到过在修证过程里，在一定证境、证量会产生超越性爱的大乐，“精神如夫妇之欢合，魂魄如母子之留恋。此乃真境界，非譬喻也。”对这样的真境界之乐也要超越，才能“不住于境，迴超三界”，才能证得真正的寂灭之乐，就是张伯端说的“而归于究竟空寂之源矣”。这时候生命就如诸佛一样伟大而自在了。

能了解这些正知正见对你也是有意义的。多读几遍，也许能帮你破惑。

## 人生需要坚持的法则与戒界

这是《生活之书》最后一篇，我将很多重要的内容放在这里，以告诫的形式，以“不”为戒，为界，是“有所为有所不为”之“不为”。这些内容融合了很多大师们的心法与人生经验。学好了，做到了，有益人生。

不生气，尽量做到在居家、处世、工作中不生他人的气，也不生自己的气。生气对身心健康不好，也破坏人缘，伤害感情。中医说“百病生于气”，俗话说“气大伤身”。心平气和，自然就有美好的气质、良好的修养了。很多人居家中经常因为生气而夫妻相互攻击、吵闹一辈子，伤害了彼此，也失去了夫妻恩爱与家庭和谐。

不怨人，无论如何不抱怨别人，要时时感恩他人。抱怨别人，破坏良好心态与人缘。人不能活得像“怨妇”一样，那样，居家、处世、人际都会很糟糕，更糟糕的是生气与抱怨会给自己带来很多身心的疾病。古人有“报怨以德”“以直报怨”之说，别人以怨来，我以德往。不抱怨，是王凤仪老善人的心法，我学习之，受益无穷。

不自怨，不自我抱怨。自我抱怨会形成心理问题。一位朋友的妻子因为在儿子高考报志愿上干预了，要儿子放弃国内名校，报考美国名校，虽然被美国名校录取了，但因疫情无法上学，而国内的学校他们放弃了，无法去上学。朋友的妻子天天抱怨自己，以致心理上出了问题。有问题就解决问题，抱怨自己，于事无补，反而打击自信。

不着急，着急就上火。任何事情，要从容处理，越是危急的事情越要从容。即便生死关头也要如此，“每临大事有静气”。想想“生死有命”，急什么？

不计较，人与人之间的交往不要斤斤计较，不要计较恩怨情仇。不要太算计。凡事都有因果。计较别人，伤害的是自己，破坏的是人际关系。要宽容、大度、理性。太计较就小气了，烦恼就多了。

不麻烦，不要老是麻烦别人，能自己做的事情就自己做，不烦劳他人。我和澄源有个好处，不麻烦别人。这些年，有很多人麻烦我们，我们看透了麻烦别人给别人带来的烦恼，下决心不麻烦他人，能自己做的事情绝不托人做、靠人做，这也是自立。即便是父母、兄弟也不能轻易麻烦。同样不要轻易麻烦朋友。麻烦别人，会给他人带来很多烦恼，何苦把自己该承担的转嫁给别人？

不害怕，生活中，不害怕危机，不害怕未来，不害怕疾病。人因为害怕，所以会有很多担心。害怕，担心，会是心灵的局限与束缚。人害怕未来，就有了很多恐惧，心灵不安。

不担心，不为自己担心，不为亲人担心。担心是一种负面心理，自然也是负面信息。要积极、阳光，想好得好。有些人老担心父母有病，担心自己有病，这是负面信息，反倒会使自己和亲人得病。与其担心，不如祝福。

不嫌弃，不嫌弃他人，不嫌弃不如自己的人，不嫌弃贫苦之人，不嫌弃社会底层的人，这是一种美德。不嫌弃自己，要有自信。

不生心，不生心是禅宗之语，是指不生妄心。妄想生烦恼，自然扰恼自心。《清静经》里说：“烦恼妄想，忧苦身心，便遭浊辱，流浪生死。”不生心很难做到，但要有此认知。人不生妄心，自然清静，自在，安乐。

不争斗，不与人争斗，要让人。争斗会耗散自己的精气神，劳心累身。道家讲究“处下不争”。能抱着不争的心态处世，人缘会好，心态会和，事业会顺，婚姻会美。不争之德与不争之益，只有真正不争的人能体会，让人三分又何妨？

不搅扰，不因为自己搅扰他人，更不搅扰到是非圈子里去。很多人居家搅扰得亲人不得安宁，处世搅扰得同事和朋友不得安宁。简事、省心就不搅扰了。

不挑剔，人太挑剔就是毛病，挑剔之人看人，别人处处是毛病，事情处处不圆满，自己生气，别人难受。不挑剔就能宽容处世。当然，涉及产品质量等，严格把关是对的。不挑剔主要是针对人际关系上而说的。我过去太挑剔，连个真心跟我修道的人都难以找到，不是没有，是我太挑剔。

不争理，争理有时候是很愚蠢的举动，是非不是越辩越明，而是越辩越生是非。不要跟人争理，退一步海阔天空，不要“得理不饶人”。

不攀比，别人的富贵名利都是别人的福报与缘分，不与别人攀比，也就能活得轻松，活得自信，活得自我。常人大多有攀比的心，一生攀比，就会在心态上失衡，经济上破财，何苦来哉。

不自苦，不要太过于自苦，除非是经济困难、迫不得已。不然，要好好享受人生，享受生活。不少人即便生活不困难，也自苦身心。太过清苦，就失去了人生的趣味。

不自吝，我认识的某些大老板，个个巨富，可他们还是舍不得为自己花费一些钱财，对自己特别吝啬。这是心理毛病，是过去乃至多生穷苦的烙印。商业上的成功与巨额财富的获得并没有改善心态，没有转化心境。

不自恼，不自寻烦恼即是智慧即是修行。生活里的很多烦恼痛苦是自找的。

不自悔，不要老活在懊悔里，错就错了，观照自心，勇于改正，当下就生欢喜心。认识过错与改正过错都是欢喜的。人生常生欢喜心才好。老是自活在悔恨中，会形成心理问题。

不自弃，人要有信念，不要轻言放弃。对信仰、爱情、事业都要有坚定的信心。不轻易放弃才能成功。

不牵缠，人与人之间，特别是情爱方面，一旦没有缘分就分手，放手，绝不牵缠。牵缠不仅自己痛苦，别人也烦恼。人不牵缠，就不会住在情绪里，也不会住在烦恼里。缘散即空，何必纠缠不歇？

不管人，任何时候，不要去管人，这样给自己和他人自由与尊敬。不管人，不是针对职务说的，职务上的管人是另外一回事。人际关系、夫妻相处、亲人家居时最好不管人，管人就生是非烦恼。澄源经常说，她没结婚时被妈妈管着，结婚了被我管着。我知道自己错了，下决心不管人，给她最大的自由，她开心，我轻松。

不张狂，一个人不管地位、职务多高，才华、财富多丰都不要张狂。这是大修养。网上有很多炫富的，很张狂，给自己和家人惹了很多麻烦。越成功，越有才，越要低调。

不堕落，任何时候要坚守道德底线，绝不破那个底线，一破底线，人就堕落了。事有因缘，更有因果。对底线的敬畏也是对道德、自心、亲人、因果、生命的敬畏。

不患得患失，世人总会患得患失，宠辱若惊，心不安宁。得不足喜，失不足悲，就能超越得失而有心灵的安乐。

这些不容易做到，不容易做好，不要求每一条都做到，尽量去做，尽量去体悟这里面的道理而适当地运用到生活中，则幸福指数、生活质量、精神境界、修学水平会自然提升。这是针对为人、修身、处世而言的，至少这些道理还是有益的，我也没有全做到做好，我也会努力去做好。

有些道理，你年轻，涉世未深，不是很明白，无妨，先了解，等时节因缘到了就会起作用。

# 后记：文以化人，道以度人，零星的修行也很重要

通过一年每天写一篇小文，按预想写完了365篇，象征一年。

这些文章是随意写、随缘写的，有的像日记，有不少篇章提到了你父亲当日的来访以及我们的话题，这样会更亲切，也能使你在话题里受益，能了解你父亲的另外一面，你不了解，你母亲也不了解的文人与修行者的一面，他的善良的一面，思想的一面，孤独的一面。这样能弥合很多过去的裂痕，毕竟，你常年在海外留学，那种裂痕也是地缘与时间自然形成的，更是成长的过程自然形成的。你该多了解他。

想想，这365篇文章里，涉及了很多人生的重大话题，婚姻、家庭、两性、道德、健身、养生、疾病、医药、修身、工作、事业、处世、交友、饮食、起居、宗教、信仰、修炼、佛道、法门、文艺、读书、写作、自然、经典、传记、人物、乡情、亲情、情怀、鉴赏……看起来都是短文，精华和心法在其中。有平常生活的记述，有形而上道的探讨，希望你、和你一样的年轻人受益，那些留学海外的年轻人受益，至少能了解一些传统文化的精华。

随缘提到了很多我今年读过的好书，以及那些影响我的人物。借着这样的因缘给你推荐好书，推荐那些伟大的心灵导师。

这样写作是对你和你父亲的一个承诺。希望你受益，你受益他自受益。

我立志发扬中华文化，“文以化人，明以照人，法以度人，门以引

人”，是我的文化理念。

希望你能对我有信任，对国学有信心，对佛道有信仰。我经常会给一些购书者题写：“信为入，证为成。”

信是一个出发点，也会是终点，信念、信心与信任、信仰要坚持一生。你对我有信任，会安心阅读这些文章。现在没读，没认真读，没关系，什么时候读，不要紧，只要读了，必定会受益。

你父亲很信任我，我们经常会探讨很多玄妙道理与法门，他有信任，也有信仰。信任使我们成了很好的朋友，而信仰使他能踏实修行。

即便是零散的、点滴的修行，对你、对你父亲、对我、对很多人都很重要。

这是我要告诉你的很重要的一句话，气脉手诀法诀里说：“一念承上炁，河泊通江海。”一念之间就有可能承接先天之炁，就有可能即刻开悟，不要小看那些偶然的看起来无关紧要的零星修行、一念之间的修行、短时间的修行。

所有的点滴的修行，在长长的一生里都是有意义的。修行的愿力是那条能串起所有零散念珠的金线，从而使零散的修行成为整体，成为一串珍贵的菩提佛珠。

人要有敬畏之心，敬畏亲缘，敬畏天道，敬畏很多有神圣意义的存在。这样，你会在生活里自然地提升精神的境界与生活的品味。

还有很多很多可写的，既然决定《生活之书》只写365篇，就此停笔。

缘生缘灭，本来如此。

因为你父亲，因为你，因为我的发心，有了这本书的写作缘起。用一年的时间完成了此书。

如今，这本书的写作因缘停下来了。另两本书我会继续写作，是缘于写《生活之书》而有的灵感与构想，还想写《灵性之书》与《修证之书》。这三本书用三年完成，成为一个体系，名之为“人生三书”。

《灵性之书》，只写故事，写我经历的、见闻的、阅读的与灵性相关的故事，也写365篇。讲故事，对我来说不是多难的事情，我经历的事情多，听闻的故事多，阅读的故事更多。写这本书无非是借事以彰理。理与事本来是不二的。华严境界，会由理无碍、事无碍、理事无碍到事事无碍。

我希望澄源写《老四讲故事》，我经常给她讲故事，一年里她只写了不到十篇，那就自己写吧。

《灵性之书》，随写随发，发给你看，发给天下好道者看。

《修证之书》，会注解我曾经写的二百多首《气脉手诀歌》，这是我很看重的作品，都是五言诗，注解出来，讲述修行理法。这本书你可以不读，但你父亲一定会认真阅读的。因为，他在修气脉手诀这个演道当代的法门。一个单独的法门并不重要，重要的是这个法门的深刻内涵与法门所带动的重重无尽的义理与层层升华的修证。

有了因缘，需要有愿力去促进，有定力去保护，有慧力去玉成，有修持力去相续。

就讲这些。

2020年12月4日星期五兴南子于京华益生斋